Tous Continents

Collection dirigée par
Anne-Marie Villeneuve

Docteure Irma

Tome 3 – La Soliste

ROMAN HISTORIQUE

De la même auteure

Adulte

Docteure Irma, Tome II – L'indomptable, Montréal, Éditions Québec Amérique, 2008, 472 p.

Évangéline et Gabriel, Montréal, Lanctôt éditeur, 2007, 424 p.

Docteure Irma, Tome I – La Louve blanche, Montréal, Éditions Québec Amérique, 2006, 544 p.

Marie-Antoinette, la dame de la rivière Rouge, Montréal, Éditions Québec Amérique, 2005, 312 p.

Les Fils de la cordonnière, tome IV de la Saga de la Cordonnière, Montréal, VLB éditeur, 2003, 602 p.

Et pourtant, elle chantait, Montréal, VLB éditeur, 2002, 185 p.

Le Testament de la cordonnière, tome III de la Saga de la Cordonnière, Montréal, VLB éditeur, 2000, 664 p.

Guide pour les aidants naturels, Longueuil, CLSC Longueuil, 1999, 29 p.

La Jeunesse de la cordonnière, tome I de la Saga de la Cordonnière, Montréal, VLB éditeur, 1999, 370 p.

La Cordonnière, tome II de la Saga de la Cordonnière, Montréal, VLB éditeur, 1998, 615 p.

Dans l'attente d'un OUI, Montréal, Éditions Edimag, 1997, 150 p.

Le Château retrouvé, Montréal, Libre Expression, 1995, 286 p.

Les Enfants de Duplessis, Montréal, Libre Expression, 1991, 271 p.

> Cet ouvrage a dépassé les frontières québécoises et canadiennes et circule en Europe, en Australie et aux États-Unis.

La Porte ouverte, Montréal, Éditions du Méridien, 1990, 143 p.

Jeunesse

Le Miracle de Juliette, Montréal, Éditions Phoenix, 2007, 94 p.

Dans les yeux de Nathan, Moncton, Éditions Bouton d'or d'Acadie, 2006, 32 p.

Pauline Gill

Docteure Irma

Tome 3 – La Soliste

ROMAN HISTORIQUE

PRÉFACE DE LA
D^{RE} NATHALIE AYOTTE

QUÉBEC AMÉRIQUE

Catalogage avant publication de Bibliothèque et Archives nationales
du Québec et Bibliothèque et Archives Canada

Gill, Pauline
Docteure Irma : roman historique
(Tous continents)
Sommaire : t. 1. La louve blanche -- t. 2. L'indomptable --
t. 3. La soliste.

ISBN 2-7644-0531-6 (v. 1)
ISBN 978-2-7644-0611-3 (v. 2)
ISBN 978-2-7644-0677-9 (v. 3)

1. LeVasseur, Irma, 1878-1964 - Romans, nouvelles, etc.
2. Enfants - Hôpitaux - Québec (Province) - Romans, nouvelles, etc.
I. Titre. II. Titre: La louve blanche. III. Titre: L'indomptable.
IV. Titre: La soliste.

PS8563.I479D62 2006   C843'.54   C2006-941581-1
PS9563.I479D62 2006

Note : Veuillez prendre note que le vocabulaire utilisé dans ce roman
reflète le lexique en usage à cette époque.

Nous reconnaissons l'aide financière du gouvernement du Canada par
l'entremise du Programme d'aide au développement de l'industrie de
l'édition (PADIÉ) pour nos activités d'édition.

Gouvernement du Québec – Programme de crédit d'impôt pour
l'édition de livres – Gestion SODEC.

Les Éditions Québec Amérique bénéficient du programme de subvention
globale du Conseil des Arts du Canada. Elles tiennent également à
remercier la SODEC pour son appui financier.

Québec Amérique
329, rue de la Commune Ouest, 3ᵉ étage
Montréal (Québec) Canada H2Y 2E1
Téléphone : 514 499-3000, télécopieur : 514 499-3010

Dépôt légal : 3ᵉ trimestre 2009
Bibliothèque nationale du Québec
Bibliothèque nationale du Canada

Révision linguistique : Claude Frappier et Diane Martin
Conception graphique : Renaud Leclerc Latulippe
Illustration en couverture : Sybiline (www.sybiline.ca)
Montage : André Vallée – Atelier typo Jane
Production cartographique du cahier photos : François Goulet
(www.fgcartographix.com)

Imprimé au Canada

*Ma pensée va vers tous les malades qui attendent
des soins… Que ce dernier tome de la trilogie de
D^re Irma LeVasseur incite nos gouvernants à plus de
conscientisation pour qu'un pays riche comme le nôtre
donne la priorité à la qualité de vie des générations
qui le construisent.*

*Je dédie aussi ce troisième tome à ma petite-fille
Floranne née le 1er mars 2009. Notre monde tourmenté
aura bien besoin de ce petit être de sérénité
et de lumière.*

Remerciements

Au moment d'écrire le dernier mot de la vie d'Irma LeVasseur, j'éprouve une grande reconnaissance envers celles et ceux qui se sont faits mes complices pour mener à terme cette trilogie consacrée à une femme qui sortira enfin de l'anonymat. Mes remerciements vont à des personnes aussi précieuses dans mon cheminement que Nathalie Ayotte, médecin, Pierre Paré, greffier adjoint à la Cour supérieure, Me Claude Robitaille, de l'étude Côté Taschereau Samson Demers, Sœur Huguette Michaud, Archives de l'hôpital Enfant-Jésus, Mmes Sandra, Kathleen, Mary et Patricia Shee, Monique Dussault-Caron, Jacqueline et Claude Petitclerc, l'Association des familles LeVasseur, l'équipe de Québec Amérique, et tout particulièrement mes proches.

On peut aussi bâtir quelque chose de beau avec
les pierres qui entravent le chemin...
Johann Wolfgang von Goethe

Préface

Spécialiste émérite des héroïnes mortes dans l'oubli, Pauline Gill dissèque l'œuvre d'Irma LeVasseur avec la dextérité d'une virtuose, grâce à sa plume toujours alerte et avide d'authenticité. Animée d'une passion aiguë et contagieuse pour mettre en lumière l'histoire des travailleuses de l'ombre, l'auteure transfuse les couleurs du passé au creux de notre mémoire et injecte un vibrant hommage à cette grande âme digne d'être couronnée **Mère de la pédiatrie au Québec**.

Sensible aux souffrances des plus petits, celle qui devint la première Canadienne française à exercer la médecine a su donner un visage maternel à la pédiatrie et fonder trois hôpitaux destinés aux enfants malades et handicapés. La solidarité sans frontières qui habitait Irma LeVasseur s'avère un véritable antidote contre le fatalisme et l'insensibilité collective.

Intrépide et avant-gardiste, la pionnière des gardiennes de la santé de l'enfance a ouvert les portes des facultés de médecine et des hôpitaux pédiatriques aux Québécoises. En gestation depuis quelques décennies, la féminisation de la profession médicale suit une courbe de croissance accélérée depuis les années 1970. Ainsi, à l'aube du vingt et unième siècle, plus des deux tiers des étudiants en médecine sont des femmes.

L'héritage du sang de « guérisseuse » des maladies infantiles, légué par Irma de « mère » en « fille », coulera désormais dans les veines des générations futures.

Merci, Pauline, de nous enseigner à ausculter la bonté humaine qui palpite en filigrane et de nous sensibiliser à l'urgence de révéler au grand jour les talents exceptionnels des personnes qui nous entourent pendant qu'elles sont encore en vie...

Puisse le combat de la Dre Irma LeVasseur pour nourrir son idéal, au risque de voir sa dignité bafouée, injecter à nos jeunes femmes espoir, courage, compassion et ténacité.

Nathalie Ayotte

Médecin à l'Institut de réadaptation en déficience physique de Québec, issu de la fusion, en octobre 1996, des centres Cardinal-Villeneuve (ancienne école Cardinal-Villeneuve fondée par Irma LeVasseur en 1935), François-Charon, Louis-Hébert et Dominique-Tremblay.

Note de l'auteure

Dans ce troisième tome, comme dans les précédents, vous trouverez les trois ingrédients du roman historique : la réalité, la vraisemblance et la fiction.

Pour simplifier la lecture, les références bibliographiques n'ont pas été incluses au fil du texte. Cependant, toutes les sources qui ont été consultées pour la rédaction de cette trilogie se trouvent dans la bibliographie à la fin de ce tome.

Certains noms figurant dans cette trilogie ont été modifiés pour protéger la réputation des descendants. La transcription des interrogatoires lors des deux procès intentés par Irma LeVasseur a été allégée, mais elle en respecte le contenu et l'esprit. Pour cette publication, nous avons obtenu une licence de la Direction du Centre d'archives de Québec, Bibliothèque et Archives nationales du Québec.

Pauline Gill
Montréal 2009

Première partie

Chapitre I

Québec, août 1922.

À quarante-cinq ans, la D^{re} LeVasseur vit l'impression d'amorcer une étape cruciale de sa vie. Sa formation en médecine et en pédiatrie lui a permis de relever des défis plus grands que nature. Ses expériences de travail à New York, la fondation d'un hôpital pour enfants francophones à Montréal, son travail en Serbie lors de la Grande Guerre en témoignent. «Maintenant, ce bagage doit servir aux jeunes malades de ma ville », conçoit-elle, une flamme ardente au cœur.

Depuis son retour de New York, en février dernier, Irma loge dans la maison de grand-père Zéphirin.

— Tu t'installes à ton aise et pour aussi longtemps que ça te plaira, lui a offert sa tante Angèle, espérant ne plus la voir repartir.

La sachant au service de la Croix-Rouge depuis 1918, tantôt en France, tantôt à New York, Nazaire avait souhaité, comme cadeau de Noël, le retour de sa fille-médecin. Aussi, éprouvé par une cécité croissante, il avait espéré l'héberger chez lui. Irma a exaucé, sauf pour la cohabitation. Elle a dû, pour étoffer son refus, lui rappeler leur disparité de caractère.

— Vous savez, papa, comme j'ai besoin d'espace et de liberté...
C'est trop petit pour nous trois, ici.

— Oui, mais je sais aussi qu'on est capables de concessions
nous deux.

— Il n'y a pas que ça, papa. Je ne veux pas priver mon frère de
sa chambre.

— Pour le peu de fois qu'il se pointe ici, lui.

— Je pense que je peux vous être plus utile autrement.

À la mi-mars, Irma était intervenue pour que son père subisse une
intervention chirurgicale susceptible d'améliorer son acuité visuelle
de vingt-cinq pour cent. De plus, elle s'est engagée à lui payer des
services à domicile tant pour ses besoins personnels que pour l'entretien de la maison. Nazaire en éprouve une profonde gratitude, mais
le désir de voir sa fille vivre sous son toit... avant qu'il doive plier
bagage pour l'hospice ou pour l'éternité, ne le quitte pas pour autant.
« J'aurais le sentiment de me rattraper un peu. De réparer le mal que
j'ai pu lui faire avec tous mes mensonges et mes cachettes au sujet
de sa mère », pense-t-il.

Ce 21 août, Irma et sa tante Angèle parcourent la Grande Allée
sur toute sa longueur, s'arrêtant devant les résidences les plus cossues.
Et pour cause, c'est dans ce quartier qu'Irma a l'intention d'ouvrir
son hôpital pour enfants.

— Il me semble qu'une autre rue, plus modeste, conviendrait
mieux à un hôpital pour les pauvres et les infirmes, juge sa tante.

— Vous ne trouvez pas qu'ils ont eu leur part de malchance dans
la vie ? rétorque Irma, offusquée. Ils méritent bien qu'on leur offre
ce qu'il y a de meilleur, non ?

— Je comprends tes intentions, Irma, mais tu ne peux pas
demander aux résidants de les partager.

— Je ne vois pas où est le problème. Ça vous gênerait, vous, que
j'ouvre mon hôpital dans une maison de la rue Fleury ? Vous seriez
mal à l'aise de voir circuler des pauvres et des infirmes dans votre
quartier ?

— Ce n'est pas pareil...

— Les propriétaires de la Grande Allée seraient froissés dans leur orgueil si mes patients déambulaient dans cette rue? Dites-moi que je me trompe, ma tante.

Angèle hoche la tête, cherche ses mots.

— Ça fait longtemps que tu es partie de Québec, souligne-t-elle. Presque quinze ans déjà... Les mentalités ont changé. Comment te dire? C'est comme si les riches avaient tous décidé d'occuper les mêmes rues et d'y faire construire des maisons que les gens des autres classes n'ont pas les moyens de se payer.

— Pas le droit d'habiter non plus? Même pas le droit d'y venir? J'aurai tout entendu!

Dépitée, Irma se laisse tomber sur le premier banc libre. Une indignation maintes fois éprouvée éteint sa voix. «Cacher les indigents et les difformes... c'est ça qu'elle veut, notre société. Il ne faut pas déranger les riches dans leur opulence.»

— Tu serais surprise du nombre de familles qui cachent leurs infirmes et leurs fous... avance prudemment Angèle en prenant place près d'elle.

— Je ne veux pas le savoir, ma tante, c'est trop révoltant.

— Je comprends ce que tu ressens, Irma, mais tu ne dois pas fermer les yeux en supposant que les gens pensent comme toi. Rappelle-toi ton premier hôpital. Peux-tu dire que les femmes et les hommes que tu avais recrutés t'ont vraiment comprise? Et pourtant, tes intentions étaient excellentes. Tes plans, précis. Ta compétence, exceptionnelle, supérieure à celle de tous les membres de l'équipe que tu avais formée.

Ce rappel jette Irma dans un accablement qui la coupe du va-et-vient des piétons et des propos qui viennent à ses oreilles. Son enthousiasme du matin est ratiboisé par les mises en garde de sa tante. L'enfer frôlé en Serbie pendant la Grande Guerre l'avait fait rêver d'une société juste où la priorité serait accordée aux démunis. Et c'est vers cette société qu'elle était revenue. Les affres de la guerre n'ont pas exorcisé la passion qui l'habite depuis sa jeunesse. Jour et nuit, au front, ses soins allaient aux enfants atteints de typhus, à leur mère en détresse, à leur père blessé. L'enfant et tous ceux qui gravitent autour. Tout pour lui. Pour le ramener à la santé. Pour lui redonner une dignité.

— Je ne peux pas croire que quinze ans plus tard les gens ne sont pas plus ouverts qu'ils l'étaient, soupire-t-elle. Puis Québec, ce n'est pas Montréal !

— Les humains se ressemblent tous, Irma. Tu as dû le constater... à New York, à Montréal, en Serbie, en France, en Allemagne et ici. Partout, il y a des gens admirables et d'autres... qui nous font souffrir.

Irma sort d'un long moment de silence pour annoncer à sa tante, sur un ton résolu :

— Il faut faire des choses concrètes pour changer les mentalités. Réveiller les consciences endormies.

— Tu en connais les moyens ?

— Par de petits ou de gros chocs. Pas nécessaire d'attendre une autre guerre pour mettre les valeurs aux bonnes places. C'est dans cette rue que je l'ouvrirai, mon hôpital.

— T'as idée du prix de ces maisons ?

— À peu près. J'ai fait des économies pour en payer une à nos petits malades. Grand-père Zéphirin disait que l'argent était à notre service et non l'inverse.

— Je n'en pense pas moins, Irma, mais...

— Je vais payer la maison et, pour le reste, je compte sur des personnes généreuses. Il y en a dans notre ville aussi. Le temps est un bien que beaucoup de femmes ont le goût de donner. Il suffit de leur demander de le mettre au service d'une bonne cause, comme celle des enfants malades, et elles vont le faire. J'en ai eu la preuve partout où j'ai travaillé. Vous-même, tante Angèle, vous avez passé votre vie à aider tout un chacun. Le regrettez-vous ?

— Au contraire ! C'est ce dont je suis le plus fière, Irma.

L'unanimité a regagné le cœur des deux femmes.

— Vous allez pouvoir m'aider dans mon recrutement, ma tante. Vous connaissez tellement de gens à Saint-Roch et ailleurs dans notre ville.

— Pour les dames et demoiselles, oui, je me porte volontaire, mais ne me demande pas d'approcher les commerçants et les médecins.

— Vous pensez qu'ils refuseraient encore de m'aider ? Pas moi !
J'en connais un qui a bonne réputation à Québec. Il est allé chercher
sa formation de pédiatre en France, un peu avant moi. Ça fait dix ans
qu'il essaie de faire accepter son programme d'enseignement de la
pédiatrie à l'Université Laval. Sur la porte de sa clinique de la rue
Sainte-Anne, c'est écrit : *René Fortier pédiatre*. Je pense que nos préoccupations se rejoignent. Si ce médecin m'appuie, d'autres suivront.

L'enthousiasme retrouvé, Irma se lève et, d'un pas résolu, reprend
son chemin, vers la maison ancestrale, cette fois.

— Il faudrait aller manger si on veut se mettre à l'œuvre demain
matin, dit-elle à sa tante qui s'essouffle à lui emboîter le pas.

— Pas si vite, Irma !

— Chaque minute perdue, c'est du temps que la mort gagne sur
nos enfants, riposte-t-elle, tentant tout de même de ralentir sa marche.

➤◄

« Mais qu'est-ce que ce branle-bas ? » s'écrie Irma, en entrant chez
sa tante Angèle le lendemain, en début de soirée.

Des chaussures dans le vestibule, des valises alignées dans le
corridor... comme si Angèle LeVasseur venait d'ouvrir un hôtel.

Irma tend l'oreille, entend des rires étouffés.

— Mais qui est avec vous, ma tante ? Où êtes-vous ?

Plus un son, puis dans un tumulte de cris joyeux et de bousculades,
Angèle et cinq revenants de New York surgissent de la chambre de
débarras et, du coup, paralysent Irma.

— Non, mais je rêve ! s'écrie-t-elle.

Charles Smith, le fils de Bob qu'elle porte toujours dans son cœur,
est le premier à se lancer au cou de sa marraine... au septième ciel.
Il doit tout de même céder la place à Edith et à son frère Harry, les
protégés new-yorkais d'Irma qui mettent les pieds au Canada pour
la première fois. Leur fébrilité n'a d'égale que leur joie de revoir
leur « Madame Irma ». Plus retenue mais non moins émue, sa tante
Rose-Lyn, la mère de Bob, se rattrape. Une accolade qui surpasse
toutes les précédentes en intensité et en durée. Quel spectacle que

ces retrouvailles pour John, l'époux d'Edith, qui n'a connu Irma qu'à son retour de la Serbie!

Descendus au Vieux Port de Québec vers midi, les cinq voyageurs ont eu le temps de se rafraîchir, de se ravitailler, de vider leurs valises et de se reposer avant qu'Irma entre d'une visite à son père. À l'insu de sa nièce, Rose-Lyn a organisé cette surprise et obtenu d'Angèle LeVasseur que tous soient logés sous le même toit. «Douze jours à vivre comme une grande famille dont les membres se sont choisis. Douze jours de pur bonheur», anticipe Irma, la tête déjà pleine de projets.

— Mais qu'est-ce qui vous a décidés à venir à Québec?

— Vous, marraine Irma. On s'ennuyait de vous, lance Charles avec une chaleureuse spontanéité qui fait un pied de nez à l'âge ingrat qu'on attribue à un jeune à deux pas de ses quinze ans.

— Le goût de se payer des vacances tout en venant voir des personnes qu'on aime, ajoute Rose-Lyn.

— C'est un cadeau de sa part. On ne pouvait pas refuser ça, dévoile John.

— Ils méritaient tous d'être récompensés, réplique Rose-Lyn avec une exubérance contagieuse.

— Et les jumelles? s'inquiète Irma qui avait confié à Rose-Lyn ces fillettes devenues orphelines à l'âge de quatre ans.

— Elles paraissent avoir plus de onze ans, tant elles ont grandi ces derniers mois, lui apprend sa tante non peu fière de constater le progrès réalisé en huit ans de bons soins et d'affection.

— Vous saviez, marraine, qu'elles vivent chez nous maintenant, rappelle Charles. Elles sont tellement ratoureuses que papa a engagé une dame pour s'en occuper au retour de l'école.

— Clara n'est plus là? s'étonne Irma qui l'a vue, quelques mois plus tôt, si amoureuse de Bob.

— Oui, oui, mais elle dit qu'elle est fatiguée, corrige-t-il, dissimulant un malaise derrière son regard rivé au plancher.

John, le fils de Clara, le perçoit et en est contrarié. Et pour cause, cette femme, originaire d'une banlieue de Québec, vivant avec les Smith

depuis près de trois ans, multiplie ses gentillesses envers Charles...
sans succès.

— C'est toute une adaptation pour maman que de se retrouver
dans une grande maison comme celle de Monsieur Bob Smith, avec,
en plus, trois jeunes turbulents sur les bras, commente-t-il dans un
mauvais français.

La générosité avait porté Bob à prendre la relève de Rose-Lyn
auprès de ces jeunes filles, les imposant de ce fait à Clara, sa conjointe.

— Elle serait bien montée sur le bateau avec nous si papa n'avait
pas déjà pris ses vacances, dit Charles, visiblement heureux de la
tournure des événements.

Irma ne l'est pas moins. Les questions affluent dans son cerveau.
« Clara, l'amoureuse de Bob, viendrait à Québec ? Avec ou sans lui ?
Pour une visite ou pour y rester ? » Sa raison a beau lui rappeler que,
veuf de la belle Hélène, Bob a bien le droit de refaire sa vie, mais pour
elle, Hélène ne devrait pas être remplacée... sinon par Irma LeVasseur.
« C'était à moi de ne pas lui laisser la place... », finit-elle par admettre.

Angèle tente de dissiper le malaise créé en invitant tout le monde
à descendre au jardin. Edith la seconde en la questionnant sur le nom
d'un arbre dont les superbes teintes rousses du feuillage et l'écorce
décorative la fascinent.

— C'est une sorte de cerisier. C'était le préféré de Phédora, la
maman d'Irma, précise Angèle.

— C'est toujours là qu'elle s'assoyait, maman. Je la revois si bien.
C'est comme un défilé d'images dans ma mémoire, depuis mon
enfance jusqu'au jour où elle a été à jamais libérée de ses souffrances,
murmure Irma sous le regard attendri des six personnes qui l'accompagnent.

Personne n'ose occuper la chaise placée sous cet arbre. D'un geste,
Angèle l'offre à sa nièce qui accepte de bon cœur. Fait exceptionnel
dans sa vie, Irma se voit entourée d'êtres admiratifs, reconnaissants
et affectueux. Un moment d'une intensité que quelques secondes
de silence viennent cristalliser. Une brèche dans l'armure de cette
femme dans la mi-quarantaine. Des larmes insoumises sur ses joues.
Sur celles de ses tantes aussi... Puis aux paupières d'Edith qui n'a vu

pleurer sa tutrice qu'aux funérailles de Phédora. Mal à l'aise, Harry, à la veille de ses dix-huit ans, pince les lèvres ; Charles rive son regard sur ses doigts qu'il croise et décroise nerveusement. John, croyant qu'une caresse ramènerait son épouse à la gaieté, sent un sanglot secouer ses frêles épaules au moment où il y pose la main. L'émotion pousse Edith vers Irma à qui elle ouvre les bras. Leur accolade prend son temps puis libère des éclats de rires... bienfaisants. Edith reste là, accroupie, sa main lovée dans celle de sa bienfaitrice.

— Demain, je vous emmène tous visiter ma ville, propose Irma, ragaillardie.

L'enthousiasme est spontané. Les jeunes touristes se montrent avides de connaître le programme de la semaine. S'annonce une soirée palpitante à dresser la liste des activités préférées et à échanger des nouvelles après six mois d'éloignement.

Il est presque minuit quand la fatigue du voyage a raison de l'euphorie des retrouvailles. Irma se précipite pour porter les valises des visiteurs dans leur chambre respective. À sa grande surprise, celle de Rose-Lyn est légère comme une plume. Celle de Charles aussi. De nouveau, des éclats de rires complices des New-Yorkais. Harry vient les élucider :

— On a voulu ménager votre cœur en vous donnant des indices de notre présence...

— Vous pensez que je vais pouvoir dormir après une soirée comme celle-là ? lance Irma.

— Et moi donc ! s'écrie Edith.

— Je dormirai pour vous deux, rétorque Rose-Lyn, visiblement exténuée.

— Allez, Charles ! On se lève de bonne heure demain matin, le prévient sa marraine.

De fait, tôt ce mercredi matin, pendant qu'Angèle et Rose-Lyn prolongent leur déjeuner, la caravane « américaine » emboîte le pas au guide LeVasseur dans les rues de Saint-Roch. De la rue Fleury, elle empruntera la rue du Parloir pour une longue balade touristique dans la rue Saint-Joseph, après quoi elle se dirigera vers la rue Dorchester qui les conduira au parc Victoria, point culminant de la balade.

Avant même de quitter la rue Fleury, Irma tient à relater les grandes lignes historiques de son quartier natal :

— Saint-Roch n'était à ses débuts qu'une agglomération de terres vaseuses. Elles ont été cédées en 1623 à Louis Hébert, un apothicaire venu de France, notre premier colon. Grand-père Zéphirin m'a raconté que ces terres avaient été mises aux enchères quatre-vingts ans plus tard et qu'à la fin du Régime seigneurial, vers les années 1855, le faubourg ne comptait guère plus qu'une centaine de propriétaires.

— De riches propriétaires ? demande John, lui-même habité par de grandes ambitions.

— Oh, non ! C'étaient surtout des potiers et des tanneurs avant que la Grande-Bretagne, en pénurie de bois, se tourne vers nous et entraîne l'ouverture de chantiers navals et, du même coup, une importante population ouvrière. Mais...

Une pause inattendue, un voile de tristesse sur le visage d'Irma inquiètent Edith.

— Mais quoi donc ?

— Ma terre natale a subi bien des épreuves. Au début des années 1800, Saint-Roch se développait à merveille. Des centaines de maisons se construisaient...

— Quel style de maisons ? aimerait savoir Harry.

— De modestes maisons de bois, collées à la rue, répond-elle, toute à l'émotion des tristes événements qu'elle s'apprête à évoquer. Mais en 1832, enchaîne-t-elle, une épidémie de choléra emporta le dixième de la population de Québec, puis une autre deux ans plus tard, et enfin la plus meurtrière en 1854.

Le silence couvre leurs pas.

— Et comme si le malheur s'était acharné sur notre ville, de terribles incendies ont fait des milliers de victimes et détruit des centaines de maisons. Les plus récents ont eu lieu en 1870 et 1866, mais les plus dévastateurs remontent à 1845. En l'espace de trente jours, aux mois de mai et juin, deux grands incendies ont rasé les deux tiers de nos maisons ; le premier, dans le quartier Saint-Roch et le second dans le faubourg voisin, Saint-Jean-Baptiste...

— Un désastre inimaginable, dit John.

— Vingt mille habitants sur le pavé. Il n'en fallait pas plus pour que la municipalité interdise la construction de maisons de bois...

— C'est pour ça qu'on voit surtout des constructions de brique ou de pierre, saisit John.

— La permission d'ajouter un décor de bois n'a été accordée qu'à la fin des années 1900.

Engagés dans la rue Fleury, les jeunes visiteurs sont charmés par ces demeures de briques brunâtres, coiffées de toits à deux versants ou en mansarde et parées de magnifiques fenêtres à vantaux.

— Elles ressemblent un peu aux maisons ouvrières de chez nous, fait remarquer Edith.

— Je dirais qu'elles sont un jumelage de leur architecture et de celle des villes industrielles du Nord de la France, précise Irma pour y avoir séjourné à deux reprises.

— Que vous êtes chanceuse d'être allée en Europe ! s'écrie Harry qui rêve de voyager.

— Je ne l'envie pas, moi, dit Edith. C'était pendant la Grande Guerre.

— J'y suis allée avant aussi. En Allemagne et en France, pour mes études, corrige Irma. Je te raconterai un jour, offre-t-elle à Harry.

Charles, friand de nouveautés à découvrir, les presse d'avancer.

Les vacanciers ont vite fait de remarquer l'alignement des commerces tout au long de la rue Saint-Joseph. Ils demandent à les visiter.

— Mais il est trop tôt, fait remarquer leur guide. Je vous emmène voir notre belle église en attendant, annonce Irma qui partage avec son père cette passion pour l'histoire et l'architecture.

— Une église ? ronchonne Charles. C'est pour voir une église que vous m'avez réveillé si tôt ?

— Si tu avais moins chigné pour ne pas aller au lit hier soir, tu serais plus en forme ce matin, lui rappelle Irma, un tantinet ironique.

— À moins qu'on te fasse réciter ton chapelet, blague Edith.

— L'histoire de l'église Saint-Roch va tous vous intéresser, promet Irma. Sachez que cette église a survécu à trois incendies et à une démolition.

— Ça tient presque du miracle, reconnaît John.

— Pourquoi, la démolition? demande Harry, en extase devant cette construction surmontée de deux tours qui atteignent cent cinquante pieds de hauteur et dont l'architecture emprunte au gothique sur la façade et au style roman à l'intérieur de ses murs.

— Parce qu'elle était devenue trop petite, explique Irma. Il est arrivé deux choses étonnantes lors de cette reconstruction. Au lieu de s'attaquer d'abord à rebâtir l'église, le Conseil de fabrique a commencé par le presbytère. L'année suivante, une firme d'architectes de Saint-Roch entreprenait la première étape de la construction de l'église : la partie arrière d'abord. Cette fois, on lui a donné une charpente d'acier revêtue de granit sombre. J'y pense! Imaginez donc que le maître-autel et les autels latéraux en marbre proviennent des ateliers Daprato, de Chicago.

— Du solide, considère John.

— On a dû en mettre du temps à la construire! présume Harry.

— Cinq ans pour l'extérieur, mais l'intérieur n'est pas encore terminé. Les coûts ont dépassé les prévisions et la guerre a beaucoup ralenti les travaux, précise Irma qui, constatant qu'une cérémonie liturgique est en cours, limite la visite aux portes du parvis.

— On reviendra, suggère Edith, demeurée sur son appétit.

— Il y en a une autre superbe sur notre route vers le parc, annonce Irma, à l'intention de Charles qu'elle aime taquiner.

— Vous auriez dû le dire que c'était un pèlerinage que vous nous organisiez, riposte-t-il avant de déceler l'espièglerie de sa marraine.

— Peut-être aimerais-tu voir quelque chose d'un peu moins... religieux?

— Quoi donc?

— Quelque chose qui flatterait ton palais...

— C'est loin d'ici? s'enquiert Charles, charmé par cette proposition.

— On a le temps d'y aller avant l'ouverture des magasins.

— Qu'est-ce que c'est ?

— Suivez-moi !

Rebroussant chemin dans la rue Saint-Joseph, la joyeuse troupe est vite happée par des hennissements de chevaux, des cris de charretiers, des roulements de tonneaux.

— D'où vient ce tintamarre ? demande John.

— Du marché Jacques-Cartier, tout près de la rue de la Couronne, l'informe leur guide.

Les marcheurs pressent le pas derrière Charles qu'un arôme de victuailles empoigne aux tripes.

— Une grosse construction comme ça sur la place d'un marché ? s'étonne John à la vue de l'édifice de la *Quebec Railway, Light, Heat and Power Co.* dont la somptueuse entrée du côté de la rue Saint-Joseph reflète le projet initial de l'architecte mais pas dans sa totalité ; cet édifice devait être orné de larges corniches saillantes, d'une balustrade et de statues en acrotère sur la façade.

— Trop cher ! devine Harry.

Irma relate qu'à une certaine époque, les deux halles Jacques-Cartier regroupaient une trentaine d'étals de bouchers, une douzaine d'étals de poissonniers et autant de regrattiers, une glacière et une salle d'assemblée.

— Des regrattiers ! Qu'est-ce que c'est ? demande Edith.

— Ce sont des marchands d'articles d'occasion, répond John, fier d'impressionner son épouse.

Le regard nostalgique, Irma enchaîne :

— La vieille halle était une bâtisse en brique à deux étages. Au premier, se trouvaient les étals ; au deuxième, il y avait une grande aile publique qui servait pour les assemblées populaires. S'y trouvait également une salle utilisée pour des spectacles, des bazars et des banquets. Toute ma parenté y venait. On y présentait des pièces de théâtre, des opérettes... jouées parfois par des artistes venus de France. Tout a été détruit par le feu en 1912.

— C'est là que votre mère a chanté ? déduit Edith.

— Non. C'était un peu plus vers l'est, rue Saint-André, dans l'édifice où travaillait mon père. La salle n'était pas très grande mais pouvait accueillir des gens très distingués.

— Comme...

— ... des lieutenants-gouverneurs et leurs suites, des notables de la ville, des dignitaires de tout acabit, se souvient Irma.

— Qu'est-ce qu'elle chantait donc, votre mère?

Irma fronce les sourcils et fouille sa mémoire.

— Bien... du Verdi, du Schubert, des opérettes de l'Italien Mercadante, entre autres, répond-elle, fixant au loin un souvenir qui semble fuir.

— Vous êtes chanceuse de connaître tous ces musiciens, estime Edith.

— Si on croit à la chance, je pourrais dire que d'être née dans une famille où la musique était reine, c'en est une. Ton destin était autre, ma petite.

— Ma chance, je l'ai eue le jour où vous êtes passée dans ma classe. J'avais huit ans.

— Si je m'en souviens!

— Vous avez changé ma vie et celle de mon frère, témoigne-t-elle avec une tendresse touchante. Mais, parlant de Harry, où est-il passé, lui? s'inquiète Edith.

La place Jacques-Cartier fourmille d'activités. Harry a été attiré par une altercation entre vendeurs et vendeuses se disputant les meilleures places pendant que les paysans déchargent leurs biens: la plupart apportent des légumes ou du poisson; d'autres, du bétail ou du gibier; certains ont leur charrette remplie de sacs de grains.

— Ça se passe toujours comme ça? demande-t-il à Irma.

— Eh oui! Je te dirais même que c'est moins pire qu'avant. Grand-père LeVasseur me racontait que, de son temps, on organisait les marchés sur les places publiques, même devant les portes des églises. Les disputes des commerçants, soit avec leurs concurrents, soit avec les acheteurs dérangeaient à ce point les gens qui assistaient aux offices religieux que les autorités de la ville en vinrent à interdire la tenue de marchés près des églises et à imposer une amende aux contre-venants.

— Pourquoi les marchands se disputaient-ils avec les acheteurs ? demande Edith.

— Au sujet des prix, présume John.

— Pas seulement pour ça, corrige Irma. Certains trichaient sur le poids de leurs articles. Des voleurs tentaient de s'enfuir sans payer. C'est pour ça que vous voyez des policiers se promener autour de la halle.

Irma s'esclaffe sous le regard intrigué de ses visiteurs.

— Le meilleur est à venir. Vous voyez là-bas, les piles de fourrures sur les tables ? Vous devinez qui les a apportées là ?

— Je n'oserais le dire, avoue John.

— Des Sauvages ! lance Harry, railleur.

— Harry ! Vous ne trouvez pas, madame Irma, que c'est un peu méprisant de les appeler ainsi ? fait remarquer John, habitué à mesurer ses paroles.

Irma nuance :

— Peut-être pas autant que tu le penses, John. Au Québec, ce terme est courant. D'ailleurs, l'anse où ces Abénaquis sont campés à Lévis a pris le nom d'anse des Sauvages.

— Je n'irai pas perdre mon temps là, s'ils ne vendent que des fourrures, décide M. le professeur.

— Tu devrais voir ! Ils apportent plein d'autres belles choses qu'ils confectionnent...

— Comme quoi ? questionne Edith, vivement intéressée.

— Des arcs, des flèches, des mocassins, des ceintures fléchées, de superbes raquettes, des éventails, de beaux paniers tressés.

— On y va tout de suite, réclame-t-elle.

— Il me semblait qu'on venait ici pour acheter de quoi manger ! leur rappelle Charles, impatient.

Forcée de trancher, Irma propose de bifurquer tout de suite vers les tables de fruits et de légumes, de prendre le temps de les croquer avant de se diriger vers les comptoirs des Abénaquis. Charles se laisse guider par un fumet de pain chaud. Un choix fou s'offre à lui : brioches, pains tressés, beignes, miches, petits roulés aux raisins. Non loin de là, des contenants de viandes à tartiner... cretons de porc, de veau, tête fromagée.

— Je passerais bien l'avant-midi ici, dit Charles, empilant devant sa marraine tout ce qui excite ses papilles gustatives.

— T'as de l'argent pour payer tout ça ? vérifie-t-elle.

— Oups ! Je n'en ai pas apporté avec moi. Vous pouvez m'en prêter ?

— Tiens. C'est pour toute ta journée, le prévient-elle en lui présentant un billet de deux dollars.

— J'ai le droit de le dépenser pour autre chose aussi ?

— Bien sûr ! Tu auras plein d'occasions dans les magasins, puis au parc Victoria.

Charles hoche la tête et avoue qu'il lui est difficile de faire des choix.

— C'est une belle pratique pour la vie, mon jeune homme ! lance Irma.

Edith, John et Harry reviennent d'un présentoir de maraîcher, les mains pleines de pommes, de prunes et de concombres, pour eux et pour Irma qui leur en est reconnaissante.

— Je me rends compte que j'avais faim, dit-elle, en dégustant sa part de fruits. Vous ne le saviez pas, mais la meilleure des gâteries que je puisse m'offrir quand je viens au marché, vous ne l'avez pas encore trouvée, les défie-t-elle, se dirigeant d'un pas pressé vers la table d'un producteur qui la reconnaît aussitôt.

— Venez, ma p'tite docteure ! J'en ai du meilleur pour vous, cette semaine.

— De quoi parle-t-il ? questionne Harry.

— De ses fromages, l'informe Irma.

— Il fait du fromage ?

— Depuis l'arrivée de Champlain qu'on fabrique du fromage chez nous, mon cher Harry. Ça fait plus de cent cinquante ans qu'on en fait le commerce. Chaque été, ce monsieur franchit tout près de trente milles depuis Saint-Antoine-de-Tilly pour nous en apporter, lui apprend-elle, le temps que le fromager au grand chapeau de paille lui découpe des pointes de trois sortes de fromage qu'il entoure d'abord de papier ciré puis de plusieurs couches de papier journal avant de les enfouir dans un petit sac de jute pour que la chaleur ne les atteigne pas trop.

— Mais il n'a pas pris votre commande, s'étonne Harry.

— Ce n'est pas nécessaire !

L'œil complice, le marchand lui tend sa provision de fromage, prend l'argent qu'Irma lui a offert avec l'interdiction de lui remettre sa monnaie.

De l'emplacement des Abénaquis s'élèvent des airs peu familiers aux jeunes New-Yorkais. Irma ne s'attendait pas à ce que la fête commence si tôt.

— Habituellement, ils chantent comme ça à la fin d'une journée payante, dit-elle. Je ne peux pas croire qu'ils soient déjà passés au cabaret... Pauvres eux autres !

— Ils ont l'air très joyeux. Pourquoi les plaignez-vous ? questionne Edith.

— Parce que les policiers sont rapides à les emprisonner sous prétexte qu'ils troublent la paix.

— Mais c'est injuste !

— Si tu savais, ma petite Edith, comme la justice est forte sur la discrimination.

— Envers les Abénaquis surtout, imagine John.

— C'est pareil pour les pauvres, les infirmes et... et les femmes. Mais passons ! Vos estomacs sont remplis, les magasins sont maintenant ouverts, allons-y ! lance Irma pour échapper à l'amertume qui allait la perturber.

Charles ramasse sa dernière brioche puis court rejoindre le groupe.

— J'aurais bien fait un petit crochet avec vous vers une manufacture, un peu plus à l'ouest, mais je serais seule à pouvoir y entrer. Ni les garçons ni toi, Edith, ne pourriez m'accompagner, leur apprend Irma.

— Où ça ?

— Vous voyez le gros édifice, là-bas, avec son donjon-château d'eau et sa tour d'horloge ? C'est l'immeuble de la *Dominion Corset*.

— De toute façon, ça ne nous intéresse pas, lance Charles.

— Parle pour toi, jeune homme ! Je ne détesterais pas visiter ça, riposte John.

— Mais pourquoi cette interdiction ? demande Edith.

— Seules les femmes célibataires sont autorisées à y entrer et à y travailler.

— Mais pourquoi ? s'indigne la jeune femme.

— Les hommes n'y sont pas admis à cause de ces vêtements que l'on y fabrique et qui sont réservés à l'intimité des femmes.

— Puis les femmes mariées, elles ?

— Pour le fondateur, Monsieur Amyot, le devoir des épouses est de travailler à la maison et non plus à l'usine.

— Si elles se marient, elles perdent leur emploi ?

— Exactement, c'est dans les mœurs ! Mais ça n'enlève pas à la *Dominion Corset* son prestige de plus grande manufacture de corsets de l'Empire britannique. En 1911, un incendie majeur l'a détruite presque en totalité. Mais elle fut aussitôt reconstruite. Ses installations sont les plus modernes jamais vues.

— Dommage qu'on ne puisse pas la visiter, déplore John, épris de découverte.

Harry et Charles grognent d'impatience. Sans tarder, Irma dirige Edith et ses trois compagnons vers les magasins de la Compagnie Paquet. Chemin faisant, elle fait l'éloge de l'instigatrice de cette grande entreprise, Marie-Louise Hamel, l'épouse de Zéphirin Paquet :

— C'est elle qui a d'abord ouvert une boutique pour y vendre les chapeaux et les vêtements qu'elle confectionnait. Devant son succès et fortement influencé par Marie-Louise, Zéphirin a quitté son travail de laitier pour s'impliquer dans ce petit commerce. Ensemble, ils ont bâti le beau gros magasin que vous apercevez là-bas, sur votre gauche.

— Le magasin aurait pu s'appeler La Compagnie Hamel-Paquet, fait remarquer Edith.

— Il aurait pu, mais ici, au Canada, les femmes sont très peu considérées sur la place publique. Les États-Unis sont plus ouverts. J'ai été à même de le constater quand j'y ai été admise en faculté de médecine... puis pendant mes années de travail à New York. Ici, encore trop souvent, hélas, les hommes s'attribuent les mérites des femmes, grommelle Irma.

— C'est mieux chez nous, fait valoir John.

— Puisque c'est comme ça ici, vous devriez revenir vivre à New York avec nous, marraine, propose Charles.

— On a déjà perdu trop d'enfants au Québec. Ça ne peut plus attendre. Il leur faut un hôpital et ils l'auront avant la fin de cette année, parole d'Irma.

— Vous aurez besoin d'aide… murmure Edith à l'oreille de sa bienfaitrice.

L'espoir de la jeune femme de venir habiter Québec voit s'ajouter une raison à celles que mijote son époux. Curieux, John insiste pour savoir.

— Un petit secret entre femmes, dit-elle à son mari, laissé insatisfait et sceptique.

Tel que promis, dans les magasins de la Compagnie Paquet, les voyageurs new-yorkais trouvent de tout : des vêtements pour toute la famille, des chaussures, de la lingerie, de la mercerie, des tissus et des fourrures.

Tandis que John et les deux jeunes garçons se dirigent vers le rayon des chaussures, Irma et Edith filent vers les grandes surfaces réservées aux dames. La jeune femme s'émerveille.

— Ce n'est rien, lui dit Irma, ravie. Suis-moi. Tiens ! Regarde ces beaux costumes.

— Du grand chic !

— Importé d'Europe, ma chère.

Des acheteurs du plus grand magasin de la ville de Québec se rendent chaque saison à Paris et à New York pour dénicher les dernières tendances de la mode. Ces produits exclusifs sont réservés à une clientèle de dames bien en vue. Quelques-unes, déjà confiées aux bons soins des vendeuses, occupent le salon des dames. Du jamais-vu pour Edith qui n'a pas l'habitude de fréquenter les boutiques, même à New York.

— Aussi, des défilés y sont organisés pour présenter les nouveaux arrivages, lui apprend Irma.

— À quand le prochain ?

— Je m'informe et s'il y en a un cette semaine, on s'organise pour y assister. Profites-en pour te magasiner un beau morceau.

Entre une chemise de soie bleue et une jupe blanche, aux volants ornés de larges dentelles, la jeune femme hésite. Sa préférence irait bien à la jupe mais le prix l'en dissuade.

— Je t'en paie la moitié, offre Irma. Fais vite, les hommes ont terminé et ils vont s'impatienter.

L'achat conclu, les deux femmes sortent du magasin, pensant y trouver leurs compagnons. John les y rejoint peu de temps après.

— Les deux jeunes flânent dans les rayons d'articles de sport, leur apprend-il.

Et, s'adressant à Irma, il dit :

— Je regardais le nombre de magasins dans cette rue ; la concurrence doit être féroce.

— Sauvage, parfois. Après que Paquet eut ajouté des ateliers de confection de chapeaux, de costumes et de robes pour dames, six de ses anciens chefs de rayon ont démissionné pour aller ouvrir un autre grand magasin et depuis le Syndicat est devenu son principal concurrent.

— C'est un peu à cause de ce genre de trahison que j'ai renoncé à me lancer en affaires, révèle John. Dans l'enseignement, on s'entraide au lieu de chercher à se détruire...

Edith retourne à l'intérieur et en ramène Charles et Harry, fiers d'exhiber les chaussures qu'ils ont achetées. Il n'en fallait pas plus pour que chacun se mette à fouiller dans les sacs des uns et des autres. Irma se tord de rire.

La visite des magasins se poursuit jusqu'au parc Victoria.

— Ces jours-ci, on fête le vingt-cinquième anniversaire de la dénomination de ce parc en hommage à la reine de Grande-Bretagne et d'Irlande, d'où ce magnifique monument érigé l'an dernier, commente Irma.

— Avant ça, il s'appelait comment ? demande Harry.

— Le parc Parent, pour remercier l'instigateur du projet, le maire Simon-Napoléon Parent. C'est lui qui est intervenu auprès des Sœurs Augustines pour qu'elles vendent ce terrain à la Ville de Québec.

— Elle a dû le payer cher! s'exclame le jeune homme, ébahi devant les dizaines de chemins étroits bordés de fleurs qui le sillonnent.

— Assez, oui. Quinze mille dollars acquittés en trente versements. Les religieuses avaient aussi exigé que la Ville y maintienne constamment le bon ordre et la morale chrétienne : interdiction donc de vendre de l'alcool, d'organiser des jeux ou de tenir des réjouissances contraires à l'autorité civile, mais religieuse surtout.

— C'est donc pour donner un bel espace vert aux ouvriers de Saint-Roch et de Saint-Sauveur que ce parc a été créé, croit comprendre John.

— Il faut dire que les faubourgs Saint-Roch et Saint-Sauveur sont devenus très populeux depuis une vingtaine d'années. Ces quartiers ouvriers souffraient cruellement d'un manque d'espaces propices à la détente et aux loisirs. Devant l'ampleur du problème, Simon-Napoléon Parent, élu maire de Québec en 1892, a proposé de créer un immense parc urbain pour desservir la population de ces deux faubourgs. L'idée de construire un parc dans Saint-Sauveur, à la place Saint-Pierre, avait été évoquée quelques années auparavant, puis abandonnée. Or, le maire Parent et ses conseillers préféraient l'aménager sur une presqu'île formée par les méandres de la Saint-Charles, quitte à devoir élever le niveau des berges de la rivière pour qu'il ne soit pas inondé.

Harry s'est arrêté, happé par l'originalité d'un kiosque comprenant une tour d'observation et un restaurant.

— À qui doit-on ce petit bijou ?

— À Georges-Émile Tanguay, un architecte de chez nous très réputé, répond Irma avec une fierté évidente. Il a eu le courage de se démarquer de ses prédécesseurs et de sortir des anciens modèles du Second Empire.

Ce pavillon revêt un caractère bucolique avec ses galeries, ses pignons, ses mâts et sa tourelle en façade. La plus achevée des réalisations *Style Stick* à Québec.

— Il a un petit quelque chose de romantique, dit Edith, charmée par la présence de charpentes et de lamelles de bois.

— De fait, ce style s'inspire du courant champêtre de retour à la nature, très populaire aux États-Unis, lui fait remarquer Irma.

Du haut de la tour, les New-Yorkais sont médusés devant l'aménagement paysager dessiné par Sébastien Siné, le jardinier en chef de la ville, et par les plans de ce parc avec sa serre chaude, œuvre de Charles Baillairgé.

— Notre ville regorge de chefs-d'œuvre conçus par des gens de grand talent comme l'architecte Baillairgé, entre autres.

— On pourrait voir ses autres réalisations ? réclame John.

— Ça prendrait la semaine ! C'est lui qui a modernisé notre ville. Il a dessiné les plans de deux chapelles, et ceux de la prison...

— ... des plans pour une prison ? s'étonne Charles. Comme si les criminels méritaient ça !

Un serrement dans la poitrine d'Irma.

— Les prisonniers ne sont pas tous des criminels. Je te dirais, Charles, que nombre d'entre eux ne sont pas coupables des méfaits dont on les accuse, riposte-t-elle, taisant l'exemple de son oncle maternel, Guillaume-Hélie, présumé assassin qui échappa de justesse au jugement de la cour et à la condamnation.

Consciente que sa tristesse affecte ses visiteurs, elle annonce :

— Une prochaine fois, je vous emmènerai visiter un édifice qui vous donnera l'impression de vous retrouver d'abord aux États-Unis, puis de basculer ensuite au Moyen-Âge.

Autour d'elle, que des yeux pétillants de curiosité.

— C'est notre hôtel de ville, avec son portail principal plein cintre et ses arcades monumentales comme on en voit à New York. Mais la tour est des plus originale avec ses mâchicoulis...

— Des mâchicoulis ! Mais qu'est-ce que c'est ça ! s'exclame Charles qui s'amuse avec Harry à déformer ce mot inconnu.

— C'est un balcon au sommet, percé d'ouvertures dans le plancher qui permettent d'observer l'ennemi et de faire tomber sur lui des projectiles ou de la poix.

— De la poix! répète Harry, heureux du caractère ludique que prend cette sortie.

— Oui. C'est un mélange mou, pâteux et gommeux.

— Où est-ce qu'on peut en trouver? demande Charles.

— Ne compte pas sur moi pour t'en procurer, répond-elle, ayant vite fait de deviner ses intentions espiègles.

⋟⋞

— On se croyait encore à New York, tant il a fait chaud! s'exclame Edith à l'heure du souper.

— Pas rien que pour la chaleur, ajoute John. La rue Saint-Joseph n'a rien à envier à New York avec sa centaine de boutiques, ses grandes vitrines illuminées, ses élévateurs, sa marchandise au goût du jour puis sa troupe de commis empressés de servir les clients.

Dans la spacieuse résidence de grand-père Zéphirin, les protégés d'Irma, son filleul et sa tante Rose-Lyn occupent cinq des huit fauteuils qui demeurent trop souvent vides autour de la table de la salle à manger. Au soir d'une journée non moins exténuante qu'euphorisante, Angèle et Irma s'affairent à leur servir un copieux repas.

— Mamy Rose-Lyn, je n'aurai pas assez de toute ma vie pour vous remercier de m'avoir emmené au Canada, clame Charles, exubérant. Je regrette seulement de n'avoir pas six ans de plus!

— Pourquoi? s'enquiert Irma, intriguée.

— Je ne serais pas forcé d'aller m'asseoir sur les bancs de l'école à mon retour.

— Pas de chance, mon jeune! L'école, c'est le chemin de la réussite, reprend John, déplorant que cette désaffection pour les études trouble Clara qui doit, en l'absence de Bob, stimuler l'étudiant rebelle.

Témoin de la tristesse que manifeste le fils de Bob à la pensée de quitter Québec dans une semaine, Edith lance à son époux un regard troublé. Pour rien au monde, Charles ne doit soupçonner que le couple Miller a fait ce voyage dans l'intention de s'installer à Québec. Il aurait vite fait de comprendre qu'il risque du même coup de perdre son ami Harry. Charles éprouve une admiration indéfectible pour ce garçon que la générosité d'Irma et de Rose-Lyn a épargné de l'orphelinat. Lorsque les deux enfants Young ont été recueillis par Irma et emmenés au domicile de Rose-Lyn, Charles venait d'avoir un an. Depuis il a passé tous ses dimanches chez sa mamy avec ce « grand frère » affectueux et attentionné.

De la cuisine, Irma observe le fils de Bob et d'Hélène, cette jeune femme avec qui elle avait développé une belle amitié à son arrivée aux États-Unis pour y faire ses études de médecine. Que de changements depuis six mois seulement ! La chevelure bouclée d'Hélène, ses grands yeux verts, le port un tantinet altier de son père, une spontanéité qui fait un pied de nez à l'âge ingrat, le jeune Smith a tout pour charmer Irma. « Quelle femme ne serait pas fière d'être sa mère ? » se dit-elle, croisant le regard perspicace d'Angèle.

— Allez manger, ma tante. Vous en avez assez fait. Je m'occupe du service, propose-t-elle.

Voyant revenir Angèle à la table, Edith va s'offrir pour la remplacer à la cuisine. Au refus de sa protectrice, elle riposte :

— Je n'ai pas été élevée à me faire servir, vous le savez bien. Sans parler de la chance qu'on a d'être tous accueillis dans cette belle maison...

— ... par une dame au cœur grand comme l'Amérique, ajoute John, manifestement sous le charme de l'hôtesse dont l'énergie masque bien ses soixante-douze ans.

— Si vous saviez comme ça fait longtemps que les murs de cette maison n'ont pas vibré de rires comme les vôtres. Ne serait-ce que pour ça, je ne cèderais ma place à personne. Mon souhait est de vous garder avec moi le plus longtemps possible.

Ces paroles affligent Rose-Lyn. La seule pensée de retourner à New York, loin d'Edith et de Harry, lui tire une larme qui n'échappe pas à l'attention de Charles.

— Vous n'avez plus envie de repartir, vous non plus, Mamy ? susurre-t-il à son oreille.

— À mon âge, on pleure à tout propos. Parfois même de bonheur, trouve-t-elle à répondre pour rassurer son petit-fils.

Irma les a entendus. « Un peu plus et je les garderais tous à Québec avec moi », se dit-elle, prête à s'en réjouir quand la pensée de Bob surgit, le lui interdisant. Charles l'aurait-il deviné ?

— Il faut que papa vienne voir comme c'est beau Québec. Plein de gros arbres, de belles maisons de pierre, d'espaces pour faire de la bicyclette, s'exclame-t-il.

— ... de petites boutiques, de gens qui se saluent, qui s'amusent, qui se taquinent, d'ajouter Edith.

— Puis ça sent les fleurs tout le long des trottoirs, fait remarquer son mari.

— Moi, j'ai hâte à demain pour aller à la plage, dit Harry, son regard complice dirigé vers Charles.

— S'il fait beau, nuance John.

— Il fera beau, prédit Angèle. Les cigales chantent à s'égosiller et puis le vent souffle du bon côté.

Cette brise d'optimisme incite Harry à faire une déclaration :

— Notre traversée en bateau m'a donné le goût de devenir officier de marine.

Les regards, figés. Les mots, absents.

« Ça paraît qu'il n'a pas connu la guerre », pense Irma, un frisson dans le dos.

— En travaillant sur les bateaux, je pourrai être tantôt à New York, tantôt à Québec, explique le jeune New-Yorkais.

— Une situation de rêve, échappe Rose-Lyn.

— Trop tard pour vous, Mamy Rose-Lyn ! s'écrie Charles, ramenant l'hilarité autour de la table.

— Attention à tes paroles ! Si tu fais le vlimeux une autre fois, je ne te ramènerai plus à Québec.

« John professeur, Harry dans la marine et mon filleul, lui ? » se demande Irma. Angèle l'a devancée :

— Je gage que toi, mon beau Charles, tu ne te questionnes pas sur ton avenir. La bijouterie de ton père t'attend...

— Moi ! Aller m'enfermer toute ma vie dans une boutique pleine de verrous, coincé derrière un comptoir barré ! Oh, non ! J'aime trop le grand air et la liberté pour ça.

— Tu passerais à côté d'une mine d'or semblable ? s'étonne John, des signes de piastres dans les yeux.

— Moi, je le comprends, rétorque Harry. La mine d'or, c'est de faire ce qu'on aime dans la vie. L'argent ne vaut rien s'il ne t'apporte pas une plus grande liberté.

À mi-chemin entre la salle à manger et la cuisine, Irma s'arrête.

— Tu parles comme mon grand-père LeVasseur, dit-elle. Un grand sage, Harry. À ton âge, tu as déjà compris que l'argent est au service de nos rêves.

— Serais-tu sur le point de mettre ça en pratique ? lui demande sa tante Rose-Lyn.

— Absolument !

Irma va déposer sa pile d'assiettes à laver, revient vers la table et annonce :

— Maintenant que j'en ai les moyens, je l'aurai mon hôpital pour nos petits pauvres et infirmes. Ici même, à Québec.

— Vous allez le faire construire, présume John.

— Plus simple que ça. Dans le Vieux Québec, il y a plein de belles maisons qui se prêteraient bien à un hôpital. Je préfère ouvrir plusieurs petits hôpitaux plutôt que d'avoir à gérer de grosses équipes de travail, leur apprend-elle, de la détermination à revendre.

— C'est pour ça qu'elle est revenue dans son pays et qu'elle ne repartira plus jamais, clame Angèle, fière et combien heureuse d'offrir le gîte à sa nièce aussi longtemps qu'elle le voudra.

Charles, jaloux du privilège d'Angèle, a déposé sa fourchette et fixe en silence les motifs de la nappe. Une promesse d'Irma faite lors du décès d'Hélène, sa mère, revient à sa mémoire : « Je serai ta deuxième maman, si tu le veux, mon p'tit homme. » Près de dix ans se sont écoulés depuis. Des années de vains espoirs pour Charles. Bob et Irma ne se sont pas liés pour la vie. Leurs regards langoureux, leurs baisers à la dérobée, leurs étreintes brusquement dénouées, autant de signes prometteurs qui ont avorté et ont plongé l'orphelin dans un chagrin qu'il n'a confié qu'à son oreiller. Est-ce par dépit qu'il boude la relation amoureuse née sept ans plus tôt entre son père et Clara, et qu'il en prédit encore la fin prochaine ? Ce vœu, Edith et son mari ne le partagent nullement. John prône la sincérité des sentiments de sa mère pour Bob et il croit fermement en leur amour réciproque.

Charles repousse son assiette. Son geste n'a pas échappé au regard d'Angèle.

— Personne ne peut se priver d'une bonne tarte au sirop du pays, soutient-elle. Goûtes-y, Charles, tu vas voir comme elle fond dans la bouche, insiste-t-elle en lui en servant une bonne pointe.

— Je n'ai plus faim, ment le jeune homme tenté de quitter la table.

Irma connaît sa gourmandise pour les desserts. Elle pourrait le taquiner si elle ne flairait pas les véritables sentiments qui habitent son filleul.

«Il faut que je trouve un moyen de les faire venir à Québec, se dit le jeune homme. Clara va souhaiter revenir habiter dans sa ville natale et papa... Ou il retournera sans elle à New York, ou il acceptera qu'on vive tous ici, ou il quittera Clara pour épouser ma marraine.» L'idée de lui faire parvenir un message avant de quitter Québec le secoue, le hante. Charles vit le reste du repas en marge des échanges enthousiastes entre les autres convives.

— Vous m'excuserez, mon lit m'appelle, annonce-t-il, fuyant tous les regards incommodants.

— Tu m'accorderas bien quelques minutes... dans le jardin, implore Irma.

— Ça ne pourrait pas attendre à demain?

— À la condition que tu me dises ce qui te chicote depuis une demi-heure.

Charles lui fait une moue peu rassurante. Harry offre de le suivre à sa chambre. Même réaction. On se consulte... du regard. John, qui soupçonne Harry d'avoir laissé filtrer quelque information relative à leurs projets, lui susurre un reproche à l'oreille. Harry s'en défend vertement :

— Tu devrais bien savoir que je ne suis pas le plus bavard de New York; à plus forte raison si on me confie un secret, murmure-t-il.

⟡⟡

Après quatre jours de balades dans la ville de Québec, les visiteurs new-yorkais entament à regret le compte à rebours. La tentation est grande de mettre les bouchées doubles. Ce samedi 26 août, ils ont quitté la maison des LeVasseur avant huit heures pour ne revenir qu'en soirée. Les chutes Montmorency, Sainte-Anne-de-Beaupré, Beauport et ses magnifiques lacs les ont enchantés. Il n'est pas étonnant que le lendemain matin, toute la maisonnée se laisse encore porter par le sommeil passé neuf heures, à l'exception d'Angèle et d'Irma. Raison de plus pour les deux LeVasseur d'aller prendre le petit-déjeuner dans le solarium. Du jardin émanent encore des effluves de roses.

— Aussi délicieux que le miel sur ma brioche, dit Irma, humant ces parfums avec avidité.

— Il ne manquait plus que les *pe-ti-ti-diou* de mes chardonnerets et je viens de les entendre, ajoute Angèle, visiblement comblée.

Toutes à leurs délices, les deux femmes n'ont pas remarqué la présence de Charles derrière la porte moustiquaire.

— Il faut que je parle à mon père, annonce le jeune homme.

— Un problème ? questionne Angèle accourue vers lui.

— Viens donc t'asseoir, Charles, réclame Irma en désignant une chaise en face de la sienne.

La démarche nonchalante, les cheveux en broussaille, les yeux bouffis, le fils de Bob obtempère au souhait d'Irma.

— Tu t'ennuies ?

— Comme c'est parti, je vais passer le reste de ma vie à m'ennuyer.

Angèle sursaute.

— Pas un beau jeune homme comme toi ! Tu as tout pour être heureux, Charles.

— Oui, oui, maugrée-t-il.

— Tu n'es pas bien avec nous autres ? s'inquiète la septuagénaire.

Charles pousse un soupir d'impatience.

— Tu penses vraiment que seul ton père pourrait régler ton problème ? lui demande Irma.

— Je veux lui envoyer un télégramme, répond-il, ignorant la question de sa marraine. Vous pouvez venir avec moi au bureau de poste après votre déjeuner?

— C'est dimanche aujourd'hui. Tout est fermé.

— Ah, non!

Dépité, Charles calcule on ne sait quoi sur le bout de ses doigts.

— Combien de temps un télégramme met-il à se rendre à New York? demande-t-il, tourmenté.

— Environ sept minutes pour franchir trois mille milles. Si le télégraphiste fait bien son travail, ton père le recevra le jour même, répond Angèle.

Rassuré, Charles y va d'une question plus délicate :

— Je veux que personne ne voie ce que j'écrirai.

— Dans ce cas, je t'attendrai dehors... dit Irma, contrariée.

Charles comprend son déplaisir. Aussi cherche-t-il une formulation plus subtile pour l'autre question qui lui brûle les lèvres.

— Connaissez-vous les horaires des traversées de Québec et New York?

— Ne me dis pas que tu voudrais t'en retourner avant les autres, fait Irma catastrophée.

Navré, le jeune homme reste bouche bée, le temps de trouver un moyen de rassurer sa marraine.

— J'aimerais envoyer un cadeau à mon père...

— Tu risques de prendre le même navire que ton cadeau, mon ami.

— Ce serait la même chose si je lui demandais de m'expédier de l'argent? J'aurais peu de chances de le recevoir avant mon retour? reprend-il, heureux de voir réapparaître la détente sur le visage d'Irma.

— De fait! Mais si tu as vraiment besoin d'argent, tu sais à qui t'adresser. C'est ta grand-mère qui est chargée de tes dépenses, non? À moins que tu sois mal à l'aise de lui dire la vérité...

Confondu, Charles tente de clore cette discussion :

— À quelle heure, demain matin?

— Dix heures.

— Qu'est-ce que vous faites aujourd'hui, marraine?

— La grand-messe est à neuf heures. Dans une des plus belles églises de Québec, croit bon de souligner Irma.

— Les églises ne m'attirent pas particulièrement...

— Qu'est-ce qu'on ne peut pas entendre ! grommelle la septuagénaire scandalisée.

Sa nièce tempère d'une autre incitation :

— Mais si tu ne t'arrêtais qu'à considérer le talent et le travail des hommes qui les ont construites, tu ne regretterais pas ta visite. Dieu mérite ce qu'il y a de plus beau, considéraient ces bâtisseurs et ceux qui les soutenaient de leurs deniers.

— De leur or, même, ajoute Angèle.

— Tu en verras à l'église Notre-Dame-de-Jacques-Cartier.

— Encore Jacques Cartier !

— Il est vrai qu'on retrouve son nom un peu partout au Québec, mais c'est tout à notre honneur. On n'a jamais oublié que c'est grâce à cet explorateur de Saint-Malo que notre fleuve Saint-Laurent est apparu sur les cartes.

— Ça fait longtemps ?

— Compte. En 1535, Jacques Cartier et son équipage ont passé l'hiver par ici, tout près de notre rivière Saint-Charles.

— Ça fait tout près de quatre cents ans ! L'église est-elle aussi vieille ?

— Non, mais elle est une des rares à n'avoir pas subi de rénovations importantes.

— Pourquoi ?

— Parce qu'elle n'a jamais été rasée par le feu, celle-là. Les paroissiens l'entretiennent depuis plus de soixante-dix ans. Si tu viens avec nous, tu auras la chance d'entendre l'orgue. Un bijou que la paroisse s'est offert il y a neuf ans.

— Il sort de l'ordinaire ?

— C'est peu dire pour un orgue Casavant. Ça ne te donne peut-être pas de trémolos dans la voix, mais à nous, les Canadiens français du Québec, oui. C'est une famille de chez nous qui a inventé cet orgue à quatre claviers et à plus de quatre-vingts jeux, équipé d'un système de transmission électropneumatique. Il se vend à la grandeur du Canada et des États-Unis.

Irma a si bien fait l'éloge de ce temple que son filleul a été le premier à prier Harry, sa sœur et son beau-frère de se joindre à eux. Loin de se satisfaire du décor harmonieux des fresques, des galeries latérales et des colonnes ioniques cannelées, Charles a insisté pour monter voir l'orgue de près.

— Pourquoi tant de pédales ? demande-t-il à l'organiste.

— Certaines vont jusqu'à dix. La bombarde et la flûte en prennent chacune deux et les autres servent à reproduire les sons de la trompette, de la flûte, du violon, du violoncelle et du bourdon.

— Mais c'est un orchestre !

— Un orchestre n'a rien de comparable au pouvoir de cet orgue. J'en aurais pour une journée à tout t'expliquer, mon jeune homme, prétend l'organiste non peu fier de son rôle.

Du jubé, Edith remarque le chemin de croix fait d'émail sur métal.

— Je n'en ai jamais vu d'aussi beau. Lui aussi a été fabriqué au Québec, suppose-t-elle.

— Je devais avoir treize ou quatorze ans quand il a été installé, dit Irma. Grand-père Venner, un des rares hommes d'affaires de Saint-Roch à se rendre souvent en Europe, m'avait emmenée à son inauguration. Il m'avait dit que ce chemin de croix venait de Limoges, en France. Je n'oublierai jamais ce dimanche-là.

Charles se tourne vers Rose-Lyn, étonné de ce qu'il vient d'apprendre.

— Il était riche votre père, Mamy !

— Riche et cultivé.

— Chanceuse ! s'écrie Edith.

— Toute médaille a un revers, réplique Rose-Lyn.

Son regard croise celui d'Irma à qui elle avait confié les périodes sombres de sa vie de jeune femme, forcée par son père d'aller vivre aux États-Unis.

— C'est ce jour-là que j'ai appris de grand-père Venner que je serais placée en pension chez les religieuses pour compléter mes études, révèle sa nièce.

Edith s'approche des deux femmes.

— Une mauvaise nouvelle pour vous ? croit-elle deviner.

— Oui et non. Oui, parce que je devais quitter mon grand-père Venner que j'aimais beaucoup. Non, parce que j'échappais à l'autorité de ma fausse grand-mère, ma marraine en plus, pour tomber sous celle des Sœurs de Jésus-Marie. Plus acceptable, tout de même.

Cette confidence éveille chez Edith la conscience de n'avoir jamais eu de grand-père. Comment ne pas le déplorer à l'émotion qui se lit sur le visage d'Irma ?

En sortant de l'église, John s'interroge sur l'immense propriété, voisine de l'église, qui donne sur la rue Saint-Joseph.

— On dirait un château ! s'exclame-t-il.

— C'est le nouveau presbytère, corrige Irma. Quand Notre-Dame-de-Jacques-Cartier a été érigée en paroisse, le curé a acheté cinq propriétés voisines pour faire construire cet édifice qui rappelle de fait l'architecture des palais italiens des XVIe et XVIIe siècles.

— Vous connaissez donc bien des choses dans ce domaine ! s'exclame Harry.

— La famille Venner s'intéressait beaucoup à toutes les formes d'art, s'empresse de faire valoir Rose-Lyn.

— Les LeVasseur aussi, corrige Irma.

— Bien sûr, confirme sa tante. De plus, tu as fait quelques études d'histoire de l'art.

— Par plaisir ! Comme j'ai peint par plaisir, confirme sa nièce.

— Existe-t-il d'autres beautés comme celle des orgues ? On pourrait les visiter cet après-midi, suggère Charles, au grand étonnement d'Irma.

Passant devant l'hôtel Saint-Roch, angle Saint-Joseph et Jacques-Cartier, elle évoque le chic de cet établissement doté de magnifiques bureaux et de chambres équipées de toutes les améliorations modernes, comme le téléphone, de prestigieuses salles de réception et d'une grande allée de quilles.

— Mais cet hôtel est normalement réservé aux hommes d'affaires et aux commis-voyageurs, précise-t-elle.

Rose-Lyn suggère que le choix soit donné à leurs touristes de visiter la gare du Palais, le Vieux Port ou les Plaines d'Abraham.

— Ce serait bien de les voir tous tandis que Madame Irma est disponible, souhaite John.

— Le temps nous manque, d'autant plus qu'on aura des invités-surprises à notre table ce soir, annonce Irma. Tante Rose-Lyn pourrait continuer avec vous demain, elle connaît Québec aussi bien que moi.

Regroupés en cercle devant l'hôtel Saint-Roch, les New-Yorkais et leurs deux protectrices discourent sur les activités de l'après-midi. Charles et Harry préfèrent les Plaines, John et son épouse sont attirés par la gare du Palais et une balade au Vieux Port. Or Irma ne souhaite pas s'aventurer près de l'eau un dimanche en fin d'après-midi. Les vagabonds qui y traînent ont eu le temps de prendre une bonne cuite et de causer du scandale. Les opinions se croisent entre Rose-Lyn et ses jeunes visiteurs quand, du hall de l'hôtel, des voix tonitruantes se font entendre... aussitôt suivies d'un branle-bas qui ressemble à une bataille entre gardiens de sécurité et clients.

— Éloignons-nous, ordonne Angèle.

— Qu'est-ce qu'il faisait là ? lui chuchote Irma à l'oreille.

— Je n'en ai aucune idée. Il n'a même pas l'air éméché.

— Filons avant qu'il nous aperçoive.

Irma et sa tante pressent le pas derrière les cinq autres promeneurs qui les ont devancées d'une vingtaine de pas quand un cri les rejoint, répété avec insistance :

— Tite sœur ! Attends-moi ! Tite sœur ! C'est moi, attends !

Irma supplie Angèle de ramener les visiteurs à la maison.

— De là, nous conviendrons de notre fin de journée. Je vais essayer d'entraîner Paul-Eugène à l'écart...

— S'ils me demandent qui c'est, je dis quoi ?

— Vous allez trouver, ma tante.

Alors qu'Irma se dirige vers son frère, lui reviennent en mémoire les remarques d'Angèle concernant la présence indésirable de vagabonds du genre de Paul-Eugène et de ses copains dans les quartiers huppés de Québec.

« Moi aussi j'en ai honte parfois, s'avoue Irma. Moi qui avais juré que rien au monde ne me ferait renier mon frère. Ni personne de ma famille », se rappelle-t-elle, à deux pas de Paul-Eugène.

N'eût été d'une manche déchirée, elle l'aurait jugé convenablement vêtu avec son pantalon de coton délavé assorti à sa chemise à carreaux bleue. La démarche titubante, le quadragénaire gringalet ne dégage pourtant aucune odeur d'alcool.

— Mais que faisais-tu là, Paul-Eugène ?

— Même si on n'est pas de leur rang, c'est pas une raison pour nous traiter comme du bétail, marmonne-t-il, zyeutant derrière son épaule le constable qui l'a violenté.

— Tu sais que tu n'as pas le droit d'entrer dans ce genre d'hôtel.

— Je n'ai pas volé ! Je te le jure, tite sœur. Je n'ai pas volé.

— Tu n'as pas eu le temps, je suppose.

— J'ai quêté les gros riches qui prennent un coup dans le *lounge*. C'est pas voler, ça. C'était mon tour de venir, aujourd'hui. Puis je voulais rembourser mon chum Tommy.

— Combien tu lui dois ?

— Ça ! répond-il en désignant sa chemise d'un air piteux. Je l'étrennais pour… pour un événement spécial.

— Tu en as d'autres.

— Oui, mais pas aussi belles. Puis… sales.

— Tu pourrais passer t'en laver une chez papa.

— Je sais pas si je vais avoir le temps. Faut que j'aille m'expliquer avec Tommy avant.

Irma sort de sa bourse suffisamment d'argent pour acheter trois chemises comme celle que porte son frère.

— Tiens ! Tu as ce qu'il faut pour payer ta dette et t'acheter d'autres vêtements.

— Non ! Pas tout ça, tite sœur, s'exclame Paul-Eugène. Garde ce deux piastres-là, dit-il avant de filer à grandes enjambées vers l'est.

— Te tiens-tu encore dans les environs du Vieux Port ? lui crie Irma.

Sourd à sa question, de sa longue main hâve, Paul-Eugène lui lance un au revoir avant de disparaître rue de la Couronne.

« Son Tommy doit l'attendre dans les environs », pense Irma, se dirigeant vers la rue Fleury, une lassitude soudaine sur les épaules et dans les jambes. « La gare du Palais, le Vieux Port ou les Plaines d'Abraham, quel que soit le choix de mes visiteurs, nous risquons de le croiser, lui et sa bande de miséreux, dans un état dégradant. Quarante-sept ans à promener une âme en lambeaux, un cerveau anémique, un grand corps déshonorant. Il n'a pour justifier son existence que cette candeur périmée et la magie de ses doigts sur le clavier du piano. » « De trop sur la terre, que ce retardé », ont jugé Venner et LeVasseur. Irma se demande s'il s'en trouvera pour saisir le message qu'il est venu livrer à notre société. « Et s'il était la face cachée des hommes ? Un miroir devant ce que chacun recèle d'indolence, d'égocentrisme, de stupidité mais aussi de génie et de prodigalité. Serait-ce par déni que les gens, "normaux" refusent de les regarder, de les côtoyer, lui et ses semblables ? Je suis de ceux-là, hélas, Paul-Eugène. Qu'un même sang coule dans nos veines ne suffit pas à me donner le courage de t'héberger sous mon toit. Plus tard, peut-être... si tu n'as pas d'autres ressources. Pardon, mon frère, pardon ! »

À cinq minutes de la demeure de Zéphirin LeVasseur, Angèle vient à la rencontre d'Irma.

— On a décidé de faire un pique-nique, lui annonce-t-elle.

— Où ça ?

— Sur les Plaines. Il fait si beau ! Tout est prêt. On n'attend plus que toi pour partir.

Irma acquiesce d'un signe de tête.

— C'est ton frère qui te préoccupe comme ça ?

— C'est l'humain. C'est le sens de la vie. Son non-sens, parfois.

— Ma foi ! Il t'a mis dans de beaux draps, Paul-Eugène.

— Ce n'est pas ce que vous pensez, tante Angèle.

— Tu veux dire...

— C'est souvent de ceux qu'on attend le moins qu'on reçoit le plus, dit Irma, songeuse.

— On en reparlera, si tu le veux. Mais je dois te dire que les cinq qui trépignent dans la maison attendent beaucoup de toi. C'est pour toi qu'ils sont venus ici, tu sais.

— Un peu pour eux aussi, rétorque Irma, tout de même disposée à se montrer joviale pour n'inquiéter personne.

Le premier à s'engager dans la rue Fleury, un panier de victuailles au bras, vient au-devant de sa marraine, la défiant d'en deviner le contenu. La gageure plaît à Irma.

— Des fruits, des gâteaux et des limonades, avance-t-elle.

Charles s'esclaffe.

— Pas sorcière pour deux cennes, ma marraine, apprend-il à Harry, son complice, venu les rejoindre.

Irma attrape son panier, le fouille, y trouve des sandwiches et des légumes. Elle est forcée de reconnaître son erreur, tous s'en amusent. Edith, Rose-Lyn et John s'amènent portant, l'un des provisions supplémentaires, l'autre des couvertures et John... rien d'autre que son carnet de notes et son crayon.

— Monsieur joue au professeur! ironise Harry.

— Puisque tu te penses drôle, le beau-frère, donne-moi donc le nom du parc où on va pique-niquer.

Bredouille, Harry décide de s'en moquer.

— Tu le sais, toi? lance-t-il à son tour.

— On l'a dit au moins trois fois. C'est le parc d'Abraham.

— De quel Abraham? relance Harry, frondeur.

— Abraham Lincoln, notre ancien président, riposte John, goguenard. Il mériterait bien un tel hommage, ajoute-t-il, sollicitant l'opinion d'Irma.

— Si vous saviez! Notre Abraham en question n'a rien fait de plus que d'emmener son bétail brouter sur ces terres, avoue-t-elle, amusée.

— Alors que notre Abraham à nous a payé de sa vie pour s'être opposé à l'esclavage, renchérit John, au fait des exploits des héros américains.

— Il n'est jamais venu à l'idée des autorités de donner à ces plaines le nom d'un explorateur ou d'un brave défenseur? questionne Edith.

— Hélas, non ! Je pense que c'est dû au fait que beaucoup d'événements marquants sont survenus sur les Plaines d'Abraham. Des batailles entre conquérants britanniques et colonisateurs français à deux moments rapprochés, avance Rose-Lyn. La première en 1759 et l'autre, l'année suivante. Ce furent de courts combats, mais ils ont tout de même changé le cours de notre histoire.

— Le parc des Champs-de-Bataille a reçu sa dénomination pour consoler les troupes françaises de leur défaite en 1759 et le parc des Braves pour commémorer leur victoire l'année suivante, complète Irma.

En foulant ce parc, Angèle manifeste une fierté sans pareille. Debout devant le groupe dont elle a interrompu la marche, elle vante la réussite de ce Grand Royaume de la nature conçu par Frederick G. Todd pour célébrer le tricentenaire de la fondation de Québec. Ses avenues circulaires couvrant une superficie de plus de cent hectares éblouissent tout autant que la falaise de quelque cent mètres de hauteur qui le limite du côté sud. Les visiteurs sont émerveillés d'y découvrir nombre de vestiges, dont un cadran solaire utilisé par Michel Sarrazin, médecin du roi de France, pour situer Québec sur la carte du monde.

— Notre histoire ne compte pas que des exploits. Je n'oublierai jamais la catastrophe du pont de Québec, confesse Angèle devant son petit public avide de détails. La construction avait commencé en 1904 et voilà que, trois ans plus tard, un ingénieur ordonnait l'arrêt total des travaux. Deux jours plus tard, le 29 août, en fin d'après-midi, toute la partie sud du pont tombait dans le fleuve.

Edith, le souffle coupé, porte ses mains à sa poitrine. Charles a blêmi. Harry en reste sidéré.

— Personne n'a pris son avertissement au sérieux ? s'insurge John.

— L'ingénieur-consultant, Monsieur Théodore Cooper, était trop malade pour superviser les travaux lui-même; il se contentait des rapports quotidiens qu'on lui faisait. Lorsqu'il a été informé de certains indices inquiétants sur le plan de la structure, il s'est dépêché de télégraphier pour interdire qu'on ajoute une charge additionnelle sur le pont avant que soit refait un examen minutieux des structures.

Lorsque le pont s'est écroulé, les ingénieurs de Québec venaient à peine de recevoir le télégramme, dont l'envoi avait été retardé par une grève des téléphonistes aux États-Unis. C'est comme cela que tout s'est déroulé. On venait de perdre nos meilleurs monteurs et ingénieurs, dit la septuagénaire, le regard accroché à ses souvenirs.

— Qui était chargé de ce projet? demande le jeune professeur, chamboulé.

— C'est bête à dire, mais le contrat avait été accordé à une compagnie américaine... de Pennsylvanie, je crois, se souvient Rose-Lyn.

— On a trouvé la cause? souhaite-t-il, secoué par ce drame.

— Il semble que ce soit dû à une mauvaise évaluation du poids des structures.

— J'espère qu'on ne leur a pas confié la reconstruction...

— Non. On est allé chercher une compagnie connue au Canada, la *St Lawrence Bridge Company*, confirme Angèle.

— De nombreuses victimes, imagine Edith.

— Et combien! Dix-sept Américains, six ou sept Hurons de Wendake et une trentaine de Mohawks de Kahnawake en plus de vingt-six Québécois.

— Pourquoi la compagnie a-t-elle engagé des Amérindiens? demande John.

— Parce qu'elle les payait moins cher, dévoile Irma, le visage rembruni.

— Comme si un mauvais sort s'acharnait sur notre pont, poursuit Angèle, encore bouleversée, en 1916, treize autres travailleurs sont morts au moment où on tentait de hisser la partie centrale. J'y étais avec ton père, Irma. Pendant l'ascension de la travée, on a entendu un craquement épouvantable. Toute cette charpente de fer s'est tordue avant de couler avec un bruit infernal dans le fleuve.

— Elle devait être très lourde, suppose Irma.

— Autour de cinq mille tonnes, si je me souviens bien, estime Angèle.

— Quand a-t-il été reconstruit? s'informe Harry.

— Le 3 décembre 1917, il s'ouvrait enfin à la circulation ferroviaire, mais on a attendu deux ans pour l'inaugurer officiellement.

Une très belle cérémonie présidée par le prince Édouard de Galles, devenu Édouard VII trois ans auparavant. Je crois que ce 22 août 1919 a marqué la fin des malheurs de notre pont, le plus long pont cantilever au monde.

— Ça me rappelle la légende que papa m'a racontée au sujet de ce pont, dit Irma, désireuse d'alléger l'atmosphère.

— Racontez, marraine, supplie Charles.

— Une histoire de pacte que le diable aurait conclu avec le contremaître en chef : l'âme du premier à passer sur le pont en échange de la promesse que ce pont ne tomberait plus jamais.

— Et puis ?

— Toujours selon la légende, le contremaître en question aurait lancé un gros chat noir sur le pont le jour de son inauguration.

— Il l'a traversé ? demande Charles.

— À moitié. Mais le pacte tenait quand même. Le diable a dû se contenter de l'âme du chat.

— Bien joué ! s'exclame Charles.

— Quand est-ce qu'on mange ? demande Harry.

— Pas avant d'être arrivés au parc des Braves, répond Rose-Lyn.

— Pourquoi pas ici, au bord de la falaise ?

— Pour ne pas faire de jaloux entre les deux parcs, réplique Angèle. Il y a là une belle terrasse devant un imposant monument érigé à la mémoire de Lévis, de Murray et des braves soldats qui ont donné leur vie pour sauver Québec. Comme beaucoup d'autres merveilles de notre ville, ce monument a été, lui aussi, conçu par le très célèbre architecte-ingénieur Charles Baillairgé.

— Dans son socle, on a enfermé des ossements de soldats morts au combat, ajoute Rose-Lyn, sous le regard ému des deux plus jeunes touristes.

— De quoi nous couper l'appétit, riposte Edith.

— J'ai vu pire en Serbie, ma belle.

Une visite mystérieuse est annoncée par Angèle pour le souper du dimanche. Elle se fait attendre. Irma mate son impatience en feuilletant et commentant pour Edith un des albums de photos de son grand-père LeVasseur. Angèle suggère, pour calmer les estomacs affamés, de descendre au jardin y déguster de petits fours. Un prétexte aussi pour placer un appel téléphonique en toute discrétion.

— Mais qu'est-ce que tu fais, Nazaire ? On meurt de faim ! dit sa sœur.

— J'attends que Paul-Eugène soit prêt...

— Faites vite, sinon vous allez passer sous la table.

Angèle va livrer à l'oreille d'Irma le message reçu.

— À vrai dire, je n'en suis pas surprise.

— Ce ne sera pas la première fois, ajoute Angèle sur un ton de résignation avant de retourner à l'intérieur.

Aux petits fours, elle ajoute des fruits et des légumes crus, question d'encourager ses convives à patienter.

Quand enfin des voix et des pas la font courir vers l'entrée, l'hôtesse tait ses reproches et sert un accueil exemplaire aux deux hommes essoufflés.

— C'est la faute à mon père si on est si en retard, évoque Paul-Eugène.

— Tout va pour le mieux, le rassure-t-elle, au fait des trois verres de jus de tomate que Nazaire lui a fait avaler pour le dégriser. Tu es chic, en plus !

La remarque replonge Paul-Eugène dans la contestation qui avait retardé leur arrivée.

— Il le sait, le père, comment j'haïs porter des pantalons pressés...

— Chut ! fait Angèle, un doigt sur la bouche. Venez saluer les invités dans le jardin.

D'abord interloqué, John, le seul à n'avoir jamais rencontré Paul-Eugène, cherche ensuite à le mettre à l'aise. Quoi de plus efficace que de lui parler de l'admiration qu'il voue à Irma ! Deux phrases et le contact est établi. Autour d'eux, que des sourires détendus. « L'habitude de travailler avec des enfants de toutes conditions », note Irma, soulagée.

Tout au long du repas, Nazaire s'enquiert de l'impression que la visite des Plaines d'Abraham et de leurs environs a laissée dans le cœur des New-Yorkais de passage. L'occasion ne peut mieux se prêter à l'expression de sa culture et de sa fierté nationale.

— À elles seules, nos Plaines sont un grand livre d'histoire, clame-t-il. C'est là qu'en 1880, notre Ô Canada a été chanté pour la première fois. Les honneurs de l'interprétation revenaient au Quatuor vocal de Québec que dirigeait l'auteur de la mélodie.

— Tu n'avais pas contribué à l'acceptation de ce chant patriotique comme hymne national ? croit se souvenir Rose-Lyn.

— Ce sont les journaux qui ont répandu cette rumeur. La vérité c'est qu'un soir, le lieutenant-gouverneur de la province de Québec, l'honorable Théodore Robitaille, tenant d'une main la poésie du juge Adolphe-Basile Routhier, pria Calixa Lavallée de bien vouloir en écrire la musique. Ce qui fut fait.

— D'où venait cette rumeur à votre sujet ? demande Irma.

— Du seul fait que je suis intervenu entre Lavallée et le comité de musique de la Société Saint-Jean-Baptiste pour qu'on donne un contexte officiel au choix de ce chant comme hymne national.

Ce fut dans le Pavillon des patineurs, à la fin du banquet qui devait couronner les fêtes de la Saint-Jean, et auquel participaient les plus hauts dignitaires de la province, que l'Ô Canada allait retentir pour la première fois.

Sourd à ces échanges culturels, Paul-Eugène tente d'accaparer l'attention de John en lui montrant des photos de son grand-père LeVasseur. Quelque peu importuné, le pédagogue entre dans la conversation en cours pour inciter son admirateur à prendre ses distances.

— Vous avez de quoi vous enorgueillir des talents de chez vous, dit-il. Pour moi, vos parcs aussi en sont de belles démonstrations. Je retournerais bien visiter celui des Champs-de-Bataille.

— Irma t'a raconté que c'est là que nous avons failli avoir notre statue de la liberté, nous aussi ? lui demande Nazaire.

— Non, mais ça m'intrigue beaucoup, clame John, ravi.

Tous les convives, sauf Paul-Eugène, se tournent vers Nazaire.

— Notre « Ange de la paix » aurait dépassé votre statue de la Liberté. Il faisait partie des plans d'aménagement des Plaines d'Abraham. Tourné vers le fleuve, les bras grands ouverts, il devait être un symbole d'accueil pour les immigrants. C'est Lord Grey, le gouverneur général du Canada de l'époque, qui en a eu l'idée. Le monument devait être équipé d'un ascenseur et d'une terrasse d'observation.

— Ce n'était pas un peu exagéré quand on pense au coût d'une telle sculpture comparé aux besoins réels de nos enfants? fait remarquer Irma.

— J'en conviens, mais il faut reconnaître que les intentions de Lord Grey étaient louables. C'était pour lui un moyen de rallier les deux races du Canada. Aussi, il ne s'est pas contenté de vœux pieux. Il a lui-même lancé une collecte de fonds à travers l'Empire britannique, en faveur de la conservation des champs de bataille et de la construction de son ange.

— Comme on peut s'en douter, ça n'a pas marché, présume John.

— Eh, non! Au lieu des deux millions demandés, le concepteur des Plaines, Frédérik Todd, a dû se contenter d'un demi-million et des poussières.

— Avec cet argent, on aurait pu bâtir trois hôpitaux pour soigner nos enfants, rétorque Irma, hantée par ce projet que les dizaines de décès d'enfants chaque semaine viennent nourrir.

L'atmosphère risque de s'alourdir quand Nazaire relance la conversation :

— Vous avez remarqué notre beau pont?

L'occasion est enfin fournie aux deux jeunes hommes de prendre part à la conversation.

— Marraine nous a raconté une chose très drôle à ce sujet, lui apprend Charles.

— La légende du diable, je suppose.

— C'est ça!

— Connaissez-vous celle des blasphèmes?

— Non, mais on va vous écouter, promet Harry.

— On raconte qu'une commère serait allée rapporter au curé de Sillery que les ouvriers du pont sacraient en travaillant. Tout de go, le curé s'est rendu sur le chantier pour réprimander les ouvriers et leur prédire que jamais ce pont ne se finirait s'ils n'arrêtaient pas de blasphémer.

— D'après ce que Madame Irma nous a raconté, sa prédiction s'est réalisée, dit Edith.

— Toujours est-il qu'après le premier accident, le curé serait retourné avertir les ouvriers qui, semble-t-il, sacraient encore. Cette fois, il leur dit : « On ne peut réaliser une œuvre qui relève du génie humain en injuriant Dieu. »

— Ils ne l'ont pas cru, suppose Harry.

— Oui et non. Il semble qu'après le deuxième accident, plus un ouvrier ne blasphémait sur le chantier.

Nostalgique au souvenir des fêtes du tricentenaire de la fondation de Québec pour lesquelles il s'est investi, Nazaire brûle d'en relater les moments forts pour les jeunes hommes.

— On vous a informés de la visite du prince de Galles et du vice-président des États-Unis, C.W. Fairbanks, chez nous, en 1908 ?

Ils sont quatre à dodeliner de la tête.

Se tournant vers sa sœur, il enchaîne :

— Tu te souviens, Angèle, de cette escadre de plusieurs navires de guerre alignés sur le fleuve en face de Québec et des douze mille miliciens et trois mille matelots qui ont défilé dans les rues de Québec, en route pour les Plaines d'Abraham ?

Le spectacle donné par plus de quatre mille participants en costume d'époque pour illustrer les grands moments de l'histoire de Québec avait fasciné tout autant que le tableau de Madeleine de Verchères en compagnie de ses frères et de plusieurs groupes de Sauvages.

— Des fêtes qui ont coûté près d'un million de dollars, se souvient Nazaire.

— Il était nécessaire, aux yeux des autorités, que les célébrations n'évoquent pas seulement l'histoire de Québec et du Canada français, surtout en présence du prince de Galles. C'était une bonne occasion d'essayer de renforcer la fidélité des Canadiens français envers la Grande-Bretagne, considère Rose-Lyn Venner qui n'a pas perdu son attachement et son admiration pour ses origines britanniques.

— Je me demande si elle existe vraiment, cette fidélité, rétorque Nazaire, tiraillé entre ses responsabilités diplomatiques et le sentiment viscéral qui l'attache à ses racines françaises.

Les préoccupations de cet ordre ennuient éperdument Paul-Eugène. Comme ses bâillements ne semblent alerter personne d'autre que John, il quitte la table, va tout droit au piano et laisse courir ses doigts sur le clavier avec la fougue d'un virtuose. Plus un mot dans la salle à manger. Que de la stupéfaction dans le regard de ses proches. Paul-Eugène n'a pas touché à ce piano depuis une douzaine d'années. « Un miracle », croit Angèle. « Un coup de théâtre », juge Nazaire. « La magie d'une présence affectueuse », déduit Irma quand elle voit son frère jeter un regard complice à John après chaque pièce. Apparemment sourd aux applaudissements, il enchaîne les mélodies jusqu'à l'épuisement. Angèle craint une crise... Irma sent l'urgence de l'arrêter avant qu'elle se produise. Une main sur son épaule, un signe qui mendie une place à ses côtés, les premiers accords du duo qu'il adorait jouer avec elle, avant... Le point d'orgue bien plaqué, Irma force son frère à se lever pour accueillir les applaudissements pendant qu'elle ferme le piano.

Chapitre II

Pour les voyageurs et leurs hôtesses, elle est venue trop tôt la fin de ce magnifique voyage au Québec. Demain, le 2 septembre sur le coup de midi, ils devront se présenter au quai du Vieux Port.

Sans justifier son geste, Charles s'est enfermé dans la chambre qu'il partage avec Harry. Irma frappe à la porte... aucune réponse. Elle se tourne donc vers Rose-Lyn :

— Je suis surprise qu'il s'entête, même avec toi, sa marraine.

— Sans savoir au juste pourquoi il boude, je crois tout de même que vous êtes la mieux placée pour l'aider...

— Tu savais qu'il a reçu un télégramme après le déjeuner ?

— Un télégramme ? De son père ?

— Probablement.

Toutes deux conviennent que ce garçon naturellement enjoué ne se cloître pas pour des banalités. Après avoir osé trois petits coups feutrés sur la porte de la chambre, Rose-Lyn s'annonce :

— Charles, c'est ta mamy. Tu veux bien m'ouvrir ?

Pas un son, puis un grincement dans la serrure. La main sur la poignée, le front crispé, Rose Lyn réclame l'approbation de sa nièce avant de pousser la porte... qu'elle referme doucement derrière elle. Irma s'adosse au mur dans l'espoir d'entendre... Peine perdue.

Assis sur le bord du lit, un papier roulé entre ses mains, Charles demeure immobile.

— C'est ça qui t'a mis dans cet état ?

Les mots sont superflus. Rose-Lyn tend la main vers son petit-fils qui lui rend le texte télégraphié. Derrière chaque ligne, elle croit deviner la requête adressée à la bijouterie de Bob qui ne viendra pas rejoindre son fils à Québec. Ni aujourd'hui ni ce mois-ci. De plus, il est hors de question que le jeune Smith prolonge son séjour à Québec.

— Tu n'aurais pas craint de t'en retourner tout seul à New York ? lui demande Rose-Lyn.

Pas un son.

— Tu espérais que ton père vienne faire un tour et te ramène avec lui ?

Charles reste muet.

— Je me trompe ?

Enfin, un signe de la tête.

— Il va falloir que tu m'aides, Charles. J'aimerais lire dans tes pensées, mais tu te rends bien compte que je ne suis pas très sorcière.

Un demi-sourire sur le visage renfrogné du jeune homme. Rose-Lyn espérait davantage.

— Ne me dis pas que tu voulais passer le reste de ta vie ici.

Un rictus indique un début de vérité.

— Sans nous ?

Cette fois, Rose-Lyn a droit à un regard outré. « Il est au courant, déduit-elle, catastrophée. Qui a bien pu desserrer les dents ? Et si je me trompais encore ?

— Charles, ça me crève le cœur de te voir comme ça. Parle ou je ne pourrai plus me retenir... Je ne peux pas supporter de voir souffrir un des deux gars que j'aime le plus au monde.

L'assentiment de Charles lui est enfin acquis.

— Harry est mon meilleur ami, marmonne-t-il au bord des larmes. Je ne veux pas me retrouver à New York sans lui.

Au tour de Rose-Lyn d'être médusée.

— Vous ne trouvez pas que ç'a été assez de perdre ma mère ? Puis celle qui aurait pu la remplacer ?

— Qu'est-ce que tu racontes ? Explique-toi, Charles.

— Vous le savez... Vous m'avez tous joué dans le dos. Même Harry. Même ma marraine !

— On n'était certains de rien quand on a pris le bateau à New York.

— Si vous me l'aviez dit, je serais venu quand même, puis j'aurais eu le temps de me faire à l'idée, au moins.

— Tu crois ? Moi, je pense que ça n'aurait rien changé.

Charles se rebiffe.

— Comme si je n'avais pas droit à un peu de bonheur, moi aussi. Je n'aurai plus que mon père.

— Et ta grand-mère ! Elle ne compte pas dans ta vie ?

— Oui, mais pour combien de temps ?

— Charles ! Je pourrais vivre assez vieille pour que tu aies hâte que je meure !

— Vous savez bien que non, rétorque-t-il, l'esquisse d'un sourire sur les lèvres.

— Allons ! Dis-moi ce qui mijote dans ta petite tête de Smith.

— Vous verrez... Moi aussi, je suis capable d'avoir des secrets.

Comment feindre de ne pas le comprendre ? Combien de fois Rose-Lyn Venner n'a-t-elle pas rêvé que son fils et son petit-fils viennent s'installer avec elle à Québec ! L'espoir serait-il encore permis ?

— On ne sait jamais, Charles. Ton père pourrait bien y réfléchir sérieusement... À moins que ce soit le destin qui joue en ta faveur, cette fois.

— Vous allez en parler à mon père, Mamy ?

— Juré ! Mais en retour, tu me promets de garder ce sourire bien accroché à ton visage jusqu'à New York.

Son acquiescement accordé, Charles s'apprête à quitter la chambre quand sa grand-mère le prie de lui accorder quelques minutes...

— Pourquoi ?

— Ta marraine... Qu'est-ce qu'on lui dit ?

— N'importe quoi, Mamy, sauf ce que je vous ai confié.

Autour de la table des LeVasseur, on devise sur l'emploi du temps en cette journée de pluie. Angèle a suggéré qu'on continue de regarder les albums de photos de famille. Edith le souhaite ardemment, Irma y consent, mais John et Harry préfèrent jouer aux cartes. Rose-Lyn se joint au premier groupe alors que Charles, à son meilleur, va retrouver les gars.

— Pour couronner ces dix jours de bonheur passés ensemble, ce soir, je vous emmènerai... devinez où ? lance Irma.

Phrase interrompue par un vacarme dans l'entrée. Stupéfaction dans la salle à manger. Deux hommes paniqués sont entrés sans frapper : un clochard, un pacson dans les bras, et Paul-Eugène qui le pousse à avancer.

— J'ai eu assez peur que tu sois partie, Irma, dit Paul-Eugène à bout de souffle. On sait pas nous autres si on a bien fait, mais... viens voir.

Pas un mot, un seul geste : celui d'Irma qui s'approche d'eux, une appréhension morbide au cœur.

— Y avait personne avec. Personne autour. Puis ça nous fendait le cœur de le laisser là, explique Paul-Eugène, craignant la réaction de sa sœur.

— Où l'avez-vous trouvé ?

— En revenant à matin de notre job sur le quai, y était là, dans l'herbe, juste à côté du chemin. C'est ça, hein, Tommy ?

— Devant une maison bleue. Personne dans la maison, renchérit Tommy, les bras tendus vers Irma.

Le petit paquet enveloppé d'un pan de rideau bourgogne échoue dans les mains de la femme qui pourrait peut-être le sauver.

— On savait pas quoi faire, nous autres. Peut-être qu'il reste une petite chance... avec toi, Irma, dit Paul-Eugène, le regard braqué sur sa sœur qui soulève doucement un coin de l'enveloppe et, blafarde, se précipite dans la cuisine, suppliant sa tante de lui apporter sa trousse de premiers soins.

Plus un garçon dans la salle à manger. Flairant le sérieux de l'événement, ils ont choisi de se retirer dans le jardin. Plus un mot dans la maison, sauf l'angoisse d'Edith, portée par un murmure à peine audible :

— Ce n'est pas fini, hein, madame Irma ?

Un dodelinement de la tête la rassure à moitié. Edith ose quelques pas vers la huche sur laquelle Irma a déposé la petite moribonde. Juste assez pour apercevoir sa minuscule figure, les contours bleutés de sa bouche.

— Va me faire chauffer un peu de lait, lui ordonne Irma. Tante Angèle, pouvez-vous me trouver un compte-gouttes et le stériliser ?

Émue, Rose-Lyn assiste à la scène comme on regarde un film pour la deuxième fois, avec plus d'intensité et de compréhension. « Irma a le don de s'attirer les enfants abandonnés », constate-t-elle, habitée par le souvenir des années vécues avec elle à New York.

Demeurés dans le hall, Paul-Eugène et Tommy poussent un soupir de soulagement.

— Faudra lui dire la vérité quand on sera sûrs que le bébé est sauvé, chuchote Paul-Eugène.

— Ça presse pas, grommelle son compère. Allons-nous-en.

— Voyons donc ! On sortira pas comme des sauvages, rétorque Paul-Eugène. Attends que j'aille saluer ma sœur.

Paul-Eugène regarde son pantalon crasseux, ses chaussures boueuses et hésite à s'aventurer jusqu'à la cuisine.

— Tante Angèle ! Pouvez-vous venir ici ? crie-t-il.

Irma l'a entendu.

— Ne les laissez pas partir avant que je les aie questionnés, enjoint-elle à sa tante. Avec leurs vêtements dégoulinants, qu'ils attendent sur la véranda.

Angèle s'y oppose :

— Ils seront mieux dans le solarium. Ils ont sûrement l'estomac vide. Je vais m'en occuper. Rose-Lyn ou Edith va rester auprès de toi pour t'aider...

— Moi ! réclame Edith qui, jouant du coude, se taille la place enviée près d'Irma.

Nullement étrangère aux émois de la jeune femme, Rose-Lyn la lui concède, sans pour autant les laisser à elles-mêmes.

Edith n'a pas besoin d'une formation en médecine pour constater que ce nourrisson lutte pour sa vie : son rythme cardiaque irrégulier et ses petites mains froides et hâves qu'elle enchâsse dans les siennes ne mentent pas. Une supplique monte du fond de son être :

— Sauvez-la-moi, madame Irma.

Dans le regard de sa protectrice, une incitation à la pondération.

— Puisqu'elle n'a pas de maman...

— Ce n'est pas si sûr que ça, Edith. Va me préparer un grand plat d'eau tiède le temps que j'essaie de lui faire avaler quelques gouttes de lait.

La jeune femme ne bronche pas.

— Je veux voir si elle va l'avaler, explique-t-elle, attentive aux gestes d'Irma.

— Tu voudrais essayer de le faire à ma place ?

Edith ne souhaitait que ça. La première tentative ayant échoué, la pédiatre recommence à stimuler les réflexes de succion de l'enfant. La manœuvre réussit : le poupon tète le petit doigt d'Irma. Le compte-gouttes est glissé dans la bouche et le lait tombe goutte à goutte dans la gorge de la petite rescapée qui l'avale lentement.

— Elle a une chance de survivre, déclare Irma, non sans réserve.

— Qu'une chance ? relance Edith.

— À peu près.

Angèle revient du solarium où les deux sauveteurs improvisés se régalent de tartines aux cretons et au miel de trèfle. Force lui est de prévenir sa nièce de leur désir de partir après s'être bien repus.

— Ils ne bougent pas de là tant que je ne serai pas allée leur parler, répète Irma.

— Dans combien de temps, penses-tu ?

— Aucune idée. C'est la p'tite qui décide.

Harry et Charles, venus aux nouvelles, décident de s'installer dans la grande salle à manger pour jouer aux cartes. John ? Non. Les comportements de son épouse le tracassent ; il tient à la garder à l'œil. Les deux jeunes hommes insistent.

— Préparez les jeux, je vais aller vous rejoindre, concède-t-il, non sans avoir tenté d'approcher Edith, de qui il obtient difficilement l'attention.

— Tu ne vois pas que je suis occupée, là ? riposte-t-elle, un doigt plongé dans la cuvette d'eau pour en estimer la chaleur.

Irma la juge capable de s'occuper de la petite le temps qu'elle ira parler à Paul-Eugène et à son copain. Elle n'a pas franchi le seuil du solarium qu'elle entend John reprocher à son épouse de se laisser emporter par ses émotions.

— Ce n'est pas une question d'émotion, John. Quelque chose en dedans de moi me dit que cette petite a besoin de moi.

— Madame Irma ne te semble pas mieux placée pour s'en occuper ? Elle est médecin, après tout !

— Tu ne me comprends pas, John. Je ne pense pas qu'à aujourd'hui...

— Edith, écoute-moi. On s'en va demain matin...

— Mais tu vas revenir dans quelques semaines.

— Comment, je vais revenir ? Nous allons revenir.

— Tu es capable tout seul de...

— Chut ! Charles pourrait nous entendre.

— Tu viens, le beau-frère ? crie Harry.

— Oui, oui ! Une minute !

Puis, après en avoir prévenu son épouse, John se rend glisser quelques mots à Irma. Edith n'a pas à suivre son mari pour deviner les propos qu'il tiendra à sa protectrice. « N'importe quoi pour ne pas que je m'attache à ce bébé », pense-t-elle, grognonne. Une détermination à la mesure de son attirance pour cette enfant passe de son cœur à ses mains, l'épongeant avec la tendresse d'une mère.

« Mais qu'est-ce qu'il va faire là ? » se demande-t-elle en voyant son mari quitter Irma et les deux hommes pour se retirer dans le jardin au lieu de revenir dans la maison. Témoin, Rose-Lyn suggère qu'Edith aille l'y rejoindre.

— Il n'en est pas question, je suis occupée avec la petite. Il était temps que j'apprenne à prendre soin d'un bébé.

— Tu attends... un bébé ?

— Non. C'est elle que j'attends.

— Elle ? Tu veux...

— ... Je veux être sa maman.

— Ce n'est pas aussi simple que ça, Edith.

Rose-Lyn compte sur Irma pour lui faire entendre raison.

Dans le solarium, ce que Paul-Eugène et Tommy révèlent laisse croire à un abandon de nouveau-né comme il s'en trouve trop souvent à la porte des institutions religieuses et dans les environs du Vieux Port.

— Vous êtes sûrs que vous n'avez pas vu la maman ? insiste Irma.

Tommy le jure. Paul-Eugène se ronge les ongles.

— Qu'est-ce que vous me cachez ?

— Il a dit la vérité, Tommy, répond Paul-Eugène. Mais...

Irma sait qu'elle ne doit pas le brusquer. À Tommy, elle fait signe de ne plus dire un mot.

— Elle a voulu rendre service à sa sœur, y paraît, reprend Paul-Eugène, craintif.

Tommy s'est enfoui la tête dans les épaules, déplorant l'indiscrétion de son ami. « Pas bon signe », pense Irma qui tente d'en apprendre davantage.

Las d'attendre son épouse dans le jardin, John se dirige vers la cuisine quand, en traversant le solarium, il saisit au passage des informations troublantes :

— Pas marié, pas possible de garder le bébé... dit Tommy, mendiant la compréhension.

— Pas question non plus qu'il soit envoyé à la crèche, ajoute Paul-Eugène. Elle nous a fait confiance, la p'tite mam'zelle. Ça presse qu'on retourne...

— Chercher votre argent, je suppose ?

Les paupières s'abaissent sur un aveu... interdit.

— Ça fait plusieurs fois que vous faites ça ? demande Irma, indignée.

— Faut pas te fâcher, tite sœur. On n'a rien chargé nous autres à la mam'zelle. C'est elle qui nous a promis une récompense si on mettait le bébé de sa sœur entre bonnes mains.

— Tu n'as pas répondu à ma question. Combien de fois ?

John, demeuré adossé à la porte moustiquaire, ne peut plus résister à l'envie de se porter au secours de Paul-Eugène :

— Madame Irma, ces deux hommes-là ont sauvé une vie. Faut pas les chicaner.

Le temps de poser un regard réprobateur sur le jeune professeur, Irma enjoint à son frère de lui amener la « mam'zelle » en question le plus vite possible.

— Jamais elle voudra venir ici, voyons donc !

— Dans ce cas-là, j'y vais avec vous autres.

Consciente de laisser derrière elle des gens troublés et inquiets, Irma s'est toutefois assurée que l'enfant recueillie sera bien protégée pendant son absence. Rien de mieux pour calmer Edith que de lui laisser bercer le poupon endormi. Angèle ne cache pas son inquiétude :

— Ce serait le comble s'il fallait que Paul-Eugène soit accusé de trafic de bébés.

John sursaute, offusqué par une telle présomption.

— Il ne ferait pas de mal à une mouche, Paul-Eugène.

— Écoute, John. Mon neveu n'a pas de malice, je te l'accorde. Mais tu ne sais peut-être pas qu'il est très porté sur la boisson et que, comme d'autres dans son cas, il pourrait faire des folies quand il en est privé depuis trop longtemps.

John demeure perplexe. Son épouse, le regard fidèlement porté sur l'enfant qu'elle berce, désapprouve la démarche d'Irma.

— Des jeux pour qu'on perde notre petite fille, balbutie-t-elle.

— Elle n'est pas à nous, lui rappelle son mari, irrité.

Harry et Charles qui le réclament de nouveau se voient rabroués.

— Elle est à moi, susurre Edith.

Les deux aînées de la maison échangent des regards lourds d'appréhension. Angèle croit de son devoir de préparer cette jeune Américaine à une éventuelle séparation.

— Il faut d'abord tout faire pour retrouver la maman. Si elle ne veut pas ou ne peut pas reprendre sa petite tout de suite, il y a d'autres solutions que la crèche... Mais c'est elle qui décidera, pas nous.

— Quelle autre solution ? questionne la jeune femme, défiante.

— Une pension pour le bébé le temps que la mère s'organise.

— Si ce devait être le cas, je la garderai en pension, moi, déclare Edith, de plus en plus disposée à ne pas retourner à New York.

La tension gagne la maisonnée. Harry et Charles, mal à l'aise, se réfugient dans le bureau de grand-père Zéphirin, complices dans l'invention de jeux de dés.

— Y a-t-il plusieurs crèches maintenant à Québec ? s'informe Rose-Lyn.

— Une seule vraie, répond Angèle.

— Qu'est-ce que tu veux dire ?

— Qu'une seule est reconnue légalement et de bonne réputation. C'est l'ancien hospice de Bethléem. Depuis un peu plus de dix ans, on l'a rebaptisé : crèche Saint-Vincent-de-Paul. Ce sont les Sœurs du Bon-Pasteur qui la dirigent.

— J'imagine qu'elles doivent les dorloter, ces bébés, dit John, souhaitant induire une réponse fort positive.

— Elles le feraient sûrement si elles avaient plus de temps et de moyens. Vous imaginez ! Plus de cinq cents couchettes occupées par des enfants qui réclament vingt-quatre heures sur vingt-quatre, sept jours sur sept ? Même si plusieurs bénévoles y travaillent, en plus des Marguerites du Sacré-Cœur, ce n'est pas suffisant. Je suis allée les aider pendant une bonne dizaine d'années, mais je n'en ai plus la force ni le courage.

— Les Marguerites du Sacré-Cœur, mais qui sont-elles ? s'informe Edith, se sentant personnellement interpellée.

— Ce sont les jeunes femmes non mariées qui ont accouché à l'hôpital de la Miséricorde. Leur bébé a été transporté à la crèche dès sa naissance. Par la suite, elles ont été invitées à y donner de leur temps, en reconnaissance...

— ... pour les soins donnés à leur enfant en attendant l'adoption, paraphrase Rose-Lyn.

La réponse déçoit Edith, mais elle plaît à son mari.

— Comme tu peux voir, ma chérie, tu n'as pas à t'inquiéter pour ce bébé. De toute façon, il sera entre bonnes mains, dit-il.

— Jamais comme si elle avait une personne pour l'aimer et s'occuper d'elle vingt-quatre heures sur vingt-quatre, riposte-t-elle opiniâtrement. Comment voulez-vous que celle qui l'a portée puisse l'aimer ? Elle l'a abandonnée dès la naissance ! Puis les enfants de la crèche sont loin d'être choyés d'après ce que Madame Angèle vient de raconter. Elle pourrait sûrement nous en apprendre, des choses...

Angèle pince les lèvres. En toute honnêteté, elle ne peut contredire Edith pour satisfaire John. Sont encore présentes à sa mémoire ses journées à courir d'un berceau à l'autre, assujettie à des restrictions tant aux points de vue des soins que de l'attention à accorder à ces petits orphelins ostracisés, victimes d'une faute qu'ils n'ont pas commise mais dont ils portent néanmoins le fardeau. Inévitablement, une importante majorité accumule des retards de développement sur tous les plans, ce qui les place en marge de la société pour la vie.

— J'ai tout de même de bons souvenirs de mon bénévolat à la crèche. Le dévouement des religieuses et de leurs aides, mais aussi le travail exemplaire du Docteur René Fortier. Dans chacun de ses gestes, on pouvait voir son amour profond des enfants. Dommage qu'il ait été le seul médecin à visiter nos petits. Je me demande même s'il ne l'est pas encore...

— Racontez-nous comment ça se passait, réclame Edith.

Angèle y va d'anecdotes anodines. Soudain, on entend les pas d'Irma dans l'entrée. Les têtes se tournent, les voix se brisent, tous les regards se tendent vers la porte. De peur de réveiller la bambine, Edith n'a fait que relever la tête et a murmuré, tremblante d'appréhension :

— Et puis ?

— Il fallait bien s'y attendre !

— Quoi ?

— Quoi ?

— Qu'est-ce qui s'est passé ?

— C'est toujours farci de mensonges, ces histoires-là, dit Irma, dépitée, tentant de relever son chignon que la pluie a détrempé.

— Qu'est-ce que vous voulez dire ? s'enquiert John.

— On nous a monté un bateau.

— Qui a fait ça ? Les gars, présume Rose-Lyn.

— Ou les gars, ou la fille qui leur a apporté le bébé. Impossible de la trouver dans les parages du Vieux Port alors qu'elle devait les attendre pour les récompenser.

— Qu'est-ce qui va arriver ? s'inquiète Edith.

— Je réfléchis à tout ça... Après le dîner, j'irai voir le Docteur Fortier à la crèche...

— Le Docteur Fortier ? À la crèche ? Oh, non ! Madame Irma. Ne faites pas ça, je vous en supplie, l'implore la jeune femme, portant près de son visage la petite dont elle ne veut plus se séparer.

Rose-Lyn essuie une larme. John le lui reproche :

— Il faut garder la tête froide. On ne règle pas le destin d'une personne sur un coup d'émotions, n'est-ce pas, madame Irma ?

Un battement de cils et Irma demande à rencontrer Edith seule dans sa chambre. La petite rescapée est remise entre les mains de Rose-Lyn à qui Irma recommande de lui faire encore avaler du lait.

— Quelques gouttes toutes les deux heures. Elle est déshydratée et anémique.

John souhaite accompagner son épouse. D'un signe de la main, Irma lui signifie son refus. Contrarié et nerveux, il attend le dénouement de cette rencontre les bras croisés sur la poitrine, la tête en chute, les lèvres scellées.

À Harry et Charles, Angèle demande de quitter leurs jeux et de l'aider à préparer le repas.

Edith voudrait se montrer impassible, mais ses mains abandonnées dans celles d'Irma assise devant elle trahissent son appréhension.

— Se pourrait-il que n'importe quel bébé te fasse le même effet ?

— Non, madame Irma. Je le sens. C'est elle qui me demande d'être sa maman.

— Tu as très hâte d'être maman ?

Ses joues s'empourprent.

— Donnez-vous le temps, vous n'êtes mariés que depuis deux ans, lui conseille Irma.

Un rictus sur le visage de la jeune femme révèle une inquiétude voilée.

— Tu as passé des examens?

— Pas besoin.

— Tu crois avoir des problèmes?

— Non. Je sais que je suis normale.

Par respect, Irma ne s'aventure pas plus loin dans l'intimité du jeune couple.

— As-tu pensé un instant à la peine que tu aurais s'il fallait qu'un jour tu doives rendre cette petite à sa mère? La douleur serait bien plus grande que maintenant...

— Je veux courir ce risque, même si je dois m'en séparer un jour. J'aurai au moins connu le bonheur de serrer un bébé dans mes bras, de le voir sourire, puis tendre ses petits bras vers moi en disant...

L'évocation d'un rêve sur le point de s'anéantir a étouffé sa voix.

— Edith, écoute-moi bien. Je comprends ce que tu ressens... plus que tu ne pourrais l'imaginer. Par contre, on ne peut pas garder un enfant abandonné sans avoir fait des démarches pour retrouver sa mère d'abord. Puis tu dois retourner à New York avec ton mari. Tu ne vas pas le laisser vider votre logement et faire les bagages tout seul.

— Il n'a pas besoin de moi pour faire ça. Je resterai ici pour m'occuper de la petite... en attendant la suite des événements. De temps en temps, j'irai vous donner un coup de main pour votre futur hôpital.

— Tu sais bien que John ne sera pas d'accord avec ça.

— Je vais lui parler à lui tout seul. Peut-être que...

— Tu veux que je te l'envoie?

— J'aimerais avoir la petite avec nous deux pendant que je vais lui expliquer...

Irma hoche la tête, y consent. Quant à l'acquiescement de John, elle en doute.

Charles trépigne dans la cuisine.

— Quand est-ce qu'on mange ? Harry aussi a faim.

— Quand tout le monde sera prêt, a décidé Angèle.

— La discussion risque d'être longue entre John et sa femme, la prévient Harry.

L'hôtesse préfère n'émettre aucun commentaire.

— Prends-toi un morceau de pain, lui permet-elle.

Fallait s'y attendre, Charles disparaît avec trois tranches de pain frais, Harry à ses trousses.

Lorsque John sort de la chambre avec le bébé, Edith, en larmes, refuse de le suivre, de venir manger et de se confier à Rose-Lyn.

Les assiettes servies, l'appétit ne semble pas au rendez-vous. La tension est à trancher au couteau. Mutisme total autour de la table. Charles n'en peut plus.

— Pourquoi toujours faire semblant ? Si c'est pour me cacher des choses, vous perdez votre temps, lance-t-il.

Tous relèvent la tête, sauf Rose-Lyn. John dévisage Harry.

— Arrête de le soupçonner, John. Il ne m'a rien dit, clame Charles.

— J'en ai assez de voir pleurer ma sœur, s'écrie Harry, filant la rejoindre.

Angèle n'a pas l'intention de laisser la situation dégénérer. De quelques mots, elle ramène Edith et Harry à la table et, debout derrière sa chaise, elle pose un regard clément sur chacun.

— Personne ici n'a voulu faire de la peine à quelqu'un. Peut-être que la manière de s'y prendre n'était pas la meilleure. Mais ça, on le sait après. Charles, c'est toi qu'on a voulu ménager. Oui, Edith, son frère et son mari sont venus avec l'intention de s'établir par ici, mais ils auraient bien pu décider le contraire au cours de la semaine, tu comprends ? Finalement, si John reçoit une réponse positive des écoles où il aimerait enseigner, lui et son épouse vont venir faire l'expérience pour un an ; ensuite, ils décideront. Quant à Harry, il a beaucoup de démarches à entreprendre avant d'être admis dans la marine. Vous retournerez tous à New York, demain...

— ... sauf moi, probablement, corrige Edith, la voix encore chevrotante.

Son intervention menace à nouveau la paix qu'Angèle tentait de ramener autour de la table.

— La pluie semble diminuer, reprend doucement l'hôtesse, sans perdre de sa sérénité. En attendant qu'elle cesse pour de bon, je vous emmène voir un film au Théâtre Crystal.

Irma s'en réjouit.

— Pendant ce temps-là, Edith et moi irons faire examiner la petite par le Docteur Fortier, annonce-t-elle.

— Ce n'est pas nécessaire, il me semble. Vous êtes médecin, vous aussi, riposte la jeune femme.

— Dans les circonstances, il faut prendre le plus de précautions possible...

— Je ne comprends pas.

— S'il fallait, comme il arrive à certains bébés, qu'elle meure dans son sommeil, on se retrouverait dans de très mauvais draps, ma p'tite Edith.

— Vous avez raison, madame Irma.

Le repas se termine dans une jovialité relative, John s'étant enfermé dans son mutisme.

Un taxi est réquisitionné pour conduire la D^re LeVasseur, Mme Miller et leur précieux trésor au bureau du Dr Fortier. Dans la voiture où les passagères occupent la banquette arrière, les paroles se font rares. Les échanges avec le conducteur se résument à des plaintes contre la pluie. Edith, les bras farouchement refermés sur la petite, chuchote à l'oreille de la pédiatre :

— Si on l'appelait Anne, en attendant...

Irma retient son souffle, visiblement interloquée.

— Vous n'aimez pas ça ?

— Au contraire, c'est très beau mais... ça me rappelle un si triste souvenir.

— Ah oui ? Je ne me souviens pas que vous me l'ayez raconté...

— C'est sûr que non.

— Qu'est-ce qui vous est arrivé ?

— Je n'ai pu la sauver. Une autre petite moribonde qui m'avait été amenée par sa mère un soir de forte pluie, à Montréal. Une fois emmaillotée dans des couvertures de laine chaudes, dégagée des sécrétions qui gênaient sa respiration, la petite Anne avait repris un peu de vitalité. Sa maman s'était endormie d'épuisement dans la berçante. Après avoir donné à la petite les traitements qu'il lui fallait, j'ai décidé de monter m'allonger sur mon lit, le bébé au creux de mon bras. Une veilleuse allumée sur ma table de chevet, je gardais une oreille tendue vers le rez-de-chaussée. Mais l'épuisement a eu raison de ma résistance... Un vilain cauchemar m'a tirée du sommeil pour me plonger dans une réalité encore plus atroce. Une épreuve sans pareille ! La petite Anne ne respirait plus.

Plus un mot entre les deux femmes jusqu'à ce que la voiture s'arrête devant... la crèche Saint-Vincent-de-Paul. La stupéfaction, sur le visage d'Edith.

— Je vous attends ici, décrète-t-elle, le bébé bien emprisonné dans ses bras.

— Mais c'est pour la petite qu'on vient ici, lui rappelle Irma, tentant de la lui reprendre.

— ... Vous m'avez menti.

— Edith, je te jure que non. Nous devons d'abord venir à la crèche pour qu'aucun de nous trois ne soit dans le trouble.

Un doute persistant dans le regard de la jeune femme, une supplique dans celui d'Irma.

— Tiens ! Emmène-la toi-même, Edith.

Cette faveur porte ses fruits. Irma demande au conducteur de les attendre.

Un homme vient de sortir de l'édifice en pierres grises.

— Docteur Fortier ! Vous alliez partir ? J'aurais...

Un instant d'hésitation, puis le médecin fait quelques pas vers Irma qu'il a reconnue. Son collègue, le Dr Albiny Paquette, lui a souvent parlé de cette femme, de son travail en Serbie et il en a été ébloui. Avant de connaître le but de sa visite, il lui glisse quelques mots pour la complimenter sur sa bravoure et son dévouement et fait demi-tour vers la crèche.

La prestance de cet homme, la fermeté et l'autorité qu'il dégage impressionnent Edith, invitée à leur emboîter le pas vers une salle d'examen. Exposant la figure de la petite... sans nom, elle précise ne pas en être la mère. Irma fait un bref récit de la découverte de l'enfant. Avant qu'elle ait terminé, le Dr Fortier annonce, en prenant le nourrisson qu'il place sur une civière :

— Je vais l'examiner avec vous, docteure LeVasseur, mais...

Angoissée au plus haut point par cette phrase inachevée, Edith scrute chacun des gestes du médecin, la moindre expression sur son visage et sur celui d'Irma.

— Je sais qu'elle n'est pas ma fille, mais j'aimerais beaucoup en prendre soin, balbutie-t-elle.

«M'ont-ils entendue?» se demande-t-elle, consternée par l'absence de réaction des deux médecins.

— Elle avale bien? demande le Dr Fortier, s'adressant à sa collègue.

— Oui, oui, s'empresse de répondre Edith. Je lui ai fait prendre au moins le quart d'une tasse de lait au compte-gouttes.

— Vaudrait mieux le faire au biberon, dit le Dr Fortier ne regardant qu'Irma.

— C'était pour commencer, allègue Edith.

— Vous voulez bien nous laisser seuls un instant, Madame?

Tête basse, la jeune femme se soumet à l'ordre du Dr Fortier. D'abord tentée de coller son oreille à la porte refermée derrière elle, la jeune femme en est vite dissuadée, tant ce corridor est grouillant d'activités. Des religieuses, tout de blanc vêtues, des bébés dans les bras, des infirmières, des plateaux de biberons à la main, des employés poussant de grands chariots plein de draps. Tous ces gens auraient vite fait de la remarquer. Adossée au mur, elle observe le défilé, tourmentée par les pleurs et les cris des enfants qui viennent des salles largement fenêtrées le long du corridor. Pas d'éclats de rires. Les membres du personnel s'affairent autour de la quarantaine de berceaux avec un sérieux qui trouble Edith. Toutes semblent pressées de passer au suivant, apparemment insensibles aux petits bras qui se tendent vers elles. Deux dames sans uniforme, les mains vides, entrent dans une des deux salles exposées à la vue d'Edith et se dirigent vers le même berceau. L'une en sort une bambine qui se pend à son cou comme une sangsue. Sa compagne promène sa main lentement sur son dos, caresse ses cheveux roux, se balance de gauche à droite avec la petite qu'elle redépose ensuite dans sa couchette, sourde à ses pleurs de protestation. Elle est ensuite emmenée vers un autre petit lit. « Elle doit venir se choisir un bébé », pense Edith, enviant sa chance. Un bambin est sorti de sa couchette et assis dans une chaise haute; il est plus costaud, celui-là, et visiblement heureux de regarder son univers de plus haut. Il empoigne le hochet que sa visiteuse lui remet et frappe vigoureusement sur la tablette de sa chaise en poussant des glous-sements de plaisir. La visiteuse s'amuse à l'observer.

— Excusez-moi, Madame, je dois m'occuper de cette petite-là ! dit la responsable qui vient de découvrir une enfant en détresse.

La dame se précipite vers le bureau du Dr Fortier, frappe trois petits coups saccadés sur la porte et, affolée, l'ouvre et entre sans attendre d'y être invitée.

— Vite, vite, docteur. Je pense qu'on va en perdre une autre !

Laissée seule avec bébé Anne, Irma fait signe à Edith d'entrer.

— Ça n'a pas de sens, ce qui se passe ici.

— Ils font ce qu'ils peuvent, riposte Irma, au fait du déborde-ment de tâches qui accable chaque employée.

— Manque de personnel ?

— Manque de tout. Le Docteur Fortier est tout seul ici comme médecin... en plus de sa charge d'enseignant à l'Université.

Edith est vite distraite du discours de sa bienfaitrice qui, une main posée sur l'enfant endormie sous un petit drap immaculé, épilogue sur les qualités de son collègue.

— Puis il l'a trouvée en santé, ma petite...

— ... Anne ? Pour l'instant, on ne peut avancer que des hypothèses et formuler des vœux.

— J'ai bien entendu ? Vous avez dit Anne, madame Irma ?

— L'expérience m'a appris qu'il valait mieux narguer le destin que d'y être assujettie.

— Qu'est-ce qu'il...

— Le Docteur Fortier te dira lui-même ce qu'il en est, répond Irma, en massant les pieds de la petite rescapée.

— Ils sont froids, devine Edith.

— Rien de surprenant là !

Le silence s'installe entre les deux femmes. Les bruits de la crèche le comblent amplement. Une religieuse se présente, chargée par le Dr Fortier de porter un message à Irma :

— Il approuve votre démarche. Vous pouvez partir, dit-elle en s'approchant de la civière pour mieux voir le visage du bébé.

Le souffle coupé, Edith mendie, du regard, une explication d'Irma.

— Tu voudrais bien l'emmailloter, le temps que je revienne ? lui demande-t-elle avant de s'éloigner avec la religieuse.

L'épouse Miller frémit d'inquiétude et d'appréhension. Le minuscule visage d'Anne contre sa joue, elle lui ouvre son cœur... pour la dernière fois, peut-être. Un filet d'espoir porte ses promesses.

— Même si je devais partir sans toi aujourd'hui, je te jure que je reviendrai te chercher, ma petite chérie. Le destin, comme dit Madame Irma, t'a mise sur ma route, ce n'est pas pour rien. Sans ça, ce ne serait pas arrivé juste la veille de mon départ, tu es d'accord ?

L'enfant chaudement langée dans ses bras, Edith savoure chaque seconde, de peur que ces instants magiques ne reviennent plus.

— Je fais un serment sur ton cœur aujourd'hui, mademoiselle Anne. Si tu deviens ma fille, je ne tiendrai plus jamais rigueur à mon mari de ne pas me donner d'enfant.

❧

Angèle tourne en rond. Le départ de ses amis new-yorkais a semé la grisaille dans la maison ancestrale des LeVasseur. Tous ont repris le bateau avec un bleu au cœur et des questions plein la tête. La literie a été lavée, les chambres sont prêtes à recevoir d'autres visiteurs, les murs de la maison se sont tus, les chaises du jardin sont vides.

Sur le navire, Rose-Lyn, d'apparence plus sereine, tient lieu de rempart. À Charles, elle a promis d'intervenir, si c'est nécessaire, auprès de Bob. Avec Edith et son mari, elle cherche un moyen de ramener l'harmonie dans le couple; une harmonie souvent menacée depuis leur mariage, l'idéal de la jeune femme balisé par les exigences et les non-dits de son mari. Harry, ébranlé par les vicissitudes du couple Miller et la peine que son départ de New York causerait à Charles, requiert aussi l'écoute et les conseils de Rose-Lyn.

« Douze jours à vivre comme une grande famille dont les membres se sont choisis. Douze jours de pur bonheur, c'est ce que j'avais prévu, à leur arrivée, se rappelle Irma. La solidarité familiale n'a pas vraiment fait défaut mais le bonheur a vite repris ses dimensions humaines », considère-t-elle. Son temps est partagé entre les démarches requises pour retrouver la mère du nourrisson abandonné et la mise en place de son hôpital pour enfants.

Son entretien avec le Dr Fortier, si bref fût-il, lui a insufflé espoir et courage. Tous deux se réjouissent des remarquables progrès qui ont été apportés par le gouvernement provincial : le Service d'hygiène de la province du Québec, d'une part et, d'autre part, la Loi de l'Assistance publique. Cette loi décrète que les coûts d'hospitalisation des indigents seront dorénavant partagés à parts égales entre l'État, les municipalités et les institutions, sous forme de services. La santé des enfants est au cœur des préoccupations d'Irma et du Dr Fortier.

— On verra bien si le gouvernement protège mieux ses indigents que ses malades mentaux, dit Angèle avec qui Irma partage ses projets d'automne en cette matinée du 18 septembre. Même si l'État s'est vu forcé de les prendre à sa charge, n'oublie pas que ce sont les communautés religieuses hospitalières qui ont ouvert les premiers établissements de santé et de charité publique.

— Dommage que nos gouvernements n'agissent qu'en cas de crise.

— Ce n'est pas nouveau ! Je dirais même que ce fut toujours le cas.

— Un exemple, lors de l'épidémie de choléra apportée par les immigrants en 1832, il leur a fallu un tel fléau pour qu'ils décident de mettre en œuvre l'isolement, mesure de prophylaxie la plus efficace, pourtant.

Pour éviter la contagion, le gouvernement du Bas-Canada avait exigé la quarantaine à la Grosse Île, en face de Montmagny, pour tous les navires qui remontaient le fleuve.

— Plus près de nous, lors de l'épidémie de grippe, il y a quatre ans, les journaux dénonçaient le manque de personnel et leur peu de recours à l'isolement, lui apprend Angèle.

— Avez-vous idée, ma tante, du nombre d'enfants de moins de dix ans qu'on a perdus cet hiver-là ? Une ville comme la nôtre sans un seul hôpital pédiatrique, c'est scandaleux.

— Je n'ai pas de chiffres, Irma, mais je sais qu'ils dépassent de loin le nombre des adultes qui y ont laissé leur vie.

— Avec un peu de chance, dans quelques mois, notre ville l'aura, son hôpital pédiatrique, promet sa nièce.

— Avec l'aide du gouvernement provincial et des autorités municipales ?

— Ce serait tout à fait normal !

Le front crispé, ses doigts qui s'agitent sur sa tasse de thé, Angèle confesse :

— À ta place, je ne saurais pas par quoi commencer.

Tel n'est pas le cas d'Irma. Elle n'a pas oublié les étapes requises pour fonder un hôpital. L'expérience vécue à Montréal quinze ans auparavant est encore très présente à sa mémoire.

— Quand j'aurai trouvé la maison qui convient, je partirai à la recherche de dames patronnesses.

— Et de collègues médecins, je suppose.

— Deux ou trois, pour commencer, prévoit Irma.

— Il faudra la meubler, cette maison, équiper les lits...

— ... garnir la pharmacie, coudre des couches, des vêtements pour les bébés.

— Tricoter des layettes, des petits bonnets, des chaussettes, enchaîne Angèle, prête à monter ses mailles sur quatre broches.

Irma aime retrouver cet enthousiasme chez sa tante.

— Si Edith revient, elle nous donnera un bon coup de main, anticipe-t-elle.

— Comment peux-tu en douter ? Maintenant, elle a autant de raisons que John de venir vivre ici.

— Et si John changeait d'idée ? Ou décidait d'attendre un an ?

« Impossible ! » allait s'écrier Angèle.

— À moins que tu saches des choses que j'ignore, reprend la septuagénaire.

Discrétion obligeant, Irma ramène son attention sur la petite Anne toujours en transit à la crèche :

— On serait tentées d'oublier que sa mère a toute autorité de la reprendre, ou de la placer elle-même, si elle se manifeste.

Une telle perspective et tant d'incertitudes contrarient Angèle.

— Si on allait acheter du tissu et de la laine ? suggère Irma pour l'en distraire.

— Donne-moi une dizaine de minutes pour me coiffer et me poudrer le bout du nez, et j'arrive.

Portée par le sentiment de poser la pierre angulaire de son projet, Irma dresse une liste des achats et tente d'en estimer les coûts.

Les magasins de la rue Saint-Joseph offrent un vaste choix d'articles de tricots et de couture. Médusée par la quantité de coton blanc que sa nièce achète, Angèle attend le moment favorable pour la questionner :

— Tu comptes habiller combien de lits ?

— Une quinzaine, pour commencer.

— J'ai eu l'impression que tu en achetais pour trente.

— Les rechanges, ma tante. On n'aura pas toujours le temps de laver les draps aussitôt qu'ils seront salis, surtout l'hiver.

— Tu as trouvé la maison qui pourrait loger une trentaine de lits en plus des services...

— ... si elle n'existe pas déjà, je la ferai bâtir.

— Toi ? Où vas-tu prendre ton argent ?

— Les économies de mes années de travail à New York y passeront s'il le faut, répond Irma.

— Tu ne peux quand même pas jouer au contremaître !

— Il existe des experts dans ce domaine comme dans la médecine, ma tante. Il suffit de bien préciser nos besoins à un entrepreneur et le reste est entre ses mains.

Un agacement sur le visage d'Angèle qui s'essouffle à suivre sa nièce d'un rayon à l'autre. « Elle ne semble pas réaliser que j'ai vingt-sept ans de plus qu'elle », constate la septuagénaire, déterminée à le lui rappeler.

— Mais je pense que mes chances de trouver une résidence à mon goût sont bonnes, poursuit Irma devant le présentoir de balles de laine aux couleurs de l'arc-en-ciel.

Angèle, ravie de la voir se poser un peu, ne manifeste pas moins son désenchantement quant à l'échantillonnage d'aiguilles à tricoter.

— J'en veux de plus fines pour les chaussettes et les bonnets, dit-elle.

— De fait, ça prend des mailles très serrées pour garder la chaleur aux extrémités du corps. Pour les couvertures, des broches plus grosses, admet Irma qui attrape une dizaine de jeux d'aiguilles.

Angèle s'en étonne.

— Vous ne serez pas toute seule, ma tante, à travailler pour nos jeunes patients. Vous vous rappelez votre tâche ? On avait convenu que vous verriez aussi au recrutement des bénévoles.

— Bien sûr !

— Ensemble, on dressera une liste de dames disposées à nous aider et j'irai leur rendre visite avec vous, prévoit Irma.

Avant le coucher du soleil, les lits des chambres d'invités sont couverts de sacs. Vivement les ouvrières bénévoles ! Dès le lendemain, Angèle entamera sa recherche auprès de celles avec qui elle a œuvré pour la crèche Saint-Vincent-de-Paul.

— Pendant que vous en dressez la liste, ma tante, je vais aller demander à papa de m'aider à rédiger celle des notables de notre ville.

— Tu courtises les bourgeois, maintenant ?

— Je fais seulement ce qu'il faut pour que notre ville ait son hôpital pour enfants : aller chercher les ressources là où elles sont... chez les gens qui ont de l'argent et du poids dans notre société.

— Après tout, ce sera leur hôpital, conclut Angèle.

— Leur hôpital ?

— Dans le sens qu'il sera à leur service...

— Pas particulièrement, ma tante. Moi, j'ouvre un hôpital destiné tout d'abord aux enfants pauvres et aux infirmes. Vous savez très bien que ceux-là ne sont admis nulle part. Et tant qu'on les considérera comme une punition de Dieu pour une faute commise par les parents, on continuera de les cacher. Des ordures, pour la société bien-pensante, alors que des soins pourraient améliorer leur condition. Je suis convaincue que plusieurs d'entre eux pourraient même se faire instruire si les parents n'en avaient pas tant honte.

La réflexion a de quoi rendre les deux femmes fières du respect et de la sollicitude qu'elles témoignent à Paul-Eugène. Bien qu'il soit sans difformité physique, cet homme n'en est pas moins considéré comme un débile mental dans cette société où la corrélation se fait vite entre gagne-petit et déficient intellectuel. Que de fois Irma a entendu les gens le traiter de crétin, de cinglé, de détraqué, de tarlais, d'abruti, et quoi encore. Chaque fois, l'indignation étoffait sa volonté de libérer son frère et ses semblables des préjugés qui les condamnent à la dégradation.

Irma n'ignore pas qu'en Nouvelle-France, les personnes atteintes de troubles mentaux étaient hospitalisées, le temps de recevoir quelques saignées, pour être ensuite enfermées dans de petits hangars de bois érigés pour la réclusion des «insensés». Comment oublier le rôle du clergé dans l'identification et le traitement de la folie au temps de Marie de l'Incarnation ? Comment ne pas blâmer les évêques qui, considérant les malades mentaux comme possédés du démon, demandaient aux Jésuites de les exorciser ? Comment ne pas crier sa révolte devant des pratiques aussi odieuses que celle qui consiste à enchaîner ces malades en tout temps ?

À Québec, l'asile de Beauport fondé en 1845, propriété de trois médecins, n'a pas nourri que des rumeurs. Irma a encore dans ses classeurs les révélations de l'enquêteur Bucknill, dans un document que Zéphirin LeVasseur lui avait obtenu avant qu'elle parte pour le Minnesota :

Je trouvai les salles des femmes surpeuplées. Les cellules de réclusion étaient nombreuses, elles avaient une odeur agressive

qui témoignait du fait qu'on les utilisait régulièrement. Je
préférerais avoir été mal informé, ou encore avoir mal entendu
quant à la période de temps que certains patients y auraient
passé dans l'obscurité et la puanteur. Les salles étaient grandes
bien que nues et peu chaleureuses. Je trouvai les patientes
agglomérées dans un ensemble de folie qu'il n'est pas facile de
décrire. Puis on m'invita à venir observer les aliénés dans la
cour, du côté du petit pont qui nous séparait d'eux. Ce que je
fis. Je dois dire que jamais de ma vie je n'ai vu quelque chose
comme ça. Les aliénés semblaient se quereller et se colletailler
sans qu'on intervienne et il semblait n'y avoir parmi eux aucun
gardien. Mais c'était une erreur puisqu'après un certain temps
je traversai le pont et, après avoir cherché, je découvris trois
jeunes garçons qui m'annoncèrent qu'ils étaient gardiens. Le
tiraillage continuait entre les patients. Lorsque je demandai
aux gardiens pourquoi ils les laissaient faire, ils ne me répon-
dirent pas. Non seulement on permettait aux patients de se
quereller mais je remarquai que plusieurs d'entre eux étaient
couchés par terre dans des postures tout à fait indécentes.
Compte tenu de l'excitation qui régnait dans cet attroupement,
il n'y avait pas beaucoup de contrainte mécanique. Je m'évadai
de ce méli-mélo insensé et demandai qu'on me montre la salle
des patients violents ou récalcitrants. Je fus conduit à l'étage
supérieur du bâtiment où je trouvai la salle vide, à l'exception
de deux patients en réclusion. En ouvrant la première cellule,
je la trouvai occupée par un pauvre jeune homme qui avait
l'air maladif et qui était recouvert d'une couverture mouillée.
Le plancher de la cellule était couvert d'eau. On me raconta que
le patient y avait été amené récemment après s'être lancé lui-
même dans le ruisseau. Cela l'aurait sûrement aidé si on lui
avait donné une couverture sèche avant de le boucler.

— En lisant ce rapport d'enquête sur nos asiles, je ne pouvais
m'empêcher de voir mon frère parmi ces malades dont certains étaient

enfermés dans des sous-sols infects et d'autres portaient des menottes de métal ou étaient attachés sur leur chaise, confie Irma.

— Pourquoi Paul-Eugène? Il n'est que limité, pas agressif, rétorque Angèle.

— Malheureusement, on utilise encore ces pratiques comme moyens de prévention auprès de ceux qui manifestent la moindre insoumission. Vous imaginez Paul-Eugène dans une ambiance pareille? Ce serait assez pour le rendre vraiment fou, dit Irma, la gorge nouée.

— Les religieuses les traitent mieux mais...

— ... en axant leur action sur le salut de ces « pauvres âmes », elles investissent peu dans la guérison.

— Je ne crois pas qu'à elle seule, la prière puisse guérir, mais je sais qu'elle ne nuit pas, nuance Angèle.

— Si le gouvernement donnait plus d'argent pour payer des spécialistes et engager davantage de personnel, ça se passerait beaucoup mieux. C'est la mentalité qu'il faut changer, répète Irma. Si on pouvait comprendre que le Docteur Pinel avait raison quand il affirmait que les troubles mentaux sont très souvent provoqués par les émotions. Les chocs psychologiques ont des répercussions sur le physiologique. C'est pour ça qu'il faut tenir compte du passé et des difficultés du patient pour le traiter adéquatement.

— D'après tes lectures, est-ce pire dans la société canadienne-française?

— Oui. Dans les asiles francophones et catholiques, les religieuses démontrent une certaine prétention à la médecine tandis que le système protestant développe des institutions à la fine pointe de la psychiatrie moderne.

— C'est dommage !

❖

Irma frappe trois fois à la porte de l'humble demeure de son père. Aucun glissement de chaise, aucun craquement de planches, aucune ombre à la fenêtre. Les rideaux s'écartent juste assez pour que Nazaire sache s'il doit ouvrir ou non. « Il ne peut plus renier son âge », constate sa fille, reconnaissant dans sa courbature les traces du vieillissement sur cet homme de soixante-quatorze ans. La vigueur intellectuelle devrait-elle l'en consoler ? Il y a tout lieu de le croire à voir l'abondance de papiers qui garnit non seulement sa table de travail, mais aussi les meubles du salon et une chaise capitaine campée dans un coin de son bureau. Faute de cheveux à lisser sur le devant de son crâne, Nazaire étire une moustache blanche qui remonte en boucle sur des joues aux pommettes creusées par la maigreur.

— Sur quoi travaillez-vous, ces jours-ci ? s'informe Irma.

— Je suis débordé. J'essaie d'avancer trois textes en même temps. Rien ne me dit que demain je ne perdrai pas tous les progrès que mon opération m'a apportés.

— Ah, papa ! Je ne vous reconnais plus ! Vous si optimiste de nature... Qu'est-ce qui vous inquiète autant ?

— Je n'ai pas terminé la rédaction de la biographie de mon ami et j'ai deux chroniques à publier dans la revue *La Musique*. L'une pour octobre et l'autre pour novembre.

— Sur quels sujets ?

— J'en consacre une à mon ami, le pianiste Defoy ; elle est presque terminée. Savais-tu qu'avec le Septuor Haydn il avait dédié *Les fleurs du printemps* à notre belle Albany ?

— Non, mais je m'en réjouis. Elle mériterait plus qu'une valse, vous ne pensez pas ?

— Une biographie, par exemple... C'est un beau projet que tu viens de me soumettre, ma fille, s'exclame Nazaire qui envisage déjà cette publication dès que la biographie de son ami Ferdinand sera terminée.

— Parlant projet, je suis venue vous exposer le mien, papa.

— Ton hôpital ! Viens, on va s'asseoir confortablement dans le solarium.

— Avez-vous dîné ?

— Non, mais ça ne presse pas. On va jaser de ton projet avant, souhaite Nazaire.

Debout devant un garde-manger désert à inquiéter les plus indifférents, Irma constate que ses craintes sont confirmées : Nazaire mange peu, soit par manque de ressources financières ou d'appétit, soit par simple négligence. «Il faudra que je vienne lui rendre visite plus souvent», se dit-elle, s'offrant sur-le-champ pour aller lui chercher de quoi se mettre dans l'estomac au moins quelques jours.

Sourde aux protestations de son père, Irma file vers l'épicerie de la rue Saint-André, en revient les bras chargés et apprête un poisson frais et des légumes. À voir Nazaire avaler tout ce qu'elle lui présente, Irma est rassurée sur son appétit. Sur une des tablettes du garde-manger, elle place discrètement un billet de dix dollars, espérant que Paul-Eugène ne le trouvera pas avant son père. Puis elle se ravise et va le glisser discrètement sous son oreiller.

— Maintenant, on peut travailler, dit Irma, la table débarrassée.

— Pourquoi pas dans le solarium ?

Elle y consent, devinant que la lumière qui inonde cette pièce favorise l'acuité visuelle de son père.

Le but de sa visite exposé, Irma doit essuyer une déception de la part de Nazaire :

— Ce n'est pas parce que Monsieur Untel a de l'argent qu'il va s'intéresser à la fondation d'un hôpital pour enfants. Encore moins pour infirmes !

— Ce qui veut dire que la liste des bienfaiteurs pourrait être assez courte...

— Ouais ! Il te faudrait des médecins, des avocats, des juges, des membres du clergé, des députés ou, mieux encore, une couple de ministres, le maire et le curé de la place, des commerçants au cœur sensible, énumère-t-il en griffonnant quelques noms dans le carnet que sa fille a ouvert devant lui. Je peux te donner leurs noms, mais ne t'attends pas à être bien reçue partout.

Irma hoche la tête, les yeux rivés sur la courte liste qu'elle rêve de voir s'allonger.

Le maire Samson
Le juge Aimé Marchand
Le juge Camille Pouliot
Le notaire Gagné

Le Dr J.M. McKay
Le Dr Lessard du département de l'Assistance publique
La Maison Canac-Marquis, meubles, quincaillerie

— Canac-Marquis ? Il a de la parenté avec...
— Oui. C'est son oncle, répond Nazaire. Justement, je voulais t'annoncer que mon ami Ferdinand a retardé sa visite à l'été prochain.
— Ah, bon ! fait Irma, pressée de revenir à la liste des notables.
— N'oublie pas d'en causer avec les épouses de ces messieurs. Elles sont les mieux placées pour convaincre un homme d'une cause comme la tienne. Sans compter qu'elles pourraient te rendre de grands services...
— ... dans la couture, le tricot, l'assistance auprès de mes petits malades, ajoute Irma, un pied dans la porte, prête à partir à la conquête de collaborateurs.

Les conseils de Nazaire ramènent des souvenirs troublants à la mémoire d'Irma. « Des dames patronnesses, je sais bien qu'il en faut, se dit-elle, forte de l'expérience acquise à New York et à Montréal. À la condition, cette fois, que ce ne soient pas elles qui dirigent l'hôpital de Québec. On doit connaître la médecine pour occuper un tel poste. Ce sont peut-être mes confrères que je devrais contacter en premier lieu. » Comment oublier les rares médecins qui lui ont accordé un peu d'attention lors du Congrès médical tenu à Québec en juin 1900 ? Les Drs Varennes et Masson avaient eu l'amabilité de demander un toast en hommage aux dames présentes. Un autre, aux manières affables, s'était arrêté pour la saluer : le Dr René Fortier, ce Beauceron spécialiste des maladies de l'enfance et professeur de pédiatrie à l'Université Laval. Bien que son approche l'ait fortement intimidée, elle était parvenue à lui exposer son rêve de consacrer sa vie aux enfants démunis.

— Tant mieux, on ne sera jamais assez nombreux, avait-il conclu, sollicité par nombre de confrères impatients de lui adresser la parole.

Laissée à elle-même, seule docteure canadienne-française de l'assemblée, la jeune femme de vingt-trois ans était allée prendre place sur un siège de la dernière rangée de la salle des promotions. La journée s'était terminée sans qu'elle puisse reprendre sa conversation avec le Dr Fortier. Les journaux de la semaine suivante faisaient mention du dispensaire pour enfants, logé à l'Hôtel-Dieu de Québec, où le Dr René Fortier donnait des cours et une formation pratique. Ce service permettait à la puériculture et à la pédiatrie de répondre aux besoins médicaux et sociaux de la population pauvre de la région. À la lecture de ces témoignages, le cœur de la jeune doctoresse s'était emballé. « C'est dans ce dispensaire que j'irai travailler », avait-elle prévu, déterminée à prendre rendez-vous avec le Dr Fortier. Mais le refus du Collège des médecins d'accorder un permis de pratique à la jeune femme avait tout retardé. Trois ans plus tard, elle était retournée vers le pédiatre, qui avait alors refusé de l'embaucher dans son équipe.

— Malgré l'excellence des résultats que vous avez obtenus à l'examen du Collège des médecins, je vous recommande fortement de parfaire votre formation de pédiatre en Europe avant de songer à ouvrir une clinique pour enfants, lui avait-il recommandé.

— C'est justement auprès des enfants et des femmes que j'ai travaillé à New York, pendant trois ans.

— C'est un conseil, docteure LeVasseur. Vous en faites ce que vous voulez, avait-il ajouté avant de reconduire sa visiteuse vers la sortie.

La semaine suivante, au cours d'un autre souper en tête-à-tête avec son père, Irma annonce :

— Cet automne, je mets tout en place pour m'adjoindre ce grand spécialiste. Cette fois, j'ai des chances d'être exaucée.

Nazaire lui suggère aussi de prévoir une campagne de financement.

— Des conférences-concerts, par exemple. Je pourrais en donner au moins une et demander à mes amis du Septuor Haydn de venir jouer quelques pièces musicales.

— Jumeler conférence et concert est une bonne idée, mais j'aimerais mieux commencer par des activités plus populaires, dit Irma.

— Des tournois de bridge, peut-être. Ta tante Angèle joue de temps en temps.

Irma grimace. Ne se sentant pas très douée pour ce genre de loisir, elle préfère s'en tenir à l'aide de l'Assistance publique.

— Tu ne t'imagines pas qu'elle te sera accordée en claquant des doigts. Je connais les labyrinthes de la machine gouvernementale, surtout quand il s'agit d'ouvrir un portefeuille. En attendant, ces dames t'apporteraient un peu d'argent.

Irma demeure songeuse. Ces modes de financement n'ont pas été très profitables lors de la fondation de son hôpital de Montréal. Mais il y a plus.

— Comment éviter que certaines dames patronnesses confondent organisation de collectes de fonds et administration de l'hôpital ?

— Je vois que tu n'as pas oublié ce qui s'est passé à Montréal en 1907. Il y a quand même une différence de mentalité entre Montréal et Québec.

— Même au sein de la bourgeoisie ?

— Je le croirais, dit Nazaire, déplorant du même coup de ne pas avoir vingt ans de moins. Je deviendrais ton argentier avec bonheur, murmure-t-il.

Sa fille reste muette. Par le passé, son père ne s'est pas montré si doué pour les finances. Pour le bénévolat dans les causes qui lui tenaient à cœur, oui, et jusqu'à priver d'aisance sa jeune famille. Le souvenir de querelles à ce sujet entre ses parents surgit à la mémoire d'Irma. « Grand-père Venner avait le sens des affaires, beaucoup plus que les LeVasseur, se souvient-elle. J'espère en avoir hérité un peu. »

Avant que sa fille le quitte, Nazaire retourne à sa table de travail.

— Si tu as encore besoin de moi, tu sais où me trouver, dit-il, résolu à terminer ses chroniques avant la fin de la journée.

Irma n'a pas quitté la cour que Paul-Eugène se présente, la barbe longue, les vêtements crasseux mais ravi de croiser sa sœur qu'il embrasse avec ardeur. À son haleine, Irma le croit sobre.

— Attends-moi, la supplie-t-il. Je vais juste sortir un peu d'argent de ma cachette.

— Tu as de l'argent... caché dans la maison !

— Dans ma chambre, corrige-t-il, avant de placer son index sur sa bouche.

— Secret de tombe, lui promet sa sœur. Et c'est pourquoi cet argent ?

— Un de mes amis a besoin d'un pantalon neuf.

— Une grande occasion ?

— Si on peut dire… Il va voir le capitaine d'un beau gros bateau. On voudrait avoir le contrat du ménage quand il arrive au Vieux Port.

— Il y a du personnel à bord pour ce genre de travail, il me semble.

— Je sais, mais il est arrivé que le capitaine en profite pour nous faire rafraîchir la peinture des cabines ou décrasser la cuisine à fond, rétorque-t-il, filant ensuite silencieusement vers la maison, le dos courbé.

Ne pas être aperçu de Nazaire, ne pas avoir à répondre à sa kyrielle de questions redondantes en est le but. Son retour presque instantané prouve que l'opération a réussie. Maintenant, il entraîne sa sœur en retrait de la maison paternelle, hors de la vue de Nazaire.

— Puis notre bébé ? lui demande-t-il, des étoiles dans les yeux.

— Entre bonnes mains.

— Chez tante Angèle ?

— Non, pas pour l'instant… au cas où tu reverrais sa maman. C'est important, tu sais. Et ça commence à presser.

— Edith est à veille de revenir ?

— Oui, c'est ça.

— Je veux qu'elle devienne sa mère. Je pourrais être son parrain, avance Paul-Eugène, jubilant comme un enfant.

Irma penche la tête, à la recherche d'une réplique pertinente.

— Pour devenir parrain, il faudrait que tu puisses répondre d'elle si jamais elle perdait ses parents.

— J'ai encore de l'argent dans ma cachette, puis je vais en gagner d'autre. Je pourrais aller la garder aussi… avec la permission d'Edith. Toi, tu serais la marraine. On irait acheter un bel habit pour ce jour-là. Dans la rue Saint-Joseph. Comme avant.

Plus Paul-Eugène en dit, plus il est difficile pour sa sœur de réfuter ses propos.

« Si c'était l'occasion pour qu'il cesse de gaspiller son argent dans la boisson... Pourquoi lui refuser cette chance ? »

— Tu vas me le dire quand Edith sera arrivée, hein petite sœur ?

— C'est à toi de venir aux nouvelles, Paul-Eugène.

— Bien sûr ! Bien sûr ! Bon, je suis pressé. Tommy m'attend.

— Moi aussi, je suis pressée. Reviens me voir chez tante Angèle au cours de la semaine, lui propose-t-elle, le regardant s'éloigner en trottinant.

« Un enfant ! Moi qui veux consacrer ma vie à prendre soin d'eux... »

La semaine vient à peine d'égrener son dernier jour que les démarches d'Angèle semblent avoir porté fruits. De sa cuisine, des voix de femmes enthousiastes se faufilent jusque dans l'entrée.

— C'est toi, Irma ? Te voilà enfin ! Viens que je te présente à nos quatre premières bénévoles, lui annonce sa tante.

Réunies autour de la table couverte de balles de laine, se lèvent, toutes fières et bellement pomponnées, Mmes Maxime McKay, Henri Boivin, Georges Tessier et Philippe Landry. Dans la main d'Irma qui salue chacune d'elles, passe la fièvre de l'instigatrice ; sur son visage, l'euphorie d'une réalisation amorcée.

— Je vous savais efficace, tante Angèle, mais pas convaincante à ce point, s'exclame la D^{re} LeVasseur.

— Un simple coup de fil a suffi pour amener ici ces quatre gentilles dames.

— Votre tante sait que j'aime beaucoup organiser des corvées de ce genre, s'exclame Mme Boivin, un large sourire sur son visage de poupée joufflue.

— J'ai été témoin de ce qu'elle a fait pour les petits de la crèche, ajoute Angèle.

— J'ai eu la chance d'être assistée par ces trois généreuses dames, réplique Mme Boivin.

Une d'elles, svelte et d'une élégance remarquable, ne semble pas inconnue d'Irma. Et pour cause, cette dame accompagne souvent son époux, le Dr Maxime McKay, dans des conventums et des fêtes foraines.

— C'est là que nous nous sommes rencontrées, se souvient Irma. Votre mari avait eu la gentillesse de venir me saluer.

« Laissez-moi le plaisir de serrer la main de notre valeureuse docteure québécoise ! » avait-il dit, étoffant son compliment du témoignage de son collègue le Dr Albiny Paquette. « Vous nous avez servi une bonne leçon de courage et de générosité en vous dévouant ainsi en Serbie », avait-il précisé.

Fait rare dans la vie d'Irma. Inoubliable ! De quoi se réjouir doublement de voir Mme McKay faire partie du groupe des premières bénévoles de son futur hôpital.

— J'ai une proposition à vous faire, docteure LeVasseur, annonce cette dame qui dégage sincérité et générosité. Seriez-vous d'accord avec l'idée qu'à chaque réunion, nos bénévoles donnent un dollar pour aider à acheter le matériel manquant ?

— À la condition que cette contribution ne nous fasse pas perdre des aides précieuses.

— J'ai tenté cette expérience ailleurs, et les résultats ont été des plus réjouissants.

Irma s'en montre ravie.

— Mais vous manque-t-il quelque chose aujourd'hui ? s'inquiète Mme McKay.

— Une machine à coudre, réclame Mme Tessier qui fait courir ses doigts effilés sur des aiguilles à tricoter. On ne peut pas toujours utiliser celle de Mademoiselle Angèle.

— Il serait bon aussi d'en avoir deux, ajoute Mme Landry, une femme aux ambitions à la mesure de sa forte taille.

Du même souffle, elle révèle avoir quelque chose d'important à leur confier.

— Il ne faut pas que ça vienne aux oreilles de mon mari que je me mêle à ce projet, dit-elle timidement.

— Pour quelle raison ? s'informe Mme Tessier dont la délicatesse inspire l'attitude et définit la physionomie.

— Un hôpital pour enfants malades ou infirmes... dirigé par une femme... une perte de temps, un échec assuré, selon lui.

La confidence de Mme Landry jette un froid dans le groupe.

— Mais moi, j'y crois à votre projet, docteure LeVasseur. Plus que ça, j'estime qu'il était temps qu'il y ait des femmes parmi nos médecins, ajoute-t-elle.

— S'il fallait attendre l'approbation de toute la société pour agir, on serait toutes paralysées, rétorque Irma. Pour ce qui est de la discrétion, vous pouvez compter sur moi.

Cinq autres promesses de garder le silence s'enchaînent.

Mme Tessier recommande à Irma de ne pas trop tarder à noter les dépenses déjà faites pour l'hôpital :

— On ne prend jamais assez de précautions dans ces démarches-là.

— Je pourrais m'en charger, moi, offre Mme McKay, compétente et expérimentée en comptabilité. Je m'occuperais de tout inscrire au fur et à mesure dans un cahier. Les dépenses précédentes comme celles qui vont venir.

Cette proposition plaît à Irma. Mme Tessier lance une autre suggestion :

— Pour commencer, on pourrait confier le tricot à celles qui n'ont pas de machines à coudre. Qui en a une ?

Toutes lèvent la main, sauf Mme McKay qui avoue n'avoir aucune dextérité « pour les travaux fins ».

— Dans ce cas, celles qui préfèrent tricoter laissent la couture aux autres, dit Angèle.

Le partage des tâches se fait dans la plus grande complicité.

— Il faudrait prévoir le nécessaire pour une dizaine de petits patients, précise Irma.

— Vous voulez ça pour quand ? demande Mme Landry, le front en sueur.

— Avec un peu de chance, je devrais trouver la maison que je cherche d'ici un mois ou deux. Le temps d'y installer les meubles et tout le matériel médical... ça pourrait aller en novembre, estime Irma.

— Il faut recruter d'autres bénévoles, juge Mme Boivin qui a travaillé à l'aménagement de l'hôpital Laval, quatre ans plus tôt.

Les cinq femmes dévouées à la cause d'Irma s'engagent à amener chacune une autre bénévole à la réunion du prochain mardi. Mme Boivin s'interroge sur le local où devront se tenir ces réunions.

— J'ai de la place ici en attendant que ma nièce ait trouvé la maison qu'elle cherche, considère Angèle, aussitôt secondée par Irma.

Les bienfaitrices s'en montrent ravies et quittent la maison LeVasseur les bras chargés, le cœur débordant d'optimisme.

Postées à la fenêtre du salon, Irma et sa tante les regardent s'éloigner, partageant un même espoir, une même flamme.

❧

PRIEZ FORT POUR MOI. UNE LETTRE SUIVRA. EDITH

Ce télégramme livré dans la matinée du 12 octobre chamboule Irma. Que John soit la cause des tourments de la jeune femme ne l'étonnerait pas. Angèle n'en pense pas moins.

— Si la lettre n'est pas arrivée dans une semaine, je téléphonerai à tante Rose-Lyn, décide Irma.

— Pourquoi attendre si tard? Ce pourrait être grave.

Les craintes de la septuagénaire ne restent pas sans échos.

— Je vais commencer par prendre des nouvelles de la petite Anne, annonce Irma.

— Tu téléphones?

— Non. J'y vais.

Sans plus de questionnements, Irma jette un coup d'œil à son apparence et file vers la crèche Saint-Vincent-de-Paul. Ce qu'elle y découvre la renverse. Anne est souffrante. On craint même pour sa vie.

— Le Docteur Fortier redoute une pneumonie contractée auprès d'autres orphelins de la salle, lui apprend la religieuse qui l'accompagne.

— Pourquoi l'avoir placée avec des malades ? s'indigne Irma.

— D'autres petits ne sont pas malades pour autant. Elle est peut-être plus faible, celle-là.

— Ça fait combien de jours qu'elle respire mal comme ça ?

— Je ne sais pas au juste...

— Je veux voir son dossier.

— Je ne suis pas sûre qu'il soit complété, on court à longueur de jours, ici.

— C'est une priorité, les dossiers des malades, ma sœur.

— On essaie, mais vous comprendrez que les cas comme celui de cette enfant ne sont pas traités en priorité.

— Qu'est-ce que vous insinuez ?

— Personne ne paie pour elle.

Une onde de choc dans le cœur d'Irma.

Apprenant que le Dr Fortier n'a pas quitté la crèche, elle court à sa recherche.

— Docteur Fortier, la petite que...

— Je sais, je sais. On fait ce qu'on peut, docteure LeVasseur, dit-il sans lever la tête de la pile de dossiers qu'il doit traiter avant la fin de la journée.

— Dans ce cas-là, je vais m'en occuper.

— Vous allez venir veiller sur elle jour et nuit ?

— Mieux que ça, docteur Fortier. Je la ramène chez moi.

— Vous êtes disposée à signer le formulaire ?

— Quel formulaire ?

— Celui qui vous tient responsable de l'enfant que vous allez sortir d'ici.

— Je pourrais voir ce papier ?

D'un tiroir de son bureau, le Dr Fortier sort deux longues feuilles brochées qu'il lui tend. Irma en parcourt le libellé en moins de temps qu'il n'en faut pour apposer son nom au bas de la deuxième feuille.

— Je demande à quelqu'un de la préparer, offre le Dr Fortier, abasourdi.

— Ce n'est pas nécessaire. Je m'en charge.

— Vous nous la ramenez si vous parvenez à la guérir ?

— Je la guérirai.

— Bonne chance, docteure LeVasseur.

— Je vous en donne des nouvelles, docteur Fortier.

Irma quête des layettes chaudes pour emmailloter ce petit corps fiévreux assailli de frissons. Ses doigts se faufilent entre la mort et une lutte acharnée pour la survie. « Accroche-toi, ma petite. Accroche-toi pour celle qui, à plus de cinq cents milles d'ici, se bat pour devenir maman. Pour devenir ta maman. Oui, elle, Edith. Tu reconnaîtras sa voix quand elle va revenir pour te prendre dans ses bras. Tu reconnaîtras les battements de son cœur, la douceur de sa peau sur ton visage, ses caresses... »

Chapitre III

— **V**ous! s'exclame Irma, abasourdie devant le couple Miller, en cette fin d'avant-midi du 27 octobre. Mais on n'a pas encore reçu votre lettre...

— On ne l'a pas postée, explique John, visiblement porteur de cette décision.

— Ah, bon! Puis votre téléphone? En difficulté?

— On s'est absentés souvent de la maison. Tellement de choses à voir avant de partir, allègue Edith.

Irma craint un affrontement redoutable entre les deux conjoints. Ou elle a eu lieu avant leur départ de New York, ou elle risque de se produire incessamment. Or, rien de dramatique sur le visage d'Edith. Dans ses yeux, quelques larmes... causées par la joie des retrouvailles ou par un chagrin qui se libère en de telles occasions.

Angèle a reconnu leur voix. Elle prie pour que la petite Anne qui dort dans la chambre d'invités adjacente à celle d'Irma ne se réveille pas avant que le jeune couple ait été préparé à cette nouvelle réalité. Même souhait chez Irma. Des heures pour le moins émouvantes sont à prévoir. « Sans savoir ce qui s'est discuté au sujet de cette enfant entre John et sa femme », se dit Irma qui, sur la pointe des pieds, va déposer les valises dans une des deux chambres encore libres.

— Le reste devrait arriver ces jours-ci par bateau, annonce Edith, on ne peut plus énigmatique.

— Vous avez fait le voyage en train! s'étonne Angèle venue de la cuisine pour les accueillir à son tour.

— Mon épouse et moi avions le goût de l'essayer, répond John en se frottant les mains de satisfaction.

— Du nouveau, ici? demande Edith, empruntant un air jovial.

— Avec Irma dans la maison, il y en a tous les jours, trouve à répondre Angèle, à la grande satisfaction de sa nièce. Nous allions nous mettre à table. Le dîner est prêt. Venez!

Irma les a devancés dans la grande salle à manger. Dans cette pièce, les pleurs du bébé risquent moins de parvenir aux oreilles du couple Miller. Aussi, le temps presse d'amener les époux sur un terrain qui permettra à leurs hôtesses de les informer du retour de l'enfant à la maison.

— Pas trop fatigant votre voyage? demande Irma en déposant les couverts sur la table.

— John et moi...

— Un peu long mais très intéressant, s'empresse de répondre John, doublant la voix de son épouse. En plus du confort et de la courtoisie du personnel, nous avons découvert l'existence de régions qui nous étaient complètement inconnues.

— Et toi, Edith? Tu as aimé venir en train? relance Angèle dans le but d'entendre le reste de sa phrase.

John se tourne vers son épouse, de qui il réclame une réponse affirmative.

— Oh oui! Il n'y a pas de meilleur endroit pour les tête-à-tête. Mon mari et moi...

Sa voix s'éteint. Ses yeux fouillent les alentours. Visiblement estomaquée, elle dévisage les dames LeVasseur.

— J'ai entendu... comme... comme un pleur de bébé... balbutie-t-elle. Je deviens folle ou si...

La voix de la petite Anne l'a rejointe dans la salle à manger sans effleurer l'oreille des trois autres personnes présentes. De quoi sidérer Irma et sa tante qui se précipite dans la chambre de l'enfant.

— Qu'est-ce qui se passe ici ? demande John, soupçonnant un complot dont il aurait été écarté.

— Je vais tout vous expliquer, dit Irma sur un ton résolument lénitif. Une urgence nous a forcées à ramener Anne ici. Le temps qu'elle guérisse d'une grave pneumonie.

— Vous allez la sauver, implore la jeune femme toute fébrile.

— Je commence juste à reprendre espoir, avoue Irma qui, pour les besoins de John, relate en détail les circonstances du retour de l'enfant rue Fleury.

— La mère s'est manifestée ? demande-t-il.

— Pas encore.

— Les recherches se poursuivent ?

— On n'a pas renoncé, mais tu dois comprendre que la police a bien d'autres sujets d'enquêtes que celui des enfants abandonnés. Il y en a si souvent.

— Elle est peut-être morte, la pauvre maman, murmure Edith, un peu honteuse de laisser transpirer un tel souhait.

Irma ne la blâme pas.

— J'avoue, dit-elle, que certaines femmes sont dépourvues de sentiments maternels ou de moyens financiers pour bien s'occuper de leur enfant. En ce qui concerne les enfants abandonnés, on peut comprendre que la jeune fille ne veuille pas être identifiée. La société fait porter sur elle un tel poids de culpabilité...

— Il y a peu de chances que celle qui a mis Anne au monde cherche à la reprendre ; elle l'a abandonnée, leur rappelle Edith, impatiente de voir Anne.

— Certaines tentent de le faire quand leur situation se stabilise. La crèche Saint-Vincent-de-Paul reçoit chaque semaine de jeunes mamans qui réclament leur enfant.

— Elles repartent avec ?

— Pas si facilement que ça, Edith. Encore faut-il que le bébé soit toujours à la crèche. S'il n'a pas été adopté à ce moment-là, la mère doit alors présenter un certificat de bonne conduite.

— Qui le lui donne ? questionne John.

— Trop souvent, c'est le curé.

— Ce n'est pas bien ?

— Plus ou moins. La religion est la première responsable de l'abandon des enfants nés hors mariage. Sans égard au géniteur, le prêtre fait porter à la mère toute la responsabilité et la punition qu'une telle faute mérite, à son point de vue. Vous devinez bien que ce certificat de bonne conduite n'est pas accordé facilement. Certaines mères ne l'obtiendront jamais...

— Pourquoi ?

— Dans la majorité des cas, la fille-mère est accusée, par le clergé et par la société, d'avoir provoqué le viol dont elle se plaint.

Edith ne tient plus en place. Son repas à peine entamé, elle se lève, déterminée à se rendre près du berceau de la petite.

— Donnez-moi une minute, dit Irma, qui se dirige vers la chambre.

Angèle, assise sur le bord du lit, berce le bébé qui vient de se rendormir.

— Tu en sais un peu plus ? demande-t-elle à sa nièce.

— Eux savent tout maintenant, mais moi, pour être franche, je suis vraiment mêlée. Quand Edith a demandé à voir Anne, John n'a montré aucune réticence, mais allez donc savoir ce qu'il pense.

— Qu'est-ce qu'on fait ?

— Qu'est-ce que vous en pensez, vous, tante Angèle ?

— Je replacerais la petite dans son lit. Si elle ne se réveille pas, on les fera venir dans la chambre... à la condition de ne pas lui toucher.

— Ne pas lui toucher ? Vous n'y pensez pas, ma tante. Une torture pour Edith.

— Elle est encore trop fragile. Elle risque de tout attraper.

— Oui, je le sais. Mais l'infusion d'amour qui passera dans les mains d'Edith pourrait lui faire un grand bien. C'est connu maintenant que les caresses sont curatives, surtout chez les jeunes enfants.

— Je me demande comment j'ai fait pour ne pas être malade toute ma vie... vu le peu de caresses que j'ai reçues, réplique Angèle étouffant un fou rire.

— Ma tante! Il n'est pas nécessaire qu'elles viennent d'un amoureux. Les enfants dont vous avez pris soin vous en ont donné de la tendresse. Paul-Eugène et moi aussi.

— Je sais, je sais. Tu les emmènes, les Miller? Je vais vous laisser la place.

Edith jubile. John dit préférer attendre que la petite soit réveillée. La septuagénaire sourcille. Ce jeune monsieur n'a pas gagné sa confiance. « Étrange. Énigmatique à souhait, cet homme », se dit Irma.

Les mains croisées sur sa poitrine, Edith s'approche du berceau. Un large sourire, un pincement de lèvres, des larmes désinvoltes, un corps qui se penche, l'offrande d'une caresse, de l'amour.

— Je peux? demande-t-elle à Irma qui l'accompagne.

Un signe de tête lui accorde l'incomparable faveur d'effleurer, de son index, le front de la petite rescapée.

— C'est moi, Edith, murmure-t-elle, d'une voix venue droit du cœur. Tu me reconnais, mademoiselle Anne? On s'est retrouvées enfin! ajoute-t-elle, lovant la minuscule main de l'enfant dans la sienne. Je te laisse te reposer. On se reverra plus tard, mon petit trésor.

Après le départ d'Edith, Irma s'attarde un peu près du berceau. « Je te l'avais dit, ma poupée. Tu ne t'es pas battue pour rien. Elle est revenue, celle qui désire tant être ta maman. Tu l'as reconnue, hein? J'ai aperçu l'esquisse d'un sourire quand elle te parlait. »

De retour à la salle à manger, la jeune femme tombe dans les bras de son époux, ses pleurs tenant lieu de paroles. Non sans une certaine retenue, John l'enlace. Pas un mot ne sort de sa bouche. Il voudrait cacher son malaise, mais le rictus de sa bouche le trahit.

D'un simple clin d'œil, Angèle et Irma conviennent de les laisser seuls dans la salle à manger. La confusion perdure dans leur esprit quant aux dispositions du jeune couple.

— Tôt ou tard, il faudra crever l'abcès, dit Irma, s'affairant à ranger la cuisine.

— J'ai hâte que ce soit fait. Pour l'instant, j'ai envie de retourner veiller sur notre petite, propose Angèle, ébranlée par cette situation fortuite.

« NOTRE petite ! Ai-je bien entendu ? se demande Irma. Est-ce à dire que ma tante aurait imaginé qu'on puisse garder cette enfant pour de bon ? Aurait-elle du mal à la voir partir ? Que la vie est complexe parfois ! »

Aucun empressement chez Irma à se retrouver en compagnie de John et de son épouse. Les mains plongées dans l'eau savonneuse, elle laisse sa réflexion suivre son cours. Le cliquetis des ustensiles, le zéphyr qui traverse la moustiquaire, un parfum de fruits mûrs qui manifeste sa présence, tout devient apaisant. Un souvenir, un rire discret, une image : grand-père LeVasseur, un linge à vaisselle sur le bras, simulait une compétition avec sa jeune plongeuse qui rechignait devant la cuvette. « Si tu ne me fais pas attendre une fois la vaisselle lavée, Irma, je t'emmènerai te choisir un livre à la librairie. » Comment oublier la sensation que lui donnait la main gantée de Zéphirin qui enveloppait la sienne lors de leurs grandes sorties ! Rien ne pouvait la stimuler autant qu'un livre neuf. Elle se revoit, sur la pointe des pieds, essayant de prendre un exemplaire de la Comtesse de Ségur sur un rayon hors de sa portée. Irma est prise d'un fou rire en constatant qu'elle n'est guère plus grande que lorsqu'elle avait treize ans. « Je n'aurais pas détesté être de la taille des LeVasseur, se dit-elle. J'aurais peut-être attiré davantage la confiance des hommes avec qui j'ai dû me battre pour faire respecter mes droits. »

Elle se souvient d'avoir tenu dans ses mains *Un bon petit diable*, mais elle se l'était vu aussitôt confisqué par son grand-père : « Prends quelque chose de plus joyeux que ça, voyons ! » Irma n'en avait découvert le motif que lors de son voyage d'étude en France : sans doute qu'au jugement de Zéphirin, ce roman, comme *Les Malheurs de Sophie*, faisait beaucoup trop écho aux chagrins d'enfant d'Irma. « Qu'en sera-t-il d'Anne ? Saura-t-elle un jour qui l'a mise au monde ? Qu'adviendra-t-il d'elle si je la retourne à la crèche ? Aura-t-elle des parents adoptifs qui l'aimeront vraiment ? Et si elle n'est pas adoptée avant l'âge de six ans, où se retrouvera-t-elle ? » Un frisson lui traverse le dos. Une voix la fait sursauter :

— Madame Irma...

— Que tu m'as fait peur, Edith !

— Pardon ! Si ça ne vous offense pas, on irait dormir un peu, John et moi.

— Soyez bien à l'aise, répond Irma qui ne pouvait souhaiter mieux.

Une pensée... affolante lui coupe le souffle. À pas feutrés, elle se dirige vers la chambre du bébé... toujours endormi.

— Tante Angèle, chuchote Irma, avez-vous pensé aux règlements sur l'adoption ?

La septuagénaire hausse les épaules, affectant l'ignorance... ou l'indifférence.

— Je me trompe ou il faut avoir au moins cinquante ans pour avoir le droit d'adopter un enfant ? Si c'est le cas, les Miller devront y renoncer.

Angèle l'a écoutée sans broncher.

— Vous imaginez la déception de cette femme si jamais son mari consentait...

— Il ne faut pas mettre la charrue devant les bœufs, Irma.

— Il faut prévoir ce qui pourrait arriver, tout de même. Sinon, on devra payer les pots cassés.

— Tu sais bien qu'on finit toujours par trouver une solution, répond Angèle, agacée. Attends de savoir ce qu'ils mijotent. Tu t'inquiètes probablement pour rien.

Suspicieuse, Irma scrute le regard de sa tante.

— Une fois reposé, notre petit couple va nous livrer ses intentions sans problème. Ce sera le temps d'en discuter, prétend Angèle.

— On dirait que vous savez des choses, vous...

— La petite est réveillée, rétorque-t-elle, pressée de la sortir de son berceau.

Emboîtant le pas d'Irma vers la cuisine, Angèle lui tend le poupon.

— Touche son front. La fièvre est partie, lui annonce-t-elle. Tu avais raison... pour les caresses. On va la sauver, notre petite Anne.

De fait, l'enfant a les yeux clairs, la respiration presque normale et le teint plutôt rosé.

— Elle devrait avaler plus de lait, maintenant, prévoit Irma.

— Tu veux que je lui en prépare ?

— Je vous demanderais de la faire boire aussi. Il faudrait que j'aille à l'université.

— À l'université ? Je peux savoir pourquoi ?

— Discuter avec le Docteur Fortier. Il enseigne là le vendredi.

Angèle oscille entre la satisfaction et l'inquiétude. Causer seule avec Edith et son mari la chicote. Et pour cause, toute décision en regard de l'enfant abandonnée revient en priorité à Irma. Aussi, le risque de laisser transparaître ses propres tourments est réel. « Je n'aurais jamais pensé m'éprendre autant d'un bébé. Le goût de me l'approprier n'est pas raisonnable à mon âge, je le sais, mais c'est comme le tressaillement de la dernière heure. La revanche d'une frustration étouffée », s'avoue cette femme pour qui le célibat avait semblé être le fruit d'un choix délibéré alors qu'il n'était qu'une secrète blessure d'orgueil. « On ne me préférera pas une autre fille une deuxième fois », s'était-elle juré quelques mois après un mariage annulé.

❖

Les dames bénévoles se présentent chez Angèle avec un enthousiasme quintuplé en cette huitième rencontre. Fidèles au défi lancé le 25 septembre, les quatre premières ont amené leur recrue : Mmes Jules Girouard, Camille Pouliot, Georges Dionne-Labrèque et Mlle Esther Nadeau. Elles sont huit maintenant à monter des piles de couches, de draps et de piqués cousus. Les tricoteuses sont submergées de compliments pour leurs « chefs-d'œuvre ». Après les avoir accueillies avec une chaleur dictée par la réalisation imminente de son rêve, Irma leur présente la jeune femme qui aide Angèle à préparer le thé.

— Celle-ci est ma recrue, leur annonce Irma. Je suis allée la chercher, croyez-le ou non, aussi loin que New York. Je l'ai connue alors qu'elle n'avait que huit ans.

— Je ne pouvais me faire à l'idée de vivre loin d'une femme généreuse et attachante comme Madame Irma. Je n'ai pas eu trop de mal à convaincre mon mari; comme il a de la parenté ici, il avait beaucoup lu sur le Québec et quand il l'a visité, il a tout de suite souhaité venir y enseigner.

Des regards éloquents de surprise et d'admiration sont dirigés vers la jeune femme.

— C'est elle, Edith Miller, qui s'occupera de notre petite pensionnaire... non seulement pendant nos réunions mais à plein temps.

Les dames patronnesses échangent des chuchotements de curiosité.

— S'il n'en tient qu'à moi, cette jeune femme et son époux seront avec nous pour longtemps, ajoute Irma.

Touchée et intimidée, la belle rouquine américaine salue les dames de petits signes de la tête.

— Tu voudrais bien aller la chercher, notre petite Anne, pour la présenter à ces gentilles dames?

Les joues en feu, prise au dépourvu, la jeune femme hésite un instant, tentée de laisser cet honneur et ce grand plaisir à l'une des dames LeVasseur.

Un coin de la layette soulevé, des yeux d'azur limpides, l'esquisse d'un sourire, deux petites mains qui s'agitent envoûtent celle qui s'en est éprise dès le premier regard. « Bonjour, petit trésor ! On a de la grande visite aujourd'hui. De belles dames toutes parfumées veulent te voir. Tu veux venir ? » Edith porte la bambine sur son cœur, niche sa petite tête dans le creux de son épaule, toute à la tendresse partagée entre elles deux... seulement pour elles deux. Par politesse, elle se résigne à voir ces dames se passer l'enfant de l'une à l'autre. « Un jour, je pourrai dire à tous les inconnus : " C'est ma fille, Anne Miller. " Je ferai tout pour que tu sois aussi fière de ta maman que je le suis de toi. »

— Tu viens, Edith ? On a du travail à faire, ici, lance Irma, non surprise du temps qu'elle met à revenir dans la cuisine.

— Excusez-moi. Je ne voulais pas la réveiller trop brusque-ment. C'est Anne. Elle a deux mois, s'empresse-t-elle de préciser en la présentant d'abord à Mme Boivin.

— Comme elle est petite ! s'exclame cette dame bien en chair qui a trop d'un seul de ses bras pour la porter.

— Comme elle est mignonne ! dit Mme Pouliot, caressant le petit crâne blond avec toute la délicatesse qui la caractérise.

— Passez-la-moi, supplie Mlle Nadeau, éprouvée dans sa jeunesse par une hystérectomie non consentie. Ah ! Le petit ange ! Dire que je n'aurai jamais la chance d'en mettre un au monde.

— Mais voyons, Esther, tu es encore jeune. Tu as encore le temps de trouver un bon parti...

— Ça ne changerait rien, riposte la demoiselle dont les larmes abondent sur ses joues écarlates.

Un susurrement de Mme Boivin à sa voisine vient aux oreilles d'Edith :

— C'est quand ils lui ont arraché son petit bâtard du ventre qu'ils lui ont tout enlevé...

— Mais c'est plus que cruel !

— C'était ça ou la mort, paraît-il.

— Comment le savez-vous ?

— Sa mère...

Le sang glacé dans les veines, Edith ne demande qu'à reprendre la petite au plus vite. Elles sont encore quatre à attendre leur tour. La dernière a eu le temps de chercher des traits de ressemblance sur le visage des dames LeVasseur et de la jeune Américaine.

— C'est une parente ? s'enquiert-elle.

— C'est un cadeau de la Providence, s'empresse de répondre Angèle, en replaçant la petite entre les bras d'Edith. Aujourd'hui, enchaîne-t-elle, je vais vous distribuer d'autres balles de laine. Les froids s'en viennent. Des bonnets et des chaussettes, il va nous en falloir plus que ça. Qui aimerait en tricoter ?

Cinq dames se portent volontaires pour les tricots.

— D'ici quelques semaines, mesdames les couturières, nous aurons à habiller nos fenêtres de belles tentures...

L'annonce soulève une pluie de questions.

— Je pense avoir trouvé la maison que je cherchais pour notre hôpital, leur résume Irma, un tantinet espiègle.

Angèle a laissé tomber sur ses genoux les aiguilles sur lesquelles elle avait monté quelques rangs d'une layette. «Comment expliquer qu'elle ne m'ait pas mise au courant ? »

— Où ça ? s'informe-t-elle.

— Dans la Grande Allée.

«Elle a encore fait à sa tête», constate Angèle.

— Une belle maison ! Grande ! Solide !

— Une de celles que tu m'avais montrées l'automne dernier ?

— Oui. Au 55 de la Grande Allée.

— Pas la grosse à trois ou quatre étages, en briques grises !

— Oui, ma tante ! Quatre étages, avec une tourelle sur sa façade ouest, une belle galerie en demi-cercle du côté est, des fenêtres très hautes pour faire entrer la lumière ; c'est essentiel pour les enfants malades.

Les dames se délectent à la pensée de travailler dans une maison luxueuse alors qu'Angèle s'inquiète.

— Tu connais le prix de cette maison ?

— C'est en pourparlers. Elle appartenait à Monsieur Joseph Shehyn.

— Notre ancien ministre et sénateur libéral ? demande Angèle au fait de la longue carrière politique de cet homme d'affaires, scieur de long, que Zéphirin avait bien connu.

— C'est bien lui. Ses exécuteurs testamentaires m'ont appris qu'il était un des propriétaires de la grande maison d'importation McCall, Shehyn & Co. On disait de la rue Saint-Pierre qu'elle était le « Wall Street » de Québec à cause de l'édifice imposant qui logeait cette compagnie.

— Ses exécuteurs testamentaires...

— Ils sont quatre. Je vous en reparlerai, tante Angèle, promet Irma, pressée de dresser la liste des confections rapportées par les bénévoles et de redistribuer le nécessaire au travail de la prochaine semaine.

Contrairement aux rencontres précédentes, Angèle souhaite ardemment le départ des bénévoles. Edith ne partage pas moins son impatience que l'enthousiasme d'Irma. «Je serai d'autant plus indispensable auprès de ma petite Anne », déduit-elle, enchantée de la tournure des événements.

Avant de quitter la maison LeVasseur, certaines bénévoles demandent à revoir la petite pensionnaire.

— Je vais voir si elle dort, répond Edith, déjà déterminée à ne pas exaucer leur vœu.

Et pour cause, elle échappera ainsi à d'autres questions embarrassantes. Un signe de tête de la jeune femme cloue les dames à leur déception. Résignées à attendre à la semaine suivante, elles repartent les bras chargés, les unes de ballots de laine, les autres de tissus.

Sitôt la porte refermée derrière elles, Angèle talonne sa nièce.

— Depuis quand as-tu entrepris tes démarches pour la maison des Shehyn ?

Irma sourit.

Sans attendre la réponse, elle enchaîne :

— On soupera quand tu m'auras tout raconté, décrète-t-elle, lui enjoignant de la suivre au salon.

— Tante Angèle, j'ai toujours eu une énorme confiance en vous, vous le savez. Vous serez d'accord avec moi qu'en affaires il faut s'entourer de gens d'expérience et de bons conseils, n'est-ce pas ?

— Je comprends que tu ne m'aies pas mise sur cette liste.

— Vous avez soixante-douze ans, tante Angèle. Même si vous avez été enseignante, vous n'avez pas brassé de grosses affaires dans votre vie. Même ville, même quartier, même rue et même maison depuis votre naissance.

La septuagénaire baisse la tête, forcée de reconnaître la pertinence des propos de sa nièce.

— Je pourrais savoir qui a mérité de te conseiller ?

Irma dodeline de la tête.

— Papa, d'abord. Non pas pour ses réussites financières mais pour ses connaissances.

— Et qui d'autre ?

— Un cousin, répond-elle, freinant un sourire éloquent.

— Ton cousin...

— Bob.

Angèle s'en offusque.

— Comment peut-il bien te conseiller alors qu'il n'a pas visité la maison, qu'il ne connaît pas notre ville, qu'il ne...

Voyant sa tante sombrer dans la désolation et le dépit, Irma lui apprend que Bob sera à Québec dans quelques jours.

On ne peut plus bouleversée, Angèle se mure dans le silence. Tant d'images défilent dans sa tête. Tant d'émotions les accompagnent. Tout ce qu'elle sait des premières amours de sa nièce pour cet homme, des renoncements qu'elle s'est imposés, de l'intimité qu'elle a partagée avec lui en certaines périodes, des attentes inassouvies de Charles à l'égard de l'union de son père et d'Irma, les deux personnes qu'il chérit le plus au monde.

Irma respecte cette pause lourde d'évocations et de questionnements.

— Charles et son père logeront ici pendant que Clara profitera de ce court séjour pour visiter sa famille.

Un sourcillement, sans plus, de la part de sa tante.

— Dans notre société, ça prend encore un homme devant la femme pour traiter d'affaires. Bob va visiter la maison avec moi et, s'il la trouve convenable, il va discuter avec les vendeurs pour faire baisser le prix.

— Pas moyen de le connaître, ce montant-là, lance Angèle, agacée.

— Je ne veux pas dépasser trente mille, même s'ils en demandent trente-deux.

— Trente mille! Mais c'est le prix d'un château, Irma! Tu vas passer ta vie dans les dettes si tu achètes ça. D'autant plus que tu ne veux pas faire payer tes patients.

— J'ai prévu trois ressources.

— J'espère que tu ne comptes pas sur l'héritage de ton père.

— Ni sur celui de Mémé Philomène, même si elle est ma marraine, ni sur celui de mon frère, ajoute-t-elle, amusée.

— Il y a longtemps que je ne t'ai vue d'aussi belle humeur, ma fille ! C'est l'espoir de décrocher cette maison ou la venue de Bob qui te met dans un tel état ?

— C'est tout ce qui arrive depuis quelques mois : l'aide de nos bénévoles, le retour d'Edith, notre petite orpheline, l'attitude du Docteur Fortier...

— Comment ça se passe avec lui ?

— J'ai la promesse de sa collaboration depuis deux mois. Il me disait encore récemment : «Enfin, on aura à Québec un hôpital pour les petits malades qui sont refusés ailleurs et pour les autres enfants qu'on laisse croupir dans le fond des salles ou dans les hospices. »

— Il parlait des...

— ... des infirmes et des retardés mentaux.

— Quand est-ce qu'il arrive, ton Bob ?

— Vous faites exprès pour me mettre mal à l'aise, ma tante ! Vous êtes vlimeuse même à votre âge ?

— Parce qu'à mon âge, la vue baisse mais pas le petit radar qui fouille l'intérieur Dans le tien, je vois encore une flamme qui danse pour le beau bijoutier.

— Vous ne savez même pas s'il est beau, vous ne l'avez jamais rencontré.

— Je le vois dans tes yeux.

— Décidément, vous tenez à ce que je vous donne raison !

— J'ai raison, Irma. Puis on prépare les chambres pour quelle date ?

— Autour du 22.

Le moment est à la rêverie.

— Tout à l'heure, tu faisais allusion à trois bas de laine pour payer la maison ; ils sont cachés où ? relance Angèle.

— D'abord mes économies, ensuite l'Assistance publique puis, si j'en ai besoin, un coup de pouce de Bob.

Plus un mot de la septuagénaire. «Moi qui croyais n'avoir plus à vivre de grandes surprises », se dit-elle, contente de retourner à ses marmites.

➴➴

À l'école Saint-Joseph où il enseigne depuis deux semaines, John file un bonheur presque parfait. Lui font ombrage les exigences de son épouse quant au choix du domicile. Edith compte toujours trouver un logis spacieux, bien éclairé, non loin de la résidence des LeVasseur. Son argument : l'espoir d'obtenir bientôt la garde de la petite Anne et le désir de donner au moins un frère et une sœur à cette enfant.

À son retour à New York en septembre, John avait consulté un spécialiste, réfléchi et confié à son épouse :

— Un spécialiste me dit que j'ai très peu de chances de pouvoir te donner un enfant.

— Peu ? Il n'a pas dit aucune ! s'était exclamée Edith, emballée.

— Il a été question d'une opération, mais le médecin n'en garantit pas la réussite.

— Tu ne veux pas courir le risque ?

Un geste de la tête, un regard fuyant, des lèvres serrées, John avait dissuadé son épouse d'insister.

— J'ai quelque chose à te proposer, avait-il annoncé.

Edith s'était rapprochée de son mari, des mieux disposée à l'écouter.

— Je serais ouvert à ce qu'on adopte un enfant...

— ... Je rêve ! Tu veux dire que tu es d'accord pour la petite de Québec ?

John n'avait pas mis de temps à ajouter une condition :

— Qu'on nous promette de ne jamais réclamer l'enfant.

— Même si on retrouvait sa mère ?

— Même si on retrouvait sa mère.

— Je vais y réfléchir, avait émis Edith dans un filet de voix que l'émotion étouffait.

Enfermée dans sa chambre, la jeune femme avait coulé dans une tourmente sans pareille. D'où l'appel à l'aide dans un télégramme adressé à Irma. La lettre qui devait suivre avait été découverte et interceptée par John avant qu'elle ait eu le temps de la mettre à la poste. Une crise avait alors mis le couple en péril. Les révélations de son épouse à Irma avaient rendu John furieux.

— Jamais je ne te pardonnerai ce que tu allais faire, avait-il juré.

Des menaces de séparation avaient été proférées. Edith avait eu beau invoquer son besoin de se confier à sa bienfaitrice, la femme qui lui inspirait le plus confiance au monde, la colère de son mari ne s'apaisait pas.

— Je t'en prie, John, pardonne-moi. Dis-moi ce que je dois faire pour réparer mon erreur et je le ferai.

Après deux jours d'un silence mortel, John s'était prononcé :

— Qu'auprès des gens qui nous connaissent, tu laisses planer le mystère sur notre incapacité à avoir des enfants, et qu'aux yeux des inconnus tu le caches. Si nous adoptons un bébé, il faudra le prendre le plus jeune possible et avec la garantie que personne ne viendra jamais nous l'enlever. Il sera notre enfant, tu m'as bien compris ?

Edith n'avait pas trouvé d'autre alternative que de se conformer aux exigences de son mari.

— Ce n'est pas tout. Tu me jures de ne plus jamais parler à personne de notre vie de couple.

— Mais je demandais de l'aide pour régler notre problème.

— À l'avenir, nous chercherons ensemble les solutions à nos problèmes.

— Tu penses qu'on pourra toujours y arriver seuls ?

— Quoi qu'il advienne, notre vie intime doit rester entre nous deux.

Depuis, assuré que sa réputation sera désormais protégée, John multiplie délicatesses, prévenances et gestes amoureux. Il ne semble pas se rendre compte que ce consentement arraché a écorché leur relation amoureuse. Son épouse en souffre. Pour respecter sa promesse, elle doit s'interdire toute confidence. Même auprès d'Irma. La seule idée d'y être infidèle la torture. La crainte que son amour pour John ne survive pas à de telles exigences la ronge. L'annonce de leur départ pour le Québec avait été pour Edith un baume sur sa déchirure.

Le ciel est si lourd en ce dimanche après-midi de novembre que le jeune couple Miller ne trouve rien de mieux à faire que d'imiter la petite Anne qui dort à poings fermés dans son berceau. Dans l'intimité de la chambre qui leur est allouée, John réitère ses recommandations à son épouse. Leur vie amoureuse, bâtie sur un équilibre enviable, avait vacillé le jour où l'infertilité du couple avait été attribuée à John. Depuis, un intense besoin de compenser s'était manifesté dans l'affirmation de sa supériorité intellectuelle, puis dans l'exercice d'une autorité quelque peu excessive. Désormais, il serait le chef d'orchestre de leur vie conjugale.

— Tout ira bien, ma chérie, si tu ne te prononces sur rien avant d'en avoir discuté avec moi, lui rappelle John.

Edith feint de vouloir dormir. Le sentiment d'être infantilisée, de vivre avec un général d'armée, de perdre sa liberté l'étouffe. Les scénarios défilent dans sa tête. « Je n'ai pas vécu toutes ces années pour me laisser mener par le bout du nez », décide-t-elle, profitant du sommeil profond de son mari pour sortir de la chambre.

Seule dans la cuisine, Angèle apprête des légumes pour le souper. Anne, toute langée malgré une humidité accablante, a été déposée sur un fauteuil du salon. La régularité de sa respiration et l'éclat de son teint rassurent Edith.

— Madame Irma est sortie ?

— Elle devrait être de retour pour le souper.

— Seulement pour le souper ?

— Je peux faire quelque chose pour toi, Edith ?

— Non. Ça va. Je pourrais vous aider, moi, offre-t-elle, prête à se couvrir du tablier accroché près des armoires.

— Sais-tu, je travaillerais plus tranquille si tu allais surveiller la petite au salon.

Ravie, la jeune femme choisit un fauteuil qui lui permettra de voir arriver Irma tout en gardant un œil sur le poupon. Or son attention est vite concentrée sur Anne. Comme il lui est agréable de l'imaginer blottie contre sa poitrine, éclatante de santé, un sourire paisible sur le visage. « Ma petite fille ! Rien ne pourra m'enlever le bonheur que tu m'apportes. Nos vies, liées à tout jamais. John a raison. Personne ne devra s'arroger le droit de nous séparer de toi. Anne Miller, j'attendrai ton premier mot avec impatience. "Maman", c'est de ce mot que tu me feras cadeau. Ensuite ce sera "Papa". Pour des raisons que John m'interdit de divulguer, pour les sacrifices qu'il m'impose, je mérite que tu m'accordes un tel privilège. En retour, je te donnerai le meilleur de moi-même. De l'amour en abondance. Un petit frère ou une petite sœur si on est chanceux. Aussi, des cours de danse, de piano, de chant, si tu le désires. Des voyages... »

Des pas dans l'escalier la font sursauter. Elle se précipite vers l'entrée, mais avant d'y arriver, elle fait face à son mari qui, surpris à son réveil de ne pas la voir à ses côtés, s'en est inquiété. Irma, arrivée sur ces entrefaites, reçoit un accueil des plus inattendu.

— J'avais hâte que vous arriviez, s'écrie Edith, empressée de prendre ses gants, son manteau et son chapeau pour les déposer dans le bureau du grand-père Zéphirin.

Puis elle invite Irma et John à la suivre dans le salon où Angèle les rejoint.

Témoin de la fébrilité de la jeune femme et de l'inconfort de son mari, Irma juge que la minute de vérité est arrivée.

— John, Edith, vous vous êtes entendus? Dites-moi ce que vous entrevoyez pour la petite Anne.

Edith amorce une réponse vite interrompue par une moue réprobatrice de son mari.

— Qu'elle soit heureuse, peu importe où elle sera. Si c'est chez nous, elle sera choyée, promet-il.

Son épouse est subjuguée par cette répartie.

— Vous avez pensé à l'adoption, non?

— Bien sûr que oui, s'écrie Edith, de nouveau tenue au silence par son mari qui s'arroge le droit exclusif de répondre aux questions.

Irma l'a écouté, impassible.

— Même si tout cela vous était accordé, le plus gros problème ne serait pas résolu, lui apprend-elle. Selon la loi encore en vigueur au Québec, vous êtes trop jeunes pour adopter un enfant. De plus, on exige un certificat de citoyenneté canadienne-française.

Les Miller sont consternés. Angèle demande à Irma de la suivre dans la cuisine.

— J'aurais peut-être une solution, lui chuchote-t-elle à l'oreille.

En l'absence des dames LeVasseur, le jeune couple se retrouve seul avec le poupon qui vient de se réveiller. Edith l'a pris dans ses bras, le présente à son mari qui ne bronche pas.

— Essaie. Tu vas voir comme ça fait du bien de la porter comme ça, tout contre soi. Elle nous communique une telle paix !

Visiblement embarrassé, John hésite encore, puis accueille enfin le poupon.

— Plus près, sur ton cœur, lui recommande son épouse.

John ne lui a jamais semblé aussi maladroit et craintif.

— Prends le temps de la regarder comme il faut. Ses yeux, son sourire. Un petit ange.

Ces mots ont vaincu la résistance de John.

— Que c'est étonnant de voir sourire une enfant abandonnée, balbutie-t-il, avec une émotion palpable.

— Tu vois comme elle semble bien avec nous ?

Un sourire, un acquiescement de la tête, un regard presque convaincu.

Le retour au salon des dames LeVasseur s'est fait si discrètement qu'elles ont été témoins de l'émerveillement de John sans qu'il se sente observé. Un espoir pour Angèle, revenue leur annoncer sa proposition :

— Je vais faire la demande d'adoption. J'ai soixante-douze ans, c'est vrai, mais...

— ... Vous ne pourrez pas en prendre soin jusqu'à sa majorité, riposte John.

— En attendant que la loi qui est à l'étude actuellement soit amendée, vous seriez désignés tuteurs de la petite Anne et...

Indigné, John se lève, rend l'enfant à son épouse et s'apprête à quitter le salon.

— Tuteurs ? On veut être reconnus comme ses parents ou on renonce à la petite.

Edith fond en larmes. Au tour d'Angèle de réclamer l'écoute :

— Viens te rasseoir, John, et laisse-moi exposer mon projet jusqu'à la fin. En supposant que vous décidiez de vous installer dans un logis bien à vous, Edith viendrait passer ses journées ici, avec nous, en attendant que vous obteniez la garde légale de l'enfant. Vous comprenez que c'est important de se protéger... au cas où il arriverait quelque chose à cette petite.

— Ça risque d'être long, maugrée John.

— Un an ou deux, peut-être. Personne ne peut le prédire, répond Irma.

Edith éponge ses joues et, avec une détermination qui fait fi des objections de son mari, elle déclare être prête à tous les sacrifices pour que la petite Anne devienne leur fille.

— Vous aurez votre place chez moi tant que ça vous plaira, offre la septuagénaire.

— Et vous, madame Irma ? s'inquiète Edith.

— Je n'en ai que pour peu de temps dans cette maison. Aussitôt que j'aurai acheté celle que j'ai en vue, j'irai m'y installer pour préparer mon hôpital.

Les dames LeVasseur quittent le salon.

Tiraillé entre son amour pour son épouse et des exigences personnelles auxquelles il ne veut pas renoncer, John se mure dans le mutisme pendant quarante-huit heures.

Le lendemain, tard en fin de soirée, il va, sur la pointe des pieds, frapper à la porte du bureau de Zéphirin LeVasseur où Irma s'est réfugiée. Penchée sur une pile de documents, elle ne l'a pas entendu venir.

— Pardon de vous déranger, madame Irma.

— Tu as retrouvé la parole, dit-elle, l'œil taquin.

— Je ne croyais pas que ça pourrait être aussi difficile d'adopter un enfant au Québec.

À cet homme, non moins intelligent que tourmenté, Irma précise :

— Le projet de loi concernant l'adoption est à l'étude depuis près d'un an déjà. Celle qui est encore en vigueur remonte à 1804 et elle présente plus d'une aberration, à mon sens.

— Comme quoi ?

— En plus des cinquante ans requis, elle stipule que l'adoption a pour seuls buts la transmission d'un nom et la protection des biens de l'adopté. Elle ne croit pas nécessaire d'établir des liens d'affection entre l'enfant et ses parents adoptifs, soi-disant parce que l'amour est un privilège réservé à la filiation naturelle.

Indigné d'une telle approche, John doute de la pertinence de poursuivre leur rêve.

— Vous êtes informée des modifications qui sont réclamées ?

— Pas suffisamment. Je vais demander à consulter ce projet de loi avant qu'il arrive en troisième lecture et qu'il soit adopté par l'Assemblée législative. Quant à moi, je souhaite qu'un couple, quel que soit l'âge des conjoints, ait le droit d'adopter un enfant et de changer son nom, aussi.

— Ce n'est pas encore le cas ? On ne peut donner notre nom à l'enfant qu'on adopte ?

— Quand je te disais que cette loi est dépassée !

— Vous pensez qu'elle est respectée par tout le monde ?

— Pas vraiment. Dans les campagnes surtout, il n'est pas rare que les familles nombreuses confient un de leurs enfants à un couple qui n'en a pas. Ces nouveaux parents lui donnent presque toujours leur nom et, l'usage tenant lieu de loi, ce nom devient le sien pour la vie.

— La campagne... c'est loin d'ici ?

— Oh, non ! Mais je te conseillerais de ne rien précipiter. Le temps se charge de nous donner des réponses.

— On dirait qu'il m'a oublié...

« J'avais cette impression-là moi aussi, à ton âge, et souvent dans ma jeunesse. Mais il m'apporte beaucoup plus de certitudes ces dernières années », répliquerait Irma si elle ne craignait les questions suscitées par un tel aveu.

⟡

Depuis l'arrivée du couple Miller, Irma ne sait où donner de la tête. Forcée de réorganiser son agenda, elle doit déplacer des rendez-vous et déléguer des tâches secondaires; toutefois, rien au monde ne lui ferait sacrifier le plaisir de répondre à une lettre de son amie Maude qui lui annonce :

J'ai refusé un poste de professeur à la University of Texas, mais je pense bien accepter celle du Women's Medical College of Pennsylvania. À Philadelphie, je toucherais le double du salaire qu'on me donne ici, à McGill. On voudrait bien me faire signer un contrat pour cinq ans, mais je préfère vivre l'expérience d'un an et je verrai après. L'état de ma sœur n'allant pas en s'améliorant, je suis forcée à bien des renoncements du côté de ma carrière. Quoi qu'il en soit, je ne reculerai devant rien pour améliorer son sort. Confidence : je m'étais acheté une automobile, je l'ai conduite quelques mois. Une expérience qui a mal tourné. J'ai heurté un piéton et j'ai dû assumer des dommages importants. Je suis trop distraite, je crois, pour conduire une voiture. Le serai-je moins lorsque j'aurai terminé l'écriture de la biographie de notre regretté Dr Osler ? Je l'espère. Mes collaborateurs sont fidèles mais moins passionnés que moi... Ça se comprend ! Aussi, je tiens à éditer moi-même cet ouvrage.
J'ai toujours autant de plaisir à donner des conférences sur l'histoire des soins infirmiers. J'achève l'écriture d'un livret sur l'histoire de l'Université McGill. Dès qu'il sera terminé, je compte bien aller te rendre visite. J'aurai peut-être le grand bonheur de me voir accueillie dans ton hôpital...

Aux premières heures de ce mercredi 22 novembre, Irma ne peut taire son excitation :

Tout ce qui m'arrive depuis deux mois tient presque du miracle. J'attends de la grande visite aujourd'hui. Bob devrait arriver. Il a accepté de m'accompagner dans mes démarches d'achat d'une maison. Tu devines que je suis sur le point de l'ouvrir, mon hôpital, ici, dans ma ville natale. Je veux que mes petits patients soient traités comme des princes. Il est temps que la population se réveille et comprenne que c'est dans la santé de nos enfants qu'il faut investir, qu'ils sont la base de notre devenir.

Je ne te cache pas que la visite de Bob me trouble encore. Je souhaite de tout mon cœur qu'il ne le remarque pas. Son fils Charles sera là pour nous forcer à garder nos distances. Même si je souhaite que cette attirance meure, je crains de souffrir du vide qu'elle laisserait en moi. Maude, quand je pense à nous deux, je me dis que nous sommes des femmes au destin sinueux dans tous les aspects de notre vie. Crois-tu que nous puissions nous habituer aux conséquences de notre marginalité? Personnellement, elle ne me dérange que lorsqu'on l'utilise pour contester mes droits ou pour m'humilier. En affaires, par exemple. J'en aurais pour des pages encore, mais je réserve le reste pour ta prochaine visite. Tu comprendras que dans les circonstances, je ne puisse quitter Québec.

Sous un ciel morose, débordée de travail, Irma file d'un pas à fleur de sol déposer sa lettre à la poste avant de se rendre au bureau du Dr Fortier. Elle compte l'informer du déroulement de son projet avant qu'il commence son enseignement.

— Irma! Irma! Attends-moi!

— Paul-Eugène! Mais...

— J'allais t'apprendre une grande nouvelle. T'étais déjà partie. Tu pourras jamais deviner qui arrivait chez tante Angèle comme je ressortais de la maison, dit-il, débraillé, la chevelure hirsute et la barbe longue de plusieurs jours.

« Tu ne pourrais plus mal tomber », lui avouerait Irma si ce n'était de sa curiosité...

— Parle, Paul-Eugène. Je suis très pressée.

— On sait où elle reste.

— Qui ça?

— La fille qui nous a amené le bébé.

— Oh, oui! Donne-moi vite son adresse.

— Bien, je la sais pas par cœur. Il faudrait que tu viennes avec moi.

— Je ne pourrai pas aujourd'hui, mais remarque bien la place. On se reprendra dès demain.

— O.K. Mais tu devrais retourner vite à la maison. Une méchante surprise t'attend!

Au cas où son intuition serait biaisée par son désir, Irma le prie de s'expliquer.

— Je l'ai reconnu. Je suis sûr que c'est Bob. Charles est avec lui.

Irma feint de ne pas avoir été informée de sa visite et interdit à son frère de se présenter chez sa tante dans un tel état de mal-propreté.

— Je sais, tite sœur, que t'aimes pas ça, mais je me dépêchais à matin pour aller t'annoncer la bonne nouvelle.

— C'est très gentil de ta part, Paul-Eugène. Je te laisse, je suis déjà en retard.

— Tu vas où?

— À l'université. Va!

Le temps que son frère disparaisse en direction du Vieux Port, Irma rebrousse chemin, repoussant à une date ultérieure la rencontre prévue avec le Dr Fortier.

Une frénésie sans pareille lui accroche des ailes au dos. Son cœur s'emballe. «Du calme, Irma, se dit-elle. Tu as vu Bob il y a moins d'un an! Et puis il ne vient pas pour t'épouser, il est déjà engagé. Il te demanderait en mariage une fois de plus que tu refuserais, tu le sais bien.» Une autre voix riposte : «Je ne suis plus si sûre de cela! À notre âge, Bob n'aurait plus les mêmes attentes envers moi. Puis j'aurais son appui indéfectible pour mon hôpital. Il me l'a offert, il y a quelques années. Quelques années... Quinze ans ont passé. Qu'en est-il maintenant de ses sentiments pour moi? Non! Il faut qu'il ne m'aime plus, quitte à ce que mon mal de lui demeure incurable. Qu'est-ce qui m'a pris de lui demander de m'aider? de venir à Québec?»

Le temps des regrets est passé. Dans deux minutes, Irma sera devant lui. «Il m'ouvrira les bras, comme avant. Comme toujours. Je lui ferai une accolade... amicale, rien qu'amicale. Bob, lui...»

À deux pas de l'escalier, Irma s'arrête, replace les mèches que l'humidité a tire-bouchonnées sur son front, prend une grande respiration, pointe son menton vers la porte d'entrée et gravit les marches, disposée à jouer la surprise. La main sur le loquet, elle choisit de faire une entrée des plus discrète. «Je suis chez moi ici, après tout.»

— Il y a quelqu'un ? crie Angèle du fond d'une chambre à coucher d'où viennent aussi des voix masculines.

— C'est moi, tante Angèle.

— Déjà !

— Marraine !

Le temps de le dire, Charles s'est jeté dans les bras d'Irma.

— T'as failli me faire tomber ! T'as encore grandi !

— Pas vous, marraine !

Les éclats de rire couvrent la voix de Bob qui s'approchait, hochant la tête, le sourire si gracieux...

— Je vous l'avais dit, papa, comme elle est belle et grande la maison de ma marraine, dit Charles en lui cédant la place.

— Pardon ! Ici, c'est la maison de tante Angèle depuis que grand-père Zéphirin est parti, corrige Irma. Je n'ai pas encore la mienne, mais ça devrait être pour bientôt, ajoute-t-elle, ravie de trouver une diversion au trouble qu'elle partage avec Bob.

Les mains du bijoutier tremblent sur les épaules de cette menue femme dont le cœur chavire. L'infini dans le regard de cet homme. Irma lui dérobe le sien... trop tard. Blottie dans les bras de Bob, elle s'y perd, elle, la femme de quarante-cinq ans que plus d'une passion embrase malgré vingt-cinq ans de lutte pour ne nourrir que celle qu'elle porte pour les enfants dans le besoin. Irma est consciente du temps qui passe et des amours sacrifiées qui risquent de couler dans l'inaccessible. Un geste de plus de Bob et elle succomberait. Sa résistance, une peau de chagrin. Ses sentiments, sur le bord d'une mise à nu. Les pleurs d'Anne l'attrapent, la tirent des bras de Bob, la sauvent d'un non-retour probable. Quelques pas dans le corridor et Irma s'arrête.

— J'oubliais qu'elle n'est pas seule... bafouille-t-elle.

— C'est la plus belle fleur du paradis, cette enfant, dit Bob non moins embarrassé.

— Tante Angèle t'a raconté ?

— Oui, oui, s'empresse de répondre Charles dont elle a, dans son vertige, oublié la présence. On la regardait dormir quand tu es arrivée.

Angèle l'a sortie de son berceau et les rejoint près de la salle à manger.

— Edith n'est pas là ! s'étonne Irma.

— Elle est partie chercher du lait. On avait peur d'en manquer au cours de la matinée.

Charles réagit :

— Je ne savais pas qu'elle était revenue à Québec. Vous m'avez caché ça, papa ?

— C'est tout récent... Je n'ai pas jugé nécessaire de t'en parler puisqu'on était sur le point de venir.

Conscient de mentir, Bob en éprouve un malaise évident.

— Il ne va manquer que nous si Harry est accepté dans la marine, s'exclame Charles qui nourrit le rêve de vivre au Québec depuis sa visite du mois d'août.

— Et ta grand-mère Rose-Lyn, tu l'oubliais ? rétorque Angèle.

— Oh, non ! Je sais qu'elle ne souhaite rien de plus que de revenir vivre ici, rétorque-t-il.

— Et pourquoi ne pas tout transférer à Saint-Roch, ma bijouterie, Clara, les jumelles et tes amis ? blague son père.

— Ce n'est pas la place qui manquerait par ici, dit Angèle, ignorant le ressac des sentiments amoureux d'Irma pour ce bel homme à la posture noble, aux tempes poivrées et à la voix... envoûtante.

— C'est bien ce que je vous disais, papa. Je n'ai jamais vu de ville plus belle au monde.

— Je te crois, riposte son père, ironique. Ton carnet de voyages est tellement rempli !

— Celui de ma marraine l'est vraiment, lui. Elle en a vu du pays, la chanceuse.

Bob y voit un reproche à peine dissimulé.

— Tu oublies, mon garçon, que j'ai un commerce à gérer, une épouse et des filles à accompagner et protéger. Et toi, Charles, tu dois aller à l'école.

Tous trois ont suivi Angèle au salon.

— L'école, toujours l'école, marmonne Charles, accoudé à la grande fenêtre.

Puis se tournant vers son père, il dit se souvenir d'une phrase de sa marraine : « La meilleure école est celle de la vie. »

— Et pourtant elle y est allée tant et plus à l'école, ta marraine.

— Il faut croire que c'est utile, renchérit Angèle.

Irma sourit à Charles dont le regard mendie une intervention secourable.

— Il me semble bien t'avoir dit aussi qu'il fallait une certaine maturité pour comprendre les leçons de la vie. Tu ne t'en souviens pas ?

— Je me rappelle qu'Harry aussi était content d'entendre ça.

— Tu l'as vu dernièrement ? s'informe Irma.

La question ne pouvait tomber plus à point, Edith vient de rentrer. Charles, chargé d'un message pour elle, s'empresse de l'accueillir.

— Harry a eu de très bonnes notes pour son premier entraînement. Il a passé la fin de semaine dernière chez nous, lui apprend-il.

— Tu le féliciteras de ma part. J'ai tellement hâte de le revoir !

Irma annonce devoir prendre congé de la joyeuse maisonnée.

— J'ai un rendez-vous important après le dîner puis des documents à préparer pour les jours qui viennent, explique-t-elle, non fâchée de se réfugier dans le bureau de son grand-père Zéphirin.

Déstabilisée par cet assaut de convoitise à la vue de Bob, Irma se hâte de réintégrer sa bulle de femme d'affaires. Deux possibilités d'achat sur sa table. La maison Shehyn, sa préférée, et un cottage à trois étages au 85 de la rue de l'Artillerie, plus petit, plus vieillot et moins cher. « Ce serait le choix de tante Angèle, je n'ai même pas à le lui montrer pour le savoir. Mais cette maison nécessiterait beaucoup d'aménagements pour devenir un hôpital fonctionnel. Puis la toiture est à refaire et la tuyauterie laisse à désirer. Deux hommes doivent me donner leur avis : Bob et le Docteur Fortier. Je souhaite qu'ils m'encouragent à acheter dans la Grande Allée. »

Pour l'une comme pour l'autre maison, Irma trace sur de grandes feuilles la disposition des pièces, leur aménagement et le nombre de lits prévu. S'y ajoute la liste des dépenses nécessaires. La maison Shehyn est prête à habiter. Que quelques tentures à pendre aux fenêtres, tandis que l'autre ne pourrait être occupée que dans deux ou trois mois, à cause des travaux d'isolation et de plomberie. Le climat hivernal se prête mal à des rénovations extérieures. Or le temps presse pour Irma.

Un rouleau de papiers sous le bras, un petit chapeau de feutre marron sur son chignon, un manteau d'étoffe assorti, Irma s'apprête à partir pour la crèche Saint-Vincent-de-Paul, où travaille le Dr Fortier dès qu'il a terminé son enseignement. Du vestibule, elle adresse des bonjours en rafale aux deux femmes et aux visiteurs qui viennent de se mettre à table.

— Tu ne prends pas le temps de dîner ? lui demande Angèle.

— Je préfère me régaler de vos restes, à mon retour !

— Attendez-moi ! J'y vais avec vous, marraine !

— Pas cette fois, Charles. Tu t'ennuierais à dormir debout.

— Jamais quand je suis avec vous, voyons !

— À plus tard ! rétorque Irma, fermée à toute négociation autre que celles qui concernent son futur hôpital.

Fière d'avoir repris le contrôle de ses émotions, la D^{re} LeVasseur emprunte la rue Fleury d'un pas de gazelle, poussée par ses projets et par le retour des gouttelettes qui l'obligent à glisser son rouleau sous son manteau.

Le Dr Fortier, renversé dans son fauteuil, lui fait un accueil hors de l'ordinaire :

— Seriez-vous mon arc-en-ciel après l'orage, aujourd'hui, docteure LeVasseur ?

— De gros problèmes ?

— On vient de perdre treize bébés, l'informe-t-il, terrassé.

Sans voix, adossée à la porte qu'elle vient de refermer derrière elle, Irma attend.

— La contagion se répand à une vitesse effrénée. Deux autres faucheuses depuis une dizaine de jours : l'entérite et la diarrhée, en plus de la pneumonie.

La main sur le cœur, Irma remercie le ciel d'être intervenue à temps auprès de sa petite protégée. De cette journée, des souvenirs gris comme le firmament surgissent. Elle n'a pas à visiter les salles de la crèche pour saisir le tableau déchirant des petits corps qui s'épuisent, tordus par la douleur, consumés par la fièvre. Les événements dramatiques vécus à Montréal comme en Serbie sont tout aussi vifs dans sa mémoire.

— J'imagine, docteur Fortier, que vous n'avez pas la tête à...

— ... au projet d'hôpital ? Plus que jamais ! S'il avait été en fonction cette semaine, on aurait pu sauver plusieurs de ces petits. Du nouveau ?

— J'hésite entre deux maisons, répond Irma, s'apprêtant à lui exposer ses comptes et dessins.

— Sincèrement, Irma, que ce soit dans la Grande Allée ou ailleurs, ça m'indiffère. Faites de votre mieux pour que nous puissions soigner nos enfants le plus tôt possible, c'est tout ce qui m'importe.

Irma reprend ses papiers qu'elle place sur une chaise, retire son manteau et son chapeau et annonce à son collègue :

— J'ai du temps, je reste vous donner un coup de main.

— Vous ne craignez pas pour la petite que vous avez ramenée chez vous ?

— Je sais comment la protéger. Des précautions, je vais en prendre tant et plus pour ne pas la contaminer. Elle va tellement mieux ! Vous auriez un sarrau à me prêter ?

Le Dr Fortier, qui fait six pieds, pouffe de rire.

— Vous marcheriez dessus, Irma ! En passant, je vais demander à une préposée d'aller vous en chercher un de votre taille. Suivez-moi. C'est dans la salle huit qu'on a le plus de cas.

Happée par l'urgence de la situation, Irma s'affaire depuis près de deux heures auprès des petits malades quand elle constate qu'elle a oublié de prévenir les siens... À sa tante qui reçoit son appel, elle confie le soin de tout expliquer à Bob et à son fils.

Injections, bains, ventouses, stérilisations des biberons, changements de draps, tout est urgent et personne ne lésine sur le temps requis pour le faire. Certaines infirmières et auxiliaires s'y dévouent depuis douze heures. Le Dr Fortier craint de devoir passer une partie de la nuit à la crèche. Toutefois, il dissuade Irma d'en faire autant.

— C'est d'un hôpital que le tiers de nos enfants de Québec ont besoin. On compte sur vous, chère collègue. Allez ! Il est déjà minuit. Je vous ai appelé une voiture.

Abandonnant dans un panier son sarrau souillé, Irma a le sentiment d'y jeter aussi le sort de plusieurs orphelins qui ne passeront probablement pas la nuit. Son corps exténué se dirige vers la sortie, mais son cœur ne suit pas.

— Irma ! Vos papiers ! lui crie le Dr Fortier, à la course derrière elle. Je me demande si je vous ai remerciée, dit-il en les lui remettant. Vous m'avez été d'un grand secours aujourd'hui. Des femmes comme vous, ça nous en prendrait des centaines...

— Docteur Fortier, je n'ai fait que mon devoir de pédiatre. Pour moi comme pour vous, ces enfants deviennent nos enfants quand ils sont malades.

— Je n'en doute plus, docteure LeVasseur.

Dans le regard de l'homme fourbu, une sincérité et une gratitude qui dissipent la lourdeur qui accablait Irma. « On dirait que nous sommes taillés dans la même étoffe », se dit-elle, éprise d'admiration pour ce médecin dont elle ne doute plus de la complicité.

❧❧

À un mois de Noël, des flocons ont commencé à décorer le ciel de Saint-Roch.

Par un temps pareil, Edith et Charles se plaisent à promener Mlle Anne dans son landau tout neuf. John à qui on a confié un poste permanent jubile. Edith, plus encore. Son époux a acheté la maison dont elle rêvait et ils pourront s'y installer dans trois semaines. La cohabitation des Miller avec les dames LeVasseur et la petite Anne s'est avérée des plus harmonieuse. Il n'est pas impossible que la permission leur soit accordée d'emmener la bambine vivre avec eux. Le Dr Fortier a offert de la leur procurer.

— Une raison de plus pour qu'on fête Noël à Québec, souhaite le jeune Smith qui trottine derrière le landau de la petite Anne.

— Ça me plairait beaucoup à moi aussi, mais j'ai bien peur que tu sois déçu.

— Peut-être que tu pourrais essayer toi aussi de convaincre mon père.

— J'en connais qui sont bien mieux placées que moi pour faire ça.

Charles saisit Edith par le bras, interrompt leur marche et confie :

— Tu l'as deviné, toi aussi, hein ?

— Deviné quoi ?

— Qu'ils s'aiment encore.

— Mais de qui parles-tu, Charles ?

— Ne fais pas l'innocente. Tu le savais... rapport à mon père et à ma marraine.

Au tour d'Edith d'être interloquée.

— Monsieur Smith et Madame Irma ! Jamais je n'aurais cru ! Je te jure que non, Charles.

— Mais t'as pas remarqué... quand ils se regardent ?

— Je ne suis pas tellement portée à voir ces choses-là. Sans compter que je suis très occupée avec ma petite.

— De qui tu voulais parler d'abord quand tu as dit que d'autres étaient mieux placées que toi pour convaincre mon père de ne pas repartir avant Noël ?

— De Clara. De Mademoiselle Angèle. De Madame Irma aussi, mais pas pour les raisons que tu penses. Bon ! Avançons si tu veux voir ma maison avant que Miss Anne se réveille.

Plus près des Plaines d'Abraham, Irma et son conseiller new-yorkais discutent ferme. Après avoir vu les chiffres et visité les deux maisons prisées par sa cousine, Bob est invité à émettre son opinion.

— Tu as raison pour ce qui est de la maison de la Grande Allée : les vendeurs baissent à trente mille ou tu ne l'achètes pas. Aussi, j'hésiterais à investir toutes mes économies dans une propriété.

Quant à celle de la rue de l'Artillerie, elle correspond mieux à ton budget, mais elle a été négligée et tu pourrais bien ne mesurer l'ampleur des dommages qu'à l'occasion des rénovations. J'ai vu de ces propriétés qui te bouffent ton argent jusqu'au dernier sou et que tu finis par haïr.

— D'autant plus que je ne peux pas perdre encore six mois à faire des rénovations.

— Qu'est-ce qui te presse tant ?

— Bob ! La survie de nos nourrissons, voyons ! Ça paraît que tu n'étais pas à la crèche avec nous, mercredi !

— J'y serais allé si tu avais voulu de moi.

Ébranlée par une telle réplique de la part de Bob, Irma voudrait en saisir le sens réel sans avoir à l'interroger. Faute de quoi elle préfère y voir une simple boutade.

— Tu aurais dû voir ces pauvres petits s'éteindre les uns après les autres. Trop tard pour les sauver, reprend-elle, affectée d'une douleur profonde.

— Je comprends maintenant que tu souhaites acheter une maison qui ne demande aucune modification. Il ne nous reste plus que deux choses à faire, Irma : préparer notre stratégie et rencontrer les vendeurs.

— Je n'attends que ça, Bob.

Sur le chemin du retour, tous deux discutent des conditions d'achat à présenter et de l'argent comptant à investir à la prise de possession de la maison. Irma a du mal à opter pour ce que Bob appelle la ligne dure.

— On ne perd rien à essayer, tente-t-il de lui faire comprendre.

— On risque de perdre cette belle occasion, riposte-t-elle, incapable de se libérer de la pression qu'exerce sur elle l'urgence de soigner les petits malades de Québec.

— Tu sembles oublier que pour la succession qui l'a sur les épaules depuis plus de trois ans, c'est aussi une belle occasion à ne pas rater.

Irma hoche la tête.

— Ce ne sont que des propositions, Irma. Au bout du compte, c'est toi qui vas décider.

— Je ne t'ai pas fait venir à Québec pour sous-estimer tes conseils. C'est juste que...

— ... tu souhaiterais pouvoir traiter l'achat d'une maison comme tu traites tes malades... le cœur sur la main. Ce n'est pas réaliste, Irma.

Plus un mot. Qu'un frottement de semelles sur le pavé mouillé. À moins de dix minutes de la maison, Bob commente la beauté de Québec.

— Charles ne tarissait pas d'éloges à son retour en septembre dernier. J'ai dû lui demander d'arrêter d'en parler devant Clara.

— Elle s'ennuie encore?

— Elle a du mal à se sentir chez elle à New York. Je me demande si elle y arrivera un jour.

Irma ne sait que répliquer tant la confidence de Bob lui semble ambiguë.

— Charles aimerait bien venir vivre ici, dit-elle pour faire diversion.

— À son âge, ce ne sont pas les rêves qui manquent.

— Tu comptes rester une couple de semaines?

— Oh, non! Aussitôt que tu auras conclu ton achat, on reprendra le train.

— Tous les trois?

— Pas sûr. Il se pourrait que Clara reste à Cap-Rouge avec sa famille pour tout le temps des Fêtes.

— Et les jumelles sont gardées par Rose-Lyn?

— Oui. J'ai hâte de les reprendre chez moi. Je ne veux pas abuser de la générosité de ma mère.

— Et Charles qui...

— ... Charles doit reprendre ses cours au plus vite.

— J'imagine sa déception, dit Irma.

— Ce n'est ni sa première ni sa dernière.

Un bombardement de souvenirs dans la tête d'Irma. Un pincement au cœur. La crainte que son filleul trouve peu d'écoute et de compassion autour de lui. «Heureusement que Rose-Lyn est là, se dit-elle. Serait-ce qu'une sorte de destin se perpétue d'une génération à l'autre?

Bob, confié à ses grands-parents à l'âge de six ans; son fils, réduit à chercher la compréhension auprès de sa grand-mère. Que deviendra ce beau jeune homme, orphelin de mère trop tôt, chagriné de ne pas voir son père et sa marraine s'unir pour la vie? Finira-t-il par accepter Clara?»

— Tu ne serais pas trop exigeant avec lui? ose-t-elle retourner à Bob.

— T'aurait-il demandé de me convaincre de quelque chose, par hasard? rétorque Bob, amusé.

— Rien que tu ne saches déjà. Non, rien d'autre.

Bob affiche une moue sceptique.

La soirée s'est maquillée de l'euphorie du temps des Fêtes... par anticipation. Tant d'événements le justifient : Anne est devenue joufflue et gourmande; Edith et son mari pérorent sur leur futur petit nid; Irma touche du doigt la réalisation de son rêve. Bob emprunte à l'un et à l'autre des raisons de célébrer; Charles espère encore demeurer quatre autres semaines à Québec; Angèle a appris, depuis longtemps, à faire son bonheur de celui des autres.

❧

Journée cruciale que ce lundi 27 novembre 1922. Irma et Bob ont obtenu un rendez-vous avec les exécuteurs testamentaires de Joseph Shehyn. MM. Scott, Shehyn, Belcourt et Delagrave les accueillent au bureau de ce dernier dans une luxueuse résidence de la rue Saint-Jean. Tous témoignent d'une belle courtoisie à l'égard de Mme LeVasseur, mais ils réservent leurs propos à M. Smith. MM. Scott et Shehyn passent du français à l'anglais, et vice versa, avec une délectation évidente. M. Delagrave a tôt fait de souligner son titre d'avocat. M. Belcourt, gendre du défunt, fait exception. Discret et convivial, il écoute, note et fait répéter. Le temps venu, Bob laisse Irma proposer le montant de l'achat et les modalités de paiement. Un tollé de protestations de la part des exécuteurs, sauf de M. Belcourt qui juge ce prix raisonnable et les conditions de paiement acceptables. Bob plaide pour elle :

— À mon humble avis, messieurs, vous avez là une offre en or. Trente mille dollars! Avez-vous pensé comme ils sont rares les acheteurs qui peuvent investir une telle somme? Vous risquez de ne pas en voir se présenter un autre avant longtemps.

La proposition ne faisant pas l'unanimité, Bob a recours à un argument qu'il croit incitatif :

— Sans compter, messieurs, que votre maison deviendra célèbre si vous la vendez à ma belle-sœur.

Cette fois, leur intérêt est conquis. Irma, qui ne s'attendait pas à être présentée ainsi, reste bouche bée.

— Vous avez un médecin devant vous, messieurs, enchaîne Bob.

Des yeux écarquillés, des sourcils froncés, des rictus sceptiques.

— Elle a fait ses études et sa pratique aux États-Unis et en Europe...

M. Belcourt, ébloui, l'interrompt.

— Vous voulez dire qu'elle ferait un hôpital de cette maison!

— Pas n'importe quel. Votre premier hôpital pour enfants, messieurs.

M. Belcourt se lève et présente ses hommages à Irma. Avec un peu moins d'empressements, ses trois comparses l'imitent.

Bob veille à ce que personne ne se dégonfle.

— Vous comprenez qu'il faut lui donner une petite chance, à votre acheteuse. Elle ne se fera pas payer pour les soins donnés aux enfants pauvres.

Bob n'avait pas prévu que cette information indisposerait M. Scott.

— C'est juste en attendant l'aide de l'Assistance publique, s'empresse-t-il de nuancer.

— Mais avec quoi votre cousine va-t-elle faire ses versements si elle ne reçoit pas de salaire ?

— Avec les économies accumulées pendant ses vingt ans de pratique, messieurs.

Les exécuteurs se consultent dans une pièce contiguë et reviennent avec une décision unanime :

— On s'entend pour dix mille piastres à la signature du contrat. Par contre, nous exigeons que les vingt mille qui restent soient payés en quatre versements égaux le 1er mai des quatre années futures.

— Vous pouvez nous écrire ça et le signer ? Ça nous aiderait à réfléchir, explique Bob.

La surprise passée, Irma comprend qu'elle doit l'appuyer.

— Effectivement. Vous comprenez qu'on ne joue pas avec des sommes pareilles sans demander conseil et y penser à deux fois, ajoute-t-elle avec assurance.

Chiffres et signatures en main, Mme LeVasseur donne le signal du départ avec un aplomb impressionnant.

— Tu as été impeccable, Irma. La prochaine fois, tu prends les rênes de la rencontre d'un bout à l'autre.

— Un instant, Bob ! Je ne crois pas que ce soit une bonne idée. Tu n'as pas remarqué leur attitude méprisante à mon égard.

— C'était avant que je leur dise qui tu es.

— Ce n'est pas plus excusable !

— Je comprends que tu sois fâchée, mais il faut donner le temps aux hommes...

— ... d'évoluer, oui. Tu imagines si j'y étais allée seule ? Dix minutes et ils m'auraient gentiment montré la porte.

— Tu ne leur avais pas dit que c'est toi qui voulais acheter quand tu as demandé un rendez-vous ?

— Non.

— Mais qu'est-ce que tu as dit, bon sang ?

— Que quelqu'un était intéressé à cette maison... sans plus de précisions.

— Mais pourquoi ?

— Pour qu'ils aient le temps de se faire à l'idée que ce pourrait être une femme.

Bob se montre déconcerté.

— J'ai été trop souvent échaudée pour ne pas tirer de leçons, justifie-t-elle.

— Tu te reportes à vingt ans en arrière. Les mentalités ont évolué...

— Moins ici qu'à New York. La preuve ? Je n'arrive pas à me trouver un notaire. Même quand ils me sont recommandés, je les appelle et ils se disent tout à coup débordés.

Bob comprend qu'elle sollicite de nouveau son intervention.

— Tu me donneras le nom de celui que tu désires engager. Quand il saura le prix de la maison que tu te prépares à acheter, il va changer de ton, je te le jure.

Irma prend un air renfrogné.

— J'ai dit quelque chose qui t'a déplu ?

— Non, non. C'est que je déteste quêter des services. Mener mon affaire toute seule, c'est ce que j'ai toujours voulu. Mais pour l'amour des enfants malades, je suis prête à marcher sur mon orgueil.

— Ton orgueil ? C'est normal, non, qu'on ait besoin les uns des autres ?

Bob vient de plonger Irma dans un silence qu'il ne s'explique pas. « Qu'elle est complexe, cette femme ! Elle n'a pas changé. Elle était originale, tenace, indépendante et passionnée à vingt-trois ans, elle l'est encore plus à quarante-cinq. Un cocktail qui me la rend plus fascinante... », s'avoue-t-il, abruptement sorti de ses rêveries par un murmure d'Irma :

— Toi, tu n'as jamais besoin de moi...

Bob s'est arrêté, a posé ses mains sur ses épaules et dit :

— Tu n'as pas pu oublier ça, Irma... C'est toi-même qui m'as forcé à ne plus attendre de toi ce qui m'était le plus cher.

Les paupières soumises, Irma admet l'irréfutable. Dans sa gorge, un filet aigre-doux. Celui de l'abnégation. Les mots fuient. Le regard de Bob ne la quitte pas. Des flocons dodus voltigent puis s'évanouissent sur les épaules et les bras de l'homme qui pourrait encore la faire vaciller.

— Je sais, reprend-il. Tu me l'as dit cent fois. L'amitié... plus durable, plus enviable, plus sublime que l'amour. Le crois-tu encore ?

À la voir grelotter dans son manteau et cacher son regard humide, Bob jurerait que cette femme se bat contre des sentiments amoureux dignes de la saga de Roméo et Juliette.

— Il faudrait rentrer... J'ai froid, Bob.

— Quel courage! murmure-t-il, ses bras enlaçant la femme qui n'a jamais vraiment perdu sa place dans son cœur.

À la résidence des LeVasseur, il y a une agitation palpable même dans l'entrée. Paul-Eugène, essoufflé, les vêtements détrempés, vient chercher sa sœur.

— T'es jamais là, lui reproche-t-il en l'apercevant derrière la porte qui l'a poussé dans le corridor. Y est encore par ici, lui, ajoute-t-il, encore plus exaspéré à la vue de Bob.

— Paul-Eugène, je ne te permets pas de l'insulter. Pas plus lui que personne d'autre. Maintenant, dis-moi ce qui se passe.

— Viens vite avec moi. C'est notre dernière chance de la voir.

— Qui ça?

— Sa mère... hurle-t-il.

Edith sort de la chambre en catastrophe.

— La mère de la petite, Paul-Eugène?

— Mourante.

— Je m'habille et j'y vais avec vous deux. Madame Angèle, voudriez-vous...

— Va. Ne t'inquiète pas, Edith.

Le temps de prendre une autre paire de gants, de changer de chapeau et d'attraper sa mallette de premiers soins, Irma se retrouve de nouveau livrée à l'humidité qui traverse son manteau.

— Qui t'a prévenu? demande-t-elle à son frère.

— Sa sœur. Elle est là, au coin de Fleury.

Elle est vraiment là, cette fois? Une jeune femme dans ses haillons les attend, recroquevillée sur le sol, adossée à un solage de maison. Sans émettre le moindre son, elle les conduit vers un logis délabré de la rue Saint-Jean-Baptiste. Un taudis, au sous-sol. Les deux sœurs s'y cachent depuis que la maman d'Anne a donné des signes de grossesse hors mariage. Au fond de l'unique pièce sombre et humide, un lit de camp. Hors des couvertures infestées, un visage cadavérique.

— Pas trop proche. Elle a la tuberculose, les prévient sa sœur.

— Votre nom? lui demande Irma.

— Mathilde. Puis elle, c'est Marie-Anne.

«Pas vrai!» se dit Irma dont le regard croise celui d'Edith, médusée.

— Je suis médecin. Je vais tenter de soulager votre sœur, dit-elle à Mathilde qui lui laisse la voie libre.

L'ordre de ne pas s'approcher est maintenu pour Paul-Eugène et pour Edith qui sanglote, le visage enfoui dans son col de fourrure. La scène est presque identique à celle qu'elle a vécue au chevet de sa grand-mère agonisante alors qu'elle n'avait que huit ans. Paul-Eugène, incapable de voir pleurer quelqu'un, craque à son tour.

Ne subsiste que l'ombre d'un signe vital chez Marie-Anne. Son souffle est si court qu'elle n'arrive pas à faire entendre les mots emprisonnés dans sa bouche.

— Venez m'aider, Mathilde. Je crois qu'elle voudrait dire quelque chose.

— Hier, elle pouvait encore parler. Elle m'a demandé de trouver la personne qui s'occupe de sa fille.

— Elle vous a dit pourquoi?

— Non, mais je m'en doute. On en a déjà parlé... quand elle pensait guérir. Elle a tellement peur que son bébé tombe dans de mauvaises mains.

Irma demande alors à Edith de venir rassurer la malade.

— Si vous le voulez, je continuerai à prendre soin de votre petite fille, lui dit Edith, des trémolos dans la voix. Mon mari puis la dame docteure qui est à côté de vous, aussi. Elle ne manquera jamais d'amour, votre petite... Anne. On avait décidé, comme ça, de lui donner ce nom-là.

L'esquisse d'un sourire sur le visage de la mourante. Un éclat lumineux dans ses yeux... avant de rendre le dernier souffle.

Le silence s'impose. Edith se signe de la croix et fait de même sur le front de Marie-Anne. Paul-Eugène s'est laissé choir sur le plancher, la tête sur les genoux. Irma offre son aide à Mathilde pour la suite des choses.

— C'est à nos parents de s'en occuper, maintenant qu'elle est morte. Maintenant qu'elle ne leur fera plus honte. Moi, je m'efface, ajoute Mathilde, désarmée, chétive et ravagée.

— Pas tout de suite, rétorque Irma. Je vous emmène avec moi. Vous avez besoin de soins, vous aussi.

Pour convaincre la jeune femme qui se rebiffe, elle y va d'une promesse plus qu'alléchante :

— Vous pourrez voir votre petite nièce dès que je serai sûre que vous n'êtes pas atteinte de tuberculose.

※※

Plus une chambre de libre dans la maison des LeVasseur. La dernière, plus en retrait, est occupée par Mathilde. Une précaution qui s'impose. La jeune femme a dormi tout près de quarante-huit heures depuis son arrivée. De quoi inquiéter toute la maisonnée, sauf Edith qui tait ses désirs. Inavouables. Honteux. Son retour à la santé, Edith l'appréhende. « Une menace pour mon couple. Mathilde n'est pas la mère d'Anne, mais elle est en contact avec toute sa parenté. Qui sait si on ne tentera pas de nous enlever la petite ? Ne serait-ce que de faire planer ce spectre au-dessus de nos têtes ? Un poison dans notre vie. Pardonnez-moi, Vierge Marie, de ne pas souhaiter qu'elle guérisse... elle non plus. »

Fait exceptionnel, Paul-Eugène est demeuré deux jours chez sa tante Angèle. L'estomac plein, des vêtements propres, de l'argent glissé dans ses poches par les voyageurs new-yorkais, il est prêt à rejoindre ses amis. Ses deux nuits à dormir sur une paillasse dans le bureau de son grand-père Zéphirin, un luxe comparé au garage désaffecté qu'ils habitent au pied de la falaise.

— Attends-nous, suggère Bob. Dans pas plus d'une heure, une voiture va venir nous chercher pour nous emmener à la gare du Palais. Tu feras un bout avec nous.

— Ce serait du caprice, monsieur Smith. Le grand air va me faire du bien, prétexte-t-il, intimidé.

Irma n'en est pas surprise. Mais le voilà qui tourne en rond.

— Il te manque quelque chose ?

— Ouais. Une permission... Aller embrasser ma future... ma future filleule.

Sa future filleule ! Des regards d'étonnement et de scepticisme s'échangent. Irma intervient :

— Mon frère serait heureux d'avoir cet honneur une fois dans sa vie.

— Puis Irma serait la marraine, avance-t-il.

— Peut-être que ce pourrait être Mathilde...

— S'il vous plaît ! Pas elle, supplie Edith. Ça lui donnerait bien trop de droits...

— Chut ! fait Irma, en jetant un coup d'œil vers la chambre du fond. On aura tout le temps de s'en reparler, dit-elle à l'intention de son frère et de la maman adoptive.

Paul-Eugène quitte la maison comme il fuit toute apparence de malentendu.

Il tardait à sa sœur de se retrouver seule avec Bob et son fils. Il reste moins d'une heure avant leur départ pour New York.

— Si on prenait quelques minutes dans le bureau ? propose Bob.

Charles demeure avec Edith qui prépare un cadeau à remettre à Harry.

— Lui, au moins, sera avec nous pour Noël, marmonne le jeune homme qui part à regret pour retourner dans sa ville natale.

Derrière la porte close, Bob révise les démarches de la semaine écoulée et fait ses dernières recommandations à Irma :

— Donne un coup de fil au notaire Sirois pour t'assurer qu'il a bien préparé les documents et...

— ... qu'il a respecté les ententes conclues en ta présence, complète Irma.

— Donne-toi le temps de bien lire les papiers avant de les signer et...

— ... pose des questions sur ce qui ne semble pas clair, enchaîne Irma qui lui a tourné le dos, collée à la fenêtre d'où elle pourra voir arriver la voiture.

— On maintient que je suis ton beau-frère. Ça a plus de poids qu'un cousin, prétend Bob.

— Et que tu reviens dans une couple de mois. Les mensonges... C'est ce que je déteste le plus.

— Qui dit que c'en est un ?

Le taxi vient d'arriver devant la porte des LeVasseur.

— Toi seul peux en décider...

— Nous deux, Irma.

Une vague de souvenirs les rive l'un à l'autre jusqu'à ce que le klaxon de la voiture les sépare.

Deuxième partie

Chapitre IV

À l'approche de son quarante-sixième anniversaire, Irma LeVasseur se sent portée aux nues. « Le plus beau cadeau de toute ma vie... et c'est moi qui me le suis offert. Enfin propriétaire de la maison du 55 de la Grande Allée ! Une maison de pierres, présage de la solidité du projet que j'y verrai naître et grandir, pense-t-elle. Mon hôpital, mes patients, mon équipe. En plein cœur d'une population d'enfants à qui les parents ont les moyens d'offrir l'épanouissement sur tous les plans. Des draps neufs pour les couvrir. Des vêtements immaculés à étrenner. Des soins appropriés à leur âge et à leur condition. De la tendresse en abondance. »

En cette soirée du 21 décembre 1922, la doctoresse de Saint-Roch de Québec n'a qu'à fermer les yeux pour voir défiler les petits miracles quotidiens qu'elle opérera dans cet hôpital. Suivront les témoignages de reconnaissance des familles secourues et les dons des bienfaiteurs, fiers de contribuer à la santé des enfants de leur ville. « Petits frères enterrés avant mes deux grands-pères, cousins et cousines partis trop tôt et vous tous, décédés avant d'avoir profité de votre existence, pardon de ne pas vous avoir soignés à temps. S'il vous est donné de voir ceux qui me seront confiés à compter de janvier prochain, réjouissez-vous avec moi. Inspirez mes paroles et mes gestes pour que tous repartent guéris. Comblez de bonheur l'homme que j'ai le plus aimé et consolez-le de la déception que je lui ai causée en choisissant de ne jurer fidélité qu'aux enfants qui se battent contre la maladie, la pauvreté et la mort. »

Les mots s'épuisent à décrire le bonheur d'Irma. Toutefois, pour Bob à qui elle destine un télégramme pour le lendemain matin, elle en trouve quelques-uns : ACHAT MAISON RÉUSSI. MERCI. AFFECTION. IRMA.

En dépit de l'heure tardive, le goût de dormir l'a désertée. Celui de poursuivre l'organisation de son hôpital l'emporte. Dans le bureau de Zéphirin LeVasseur, méconnaissable avec son allure de magasin général, Irma dégage une place sur la table encombrée de couches et de tricots pour ses futurs patients. S'impose l'urgence de dresser la liste des tâches et des personnes chargées de les exécuter. Trois femmes et quelques hommes ont été engagés pour rendre le futur hôpital des Enfants-Malades d'une propreté exemplaire. « Nos patients ne méritent pas moins », a décrété la capitaine. Deux semaines ne lui semblent pas de trop pour tout mettre en place avant l'arrivée du Dr Fortier. Informé par téléphone de la bonne nouvelle du jour, il a offert à sa collègue, non seulement ses félicitations, mais aussi son expérience et ses services à compter de la deuxième semaine de janvier.

En cette fin de l'an 1922, une rafale de bonnes nouvelles plonge Irma dans une allégresse peu commune. John, en congé pour deux semaines, a promis de lui venir en aide dès que sa petite famille sera bien installée dans sa nouvelle demeure. La petite Anne fait des progrès époustouflants et, grâce à l'intervention du Dr Fortier, il y a tout lieu de croire qu'elle fera partie de la famille Miller. Harry est attendu à Québec la veille de Noël pour quelques semaines, de quoi combler sa sœur et leur protectrice. « Dommage que tante Rose-Lyn ne l'accompagne pas ! Par contre, je sais que Bob et Charles souffriraient beaucoup de son absence en pareille période », pense Irma.

Un coup d'œil à sa montre, et Irma constate, ébahie, qu'il est tout près de quatre heures. « Je dois me montrer raisonnable », se dit-elle, consentant à s'accorder un peu de sommeil. À peine a-t-elle poussé sa chaise sous la table que la porte du bureau s'ouvre.

— Tante Angèle !

— Excuse-moi, Irma.

— Vous n'allez pas bien ?

— Je vais mieux, répond la vieille dame enveloppée dans une robe de chambre de flanelle mauve qu'elle a enjolivée de dentelle blanche au col et aux poignets.

— Vous aviez mal...

— ... trop de rancune.

— De la rancune ! Vous ! Mais contre qui ?

— Un peu contre toi mais beaucoup contre Bob, avoue-t-elle avec le soulagement d'une délivrance.

— C'est à cause de la maison ?

D'un signe de la tête, Angèle confirme.

— S'il en est une à qui je ne voudrais pas faire de peine, c'est bien vous, ma tante, dit Irma, contrite comme une couventine semoncée.

Chez cette dame à l'esprit et au cœur alanguis, les paroles font défaut. Ses bras, grands ouverts, évoquent mieux les sentiments qui l'habitent. Pardon et tendresse y trouvent leur chemin.

— Vous prendriez une boisson chaude ? lui offre Irma.

— Je vais m'en occuper, tu n'as pas encore dormi, toi !

— Ça me fera du bien de bouger. Je vais même manger un peu.

Angèle s'attable, la tête nichée entre ses mains ravinées. Elle se laisse servir, cette fois. Irma s'en étonne jusqu'au moment où l'aïeule lui confie, après un long soupir :

— J'ai fait un rêve si troublant tout à l'heure. Mon père...

— Grand-père Zéphirin ?

— Oui. Il était debout au pied de mon lit. Il était triste. Il tenait dans ses bras une belle poupée, mais elle était brisée à la tête et à la poitrine.

Irma ne peut cacher son émoi.

— Il vous a parlé ? demande-t-elle.

— Je pense que c'est à toi qu'il aurait aimé parler, mais tu ne dormais pas encore...

— Vous m'inquiétez, ma tante.

Irma a abandonné son morceau de gâteau sur le comptoir pour aller prendre place devant sa tante. Visiblement troublée, les doigts croisés sur sa tasse chaude, Angèle cherche ses mots.

— Je regrette ce que j'ai dit à Bob avant son départ, confesse-t-elle. Il ne méritait pas les reproches que je lui ai faits.

« Mon Dieu ! Des reproches ? Saurait-elle des choses... » se demande Irma qui, freinant sa curiosité, s'est interdit de l'interrompre.

— Je viens d'en avoir la preuve cette nuit. Ton grand-père m'a répété les mêmes mots que Bob. Les mêmes. Puis il est parti.

— Je peux savoir ?

— Si j'étais sûre que ça te soit utile...

Prenant soin de ne pas la bousculer, Irma laisse les secondes, les minutes travailler pour elle. Puis Angèle relève la tête, regarde sa nièce, prête à livrer l'aveu espéré.

— Il a dit : « C'est à elle ! C'est son rêve ! Pourquoi vouloir le lui briser ? »

Le temps, arrêté. Une larme sur une joue flétrie, échouée sur une main roidie. Les minutes glissent dans le silence... qui s'incline, finalement.

— Je sais qu'il parlait de toi, ton grand-père, murmure Angèle.

— Il aurait donné sa vie pour que je sois heureuse. Pensez-vous que de l'au-delà il puisse comprendre que je n'ai qu'une ambition en tête : tout faire pour épargner à nos enfants la souffrance de la mort ?

— Je crois que oui, Irma. Il t'a vu toi aussi risquer ta vie pendant la guerre.

La remarque plonge Irma dans de tristes souvenirs. Les blessés, les malades qu'elle n'a pu sauver. Sa vue se brouille.

— Je me fais vieille. Je ne verrai pas tout ce que tu réaliseras, mais si cela m'est possible, je te soutiendrai d'où je serai.

Des battements de cils, un bras qui se pose sur le dos de la vieille dame reconduite à sa chambre et... des gestes inhabituels qui lui vont droit au cœur.

— Tu t'en souviens donc ? C'est comme ça que je te bordais quand tu étais petite, Irma.

— Eh oui! Même après que maman est partie...

— Va te reposer, ma chérie... tandis que tu le peux encore.

‒‒‒

— Marie Irma Anne Miller, je te baptise...

En ce 7 janvier 1923, l'enfant Miller est portée aux fonts baptismaux par Angèle LeVasseur. L'allégresse est au rendez-vous. Deux hommes affichent une fierté sans pareille : John, pour son statut officieux de père de famille, Paul-Eugène pour les honneurs du parrainage qui lui ont été consentis. Quant au choix de la marraine, Edith taisant ses inquiétudes, l'unanimité a été finalement acquise : Mathilde en assumera la responsabilité. Tous vibrent au diapason.

La cérémonie religieuse terminée, Irma déclinerait bien l'invitation de sa tante, pressée de rentrer chez elle, au 55 de la Grande Allée.

J'ai tellement à faire !

— Oublierais-tu que c'est dimanche? Le septième jour, Dieu se reposa, lui rappelle Angèle.

— Je veux bien, mais moi, je n'ai pas créé le monde la semaine dernière.

Les rires fusent, mais Angèle ne se déride pas.

— Si tu brûles la chandelle par les deux bouts, tu ne créeras rien, Irma LeVasseur.

— Si vous venez avec nous, j'irai vous aider après le souper, offre Mathilde.

— Moi aussi, dit Paul-Eugène, comme si son titre de parrain l'obligeait à calquer les comportements de Mathilde.

Irma accueille ces propositions avec entrain. Non qu'elle compte sur l'efficacité de son frère, mais l'idée lui vient que ce geste pourrait n'être que le premier d'un virage salutaire dans la vie de cet homme. Le sérieux avec lequel il s'est préparé au baptême de l'enfant abandonnée qui lui avait été confiée en septembre, sa capacité de soigner son apparence et son langage quand les circonstances l'exigent, les menus services qu'il pourrait rendre et le plaisir qu'il trouve dans le dévouement confortent l'espoir de sa sœur.

Cette fête qui rassemble, autour de la vedette du jour, les nouveaux parents, les trois LeVasseur, Harry et Mathilde charme Irma plus qu'elle ne l'avait prévu. La vague de changements qui se pointe à l'horizon ne concerne pas qu'Irma et son frère. Le couple Miller la vit intensément, Harry l'anticipe pour l'été 1923 et Mathilde, discrète et frêle, n'envisage pas moins de se joindre à l'équipe du 55 de la Grande Allée.

— Tu seras logée et nourrie, en attendant que je puisse te verser un petit salaire, lui offre Irma.

Une offre qui enchante la jeune femme. « Paul-Eugène implorera-t-il la même faveur ? » se demande sa sœur, consciente toutefois des conséquences d'un tel engagement. La réponse ne vient pas. Cet homme de la fin quarantaine semble littéralement envoûté par cette bambine de quatre mois qu'on s'arrache à tour de rôle autour de la table. Aussi prend-il soin de rappeler à tous qu'il est le plus redevable de l'événement du jour et, qui plus est, qu'il est un peu le père de ce bébé.

Edith estime qu'il va trop loin. John qui, depuis leur première rencontre, s'est toujours montré bienveillant à son égard, est piqué au vif.

— Sans vouloir t'enlever ton mérite, mon cher ami, je te ferai remarquer qu'un père veille chaque jour au confort et au bonheur de son enfant, dit-il.

Son épouse abonde dans le même sens. Tous les convives nuancent les allégations de Paul-Eugène, qui abandonne ce débat pour racler avec un acharnement démesuré l'infinitésimale parcelle du reste de la tarte aux raisins laissée par les autres convives. Irma déteste le voir se conduire comme un glouton. D'un geste de la main, elle signifie son intention de partir. Mathilde lui emboîte le pas.

— Attendez-moi, crie Paul-Eugène aux deux femmes qui allaient quitter le vestibule.

— On te donne deux minutes, décrète sa sœur.

Le froid les gifle dès leur sortie de la maison.

— Accrochez-vous à mon bras, ordonne le maigrichon qui a toutefois hérité de la taille de son père.

Rarement Paul-Eugène a-t-il éprouvé un tel sentiment de fierté. Il est l'homme fort de la situation, le protecteur de ces deux petites femmes soumises à son assistance. Il ne veut décevoir ni l'une ni l'autre.

À mi-chemin, il perçoit des tremblements dans le bras de Mathilde.

— Une p'tite minute. Il faut que...

Ne laissant pas à la jeune femme le loisir de refuser, il la couvre de son paletot, lui noue son foulard de laine à la taille et reprend son bras avec l'énergie du sauveur.

« Il pourrait être son père », se dit Irma qui sourit devant ce spectacle. Elle sait que le bonheur qui habite son frère en ce moment l'immunise contre les morsures du froid.

Tous trois pressent le pas. Il leur tarde d'apercevoir la tourelle de la maison derrière le squelette des érables qui bordent la Grande Allée.

Le hall s'ouvre sur un large corridor jalonné de portes en bois sombre, l'une d'elles mène à la cuisine. Il fait froid dans la maison.

— Heureusement que j'ai fait de bonnes provisions de charbon, dit Irma en se précipitant vers l'appentis, juste derrière la pièce qui deviendra le lieu de rencontre du personnel de l'hôpital. Une porte est demeurée fermée, celle de la salle à manger. C'est là qu'Irma envoie ses deux complices se réchauffer en attendant de les y rejoindre. Dans les deux caisses placées à une extrémité de la table, Mathilde découvre des piles d'assiettes et de tasses. Dans l'autre, des marmites et des ustensiles.

— C'est de la vaisselle qui nous a été donnée, lui apprend Irma. Tu voudrais bien laver tout ça quand l'eau sera assez chaude ? Et toi, Paul-Eugène, tu pourrais l'essuyer et la placer dans les armoires, là, sur les deux grandes tablettes vides.

— T'aurais pas autre chose à me faire faire ? Moi, la vaisselle, là...

— Je peux m'en charger toute seule, intervient Mathilde.

— D'accord ! Viens avec moi au deuxième, Paul-Eugène. J'ai des lits à monter puis des bureaux à placer.

— Ah ! Ça c'est de l'ouvrage d'homme ! s'écrie-t-il.

En passant par le premier étage, Paul-Eugène est tenté de s'y attarder. Cinq grandes pièces : deux grandes chambres, une cuisine, une salle à manger et un salon attenant, tous très fenêtrés, des planchers de bois d'érable, des plafonds hauts de plus de neuf pieds, ornés de moulures décoratives. Dans les chambres, le mobilier massif et la literie donnent une impression d'opulence. Dans la salle à manger, une table circulaire repose sur un pied finement sculpté. Des piles de papiers y ont été déposées.

— Que c'est beau ici !

— Je te ferai tout visiter plus tard, pour se reposer.

Une moue d'enfant contrarié, quelques marmonnements de déplaisir, et voilà Paul-Eugène résigné à se soumettre... tant et si bien qu'il enjambe l'escalier deux marches à la fois.

— Je me trompe ou tu n'étais pas à l'aise de travailler avec Mathilde ? lui demande Irma une fois qu'ils sont arrivés à l'étage supérieur.

— Sais-tu qu'on est pas loin du ciel, ici ! On se rapproche de maman ! s'exclame-t-il, ignorant la question posée.

— Plus on vieillit, plus on se rapproche de maman, comme tu dis.

Envoûté par la nouveauté et la beauté des lieux, Paul-Eugène promène son émerveillement d'une pièce à l'autre.

— C'est dans cette pièce-là que je coucherais bien à soir...

— Tu as envie de travailler pour moi ?

— Pas nécessairement. Peut-être un peu, pendant l'hiver. Je serais mieux pour dormir ici que dans notre vieux hangar.

— Mais je ne te garderai pas à coucher si tu ne travailles pas.

— Travailler à quoi ?

— Faire du ménage, des courses...

— ... Je vais y repenser, tite sœur.

— En attendant, viens m'aider.

Paul-Eugène a vite fait de se réchauffer sous les ordres d' « Irma la rafale ». Après une heure de travail continu, il se plante devant sa sœur et demande :

— Tu trouves pas qu'on en a assez fait pour à soir ?

— On s'arrêtera quand cette salle-ci sera toute prête à recevoir mes petits malades. C'est demain que le Docteur Fortier vient s'installer.

— Docteur Fortier, Docteur Fortier. Tu vas me faire crever pour ton Docteur Fortier.

— C'est comme tu veux, Paul-Eugène. Ou tu arrêtes tout de suite et je te réveille à cinq heures et demie demain matin, ou on continue.

— Es-tu folle! Je me lève jamais avant dix ou onze heures.

Clopin-clopant, Paul-Eugène se remet à la tâche en baragouinant des mots inaudibles. Irma étouffe un fou rire. «Il ne tient ni de ma mère ni de mon père, celui-là!» se dit-elle.

Mathilde les rejoint sur le fait.

— J'ai fini, madame Irma. Avez-vous autre chose à me faire faire?

— La vaillance ne va pas avec la grandeur, hein Paul-Eugène, lance Irma avant d'affecter la jeune femme à l'époussetage du premier étage, où se trouvent les appartements de la propriétaire.

Contrairement aux autres pièces de cet étage, le salon est meublé de fauteuils neufs. Leur senteur et leur perfection en témoignent. «Ce doit être comme ça dans les maisons des vieux pays», croit Mathilde qui n'en sait que ce que les journaux ont pu lui apprendre.

Il est passé onze heures lorsque Irma prescrit le repos à ses deux complices. Paul-Eugène dormira au deuxième étage et Mathilde occupera la petite chambre voisine de celle de la propriétaire.

— Un grand merci à vous deux! Demain matin, il faudrait déjeuner autour de sept heures trente, leur annonce-t-elle, aussitôt interrompue par son frère.

— Je mangerais bien un p'tit quelque chose, moi, avant d'aller me coucher, réclame-t-il.

Un verre de lait et une poignée de biscuits dans les mains, Paul-Eugène grimpe l'escalier, visiblement exténué.

Irma va au lit, de grandes provisions de contentement au cœur.

Il n'est pas encore six heures quand Mathilde fait grincer la porte de sa chambre; ses pieds effleurent les marches de l'escalier qui mène au rez-de-chaussée. Irma la retrouve dans l'entrepôt de charbon, à bourrer la fournaise.

— Tu es un ange sur ma route, Mathilde.

— Vous en avez été un pour ma petite nièce et pour ceux qui l'ont adoptée.

Irma hoche la tête, moins présente au passé qu'au devenir de ce qu'elle amorce publiquement ce jour même.

— À la minute où le Docteur Fortier va mettre les pieds dans cette maison, l'hôpital des Enfants-Malades aura pignon sur rue, ma petite fille! clame-t-elle, toute à l'allégresse de ce grand jour.

Mathilde lui sourit, puis son regard se rembrunit.

— Vous voulez vraiment que je reste ici pendant que... avec ces gens que je ne connais pas?

— Tu vas te mêler aux dames bénévoles que j'ai recrutées. Je vais te les présenter avant que le Docteur Fortier arrive.

Un consentement résigné sur le visage de la jeune femme.

— Viens manger. La journée risque de nous rafler beaucoup d'énergie.

— Vous auriez dû me dire que... J'aurais apporté une autre robe.

— Oh, pardon! Je n'y ai pas pensé, déplore Irma. Après le déjeuner, tu viendras t'en choisir une dans ma penderie. Nous sommes de la même taille.

Quant à Paul-Eugène, elle compte bien le retourner auprès de ses amis; le comité fondateur de son hôpital est sur le point de se présenter à sa porte et elle ne souhaite pas que ces gens l'aperçoivent. Aussi, elle n'est pas surprise de le voir accueillir cette libération avec enthousiasme.

— Je suis trop vieux pour travailler fort comme ça. Je veux bien te rendre quelques petits services, ici et là, mais...

— C'est correct, Paul-Eugène. Finis de manger, puis va les retrouver.

Une nervosité à peine répressible fait courir Irma d'un étage à l'autre, d'une pièce à l'autre. Le premier claquement du marteau sur la porte la fait sursauter. «Huit heures et dix! Qui ça peut bien être de si bonne heure ? » se demande-t-elle, dévalant l'escalier du premier étage. Deux profils sveltes dans le carreau vitré : Mmes Tessier et Pouliot enveloppées dans leur fourrure, coiffées d'élégants chapeaux de feutre.

— Mes chères dames, c'est le ciel qui vous envoie !

— On a pensé que vous auriez besoin d'un p'tit coup de main avant que le Docteur Fortier arrive, explique Mme Tessier, la diction esquintée par le froid qui a engourdi ses lèvres.

— Entrez vite. Il y a de la chaleur à tous les étages.

— Madame Landry et Madame McKay devraient être ici dans quelques minutes, annonce Mme Tessier.

— Parfait ! Suivez-moi au deuxième étage. Les draps et les couvertures sont là, il reste à les placer sur chaque lit, dit Irma, pressée de voir au départ de Paul-Eugène avant l'arrivée des autres bénévoles.

Au rez-de-chaussée, elle ne trouve que Mathilde.

— Votre frère vous fait dire bonjour. Il est sorti par la porte de la cave.

— C'est bien lui, ça ! Maintenant, Mathilde, j'aimerais que tu voies à ce qu'il y ait du thé chaud pour tout le monde et pour toute la journée. Aussi, tu vas trouver une caisse de petits biscuits dans le bas du garde-manger, puis un plateau sur une tablette du haut de l'armoire.

— Sur la table de la salle à manger ?

— C'est ça ! Mais avant, va vite te choisir une robe dans ma penderie.

— Vous ne venez pas avec moi ?

— Tu es capable de faire ça toute seule, Mathilde. Je vais m'occuper d'accueillir les autres dames ; elles devraient se pointer d'une minute à l'autre. Tu viendras...

Des frappements de pieds sur la galerie interrompent Irma.

« Une armée, quoi ? Deux hommes ! »

S'engouffre vite dans le vestibule le Dr Fortier, la moustache frimassée, l'œil taquin. Le suit un homme d'allure non moins friponne, le Dr Samson. Le seul orthopédiste de Québec.

Les mots se perdent dans la gorge de la D^{re} LeVasseur. De la main, elle leur fait signe d'entrer.

— Je vous réservais une surprise! clame le Dr Fortier.

— Une surprise? Le mot est faible! C'est un cadeau du ciel! Entrez vite, docteur Samson!

Si la luminosité des regards des trois collègues avait pu jouer de son pouvoir sur le thermomètre, le mercure aurait grimpé de quarante degrés.

— Le ciel vous fait un cadeau, dites-vous? Sachez, docteure Irma, que vous m'en faites un bien gros, vous aussi, confie le Dr Fortier. Ce matin, je vois se réaliser un rêve que je caressais depuis des années! Un hôpital à Québec pour nos enfants! Pour nos tout-petits, surtout.

— J'ai entendu dire que vous accorderiez une place primordiale dans votre hôpital aux enfants infirmes, n'est-ce pas, docteure LeVasseur?

— Justement! Et Dieu sait que les soins d'un orthopédiste leur seront d'un grand secours. Vous êtes le bienvenu, docteur Samson.

Irma invite les deux hommes à la salle à manger pour leur servir du thé chaud. Ses pieds ont peine à toucher terre tant elle est enchantée de l'ajout du Dr Samson à son équipe médicale. « Trois, le chiffre parfait. Le symbole de l'harmonie et de la solidité », lui avait appris Hélène, versée en connaissances ésotériques. Leur amitié avait été l'occasion d'échanges enrichissants pour l'une comme pour l'autre. Irma lui avait laissé la place qu'elle aurait pu occuper dans la vie de Bob. Malgré quelques frissons d'envie, elle avait toujours affectionné cette jeune femme originaire, comme elle, de Québec. Sa jovialité et sa spontanéité, des contrastes bénéfiques pour une Irma trop réservée. « Que de choses elle pourrait encore m'apprendre si elle était de ce monde! Qui sait si elle n'a pas plus de pouvoir de l'autre côté! » songe Irma. Sa main tremble sur la théière. Le thé fumant plaît à ses collègues. Si le Dr Fortier refuse de prendre quelques biscuits, le Dr Samson n'hésite pas à s'en régaler. De quoi rassurer Irma qui s'étonne de sa maigreur. « Sa gestuelle a quelque chose du paysan, observe-t-elle. Ça me plaît. Il doit être travaillant, cet homme-là. »

— Vous avez séjourné pendant quelques années à New York, n'est-ce pas? lui demande-t-il en dégustant ses biscuits.

« Voilà une marque d'attention qui fait foi de sa générosité et de son respect envers les autres », conclut-elle, disposée à lui résumer son séjour aux États-Unis.

— Je sais que vous êtes venu vous y spécialiser, vous aussi, ajoute-t-elle.

— J'ai été résident en orthopédie au New York Orthopædic Hospital. J'ai eu l'immense privilège d'avoir pour mentor le Docteur Russell A. Hibbs.

— N'est-ce pas lui qui a mis au point le premier traitement contre la tuberculose ?

— En effet. Cette découverte lui a valu un poste d'enseignant au *Columbia University College of Physicians and Surgeons*. Il nous répétait avec beaucoup d'humour : « Soyez bon pour le muscle et il vous le rendra. »

— Soyons bons pour nos petits enfants et ils nous le rendront, relance Irma.

Le Dr Fortier encense ces propos. Songeur, il ajoute :

— C'est le grand penseur Pascal, je crois, qui a écrit : « Dans l'échelle des valeurs sociales, les œuvres de charité sont d'un ordre infiniment supérieur aux œuvres matérielles et même spirituelles. »

— Comme je l'approuve ! s'écrie Irma. Je rêve de ce jour où nos gouvernements nous soutiendront suffisamment pour que notre plus beau salaire soit le plaisir de soulager la souffrance physique et morale de nos petits malades.

— Vous avez parlé de rêve, docteure LeVasseur. Vous avez bien raison, reprend le Dr Samson. Un peu comme vous, j'ai connu une grande déception à mon retour de New York. La ville de Québec m'a accueilli avec enthousiasme, mais mon entourage médical immédiat s'est montré très sceptique... Plusieurs de mes collègues semblent dépassés par les méthodes de chirurgie que je préconise. Pas un hôpital du Québec ne m'a encore ouvert ses portes.

— C'est le sort qu'on réserve aux pionniers, dit le Dr Fortier. Vous ne devez pas oublier, mon cher ami, que vous êtes le premier Canadien français à vouloir instaurer des techniques d'une spécialité chirurgicale encore inconnue dans la province de Québec.

Irma est tout oreilles. Une expérience identique la lie au Dr Samson. Comme elle, il a connu la résistance et le rejet. Surgit le plaisir de prendre sa revanche des épreuves passées. Éconduite de l'hôpital qu'elle avait fondé à Montréal, elle ouvre grandes les portes de celui qu'elle inaugure ce jour même à Québec. Le Dr Samson et tous les collègues qui viendront offrir leurs services seront les bienvenus. Cette flamme au cœur, elle propose à ses deux complices de leur faire visiter les lieux.

— Si on en juge par l'extérieur, vous n'avez pas lésiné, docteure LeVasseur, s'exclame le Dr Samson.

— Vous avez reconnu le style Second Empire que l'architecte Peachy a donné à plusieurs autres maisons de la Grande Allée ?

— J'y ai pensé en apercevant l'oriel.

— Par contre, il a fait une exception pour celle que lui commandaient les Shehyn : si vous avez remarqué, le contour cylindrique de la tourelle au rez-de-chaussée devient polygonal aux étages supérieurs. Puis il a rompu avec ses modèles précédents en plaçant l'entrée principale sur le côté ouest, en retrait de la façade...

— Étrange ! de fait.

— Il semble que l'architecte ait voulu multiplier les angles de vision.

— J'ai aussi remarqué que la façade principale est de pierre. Du grand chic, s'exclame le Dr Samson.

L'émerveillement pousse les deux hommes d'une pièce à l'autre, d'un étage à l'autre. Leurs dimensions les enchantent. Le deuxième étage leur coupe le souffle devant les lits et les paniers déjà alignés, prêts à recevoir les enfants.

— Redescendons, j'ai hâte de vous présenter nos précieuses bénévoles, s'écrie Irma.

— Elles sont nombreuses ? demande le Dr Samson.

— Neuf si je compte la tante de notre petit bébé abandonné.

— Bébé abandonné ?

Le Dr Fortier retrace les étapes du triste destin auquel la petite Anne a échappé grâce à la charité des LeVasseur et à l'amour d'Edith.

— Cette jeune femme en est la marraine, leur apprend Irma en désignant Mathilde, en retrait derrière les dames bénévoles invitées à se présenter à tour de rôle.

— Le frère de Madame LeVasseur est le parrain, ajoute Mathilde.

— Vous avez un frère, docteure Irma ? Je vous croyais enfant unique, avoue le Dr Fortier.

— J'en ai perdu trois autres, morts en bas âge. C'est bien le moins qu'il m'en reste un ! riposte-t-elle, d'un ton faussement amusé.

— Je l'ai déjà rencontré ?

— Je ne sais pas, mais je peux vous dire qu'on n'a aucune ressemblance. Lui, il a le physique des LeVasseur et moi celui des Venner.

— Des Venner ! Ma belle-sœur a déjà acheté un terrain d'une dame Venner...

En moins de temps qu'il ne lui en faut pour faire le décompte de ses tantes encore vivantes, Irma reprend son calme et demande :

— Vous connaissez son prénom ?

— Je ne suis pas sûr. Il me semble que c'était un prénom qui se termine par un a. Je le lui demanderai...

Une brûlure au ventre, Irma tente une dernière question :

— Ça fait longtemps de ça ?

— Ah, une bonne quinzaine d'années.

« Maman vivait encore », constate Irma, plongée en plein vertige. Questions et conjectures viennent en rafale la distraire de cette matinée pourtant si lumineuse. « Jamais elle ne m'a laissé voir qu'elle avait des biens et faisait des affaires au Québec après s'être installée aux États-Unis. Elle y est quand même demeurée plus de vingt ans... Mais ça ne se peut pas que ce soit elle », conçoit Irma, pressée de retrouver l'enthousiasme qui a marqué ce début de matinée.

De nouveau attablés dans la salle à manger, les trois médecins devisent sur l'organisation et l'affectation des pièces du futur hôpital.

— J'avais l'intention d'habiter le premier étage avec Mathilde, notre femme à tout faire, de réserver le petit salon de la Grande Allée aux réunions du comité médical, et de consacrer une autre pièce à nos dossiers, annonce Irma.

— À votre guise ! C'est votre maison, après tout, reconnaît le Dr Samson. De plus, vous y travaillerez à plein temps alors que nous ne pourrons en faire autant, compte tenu de nos autres engagements.

Songeur, le Dr Fortier tire une feuille de papier de sa serviette et y dessine un croquis du rez-de-chaussée en marmonnant :

— La cuisine est ici, le réfectoire à côté, une grande salle par là, les commodités sanitaires au bout. À l'entrée, un petit bureau pour accueillir les patients et leurs parents. Oui, ça pourrait aller, dit-il.

Le reste de la matinée est consacré à se partager les tâches et à voir à compléter l'outillage nécessaire aux chirurgies.

— J'apporterai mes instruments et mon matériel orthopédique, offre le Dr Samson. Enfin, il va servir !

Quelques dames patronnesses demeurent à l'hôpital des Enfants-Malades pour accrocher des tentures aux fenêtres et laver les vêtements offerts par des familles généreuses. Irma s'affaire au lettrage d'une pièce de bois qu'elle aurait bien aimé accrocher à la porte principale avant la visite de ses deux collègues. Un double plaisir pour celle qui saisit l'occasion d'exercer ses talents de peintre et de se venger d'une déception qui remonte à la fondation de l'hôpital Sainte-Justine. Vingt-quatre lettres à graver et à peindre avant de vernir le tout. « Cette fois, je n'irai pas me coucher avant d'avoir tout terminé », se jure-t-elle. Il est tout près de minuit quand, pour laisser sécher le vernis, elle adosse à une fenêtre l'écriteau qui la fait sourire : *Hôpital des Enfants-Malades*.

Fourbue mais combien satisfaite, Irma se débarbouille et court se lover sous ses couvertures... trop froides. Dans de telles occasions, son passé en profite pour la rattraper. « Moi qui avais cru que l'atteinte de mes idéaux me ferait oublier ces moments où je me suis blottie tout contre toi, Bob. Tes bras, ton corps contre le mien, ton souffle dans mon cou, tes tendres murmures... On dirait que la nostalgie que j'ai voulu fuir revient se creuser une place dans ce lit devenu trop grand pour ma solitude, trop froid pour ma soif de tendresse. » Pour chasser les frissons qui courent dans son dos, le châle de mohair de Phédora, jeté là, sur le portemanteau, au pied du lit. Chatoyant, ce tissu ! Ourdi d'évocations kaléidoscopiques. Une brèche pour les questionnements étouffés au cours de la matinée. « Si c'est maman, pourquoi ne m'a-t-elle jamais dit avoir gardé des liens avec des gens d'ici ? Et si elle était venue pendant que j'étais à l'étranger... sans tenter de revoir ses enfants, son mari, sa famille... Non ! Jamais maman n'aurait fait pareille bêtise ! Paul-Eugène... je me souviens qu'il avait laissé planer un mystère au sujet de maman. Comme s'il avait su quelque chose qui nous avait échappé. J'ai cru alors qu'il tentait simplement de m'impressionner ou de me manipuler. J'aurais dû le questionner davantage. Me répondrait-il maintenant ? Je n'ai pas le temps de le chercher. Je vais demander à John, qui semble toujours l'apprécier, de me l'amener chez tante Angèle ou chez papa. » Ce dessein l'apaise. L'agenda du lendemain, un bouffeur d'énergies. Il faut dormir. Mais le sommeil ne vient pas. Une méthode lui réussit habituellement : les paupières closes, elle imagine chacune de ses préoccupations comme une enfant qu'elle emmaillote avec tendresse avant d'aller dormir.

❖-❖

Irma a précédé Mathilde à la cuisine, ce samedi matin de son quarante-sixième anniversaire de naissance. Plus encore, elle lui a préparé son petit-déjeuner. Une flamme dans la voix, elle annonce à sa collaboratrice préférée :

— Première pause depuis l'ouverture ! Une de nos bénévoles s'est proposée pour tenir le fort toute la fin de semaine.

— En quel honneur ?

— Il y a tant de raisons de se réjouir, tu ne trouves pas ?

— Quant à ça, vous avez raison. Mais qui donc va nous remplacer ?

— Mademoiselle Esther Nadeau, notre cadette.

— On revient dormir ici, par exemple, souhaite Mathilde.

— Non, pas ce soir, Mademoiselle. On va se réfugier chez tante Angèle jusqu'à dimanche soir. Elle nous attend avec un plaisir fou, lui apprend Irma, taisant qu'on pourrait bien y célébrer son anniversaire.

— J'ai hâte de revoir ma filleule, murmure Mathilde, les mains croisées sous son menton. Pensez-vous que ses parents vont venir?

— Juré ! Tante Angèle a passé la semaine à préparer des mets pour recevoir toute la famille.

— Votre frère, lui?

— Il n'est pas facile à attraper celui-là, mais John a été chargé de nous l'amener.

— Vous me laisserez bien une quarantaine de minutes pour me préparer...

— Aussitôt que tu es prête, on part. Mademoiselle Nadeau a promis d'être ici vers huit heures trente.

Il ne reste plus à Irma qu'à chausser ses bottes et à se couvrir de ses fourrures pour imprimer ses pas dans la Grande Allée, et de là jusqu'à la rue Fleury. Mathilde tarde.

— Pas besoin de tant te pomponner, lui crie Irma. À moins que tu aies l'intention de te faire un cavalier en fin de semaine...

Chez Irma, les blagues sont directement proportionnelles à ses tracas. Un pied de nez à l'inquiétude. Mathilde les voudrait plus fréquentes, elles la rassurent.

À quelques pas du domicile de son père, Irma aperçoit une lumière à la fenêtre du bureau. Elle s'en réjouit. N'eût été son intention d'aborder une question délicate avec lui, elle aurait invité la jeune femme à l'accompagner.

— J'irai te rejoindre chez tante Angèle un peu plus tard, prévient-elle Mathilde. J'espère que papa n'a pas mangé. J'aurai le plaisir de lui préparer son déjeuner préféré.

— Qui est...

— Des crêpes au sucre du pays.

— Hum! Chanceux, lui!

— Je t'en ferai demain matin, lui promet-elle. Ma tante a tout ce qu'il faut dans ses armoires.

— Pas nécessaire, madame Irma. Je...

Ces quelques mots de Mathilde se sont rendus jusqu'à la porte qu'Irma a refermée derrière elle... sans répliquer.

Prostré comme un vieux saule au-dessus de ses racines, Nazaire, la tête nichée au creux de ses mains décharnées, n'a pas entendu sa fille entrer. Sinon, il serait allé l'accueillir.

— Qu'on est bien ici ! Je ne vous dérange pas trop, papa ?

— Irma ! Sur le chemin si tôt ! Viens vite te réchauffer, l'invite-t-il en désignant le fauteuil placé tout près de la chaufferette d'appoint.

Les bras d'Irma sont venus enlacer son père. Le vieil homme hausse les épaules, penche la tête, se fait tout soumis pour celle qu'il appelle de tous ses vœux depuis quelques jours. Ses yeux boudent sa détermination de terminer cette biographie avant de plonger dans une totale cécité.

— Il va venir m'aider...

— De qui parlez-vous donc ?

— De mon ami, Ferdinand.

— Le Docteur Canac-Marquis ?

— Oui. Je vois de moins en moins bien, puis ma mémoire a autant de rides que mes joues.

— Papa ! Votre humour va vous survivre, c'est comme rien. Mais pourquoi tant vous acharner à mener ce projet à terme ?

— Pour faire quoi, à la place ? M'ennuyer ? Espérer jour après jour que tu ressoudes comme à matin ? Non.

— Vous vous épuisez, papa. Attendez au moins la clarté du jour.

— Quand un souvenir se pointe, il faut que je l'attrape au vol. Sinon, il risque de ne plus jamais revenir.

— Je comprends.

— Tu me connais assez pour savoir que quand je donne ma parole je ne la reprends jamais. J'ai promis à mon ami Ferdinand... Il devrait arriver dans une couple de jours pour m'aider à écrire le dernier volet de sa vie.

Irma rumine. Tant d'inattendus à vivre, de réactions à mesurer.

— Vous n'avez pas mangé...

— Un croûton vers sept heures. J'ai moins d'appétit ces derniers temps.

— Donnez-moi dix minutes et vous allez le retrouver, monsieur LeVasseur.

Nazaire s'esclaffe. La soudaine conscience qu'il n'a pas ri depuis des semaines, des mois même, le secoue. « Il est temps que je me réveille. Il n'est pas question que je devienne un vieux rabougri. »

— Attends, Irma, je vais sortir une nappe. Ce n'est pas tous les jours qu'on se fait servir à déjeuner par sa fille... puis pas n'importe qui, la première femme docteure de chez nous.

Jamais Irma n'oserait brimer cet enthousiasme et s'opposer à ce décorum qu'elle juge d'autant plus inapproprié que Nazaire semble avoir oublié la date du jour : l'anniversaire de sa fille. « Il est au diapason de sa joie », se dit-elle. À preuve, l'empressement qu'il met à se prêter au jeu.

Assis le premier à la table, les avant-bras posés de chaque côté de ses ustensiles, il savoure cet événement. En attendant d'être servi, il enchaîne question sur question au sujet de l'ouverture et de l'organisation de l'hôpital des Enfants-Malades. À la première bouchée de crêpes, les compliments pleuvent.

— Si tu savais comme je suis fier de toi, ma belle Irma. Sans parler du bien que tu me fais à la seule pensée que tu auras réussi à donner cet hôpital à notre ville. C'est à cause de toi que je ne me chicane plus contre la mort. En fait, ce n'est qu'une apparence de mort. Le meilleur de moi-même va survivre en toi. Puis de ta mère, tu es allée chercher la réserve et l'indulgence que je n'ai pas.

Son regard s'est rembruni. Ses mains appellent celles de sa fille. Il les enveloppe de toute son affection de père. Un instant de plénitude. Un arrêt dans le temps pour la goûter.

Les mots se bousculent sur les lèvres d'Irma. La moindre maladresse serait lourde de conséquences.

— Parlant de maman, pensez-vous qu'elle a hérité de son père ?

La question saisit Nazaire. Son regard porté au loin, il hésite puis répond :

— Il me semble que oui. Tu te rappelles ? Elle nous avait déjà quittés quand ton grand-père William est mort.

— Elle était partie depuis trois ans déjà.

— Mais qu'est-ce qui te ramène si loin en arrière ?

— Une grande maison au coin des rues Sainte-Marguerite et Dupont... qui lui aurait appartenu.

— Ce n'est pas impossible. Mais qu'est-ce que ça peut bien faire, trente ans plus tard ?

— Elle l'aurait vendue vers les années 1910.

Un silence sibérien dans la maison. Nazaire frotte ses mains sur ses cuisses, basculé dans une de ces scènes qu'il n'est jamais parvenu à oublier. La visite d'un huissier, une convocation à se présenter au bureau d'un notaire de Saint-Roch, le libellé de la transaction qu'il devait autoriser.

Cette vente est ainsi faite pour le prix de quatre mille piastres que l'acquéreur a payé comptant à la venderesse représentée comme susdit, qui le reconnaît et en donne quittance finale.
Au présent acte est intervenu ledit Sieur <u>Louis Nazaire</u> LeVasseur de la Cité de Québec, inspecteur de gaz, et époux de ladite Dame Phédora Venner.
Lequel après avoir pris communication de la vente qui précède, y consent volontiers, autorise bien et dûment son épouse ladite Phédora Venner, pour les fins de cette vente, et cède et abandonne à l'acquéreur ce acceptant, tous les droits et intérêts qu'il peut avoir sur l'immeuble ci-dessus décrit et vendu.

La surprise avait été d'autant plus grande pour Nazaire qu'après plus de vingt ans d'absence du foyer, Phédora Venner se présentait encore comme son épouse. Le notaire avait dû lui rappeler que le code civil du Québec, adopté en 1866, n'autorisait pas une femme mariée, même en séparation de biens, à vendre ou à acheter une propriété sans le consentement écrit de son époux. Les cas d'exception relevaient d'un bill privé de l'Assemblée législative.

Levant les yeux vers Irma, il précise :

— Ce n'est pas son père, mais un de ses frères qui lui a légué cette maison, ajoute-t-il d'une voix grise comme ce jour où il avait appris que Phédora avait confié la gestion de ses avoirs à un avocat bien connu à Québec.

Tous deux concentrés sur un passé à reconstruire, Irma et son père tentent de reformer le puzzle.

— Je comprends qu'en cette période maman ait voulu se défaire de ses propriétés. Elle venait de faire une crise cardiaque qui aurait pu l'emporter, murmure Irma.

— Elle était assez bien pour ça, à la mi-janvier ? s'étonne Nazaire.

— Oh, oui ! Elle était encore à l'hôpital, mais elle avait toute sa tête. Je me rappelle lui avoir fait remarquer qu'elle ne parlait pas beaucoup. Sa réponse est encore si claire dans ma mémoire qu'il me semble l'entendre : « Quand tu es là, je trouve le courage de regarder derrière... De là à être capable d'en parler, non. »

Une question brûle les lèvres de Nazaire.

— As-tu l'impression qu'elle a refait sa vie ?

— Je me le suis souvent demandé. Comme elle n'a jamais abordé le sujet avec moi, je n'ai pas osé le faire. Par contre, j'ai pu lire entre les lignes qu'elle n'avait pas vécu qu'à New York. À ce sujet non plus, je ne l'ai pas questionnée. Je sentais sa fragilité... puis le risque qu'elle se ferme encore plus.

Nazaire a quitté la table et, debout devant une porte d'armoire ouverte, il cafouille en ayant oublié ce qu'il venait y chercher. « Il me cache autre chose... Comme s'il savait où maman aurait habité en dehors de New York. Maintenant que je suis dans la quarantaine, peut-être qu'il accepterait de m'en dire davantage », souhaite Irma qui reprend son interrogatoire.

— Lequel de mes oncles aurait donné cette maison à maman ?

— Guillaume-Hélie, alias William junior, le père de ta cousine Mary Venner. Les deux autres vivent au Nouveau-Brunswick. Après son mariage, ton oncle Alfred est allé rejoindre son frère prêtre au Nouveau-Brunswick. On ne l'a revu qu'après les funérailles de ton grand-père, pour venir chercher son héritage, ajoute-t-il avec un filet d'amertume évidente.

— Ça m'a toujours intriguée que mon oncle prêtre soit allé exercer son ministère aussi loin alors qu'on n'a pas trop de curés au Québec.

— N'oublie pas que ses parents s'étaient mariés à l'Église pro- testante en 1835. Avoir un fils ordonné prêtre dans une autre allégeance religieuse pouvait bien ne pas les flatter, contrairement aux parents catholiques qui s'en font une gloire.

— Comment expliquer que maman ait été baptisée à l'église Saint-Jean-Baptiste?

— D'après ce que ta mère m'a raconté, les Venner ont été baptisés dans la religion catholique sauf ta tante Victoria. D'ailleurs, tes grands-parents se seraient convertis plusieurs années après leur mariage.

— Grand-maman Mary était protestante?

— Elle était née en Écosse de parents protestants.

— Ce qui explique peut-être notre peu de ferveur...

Nazaire hoche la tête, s'abstient de commentaires.

— Que de mystères dans cette famille!

— C'est le moins qu'on puisse dire, rétorque Nazaire.

— Vous avez fait allusion, tout à l'heure, à ma cousine Mary Lépine. Elle a perdu son mari, elle...

— ... mais elle s'est remariée à un dénommé Delisle, il y a bien une vingtaine d'années de ça.

— Le prénom de son deuxième mari...

Nazaire grimace, hésite puis répond :

— Siméon. Je ne sais pas pourquoi tu veux tant de détails, mais je te préviens, tu n'as pas intérêt à reprendre contact avec ces gens-là.

Son regard semble accroché à des souvenirs qu'il se garde de dévoiler.

— Quand même, papa! Vous semblez oublier que les Venner ne sont pas moins dans ma parenté que les LeVasseur! Mis à part qu'ils auraient voulu un autre mari que vous pour leur Phédora, qu'avez-vous à leur reprocher?

Le visage caché derrière ses longues mains sillonnées de mauve, Nazaire hoche la tête en signe de désaveu. Puis il suggère à sa fille de changer de sujet de conversation.

— À moins que tu aimes me voir de mauvaise humeur, dit-il.

— D'accord! Des nouvelles de Paul-Eugène?

— J'en ai de moins en moins. Je pensais que tu le voyais plus souvent que moi...

— Il est venu me donner un coup de main à mon hôpital au début du mois, mais plus rien depuis.

Des échanges se poursuivent au sujet de Paul-Eugène. Bienveillants de la part de sa sœur, mais acerbes sur les lèvres de Nazaire.

— Un fils raté qui ne se préoccupe pas un instant de son père malade, c'est ça qu'il est.

Irma plaide pour lui :

— Il ne faut pas trop lui en demander... Puis il y a une manière de l'approcher.

— Tant mieux si tu la connais ! Moi, je ne gaspille plus d'énergie pour lui. Par chance que mon grand ami Ferdinand m'est fidèle. Il répond rapidement à mes lettres et n'hésite pas à franchir la distance qui nous sépare de Santiago pour venir me réconforter.

— Dans ce cas-ci, il y va de son intérêt, aussi...

Nazaire l'admet.

— Tu viendras prendre au moins un repas avec nous ?

— Rien de moins sûr, papa. Je suis débordée avec la mise en place de mon hôpital. Je prévois ouvrir le dispensaire dans dix ou quinze jours.

Dis donc, où allais-tu dc si bonne heure un samedi matin ?

— Faire ma tournée de la famille : vous, tante Angèle, ma petite rescapée, Edith et son mari, Harry, le frère d'Edith.

— T'es rendue avec une grande famille, coudon !

— Et ce n'est qu'un début, annonce-t-elle.

— D'une certaine manière, nuance Nazaire.

— Papa, il y a ceux à qui on donne la vie et ceux à qui on la redonne. Cette forme de maternité n'a pas de limites. C'est pour ça que je l'ai choisie.

Armée contre le froid mordant de ce 20 janvier, Irma file vers la résidence d'Angèle, portée par une hâte folle d'y retrouver tant d'êtres chers. À moins de dix minutes de son objectif, derrière elle, des rires rauques, l'écho d'un français cassé, puis un « youhou » répété, de plus en plus reconnaissable.

— Tu te sauves astheure, tite sœur ?

Les mitaines enneigées, la barbe frimassée, Paul-Eugène s'élance vers Irma, lui ouvre les bras, la serre sur sa poitrine, tout heureux de l'avoir surprise. John les a rejoints et tous deux entraînent Irma dans leurs enjambées à lui en faire perdre le souffle.

— Pas si vite ! les prie-t-elle.

De nouveau, les éclats de rire des hommes.

— Accrochez-vous à nos bras et laissez-vous porter, madame Irma, l'invite John.

Une surabondance de chaleur et de tendresse l'attendait rue Fleury. Bébé Anne, resplendissante, la comble de sourires angéliques. Après plus de quatre mois de bons soins et d'amour intense, l'enfant ne semble avoir gardé aucune séquelle des conditions pitoyables de sa naissance. Irma n'est pas seule à s'en réjouir, Paul-Eugène pavoise sur le mérite qui lui revient et sur la chance qu'il a d'être le parrain d'une si merveilleuse petite fille.

— Pensez-vous qu'elle va être blonde comme moi ? demande-t-il aux femmes qui l'entourent.

— Aucune chance ! C'est une petite brunette qui va ressembler à sa marraine, lui répond Mathilde, enjouée.

— Elle y gagnerait beaucoup si elle s'avisait d'emprunter les traits de sa tante, ajoute Irma, non moins espiègle.

Ses mains réchauffées, elle enveloppe la bambine de cajoleries avant de filer dans la cuisine.

— Je me suis engagée à faire des crêpes au sucre du pays pour toute la tablée, annonce-t-elle à ceux qui l'ignoraient.

Tous en salivent déjà.

Les questions suscitées par les révélations de Nazaire en matinée rattrapent celle qui s'est attelée à la tâche et qui fait sauter dans la poêle crêpe après crêpe. La tentation lui vient de s'enquérir auprès d'Angèle de l'adresse du couple Mary Venner et Siméon Delisle. La possibilité ne lui en est accordée qu'en fin d'après-midi.

Tout comme Nazaire, la septuagénaire s'inquiète pour Irma des retombées d'une démarche auprès des Venner.

— Pourquoi ne pas te concentrer sur le beau projet que tu es à mettre sur pied ?

— Vous le savez bien, tante Angèle, je ne tolère pas les ambiguïtés, surtout quand elles me concernent de près ou de loin.

— C'est encore au sujet de ta mère ? À ton âge...

— Vous ne me comprenez pas cette fois, tante Angèle. Y a pas d'âge pour s'intéresser à la vie de sa mère... aux secrets qu'elle a pu garder...

« Je la connais trop, elle va me harceler tant que je ne l'aurai pas contentée », se dit Angèle qui l'entraîne dans le bureau de Zéphirin, tire un minuscule carnet d'un tiroir à papiers, en feuillette les dernières pages, s'arrête, transcrit des chiffres et des lettres sur une enveloppe, la tend à sa nièce et ajoute :

— Reste à voir s'ils n'ont pas déménagé...

— Cent fois merci, ma tante. Ne vous inquiétez pas pour moi...

Angèle quitte le bureau, laissant derrière elle une femme ébahie de découvrir que cette cousine habiterait dans la côte Sainte-Geneviève à une quinzaine de minutes du domicile des LeVasseur. « Je ne l'ai pas revue depuis la mort de grand-père William. C'était en 1890. J'avais treize ans. Elle était déjà maman de trois jeunes enfants. Je me souviens de sa petite Lauretta. Plus de trente ans se sont écoulés depuis... Comment l'aborder ? »

Irma glisse l'enveloppe sous le coussin du fauteuil de Zéphirin en attendant de pouvoir la récupérer en toute discrétion.

— Inspirez-moi, grand-père, le prie-t-elle avant de retourner dans le grand salon où la fête continue.

L'enchantent et la distraient de ses préoccupations la complicité entre John et Paul-Eugène, l'aisance des rapports entre Edith et Mathilde, le bien-être de la petite Anne et l'enthousiasme de Harry face à ses projets dans la marine.

La nuit tombée, quand plus un bruit ne vient troubler le sommeil des dormeurs, Irma s'installe dans le bureau de son grand-père ; là elle trouvera plumes, papiers et quiétude. La porte verrouillée avec précaution, la fille de Phédora s'attable et adresse quelques lignes soignées à Mme Siméon Delisle.

Chère cousine,

Vous aurez peut-être du mal à me replacer. Nous avons eu en commun un grand-père adorable : William Venner, décédé en 1890. Depuis ce temps, nous nous sommes perdues de vue. J'ai étudié et travaillé pendant plusieurs années à l'étranger, mais je suis revenue pour de bon dans ma ville natale. Phédora, ma mère, n'a pas laissé que de bons souvenirs dans la famille, je le sais. Mais elle n'est pas la seule. Chacun son chemin ! J'aimerais bien vous rencontrer, cousine Mary. J'aimerais reparler avec vous de notre famille. L'absence de ma mère m'a privée de bien des informations qui me tiennent à cœur.
Quand pourriez-vous me recevoir ?

Irma se relit trois fois avant d'ajouter sa signature et ses coordonnées. Le ton lui semble respectueux et le vocabulaire bien choisi. Il ne reste plus qu'à jeter cette lettre à la poste lundi matin.

« Toute une journée d'anniversaire que celle-là ! Des cadeaux de tout le monde, comme s'ils s'étaient souvenus ou avaient su que c'était ma fête », se dit Irma avant d'aller dormir.

La luminosité de ce dimanche appelle les gens à l'extérieur. Harry, secondé par Mathilde, propose le patin alors que John et Edith souhaitent la glissade en traîneau pour y emmener leur fille. Paul-Eugène annonce son départ imminent, Angèle offre de garder le bébé, Irma réfléchit puis suggère :

— Pourquoi ce ne serait pas votre après-midi, les quatre jeunes ? Trouvez une activité qui fera l'unanimité. Tante Angèle et moi allons prendre soin de Mademoiselle Anne.

Mathilde s'inquiète de l'heure où elle doit retourner dans la Grande Allée.

— Autour du souper, peut-être.

Paul-Eugène qui a tout enregistré revient sur sa décision. Tous devinent qu'il espère ainsi se retrouver en compagnie de Mathilde sans la présence d'Irma. Considérant que lui et Harry ne possèdent pas de patins, l'idée de John et Edith est retenue : la glissade dans la côte d'Abraham.

— Ce n'est pas trop loin, en plus, commente Angèle.

— On fait ça en moins de dix minutes, rétorque Paul-Eugène, avec une vigueur rarement dégagée.

— T'as bien raison, Paul-Eugène. C'est un détail pour des jeunes comme nous autres, lance Harry pour plaisanter.

— Vous allez voir que le vieux a pas mal plus d'endurance que vous autres, mes petits frileux, réplique Paul-Eugène.

— C'est ce qu'on verra, le défie Harry qu'un entraînement dans la marine a rendu costaud et gaillard.

Cette candeur retrouvée dans leurs yeux, cette hilarité contagieuse, les cocasseries survenues lors des préparatifs, un enchantement pour les deux dames LeVasseur. Un enchantement qui, hélas, se dissipe trop vite après le départ des gais lurons. Irma n'a plus la tête aux amusements. Ses préoccupations l'emportent même sur les charmes de la petite Anne, au grand dam d'Angèle.

— Tu avais annoncé que tu prenais deux jours de repos, lui rappelle-t-elle.

— Je sais, ma tante, mais je suis dans une situation où chaque minute perdue me fatigue plus que le travail.

— Puis encore plus que le travail, tes tracasseries par rapport à ta mère... Je vois clair, tu sais, reprend Angèle.

— Il y a maman, oui, mais il y a toute la parenté Venner que j'ai laissée tomber...

— Et qui t'a aussi laissée tomber, corrige la septuagénaire témoin de l'indifférence des Venner à l'égard d'Irma après le décès du grand-père William.

— Il y a bien des mystères que j'aimerais clarifier.

Plus une réplique d'Angèle. Un long silence prépare Irma à livrer un aveu troublant :

— Cette coupure avec la parenté Venner, c'est pour moi comme une mutilation. Vous ne pensez pas qu'il est important de pouvoir remonter les mailles de son passé ?

Angèle pince les lèvres sur des recommandations qu'elle n'est plus légitimée de faire : Irma n'est plus une petite fille. Elle a le droit de savoir... au risque d'en être fort troublée, blessée même.

— Je souhaite seulement que tu ne regrettes pas d'avoir cédé à la curiosité.

— C'est bien plus que de la curiosité...

— S'il fallait que... Pour une fois que je te vois vraiment heureuse...

Irma lui sourit.

— Votre conseil le plus précieux serait quoi, ma tante ?

Angèle penche la tête sur la bambine endormie dans ses bras, pose son regard sur sa nièce et, en insistant sur chaque mot, elle dit :

— Prends soin de toi... de ton bonheur... comme tu sais prendre soin des petits enfants.

— Je ne l'oublierai pas, tante Angèle. Je vous le promets.

Leur accolade, cordiale et sincère comme la promesse d'Irma. Sur la joue d'Anne qui sommeille, une caresse du dos de sa main.

Le cœur bien au chaud, l'esprit meublé de fermes intentions, Irma affronte le froid avec assurance. De petits détours s'imposent pour passer devant le 756 de la côte Sainte-Geneviève. En quittant la rue Fleury, elle s'engage dans la rue du Parvis jusqu'à la côte d'Abraham sur sa gauche pour reprendre la côte Sainte-Geneviève. Le temps presse avant que la brunante couvre la ville. « Heureusement que le vent me pousse... » se dit Irma, avec le sentiment que la nature joue en sa faveur. « De bon augure », croit-elle. Un doute surgit à l'approche du 756, Irma vérifie sur l'enveloppe qu'elle doit poster demain. « C'est bien ça ! Mon Dieu ! Mais toute une maison ! Plutôt deux ou trois logements ! Je ne l'avais jamais remarquée. D'après les cheminées qui fument, toutes les parties semblent habitées. Cousine Mary d'un côté, un de ses fils ou sa fille, de l'autre, peut-être. Aucun signe de la présence d'enfants, ici; la neige n'a pas été piétinée », remarque Irma. Le déclin du jour la force à ne plus s'attarder. Encore quelques minutes dans la côte Sainte-Geneviève, puis un crochet dans la rue Saint-Gabriel avant de filer rue De La Chevrotière et d'emprunter la Grande Allée. Des terrains enneigés monte une lumière bleutée, un filtre sur la nuit qui approche.

— Mademoiselle Nadeau, c'est moi! crie Irma du hall où elle dépose ses bottes enneigées.

Des pas dévalent l'escalier. Apparaît une jeune femme aux yeux et cheveux d'ébène qui, surprise et navrée, s'excuse :

— Je ne savais pas que je devais vous préparer à souper, docteure Irma.

— Non seulement tu n'as pas à me servir à manger, mais tu peux rentrer chez toi dès maintenant.

En moins de quinze minutes, Esther Nadeau a étalé son emploi du temps depuis samedi matin, débarrassé la cuvette de la vaisselle qu'elle avait mise à sécher et récupéré son mince bagage.

— N'importe quand, je viendrai si vous avez besoin de moi, offre la jeune femme. J'ai tellement hâte qu'il y ait des petits patients dans cette belle maison...

— ... hôpital, mademoiselle Nadeau, corrige Irma avec un large sourire de satisfaction, son index pointé vers le deuxième étage, prévu pour y recevoir les jeunes malades.

— Je ne suis pas encore habituée...

— Ne t'en fais pas, ça viendra, rétorque-t-elle, impatiente de se retrouver seule.

Faire le tour des trois étages et prendre le temps de s'arrêter dans chaque pièce pour l'imaginer occupée, une priorité incontournable pour Irma. La salle où sont alignés lits et berceaux la retient... pour le bonheur de savourer la réalisation de son rêve. « Dans quelques jours, nous ne vivrons ici que pour les petits à soulager et à guérir. Le nombre de guérisons bâtira une solide réputation à notre hôpital. Les journaux vont publier les résultats des soins que nous pourrons apporter à nos petits malades. Qui sera notre premier patient, cette fois? Un petit garçon? Une petite fille? Tout ce que je souhaite, c'est qu'on nous les confie avant qu'il soit trop tard. C'est tellement cruel de les voir mourir avant d'avoir eu le droit de vivre. » Ce douloureux souvenir fait surgir dans son esprit l'urgence d'ajouter des spécialistes à son équipe médicale. Un chirurgien et un oto-rhino-laryngologiste, entre autres. Ainsi prend place dans l'esprit d'Irma le premier point de la rencontre prévue le lendemain avec ses deux collègues.

Les prémisses de la formation du corps administratif de l'hôpital des Enfants-Malades ont été discutées et jetées sur papier. Trois nouveaux médecins viendront se joindre à l'équipe. Au grand bonheur d'Irma, sont attendus le Dr Albert Paquet, chirurgien, le Dr Joseph Vaillancourt, oto-rhino-laryngologiste, et le Dr Émile Saint-Hilaire, omnipraticien. Les dames patronnesses ont convenu entre elles des postes à occuper au conseil d'administration de cet hôpital laïque, comme le support financier est conditionnel à l'incorporation de l'hôpital, il appert que la collaboration d'un juriste est essentielle pour bien diriger les procédures juridiques afférentes. Recrutement difficile en l'absence de rémunération.

Après le départ du Dr Canac-Marquis qu'elle est venue saluer, le temps de partager le dessert, Irma en cause avec son père.

— Mais j'ai quelqu'un en tête, ma fille ! s'exclame Nazaire.

Redressant le torse, il tend le bras vers un rayon de sa bibliothèque d'où il tire une brochure qu'il montre avec fierté. Irma y lit, en lettrage tarabiscoté : *Honorable Ph. Aug. Choquette.*

— Un avocat de Québec ?

— Un ancien sénateur, juge à la Cour des sessions de la Paix, à Québec. C'est sa biographie. C'est moi qui l'ai écrite.

— Une biographie du juge Choquette ?

— Oui, ma fille. Toute courte mais qui fut tellement réclamée.

— Pourquoi ?

— Parce que le Sénat canadien voulait souligner la retraite de la politique de Monsieur Choquette ; il avait décidé de se consacrer entièrement à l'exercice de la magistrature.

— Il est âgé, présume Irma.

— Attends que je te dise ça.

Nazaire retrace vite la date et le lieu de naissance de celui qu'il considère comme un notable du monde politique, juridique et social.

— Ce grand patriote est né dans le comté de Verchères en 1854.

— Soixante-neuf ans, ce n'est pas si vieux...

— J'espère bien ! rétorque Nazaire, né six ans plus tôt. Tu sauras qu'il est déjà venu chez ton grand-père Zéphirin quand tu étais toute petite. Il était dans les affaires à ce moment-là, mais il souhaitait bien étudier le droit. Tiens ! Je me souviens, il a été admis au barreau pas longtemps après ta naissance. Honoré d'une médaille d'argent du gouverneur général, ma chère, puis élu député libéral dans Montmagny, sous Wilfrid Laurier. C'est lui qui a fondé le *Courrier de Montmagny*. En plus, il a eu la veine d'épouser la petite-fille de Sir Étienne Taché.

Irma l'interrompt :

— Papa ! Pa-a-pa ! Je comprends qu'il a mené une longue carrière politique, votre Monsieur Choquette, mais êtes-vous sûr qu'il pratique encore ?

— Peu importe. L'important, c'est que vous puissiez être guidés dans vos procédures. Comme je le connais, c'est un homme voué à toutes les bonnes causes, le juge Choquette. Il a toujours clamé que ce n'est qu'en affirmant ses droits avec énergie et constance qu'un peuple réussit à les faire respecter. Tu sauras qu'à quarante-quatre ans, il siégeait déjà à la Cour supérieure d'Arthabaska. Lui aussi était opposé à la conscription.

Tentée de l'interrompre une seconde fois, Irma s'en abstient, comprenant que son père ressent un vif plaisir à relater les hauts faits du juge Choquette.

— Si ça peut te rassurer, je te dirai que le juge Choquette a toujours pris part aux œuvres de charité publique ; il est membre d'une foule de sociétés de bienfaisance et de secours mutuels.

— Vous n'avez pas idée où je pourrais le joindre ?

— Moi ? Non, mais j'ai un ami qui le sait. Laisse-moi ça entre les mains... Ce sera peut-être la seule chose que j'aurai pu faire d'utile pour la fondation de ton hôpital.

Irma le quitte rassurée. Nazaire est un homme de parole.

Entre la rue Fleury et le 55 de la Grande Allée, une quinzaine de minutes qu'Irma prend pour se concentrer sur les préparatifs de la première assemblée officielle de l'hôpital des Enfants-Malades. Des tâches ont été distribuées à la douzaine de bénévoles impliquées depuis l'automne précédent. Pour l'écriture de l'ordre du jour de cette réunion,

Irma a acheté un superbe cahier à la couverture cartonnée, au papier résistant et de grande dimension. Une plume offerte par Angèle, un carnet de buvards de la part de John et Edith, un chandelier en verre taillé complètent le nécessaire. « Avant que minuit sonne, j'aurai tout mis en place pour former le premier comité exécutif de mon hôpital », prévoit-elle.

Irma est fébrile, en ce jeudi 25 janvier 1923 où le ciel de la haute-ville déverse ses flocons dodus sur les piétons. Vêtue d'un sarrau tout neuf, le regard flamboyant, la D^{re} LeVasseur se sent prête à accueillir les dix-huit personnes invitées. La neige qui s'est accrochée à la moustache de MM. Choquette et Fortier et qui a rehaussé les épaulettes des dames donne aux arrivants une allure carnavalesque propre à détendre Irma.

Dans la grande pièce, contiguë à la salle à manger, dorénavant étiquetée « Salle de conférences », prennent place médecins et dames patronnesses. Pour Irma qui siège au bout de la table, la réminiscence d'un déjà-vu. Le tableau est presque identique à celui du 30 novembre 1907, à Montréal. Un serrement dans sa poitrine, un vœu au plus profond de son cœur : qu'un destin plus favorable dirige sa destinée au sein de cet hôpital. Après avoir souhaité la bienvenue à chaque membre de son équipe fondatrice, Irma tient à rappeler avec concision et non moins de flamme le but ultime de l'hôpital des Enfants-Malades : donner des soins aux enfants pauvres et infirmes. À cette fin, elle justifie la diversité de son équipe médicale :

— Pour répondre à tous les besoins de nos jeunes patients, il nous faut non seulement des médecins généralistes mais aussi des spécialistes. C'est un honneur pour moi de vous présenter mon premier collaborateur, le Docteur René Fortier, pédiatre et fondateur de la chaire de pédiatrie de l'Université Laval, le Docteur Édouard Samson, premier et seul orthopédiste de Québec, le Docteur Albert Paquet, chirurgien, le Docteur Joseph Vaillancourt, oto-rhino-laryngologiste, et le Docteur Émile Saint-Hilaire, omnipraticien. À ces indispensables collaborateurs s'est joint Monsieur le juge Philippe-Auguste Choquette qui a accepté de dispenser ses précieux conseils aux administrateurs de cet hôpital.

Les hommages rendus aux messieurs, Irma présente avec chaleur les dames bénévoles de la première et de la dernière heure. Aussi prend-elle soin de préciser :

— Ainsi seront partagées les responsabilités : Madame Georges Tessier assumera la présidence; Madame Philippe Landry, la vice-présidence; Madame Jules Girouard sera chargée du secrétariat et Madame Maxime McKay, de la trésorerie.

Des félicitations leur sont adressées de la part des médecins et de M. le juge, après quoi Irma livre son dernier message avec une intensité émouvante :

— À compter d'aujourd'hui, nous nous appliquerons tous à travailler main dans la main dans le seul but d'arracher le plus d'enfants possible à la souffrance et à la mort.

Tous conviennent que l'hôpital pourra ouvrir ses portes dans six jours et que l'annonce doit en être faite dans tous les journaux de Québec. Puis on aborde la question des horaires. À l'exception de la fondatrice, qui se porte disponible en tout temps, il est unanimement convenu que, dans les débuts, les autres médecins se partagent les sept jours de la semaine selon les soins requis par les patients qui seront hospitalisés.

L'esprit d'entraide et l'enthousiasme de ces collaborateurs dépasse toutes les attentes d'Irma. Le peu d'empressement que chacun met à quitter l'édifice de la Grande Allée après la réunion témoigne de leur générosité. Irma s'en trouve ravie.

Comme il a été prévu, le 31 janvier, le dispensaire de l'hôpital des Enfants-Malades ouvre ses portes. Ce même jour, vers la fin de la matinée, deux hommes se dirigent vers cet endroit : un prêtre et un autre homme portant un bambin dans ses bras. Irma, qui les a vus se diriger vers l'entrée de son hôpital, est accourue, suivie de deux dames bénévoles qui attendaient vivement cette minute. L'abbé Michaud, un jeune prêtre, vicaire de Saint-Romuald de Lévis, se présente et présente l'homme qu'il accompagne :

— Monsieur Côté et son fils, Lucien.

Le père, visiblement désargenté et dévasté, dépose son enfant dans les bras de la D^re LeVasseur. Un bébé d'un an et demi malade depuis plusieurs mois.

— Pas un hôpital n'a voulu s'occuper de mon petit bonhomme, dit le père, découragé. Ou il est trop jeune, ou il n'y a pas de place pour lui, ou on n'accepte que ceux qui peuvent payer. On peut pas le laisser souffrir comme ça !

— J'ai assisté sa maman sur son lit de mort hier. Je lui ai promis de m'occuper personnellement de la vie et de l'avenir de son petit Lucien. Son papa en a plein les bras avec ses quatre autres enfants, explique l'abbé Michaud.

La raideur de l'enfant, ses cris de douleur à la moindre palpation révèlent un problème sérieux. Irma craint une tuberculose osseuse.

— Nous allons nous occuper de le soigner, promet-elle aux deux hommes. On ne sait pas combien de temps il faudra pour lui redonner la santé, mais rien ne sera négligé pour ce petit garçon.

Un long soupir de soulagement chez M. Côté, des remerciements sincères de la part du prêtre.

— Pendant que j'examine votre fils et lui donne les premiers soins, Madame Landry va ouvrir son dossier, avec votre aide, monsieur Côté. Vous venez avec moi, madame Tessier ?

Il y a longtemps qu'Irma n'avait pas vu un enfant aussi mal en point. Le petit Lucien, rachitique, n'est qu'une plaie de la tête aux pieds.

— On dirait un lépreux, murmure Mme Tessier.

— C'est une forme de tuberculose. La guérison risque d'être longue... si jamais on y arrive... Les minutes qui viennent vont être atroces pour ce pauvre petit. Il faut désinfecter chacune de ses plaies avant de les panser.

— Mon Dieu ! Je n'avais pas imaginé que le travail d'un médecin pouvait être aussi éprouvant, avoue Mme Tessier.

— La souffrance des enfants, surtout.

— Par chance que son père n'est pas à l'étage avec nous. Il aurait le cœur en compote, ce pauvre homme.

— Il l'a déjà. Si le cœur des pères est comme celui des mères, Monsieur Côté pourrait entendre les pleurs de son enfant jusqu'à Lévis, riposte Irma.

Suspendue à ses lèvres, Mme Tessier souhaite en entendre davantage.

— Je vous envie, docteure Irma. Vous semblez avoir une telle expérience de l'être humain.

— Faut pas m'envier, riposte-t-elle avec un sourire énigmatique.

— Vous êtes trop discrète...

— Ça ne dérange personne, sauf vous, peut-être. Mais vous verrez, plus on est dans l'action, moins on est bavard.

Près de deux heures se sont écoulées depuis que le bébé Côté a été confié aux soins de la D^{re} LeVasseur. Emmailloté dans des couvertures chaudes, il s'est assoupi. Au tour de Mme Girouard de remplacer Mme Tessier auprès du jeune patient.

Irma allait mettre des notes au dossier de Lucien Côté que déjà un autre enfant est amené pour des soins urgents : la petite Anita Gendron, brûlante de fièvre, tousse et vomit depuis plus d'une semaine. On ne lui donnerait que cinq ou six mois alors qu'elle en a neuf.

— C'est Monsieur le curé qui m'a envoyée ici, dit la jeune maman à bout de souffle, transie sous un manteau élimé.

Son bonnet effiloché n'a pu protéger une partie de ses oreilles contre les morsures du froid.

Toute l'équipe en place est à pied d'œuvre. Une dame s'occupera d'emmener la maman se réchauffer et veillera à lui préparer à boire et à manger pendant que la D^{re} LeVasseur traitera la petite malade. D'autres bénévoles ont été appelées pour demeurer au chevet des deux patients pendant toute la nuit.

« C'était vraiment la bonne journée pour ouvrir le dispensaire de l'hôpital des Enfants-Malades », constate Irma, disposée plus que jamais à accueillir d'autres patients à n'importe quelle heure du jour ou de la nuit.

Chapitre V

À l'hôpital des Enfants-Malades, les jours se succèdent, plus exigeants les uns que les autres, mais combien gratifiants.

Entre chien et loup, un messager vient porter une enveloppe adressée à *Madame Irma LeVasseur*. Dans le coin gauche supérieur, l'identification de l'expéditeur : *Mme L. Venner*. « Elle en a mis du temps pour me répondre ! On est en mars ! Plus d'un mois ! » Sur le point d'éventrer l'enveloppe, Irma s'étonne d'y lire un L au lieu d'un M. « J'attendais une lettre de Mary... » se dit-elle, confuse. L'appréhension fait trembler ses mains. Missive acerbe ? Invitation affable ? Irma privilégie la dernière hypothèse. Et de peur que cette lettre gruge sur la réserve de bonheur qu'elle s'est constituée, elle ne la lira qu'à l'heure du coucher, dans l'intimité de sa chambre.

Passé minuit, les jambes et le dos en feu, Irma s'assoit sur le bord de son lit, se libère de ses chaussures, tire l'enveloppe de la poche de son sarrau et en soulève le rabat qui ne tenait que par une ligne de colle. Une simple feuille y a été placée.

Cousine Irma,

N'essayez plus d'entrer en contact avec ma mère. Elle ne vous répondra pas.

Si vous désirez savoir pourquoi, envoyez-moi un mot par messager et je m'organiserai pour vous rencontrer dans un endroit discret.

Lauretta Venner Marois

Irma s'affale sur son lit. « Mary, la fille de Guillaume-Hélie, alias William junior, frère de ma mère, en inimitié avec moi ! Je ne lui ai fait aucun mal à cette femme ! Je l'ai vue pour la dernière fois à la mort de grand-papa William. J'avais treize ans ! Le déshonneur causé aux Venner par le départ de maman l'aurait affectée à ce point ? Pourtant, les soupçons qui ont pesé sur son père dans l'histoire du meurtre de D'Arcy McGee étaient beaucoup plus dommageables pour la famille. Quoi qu'il en soit, on ne peut me faire porter la responsabilité ni de ma mère ni de mon oncle. Ce serait ridicule ! » juge Irma, non moins déterminée à aller plus loin.

Le lendemain, en soirée, elle se rend chez son père avec qui elle en cause.

— Auriez-vous une petite idée de...

— ... cette manie que tu as de fouiller dans le passé ! Tu n'as pas assez du présent et de l'avenir pour occuper ton esprit ? lui rétorque Nazaire.

— Papa ! L'histoire de ma famille maternelle, c'est un peu mon histoire. Tout comme celle des LeVasseur. J'ai le droit de savoir...

— Il y a une différence entre le droit et la nécessité, Irma.

Bien qu'elle se veuille dissuasive, la réaction de Nazaire nourrit la curiosité de sa fille. Avec la même détermination, elle va chercher l'avis de sa tante Angèle. Mêmes mises en garde.

— Je commence à penser que maman m'a caché bien plus de choses que je ne l'aurais cru.

— Elle voulait probablement te protéger, considère Angèle.

— Peut-être. Mais j'aime mieux avoir mal que de rester dans l'ignorance.

— C'est ton choix. Ça ne serait pas le mien. Ton père a raison de vouloir te ramener à ce qui est de nature à t'aider.

Les recommandations des LeVasseur n'échappent pas à la réflexion d'Irma. Une part d'elle leur donne raison. Mais, de toute évidence, ces deux personnes qui lui sont très chères ne partagent pas le vide que les non-dits de sa famille maternelle creusent en elle.

— Je me sens comme l'épave d'un bateau qui se souvient de la mer, confie-t-elle à sa tante, sur le point de la quitter.

Cet aveu attriste la septuagénaire.

— Fais pour le mieux, ma petite fille, murmure-t-elle en la serrant dans ses bras épuisés.

— Vous m'êtes si chère, tante Angèle. Faut pas vous faire du souci pour moi.

Un hochement de tête, puis un sourire généreux pour sa nièce.

Bien que vivifiée par cette affection à nulle autre pareille, Irma quitte la rue Fleury d'un pas alangui. Les propos de son père tout comme ceux de sa tante la renvoient à la responsabilité qui lui revient de gérer ce dilemme qui l'habite : demeurer dans l'inconnu pour se protéger ou chercher la lumière, quitte à en être écorchée.

La nuit est douce pour un 6 mars. Le ciel est engorgé. De neige ou de pluie ? « Une bonne bordée de neige, pour faire une belle toilette à la ville », souhaite Irma. Puis sa pensée se tourne vers New York. Tante Rose-Lyn. La présence de cette femme lui manque ! Dans la lettre de félicitations reçue de Bob, la semaine précédente, que deux lignes de sa main pour lui confirmer qu'elle va bien et lui réitérer son affection. Rien de révélateur sur son vécu. « Serait-ce donc un trait de famille que cette propension au secret ? au mystère ? Maman, son père et... moi aussi, d'après Bob. »

Tant de ruminations ne disposent guère au sommeil. Toutefois, l'appréciation du travail accompli dans son hôpital depuis cinq semaines vient apaiser la doctoresse. Quinze enfants y ont été hospitalisés et pas un n'a succombé à son mal. Ces résultats sont le reflet de la baisse de la mortalité infantile au Québec. « Quand je pense qu'à mon retour de New York en 1900, près d'un enfant montréalais sur quatre n'atteignait même pas son premier anniversaire de naissance. La majorité d'entre eux mouraient au cours de leurs premiers mois de vie ! » Des statistiques l'avaient révoltée : l'enfant qui naissait en ce début de siècle avait moins de chances de vivre douze mois qu'un octogénaire. Au cours des vingt dernières années, on avait sensibilisé les mamans à de meilleures conditions hygiéniques, mais ça ne suffisait pas. « Il n'est pas normal que les décès infantiles représentent trente pour cent de la totalité des décès enregistrés au Québec. Les parents tardent trop à nous amener leurs petits ! Il faut que nos gouvernements nous aident », conclut Irma. Toutefois, avant qu'elle ait conçu un scénario approprié, le sommeil la prend en otage jusqu'à l'aube.

Un appel téléphonique adressé aux bureaux du service de l'Assistance publique, le lendemain matin, lui apprend que la réponse à sa demande de subvention devrait lui être signifiée dans les prochains jours. Heureuse de partager cette bonne nouvelle avec ses deux collègues de la première heure, Irma les rencontre à son bureau en fin d'après-midi.

— La demande a déjà été faite ? s'étonne le Dr Samson.

— Bien oui. Le 20 décembre dernier, j'ai adressé une lettre au Docteur Alphonse Lessard. Je n'avais pas encore reçu d'accusé de réception, dit-elle, exposant le libellé de cette requête dont elle avait fait copie.

Cet hôpital réserve un minimum de quarante lits pour les malades indigents. Nous tenons à mêler nos voix dans le concert des nombreuses institutions qui louangent les bienfaits de notre excellente loi de l'Assistance publique, qui nous permettra de subsister.

— Juste ce qu'il fallait dire pour obtenir le support de notre gouvernement, juge le Dr Fortier.

— Je ne suis pas la première à réclamer cet appui, commente-t-elle. Avant moi, d'autres institutions l'ont fait. Heureusement pour nous, en 1921, Louis-Alexandre Taschereau, premier ministre du Québec, a réussi à justifier l'intervention de l'État dans le domaine du bien-être social.

Le Dr Fortier en a lui-même été témoin.

— De fait, diverses institutions de bienfaisance ont déjà lancé un cri d'alarme. Le tiers des quarante-cinq patients qu'elles ont reçus en 1919 n'avaient pas les moyens de payer.

Ainsi, l'hôpital Notre-Dame de Montréal menaçait de fermer ses portes si la Ville n'augmentait pas sa contribution et il n'était pas le seul dans ce cas. L'Institut des sourdes-muettes de Montréal, l'hôpital du Sacré-Cœur et la crèche à Québec connaissaient aussi de sérieux problèmes financiers. L'hôpital Sainte-Justine aussi figurait sur la liste des institutions en difficulté.

Sensible à cette situation alarmante, Louis-Alexandre Taschereau avait décrété ceci : *L'État doit intervenir au moyen d'une loi permettant aux hôpitaux désireux de s'en prévaloir de donner les secours médicaux nécessaires aux personnes défavorisées.* Les coûts devaient être répartis entre trois instances : un tiers au gouvernement provincial, un tiers à la municipalité où résidait l'indigent, et le dernier tiers à l'institution d'assistance. Or Irma avait investi la presque totalité de ses économies dans l'achat de la maison et du matériel roulant. Les médicaments et les appareils d'appoint pour les médecins spécialistes coûtaient très cher et les réserves monétaires de la fondatrice fondaient à vue d'œil. L'aide de la Ville et de l'Assistance publique s'avérait essentielle.

Le Dr Fortier était informé des aléas concernant cette loi.

— Quand je pense qu'elle a suscité une levée de boucliers dans les milieux traditionalistes !

— Mais pourquoi ? questionne le Dr Samson.

— Ces opposants craignent que l'intrusion de l'État fasse disparaître la charité privée et mine le rôle de la famille.

— Ce préjugé n'est pas le seul à contrevenir aux droits de l'enfant à la santé, enchaîne la D^re LeVasseur. La vision judéo-chrétienne, qui domine dans notre province, prétend qu'il est inutile de faire soigner les enfants. Pire encore, une croyance ignoble, venue de je ne sais où, prône que l'enfant malade est voué à une mort certaine, qu'il est immolé en expiation des péchés de ses parents.

Le Dr Samson ne cache pas son indignation. Son confrère de vingt-huit ans son aîné a vu pire :

— Il n'y a pas si longtemps, l'hérédité morbide, toute-puissante et mystérieuse, expliquait tout ; la contagion, certaines inflammations et les dysfonctions glandulaires donnaient lieu à de grossières erreurs d'interprétation que la pauvreté des moyens d'investigation ne permettait pas de réfuter.

— Mère Nature suffisait à tous les moyens et répondait à toutes les questions, déplore Irma.

— Maintenant que la science médicale a comblé la lacune du passé, cette mentalité devrait disparaître, croit le Dr Samson. Les statistiques prouvent que l'intervention du médecin sauve des centaines d'enfants de la mort et de leurs handicaps physiques.

— C'est pour ça qu'il nous fallait un hôpital rien que pour eux à Québec, dit Irma, forte du consensus qui se dégage de cet échange.

Des mains se tendent pour la féliciter de son initiative.

Au cœur de la matinée, le lendemain, la D^{re} LeVasseur croit entendre une voix masculine venant du hall. Un homme... sans patient et sans lettre vient frapper à la porte du 55 de la Grande Allée.

— Madame LeVasseur ?

— Docteure LeVasseur, directrice de cet hôpital, corrige Irma.

— Docteur Bédard, du département du secrétaire de la province de Québec. Je viens inspecter les lieux, déclare-t-il d'un seul trait.

Irma fronce les sourcils.

— Condition *sine qua non* à l'obtention de l'Assistance publique, madame.

— Je le sais. Mais je n'aurais jamais cru que vous mettriez trois mois à venir la faire, cette inspection... j'ai déposé ma demande le 20 décembre dernier.

— Vous n'êtes pas la seule à réclamer de l'aide... riposte-t-il.

Du même souffle, le Dr Bédard signifie son refus d'être escorté pour cette visite.

— Trois pièces sont fermées à clé à l'étage. Ce sont mes appartements, le prévient-elle avec une aisance proportionnelle à l'assurance de l'inspecteur.

— Je vous ferai avertir quand j'aurai terminé, décrète-t-il.

— À votre guise, Docteur! répond-elle, tournant les talons pour remonter auprès de ses patients.

Ce jour-là, on compte plusieurs cas de diarrhée et d'entérites parmi les enfants hospitalisés. Ces deux maladies sont encore celles qui causent la mort du plus grand nombre d'enfants au Québec. Persuadée qu'elles sont reliées à la pauvreté et au manque d'hygiène, la D^{re} LeVasseur se voudrait partout à la fois : auprès des familles à instruire, auprès des autorités à informer et à sensibiliser, auprès des petits qu'il faut hospitaliser, et là, auprès de ceux qui lui ont été confiés. Le recrutement d'infirmières s'impose. Les dames bénévoles font de leur mieux, mais leur manque de connaissances médicales limite leurs interventions. L'ajout de ressources financières résoudrait une partie du problème.

— Docteure LeVasseur! Pouvez-vous m'accorder deux minutes? demande l'inspecteur, après une tournée de près d'une heure.

Irma se lave les mains et descend au rez-de-chaussée où le Dr Bédard l'attend, un cartable à la main.

— Vous avez une quinzaine de patients...

— ... vingt-cinq autres pourront être reçus la semaine prochaine, lui annonce Irma. Vous admettrez que ce n'est pas tout de les héberger, il faut disposer de main-d'œuvre et de médicaments pour les traiter. On prévoit une capacité de soixante lits dans cette maison.

— C'est noté, Docteure.

— Notre premier chèque devrait nous arriver vers quelle date?

— Aucune idée, Madame. Je suis chargé de faire l'inspection et de produire mon rapport. Le reste ne me concerne pas.

L'attitude du Dr Bédard laisse Irma perplexe. «S'il fallait que cette aide tant attendue nous soit refusée! Je devrai organiser des activités de financement», se dit-elle, inquiète au souvenir des énergies investies pour de maigres résultats lors de la fondation de son hôpital de Montréal. Quelques minutes de répit lui permettent d'en causer avec sa trésorière, Mme McKay, occupée à plier des couches sur la table de la salle communautaire.

— En attendant que l'argent de l'Assistance publique arrive, on pourrait tenter une expérience ou deux, suggère la trésorière.

— La question est de trouver quelqu'un qui aurait le temps de monter une activité. On est tous tellement débordés.

— Des dames sont reconnues dans la ville pour organiser des œuvres caritatives. Je sais qu'elles ont déjà amassé pas mal d'argent avec des bazars ou des parties de bridge.

Irma sourit. Une idée lui traverse l'esprit.

— Et si c'était un concert-bénéfice...

— Très belle activité mais qui m'apparaît encore plus difficile à organiser, rétorque Mme McKay.

— Pas pour moi.

— Ah, non?

— Pour être juste, je vous dirai que c'est mon père qui s'en occuperait.

— Votre père!

— Pourquoi pas? Il a cofondé le Septuor Haydn et il en était le deuxième violon.

— Le Septuor Haydn! Ça me dit quelque chose, docteure Irma. Mais c'est tellement flou dans ma tête!

— Vous êtes toute pardonnée, madame McKay. Ça fait quand même vingt ans que ce groupe a fusionné avec la Société symphonique de Québec.

— Votre père y joue encore?

— Malheureusement pas. De gros problèmes de vue l'ont forcé à se retirer. Mais je n'ai pas oublié une certaine anecdote qu'il me racontait au sujet de cette formation musicale, dit Irma, l'air amusé.

— Racontez-moi, docteure Irma.

— Papa me disait que le Septuor Haydn était né d'un malentendu entre deux membres du Septet Club : Alfred Paré et William Campbell. Monsieur Paré aurait alors décidé de fonder un nouveau club, le Septuor instrumental Haydn. Il a fait ses débuts officiels à l'été 1871, un an avant le mariage de mes parents. D'ailleurs, c'est à ce moment-là qu'ils se sont rencontrés. Ils ont interprété la symphonie *La Chasse* de Haydn et l'ouverture de *La Cenerentola* de Rossini, dans la salle de l'École nationale, rue d'Auteuil. Ce septuor a présenté une dizaine d'ouvertures et d'autres pièces durant sa première année d'existence.

Mme McKay l'a écoutée, ébahie.

— J'avoue mon peu de culture musicale... Ce qui n'est pas votre cas, docteure Irma. Je gage que vous savez jouer d'un instrument...

— J'ai appris le piano, oui. Ça allait de soi, mes deux parents étaient musiciens.

— Comme vous êtes modeste, docteure Irma. Jamais vous ne nous avez parlé de ça... De vous, en fait.

— Ça ne s'y prêtait pas, réplique Irma, prévoyant soumettre le projet à son père à la première occasion.

— Vous m'excuserez, mes chères dames, de vous distraire d'un si beau sujet! dit le Dr Saint-Hilaire, posté dans l'entrée de la salle, le ton blagueur.

— Vous écoutez aux portes, maintenant? lui retourne Irma, non moins rieuse.

— Je voulais vous dire mon admiration pour les soins donnés au patient Côté. Il fait des progrès incroyables. Il a développé un petit défaut, par contre...

Irma se montre étonnée.

— C'est vous qu'il réclame aussitôt qu'on l'approche.

Mme McKay prend sa défense :

— Y a de quoi. La Docteure Irma s'en est occupée jour et nuit.

— Je prévois qu'une de nos patientes en fera autant si vous continuez de la gâter. La petite Gendron.

— Pauvre enfant! Elle a vécu des heures infernales à chercher son souffle comme ça.

— On pourra lui donner son congé dans une dizaine de jours... Qu'en pensez-vous, docteure LeVasseur?

— Oui, c'est probable, mais avant, j'enverrais une de nos dames avec notre infirmière rencontrer les parents à leur domicile. Il faut s'assurer qu'elle y sera au chaud et vivra dans la propreté.

— Notre infirmière?

Avec une fierté belle à voir, Irma lui annonce que garde Forgues entrera jeudi.

— Comment avez-vous pu la recruter, ma foi?

— Avec la promesse d'un salaire.

— De l'Assistance publique?

— Pas encore, hélas! De mes réserves.

Le Dr Saint-Hilaire ne se montre pas très enthousiaste à cette initiative.

— Elles sont si rares, nos gardes-malades, qu'on n'en aurait pas eu autrement, explique Irma.

— Pour revenir à vos visites à domicile, vous ne trouvez pas qu'on a assez à faire avec les patients qui nous sont amenés?

— Je sais qu'on ne manque pas de travail, mais admettez que ça ne donne rien de traiter un enfant si sa situation familiale ne lui permet pas de rester en santé.

Un mécontentement demeure chez le Dr Saint-Hilaire.

— Mon expérience en Europe et aux États-Unis me l'a confirmé, reprend Irma. Je ne vous apprendrai pas que la santé passe par l'information et l'éducation.

— À vous entendre, docteure LeVasseur, il faudrait bâtir une agence d'aide familiale, rétorque-t-il.

— On pourra toujours en discuter à notre prochain comité. Veuillez m'excuser, je dois retourner vers mes patients.

Désarmé, le Dr Saint-Hilaire s'adresse à Mme McKay, témoin silencieuse de la discussion :

— Vous nous avez entendus... Qu'est-ce que vous en pensez, Madame?

— Je ne suis que trésorière ici. Je n'ai pas votre savoir, encore moins celui de la Docteure LeVasseur... sans parler de son expérience.

— J'ai compris, marmonne-t-il, froissé de s'être fait rappeler que la D^re LeVasseur possédait plus de bagage que lui.

❧

Accoudée à une table du Petit Café d'Europe, Irma attend sa cousine avec une dose égale de curiosité et d'impatience. Pour cause,

Lauretta devait être là à trois heures. Quinze minutes de retard. « C'est pourtant bien aujourd'hui le 10 mars. »

Les clients se comptent sur les doigts d'une main en après-midi. L'affluence se fait sentir à l'heure du souper et l'on fait salle comble en soirée. Des spectacles y sont régulièrement présentés.

— Je peux vous servir quelque chose ? lui offre un homme au mitan de la vie, portant une veste sans manches sur une chemise blanche parée d'un nœud papillon.

Irma hésite.

Le téléphone sonne.

Le serveur se précipite sur le combiné.

— Oui, Madame ! Je crois que oui. Donnez-moi un instant.

S'adressant à la cliente qu'il s'apprêtait à servir, il lui demande :

— Est-ce bien vous qui attendez une cousine ?

— Oui.

— Elle veut vous parler.

Les jambes en poupée de chiffon, Irma se rend au comptoir, appréhendant une mauvaise nouvelle.

— Madame LeVasseur ! Toutes mes excuses pour ce retard, je n'arrivais pas à me libérer de ma mère. On aurait dit qu'elle avait deviné que j'allais vous rencontrer, explique Lauretta.

— Y a pas de faute. Je vous attends, dit Irma, adressant un sourire au serveur avant de retourner à sa table.

— Vous aimeriez avaler une petite douceur en attendant ?

— Un bon chocolat chaud, Monsieur.

La délicatesse de sa cousine et l'imminence de son arrivée la disposent à cette boisson qui, depuis son enfance, évoque la douceur, la tendresse, le réconfort. « Maman, grand-père William. Ils m'en servaient quand j'étais malade ou que j'avais de la peine », se souvient-elle, emportée par des souvenirs qui prennent tout à coup une importance accrue. « Mary, une femme toujours élégante. Une cousine qui m'intimidait. Sévère envers ses enfants. Peu avenante auprès de ses neveux et nièces. Quel contraste avec la voix de sa fille Lauretta au téléphone ! »

— Avec les compliments de la maison, belle dame ! annonce fièrement le serveur en déposant la tasse fumante devant Irma.

— Mais...

— Je vous en prie, accordez-moi cet immense plaisir. Il m'arrive tellement peu souvent de servir des clientes de votre rang...

— Mais on ne se connaît pas, Monsieur.

— Je sais et je le déplore. Mais, si vous me le permettez, ça pourrait s'arranger.

Embarrassée, Irma lui sourit, hausse les épaules, sans plus. Trop inopiné, ce vœu.

— Mon nom, c'est Alfred Gauvreau. Et vous ? ose-t-il.

Irma le regarde, cherchant un signe de ses intentions.

— J'aurais aimé savoir, juste comme ça, explique Alfred avec une telle honnêteté qu'Irma exauce son désir.

— LeVasseur ! s'exclame le serveur. Mon père a fait de la musique avec Monsieur Nazaire LeVasseur. J'ai assisté souvent à ses concerts quand j'étais jeune.

Une boule d'appréhension dans le cœur d'Irma. Des émotions à faire rougir.

— Je me souviens surtout des deux cantatrices, dit-il, le regard illuminé. J'avais quatorze, quinze ans. Je leur aurais bien conté fleurette. Une surtout. Du cristal, sa voix... en plus d'être belle.

Médusée par les révélations de M. Gauvreau, Irma n'arrive pas à tremper ses lèvres dans l'onctueux chocolat.

— J'aurais aimé qu'elle chante plus souvent... On l'a perdue de vue, à un moment donné. Ça ne vous dit rien, une femme plutôt châtaine, mince, distinguée ? Le public lui réclamait toujours plusieurs rappels.

Une mimique faussement désintéressée, un coup d'œil vers la vitrine, l'apparition de celle qui pourrait être Lauretta.

— Vous avez dû y aller quelques fois... reprend M. Gauvreau.

— Bien sûr, mais je ne saurais vous dire...

La porte du Petit Café d'Europe s'ouvre, poussée par une femme dans la trentaine, fort élégante. Irma se lève.

— C'est elle que vous attendez ? lui demande le serveur.

Pas de réponse. Les deux femmes se regardent, Irma s'approche de la dame qui la salue avec empressement.

— Cousine Irma! Docteure LeVasseur, devrais-je dire!

— J'ai bien entendu? s'écrie le serveur. Vous êtes médecin, Madame?

Irma n'a pas le temps de placer un mot que Lauretta répond :

— Bien oui! Imaginez l'honneur pour notre famille!

— Parlant honneur, je viens tout juste de lui dire que mon père a joué avec le Septuor Haydn, enchaîne le serveur.

Lauretta fronce les sourcils.

— Vous savez, le groupe de musiciens qui accompagnait des cantatrices de grand talent qui chantaient du Verdi, du Schubert...

— Ma cousine est trop jeune pour se souvenir de ça, reprend Irma, pressée de clore le sujet.

— Je vous sers quelque chose, Madame? offre M. Gauvreau en s'adressant à Lauretta.

— Un thé, s'il vous plaît.

Les deux femmes attendent que Lauretta soit servie pour causer sérieusement. M. Gauvreau dépose thé et lait devant la nouvelle cliente à qui il offre la même gracieuseté qu'à Irma. Lauretta l'accepte.

— Maman m'a dit que tu n'avais pas pratiqué la médecine à Québec par le passé, est-ce vrai?

Irma lui dessine son parcours professionnel en moins de cinq minutes.

— Ça n'a pas été facile de faire parler maman, amorce Lauretta d'une voix feutrée. Il y aurait des histoires dans notre famille.

Irma est tout ouïe.

— Mon grand-père, qui portait le nom de William Venner même s'il avait été baptisé Guillaume-Hélie, aurait eu des démêlés qui auraient entaché l'honneur de la famille Venner.

Un acquiescement de la tête lui confirme qu'Irma est au courant.

— Puis ta mère aussi aurait fait jaser dans le mauvais sens, glisse la jolie dame, avec une infinie délicatesse.

Au plus, un rictus de la part d'Irma.

— Il paraît que, pour cette raison, ta mère et mon grand-père auraient eu beaucoup de considération l'un pour l'autre.

— Tellement que grand-père a laissé un legs à sa sœur Phédora.

— Tu en es sûre ? feint d'ignorer Irma dans le but d'en savoir davantage.

— J'en ai vu les preuves. Maman en a été très choquée. Elle s'attendait à être la seule héritière.

Le silence autour de la table. Puis Irma exprime son désarroi :

— Je ne suis pour rien dans les décisions de ton grand-père.

— C'est aussi mon avis, mais depuis son décès, maman ne veut plus entendre parler de ta famille, explique Lauretta, navrée.

Le cœur serré, Irma baisse la tête. L'idée ne lui vient même pas de questionner sa cousine au sujet de ce legs, tant elle est consternée par l'attitude de Mary.

— Tu te demandes sûrement de quoi ta mère a hérité, avance Lauretta, se voulant attentionnée.

— Ça n'a pas vraiment d'importance pour moi, les biens matériels, sauf s'ils sont mis au service de nos enfants malades.

Lauretta ne cache pas son étonnement.

— Je peux comprendre que l'attitude de ma mère te blesse, Irma. J'ai bien essayé de la raisonner. Rien à faire. Mais je tiens à te dire que je ne vois pas les choses comme elle. On n'a pas à être puni pour les comportements de nos parents.

— D'autant plus que la punition vient après le jugement... Et qui peut se permettre de juger ?

Lauretta est impressionnée par la sagesse de cette réplique.

— Tu m'es très sympathique, Irma. J'aimerais te connaître...

— Pareillement.

— Mais avant que je l'oublie, je veux te dire que grand-père avait souhaité que ta mère soit enterrée dans son lot au cimetière. Tu le savais ?

— Non.

— Comme il a été rejeté un bout de temps par la famille, lui aussi, il a été privé du droit d'être enterré sous le beau mausolée des

Venner. Son père, que tu as bien connu, en avait décidé ainsi... Même exclusion pour ta mère.

Pour ne pas dévoiler son indignation, Irma garde les yeux sur sa tasse à moitié pleine.

— Quand tu passeras dans la rue Sainte-Marguerite, arrête-toi devant le 1692, au coin de la rue Dupont. C'est la maison que mon grand-père a léguée à ta mère en plus de la moitié de ses meubles et effets personnels, dévoile Lauretta, attristée par l'accablement de sa cousine.

Irma sort un petit carnet de son sac à main.

— Tu aurais l'amabilité de me répéter le numéro ?

Un soulagement pour Lauretta que cette lueur d'intérêt chez sa cousine. Le moment lui semble tout désigné pour exprimer le sien :

— Raconte-moi comment tu es venue à la médecine.

Naturellement laconique en ce qui concerne sa vie privée, Irma fait exception pour Lauretta dont l'honnêteté semble indubitable.

— Mais qu'est-ce qui a bien pu te donner le courage de passer à travers autant d'obstacles et d'épreuves ?

— Les enfants.

— Les enfants !

— Oui. Leur souffrance.

Dans le regard des deux femmes, une affection tissée d'admiration.

— On se reverra ? demande Lauretta.

— J'aimerais bien, moi aussi. J'essaierai de trouver un moment...

Irma regarde sa montre, grimace et se lève de table. Le serveur qui les observait vient au-devant d'elles :

— Mesdames, j'espère vous compter parmi les clientes privilégiées du Petit Café d'Europe.

En chœur, les cousines Venner le remercient, le complimentent et sortent.

N'eût été l'heure tardive en quittant la rue Saint-Jean, Irma aurait bifurqué vers la rue Sainte-Marguerite. Mais elle renonce à ce détour, jugeant avoir déjà trop rogné sur le temps à donner à ses petits malades.

La chaussée qui a troqué la neige pour des ruisselets argentés porte ses réflexions. « Tout concorde, l'allusion du Docteur Samson, le témoignage de papa et les révélations de Lauretta. Maman a donc reçu cette maison en 1908. En serait-elle demeurée la propriétaire toute sa vie ? Si oui, elle aurait dû faire un testament. Comment savoir ? » Consciente de n'avoir pas le temps d'entamer des recherches, si intéressantes fussent-elles, Irma songe à les confier à sa tante Angèle, au cours de sa prochaine visite.

La soirée s'annonce plutôt calme. « Moment idéal pour mettre de l'ordre dans mon courrier », se dit Irma. Au bout de la salle d'où elle peut surveiller et entendre ses quinze jeunes patients, une table de travail sur laquelle elle libère une place. La priorité est accordée aux envois personnels, ensuite aux revues traitant de médecine, enfin aux hebdomadaires locaux. Sa main se porte sur une enveloppe dont elle croit reconnaître l'écriture. Elle l'éventre sans ménagement et en tire deux feuillets qu'elle dévore.

Ma très chère amie,

Si tu savais combien de fois j'ai pensé à toi dans mes nombreux voyages entre Montréal et Ottawa ! Je t'imagine allant et venant d'un enfant à l'autre, t'arrêtant pour consoler celui qui a le cœur gros, pour couvrir celui qui grelotte, pour bercer celui qui a trop de mal pour s'endormir seul... En somme, je te vois heureuse, Irma. L'es-tu vraiment ? Je sais que tu ne pourrais mentir à ta meilleure amie.
Dis-moi, combien as-tu de médecins dans ton équipe ? de malades dans ton hôpital ? de bénévoles autour de toi ?
Avec ses temps doux, l'arrivée du printemps me fait du bien, mais il ne peut me consoler de devoir passer par le 18 mars : j'aurai cinquante-cinq ans. Le crois-tu ? Déjà des petits bobos... mon poids en est en grande partie responsable. Heureusement que dans mon beau village de St.Andrew, j'ai une couturière aux doigts de fée. Avec des tissus fins, elle parvient à me rendre élégante. Il le faut. Je rencontre souvent des dignitaires en plus

de côtoyer de grandes dames d'Ottawa; nous travaillons ensemble
à fonder un organisme national voué à l'avancement profes-
sionnel, social et personnel des femmes médecins; par consé-
quent il contribuera à la promotion du bien-être des femmes
de la société en général. Je sais que cette nouvelle te réjouira.
Ce projet comble un peu le vide laissé par le décès de mon cher
William. Tu t'étonneras peut-être d'apprendre que je n'ai pas
encore publié mon livre sur sa vie et son œuvre. Il ne me semble
jamais assez bien et assez complet pour lui. Aussi, le lancer dans
les mains du public, c'est comme un deuxième deuil pour moi,
et pourtant il le faudra bien un jour. J'en suis à six cents pages.
La santé mentale de ma pauvre Alice décline dangereusement
depuis quelques mois. Au point que je songe sérieusement à
la placer. Ce que je m'étais juré de ne jamais faire. Par moments,
ma sœur est si exaspérante que je comprends ceux qui ont vécu
semblables situations et qui en sont venus à commettre des
gestes regrettables. Je prie pour que grand-maman Abbott
vienne la chercher.
Je ne m'attends pas à une visite de toi à Montréal pour bientôt.
Aussi, je me propose de te rendre une petite visite au milieu
de l'été. Au moment qui te conviendra.
N'oublie jamais que depuis que William n'est plus là, c'est à
toi que je réserve la plus grande place dans mon cœur.

Maude

Infidèle à ses habitudes, Irma repousse le reste du courrier au bout
de la table pour répondre aux questions de son amie, la féliciter de ce
qu'elle prépare pour la cause des femmes et ajouter quelques lignes
sur sa vie privée :

Si ton projet apaise le deuil que tu vis, mon hôpital, les petits
que je sauve de la souffrance et de la mort me comblent. Mes
sentiments pour Bob n'ont pas changé mais je vis beaucoup
mieux son absence qu'avant. Je te dirai qu'il se fait très silencieux,

mais tant que toi et tante Angèle êtes là, je n'en souffre pas trop.
Puis il se passe des choses du côté des Venner : la rencontre
d'une petite cousine fort sympathique et des découvertes éton-
nantes au sujet de ma mère. Si ça t'intéresse, je t'en repar-
lerai à notre prochaine rencontre. Papa s'accroche malgré ses
problèmes de cécité. Mon frère se tire d'affaire sans nous. Ma
petite Anne est resplendissante de santé et de joie de vivre. Même
si ce sont Edith et son mari qui l'ont adoptée, je me sens comme
une mère pour elle. Tu imagines, Maude, les grandes joies que
j'éprouve chaque fois que je guéris un enfant qui m'est confié ?

Irma dépose sa plume. Ce qu'elle vient d'écrire l'interpelle. Elle
relit les dernières lignes avec la certitude que rien d'autre ne pourra
lui apporter autant de bonheur que son hôpital. Un bouclier contre
la fatigue et les difficultés. Lui vient le goût d'en faire part à Bob. Pour
Charles, son filleul, elle ajoute à sa lettre des cartes postales de l'hiver
québécois. Cadeau qu'il avait sollicité dans sa dernière correspondance.

Cette joie anticipée lui insuffle le courage d'ouvrir une enveloppe
sur laquelle ses mains tremblent. Une lettre du Dr Alphonse Lessard
du service de l'Assistance publique. L'attitude de l'inspecteur Bédard,
passé à l'hôpital des Enfants-Malades au début de mars, a semé une
inquiétude non encore dissipée dans l'esprit d'Irma. Un survol du
paragraphe consacré aux courtoisies la conduit à celui qui occupe
le centre de la page :

Le Dr Bédard m'a fait la remarque suivante : Je crois qu'on s'est
trompé en plaçant cet hôpital aussi éloigné des quartiers ouvriers
où la population infantile est beaucoup plus forte que dans
cette partie de la ville.
Je vais soumettre mon rapport aux autorités gouvernementales
qui jugeront de la situation...

La tête renversée sur le dossier de sa chaise, Irma passe de l'accablement à la révolte. « Comme si nos petits malades ne méritaient pas

ce que la société a de mieux à leur offrir ! » Lui revient en mémoire, comme une gifle en plein visage, la mise en garde d'Angèle :

— Tu ne crois pas qu'une autre rue... plus modeste, conviendrait mieux à un hôpital pour les pauvres et les infirmes ? lui avait-elle demandé.

— Ils sont déjà assez malchanceux qu'ils méritent bien qu'on leur offre ce qu'il y a de meilleur, avait protesté Irma.

— Je comprends ton point de vue, mais tu ne peux pas en demander autant à tous les résidants, croyait la noble septuagénaire.

Cette nuit, Irma craint que les propos de sa tante et l'avis de l'inspecteur fassent écho à un snobisme chez les propriétaires de ce quartier. Elle confie cette inquiétude à Maude :

> *Je ne peux pas croire que les pauvres et les éclopés soient accusés de défigurer le prestige de cette rue. Peut-on être superficiel à ce point ? Tout pour le paraître !*
> *Dis-moi, Maude, que ce sont les exceptions qui pensent ainsi et que les autres ne se gêneront pas pour leur en faire le reproche. Comme ils sont rares les firmaments sans nuages dans notre vie de femmes médecins !*
> *Ton amitié m'est un grand réconfort.*
>
> *Irma*

⇢·⇠

« Quoi de mieux pour favoriser la réflexion qu'une bonne marche au grand air. » Plus d'un sujet préoccupe la D^re LeVasseur. Des pressions viennent non seulement de l'équipe médicale mais aussi des dames patronnesses pour que des modifications soient apportées à la structure administrative de l'hôpital. Que les enfants soignés ne soient pas retournés à la maison sans qu'on se soit assuré qu'ils seront maintenus en santé ne fait pas l'unanimité. L'intention est louable, mais les exigences dépassent les capacités de l'équipe, juge-t-on. L'organisation d'activités de collectes de fonds soulève aussi des protestations.

Plusieurs souhaitent que pour pallier les problèmes financiers, plus d'efforts soient investis afin de relancer la demande d'incorporation de l'hôpital, condition de l'admission à l'Assistance publique. De plus, on souligne qu'il était à prévoir que le rapport de l'inspecteur ne disposerait pas les autorités provinciales en faveur de l'hôpital des Enfants-Malades. Il revient au juge Choquette, défenseur du dossier depuis janvier, de mettre fin aux réticences du gouvernement.

Par ailleurs, des pourparlers, à l'initiative de ce même juge, ont été amorcés avec les autorités épiscopales pour qu'une communauté religieuse vienne assurer la régie interne de l'hôpital sous le contrôle exclusif des médecins. Irma demande à intervenir :

— Sous le contrôle exclusif des médecins ? Je serais surprise que le cardinal Bégin accepte ça. Nos deux hôpitaux, Saint-François-d'Assise et l'Hôtel-Dieu, fonctionnent à l'inverse. Et vous connaissez le poids des traditions... Au Québec, on peut compter sur les doigts de la main les initiatives laïques en milieu hospitalier.

Les dix médecins et plusieurs dames patronnesses approuvent cette démarche. Dans leurs visions, les soins aux enfants demeurent le pivot central de leurs activités, mais leur point de vue sur la façon de les orchestrer diverge de celui d'Irma, qui n'avait pas souhaité la présence de religieuses dans son hôpital. « Quand l'incorporation sera faite et que l'Assistance publique nous appuiera, une détente s'installera dans nos rapports et les dissensions s'atténueront », se dit la propriétaire du 55 de la Grande Allée, portée par la clémence de cette matinée du 30 mars.

À l'angle des rues Saint-Jean et Sainte-Marie, une rencontre, on ne peut plus fortuite, l'attendait.

— Tante Angèle !

— Mais que fais-tu dans la rue à cette heure ?

— Je travaille, ma tante.

— De là ? riposte Angèle en désignant son front.

— Eh oui ! Et vous, d'où venez-vous ?

— De... du bureau d'enregistrement de la ville.

— Vous brassez des affaires ? questionne Irma, finement espiègle.

Saisie, Angèle hésite puis opte pour la vérité.

— Tu sais bien que non. J'y suis allée pour satisfaire ta curiosité.

— Vous vous êtes renseignée au sujet de la maison de la rue Sainte-Marguerite ? Et puis ?

— Elle a été revendue à la mi-janvier 1909.

— Vous avez pu voir le nom de l'acheteur ?

— Gédéon Paquet, bijoutier. Mais il n'est pas dit que c'est encore lui qui l'habite.

— Je sais, fait Irma, songeuse.

— Tu ne veux pas savoir combien elle a été vendue ?

— Ce n'est pas si important, ça.

— Quatre mille dollars, c'est quand même raisonnable pour une aussi grande maison, à deux étages, toute en briques, en plus.

Irma reste dans ses pensées.

— Je crois deviner ce qui te trotte dans la tête.

Pour réaction, qu'un hochement de la tête.

Tu te demandes qui a bien pu agir au nom de ta mère, hein ?

— Comme vous dites, ce ne serait que pure curiosité, puis tellement d'autres préoccupations prennent le dessus, ces temps-ci.

— Bon, je te laisse aller. Bonne chance, brave petite femme !

— Merci, tante Angèle. Merci beaucoup ! murmure Irma en la serrant dans ses bras.

De semaine en semaine, les réunions s'étoffent et se prolongent. Des parentes et amies sont venues grossir les rangs des dames de la première heure. Les Drs Maxime McKay et Willie Verge se sont ajoutés à l'équipe médicale. Pour la réunion de ce matin, huit dames ont rejoint les médecins et ensemble, ils ont écouté les recommandations du juge Choquette, échangé et élaboré un document à l'intention du lieutenant-gouverneur en conseil. Dix-huit signatures ont été apposées au bas de cette requête d'incorporation de l'hôpital des Enfants-Malades. Ces dix-huit signataires ont attesté leur désir de poursuivre leur bénévolat au service des enfants pauvres, malades et infirmes de cet hôpital. La confiance d'être bien entendu cette fois mousse l'enthousiasme de l'équipe.

La réputation du petit hôpital, répandue dans toute la ville et dans les municipalités périphériques, fait grimper le nombre de patients et exige que deux autres médecins viennent aider au dispensaire. Des jeunes femmes bénévoles, dont Mlle Nadeau, montrent des dispositions qui feront d'elles d'excellentes gardes-malades. À l'instar de la nature qui reprend ses droits en ce printemps 1923, un vent d'espoir souffle sur le 55 de la Grande Allée.

Invitée à souper chez sa tante Angèle, Irma prévient Mathilde :

— Je ne devrais pas m'absenter plus de deux heures.

Angèle l'attendait, assoiffée de nouvelles.

— Malgré certaines divergences d'opinions, nous avons connu quatre mois de progrès sur tous les plans, résume sa nièce.

— De bon augure pour l'avenir.

— Ça devrait.

— Tu ne sembles pas très confiante.

— Rien n'est acquis. C'est à cette étape que les conflits sont survenus, à Sainte-Justine.

— Ton expérience devrait te permettre de les éviter, cette fois. Peux-tu faire en sorte qu'ils ne se produisent pas ?

— C'est tout un défi, ma tante, que de coordonner mission de l'hôpital, partage des responsabilités et respect des règlements sans blesser les susceptibilités.

— Que de courage et de diplomatie ça doit demander !

— Du cœur au ventre, pas un membre de mon équipe n'en manque ! Si chacun garde en tête qu'il est là pour la guérison des enfants, il n'y aura pas de problème. Reste à voir si...

Un tapage insolite venant du vestibule fait sursauter les deux femmes. Irma s'y précipite. Détrempé par cette pluie d'avril, Paul-Eugène, affalé sur le plancher, grelotte, gémit et marmonne des paroles inaudibles.

— Es-tu blessé ? lui demande aussitôt sa sœur.

— Encore saoul ! croit sa tante. Entre te laver. Tu mettras la robe de chambre de ton grand-père le temps que je fasse sécher tes vêtements.

Elle aurait parlé à un sourd que ce ne serait pas différent.

— Je gage, Paul-Eugène, que tu n'as rien mangé depuis plusieurs jours, riposte Irma.

De la main, son frère lui signifie qu'il s'en fout et il recommence à murmurer sa plainte.

— On ne comprend rien de ce que tu dis. Calme-toi et parle comme il faut si tu veux qu'on t'aide, lui ordonne sa sœur.

— Veux... m'en aller... avec lui, parvient-il à articuler.

— Aller où ?

Paul-Eugène indique le plancher.

— Dans la terre ? demande Angèle.

— Non ! Dans le...

Irma croit comprendre.

— ... dans le fleuve ?

— Tommy... tombé.

La tête plaquée contre le mur du corridor, Paul-Eugène crie sa peine comme un enfant abandonné. Sa détresse crève le cœur des deux femmes qui l'entourent, impuissantes.

— Ma tante, vous auriez du brandy pour lui ?

Angèle s'empresse d'en apporter un verre qu'elle place dans les mains de son neveu toujours accroupi sur le plancher.

— Redresse-toi, Paul-Eugène. Prends-en quelques gorgées, ça va te faire du bien, lui assure Irma.

Après avoir ingurgité la potion vivifiante, il accepte d'aller retirer ses vêtements mouillés et de se débarbouiller. Enveloppé dans le peignoir à carreaux de son grand-père, il se présente dans la cuisine où ses protectrices ont dressé la table pour lui. Mais il préférerait une autre ration de brandy.

— Mange un peu avant, concède sa sœur.

La miche de pain placée au centre de la table l'attire. Angèle lui en coupe deux tranches épaisses. Il les tartine de beurre, les engouffre et en réclame d'autres, et encore d'autres.

Irma attendait qu'il manifeste de la satiété avant de poursuivre son interrogatoire.

— Comment c'est arrivé pour Tommy ?

Des propos décousus de Paul-Eugène, les deux femmes saisissent qu'ils se sont mis à trois sans parvenir à tirer le pauvre Tommy de sous la plaque de glace qui avait cédé sous son poids.

— C'est traître la glace d'avril. Vous auriez dû le savoir, commente Angèle.

Paul-Eugène s'est remis à pleurer.

Les gestes affectueux, un baume sur sa douleur. Les mots, une futilité.

En milieu de soirée, l'épuisement a raison de l'homme que l'épreuve a vieilli de dix ans. Il gagne en titubant la chambre que sa tante lui a préparée.

— Je vais essayer de le garder chez moi le plus longtemps possible, promet Angèle.

— Je ne serais pas surprise qu'il quitte le groupe maintenant que Tommy n'est plus, pense Irma, pressée de retourner auprès de ses patients.

— Ouais! Même si tu avais raison, ça ne règlerait pas tout...

— On en reparlera, tante Angèle. Allez vous reposer vous aussi.

⇢⇠

Le 2 mai 1923, un jour à jamais gravé dans la mémoire d'Irma. Le juge Choquette est venu annoncer une grande nouvelle au personnel de l'hôpital : les lettres patentes constituant en corporation l'hôpital des Enfants-Malades sont arrivées. Présent, le Dr Fortier souhaite, pour célébrer l'événement, demander au curé de la paroisse de venir bénir la maison, ses équipes et ses patients.

— Vous nous avez bien guidés, Maître Choquette, ont reconnu les dames signataires et les médecins réunis en cette matinée lumineuse.

— C'est le début d'une ère nouvelle pour nos enfants, a clamé la fondatrice, son regard posé sur les documents tant espérés.

Ses mains tremblent sur les papiers que Me Choquette lui a remis. Dans son cœur monte une supplication : que les parties qu'elle avait retirées du texte de la loi constituant en corporation l'hôpital Sainte-Justine n'aient pas été ramenées. Elle s'autorise à les consulter, séance tenante. Elle tourne vite la première page, habituellement protocolaire, empressée d'examiner à la loupe les paragraphes suivants, piliers d'un rêve enfin réalisé.

= = = = = = = = = = = = = = = = = = =

ATTENDU QUE les personnes ci-après nommées ont représenté, par leur pétition, qu'elles désirent être constituées en corporation, elles et leurs successeurs, dans le but de recevoir, soigner et élever dans leurs maisons ou hôpitaux, les bébés et les enfants malades, nécessiteux ou autres, de quelque religion ou nationalité qu'ils soient, et qu'il est à propos d'accéder à la demande à cet effet contenue dans ladite pétition.

– –

Suit la liste des signataires de la requête adressée au lieutenant-gouverneur qui décrète qu'ils sont officiellement mandatés et reconnus membres de la nouvelle corporation. Vient le libellé des obligations imposées et des droits attribués :

o **Établir** un hôpital en la Cité de Québec avec succursale ailleurs dans la Province;

o **Fixer**, déterminer les Statuts et Règlements auxquels ses Membres seront obligés d'obéir;

o **Former** des gardes-malades, des aides maternelles, accorder, livrer à des personnes des diplômes, des certificats de compétences comme tels après l'accomplissement des formalités exigées à cette fin;

POUR CES FINS, les Administrateurs nommeront un Bureau de Médecins qui feront le Service Médical et Chirurgical de l'hôpital qui, à cet effet, sera autorisé à faire des Règlements qui devront être soumis à l'approbation des Administrateurs;

o **Faire** rapport de ses opérations;

○ **Tenir** des assemblées du Bureau de Direction, le premier lundi de chaque mois;

○ **Définir** les pouvoirs respectifs des officiers;

○ **Nommer** un vérificateur des comptes.

= =

Ainsi que l'avait souhaité Irma, le texte réglementant les biens acquis ou à acquérir, ainsi que celui portant sur la validité des actes posés par des femmes membres non célibataires sont absents de ces lettres patentes.

Dans une allégresse retrouvée, la Corporation peut entreprendre la gestion administrative de cet hôpital pour enfants. Le juge Choquette en fixe la première réunion au 11 mai.

— Neuf jours, c'est peu pour préparer une réunion d'une telle importance, en plus de mon travail auprès de mes patients, considère la fondatrice.

Mais comme elle est seule à souhaiter un peu plus de temps, elle se rallie à la majorité.

Satisfait, le juge Choquette quitte l'hôpital pendant que toutes les personnes disponibles demeurent autour de leur directrice le temps de discuter de certains points.

— On dirait que l'arrivée du printemps fait sortir les gens de leur campagne, dit Mme Tessier, présidente du conseil d'administration. Ça ne dérougit pas au dispensaire.

— C'est normal. Les enfants malades qui ont survécu à l'hiver donnent aux parents l'espoir d'une guérison... moyennant un traitement approprié, explique Irma.

— Vous croyez que certains parents se résignent aussi facilement à perdre un enfant? qu'ils attendent au printemps pour les faire soigner? s'étonne Mme Girouard.

— Ce qui semble de la résignation n'est que de l'impuissance, ma chère dame. Impuissance devant le manque d'hôpitaux, le manque d'argent et le manque de moyens de transport. C'est ça la réalité de la majorité de nos familles.

Mme Tessier, qui n'a jamais connu la pauvreté, n'est pas moins bouleversée par cette situation. À preuve, tant d'efforts déployés pour aider à mettre sur pied l'œuvre de La goutte de lait.

— Ah, si la richesse pouvait être mieux répartie dans la population, plaide Mme McKay, la trésorière.

— Oui, ça irait mieux! C'est pour ça qu'il ne faut pas hésiter à organiser des activités qui iront chercher la contribution des gens à l'aise, rétorque Mme Tessier.

— La preuve, la réussite de notre concert-bénéfice du 28 avril dernier, reprend la vice-présidente, Mme Landry.

— Votre père a toute notre reconnaissance, docteure Irma, ajoute Mme Girouard, la secrétaire du comité des dames.

— Et le choix des pièces musicales de cette soirée a sûrement eu un effet persuasif sur les gens qui ont vu le programme annoncé dans les journaux, affirme Mme McKay.

— Pour qui possède un peu de connaissances musicales, Mozart, Verdi et Schubert sont irrésistibles, reprend Mme Tessier.

— Après la soirée, ma mère me disait se souvenir de ces concerts où Verdi et Schubert étaient interprétés par des voix féminines exceptionnelles. Elle n'arrivait pas à trouver tous les noms, mais celui d'une demoiselle Venner était resté dans sa mémoire, évoque Mme Landry.

Embarrassée, Irma s'empresse de ramener son comité à l'ordre du jour.

— Il faudrait bien revenir à notre prochaine activité, relance-t-elle, s'adressant plus particulièrement à Mme McKay.

— Mais est-ce vraiment nécessaire maintenant qu'on est incorporé? demande Mme la présidente.

— Avant qu'on reçoive le premier chèque par la poste, il va s'en écouler des semaines, riposte Irma, forte de l'expérience vécue à Montréal.

— Pourquoi pas un tournoi de bridge? propose Mme McKay.

— J'approuve. C'est un des loisirs préférés des gens argentés, convient Mme Girouard.

L'unanimité acquise, des tâches sont confiées aux dames du comité qui se portent volontaires.

— Mais avant tout, il faut préparer la bénédiction de l'hôpital, suggère le Dr Fortier, ravi de reprendre la parole.

Irma est la seule à ne pas se montrer très attachée à cette tradition.

— Monsieur le curé serait disponible cet après-midi, leur apprend-il.

— Vous avez appris dès hier que les lettres patentes étaient arrivées? s'étonne Irma.

— Au hasard d'un appel téléphonique... oui.

— Et vous avez gardé la nouvelle pour vous!

— Il revenait au juge de vous l'annoncer, n'est-ce pas?

Irma n'a pu dissimuler sa frustration.

Une bénévole vient lui annoncer qu'elle est réclamée au dispensaire.

— Continuez sans moi, dit-elle, cédant la présidence de la rencontre à Mme McKay.

Comme il a été convenu, à quinze heures, accompagné de deux garçons en soutane et surplis, M. l'abbé Robert Lagueux s'arrête devant le 55 de la Grande Allée. Au juge Choquette et au Dr Fortier qui l'attendaient devant l'hôpital, il fait l'éloge de cette maison de prestige.

— C'est la propriété de Madame LeVasseur, précise le juge.

— Une de vos dames patronnesses, suppose le curé.

Le Dr Fortier s'empresse de le corriger.

— Non! Elle est médecin. La voici, monsieur le curé! dit-il en la voyant sortir de la maison pour accueillir le pasteur.

— Mes hommages, madame LeVasseur. Vous ne manquez pas de goût!

— Nos enfants ne méritent-ils pas le meilleur, monsieur le curé Lagueux?

— Bien sûr, bien sûr, Madame.

— On ne vous a pas dit que j'étais médecin-pédiatre...

— Peut-être, oui. Mais j'avais cru avoir mal entendu. Toutes mes excuses, Docteure.

— J'admets qu'étant la seule femme à pratiquer la médecine au Québec, j'en surprends plus d'un.

— Vous êtes courageuse.

Le Dr Fortier l'appuie :

— Si vous saviez! La docteure LeVasseur n'en est pas à son premier exploit, monsieur le curé. En plus d'avoir fondé un autre hôpital à Montréal, elle était sur les champs de bataille pendant la Grande Guerre.

— Médecin militaire! s'étonne l'abbé Lagueux.

— En Serbie, à part ça, de rajouter le Dr Fortier.

Du coup, l'admiration du pasteur qui l'interroge sur son parcours professionnel lui est acquise.

Les autres collègues médecins et les dames patronnesses qui ne sont pas occupées à veiller sur la vingtaine d'enfants hospitalisés ont joint les rangs des participants à la bénédiction extérieure de l'hôpital. Des passants se sont arrêtés, des curieux se sont amenés. La douceur de ce 2 mai les a incités à la promenade.

Les courtoisies terminées, le prêtre procède à la cérémonie religieuse, appelant la protection de la Sainte Trinité sur l'hôpital... de l'Enfant-Jésus. En entendant ces derniers mots, Irma, sidérée, allait protester, mais pas un son n'est sorti de sa gorge. Elle n'a qu'une idée en tête pendant la cérémonie : revoir le libellé de la loi sur l'incorporation de l'hôpital. Avant de participer au goûter festif préparé par Mathilde, elle monte à son bureau et tire le document du tiroir où elle l'avait rangé. À cent lieues d'imaginer qu'un membre de l'équipe fondatrice ait pris l'initiative de changer le vocable de cet hôpital, jugeant la première page exclusivement protocolaire, Irma n'avait pas prêté une attention particulière à ce texte, le seul qui évoquait le nom de l'institution. «C'est écrit noir sur blanc : «Hôpital de l'Enfant-Jésus». Comment expliquer que personne ne m'en ait soufflé mot? » se demande-t-elle, bouleversée. Il lui pèse tant de se présenter à la salle à manger qu'elle choisit d'aider Mathilde à servir les invités. Ainsi peut-elle réintégrer le groupe avec un minimum d'aisance.

— Allez vous asseoir à la table, madame Irma, la presse Mathilde.

— Laisse-moi faire, ma bonne enfant. Je t'expliquerai ce soir...

Quelques dames bénévoles lui réitèrent l'invitation.

— Vous êtes tous mes invités et ça me fait grand plaisir de vous recevoir dans ma maison, riposte-t-elle avec une fermeté à ne pas contester.

Le service sur le point de prendre fin, le Dr Fortier revient à la charge :

— Venez prendre votre place, docteure LeVasseur, insiste-t-il, désignant la chaise demeurée libre entre lui et le juge Choquette.

— Je crois que ma vraie place est auprès de mes petits malades, docteur Fortier, rétorque-t-elle, un sourire énigmatique sur les lèvres. Je vous laisse entre les mains de ma bonne Mathilde. Merci monsieur le curé Lagueux !

Quinze ans auparavant, en pareilles circonstances, Irma avait trouvé consolation auprès de bébé Brisebois, son premier patient hospitalisé à Montréal. Aujourd'hui, elle se penche sur le petit lit de Lucien Côté dont elle change les pansements avec une lenteur inhabituelle. Une lenteur au service de sa réflexion. À l'infirmière qui offre de la remplacer, elle dit sa gratitude et son refus par un sourire convaincant. « On se ressemble aujourd'hui, mon petit homme. Toi, tu dois cicatriser les plaies de ton corps, moi les blessures de mon cœur. Tous les deux, on ne comprend pas ce qui nous arrive : toi, séparé de ta famille, moi, privée d'une partie de ma maternité, le nom de mon hôpital. Je te dirais par contre qu'il t'était impossible de survivre sans t'éloigner de ta famille. Moi aussi je ressens de la douleur. Comme si on m'avait amputé, non pas un membre, mais un petit morceau du cœur. Ne va pas croire que je dédaigne ce vocable d'hôpital de l'Enfant-Jésus. Mais qu'on l'ait choisi sans me consulter, c'est ça qui me blesse. C'est mon bébé, mon hôpital. Comme tu es mon premier patient. Puis on a décidé de son nom à ma place. On devra m'expliquer comme je t'explique pourquoi tu es ici, pourquoi je dois te causer de la douleur quand je change tes pansements, quand je te fais une injection, quand je te donne un bain. Certains diront que tu es trop jeune pour comprendre, mais moi, je suis sûre que mes paroles ne sont pas inutiles. Ton petit cerveau les enregistre, Lucien. Tu reçois le ton de ma voix comme un baume sur ton cœur. Tu sens passer toute ma tendresse dans mes mains. Et ça aussi ça t'aide à guérir. J'essaie de te donner un peu de ce grand amour que ta maman t'aurait porté si elle avait survécu. Je suis certaine que tu le ressens, mon petit homme. Tu me fais de si beaux sourires... »

— Docteure LeVasseur, j'aimerais vous parler, chuchote le Dr Fortier en effleurant son épaule.

— Je vais terminer avec Lucien et j'irai vous rejoindre dans le bureau, répond-elle sans même se tourner vers son collègue.

— Vous en avez encore pour longtemps ?

— Le temps qu'il faudra pour que cet enfant puisse dormir.

— Je dois partir dans une demi-heure...

— Je ferai mon possible.

Irma constate que le Dr Fortier est demeuré à l'étage, allant d'un patient à l'autre, sans la perdre de vue. Le petit Lucien préparé pour la nuit, elle descend à son bureau du rez-de-chaussée où elle attend celui à qui elle a donné rendez-vous. Il ne tarde pas.

— Qu'est-ce qui ne va pas, docteure LeVasseur ?

Irma expose à sa vue le libellé de la loi de la Corporation, montre la ligne où apparaît *Hôpital de l'Enfant-Jésus* et demande :

— Expliquez-moi ça.

— Vous ne l'aviez pas vu avant... ?

— Qui l'a décidé ?

— J'ai cru bien faire, puis maître Choquette appuyait mon idée.

— Il avait déjà un nom, cet hôpital.

— Je croyais que c'était en attendant... Je croyais que ça vous ferait plaisir, d'autant plus que vous avez étudié vous aussi à l'hôpital de l'Enfant-Jésus de Paris.

Le Dr Fortier explique avoir voulu, du même coup, rendre hommage au premier hôpital pédiatrique du monde. En France, le premier hôpital construit sur l'emplacement de l'orphelinat-hôpital de l'Enfant-Jésus en 1801 avait porté le vocable d'hôpital des Enfants-Malades, à ses origines.

Irma parvient à conserver le contrôle d'elle-même.

— Je pensais que le juge Choquette vous avait mise au courant. Par contre, il a dû vous informer de son intervention auprès des Sœurs

Dominicaines de l'Enfant-Jésus, dit le Dr Fortier dans l'intention de ramener la bonne humeur chez sa collègue.

— C'est le bouquet! s'écrie Irma, indignée.

Le Dr Fortier reste bouche bée. Le silence se prolonge, intensifiant le malaise. Irma ne peut taire son mécontentement.

— Malgré tout le respect que je vous porte, docteur Fortier, je vous ferai remarquer, premièrement, que le nom que j'avais inscrit sur la porte de notre hôpital avait autant d'adon que celui que vous avez décidé de mettre à la place... sans m'en glisser un seul mot. Deuxièmement, quant aux Sœurs Dominicaines de l'Enfant-Jésus, ce n'est pas en travaillant au service des prêtres du Séminaire que ces religieuses-là ont acquis de l'expérience en soins hospitaliers!

Un silence glacial dans la pièce. Irma serre les lèvres sur d'autres observations qu'elle ne veut pas livrer sans en avoir bien pesé les conséquences. Les mains dans les poches, la tête retombée sur la poitrine, le Dr Fortier soupire.

— Toutes mes excuses, dit-il, s'apprêtant à quitter le bureau.

— On devait faire équipe, docteur Fortier.

Irma referme la porte, la verrouille. Le sentiment d'avoir été trahie, un étau sur sa poitrine où coule sa peine. La crainte d'une dissension dans le groupe fondateur ajoute à son désarroi. «Que faire pour l'éviter?» se demande-t-elle, disposée à minimiser l'importance des récents événements pour que son rêve de donner un hôpital pour enfants à sa ville natale se réalise. «J'ai tout mis en place pour qu'il se bâtisse dans l'harmonie et la solidité, cet hôpital. Qu'est-ce que j'aurais pu faire de mieux? Mon cœur, mes économies, mon savoir, tout y est!»

※

— Au palais de justice! Mais pourquoi pas ici, au 55 de la Grande Allée, dans notre hôpital? On a une salle exprès pour nos réunions, plaide Irma.

— Le juge Choquette exige que nous allions le rencontrer dans son royaume, répète le Dr Fortier, non moins contrarié.

Le Dr Samson exprime aussi son agacement :

— C'est bien le dernier endroit où je serais allé tenir une réunion... surtout celle du personnel d'un hôpital pour enfants. En plus, je déteste l'ambiance des palais de justice, dit-il.

Quelques dames du comité y voient une certaine logique :

— C'est grâce au juge Choquette, quand même, si on a fini par avoir nos lettres patentes, allèguent-elles.

La majorité des délégués de l'hôpital de l'Enfant-Jésus empruntent les corridors du palais de justice pour la première fois. Un étrange cocktail de sentiments animent médecins et bénévoles. N'est-il attribuable qu'au caractère insolite des lieux de la rencontre ? Irma aimerait le croire, mais ses déceptions de 1908 sonnent l'alarme. « Je dois les chasser de mon esprit. N'empêche que ça sent l'énigme... encore une fois. »

Fier de recevoir la vingtaine de délégués dans son alcôve, le juge Choquette s'empare tout de go des rênes de la rencontre. Les trois cofondateurs de l'hôpital échangent des regards étonnés. Quelques rictus de la part d'Irma. Des doutes surgissent dans son esprit sur la personnalité que Nazaire a prêtée à ce juge dans son récit biographique. « Monsieur le juge de la Cour des sessions de la Paix a-t-il bien compris le mandat que nous lui avons confié ? se demande-t-elle. Ou serait-ce un trait de caractère ? » Lui reviennent en mémoire certains mots entendus de la bouche de Nazaire : « Un tempérament remuant, ardent, toujours en actions, en luttes. Un homme de convictions qui a le talent pour les défendre... » « Serait-ce le prix à payer pour que nos enfants aient droit à une bonne santé ? » se demande-t-elle, résolue toutefois à ne pas placer sous le boisseau le fruit de tant d'heures arrachées au sommeil pour préparer cette rencontre.

Le juge Choquette s'adresse d'abord aux délégués en leur rappelant le but de cette assemblée : structurer la Corporation. Pour ce faire, il faut d'abord procéder à la nomination des administrateurs et à la formation du bureau de direction. Des ententes prises au préalable permettent à l'élection des administrateurs de se dérouler dans la plus grande harmonie. Mme Georges Tessier est élue présidente; Mme Camille Pouliot, vice-présidente; Mme Jules Girouard, secrétaire; et Mme Maxime McKay, trésorière. Le temps venu de dévoiler le nom des directeurs, le juge Choquette se présente, ainsi que Mmes Philippe Landry et Joseph Gagné, une nouvelle venue, auxquelles s'ajoutent le juge Pierre d'Auteuil et M. Frank Byrns. À cet exécutif de neuf membres sont donc confiées les destinées administratives extérieures proprement dites de l'hôpital. Nulle mention de la D^re LeVasseur. Elle se lève et, s'adressant au juge, elle demande, observée des dames qui l'entourent :

— Quelles responsabilités monsieur le juge compte-t-il me voir assumer ?

Après quelques instants d'hésitation et un échange de regards avisés avec les pionniers de l'œuvre, Me Choquette répond, l'air contrarié :

— Bien, il va de soi que vous soyez membre du bureau de direction, docteure LeVasseur.

À demi satisfaite, Irma se rassoit.

Un autre point a été ajouté à l'ordre du jour. Me Choquette annonce :

— Son Éminence le cardinal archevêque de Québec a considéré attentivement la demande que vous lui avez faite de religieuses pour diriger l'hôpital dit de l'Enfant-Jésus, et il n'est pas opposé à ce qu'une communauté de la ville accepte la direction dudit hôpital dans une de ses salles si possible. Nous avons pensé charger Madame Joseph Gagné de procéder à la recherche d'une communauté religieuse qui verrait à assurer la régie interne de l'hôpital.

Irma intervient, s'adressant à l'assistance mais plus précisément au juge et au Dr Fortier.

— Je ne comprends pas. Je me suis laissé dire qu'une approche avait été faite par quelqu'un d'entre vous auprès des Sœurs Dominicaines de l'Enfant-Jésus ?

— Mais il semble que vous vous êtes opposée à la venue de cette communauté, riposte le juge.

— C'est un fait et je m'opposerai à l'engagement de toute communauté qui n'a pas d'expérience dans les hôpitaux, même si elle est sous l'autorité des médecins. Vous imaginez le travail et le temps qu'il faudrait accorder à la formation de ces religieuses, sans compter les erreurs qu'elles risquent de commettre et que l'hôpital devrait assumer?

— En connaissez-vous qui seraient compétentes et disponibles? lui demande le juge Choquette.

— On n'a pas à aller très loin. Tout le monde connaît la Congrégation des Augustines de l'hôpital Général. Cela dit, j'aimerais comprendre pourquoi il faudrait associer des religieuses à notre hôpital.

— Presque tous les hôpitaux bénéficient du travail bénévole des religieuses, allègue le Dr Fortier. Nous en avons grand besoin, nous aussi.

— Remarquez qu'on ne leur confierait que la régie interne de l'hôpital, précise le juge Choquette.

Irma baisse les yeux et se mure dans le silence jusqu'à la fin de la réunion.

La prochaine rencontre des membres de la Corporation est fixée au 18 mai, soit une semaine plus tard.

Cette deuxième rencontre ne s'annonce pas moins houleuse pour Irma qui, la semaine durant, a évité d'échanger sur le sujet avec ses collègues.

Je suis profondément bouleversée, écrit-elle à son amie Maude alors que le soleil n'a pas encore commencé à enluminer l'horizon. Je ne sais plus si je dois parler ou me taire. Exception faite de quelques dames bénévoles, personne ne semble éprouver de malaises dans le fonctionnement de nos rencontres depuis l'incorporation de notre hôpital. Comme si l'unanimité qui nous habitait dans les débuts de la fondation nous désertait peu à peu. À en croire les quatre premiers mois de notre existence, j'étais sûre que nous avions la même perception de cet hôpital et de son fonctionnement. Plus nous avançons dans l'élaboration des structures juridiques, plus je me sens écartée du groupe. Serais-je devenue paranoïaque? Ou serait-ce parce que je ne suis pas très douée en relations sociales qu'on évite de discuter avec moi de questions qui me concernent autant qu'elles concernent mes collègues médecins ? Je constate que devant l'opposition je me ferme comme une huître. Penses-tu que ça peut expliquer le comportement des membres de mon équipe ?

Si tu savais comme j'ai peur que cette fondation subisse le même sort que celle de mon hôpital de Montréal !

Toi qui me connais si bien, aurais-tu quelques conseils à me donner ? Je ne veux inquiéter ni mon père ni ma tante Angèle avec mes problèmes. Puis Bob est si loin ! Surtout depuis que Clara est dans sa vie. Ou il se fait violence, ou il n'éprouve plus pour moi qu'un sentiment de camaraderie.

Je suis si triste ces temps-ci alors que je devrais éclater de joie devant l'évolution de ce projet qui me tient tant à cœur.

Quelques phrases aimables terminent cette lettre qu'Irma s'empresse de glisser dans une enveloppe et d'envoyer porter à la poste pour ne pas succomber à la tentation de la détruire. À Mathilde, elle confie aussi son analyse de l'atmosphère de la maison.

— Il faut encore se rendre au palais de justice pour notre assemblée cet après-midi. J'ai vu à ce qu'un médecin soit présent ici avec les cinq dames bénévoles jusqu'à notre retour. S'il y a un problème, tu me téléphones, lui dit-elle en glissant dans sa poche le papier sur lequel elle a inscrit le numéro de téléphone du juge Choquette.

— Vous me semblez contrariée, madame Irma. Est-ce que c'est ma faute ?

— Bien non, ma bonne Mathilde ! Je suis un peu inquiète mais ça va passer, ne t'en fais pas.

Ce 18 mai, la deuxième assemblée de la Corporation de l'hôpital de l'Enfant-Jésus, convoquée comme la première, présente un ordre du jour fort précis. Irma y lit, au premier point, « Recherche d'un local ». « Curieux, se dit-elle. Je pensais que c'était évident que le 55 de la Grande Allée logeait notre hôpital. » Mais elle comprend vite qu'il faut donner un cadre légal à cette location. À preuve, le libellé rédigé par le juge Choquette :

Nous recommandons que Madame la Présidente et Monsieur Frank Byrns, directeur, soient autorisés à s'entendre avec Mademoiselle LeVasseur, propriétaire de l'immeuble Shehyn au 55 Grande Allée, aux fins de louer pour un an ledit immeuble à compter du 1er mai courant, à raison de $ 150.00 par mois, avec droit cependant de résilier le bail tous les mois après avis d'un mois.

« Je suis ici avec eux. Pourquoi ne pas régler la question immédiatement ? Pourquoi déléguer ces deux personnes pour me parler ultérieurement ? Quelle perte de temps », considère-t-elle, résolument prudente et discrète.

Puis on adopte la résolution suivante, à l'unanimité :

Que demande soit faite au Gouvernement Provincial pour être mis sur la liste des institutions ayant droit à l'Assistance publique.

Le juge demande l'adhésion de tous les membres sans discussion pour ce qui suit :

Que la Corporation de l'hôpital de l'Enfant-Jésus soit connue comme telle, et que, vu que des enfants ont été hospitalisés depuis plusieurs mois dans l'immeuble Shehyn, que des comptes dûment certifiés ont été envoyés au Gouvernement, demande soit faite au paiement dudit compte jusqu'au 1er mai courant, et que Madame la Trésorière soit autorisée à arrêter le montant et à en donner reçu.

Aucune objection n'est émise.

La réunion se poursuit dans une atmosphère conviviale quand Irma est soudainement happée par une autre résolution. Le juge Choquette, qui garde les yeux sur ses textes, en fait la lecture :

— La sécurité économique de l'œuvre exige également que tous les comptes reçus à ce jour par la Docteure LeVasseur soient laissés sur le bureau; la Corporation ne s'engage en aucune manière à les accepter, et encore moins à les payer.

Stupéfiée, Irma se tourne vers ses deux collègues pionniers de « l'œuvre », de qui elle mendie une intervention en sa faveur. Leurs regards fuyants la renvoient au président de l'assemblée.

— Monsieur le Juge, il y a moins d'une demi-heure, cette assemblée a voté pour que les comptes allant de l'ouverture de l'hôpital jusqu'à ce mois-ci soient payés. Ils ont été dûment certifiés et envoyés au Gouvernement. Vous semblez oublier que des enfants ont été hospitalisés depuis plusieurs mois dans ma maison.

— Que ces comptes aient été certifiés ne signifie pas qu'ils soient justifiés. Je vous ferai remarquer, Madame, que nombre de ces dépenses... exagérées, ont été faites avant l'incorporation de l'hôpital et à votre seule initiative. Il vous revient de les payer.

— Monsieur le Juge, si vous avez pris la peine de bien les examiner, vous avez vu que toutes ces dépenses ont été faites, non pour moi, mais pour doter l'hôpital de tout ce qui est nécessaire au traitement de nos enfants.

— Vos collègues aussi sont d'avis que vous auriez pu tout acheter pour trois fois moins cher.

Devant la rigueur d'une telle résolution, la fondatrice de l'hôpital de l'Enfant-Jésus est consternée. Aux médecins présents, aux membres de l'exécutif et aux directeurs récemment nommés, elle expose son regard dévasté. Plusieurs baissent les paupières, d'autres fixent résolument le juge envers qui ils se sont déchargés de cette tâche des plus ingrate. Le sentiment d'être précipitée dans un gouffre financier et la douleur aiguë d'une trahison concertée rivent Irma au silence.

— Des questions? demande le Juge, signifiant son intention de clore l'assemblée.

— Ce n'est pas une question, Monsieur le juge, mais la faveur d'ajourner l'assemblée pour quelques minutes, demande Mme Pouliot d'une voix incertaine.

L'étonnement apparaît dans le regard de Me Choquette qui, d'un hochement de la tête, se prête au vœu de madame l'épouse du juge Pouliot.

Des membres du bureau de direction et des dames du comité des patronnesses quittent la salle. Irma y demeure, concentrée sur des opérations mathématiques dont elle noircit le verso de l'ordre du jour. Des chuchotements autour d'elle. Un va-et-vient dans le bureau du juge Choquette. Irma fait fi de tout, hantée par les problèmes financiers qu'elle devra solutionner à court terme.

Précédés du juge Choquette, tous les participants regagnent leur place et Mme Gagné prend la parole :

— Nous réclamons la formation d'un bureau de surveillance et d'administration de l'hôpital.

— Un bureau de surveillance ! s'exclame Mme McKay.

— C'est ça. Trois personnes ont accepté d'en faire partie.

— Qui donc ? demande Irma, éberluée.

— Madame Pouliot, Madame Dionne-Labrèque et moi-même, annonce Mme Gagné.

— Mais nos administrateurs effectuent déjà ce travail, fait remarquer le Dr Fortier.

— Notre bureau veillera à l'ensemble du fonctionnement de notre hôpital et il devra s'entendre avec le bureau médical, explique Mme Gagné.

— Ça veut dire quoi ? demande le Dr Samson, visiblement outré.

— Nous vous tiendrons toujours au courant de nos observations, promet Mme Gagné, taisant son ambition de prendre ainsi les rênes de cet hôpital dont la présidence lui a échappé.

La tension monte dans l'assistance alors que d'autres points restent à traiter, dont la question de la régie interne ecclésiastique. À Mme Tessier est confiée la tâche de rencontrer des supérieures de communautés religieuses, en l'occurrence les Sœurs Dominicaines de l'Enfant-Jésus, et de leur demander de bien vouloir mettre par écrit les conditions de leurs services, afin que le bureau de direction puisse en prendre connaissance et décider des arrangements requis.

« Malgré mes observations, il s'entête à solliciter cette communauté. Il n'y a rien à comprendre », conclut Irma, outrée.

Dernier point, la Corporation prie le groupe des médecins adhérant au personnel médical de l'hôpital de se constituer en bureau médical dès l'ajournement de cette assemblée.

Me Choquette demande la levée de l'assemblée.

Première à quitter le palais de justice, Irma file à toute allure en direction du 55 de la Grande Allée. De quoi dissuader quiconque tenterait de la rejoindre. Pour cause, cette réunion l'a mise en furie. Elle presse le pas, happée par le besoin de solitude et de temps. Sitôt entrée dans son hôpital, elle s'assure auprès des dames bénévoles et du médecin de garde du bon déroulement de l'après-midi. Dans une heure, le personnel sera remplacé par l'équipe du soir. Une heure, c'est trop peu pour tout ce qu'elle doit tenter de comprendre dans la quiétude de son bureau... verrouillé.

— À moins d'une urgence, tu ne laisses personne me déranger, a-t-elle pris soin de dire à Mathilde avant de retourner au rez-de-chaussée.

« Deux gifles en quatre-vingt-dix minutes ! Dépenses excessives. Auraient-ils voulu que j'équipe l'hôpital de meubles usagés, de grabats disloqués ? Auraient-ils vu d'un bon œil que nos petits patients couchent dans des couvertures élimées, portent des vêtements troués ? Déjà que nous avons accepté beaucoup de dons de vêtements. Et puis, on ne démarre pas le premier hôpital pour enfants à Québec avec des équipements désuets. J'aurais peut-être dû attendre un peu avant de le préparer à recevoir une quarantaine de patients. Mais tôt ou tard, il aurait fallu le faire, nous avons déjà plus de trente enfants hospitalisés. Comment expliquer que des gens aussi intelligents ne comprennent pas que nos enfants méritent ce qu'il y a de mieux ? C'est un devoir de justice à leur égard. Les Drs Fortier et Samson semblaient pourtant de mon avis. Mais il y a les quatorze autres. Puis certaines dames patronnesses me désapprouvaient probablement même si elles ne m'en ont jamais parlé », se dit-elle.

Ces considérations faites, Irma ne se sent pas moins désemparée. « Je sais maintenant que les activités lucratives prévues et les sommes d'argent de l'Assistance publique ne pourront être affectées au paiement des dettes accumulées. Déjà que ces sommes risquent de ne pas suffire aux besoins quotidiens. Nul ne sait quand nous les aurons et combien elles totaliseront. » Les avoirs personnels d'Irma ont fondu. Moins de cent dollars à son actif. « Il est peu probable que le comité de surveillance que ces dames ont formé aujourd'hui travaille à recueillir des dons. Mon hôpital se retrouve avec plus de généraux que de soldats », constate-t-elle, profondément déçue. Déçue de n'être pas comprise et de ne pas comprendre. Déçue de devoir chercher de l'aide. Mais vers qui se tourner ? De Bob à qui elle adresse quelques lignes, elle sollicite un emprunt. Les avis et les conseils de la bonne Angèle LeVasseur lui semblent aussi indispensables.

Il n'est pas encore sept heures, ce matin du 19 mai, quand Irma tourne lentement sa clé dans le verrou, ouvre et referme la porte sans bruit et se dirige à pas feutrés vers la chambre de sa tante. Tout indique que Paul-Eugène habite encore dans cette maison ; la porte de la pièce qui lui est réservée est fermée. Raison de plus pour tirer la septuagénaire de son sommeil avec une délicatesse infinie. Une mince ouverture de la porte réussit. Irma chuchote :

— Ma tante, c'est moi, Irma.

Un craquement du lit, un froissement de tissu, un balbutiement, puis Angèle accueille sa nièce dans sa chambre.

— Il vaudrait mieux aller dans le bureau de grand-père, suggère Irma.

— D'accord. J'oubliais que Paul-Eugène a l'oreille fine quand ce n'est pas le temps.

La porte du bureau à peine refermée, Angèle va au-devant des confidences de sa nièce :

— De gros problèmes ?

Après s'être excusée de sa visite inopinée, à pareille heure surtout, Irma lui fait part des événements des deux dernières semaines. La vieille dame l'écoute sans l'interrompre, sans émettre le moindre commentaire. Irma en réclame.

— Viens dans la cuisine. Pour bien réfléchir, il ne faut pas avoir l'estomac vide.

— Vous avez faim, vous ?

— Oui, puis même si tu n'es pas en appétit, tu vas manger un peu, toi aussi.

Irma a l'impression que sa tante se donne du temps pour réagir. Qui le lui reprocherait ?

— Il me reste de la préparation à crêpes. Je t'en fais une, décide Angèle.

— À la condition qu'il en reste pour Paul-Eugène. Il aime tellement ça !

— Ne t'inquiète pas. D'ailleurs, je lui ai montré à la préparer.

Pendant le déjeuner, seul le cliquetis des ustensiles vient troubler le silence de la cuisine des LeVasseur. Il est déjà sept heures et il tarde à Irma que sa tante lui donne son avis.

— Qu'est-ce que vous feriez à ma place ? lance-t-elle, à bout de patience.

Angèle dodeline de tout son corps.

— Je connais les premières dames qui t'ont aidée. Je ne connais pas tes collègues médecins. Mais toi, je pense te connaître assez bien. Tu sais que tu n'es pas une personne qu'on approche facilement.

— Qu'est-ce que vous dites là, ma tante ? Vous devriez voir mes petits patients puis leurs parents !

— Justement, Irma. Comment te dire ? C'est comme si tu devenais une autre femme en présence des enfants... Je t'ai vue aller avec la petite Anne, avec Charles, avec tous ceux qu'on a croisés au hasard de nos sorties. C'est comme deux extrêmes : débordante de tendresse et d'amour pour les petits, cassante avec les grands. Le fait que tu ménages tellement tes mots ne t'aide sûrement pas...

Profondément peinée, Irma se confine au silence.

— Je sais que tu ne souhaitais pas nécessairement entendre ce que je viens de te dire, reprend Angèle, compatissante. Ton grand-père nous conseillait de toujours faire notre propre examen de conscience. Sans le savoir ni le vouloir, il peut arriver qu'on provoque les blessures qui nous sont infligées. Je ne prétends pas que ça expliquerait toutes ces histoires qui t'arrivent, mais tu as peut-être une petite responsabilité là-dedans.

Irma parvient à ne pas pleurer.

— Dites-moi donc le fond de votre pensée, ma tante.

Hésitante, Angèle promène son index arthritique sur son menton.

— Je vais te donner un exemple : ce n'est pas la première fois que tu n'es pas consultée comme tu le souhaiterais.

— Comme il le faudrait, ma tante.

— Es-tu allée questionner les personnes qui auraient dû le faire?

— Pas tout le temps.

— Les fois que tu l'as fait, l'as-tu regretté? Est-ce que ça t'a permis de comprendre pourquoi elles ne t'avaient pas tenue au courant?

Au terme de quelques instants de réflexion, Irma évoque l'expérience vécue à Montréal.

— Les gens m'ont dit n'avoir pas cru nécessaire de le faire, ou avoir de bonnes intentions, quoi! Souvent, on a présumé de mon accord sans vérifier.

— Tu penses qu'elles te disaient la vérité?

— Pas toujours.

— Tu n'essayais pas de les faire parler davantage?

— Ce n'est pas mon genre.

— Tu te refermes vite, Irma. Puis tu donnes souvent l'impression que tu es pressée, que tout a été réfléchi et décidé et que tu n'as pas à te justifier ou à expliquer...

Irma admet qu'il en est souvent ainsi, mais que les gens devraient comprendre sans qu'elle ait toujours à mettre les points sur les i.

Angèle se demande si elle doit aller plus loin.

— Pensez-vous que Bob va accepter de m'avancer un peu d'argent? relance Irma.

— La question est peut-être plus de savoir quand et comment tu vas pouvoir le rembourser.

Irma pousse un long soupir plaintif.

— Ils ont un peu raison de te reprocher tes dépenses. Tu sais que je n'ai jamais approuvé que tu aies mis autant d'argent seulement pour l'achat de la maison. Si tu t'étais contentée d'une maison de huit ou dix mille dollars, tu en aurais encore, de l'argent...

Visiblement atterrée, Irma se prépare à partir.

— Ne t'en va pas comme ça, Irma.

— J'ai du travail qui m'attend, ma tante.

— Écoute-moi encore une minute. Dis-toi que tu as fait une expérience, que tu l'as faite pour l'amour des enfants. Puis aide les gens qui travaillent avec toi à te comprendre. Pour ça, il faut que tu mettes du temps aussi.

Un acquiescement de la tête, des bras qui enlacent cette précieuse confidente, un au revoir de la main, juste à temps pour éviter le déluge de questions de Paul-Eugène qui, maintenant sorti de son lit, doit se contenter d'une salutation hâtive.

De retour à l'hôpital avant que le personnel de nuit parte, Irma se montre particulièrement avenante et détendue. L'étonnement se lit sur le visage de ceux et celles qui ont assisté à la rencontre, la veille.

Au fil des heures et des jours, celle qui était résolue à s'investir pleinement pour éviter toute mésentente constate que ses efforts sèment un autre genre d'incompréhension parmi le personnel. Mathilde a entendu des réflexions désobligeantes à l'égard de sa chère Irma et elle l'en a informée :

— Qu'est-ce qu'elle nous prépare ? a marmonné une des dames patronnesses à sa compagne.

— C'est de l'hypocrisie, a prétendu une autre.

— Son naturel va refaire surface avant longtemps, a prévu une troisième.

Enfermée dans sa chambre, Irma se laisse glisser sur la moquette, s'adosse à la porte verrouillée et, les jambes fléchies, blottit sa tête entre ses genoux, étouffant sa détresse pour qu'elle ne l'emporte pas... Pour qu'elle ne la tue pas.

Le lundi suivant, la poste lui livre une enveloppe des plus attendue. Maude dit s'être empressée de répondre à sa lettre le jour même. Après avoir réitéré ses serments d'amitié, cette amie des plus fidèle souligne les traits de caractère et les cheminements qui leur sont communs. Suit un paragraphe lourd de réflexions pour Irma :

> *Toutes les lectures que j'ai faites concernant les femmes pion-nières de partout dans le monde n'ont rien pour nous encou-rager, ma bonne amie. Les génies, les inventeurs et les visionnaires ont toujours attiré la critique, le doute et le mépris même. En plus d'être une passionnée, Irma, tu es une visionnaire, toi aussi. Ou tu en prends ton parti, ou tu mets ton pied à terre et tu fais respecter tes volontés.*
> *Ne tarde pas à me dire ce que tu choisiras... même si je pense le savoir. Tiens bon, Irma !*
> *Ton amie des mauvais comme des beaux jours,*
>
> *Maude*

Un imbroglio dans la tête et le cœur d'Irma. Angèle l'incite à faire un examen de conscience et à manifester plus d'ouverture, alors que Maude laisse se profiler entre les lignes une exhortation à la résistance.

Chapitre VI

Depuis le premier jour de mai, Irma assiste à une succession d'aléas pour le moins inquiétants, dont l'autorité que s'accorde le juge Choquette dans la mise en place des structures de l'hôpital de l'Enfant-Jésus. Lors de la deuxième assemblée de la Corporation, il avait enjoint aux quinze omnipraticiens et spécialistes auxquels s'était ajouté André Lemieux, dentiste, de former un bureau médical indépendant du conseil d'administration.

Jamais encore à Québec une telle nécessité administrative et anticentralisatrice des activités médicales n'avait germé au sein des hôpitaux existants. De quoi étonner et questionner les médecins, sauf la D^{re} LeVasseur, qui s'était prêtée à cette formule lors de la fondation de l'hôpital Sainte-Justine. Les opinions divergeaient entre les quinze hommes, mais la liberté de passer outre ne leur fut pas accordée. La décision du juge était ferme.

La majorité avait souhaité que les postes clés soient attribués aux médecins d'envergure, soit les professeurs universitaires qui œuvraient à l'hôpital de l'Enfant-Jésus. Ainsi donc, au Dr René Fortier, pédiatre, fut confiée la présidence; au Dr Albert Paquet, chirurgien général, la vice-présidence; au Dr Joseph Vaillancourt, oto-rhino-laryngologiste, le secrétariat. Bien que n'arborant pas le prestigieux titre de professeur en faculté de médecine, le Dr Willie Verge, omnipraticien et chirurgien, se vit attribuer le rôle d'assistant-secrétaire. La fondatrice, elle, fut exclue de l'exécutif.

À ces quatre médecins revenait le privilège de nommer les autres membres du bureau médical avant la prochaine assemblée. Des responsabilités supplémentaires étaient dévolues au président, dont celle de rédiger la constitution et les règlements qui régiraient le personnel médical et toutes ses activités professionnelles. Ce document devrait être présenté aux membres de la Corporation à l'assemblée du 26 mai.

Son exclusion de l'exécutif du bureau médical incite Irma à douter de l'efficacité des efforts qu'elle a déployés au cours des dernières semaines pour se montrer plus avenante, disponible et réceptive. Le fait qu'on l'ignore quand on ne la fuit pas vient nourrir ses présomptions. Intervient-elle dans les réunions qu'on rétorque souvent : « J'en prends note », sans plus d'égards ni d'intérêt. « L'important, se dit-elle pour s'en consoler, est qu'on me laisse travailler comme je l'entends. »

En cette fin de soirée du 23 mai, au moment où elle déverrouille la porte de sa chambre, pressée de se glisser sous ses couvertures, Mathilde s'annonce, entre et vient lui chuchoter à l'oreille :

— Madame Irma ! Faut que je vous parle. C'est très important.

— Entre ! Viens t'asseoir, l'invite Irma en désignant le bord du lit.

— Je ne sais pas comment vous dire ça, mais... Vous m'avez demandé de surveiller l'humeur de vos associés... Y en a qui ont encore la dent longue contre vous, madame Irma.

— Ils disent quoi ? demande Irma presque impassible.

— Que vous avez changé de manières depuis quelques semaines rien que pour décrocher des sièges dans les différents comités.

— Autre chose ?

— Que vous êtes un bourreau de travail et que vous avez tendance à demander aux autres d'en faire autant que vous.

— Autre chose encore ?

Mathilde baisse la tête, joue avec ses doigts, cherche les mots pour adoucir ses propos :

— Que vous n'avez pas bon caractère...

— Ce qui veut dire...

— Que vous voulez tout mener.

— Ça vient surtout de certaines dames ?

— De certains médecins aussi.

— Bon ! Ce n'est pas grave tout ça, ma bonne Mathilde. C'est normal, même. On a tous des personnalités différentes même si on travaille pour une cause commune, allègue Irma qui aimerait bien n'en ressentir aucune blessure.

Avant que Mathilde quitte sa patronne, quelqu'un dévale l'escalier et vient frapper à la porte de sa chambre.

— Docteure LeVasseur ! La petite Myranda s'est étouffée avec ses sécrétions !

Irma grimpe les marches deux à la fois, se précipite vers la couchette, en sort la petite qu'elle adosse à son ventre, la penche vers l'avant et, à force de manipulations apprises de la D^{re} Putnam Jacobi, les muqueuses sont dégagées et la bambine peut enfin respirer.

— Vingt secondes de plus et on la perdait, dit Irma, emmaillotant le bébé à la bouche encore violacée.

Mathilde et Mme McKay tremblent encore, tant elles ont eu peur d'assister au décès de cette petite fille de six mois, atteinte de pneumonie.

— Par chance que vous êtes toujours dans cette maison, docteure Irma, lui confie Mme McKay, prête à blâmer le médecin de garde en retard et le précédent qui n'a pas attendu d'être remplacé avant de quitter l'hôpital.

— Promettez-moi de ne pas ébruiter ça, d'accord ?

— Ça pourrait leur causer du tort ? suppose Mathilde.

— C'est nuisible pour leur réputation et celle de notre hôpital, explique Irma.

— J'aurais été tentée d'en informer certaines mauvaises langues, dit Mme McKay. Elles auraient ravalé leur salive...

La porte de l'hôpital grince. Des pas d'homme dans l'escalier. L'étonnement.

— Excusez-moi, j'ai été retardé, dit le Dr Leclerc en fixant les aiguilles de la grande horloge qui indique vingt minutes passé minuit. Vous pouvez disposer, Mesdames.

— Je dois veiller sur ce bébé... au moins pour deux bonnes heures encore, rétorque Irma.

Le Dr Leclerc insiste pour savoir ce qui s'est passé. La révélation l'anéantit.

— Personne n'en entendra parler, lui promet-elle.

Dans la matinée de ce 24 mai, la D^{re} LeVasseur découvre une lettre de Bob dans la pile de courriers postaux que Mathilde vient régulièrement déposer sur son bureau. L'enveloppe pressée contre son cœur lui rend l'énergie que son manque de sommeil lui a dérobée. Lui sont adressés un feuillet et un chèque. Quatre mille dollars. Un apaisement innommable pour Irma. « Je pourrai garder mon infirmière. Je pourrai payer plein de factures... à moins que je le prenne pour effectuer le versement dû sur la maison depuis le 1er mai. Mais il ne me restera pas un sou... Le plus sage serait de donner trois mille sur la maison, en attendant, et de garder le reste pour payer l'infirmière et me débarrasser des comptes les plus urgents. » Puis elle ouvre la page pliée en trois. Sourit à la première ligne.

Cousine chérie,
Si tu savais comme j'ai de la peine pour toi.
En attendant de te serrer dans mes bras, je t'envoie ce chèque.
Je ne veux pas courir le risque qu'un plus gros montant se perde
dans la poste.
Charles est sur le point de finir son année d'études et nous irons
te voir au cours de l'été. Je t'apporterai plus d'argent si tu en
as besoin. Ne t'inquiète pas pour le remboursement. On n'est
pas des étrangers, toi et moi.
Je t'embrasse très fort

Ton Bob pour la vie

Irma voudrait crier sa joie, montrer sa lettre et son chèque à quelqu'un... tout de suite. Mais à qui ? Autour d'elle, personne ne saurait comprendre. Pire encore, personne n'a le droit de savoir. De nouveau, la présence de Rose-Lyn lui manque affreusement. Seule Rose-Lyn Venner pourrait tout saisir et craquer de bonheur avec elle. Irma brûle de lui écrire. Le temps de tirer une feuille blanche d'un tiroir, les urgences de l'hôpital la réclament ailleurs que dans son bureau.

Le lendemain, la Corporation est exceptionnellement convoquée au 55 de la Grande Allée dans le but précis de prendre en considération la démission de trois dames et la nomination de leurs remplaçantes : Mme Tessier lègue la présidence à Mme Joseph Gagné, Mme Landry cède son poste de vice-présidente à l'épouse du juge Pierre d'Auteuil et Mme McKay, la trésorière, est remplacée par Mme Edmond Lemoyne. « Trop d'insatisfactions, trop de choses ne se passent pas comme elles le devraient », déclarent-elles sans plus de précisions. Une autre avoue ne pouvoir travailler que dans la complicité.

Autre fait d'éclat, l'autorité épiscopale ayant autorisé les Révérendes Sœurs Dominicaines de l'Enfant-Jésus à assurer la régie interne de l'hôpital, une visite des lieux s'impose. M. le chanoine Perron représentant l'Évêché accompagnera les religieuses ainsi que la nouvelle présidente, Mme Gagné et les directeurs qui le désirent. Mme Gagné, ainsi que sa secrétaire, Mme Girouard, sont tenues de faire rapport de cette visite à la prochaine séance.

Irma vit cet événement comme un manque d'égards difficile à excuser. Indignée d'en avoir été informée à la dernière minute, elle ne sera pas de la cohorte.

À sa sortie de la réunion, Mmes Tessier, Landry et McKay l'attendaient près de la porte de son bureau.

— Je ne peux vous accorder plus d'une dizaine de minutes, les prévient-elle.

— Ça va aller, dit Mme McKay, navrée. On voulait juste vous dire personnellement qu'on ne comprend plus ce qui se passe à la direction de cet hôpital...

— On ne se sent plus à la hauteur des tâches qui nous ont été données, avoue Mme Tessier.

— Puis on n'aime pas la façon dont vous êtes traitée, ajoute Mme Landry.

Irma refoule ses larmes. Sa voix grince dans sa gorge oppressée.

— Il y a sûrement beaucoup d'incompréhension derrière tous ces malentendus, réplique-t-elle au souvenir de ceux qui ont marqué la fondation de l'hôpital Sainte-Justine. Pour ma part, j'ai besoin de temps pour réfléchir à tout ça.

— Nous trois, on veut rester avec vous, docteure LeVasseur, promet Mme McKay.

— Il faut continuer de travailler tous ensemble. Nos petits malades ont besoin de nous tous. Personne n'est de trop dans cet hôpital.

❖

Jour fort attendu que celui du 26 mai, où le Dr Fortier, en sa qualité de président du bureau médical, livrera le texte de la Constitution et des règlements qui devront régir le personnel médical et ses activités. Inquiet de l'absence de réaction d'Irma à qui il avait remis une copie du texte, il lui demande, en la croisant dans le hall de l'hôpital :

— Vous avez examiné les règlements que je présenterai demain à l'assemblée ? Je les ai déposés sur votre bureau hier. C'est important. Une fois adoptés, ces règlements auront force de loi.

— Ça donnerait quelque chose que je me prononce sur l'un ou l'autre ?

— Votre opinion n'est pas moins importante que celle de vos collègues, Irma.

— En diriez-vous autant de mes recommandations ?

— Si elles sont jugées avantageuses par la majorité, bien sûr ! Vous en doutez ?

— Y a de quoi, docteur Fortier !

À la fermeture du dispensaire, elle se retire pourtant dans son bureau pour relire, attentivement cette fois, les règlements écrits de la main même du Dr Fortier.

Le Service médical est placé sous le contrôle du Bureau médical, composé de MM. les docteurs F.-T. Coote, J.-M. Dagneau, J.-Alexandre Edge, J.-Émile Fortier, René Fortier, Alexandre Lemieux, dentiste, Irma LeVasseur, Achille Paquet, Albert Paquet, Jos.-P. Paradis. J.-Édouard Samson, Émile Saint-Hilaire, C.-E. Turcot, Willie Verge et Joseph Vaillancourt.

Irma relit le paragraphe avec délectation. Son nom est là. « Mais, à bien y penser, ce n'est que justice », considère-t-elle, avant de poursuivre son étude. Un autre paragraphe retient son attention :

Tous les membres du Personnel médical sont tenus de se conformer au code d'éthique médicale de l'Association médicale du Canada. Tout membre qui viole les prescriptions de ce code, ou dont la conduite est de nature à nuire à la bonne réputation de l'hôpital, peut être démis sur avis du Bureau médical.

Une troisième lecture de ce règlement ne dissipe aucunement la crainte qu'il a fait naître en elle au premier coup d'œil. « La bonne réputation de l'hôpital... ça peut avoir le dos large pour une personne mal intentionnée », redoute-t-elle.

Toute la section traitant du personnel médical est passée à la loupe.

1. Il est entendu que tous les médecins et chirurgiens du Dispensaire de l'hôpital de l'Enfant-Jésus sont de droit chargés du service médical des pauvres.
2. Ils feront leurs visites aux malades aux heures et jours fixés par le Bureau.
3. Ils prescriront pour chacun de leurs patients, pauvres ou riches, les remèdes, les traitements et la diète qu'ils jugeront à propos dans chaque cas.
4. Chaque Médecin visiteur devra maintenir le bon ordre et l'économie dans son service respectif; il verra à ce que ses ordres

soient fidèlement exécutés, soit par le médecin résident, soit par les surveillants, soit par les infirmières ecclésiastiques ou laïques.

Et au paragraphe 7, elle lit :

S'il existe un conflit entre le Chef de service et toute personne attachée aux soins des malades, le président en sera averti par écrit et décidera en consultant les autres officiers, quitte à soumettre le cas au Bureau médical, à sa réunion régulière pour approbation ou désapprobation.

Mesure qu'elle approuve en sa totalité.

Suit la litanie des obligations et droits du médecin résident, titre que l'exécutif a attribué à la fondatrice de cet hôpital :

1.   *Le médecin résident verra à ce que les ordres des chefs de services soient exécutés, fera lui-même les traitements lorsqu'ils seront demandés par les médecins traitants, fera la contre-visite de tous les malades de l'hôpital, tous les soirs avant le coucher, et acceptera les malades nécessiteux qui se présenteront en dehors des heures de dispensaire.*

2.   *Le médecin résident est sous le contrôle des officiers du Bureau médical pour tout ce qui est du service médical. Il doit en tout point se conformer aux Règlements de l'Hôpital et s'entendre avec la Surintendante pour ce qui est en dehors du Service médical.*

«Comme si on n'avait d'intelligence et de bon sens que pour poser un acte médical !»

3.   *Dans les cas d'urgence seulement, et en l'absence ou l'auto-risation de chaque Chef de service, le médecin résident peut prescrire le traitement qu'il juge convenable dans l'intérêt du*

malade. Il devra aussitôt que possible en informer le médecin
ou chirurgien visiteur.

« Quand je pense que j'ai fait ça des milliers de fois dans le passé
et qu'en raison de mon titre de médecin résident, je suis réduite à
n'user de mes compétences qu'en cas d'urgence. » L'indignation refait
surface.

4. *Le médecin résident devra inscrire dans les registres de*
l'hôpital l'admission des malades, le diagnostic, le traitement
et la terminaison. Il ne doit ignorer la présence ou la sortie
d'aucun malade.
5. *Dans le cas d'un conflit entre le médecin résident et un Chef*
de service (président ou autre), un rapport par écrit sera fait
au Bureau médical pour décision finale.
6. *Les certificats de décès seront délivrés par le médecin*
résident sur autorisation du Chef de service. Le médecin
résident sera tenu de faire rapport du mouvement médical
de l'hôpital lorsqu'il sera requis par un des Officiers du Bureau
médical.

Cinq autres clauses s'ajoutent, mais épuisée et insatisfaite de certains
règlements, Irma replace le document sur sa table de travail, là où
le Dr Fortier l'avait placé.

Le lendemain, les médecins membres de l'exécutif se présentent
à l'assemblée avec une fébrilité symptomatique. Les murs du palais
de justice s'y prêtent bien.

— Mes textes sont inspirés à la fois de la constitution du bureau
médical de l'hôpital Sainte-Justine, de ma perception de la législation
des actes médicaux, et de ma conscience professionnelle, clame le
Dr Fortier.

— Cette constitution englobe tous les éléments nécessaires à une
administration médicale professionnelle saine et juste. Notre organisation vient prouver que les médecins peuvent légiférer pour la

postérité des bureaux médicaux de nos futurs hôpitaux, de rajouter son vice-président, le Dr Paquet.

— Je souhaite que les implications déontologiques de ces règlements imprègnent les délibérations du bureau médical et assurent au personnel un climat propice à une collaboration spontanée et efficace, à une entente dirigée vers l'enfant malade que l'hôpital veut héberger et secourir.

Dans l'assemblée, les éloges pleuvent au sujet de cette Constitution jusqu'à ce que la D^{re} LeVasseur demande le vote.

— La proposition doit être amenée par un membre de l'exécutif, lui signifie le Dr Vaillancourt.

Irma affiche une moue d'indifférence. « Que de chinoiseries ! » se dit-elle, considérant qu'elle a mieux à faire auprès de ses petits malades.

— Je propose qu'on passe au vote, reprend le Dr Verge.

Constitution et règlements sont acceptés à l'unanimité. Irma prend congé du comité, saluant les membres d'un geste de la main. « Enfin, une autre formalité derrière nous », pense-t-elle, mi-soulagée.

Le Dr Fortier lui emboîte le pas dans la Grande Allée.

— Quelque chose vous a déplu, Docteure ?

— J'ai l'impression de régresser. À quoi bon me désigner membre du Bureau médical si je suis confinée au statut de médecin résident ? Pourquoi ne pas m'avoir attribué le poste de chef de service ?

La réponse se fait attendre.

— Le poste de chef de service requiert des dispositions particulières.

— Comme...

— D'être rassembleur.

— Dois-je comprendre que vous ne me reconnaissez pas cette qualité ?

— Il vous arrive de créer de l'insécurité autour de vous, Irma.

— Comment ?

— Vous manquez de souplesse et vous vous montrez entêtée, parfois.

— Personne dans cet hôpital n'est sans défauts. J'en connais qui occupent des postes de direction et qui ne consultent pas toujours leur collègue avant de prendre une décision importante...

Le Dr Fortier saisit l'allusion faite au changement de nom de l'hôpital.

— Je dois m'en remettre à mon exécutif...

Irma présume qu'il n'en fera rien et qu'elle a perdu son meilleur allié.

Revenue devant l'hôpital, au bas de l'escalier qui la conduit vers ses patients, elle croise son infirmière.

— On vous cherchait, docteure LeVasseur. Un jeune couple vient d'arriver et exige que ce soit vous qui examiniez leur petite.

— Qui est de garde aujourd'hui, donc ?

— Le Docteur Turcot. Il est d'accord...

Edith et John, alarmés par la toux incessante et les vomissements de la petite Anne, s'en remettent à leur médecin de confiance.

— Excusez-nous, docteur Turcot. C'est une petite fille abandonnée qui m'a été amenée l'été dernier, explique Irma.

Par respect pour les autres qui attendent leur tour, Irma prie les parents d'Anne de la suivre au rez-de-chaussée.

— Ici, dans ma chambre... Pour qu'elle n'attrape pas d'autres maladies.

Edith croit urgent d'informer Mathilde, marraine de l'enfant, de leur présence.

— Non, pas tout de suite. Quand j'aurai terminé l'examen de la petite, tu pourras aller lui parler.

Anne donne tous les signes d'une coqueluche. Entre les quintes, elle ne présente aucun inconfort.

— Ce sera long mais d'ici une semaine le pire sera passé. Il faudra beaucoup d'humidité dans la maison mais surtout aider votre fille à dégager ses bronches.

— Comment ?

— Tenez-la assise dès qu'elle commence à tousser et essayez de la faire cracher. Faites-lui de petits massages pour la détendre. Si elle vous sent nerveux, ses crises seront pires. Il est préférable de ne pas la laisser dormir seule dans sa chambre.

— Oh, non ! Je la couche avec moi depuis qu'elle est malade, répond Edith.

Son examen terminé, Irma l'autorise à se rendre voir Mathilde dans la cuisine. Elle veut parler à John...

— Tu devrais t'occuper de la petite les nuits de fin de semaine. Sinon, avant longtemps tu vas te retrouver avec deux malades sur les bras...

— Je le ferai ! Par contre, la semaine, j'ai besoin de mon sommeil. C'est exigeant l'enseignement.

— À ce que je sache, Edith t'aide à corriger les travaux de tes élèves.

— Je sais. Mais...

— Tu ne te sens pas habile avec la petite, c'est ça ?

— Surtout quand elle est malade, avoue John.

— Ta femme va te montrer comment t'y prendre, si tu le lui demandes.

John hoche la tête puis ajoute, embarrassé :

— Ce n'est pas le même attachement pour un homme...

— Tu penses que ce serait pareil si c'était ta propre fille ?

— Je me le demande.

— Je pense que oui, moi. Si tu me permets un conseil : plus tu vas te dévouer pour Anne, plus ton amour pour elle va grandir.

— Vous pensez qu'elle va finir par venir vers moi autant que vers sa mère ?

— Avec du temps, des caresses puis de petites attentions, oui. Et c'est important que tu t'y mettes dès maintenant.

John s'étonne de cette urgence.

— C'est en très bas âge que se construisent les liens entre parents et enfants. Ce ne sont pas les exemples qui manquent...

Requise à l'étage, Irma remet la petite dans les bras de son père et l'invite à aller rejoindre son épouse et Mathilde dans la cuisine.

❖❖

Une appréhension plus grande que nature tire Irma de son sommeil aux premières lueurs du jour. « C'est bien aujourd'hui le 29 mai ? » se demande-t-elle, assise dans son lit, les paupières alourdies par la fatigue. « Oh, mon Dieu, oui ! Déjà le 29. » Un ressac qui la projette sur un terrain miné que ce constat. Irma se laisse retomber sur son matelas. « Le néant, rien que pour aujourd'hui », réclame-t-elle, la figure enfouie dans son oreiller. Conseils et réflexions ne l'ont pas éclairée sur l'attitude à prendre aux assemblées de la Corporation. Aujourd'hui, Mme Gagné, en sa qualité de nouvelle présidente, animera la rencontre. « Encore au palais de justice, en plus », déplore Irma. Les sujets qui doivent y être traités ne seront soumis aux membres qu'à l'ouverture de l'assemblée, a décrété la nouvelle présidente du haut de sa prestance. De quoi en inquiéter plus d'un.

Devant chaque défi de taille, Irma se remémore les drames vécus en Serbie. « Du travail, je peux en abattre sans que mon moral en soit affecté. C'est de ne pas savoir comment composer avec certaines personnes qui me tue. Que je garde le silence ou que je m'exprime, je m'attire des reproches... pas toujours avoués, souvent camouflés », reconnaît-elle. Pour peu qu'elle soit croyante, ce matin, Irma se tourne vers Dieu. « Le Saint Esprit... Les religieuses disaient que c'est lui qui met les bons mots sur nos lèvres, qui nous inspire les bons gestes à faire, les bonnes décisions à prendre. Me pardonnera-t-il de ne pas l'avoir souvent prié ? Grand-père Zéphirin a dû l'invoquer souvent, il était si sage, si aimé de tout le monde. Comme tante Angèle. Saint Esprit, pour l'amour de ces petits que vous nous demandez d'imiter, voudriez-vous me guider dans la poursuite de mon idéal ? Pour le plus grand bien de nos enfants souffrants, Saint Esprit. Vous ne pouvez pas me refuser une telle faveur. Je vous remercie d'avance, au cas où je serais portée à l'oublier. »

Sans tumulte, cette assemblée s'ouvre sur la location de l'immeuble Shehyn au 55 de la Grande Allée.

— ... par bail avec la Docteure LeVasseur. Cette location, aux conditions émises lors d'une assemblée précédente, est officielle à compter d'aujourd'hui.

Un acquiescement muet de la part de tous les membres présents.

Non sans une certaine ostentation, Mme la présidente annonce :

— Dans cinq jours, si leurs conditions sont respectées, trois religieuses devraient se joindre à nous pour assurer la régie interne de notre hôpital. J'en profite pour remercier le juge Choquette qui nous a obtenu l'aide de cette communauté. Grâce à sa grande habileté, il est sorti vainqueur de pourparlers laborieux.

Le juge se lève, s'incline devant cette déférence et ajoute :

— J'aurais l'air vantard si je vous disais que c'est là un exploit ! Eh bien ! C'en est un ! Pour la première fois, l'Église du Québec permet une association laïco-ecclésiastique dans le domaine hospitalier.

Tous applaudissent avec ferveur, sauf la D^re LeVasseur dont les mains restent figées l'une dans l'autre. Mme Gagné poursuit :

— Je vous demande de faire circuler la lettre de l'Archevêché expliquant les conditions posées par les Sœurs Dominicaines.

Irma observe les réactions des membres après lecture du document. Aucune opposition sur leur visage. Son tour vient enfin. Elle prend le temps de bien peser le contenu de cette page.

Québec, le 28 mai 1923

Honorable Juge Choquette
Québec.

Honorable Monsieur,

Son Éminence permet aux Sœurs Dominicaines de prendre charge de l'hôpital de l'Enfant-Jésus, dans la Grande Allée, aux conditions suivantes : deux ou trois sœurs pourront aller à cette maison d'ici à l'automne prochain, mais ne resteront là que durant le jour. L'Hôpital fournira une voiture pour les transporter matin et soir. L'Hôpital paiera à chaque sœur $20.00 par mois. Il est bien entendu, de plus, que ces sœurs auront la liberté et les moyens de vivre suivant leur règle et les lois de l'Église touchant les communautés religieuses.
J'ai l'honneur d'être, Honorable Monsieur,
Votre tout dévoué,

Charles-E.Bergeron, P. O.

Avant de glisser la lettre de l'Évêché au suivant, Irma prend une note sur sa feuille. Une objection lui brûle les lèvres : « Un salaire de vingt dollars par mois à chaque religieuse ! On est venu chercher mon consentement en alléguant que leur travail serait bénévole. Je ne peux pas croire que la Corporation va accepter de verser de tels honoraires à du personnel non qualifié pour travailler dans un hôpital ! Si personne ne le fait, je vais demander le vote », se promet-elle.

Le silence se poursuit après que les quatre dernières personnes ont pris connaissance de la lettre ; Mme la présidente conclut à une acceptation générale des conditions requises à la présence de ces religieuses à l'hôpital de l'Enfant-Jésus.

La D^{re} LeVasseur proteste :

— Au nom de la démocratie, je demande un vote secret.

Un froid dans la salle.

Le Dr Fortier l'appuie.

Mme Gagné serre les mâchoires.

Consulté, le juge Choquette autorise le vote secret.

Mme la présidente, dépitée, cherche du papier. Le juge vient à son aide. Mme Girouard, secrétaire, s'empresse de découper la feuille et d'en distribuer un fragment à chacun. La secrétaire en fait ensuite la cueillette. Mme la présidente réclame son aide pour dépouiller le vote. Au moment d'en annoncer les résultats, le Dr Fortier demande à les voir.

— Aucun problème, Docteur, s'exclame Mme Gagné sur un ton résolument affranchi de toute résistance.

— Vous venez recompter avec moi, docteur Samson ?

Quatre bulletins sont mis de côté. Mme la présidente dévoile les résultats :

— La Corporation acquiesce, à la majorité, aux conditions émises par l'Évêché. On...

Les applaudissements enterrent sa voix.

— ... on informera lesdites dames religieuses que leur présence est souhaitée pour prendre soin de l'hôpital naissant, enchaîne la présidente, fuyant le regard des quatre membres qui n'ont pas applaudi. Madame Girouard ainsi que les Docteurs Fortier et

Samson se sont ralliés à la Docteure LeVasseur, qui en éprouve un réconfort indescriptible.

Forte de cet appui majoritaire, Mme Gagné passe au troisième point à l'ordre du jour.

— Autre bonne nouvelle, notre Corporation prépare les plans d'un hôpital d'au moins soixante lits qui sera construit sur un terrain appartenant à la communauté des Sœurs Dominicaines de l'Enfant-Jésus. Les services de l'architecte Trudel sont retenus, apprend-elle aux officiers réunis.

— Peut-on savoir, au moins, où est situé ce terrain ? questionne le Dr Samson.

— Bien sûr, bien sûr ! Il est situé sur le boulevard Saint-Cyrille dans la paroisse des Saints-Martyrs-Canadiens, un peu en dehors des limites de la ville de Québec, sur la frontière avec Sillery.

— Mais il n'est pas déjà occupé ?

— En partie, oui, par la maison-mère des Sœurs Dominicaines et leur pavillon Saint-Dominique. Cette construction serait adjacente à la maison-mère déjà existante.

Estomaquée, Irma cherche une logique dans les débats de cette assemblée. D'une part, on rend officielle la location du 55 de la Grande Allée à compter de ce jour et, du même souffle, on envisage la construction d'un autre hôpital pour enfants, à peine plus grand que celui qui existe déjà. Comment ne pas soupçonner un magouillage entre les autorités religieuses et la Corporation ? une entente secrète entre les deux parties contractantes ? « On dirait que je suis seule à ne pas me réjouir de ce projet... », croit la D^{re} LeVasseur.

Visiblement fière des victoires précédentes, Mme la présidente déclare le temps venu de nommer les membres honoraires de l'hôpital de l'Enfant-Jésus :

— On vous a préparé une liste pour le moins impressionnante. Le lieutenant-gouverneur, l'honorable Charles Fitzpatrick et son épouse en seraient les patrons; les vice-patrons seraient : le premier ministre de la province, l'honorable Alexandre Taschereau, son honneur le maire et Madame Joseph Samson, le juge en chef de la Cour supérieure, Sir François-Xavier Lemieux et Lady Lemieux.

Une dizaine de regards ébahis glorifient Mme Gagné.

— Nous aurons d'autres dignitaires qui endosseront les titres de présidents honoraires et de vice-présidents. L'honorable Antonin Galipault et sa dame assumeront la présidence. Comme vice-présidents honoraires, le surintendant de l'Instruction publique, l'honorable Cyrille Delâge et son épouse, ainsi que tous les juges résidant à Québec, tous les ministres provinciaux, les sénateurs, les députés de la région siégeant au Parlement, les conseillers législatifs, les députés provinciaux de la ville et les Orateurs des deux chambres de la Législature et Madame John Sharples.

Irma a décroché de ce qu'elle ne considère plus que comme de la frime. Elle a écouté défiler la liste de noms comme on regarde passer une parade rocambolesque. Le moment venu d'approuver ou de désapprouver ces nominations, elle s'abstient de lever la main. Elle frétille sur sa chaise tant elle se sent à un continent de ses petits patients. « Médecin militaire ou médecin de brousse, voilà ce qui me conviendrait le mieux », se dit-elle, lasse de tout ce protocole dont la nouvelle présidente veut entourer la Corporation de l'hôpital de l'Enfant-Jésus.

À la sortie de la rencontre, Irma interroge le Dr Fortier qui marche à ses côtés en direction de l'hôpital.

— Suis-je seule à sentir une sorte de manigance dans l'histoire de la construction d'un autre hôpital ?

— C'est pour le moins intrigant, admet-il.

— Vous n'étiez pas au courant ?

— Pas plus que vous, docteure Irma, et ça commence à m'ennuyer.

— Qu'est-ce qui vous inquiète le plus ?

— Les intentions et les comportements de notre nouvelle présidente, échappe-t-il à regret.

— Vous aussi ?

— Oubliez ce que je viens de vous dire, docteure Irma. La fatigue me met des idées noires dans la tête.

— À ce compte-là, je dois être épuisée moi aussi, rétorque Irma.

Plus un mot entre eux. Juste assez d'énergie mentale pour noter l'ironique beauté de cette dernière semaine de mai. Douloureuse dichotomie pour qui sort de cette assemblée le cœur gros, le cerveau abruti.

La D^{re} LeVasseur gagne son bureau pendant que son collègue, songeur, se dirige vers le dispensaire. « Pourquoi chercher à entourer notre institution de tant de noms prestigieux ? se demande-t-il. À voir le temps et l'importance que notre présidente leur accorde, on se demande si elle n'a pas oublié la priorité : que notre équipe en son entier soit d'abord et avant tout au service de la pédiatrie. »

De garde pour la fin de la journée, il croise le Dr Paquet qui vient de terminer une chirurgie dont il n'est pas peu fier.

— Une tumeur grosse comme une noix dans le cerveau de cette bambine de quatre ans... J'ai réussi à l'extirper sans provoquer d'hémorragie. Tu as remarqué comme les enfants sont résistants ? Je n'en reviens pas à chaque opération.

Le Dr Fortier sourit à peine.

— Quelque chose vous tracasse, mon cher ami ?

— L'assemblée de la Corporation dont je sors.

— Racontez-moi, le prie le Dr Paquet.

— Mais vous n'alliez pas rentrer chez vous ?

— Après. Je tiens à être mis au courant de ce qui se passe.

Des bribes d'informations sont données, après quoi le compte rendu de la rencontre est dessiné dans les grandes lignes.

— Des idées de grandeur chez Mme Gagné, croyez-vous ? Mais il n'en reste pas moins que notre hôpital se retrouve dans un contexte social qui le situe au sommet de la haute société québécoise, considère le Dr Paquet. Ce qui n'empêche pas la charité envers les déshérités de dominer.

— Pas sûr ! J'ai peur que notre Corporation se laisse séduire par une certaine philanthropie... ostentatoire, rétorque le Dr Fortier.

— De la part de certains membres du conseil d'administration, peut-être, mais dans le cœur de la plupart de ceux et celles qui travaillent ici, c'est la charité envers les pauvres et les enfants malades qui les conduit à apporter leur dévouement désintéressé.

Le Dr Fortier demeure assombri.

— Ce n'est pas ce que je constate depuis quelques mois. Aussi scandaleux que ce soit, l'enfance pauvre nourrit la vanité de trop de gens...

— Des membres de la Corporation?

— Et plus encore...

Le Dr Paquet regarde sa montre et annonce son départ sans plus de commentaires.

Au soir de cette journée éprouvante, Irma fait le tour de la maison à la recherche de repères pour comprendre les événements récents. «C'est ici que tout a pris forme, autour de cette grande table, avec les dames bénévoles puis les Docteurs Fortier et Samson. Quel enthousiasme! Quelle belle entente régnait entre nous tous! Que s'est-il passé pour qu'on en arrive à de telles incompréhensions? à de telles divergences d'orientation? à de telles complications? C'est comme si l'ambiance de cette pièce s'était perdue au moment où les réunions ont commencé à se tenir au palais de justice. Pauvre papa! S'il savait à quel point ce juge qu'il admire tant me cause de problèmes!»

Irma quitte le rez-de-chaussée pour se rendre à l'étage supérieur où dorment plus de vingt-cinq enfants confiés aux soins de son équipe médicale. «Pourtant, tout se passe bien à cet étage! Le noyau des mésententes ne s'est pas formé ici, j'en suis certaine. Auprès de nos petits malades, je n'ai vu que des gens de cœur, sans recherche de pouvoir ou de notoriété.» Cette certitude la ramène à une hypothèse congruente: le cheminement pour le moins nébuleux des membres du conseil d'administration. «Encore les dames patronnesses! Pourtant, elles me semblaient toutes bien intentionnées lors du recrutement. Est-ce à dire qu'en moins de cinq mois, nos visions du départ auraient emprunté des sentiers si divergents?»

Maude, ma chère Maude

Je devrais déjà dormir, mais tant de questions tournent dans ma tête! Je pense trouver un peu de sérénité si je les partage avec toi. Ça ne va pas mieux, Maude. Il m'arrive, comme tu me l'avais conseillé, de me positionner fermement, quitte à déplaire. En d'autres occasions, je reste réservée et conciliante. Peine perdue, je sens mon œuvre me glisser des mains et prendre une orientation bien différente de celle que je souhaitais. Moi qui étais certaine qu'autour d'un enfant à soigner il ne pouvait y avoir que de l'harmonie et de la collaboration! Il est vrai que les personnes qui veulent prendre le gouvernail et conduire à leur manière ne sont pas celles qu'on voit le plus souvent auprès de mes petits patients. Elles semblent préférer les loges de l'administration au plancher de l'hôpital. Je ne peux juger de leurs intentions, mais si tu voyais de quelle cohorte la nouvelle présidente a choisi de s'entourer! Du premier ministre du Québec en passant par une brochette de juges et de politiciens jusqu'au surintendant de l'Instruction publique. Comme s'il allait de soi que les haut gradés soient plus près des enfants pauvres et malades. Je veux bien croire que ces gens bien nantis dénoueront les cordons de leur bourse en faveur de notre hôpital, mais je ne pense pas moins qu'en chaque ville on trouve une bourgeoisie qui tient à se faire remarquer et pour qui les causes, même humanitaires, servent de tremplin pour accéder aux honneurs. L'inquiétude me ronge dès que je m'éloigne de mes petits malades.

Je ne sais tellement pas ce qui m'attend que j'hésite à t'inviter au cours de l'été, même si ta présence me ferait grand bien. Comme tu le sais, je ne suis pas du genre à chercher une épaule pour y appuyer ma tête. J'espère des jours meilleurs et je t'en souhaite autant, amie très chère

Irma

➤◄

Juin étale-t-il ses charmes, Irma n'en est pas séduite. Et pour cause, dès la première semaine de ce mois, un événement annoncé à la toute dernière minute par Mme Gagné vient la bousculer : Mère Prieure générale des Dominicaines de l'Enfant-Jésus, ayant consenti à prêter trois de ses religieuses, à titre d'essai, une visite de la maison et une réception d'accueil s'imposent. Mathilde, Irma et Mlle Thérèse Bertrand, une jeune bénévole des plus dévouée, disposent de moins de deux heures pour s'y préparer. Un peu avant l'Angélus du midi, Mme Girouard vient dans la cuisine prévenir Irma de l'arrivée des religieuses. Le juge Choquette en tête du comité d'accueil est accompagné du Dr Fortier, de Mme la présidente et de Mmes Dionne-Labrèque, Lemoyne et Girouard. Irma ferme la cohorte. M. le juge accueille les trois jeunes religieuses et les présente à tour de rôle : Sœurs Gérard-Majella, Colombe-de-la-Croix et Marie-Germaine. Mme Gagné prend l'initiative de leur faire visiter l'hôpital, à commencer par le rez-de-chaussée pour se rendre, sans s'y attarder, à l'étage supérieur où une vingtaine d'enfants sont hospitalisés. Quatre infirmières en service les accueillent : Mlle Forgues, à qui se sont jointes, la semaine précédente, Mlles Dupuis, Bélanger et Turcotte. Fidèles aux directives de Mme la présidente, elles exposent quelques éléments du *nursing* aux trois visiteuses. L'embarras se lit sur le visage des religieuses, avares de commentaires. Et pour cause, aucune d'elles n'a de compétences en la matière. Reconduites au rez-de-chaussée pour y prendre une frugale collation avec un service de table disparate, les Dominicaines sont à même de constater le besoin criant de ressources financières. Sœur Gérard-Majella propose de solliciter des dons d'assiettes, tasses et ustensiles. « Sait-elle qu'on doit verser à chacune d'elles vingt dollars par mois ? A-t-elle idée de ce que ces soixante dollars pourraient couvrir en médicaments et nourriture pour nos enfants ? Leur a-t-on dit qu'elles seraient les mieux payées de l'hôpital et que la majorité des médecins et spécialistes travaillent bénévolement, ici ? » se demande Irma pour qui l'insuffisance en vaisselle se place au dernier rang des priorités d'un hôpital non encore reconnu par l'Assistance publique. Mme Lemoyne se perd en gratitude, Mme Gagné renchérit, Irma nuance :

— Si vous avez le goût de faire des dons, ma Sœur, je vous sug-
gérerais qu'ils soient directement destinés à nos enfants hospitalisés.
Ici, le personnel s'accommode bien de ce qui est à sa disposition.

Le Dr Fortier l'appuie et enchaîne une question qu'Irma retenait :

— Quand comptez-vous commencer ? demande-t-il à Sœur
Gérard-Majella.

— Nous allons d'abord faire rapport de notre visite à notre Mère
supérieure...

— Vous comprenez qu'il nous faudra prévoir du temps pour vous
initier à votre travail.

— Je sais. On en aura vraiment besoin.

Cet aveu de Sœur Gérard-Majella lui mérite la sympathie d'Irma.
Toutefois, l'appréhension persiste dans son esprit quant à la nouvelle
répartition des tâches dévolues aux médecins et aux infirmières
licenciées. Il est à prévoir que l'assemblée convoquée pour le lendemain se penchera sur la question. Mais dans quel climat ?

Mme la présidente ouvre l'assemblée par une annonce qui réjouit
la D^{re} LeVasseur :

— À compter d'aujourd'hui, 5 juin 1923, et jusqu'à nouvel ordre,
le bureau de la Corporation sera situé au 55 de la Grande Allée, où
toutes les assemblées auront lieu et où devront être conservés tous
les registres et documents de la Corporation.

Un bémol : «... jusqu'à nouvel ordre. De toute évidence, ils n'ont
pas renoncé à faire construire sur le terrain des Sœurs», en déduit
Irma.

Avec une assurance et une autorité à ne pas défier, Mme Gagné
clame qu'en ce même jour, la Corporation établit ses droits entiers
sur l'administration de l'hôpital.

— Ce qui veut dire que d'ores et déjà, tous les règlements de la
requête pour l'incorporation de l'hôpital sont officiellement consi-
dérés comme les règlements de la Corporation ainsi que toutes les
conventions annexées à ladite requête. Tous les membres en sont
ainsi informés et auront tous à s'y soumettre.

Des hochements de tête autour de la table. Des lueurs de contestation.

— Toutefois, ces règlements pourront être changés à une séance régulière ou spéciale, reprend-elle, avant de préciser les droits juridiques de la Corporation.

— Certaines délimitations de pouvoirs demandent à être clairement établies, ajoute Me Choquette dont les propos sèment l'inconfort dans la salle.

Se tournant vers Irma pour s'assurer de son écoute, Mme Gagné enchaîne :

— La fondatrice de l'hôpital, Mademoiselle Irma LeVasseur, a eu, comme il se devait, l'entière administration jusqu'au moment de l'incorporation. Quoique ayant fait partie du bureau de direction, elle n'en assume plus, depuis, l'unique responsabilité. Aussi nous lui demandons d'apporter, à la prochaine assemblée, tous les comptes qu'elle a déjà reçus. Il va sans dire que la Corporation ne s'engage pas à les accepter et encore moins à les payer.

« Était-ce nécessaire de le rappeler ? » se dit Irma, parvenant à garder un parfait contrôle d'elle-même.

D'entrée de jeu, Mme la présidente l'informe de son rôle et de ses limites :

— Mademoiselle LeVasseur est nommée médecin résident de l'hôpital, et elle ne devra s'occuper que de soins médicaux sous la direction du bureau médical. Toute activité administrative est, dorénavant, hors de ses attributions.

Irma ravale ses mots, préférant les confier au cahier de notes qu'elle apporte à chaque réunion. L'offense vient de l'absence de nuances et du ton arrogant de la présidente, qui ne se dégonfle pas.

— Au nom du conseil d'administration, poursuit-elle, je demande que le bureau médical, par son président, le Docteur Fortier, s'entende avec Mademoiselle LeVasseur pour les devoirs que cette dernière aura à remplir à l'hôpital.

« Une vraie mise en demeure, ma foi ! Coupure de droits et imposition de devoirs. Ces bonnes dames oublient-elles que je suis chez moi au 55 de la Grande Allée ? que c'est l'hôpital que j'ai fondé et pour lequel j'ai investi mes avoirs ? » Furieuse, Irma quitte l'assemblée en claquant la porte.

Le Dr Fortier tente de la rattraper.

— Irma ! Je vous en prie, attendez-moi. Je vais vous expliquer.

— J'ai tout compris, rétorque-t-elle sans s'arrêter.

— Je suis sûr que non. On veut seulement...

— ... me ligoter.

Le Dr Fortier parvient à l'empêcher de filer.

— Écoutez-moi rien qu'une petite minute, après je vous laisse aller, Irma. Tout ce que la Corporation veut, c'est l'autonomie du bureau médical pour tout ce qui est médical, et l'autonomie du bureau de direction pour tout ce qui est administratif. Qu'on ne mêle pas les deux... comme ce fut le cas à Montréal. Vous comprenez ?

— Personne dans cette Corporation ne semble avoir retenu que c'est... mon hôpital.

— Mais il faut l'administrer correctement...

— ... sans moi. C'est ça que vous voulez, lance-t-elle, échappant à la poigne du Dr Fortier.

De retour à l'hôpital, Irma va prévenir Mathilde :

— Je m'occupe du dispensaire pour le reste de la journée.

— Ça ne s'est pas bien passé, hein, madame Irma ?

D'un geste de la main, Irma lui signifie son refus d'en parler.

Le lendemain midi, Mme Gagné se présente au 55 de la Grande Allée pour y rencontrer Irma. Elle ne la trouve ni au dispensaire, ni auprès des patients hospitalisés. Dernier recours, la cuisine.

— Elle ne sera pas là aujourd'hui, lui apprend Mathilde, sans lui faire l'aumône d'un regard.

— Vous avez la clé de son bureau ? J'aurais besoin de certains papiers...

— Ne comptez pas sur moi pour ouvrir cette porte, Madame.

— Mais, c'est dans mes droits.

— Allez vous plaindre au Docteur Fortier si vous le voulez, mais je ne vous prête pas la clé.

— Elle revient ce soir, j'espère ?

— Aucune idée !

— Qui pourrait me le dire ?

— Aucune idée, répète Mathilde, résolue à ne pas desserrer les dents.

— J'avais une bonne nouvelle à lui apprendre...

— Ça me surprendrait.

— Quand je vous le dis. Notre hôpital vient d'être reconnu par l'Assistance publique.

Mathilde ne bronche pas.

— On va recevoir de l'argent pour notre hôpital.

— Vous me dérangez, madame Gagné.

— En voilà une manière de me traiter !

— Vous et vos bonnes amies, vous la traitez comment, Madame Irma, hein ?

Mme la présidente s'approche.

— Sans vouloir vous blesser, je vous ferai remarquer qu'il doit être difficile pour une jeune femme comme vous de comprendre les paliers administratifs d'un hôpital.

— Peut-être, mais les ragots, tout le monde comprend ça. Je pourrais vous en répéter qui vous feraient rougir de honte, madame la présidente !

Bouche bée, Mme Gagné tourne les talons, laissant derrière elle une jeune femme non peu fière de son attitude.

« C'est quand je vais raconter ça à Madame Irma ! » se dit Mathilde, empressée de partager sa prouesse avec Mlle Bertrand.

Mathilde allait se mettre au lit quand le téléphone sonne... pour elle.

— Madame Irma ! D'accord ! Oui, du nouveau, ici, depuis votre départ.

Elle relate en détail les refus et les ripostes servis à Mme Gagné. Puis elle ajoute :

— J'allais oublier ! L'Assistance publique a dit oui. On va avoir de l'argent.

L'enthousiasme anticipé ne vient pas. Irma n'en est plus capable. Elle clôt l'entretien téléphonique avec des recommandations à Mathilde pour une parfaite discrétion.

Irma est venue à Montréal confier ses déboires et ses inquiétudes à sa meilleure amie. Les deux heures passées dans le train qui dévore les paysages l'ont quelque peu apaisée. Maude porte la peine de son amie comme on adopte un enfant. Depuis l'arrivée d'Irma, tout n'est que tristesse et impuissance dans ce domicile de la rue Sherbrooke. Mais, le temps accordé à la compassion expiré, un arsenal d'analyses et de solutions doit prendre la relève.

— Ce que je comprends, Irma, c'est que tes projets gagnent l'enthousiasme de tous ceux à qui tu en parles, mais une fois que la locomotive est sur les rails, elle t'échappe.

— Comment expliquer ça ?

— Tu veux vraiment connaître le fond de ma pensée, Irma ?

— J'y tiens, Maude.

— Tu vas commencer par manger ce que je t'avais préparé et puis tu vas me promettre de ne pas repartir ce soir.

Réticente, Irma se laisse finalement convaincre.

Attablée, la paume de ses mains posée sur ses tempes, elle réfléchit.

— Penses-y un instant. Ce que tu m'as raconté ressemble pas mal à ce qui s'est passé à Montréal. La majorité des dames du bureau d'administration sont mariées, puis pas à n'importe qui ! Des notables de la ville qui font bon ménage avec le clergé et avec tous les paliers du gouvernement. Tandis que toi...

— ... bien oui ! Célibataire, pas pratiquante plus qu'il faut, puis loin des politiciens.

— Tu vois ? Tu es à part, trop différente des modèles de femmes encensées par la haute société et l'Église. Sans parler de tes idées avant-gardistes.

— On a le tempérament qu'on a !

— Ton parcours à l'étranger pourrait jouer en ta faveur pour autant que ces dames le connaissent. Ça pourrait leur faire accepter ta personnalité.

— Qu'est-ce qu'elle a de si dérangeant, ma personnalité ?

— Généreuse et dévouée aux enfants comme il ne s'en fait plus, mais avare de mots, d'explications. Mystérieuse et parfois colérique. À cela, j'ajouterais ce petit côté rebelle qu'on devine quand on t'observe le moindrement.

— Quand je résiste à une opinion ou une directive, c'est par amour pour les enfants à défendre contre la maladie et la mort.

— Tout ça, je le sais, moi, parce que je te connais depuis vingt ans et qu'on n'a pas de secrets l'une pour l'autre. Mais imagine les gens avec qui tu partages ta maison !

Irma quitte la table et va s'affaler dans un fauteuil du salon. De sa chevelure parsemée de cannetilles argentées, elle retire ses peignes de nacre et les pose sur la petite table, au milieu de la pièce. Ses souliers abandonnés sur la moquette, elle ramène ses pieds sur le coussin et laisse tomber sa tête sur le dos du fauteuil. La lassitude étire ses traits et bistre ses yeux. Maude a devant elle une femme ébranlée par l'adversité, sur le point de baisser les bras, croit-elle.

— Vas-tu laisser l'administration de l'hôpital au bureau de direction ? vérifie-t-elle.

— Pas toute. Ce serait un non-sens, Maude ! C'est mon bébé. J'ai bien le droit de m'occuper de sa croissance.

— Je ne crois pas que ce soit aussi simple que ça, quand même.

Irma échappe un soupir plaintif. Toutes deux optent pour le repos.

Le 7 juin au matin, sur le quai de la gare, les deux femmes attendent le train qui ramènera Irma à Québec.

— Ma décision est prise : je ferai tout pour que les enfants de chez nous conservent leur hôpital. Les pauvres comme les riches. Les infirmes comme les normaux, annonce-t-elle, les épaules redressées.

— Comment comptes-tu t'y prendre ?

— Je vais réexpliquer mes intentions aux dames du bureau d'administration. Mes priorités. Ma vision de la régie d'un hôpital.

— Si elles restent sur leur position...

— Qu'est-ce que tu ferais, toi ?

— Tu as deux possibilités. Ou tu te soumets pour que ton hôpital se développe dans l'harmonie et tu te fais donner des ordres par tes recrues, ou tu maintiens ta position et tu risques l'avenir de ton hôpital. Pour le meilleur ou pour le pire.

— Dans un cas comme dans l'autre, ce ne sera pas facile, Maude.

— Je le sais. Mais comme je te connais, ton phare, c'est la passion qui t'anime depuis que tu sais réfléchir.

Irma embrasse son amie. Leur étreinte prend son temps. Dans les bras de la visiteuse passe un vœu non moins ardent qu'éphémère : que cette présence de Maude, aimante et lucide, soit quotidienne, afin de lui épargner erreurs et regrets.

⤞⤝

De retour à Québec, Irma a ouvert son bureau aux administrateurs, dégagé une place sur sa table de travail, y a déposé des documents relatifs à la Corporation, mais certains tiroirs sont demeurés verrouillés. S'y cachent, entre autres, les factures que la Corporation a refusé de payer ainsi que sa correspondance et ses copies manuscrites de certains documents officiels. La plus affligeante d'entre elles, la lettre du directeur de l'Assistance publique. Une gifle pour la fondatrice de cet hôpital dédié aux enfants.

Québec, le 13 juin 1923

Madame Lemoine, secrétaire,
Hôpital de l'Enfant-Jésus
55 Grande Allée
Québec

Madame, Monsieur,

J'ai reçu instruction de l'honorable Secrétaire provincial de vous informer qu'en vertu d'un arrêt ministériel en date du 7 juin 1923, l'Hôpital de l'Enfant-Jésus a été reconnu comme institution d'Assistance publique et placé dans la Classe A 1 (Hôpitaux généraux).

— C'est pourtant évident que cet hôpital doit être classé hôpital pédiatrique, a-t-elle fait remarquer à Mme Gagné en présence du Dr Fortier. On ne va pas laisser passer ça !

— L'important, c'est qu'on soit reconnu et qu'on profite de la subvention, a rétorqué Mme la présidente.

— Pour le moment, peut-être, mais il faut apporter la correction sans trop tarder.

— On verra, a répondu Mme Gagné, sitôt sortie du bureau dans lequel Irma les avait convoqués.

— Qu'est-ce que vous en pensez, vous, docteur Fortier ?

— Je vous avoue, Irma, que je suis très embarrassé par toutes ces querelles. Ce n'est pas de cette ambiance que j'avais rêvé pour notre hôpital.

— Et moi, donc !

— J'admets que les ambitions de notre présidente dépassent tout ce que j'aurais pu anticiper pour un hôpital voué aux enfants de toutes catégories, mais...

— Je ne peux pas croire qu'on doive s'y résigner !

— De par notre Corporation et les règlements qu'on a approuvés, le bureau médical n'a pas juridiction sur le bureau administratif, vous le savez bien.

Une pause d'argumentation relance Irma au cœur du problème.

— Docteur Fortier, dites-moi sincèrement, êtes-vous d'accord avec l'orientation que prend notre hôpital ?

L'embarras bâillonne ce collègue des premières heures. Irma l'attendra... le temps qu'il faudra.

— En vérité, ça ressemble à une recherche de pouvoir politique et social qui va au-delà des besoins financiers de notre hôpital.

— Je n'en pense pas moins.

Les perceptions du Dr Fortier font écho aux siennes sans pour autant tenir lieu de promesses de soutien en présence des membres de la Corporation.

Tôt dans la matinée du 20 juin, Sœur Gérard Majella reçoit des poignées de main et des félicitations dont Irma ignore la cause.

— Vous ne le saviez pas ? Le conseil d'administration lui a confié l'autorité suprême de diriger l'hôpital, excepté les médecins, lui apprend Mme Tessier, occupée à changer les draps d'une bambine de deux ans.

— C'est d'elle que nous, les gardes-malades et les autres employés, recevrons les ordres, s'inquiète Mlle Forgues qui assistait la D^re LeVasseur pour les traitements d'un petit brûlé.

À l'instant même, Mme Gagné se pointe à l'étage. Du bas de l'escalier, elle a tout entendu.

— Que ça vous plaise ou non, c'est comme ça que ça va marcher. Je venais justement vous annoncer que le conseil d'administration a aussi décidé de fonder l'École des infirmières de l'hôpital de l'Enfant-Jésus.

Puis désignant les religieuses, elle ajoute, complaisante :

— Vous comprenez qu'il est urgent de les initier à la pratique médicale hospitalière.

— Et qui va effectuer ce travail ? demande Irma, anticipant la réponse.

— Plusieurs de vos collègues se sont offerts...

La croyant sceptique, Mme Gagné les lui nomme :

— Les Docteurs Vaillancourt, Samson, Morin, Marceau, Verge et Turcot vont dispenser les cours théoriques et le personnel médical des services donnera les cours pratiques. Les médecins seront payés pour leur enseignement, précise-t-elle avec une prétention qui chiffonne Irma et la cloue au silence.

Le rappel des paroles de Maude, comme une petite tape d'amie sur son épaule : « Ou tu te soumets pour que ton hôpital se développe dans l'harmonie et tu te fais donner des ordres par tes recrues, ou tu maintiens ta position et tu risques l'avenir de ton hôpital. Pour le meilleur ou pour le pire », lui avait-elle exposé. « Je crois avoir choisi la deuxième solution... »

⭃⭠

— Tu aurais dû me prévenir, Bob !

Le temps est mal choisi ! Même si c'est samedi, Irma n'a d'énergie et d'intérêt que pour son navire qui tangue et risque de prendre l'eau tant il est ballotté de toutes parts.

— J'avais prévu cette réponse. Tu n'as de temps que pour le travail.

Pas une réplique ne vient d'Irma. Qu'une grande lassitude dans son regard.

— Charles tenait tellement à te revoir. Pour toi aussi, Irma, c'est important. Il faut que tu te distraies et que tu te reposes de temps en temps, tente-t-il de lui faire comprendre pendant ce rendez-vous qu'il lui a donné sur les Plaines d'Abraham.

— Tu ne peux pas savoir... Toutes mes minutes sont précieuses dans cet hôpital, dit-elle, allant et venant, incapable de se poser sur le banc où Bob l'a priée de s'asseoir.

— Je le sais.

— Impossible ! Tu ne peux pas savoir...

— Oui, Irma. Maman me donne de tes nouvelles assez souvent.

— Qu'en sait-elle ? Je ne lui ai presque pas écrit depuis un an.

— Ta tante Angèle... Ma mère lui téléphone régulièrement depuis décembre dernier.

Irma s'échoue sur le banc avec toute la lourdeur que les soucis sont venus ajouter à son travail. Bob la rapproche de lui, la presse contre sa poitrine. Irma laisse tomber sa tête au creux de son épaule... comme avant. Avant qu'elle renonce à l'aimer et à se laisser aimer. Leur affection et leur loyauté n'ont pas besoin de mots. Leurs corps se souviennent. Leur retenue capitule. La tendresse prend ses droits. La tiédeur de ce 18 août lui donne son aval. L'érable déploie ses branches touffues au-dessus de leurs têtes. Le vallon leur sert d'alcôve. Une oasis où la détente est bienvenue. Le temps se porte complice.

Tel un amant jaloux, le chagrin vient néanmoins reconquérir Irma.

— Qu'est-ce qui te fait le plus souffrir dans tout ça ? lui demande Bob.

— Je pense que je suis en train de perdre mon hôpital. Par petits morceaux.

— Faute d'argent ?

— Je le croyais, au début, mais plus maintenant. C'est plus subtil que ça. L'équipe qui tient les rênes quête moins d'argent que d'auréole. Et je suis devenue leur boulet.

— Tu en es sûre ?

Irma se tourne vers lui, pose une main sur son bras et, d'une voix brisée par la détresse, le prie de la croire.

— Hier, je ne sais de quel droit, la secrétaire du conseil d'administration est venue me prévenir que...

Bob a beau chercher, il ne peut imaginer la suite. Il n'ose l'imaginer.

Puis Irma parvient à articuler :

— On m'ordonne de ne plus pratiquer ma profession... dans mon hôpital.

Les bras croisés sur son ventre, la tête en chute sur ses genoux, Irma gémit. Bob va poser un genou devant elle, noue ses bras sur son dos harassé. Aller au bout de son chagrin auprès de cet homme avec qui elle a cédé à l'amour, voilà ce que Bob lui offre. Irma s'abandonne.

— Prends un peu de recul, Irma. Tu es blessée... Tu sais mieux que moi que les blessures guérissent plus facilement quand elles sont protégées. Viens nous retrouver chez ta tante Angèle.

Elle y consent.

— Je dois d'abord en informer le Docteur Fortier, le prévient-elle, lui accordant une dernière étreinte.

Bob et Irma empruntent-ils des directions opposées, leurs cœurs restent liés. La D^{re} LeVasseur doit rentrer chez elle avant de se rendre à la résidence de sa tante Angèle pour y passer la fin de semaine en compagnie de ceux qui l'affectionnent sans réserve.

Une entrée des plus discrète au 55 de la Grande Allée puis Irma file au dispensaire où elle glisse quelques mots au Dr Fortier.

— Je m'occupe de tout, Irma. Ça vous fera grand bien d'être entourée des vôtres en pareille épreuve.

Cette compassion arrive à point.

— Rien ne m'enlèvera l'admiration que j'éprouve pour vous, docteur Fortier.

Avant de quitter son hôpital, Irma rapporte à Mathilde et à Mlle Bertrand, ses deux complices, les mots réconfortants de son collègue.

— Qu'il y en ait un sur le groupe qui vous estime à votre juste valeur, ce n'est pas de trop ! dit Mathilde.

— Je suis certaine qu'il est de votre bord, ajoute Mlle Bertrand.

Un mince bagage au bras, Irma déambule par les rues comme un zombie. S'éloigne-t-elle de son hôpital qu'il ne continue pas moins de l'habiter, de la hanter. Aussi compte-t-elle sur la magie que les enfants opèrent sur elle pour s'en distraire, ne serait-ce que vingt-quatre heures.

Sur le perron de la rue Fleury, Bob l'attend. Ses bras s'ouvrent. Avant qu'Irma ait eu le temps de s'y blottir, la voix d'Angèle les lui a refermés.

— Viens vite voir le beau monde qui t'attend dans le jardin, dit la septuagénaire, un peu trop prévenante ce jour-là.

De la fenêtre de la cuisine, Irma aperçoit d'abord son filleul causant avec John. Charles aura bientôt seize ans.

— Comme il a grandi ! Je ne doute pas un instant que tu en sois fier, Bob.

— C'est peu dire.

— Est-ce que tu l'avais imaginé ainsi, quand il est né ?

Surpris par la question, Bob sourit, réfléchit et avoue :

— Il dépasse tout ce que j'aurais pu souhaiter pour mon enfant.

Irma se montre songeuse. Bob s'en inquiète.

— Ah, je le comparais... murmure Irma.

— À qui ?

— À mon hôpital de Montréal. Ils ont le même âge.

— Je comprends. C'est un peu comme ton enfant. J'espère que tu es fière toi aussi de ce qu'il est devenu.

— Quand je reste sur le plan de la raison, oui. T'es-tu déjà arrêté, Bob, à imaginer ce que peut ressentir une mère forcée de donner son enfant en adoption ?

— Hélène m'y a emmené... Ce doit être comme un deuil...

— Un deuil dont on se remet difficilement. C'est comme si tu étais réduite à ne voir ton enfant qu'à travers une vitre, sans pouvoir...

— C'est vrai que c'est triste, l'adoption. Mais pas dans tous les cas. Regarde tout le bonheur que la petite Anne apporte à Edith et à John.

La réflexion la bâillonne. Bob, qui croyait la réconforter, s'en désole.

— J'aimerais savoir ce qui t'a blessée, Irma.

— Tu ne m'as pas blessée, Bob. Tu m'as seulement montré l'autre côté de la médaille : le bonheur de ceux qui héritent de ce que d'autres ont mis au monde. La fierté qu'ils en ressentent.

— Mais quel renoncement ça doit demander ! reconnaît Bob.

— Il faut s'en distraire le plus possible, si on veut survivre.

— S'en distraire ?

— Oui, comme d'une douleur physique.

— Mais comment ?

— En entreprenant une autre bonne œuvre, par exemple.

— C'est ce que tu feras, si...

— C'est ce que je ferai.

Charles bondit près d'eux, l'estomac dans les talons.

— Marraine ! Papa ne nous a pas prévenus que vous étiez là ! s'écrie-t-il, avant de la gratifier d'une accolade qui la fait vaciller.

Les effusions de cœur terminées, le jeune homme crie sa faim :

— Allez-vous finir par nous l'apporter, ce pique-nique-là ?

— C'est une bonne idée de venir nous aider, réplique son père en lui chargeant les bras de paniers d'osier regorgeant de victuailles.

Dans la cour d'Angèle LeVasseur se sont regroupés autour d'Irma, John et sa petite famille, Paul-Eugène qui, dans une tenue soignée, semble avoir élu domicile chez sa tante, et les deux voyageurs new-yorkais. Profitant de la présence de ceux qui lui sont chers, Angèle a décidé de souligner l'anniversaire d'Anne quelques jours à l'avance. À eux seuls, les rires et les câlins de la bambine créent une ambiance si agréable qu'Irma a déridé son front et accroché un sourire à ses lèvres... pour le reste de la journée. Bob s'en réjouit. « Elle a tellement vieilli en huit mois ! Les épreuves ont creusé ses joues et alourdi ses paupières », constate-t-il. Charles l'a-t-il noté qu'il excelle à la distraire de ses soucis avec ses devinettes, ses jeux et ses paris.

Dimanche, fin d'après-midi, Irma signifie son intention de rentrer au 55 de la Grande Allée avant le souper. Elle a des papiers importants à examiner puis quelques textes à rédiger en rapport avec les décisions récentes du conseil d'administration.

— Quand penses-tu nous redonner de tes nouvelles ? demande
Bob.

— Vous repartez bientôt pour New York ?

— Pas avant une dizaine de jours, s'écrie Charles, qui ne se rassa-
sie pas de visiter la ville.

— Tu sembles oublier que Clara et les jumelles nous attendent
à la maison, lui rappelle son père.

Puis, se tournant vers Irma, il précise :

— Tout dépend de ce qui arrivera pour toi dans les prochains
jours.

Forte de cet appui indubitable et de l'affection que toute cette
maisonnée lui témoigne, la D^{re} LeVasseur repart plus confiante en
ses capacités de gérer cette crise.

Mathilde et Mlle Bertrand, ainsi que ses deux fidèles collaboratrices, Mme McKay et Mme Tessier, l'accueillent avec soulagement.
Dans leurs regards, des questions, des craintes. Irma les rassure :

— Il n'y a rien comme la présence des enfants pour clarifier nos
idées et nous redonner force et courage. Il faut que j'aille les voir !

À l'étage, la D^{re} LeVasseur retrouve l'infirmière Forgues, deux
bénévoles et, quelle surprise, Mmes Gagné, Pouliot et Dionne-Labrèque,
les trois dames qui, le 18 mai, avaient insisté pour ajouter un comité
de surveillance aux autres comités prévus par la Corporation. Une
vive brûlure dans la poitrine d'Irma. Une fissure dans la toile protectrice dont elle s'était enveloppée avant de franchir le seuil de
l'hôpital. Leur bonjour du bout des lèvres, l'odeur de dissimulation
qu'elles dégagent, leurs regards inquisiteurs la troublent sans pour
autant la dissuader de faire la tournée de l'étage et de s'arrêter près de
chaque malade, le temps d'une caresse et d'un coup d'œil à sa fiche
médicale. Peu avant qu'elle ait vu le dernier patient, le comité de
surveillance a quitté l'étage, mais non les murs de l'hôpital, si elle en
croit Mathilde venue lui chuchoter :

— Les trois polices se sont enfermées dans la salle de réunion...

— Tu viendras me le dire quand elles se prépareront à partir ?

Laissant à Mlle Forgues le soin de veiller sur la trentaine de malades, Irma descend à son bureau dont elle laisse la porte ouverte. Une mise à jour de son courrier s'impose. Entre deux revues médicales se cachait une enveloppe blanche au mince contenu. Un seul feuillet. Il est signé de la main de Mme Gagné pour rendre officiel le congédiement de la D^{re} LeVasseur, non seulement du bureau médical mais aussi de l'hôpital de l'Enfant-Jésus, à compter du 29 août. Un verdict foudroyant. Dévastateur. Outrageant. La torture au cœur, Irma quitte son bureau pour s'enfermer dans sa chambre, se laisser choir sur son lit, la tête enfouie dans son oreiller pour que ses pleurs ne soient pas entendus. Des pas dans le corridor. Quelqu'un frappe à la porte. Mathilde, Mlle Bertrand et Mme McKay entrent timidement, ferment la porte derrière elles, catastrophées. Elles sont là, autour de leur héroïne, les mains et l'esprit vides.

— Je voudrais faire quelque chose pour vous, dit Mathilde.

— Aimeriez-vous mieux qu'on vous laisse seule ? demande Mme McKay.

Irma se relève, éponge son visage et, debout devant la fenêtre de sa chambre, elle livre son chagrin :

— Dix jours. Plus que dix jours ! Et dans quelle atmosphère vont se dérouler ces journées ?

Déchirante cohabitation. Cruels adieux à ses petits.

— La mort me serait plus douce...

Vidée de toute résistance, Irma se retourne vers ses amies et ne leur cache plus son visage dévasté. Sa souffrance les afflige profondément.

— Je vais apporter votre souper ici, offre Mlle Bertrand.

— On va vous défendre, promet Mme Tessier, venue voir ce qui se passait.

— Vous ne me reverrez plus souvent pleurer, mes bonnes amies. Ça achève tout ça.

Leur compassion se double d'inquiétude.

— C'est que certaines décisions sont si difficiles à prendre qu'on aimerait mieux mourir, mais on survit, dit Irma pour ne pas les accabler davantage.

— Vous n'allez pas nous abandonner, madame Irma ? la supplie Mathilde.

— Je ne la quitterai pas, cette maison... et vos places sont ici avec moi tant que vous le voudrez.

— Venez manger un peu, insiste Mme McKay.

Irma y consent.

Dans le corridor qui mène à la cuisine, les «trois polices» se suivent en rang d'oignons vers la sortie. Mme Gagné marmonne :

— Bon appétit !

Les deux autres l'imitent, timidement.

— Oh ! Tandis que j'y pense, mademoiselle LeVasseur, on a vu qu'une dizaine de biberons neufs ont été achetés... savez-vous par qui ?

— D'abord, on m'appelle Docteure, et puis les biberons, c'est moi qui les ai achetés. Il en manquait. On ne doit jamais prendre celui de Jacques pour faire boire Marie... pour ne pas propager la contagion.

— Mais la religieuse m'a dit qu'elle les lavait soigneusement.

— Laver n'est pas stériliser.

— Mais c'est une question d'économie, aussi, fait valoir Mme Dionne-Labrèque.

— Jamais d'économie sur le dos de nos enfants, Madame. Jamais !

— On n'a pas trouvé la facture, non plus, rétorque Mme Gagné qui avait repris son panache de présidente.

— Qu'est-ce que ça donnerait ? Qu'avez-vous fait de toutes celles que je vous ai présentées en mai ?

Puis elle prévient les dames du comité :

— Je n'attendrai pas que vous ayez tenu vos réunions au palais de justice pour prendre les moyens d'éviter une épidémie dans mon hôpital.

— Dans son hôpital... ironise Mme Pouliot.

— Vous avez bien compris, Madame. Dans MON hôpital.

Le comité de surveillance file en douce vers la sortie. Irma verrouille la porte sitôt qu'elles en ont franchi le seuil. Ses quatre fidèles collaboratrices sont médusées.

— Je vous ai dit que c'était fini, toute cette mascarade, eh bien, c'est fini, leur jure Irma.

— Là, on vous reconnaît, dit Mme McKay.

— Vous n'avez qu'à nous dire ce que vous aimeriez qu'on fasse, offre Mme Tessier.

— Le temps que j'avale une soupe, j'aimerais que vous alliez compter combien il reste de draps et de pyjamas propres dans la lingerie. Et toi, Mathilde, va aider Thérèse à finir la lessive. Madame McKay, voulez-vous retourner auprès des enfants, vous assurer qu'ils ne manquent de rien ? Si vous notez quelque chose d'inquiétant, venez me le dire, ici ou dans mon bureau.

Un souper pris en toute vitesse et Irma sort d'un des tiroirs verrouillés le texte des règlements de l'hôpital, le relit attentivement, en souligne certains passages et annote plusieurs paragraphes avant de le replacer bien en vue sur sa table. Il ne lui reste qu'à revoir le libellé du bail signé en juin dernier avec la Corporation pour s'assurer de leurs droits réciproques. Irma se sent prête à rédiger sa lettre.

Le 18 août 1923

Membres de la Corporation de l'Hôpital de l'Enfant-Jésus
Membres du Bureau médical

Le 16 août 1923, la Corporation m'ordonnait de me retirer du Bureau médical et de quitter MON hôpital. Cet hôpital qui existe dans ma maison depuis huit mois. Nous vous y avons accueillis parce que vous manifestiez le goût de continuer, avec moi et mes deux amis, les Drs Fortier et Samson, l'œuvre d'hospitalisation des enfants malades pauvres que nous avions commencée en janvier. Voilà que maintenant vous me montrez la porte.

Laissons au public, à nos bénévoles, aux familles de nos patients et aux générations futures de juger de l'absurdité d'une telle directive.

Vous me donniez deux semaines pour quitter MON hôpital.
En mon droit de propriétaire de cette maison, je vous accorde
un mois et dix jours pour partir, à moins que la Corporation
consente à licencier certaines de ses membres et que je puisse
reprendre mes droits et mes fonctions dans cet hôpital que j'ai
fondé avec mes collègues ci-haut nommés.

D^{re} Irma LeVasseur

Les tâches de la soirée accomplies, Irma rassemble ses quatre amies dans son bureau pour leur faire part des derniers événements. Il convenait d'offrir à Mmes Tessier et McKay, ses deux fidèles collaboratrices, les fauteuils placés devant sa table de travail. Mathilde et Mlle Bertrand, adossées au mur, retiennent leur souffle.

— Je viens de prendre une grave décision et je tiens à ce que vous en soyez les premières informées, les prévient Irma.

Tendant deux lettres à Mme McKay, celle de Madame la présidente et la réponse qui lui sera adressée, elle la charge d'en faire la lecture.

Avant la fin du premier paragraphe, la dame est sans voix. Thérèse Bertrand, jeune femme énergique, s'empare du papier avec la détermination de se rendre au bout. À tout moment, elle scrute le regard d'Irma pour s'assurer qu'elle a bien lu...

Mathilde, plus d'une fois fragilisée dans sa vie, vivement secouée par ce qu'elle anticipe, se lance dans les bras d'Irma.

— Ce n'est pas juste, ce qui vous arrive. Vous allez avoir tellement de peine...

— Nos pauvres petits malades, dans tout ça? s'inquiète Mme Tessier.

— Ils vont les emmener avec eux, ailleurs? Y avez-vous bien pensé, Madame Irma? s'écrie Mme McKay.

— La Corporation peut décider ce qu'elle veut à moins que le bureau médical prenne les grands moyens pour l'en empêcher. C'est tout ce qu'il me reste d'espoir, lui confie Irma.

Les scénarios les plus déchirants sont évoqués entre les quatre femmes qui réitèrent leur fidélité à Irma.

— Allez vous reposer maintenant. Les jours qui viennent risquent d'être épuisants.

— Et vous ? demande Mathilde.

— J'ai tellement de choses à prévoir...

⁂

La veille de son départ pour New York, assis sur un banc face à la chute Montmorency, Bob a écouté Irma comme on assiste à un film dont on redoute le dénouement à s'en fermer les yeux.

— Mais comment peux-tu croiser ces gens sans avoir envie de les étouffer ?

— Les vraies responsables de cette discorde, je ne les croise que rarement. Aux bénévoles et aux infirmières, je n'ai rien à reprocher. Puis quand je travaille avec d'autres médecins, on se concentre sur nos patients ; on aborde rarement ce sujet.

— Ils auraient quand même pu te défendre, ceux-là.

Dans un filet de voix, elle ajoute :

— J'ai entendu le Docteur Samson chuchoter à un confrère : « Aussi bien partir d'ici, y aura toujours de la chicane entre la propriétaire et les "Dames du Palais" ».

Des scènes qui remontent à janvier, des tentatives d'élucidations, leurs échecs, un ressac dans la mémoire d'Irma. Son visage est sculpté par la déception et une grande lassitude. Puis toujours ce soubresaut de vigueur qui l'arrache à l'inertie.

— Le 30 septembre au soir, je replacerai mon affiche sur ma porte.

— Ton affiche...

— Oui, le nom que j'avais donné à mon hôpital

— Puis les meubles ? pense Bob.

— J'ai tout prévu dans une lettre que j'ai copiée et distribuée aux principaux intéressés. Tu veux la voir ?

La Corporation est autorisée à partir avec deux couvertures et trois jaquettes pour chaque hospitalisé, ses effets personnels et son biberon. Tout le reste de la literie et du mobilier ainsi que les équipements médicaux achetés avant juin 1923 restent au 55, Grande Allée. Comme vous avez refusé de les payer, ils sont ma propriété.

— C'est bon, ça! C'est ton droit le plus strict. Y a toujours des limites à se faire malmener, réplique Bob.

La clameur des eaux qui rugissent sur le roc et font trembler la gorge de la montagne porte son indignation. Le regard happé par ce tumulte, Irma est repartie dans ses pensées. Bob croit deviner ce qui l'habite.

— Je ne t'imagine pas vivre dans ta maison... sans enfants. Ce serait infernal pour toi.

— Il y en aura des enfants, Bob. Tout le temps. Depuis huit mois, les gens ont pris l'habitude de venir au 55 de la Grande Allée. Je serai là pour les recevoir et leur donner des soins. Le bouche à oreille, c'est fort, tu le sais.

— Pas aussi fort que toi, Irma, déclare-t-il, son bras allant chercher ce corps frêle pour le serrer sur sa poitrine.

Irma s'y love. Les battements de leur cœur, en écho. Les murmures de leur grand amour... en rémission. Les empreintes de la tendresse dans leurs mains. Du temps pour s'en délecter.

— Des regrets?

— Et toi, Bob?

— Aucun!

— Moi non plus, dans ce cas-là.

— Vraiment? Tu ne regrettes rien? insiste Bob.

— De ce que nous avons vécu! Surtout pas! Pour tout le reste, ça changerait quoi? J'ose juste espérer qu'il y aura une autre vie après celle-là.

— Je le crois... presque autant qu'Hélène le croyait. Tu te souviens?

— Comment l'oublier! Il m'arrive très souvent de me tourner vers elle, encore plus quand je me sens à bout de ressources.

— Si la justice existe, Irma, j'arrive à peine à imaginer la fête qu'on te réserve de l'autre côté de la mort. D'autant plus que je serai là pour y voir. C'est pour ça que je suis né six ans avant toi. Six ans ! C'est bien assez pour préparer tous les enfants à qui tu auras donné ton amour et tes soins à t'accueillir.

Des éclats de rire... qui s'étirent jusqu'aux chutes, roulent avec elles et s'engouffrent dans le Saint-Laurent.

Séduite par les paroles de Bob, Irma ferme les yeux pour les graver à jamais dans sa mémoire. Tout près d'elle, le seul homme pour qui elle n'a plus de secrets. Des minutes coulent dans le silence. Terreau propice aux souvenirs.

— Je me la rappelle, s'écrie Irma. La légende de la Dame blanche de la chute Montmorency. C'est notre grand-père William qui me l'a racontée. Je pense même que lui et moi étions assis sur ce même banc. Drôle de coïncidence, n'est-ce pas ?

Irma se retourne pour en examiner le dossier, ses planches élimées, ses vis rouillées... Le temps a fait son œuvre aussi sur les arbres qui ont grandi, sur ceux qui ont été coupés pour offrir plus d'espace aux touristes.

— Je pense vraiment que c'est ici même... balbutie Irma.
— Qu'est-ce qu'elle disait, la légende ?
— La fin est triste.
— Raconte-moi seulement ce qui est beau, alors.
— D'après ce que grand-père William m'a raconté, c'était vers 1759. Deux amoureux, Mathilde et Louis, se donnaient toujours rendez-vous en haut de la chute. Ils devaient se marier à l'été. Mathilde avait choisi la plus belle robe de toutes les boutiques de Québec. Mais le pays est tombé en guerre. Louis a été forcé de s'engager dans la milice. Par un jour de forte tempête, les Anglais ont tenté de s'emparer de la chute Montmorency, mais l'armée française les a repoussés. En apprenant l'heureuse nouvelle, Mathilde s'est précipitée vers la chute pour aller retrouver son fiancé...

— Je devine le reste. Louis était mort et elle...
— ... ne pouvait s'imaginer vivre sans lui...
— Elle s'est lancée du haut de la chute ?
— Oui, mais avant, elle est allée revêtir sa robe de mariée.

— Il y a quelque chose de sublime dans cette légende... si on croit en l'autre vie, murmure Bob.

— ... les retrouvailles des fiancés.

L'écume, à gros bouillons immaculés, vient chercher leur espérance pour la porter au-delà du pays, au-delà des mers. Une brise caressante laisse derrière elle un parfum de sérénité.

— Tu as pensé comment survivre à ce jour terrible où ta maison va se vider ?

— Si j'en ai la force, j'y assisterai. On ne peut éviter les cortèges funèbres toute sa vie.

La vision apocalyptique de ce moment les angoisse. D'une voix oppressée, Bob tente de réconforter Irma.

— Tu sais que j'aimerais tellement être à tes côtés... Ta main dans la mienne... Plus forts tous les deux que...

— ... que la rivalité et l'ambition démesurée, oui.

⋇⋇

Dès le 29 août, compte tenu de la complexité et de la lenteur des négociations pour la construction d'un hôpital sur le terrain des Sœurs Dominicaines de l'Enfant-Jésus, la Corporation a dû se mettre en quête d'un logis capable de recevoir une trentaine de jeunes hospitalisés en plus des sept religieuses et d'une douzaine d'infirmières. À la mi-septembre, aucune résidence disponible ne répond encore à de tels besoins. La nervosité est palpable tant chez les dames patronnesses que chez les membres du bureau médical. Plusieurs bénévoles, contrariées par la tournure des événements, ont signifié leur retrait. Celles qui restent doivent redoubler de zèle dans une atmosphère des plus tendue.

« Septembre 1923 sera un mois à extirper de ma mémoire », se dit Irma, tant elle en redoute les deux dernières semaines. Témoin de l'embarras dans lequel elle place la Corporation qui doit quitter les lieux avant le premier octobre, elle s'inquiète pour les jeunes malades. Quel que soit le lieu choisi par la Corporation, ce déménagement risque d'aggraver l'état de certains patients alités. Elle s'en ouvre au Dr Fortier, qui partage ses craintes.

— Et si des parents refusaient que leur enfant soit déplacé, vous imaginez les complications... anticipe Irma.

— Ils seront dans leur droit, à moins que vous abandonniez...

Irma redresse les épaules, relève la tête et clame :

— Tant que je serai vivante, docteur Fortier, je soignerai nos enfants. Je trouverai d'autres médecins pour vous remplacer puisque vous...

Sa gorge se noue. Le Dr Fortier voudrait lui exprimer son déchirement, mais l'émotion coupe sa voix. Le temps qu'il faut, le silence les apaise.

— J'ai parlé à nos spécialistes. Ils acceptent de venir en attendant que vous en trouviez d'autres.

— J'apprécie.

— Si vous saviez comme je suis désemparé. J'ai peur d'en tomber malade, lui confie-t-il avec une sincérité qui bouleverse Irma, qui la rejoint au plus profond de sa peine. Nous avons partagé une passion commune : le soin de nos enfants, surtout les enfants pauvres. Notre salaire, c'est le plaisir de soulager leurs misères physiques et morales et de leur rendre la vie plus agréable.

— Rien ne sera changé. Toujours la même passion pour guérir nos enfants. Toujours autant d'admiration pour vous, docteur Fortier.

— J'ai l'impression de ne pas vous avoir comprise à certains moments, Irma. Je pense vous avoir déçue parfois, blessée, même. Je vous en demande pardon.

— J'accepte vos excuses, mais je considère qu'il n'y a pas de place pour les regrets dans nos vies. Devant nous, tant de souffrances à soulager.

Son regard s'égare sur les dossiers accumulés sur sa table.

— Puis-je vous faire une confidence, Irma ?

— Elle me fera du bien ?

— Je n'en doute aucunement. Je suis content de savoir que Mesdames Tessier et McKay restent avec vous.

— Deux infirmières le feront aussi.

— Malgré tout ce que nous avons vécu d'incompréhensions et de tiraillements au cours des six derniers mois, je crois en de meilleurs jours pour vous. Je sais qu'il n'est pas facile de trouver sa place dans la société, surtout pour les visionnaires acharnés comme vous.

Irma ressent l'obscure impression d'être blâmée. Le Dr Fortier le remarque à la tristesse de son regard.

— Ne le prenez surtout pas comme un reproche. Vous avez le courage et la ténacité de vos rêves, ce qui est excessivement rare, docteure LeVasseur.

Faute de trouver les mots appropriés, un sourire et une main tendue concluent cet entretien.

※

À la résidence de Mary Venner, une discussion prend l'allure d'une dispute. Informée des causes du déménagement de l'hôpital de l'Enfant-Jésus par une des dames patronnesses, Lauretta a fait deux aveux à sa mère : sa rencontre avec Irma LeVasseur ct son intention de la revoir.

— C'est une femme d'une rare générosité. Si vous saviez ce qu'elle a vécu, maman !

— Ça ne m'intéresse pas.

— Qu'est-ce que ça vous enlève tant que grand-père ait laissé une maison en héritage à Phédora ? Vous n'êtes pas dans le besoin, que je sache.

— C'est une question de principe, rétorque Mary.

— De principe ? Ça ne vous gêne pas de parler comme ça ? Si vous connaissiez ceux de notre cousine, vous seriez très impressionnée.

— Penses-en ce que tu voudras, mais ne viens plus m'en parler.

Ce dimanche de septembre, au cœur de l'après-midi, Lauretta vient frapper à la porte de l'hôpital de l'Enfant-Jésus. Mathilde la reçoit, ravie par sa beauté et son élégance.

— Que puis-je faire pour vous, Madame ?

— J'aimerais voir ma cousine, la Docteure LeVasseur. Elle est ici ?

— Oui, bien sûr, mais je ne sais pas si elle aura le temps de...

Irma, intriguée par les voix venues du hall, s'est approchée. Sa surprise n'a d'égal que son embarras. La tension qui règne dans l'hôpital ne peut échapper à personne, encore moins à cette dame qui, dès leur première rencontre, lui est apparue d'une sensibilité et d'une finesse particulières.

— Quelle magnifique maison ! Ils sont choyés, vos petits malades !

— Ils le méritent bien.

— Je n'arrive pas au bon moment pour le visiter, ton hôpital...

— C'est ça. Des urgences, aujourd'hui. Mais on peut aller prendre une bouchée à l'extérieur, peut-être. Je n'ai pas encore dîné, propose Irma.

— Moi, oui, mais ça me fait plaisir de t'accompagner.

— Je reviens.

Le temps d'informer Mathilde qu'elle doit s'absenter, Irma troque son sarrau pour un léger veston de tweed marron. Elle allait quitter sa chambre quand elle constate qu'un chapeau serait de mise. Son favori : celui de velours à courte voilette qu'elle ajuste sur son chignon. Un peu de poudre pour masquer le bistre de ses yeux. Passant devant son bureau, elle s'assure que certains tiroirs sont bien verrouillés.

Sitôt le pied sur le trottoir, Lauretta, un lourd sac au bras, dit avoir eu l'impression que le personnel était, ou à bout de souffle, ou nerveux.

— C'est vrai.

— On peut se reprendre un autre jour... J'ai entendu de beaux témoignages sur ton hôpital et je voulais te les communiquer.

— Je veux bien prendre une heure avec toi. L'air est si bon aujourd'hui.

— Puis quelle belle rue avec ses érables qui commencent à se colorer. J'aime bien notre maison de la côte Sainte-Geneviève, mais ça manque de verdure autour.

Les cousines filent en direction du Petit Café d'Europe.

C'est l'après-midi, la cuisine est fermée, mais Alfred Gauvreau est là. Il sort de derrière son comptoir avant même qu'elles aient eu le temps d'ouvrir la porte.

— Quel bonheur que celui de vous servir, mes belles dames ! Venez ! Un thé pour vous, jolie demoiselle ? demande-t-il à Lauretta, et un chocolat chaud pour vous, docteure LeVasseur ? Une pointe de tarte au sucre du pays avec ça ? leur offre-t-il.

— Cette fois, c'est moi qui invite ma cousine, insiste Lauretta qui a déposé son colis sur une chaise libre.

Irma ne s'y oppose que le temps de se montrer polie. Ses énergies sont requises ailleurs. Là où l'atmosphère est si lourde qu'elle voudrait dormir jusqu'au 30 septembre. Les minutes s'étirent avant que les tasses fumantes soient servies. Irma appréhende les questions de sa cousine. « Que répondre ? Dire la vérité ou dévier la conversation ? »

— À voir le va-et-vient, ça marche fort, ton hôpital. Tu as combien de patients ?

— Ça dépend des jours. Depuis quelques mois, on compte toujours au-dessus de vingt-cinq hospitalisés, à part ceux qu'on traite au dispensaire.

— Tu as l'air fatiguée, Irma.

— On manque de personnel.

— De médecins ?

— Oui. De bénévoles aussi.

— Je pense que je pourrais t'en envoyer... On en a dans notre parenté.

— Ah, oui !

— Du côté de notre arrière-grand-mère, Mary Le Valley.

— Je n'en ai jamais entendu parler, déplore Irma.

— Aurais-tu besoin d'autres choses ? Des couvertures...

— Des couvertures, des draps, des pyjamas de toute grandeur... Mais tu avais probablement quelque chose d'autre à me dire...

— Je tenais à te rassurer. En général, les gens apprécient d'avoir un hôpital pour faire soigner leurs enfants et moi, je t'encourage à continuer.

— En général ? Il y a donc des exceptions.

— C'est bien connu que la haute bourgeoisie n'aime pas côtoyer les misérables.

— Ça ne me dérange aucunement, ma chère.

Cette indifférence décoiffe Lauretta.

— À moins que leur condescendance vienne me barrer la route, alors là !

— Tu tiens ce trait de caractère de ton père ou de ta mère ?

— Difficile de juger. Mon père s'adapte à toute circonstance. Quant à ma mère, je n'ai pas eu tellement le temps de la connaître vraiment. J'avais espéré que les Venner acceptent de m'en parler...

— À ce que j'ai pu saisir des propos de la famille, les LeVasseur aussi pourraient t'en apprendre, des choses... Ton père, entre autres.

— Comment les Venner le savent-ils ?

— Tu devrais le questionner, ton père. D'après maman, il a toujours été informé des affaires de sa femme.

« Sa femme ? Qu'est-ce qu'elle me cache donc, cette cousine pourtant si courtoise ? »

— Par contre, nuance Lauretta, je ne te blâmerais pas de mettre une croix sur le passé de ta mère et de choisir de regarder en avant. Tu as plein de talents et ton dévouement auprès des enfants est d'un grand secours pour nos familles, surtout les plus pauvres.

Faute de réplique de la part d'Irma, elle enchaîne :

— Je vais m'occuper de te trouver de l'aide... Il faut que je te laisse. J'ai déjà dépassé l'heure...

Une accolade rapide et l'entretien va prendre fin sur une note on ne peut plus intrigante quand Irma note que sa cousine semble oublier son sac...

— C'est pour toi. On m'a chargée de te le remettre, dit Lauretta, un pied sur le seuil de la porte.

— Qui ça ?

— Une cousine de ta mère.

— Laquelle ?

— Athala Venner, une des filles de Pierre qui a étudié elle aussi chez les Ursulines.

De la musette de toile très solide, Irma retire un colis enveloppé dans un papier brun attaché avec une corde de jute si bien nouée qu'il lui est impossible de la retirer de l'emballage. Il lui tarde d'arriver chez elle pour en découvrir le contenu. Curiosité et appréhension la poussent dans sa chambre, dont elle verrouille la porte. Sous les lames des ciseaux la corde cède, le papier obéit. Un album de plus de douze pouces de long, cartonné vert forêt, aux angles enjolivés d'arabesques dorées, porte, au centre, un cadre festonné autour d'un nom à couper le souffle : *PHEDORA VENNER.* «Les partitions que maman a jouées et chantées. C'est bien ça. Le *Salve Maria* de Mercadante, les *Vêpres siciliennes* de Verdi, *L'étoile du Nord* de Meyerber, la *Grande Valse brillante* de Schubert», constate-t-elle en tournant les pages de l'album. Au dos d'une pièce musicale titrée *Happy Be Thy Dreams*, un quatrain écrit de la main de Phédora :

Peuple adorez le Dieu de la nature
Consacrez-lui et vos chants et vos cœurs
Reconnaissez en tout ses créatures
Que vers lui seul s'envole notre cœur

Irma ferme les yeux. Imaginer sa mère étudiante au couvent des Ursulines... La voir pratiquer ses gammes, ses arpèges, ses rondos... L'entendre chanter chacune des mélodies répertoriées dans cet album... Se couler dans ses rêves devant certaines illustrations des plus romantiques... Instants de bonheur vite lézardés de nostalgie et de regret.

« Pourquoi cette révélation m'arrive-t-elle en cette période où tout autour de moi semble sur le point de s'écrouler ? Serait-ce pour me rappeler ces paroles de Goethe : "On peut aussi bâtir quelque chose de beau avec les pierres qui entravent le chemin"? »

Chapitre VII

Certains parents, informés par les journaux du futur transfert au 1204 de la rue De Saint-Vallier de leur enfant hospitalisé, ont exprimé vertement leur opposition. Et pour cause, l'hôpital de l'Enfant-Jésus compte emménager dans l'immeuble Julien, au-dessus du Salon d'automobiles Fleury, un local insalubre dans une zone dangereuse, bruyante et malsaine.

L'absence d'édifice adéquat a conduit Mme la présidente au bureau de Mgr Bouffard, curé de la paroisse Saint-Malo. Le pasteur l'a dirigée vers M. Canac-Marquis, propriétaire de cet immeuble dont le deuxième étage était disponible. La visite des lieux a satisfait les désirs de la Corporation, bien que dans ce quartier industriel et commercial l'aération naturelle se fasse difficilement, surtout durant la saison chaude, à cause des nombreuses constructions qui l'entourent et de l'étroitesse de la rue De Saint-Vallier et des rues De Courcelles et Garagonthié qui lui sont adjacentes. De plus, les cheminées d'établissements importants déversent quotidiennement, par leurs produits de combustion, odeurs et souillures dans l'atmosphère. Pressée par le temps et devant l'impossibilité d'opérer de meilleurs choix, la Corporation a signé un bail de cinq ans avec option d'achat de l'immeuble Julien pour vingt mille dollars, une somme exorbitante comparée au prix d'achat d'une maison en bon état et dans un environnement de qualité comme la maison Shehyn.

Le 22 septembre, en début d'après-midi, trois hommes se présentent au 55 de la Grande Allée pour rencontrer la D^re LeVasseur. Tous trois y ont un enfant hospitalisé et tous trois connaissent l'environnement du 1204 de la rue De Saint-Vallier. Irma les reçoit dans son bureau, porte fermée. M. Dorval annonce le but de leur visite :

— On s'est informés et on a le droit de refuser que nos enfants hospitalisés ici soient déménagés dans l'immeuble Julien.

— Effectivement, vous en avez le droit.

— Saviez-vous, ma p'tite docteure, enchaîne M. Langlois, que la façade de l'immeuble donne sur une rue où passent beaucoup de camions lourds et qu'une voie ferrée passe à moins de quatre cent vingt-cinq pieds de cet édifice-là ? Vous imaginez le bruit et la poussière ?

— En plus de ça, explique M. Drouin, les rues De Courcelles et Garagonthié, derrière l'immeuble, sont les voies d'accès à l'usine de désinfection bâtie à environ deux cents pieds de l'immeuble Julien. Une puanteur à longueur d'année.

— Sans compter les odeurs qui viennent d'une grosse étable, à six maisons de là, ajoute M. Dorval. Ce qui obligera à garder les fenêtres de l'hôpital fermées tout l'été. Ça n'a pas d'allure !

Irma les écoute, déchirée entre un impossible retour en arrière et son désarroi face au sort réservé à ses jeunes patients. Pour certains, elle anticipe des complications majeures. Elle ne redoute pas moins la réaction des parents qui découvriront plus tard le quartier dans lequel leur enfant a été transféré.

M. Drouin en a encore à dire :

— Sans parler des cheminées de la *Laurentide Manufacturing Company*, au coin des rues Marie-de-l'Incarnation et De Courcelles. Elles empoisonnent tout le quartier.

— Parlons donc des entrepôts de l'*Imperial Oil Company*, à proximité, et du risque d'incendies et d'explosions qu'ils représentent pour le quartier, lui apprend M. Dorval.

Devant l'accablement de la D^{re} LeVasseur, M. Langlois hésite à reprendre la parole :

— On aimerait s'arrêter là, Docteure, mais il y a aussi...

Incapable d'en entendre davantage, Irma l'interrompt et rédige pour chacun de ses visiteurs une promesse écrite de garder leurs enfants au 55 de la Grande Allée jusqu'à leur guérison. Cette entente formelle est signée au grand soulagement des trois pères qui promettent de revenir dans trois ou quatre jours.

Dans son tiroir secret, Irma range les dossiers des enfants Dorval, Langlois et Drouin. Une question la hante : « Pourquoi aucun membre de la Corporation ne m'a-t-il pas demandé plus de temps pour chercher un local adéquat ? Les directeurs et les administrateurs ont fait le pire choix qu'on puisse imaginer pour un hôpital pédiatrique. Pauvres enfants ! Ce que je donnerais pour les garder tous ici ! »

Sur la chemise placée à la tête de leur lit, elle écrit, au vu du personnel sur place : *Médecin traitant : D^{re} LeVasseur*. Des regards étonnés, certains fuyants, d'autres suspicieux sont dirigés vers elle. Dans la salle, de sourds marmonnements éclosent. Pas une question n'est posée à Irma, qui retourne à son bureau, en ferme la porte... à l'abri du ressac qu'elle vient de provoquer. Le sentiment d'être au cœur d'une tornade qui s'amplifie la cloue dans son fauteuil. Dessaisie de son hôpital, dépassée par la tournure des événements, Irma cherche la protection et le réconfort... qui ne se trouvent que dans les bras d'une mère. Phédora. Phédora forte et aimante. Comme lorsque, petite fille de sept ans, Irma avait vu mourir son jeune frère. Trente-neuf ans plus tard, elle sent que la fragilité est venue avec l'âge, qu'elle a fait un pied de nez à l'endurance. Un rire d'enfant parvient jusqu'à sa porte. C'est la bouée qui l'empêche de s'engouffrer dans la désolation. Une fillette de quatre ans a obtenu son congé et vient avec son père saluer la D^{re} LeVasseur.

Le bouche à oreille incite d'autres parents à s'opposer au transport de leur petit malade dans la rue De Saint-Vallier. Ces revendications, bien que légitimes, enveniment les relations entre les membres de la Corporation de l'hôpital de l'Enfant-Jésus et l'équipe reconstituée du futur hôpital des Enfants-Malades. Ces enfants relèvent dès lors de la D^re LeVasseur, forcée de recruter une nouvelle équipe. Les Drs Thibaudeau, Dussault, Giasson et Charest ont déjà signé leur engagement et sont membres du comité fondateur du nouvel hôpital des Enfants-Malades sis au 55 de la Grande Allée. À ces médecins se joignent une douzaine de dames bénévoles. Angèle a offert sa maison pour les réunions d'information. Les visites se font par petits groupes pour ne pas nuire aux soins des enfants. Mmes Charest, Drouin, De Laterrière et Garneau ont été les premières à prendre connaissance des lieux. Ont suivi Mmes Valin, Delisle, Savard, Child et Fugère. Trépignaient d'impatience Mmes Dorval, Petitclerc, Langlois et Gingras. Des bénévoles de la première formation ont choisi de demeurer avec la D^re LeVasseur : Mmes McKay et Tessier, Mlles Bertrand et Delisle, sans oublier Mathilde. Elles voient à l'accueil et à la formation des nouvelles recrues. Plusieurs de ces dames ont des associées compétentes et zélées que la D^re LeVasseur engage pour visiter les familles pauvres.

À deux jours du départ de la Corporation et d'une quinzaine de petits malades, Irma confie à Bob :

Je n'aurais jamais pensé que ce serait aussi facile de reformer une équipe de médecins et de bénévoles. L'argent que tu m'as prêté m'a tellement facilité la tâche ! Je t'en remercie au nom de tous ces petits qui pourront échapper à la mort, grâce à ta grande générosité.

J'appréhende toujours le moment où je verrai sortir ces petits malades de ma maison. Ceux qui resteront m'empêcheront de m'effondrer de chagrin. Aussi, l'enthousiasme et le dévouement de ma nouvelle équipe m'aideront à tourner la page. Le croiras-tu ? Déjà dix-neuf bénévoles et quatre médecins se sont engagés à travailler à mon hôpital des Enfants-Malades. Je leur ai annoncé qu'en plus des services existant au 55 de la Grande Allée, j'organisais des visites dans les familles pauvres. La Corporation ne m'a pas soutenue dans ce projet, jugé trop exigeant. Ce travail est pourtant essentiel au maintien de la *santé des enfants retournés à la maison. Il faut voir les taudis dans lesquels certaines familles sont recluses pour se rendre compte de leurs conditions de vie et de leurs besoins. Une infirmière, accompagnée d'une bénévole, ira examiner et donner les premiers soins à domicile à ceux qui ne sont pas trop malades. Les autres seront conduits à mon hôpital. Cela m'amène à t'annoncer une autre bonne nouvelle : un transport gratuit pour les enfants malades et indigents. Une de nos bénévoles, l'épouse du D*ʳ *Charest, met sa voiture à notre disposition.*

Pendant qu'un rêve échoue, un autre naît, plus grand, plus fort, on dirait.

J'aurais beaucoup à te raconter au sujet de l'emplacement de l'hôpital de l'Enfant-Jésus, dans la rue De Saint-Vallier. C'est d'une tristesse à fendre le cœur. Pauvres petits! Comment pourront-ils guérir dans un environnement aussi malsain? J'ai tellement de peine pour eux.

Que nous réserve le destin? Espérons qu'il sera plus clément que le passé.

Merci, Bob, pour ta grande générosité. Si tu savais tout ce que tu représentes pour moi. Nos secrets me réchauffent le cœur.

Ta préférée du Québec,

Irma

Cette fois, l'enveloppe est adressée à la bijouterie de Bob Smith.

Des instants lénifiants que ce contact avec Bob. Des minutes où Irma a éprouvé le sentiment de s'être blottie dans ses bras. Des cueillettes d'énergie et de sang-froid pour affronter l'autre facette de la réalité qui aura vite fait de la rattraper.

Mme Gagné a commencé à tenir des réunions dans sa luxueuse résidence de la rue Saint-Cyrille. Une passe d'armes se prépare et les trois étages du 55 de la Grande Allée sont imprégnés du ressentiment qu'elle engendre. De part et d'autre, on s'évite, tant dans la salle de réunion que dans les corridors et les escaliers. Les échanges verbaux se limitent à l'essentiel : le dossier de chaque enfant qui sera emmené rue De Saint-Vallier.

✦

Le Dr Fortier, délégué par le bureau médical et le conseil d'administration pour finaliser le transfert des dossiers et des patients du futur hôpital de l'Enfant-Jésus, a rencontré la D^{re} LeVasseur, dans la soirée de vendredi. Mmes Tessier et McKay ont assisté aux échanges. Les bonnes relations entre ces deux pédiatres à l'idéal commun ont eu raison de l'âpreté de l'exercice.

Ce samedi 29 septembre se pointe bien avant que la nuit ait cédé sa place à la lumière du jour. Recroquevillée sous ses couvertures, Irma appelle à l'aide. Une nostalgie du confort utérin l'envahit. S'enchaînent la violence de la poussée dans l'existence, la douleur de cette première déchirure, la peur et le froid, la solitude. Seule devant la vie. Devant son destin et ses combats. Meurtrie par le naufrage de son rêve. Rien ne sert de rester au lit. Bouger pour échapper à la tourmente. Croiser un regard compatissant. Y puiser compréhension et solidarité. Ignorer les jugements désobligeants et aller faire ses adieux aux enfants qui la quitteront dans quelques heures. Implorer silencieusement leur pardon pour les préjudices causés. Leur redire son amour sans que sa peine les afflige. Croire en leur guérison en dépit des conditions pitoyables qui les attendent au 1204 de la rue De Saint-Vallier.

Il n'est que six heures lorsque, ces adieux terminés, Irma regagne sa chambre. Un regard craintif à son miroir, les signes indéniables de son accablement. Avant de descendre rejoindre Mathilde dans la cuisine, elle applique sous ses yeux rougis un peu de poudre et, sur ses joues creusées, une lueur de fard. « Même s'il est au bord du naufrage, le capitaine ne doit jamais se montrer désemparé », se dit-elle en serrant les poings.

Mathilde ne peut ni dissimuler son inquiétude, ni s'empêcher de scruter les faits et gestes d'Irma.

— Ce que je donnerais pour que cette journée soit finie ! avoue-t-elle.

— Ce que je donnerais pour que ce ne soit qu'un mauvais rêve, cette journée !

— Il faut manger quand même, Mathilde. N'attendons pas la faim, elle risque de ne pas se présenter aujourd'hui. Elle en a la liberté, échappe Irma dans un long soupir.

— Je mets la table pour trois autres ?

— Prépare six couverts.

— Mais pour qui donc ?

— Mesdames McKay et Tessier, Mademoiselle Bertrand, nous deux, puis peut-être une de mes cousines.

— Mademoiselle Venner ?

— Non. Du côté de mon père, cette fois. Nos grands-mères paternelles, des Langevin, étaient sœurs.

— Son nom ?

— Marcelle Petitclerc. Une très jeune femme qui est venue me voir au début de la semaine. Elle m'a dit vouloir consacrer sa vie aux bonnes œuvres. Son frère, Lucien, veut devenir médecin.

— Une autre récompense du ciel ! s'exclame Mathilde.

— Ouais. À la condition que la belle Marcelle ne nous ennuie pas trop avec ses... Elle est très dévote, cette jeune femme.

L'arrivée des deux dames attendues contraint Mathilde à taire ses questions au sujet de la nouvelle recrue.

Leurs traits tirés témoignent de l'insomnie des deux fidèles collaboratrices d'Irma. Du bout des lèvres, elles grignotent leur tartine et le morceau de fromage que Mathilde leur a servis. Trop d'appréhensions nouent leur estomac. Au tour de Mlle Bertrand de se présenter, annonçant qu'elle n'a pas faim et qu'une voiture vient de se garer devant la porte. Du coup, toutes désertent la table. Mathilde retourne à la cuisine et les trois bénévoles vont auprès des petits malades qui demeureront sur place. Des parents de ceux qui sont transférés rue De Saint-Vallier et qui possèdent une voiture viennent aider au transport. Irma bénit leur présence. D'autres viennent s'assurer que leur enfant demeurera dans la maison de la Grande Allée.

Irma les invite tous à faire preuve de courtoisie, de sérénité et de bienveillance. Tous les esprits sont tournés vers une même préoccupation : déplacer les patients avec d'infinies précautions. Le temps est couleur mélancolie mais il ne pleut pas, ce qui est fort apprécié.

De son bureau où elle remet le dossier de chaque enfant au moment de son départ, la D^re LeVasseur assiste au défilé avec une maîtrise qui ne cède qu'au moment de dire adieu à son premier patient, le petit Lucien Côté. Des larmes coulent sur les petites mains qu'elle embrasse longuement. Le prêtre qui avait confié l'orphelin aux soins de la D^re LeVasseur a tenu à venir la remercier pour son dévouement. Après avoir tracé un signe de la croix sur le front de chaque enfant, il a béni tout le personnel et accompagné le dernier cortège en direction de la rue De Saint-Vallier. Irma a refermé, derrière lui, la porte qui venait de perdre son écriteau. Elle y appuie son front, ferme les yeux, le temps de retourner dans les recoins intimes des souvenirs de cette terrible année... commencée dans l'euphorie.

Ce jour redoutable agonise, emportant avec lui des non-dits, des sanglots retenus, des reproches inutiles, des vœux timides. Irma les a perçus ; elle les avait tant redoutés.

Une page vient d'être tournée. Il faut entamer la suivante sans tarder. Recommencer pour ne pas être anéantie. S'y prendre autrement. Mais comment ?

❧⋯❧

Ils sont huit à relancer les espoirs de leur pédiatre. Huit petits dont les souffrances font oublier les difficultés des quatre derniers mois. Pas un jour ne passe sans que d'autres enfants soient amenés au dispensaire. Les médecins associés à l'hôpital des Enfants-Malades assument chacun une journée, Irma, les trois autres. Françoise Salter, infirmière formée pour les visites à domicile, est venue offrir ses services à la D^re LeVasseur. Elle s'adonnera à cette tâche dès qu'une autre infirmière aura été embauchée pour seconder les médecins.

Une nouvelle demande doit être adressée à l'Assistance publique, dont les premiers chèques ont été encaissés par la Corporation de l'hôpital de l'Enfant-Jésus. Irma en confie la rédaction à Mme Charest. Leur serviront de modèle les textes que le juge Choquette avait présentés le printemps dernier. Mais cette aide n'étant accordée que si l'organisme a reçu son incorporation provinciale, Irma consacre ses temps libres à remplir des formulaires à cet effet. À Mme McKay est confiée la trésorerie.

— Ce sera simple, cette fois. Un seul conseil de direction, annonce-t-elle à Angèle et à tous les siens qu'elle reçoit pour la première fois dans ses appartements de la Grande Allée.

Pour le dîner de ce 11 novembre 1923, se sont joints aux LeVasseur le couple Miller et leur fille ainsi que les demoiselles Bertrand et Petitclerc. Les huit couverts posés sur la table ont presque vidé les armoires. Angèle l'a remarqué.

— Tu aurais dû m'en parler, je t'aurais apporté de la vaisselle et des ustensiles. Tu sais que j'en garde beaucoup trop, dit-elle à sa nièce.

— Elle n'a pas le temps d'aller s'en acheter, avance Paul-Eugène.

— C'est surtout parce que je n'ai pas d'argent à mettre sur ces choses-là, corrige Irma.

— Je peux t'en trouver de l'argent, moi, déclare son frère.

Tous les regards se tournent vers lui.

— Aurais-tu des cachettes? lui demande John, taquin.

— Des cachettes? J'en ai, réplique-t-il d'un air jouissif. Mais je n'ai plus d'argent dedans.

Des sourires moqueurs l'incitent à poursuivre.

— Je pourrais vendre des choses, par exemple.

Tous se montrent indulgents en écoutant Paul-Eugène énumérer les articles dont la vente pourrait rapporter une somme d'argent appréciable : le mobilier de sa propre chambre chez Nazaire et des livres dont son père pourrait se départir, tant sa maison en est bondée, croit-il.

— On n'a pas le droit de vendre ce qui ne nous appartient pas, lui rappelle sa sœur.

Vexé, Paul-Eugène se renfrogne. Angèle réfléchit.

— Moi aussi je gagnerais à me départir de bien des choses, convient-elle.

— On pourrait organiser un bazar, suggère John.

L'idée est encensée et Paul-Eugène retrouve sa bonne humeur. Le bonheur excite tant son appétit qu'il s'empresse de gratter le fond du chaudron de ragoût une fois tous les convives servis. La petite Anne passe de l'un à l'autre. Rien ne peut semer plus de gaieté dans la maison que la présence de cette bambine qui ressemble de plus en plus à sa marraine. John a du mal à s'en réjouir. Non pas qu'Anne ne soit pas jolie, mais il craint qu'en présence de Mathilde, cette ressemblance physique mette son adoption en évidence. Edith ne partage pas cette appréhension.

Juste avant que le dessert soit servi, entre en rafale Marcelle Petit-clerc, la chevelure en broussaille, à bout de souffle, se perdant en excuses pour son retard.

— Je ne pouvais pas manquer la grand-messe. Puis mon frère s'est fait tirer l'oreille pour venir me conduire.

— Prends le temps de respirer, la prie Irma qui lui désigne la chaise demeurée libre au bout de la table.

La nouvelle venue est présentée comme une cousine paternelle d'Irma et de Paul-Eugène.

— Ma cousine? Puis je ne la connaissais pas, s'étonne Paul-Eugène.

Irma tente de lui expliquer leur lien de parenté, mais elle est vite interrompue par Mlle Petitclerc qui réclame de réciter le *Benedicite* à voix haute avant de plonger sa cuillère dans son potage.

Tous l'observent, une seule l'interroge sur son geste:

— Vous êtes catholique? lui demande Edith.

— Oh, oui! J'espère entrer au couvent quand j'aurai vingt et un ans, déclare-t-elle avec fierté.

— Tu as encore bien des années pour y réfléchir, échappe Irma.

— Pas tant que ça! C'est dans quatre ans! Puis de toute façon, c'est tout décidé.

— Vous n'aimez pas les enfants? questionne Edith.

— Oui, mais je ne suis pas attirée par... par tout ce qu'il faut faire pour en avoir, explique-t-elle, les joues en feu.

Edith pouffe de rire. Le regard réprobateur de son mari lui fait prendre conscience qu'elle a pu blesser la jeune demoiselle. Pour faire diversion, John s'empresse d'exposer la nouvelle structure administrative de l'hôpital.

— Je serais intéressé à me joindre à votre équipe, offre-t-il à Irma.

Sans lui laisser le temps de répondre, Angèle félicite John :

— C'est très généreux de ta part. La collaboration et la vision d'un homme, c'est toujours utile pour la gérance d'un établissement comme un hôpital. D'autant plus que tu as de l'instruction... justifie-t-elle.

— En plus, j'ai une auto. Je pourrais vous dépanner le soir et les fins de semaine.

Il n'en fallait pas plus pour que Paul-Eugène, qui semble avoir des atomes crochus avec John, propose son aide, imité par Marcelle qui dit connaître des gens riches. Paul-Eugène s'en montre ravi.

— Je vais en discuter avec mes collaboratrices, répond Irma, quelque peu embarrassée. Il ne faut pas aller trop vite.

— Sans compter que tu as déjà beaucoup à voir, lui rappelle Angèle.

— Je n'ai pas de problèmes à déléguer, ma tante. Donnez-moi quelques jours de plus et vous allez voir que ça va marcher.

— As-tu encore vraiment besoin d'une aussi grande maison ? ose la septuagénaire.

— Elle va se remplir, ne vous inquiétez pas !

— Pour ça, je n'ai pas de doutes. Mais elle te coûte tellement cher...

— C'est très difficile, ma tante, de trouver une bâtisse qui réponde aux besoins d'un hôpital. Ceux qui viennent de partir d'ici ont eu plus d'un mois pour s'en trouver une et regardez dans quoi ils se sont installés. C'est lamentable...

— On pourrait organiser des activités-bénéfices, suggère Edith, aussitôt secondée par son mari. Elle est tellement belle, cette maison, il ne faudrait pas la perdre.

— En attendant l'aide du gouvernement, au moins, dit Angèle, au fait du support financier de Bob, une initiative qu'elle n'a pas cautionnée totalement.

Les échanges se poursuivent jusqu'au moment où la petite Anne, fatiguée, force ses parents à regagner leur domicile. John offre à Paul-Eugène et à sa tante de les reconduire au domicile des LeVasseur, chemin faisant.

— Je m'en irai à pied un peu plus tard, choisit Paul-Eugène.

— Et vous, mademoiselle Petitclerc ?

— Je suis ici pour aider toute la journée, répond-elle. Mon frère va venir me chercher dans la soirée.

Une satisfaction à peine retenue dans le regard de Paul-Eugène.

❦

« C'est mon anniversaire aujourd'hui. Pour mes quarante-sept ans, j'ose me tourner vers vous, mes chers disparus, pour solliciter un cadeau, un gros cadeau : vous, mes grands-parents, mon amie Hélène et mes jeunes frères, prenez le gouvernail de mon nouveau navire et empêchez-le de dériver. À Montréal, nos enfants sont soignés. Ici, à Québec, l'hôpital de l'Enfant-Jésus demeure fidèle à la mission qui l'a vu naître, mais je crains qu'il s'en détourne. À preuve, l'indifférence de sa présidente à l'idée que cet hôpital ne soit pas classé hôpital pédiatrique. Qu'il le devienne ne me justifie pas moins de poursuivre mon idéal et de continuer d'offrir des soins aux enfants les plus démunis. Les besoins sont si grands ! Et l'aide financière si déficiente ! Malgré toutes les déceptions essuyées dans ma vie, je crois encore en une certaine justice sur terre. Toutes les causes louables devraient avoir leur bonne étoile. Même si j'en suis à ma troisième expérience, je ne regrette pas le passé. J'ai appris... sur les gens et sur moi. J'ai perdu des illusions, beaucoup d'argent aussi. Je pense avoir parcouru plus de la moitié de mon chemin de vie. Je vous demande, mes chers disparus, de me réserver plus de satisfactions que d'épreuves à l'avenir. Plus de sagesse que d'ambition, aussi. »

Irma s'arrête, regarde son réveil : il est cinq heures. Dans une heure, elle ira prendre la relève auprès de ses douze patients hospitalisés. Elle ira réveiller Paul-Eugène qui habite maintenant chez elle. « Il a mis quarante-neuf ans à devenir un homme. Toujours un peu paresseux mais tellement stimulé par le besoin de faire plaisir. » Revient à sa mémoire le souvenir de ce dimanche 23 décembre où lui et Marcelle Petitclerc se sont présentés triomphants, un sac de velours rouge dans les mains.

— C'est pour ton hôpital, lui avait annoncé son frère.

— On a tout recompté. Il ne manque pas un sou, avait juré Marcelle, impatiente de voir la réaction d'Irma.

Le sac était lourd, rempli de pièces de monnaie.

— Mais où avez-vous pris ça ?

— Tu penses qu'on l'a volé, hein ! Je le savais ! s'était écrié Paul-Eugène, dépité.

— On lui a tout expliqué et il a lui-même décidé de nous en donner presque la moitié, dit Marcelle.

— Qui ça ? La moitié de quoi ? avait demandé Irma sur le point de s'emporter.

Après la grand-messe à l'église Saint-Cœur-de-Marie, Paul-Eugène et sa complice Marcelle étaient allés voir M. le curé à la sacristie et lui avaient réclamé les fruits de la quête pour venir en aide à l'hôpital des Enfants-Malades. Perplexe, le prêtre leur avait ordonné de le suivre au presbytère. Après avoir interrogé ces étranges mendiants et avoir téléphoné à l'hôpital pour en vérifier l'existence, il avait expliqué :

— Je n'ai pas le droit d'utiliser cet argent à mon gré ; c'est pour la paroisse, mais je peux en prendre dans ces paniers à la condition de le rembourser à même mes avoirs personnels.

Fous de joie, Paul-Eugène et Marcelle étaient repartis avec quinze dollars en pièces sonnantes. Depuis, ils ont pris l'habitude de demander la charité dans les presbytères. Leurs collectes étaient parfois si impressionnantes qu'Irma n'avait ni le goût ni les moyens de les leur interdire.

À Irma, venue partager son souper d'anniversaire avec lui, Nazaire dit chérir le projet d'organiser un autre concert-bénéfice pour l'hôpital des Enfants-Malades.

— J'ai soumis différentes pièces pour le programme de cette soirée d'opéras. Si le chef de l'Orchestre symphonique de Québec ne les retient pas toutes, j'espère qu'il conservera *La Dame blanche* de Boieldieu.

— Pourquoi tenez-vous tant à cette pièce ?

— Je me suis toujours intéressé à ce compositeur né une cinquantaine d'années avant ton grand-père Zéphirin.

Nazaire a repoussé son assiette presque vide au milieu de la table. Il esquisse un sourire et, le regard happé par ses souvenirs, il dit :

— Monsieur Dessane... Tu te souviens de ce musicien, ami de notre famille ? Il me racontait que François Adrien Boieldieu avait fait ses débuts en composant des musiques sur des textes écrits par son père. Ça aurait pu être mon cas si papa avait accepté que je fasse de même avec ses poèmes.

— Grand-père Zéphirin était poète ?

— Poète à ses heures, oui. C'était la révélation chaque fois que d'autres écrivains se rencontraient chez lui le dimanche. Mais pour revenir à Boieldieu, de la trentaine d'opéras qu'il a composés, *La Dame blanche* reste mon préféré. C'est un chef-d'œuvre. Ses créations ont inspiré *Faust*.

— Et qu'est-ce qu'elle raconte, votre *Dame blanche* ?

— L'histoire d'un enfant perdu et retrouvé... *in extremis*.

— Une expérience personnelle ?

— Je ne crois pas. Je sais qu'il avait épousé une chanteuse...

Sa voix s'est couverte d'émotions. Irma saisit le parallèle. « Il a encore de la peine pour maman... après plus de trente ans d'absence. L'amener à en parler ou me résigner à le voir partir avec combien de secrets ? »

— Il a été heureux avec sa chanteuse ? ose-t-elle.

Nazaire affiche une moue d'indifférence, quitte la table et se dirige vers son bureau. Irma le suit.

— Et votre biographie de Canac-Marquis, où en est-elle ?

— Prête à être révisée.

— Mais qu'est-ce que toute cette pile de papiers ?

— Ah ! C'est quelque chose que j'avais commencé il y a une dizaine d'années.

— Sur quel sujet ?

Nazaire glisse ses doigts effilés dans les mèches blanches qui flottent sur son crâne à moitié dégarni et confie avec une retenue inusitée :

— Faute d'argent dans mon bas de laine, ce sera votre héritage.

Mue par l'espoir d'y trouver des révélations sur certaines énigmes familiales, Irma le presse de s'expliquer :

— À défaut d'être un chef-d'œuvre littéraire, ce récit qui couvre cent ans d'histoire aura le mérite d'être véridique. Tous les faits que j'y raconte ont été vécus.

Irma est suspendue à ses lèvres et il en éprouve une joie profonde.

— Je n'en espérais pas tant de toi. Je te dirais que ça compense un peu ce que j'aurais aimé que tu me donnes...

— Quoi donc, papa ? Il en est peut-être encore temps...

— Je crains que non. Ils manquent à mon bonheur, les petits-enfants que je rêvais d'avoir. J'aurais tellement aimé leur raconter mes souvenirs. Les voir lire mes textes et chuchoter entre eux : « C'est grand-papa qui a écrit ça ! »

Une profonde désolation le force au silence.

Irma ne sent pas l'urgence de répliquer. Son choix, douloureux à plus d'une reprise, lui a toujours semblé incontournable. Sauver de la mort ceux qui viennent de recevoir la vie, une mission à la fois noble et impérieuse. S'y consacrer exige l'absolu, croit-elle encore.

— Je comprends votre déception, papa. Je la comprends d'autant plus que ce sont les enfants qui donnent un sens à ma vie. Oui, j'aurais pu en mettre quelques-uns au monde ; j'ai préféré en ramener des centaines à la santé. Et vous êtes le grand-papa spirituel de tous ceux que j'ai sauvés de la mort. Je ne vous ai pas donné de postérité, je n'en aurai pas moi non plus. Par contre, je suis fière d'avoir réalisé le rêve que vous avez dû enterrer, faute d'argent... Je suis certaine que vous auriez été un excellent médecin.

— Tu fais bien de me le rappeler.

Dans la maison, le balancier de l'horloge vient meubler le silence. Il remonte le temps pour cet homme qui l'a entendu chaque jour depuis son mariage. Phédora avait reçu cette horloge en cadeau de noces.

— Plus j'y réfléchis, plus je constate que toi et moi avons emprunté des chemins à peine défrichés. Nous avons été fidèles à notre idéal de vie... en dépit des jugements de la société. Et toi, tu vas encore plus loin que là où mes audaces ont pu me mener.

Touchée par ce témoignage inattendu, Irma n'en demeure pas moins embarrassée. Elle retient une réflexion, le temps d'en trouver la formulation :

— Il me semble que maman aussi était de cette trempe...

— Il nous faut en payer le tribut, dit-il, jongleur.

Nazaire a-t-il ignoré le commentaire de sa fille ? Son aveu reste lourd de sens et de secrets.

✦-✦

L'harmonie et le dévouement qui imprègnent les murs du 55 de la Grande Allée allaient faire oublier à Irma qu'un versement hypothécaire de deux mille dollars doit être effectué le premier mai. Une lettre des vendeurs, administrateurs de la succession de M. Joseph Shehyn, le lui rappelait sans équivoque. Trois mois pour trouver cette somme. Ni les activités-bénéfices prévues, ni le reste des prêts consentis par Bob ne suffiraient à couvrir ce paiement. « Où pourrais-je donc prendre cet argent ? » se demande Irma, résolue à n'en souffler mot à son frère, de peur qu'il s'engage dans des aventures déplorables. Ses quêtes auprès des curés de paroisses ont cessé, ces derniers refusant de contribuer davantage qu'ils ne l'avaient déjà fait à la cause des enfants malades. Angèle s'est départie de plusieurs bibelots, d'une coutellerie et de vases en argent dont ni Paul-Eugène ni sa sœur ne voulaient, sinon pour les revendre. Informer son conseil d'administration, Irma le devra, mais elle souhaite trouver une solution avant la date butoir. « Si grand-père Zéphirin était encore de ce monde, c'est vers lui que je me tournerais pour être conseillée », se dit-elle. Du coup, une inspiration lui vient. Elle court chez sa tante.

— Je sais que vous m'aviez déconseillé d'acheter cette maison et que vous souhaitez que je la revende dès que j'en aurai trouvé une autre à un prix plus abordable. Je m'habitue tranquillement à cette idée, mais en attendant, croyez-vous qu'une banque pourrait m'avancer deux mille piastres ?

— Tant que ça ! Il faut des garanties pour obtenir un prêt de ce montant-là. Puis les intérêts sont élevés ces années-ci, lui fait remarquer Angèle.

— Je sais que certains prêteurs réclament des intérêts autour de sept pour cent.

De considérations en considérations, la noble septuagénaire déclare :

— Je suis prête à bien des choses pour ne pas te voir perdre le bonheur que tu as reconquis si chèrement.

Irma retient son souffle.

— Une partie de l'héritage que je veux te laisser pourrait bien t'être remise maintenant, murmure-t-elle, fixant la paume de sa main que son pouce lisse doucement.

Coule un long silence chargé de réflexions. Angèle quitte le salon et se dirige vers sa chambre à coucher. Irma regarde passer devant elle ce corps penché sur lui-même, la tête de plus en plus près du cœur. « Toute sa vie, ma tante a su garder le dialogue entre les deux. Si elle pouvait donc me laisser aussi cet équilibre en héritage. »

— J'avais acheté des actions de la Compagnie de téléphone Bell du Canada et j'en avais mis à ton nom. On pourrait en revendre la moitié, suggère Angèle.

Même si le montant de cette vente risque de ne pas couvrir la totalité du versement exigé, Irma en éprouve un immense soulagement.

— Si grand-père Zéphirin est aussi fier de vous que je suis reconnaissante de votre geste, il doit fêter avec sa douce Madeleine, dit Irma en effleurant la joue flétrie de sa tante.

— Maman était très généreuse. Elle tenait cette qualité des Langevin. Tu es trop jeune pour l'avoir connue. De son vivant, les familles LeVasseur et Petitclerc s'entendaient très bien, même si elles ne se fréquentaient pas beaucoup à cause de la distance... Saint-Tite-des-Caps, ce n'est pas à la porte. Imagine dans les années 1850-1860.

— La petite Marcelle, si dévouée...

— Si tu as la chance de rencontrer sa mère, tu verras quelle perle de femme est Lézéa...

— Elle ne peut vous surpasser, tante Angèle, témoigne Irma dans une accolade qui met fin à leur entretien.

Elles ont semblé s'éterniser, les deux semaines d'attente du chèque de la *Bell Telephone Co.* « Huit cent cinquante dollars ! C'est beaucoup, mais pas assez ! » Irma n'a pas le choix. Elle doit informer les membres de son conseil d'administration et mobiliser ses bénévoles.

La réunion se tient le 8 février dans la salle de conférences de l'hôpital des Enfants-Malades. Autour de la table, le Dr Dussault, président, Mme Tessier, sa vice-présidente, Mme McKay, la trésorière, Mme Charest, la secrétaire, et trois conseillers : M. Savard, Mlle Bertrand et John Miller. Le président précise qu'il s'agit là d'une réunion spéciale qui ne devrait pas durer plus de trente minutes.

— Cet hôpital est le plus beau de tous ceux que j'ai vus au Québec, dit-il. Nos petits malades le méritent, comme se plaît à nous le répéter notre directrice. D'ailleurs, la Docteure LeVasseur a déjà versé douze mille dollars pour cette maison. Un versement de deux mille doit être effectué le 1er mai. Madame Irma peut à elle seule en verser huit cent cinquante ; son frère en a recueilli cinquante-cinq ; Mademoiselle Marcelle Petitclerc, trente-cinq. À ce total de neuf cent quarante, il faut ajouter les vingt-deux dollars amassés lors des parties de bridge organisées par notre trésorière.

Or les mois de mars et d'avril sont favorables aux collectes de fonds. Mme McKay en a fait l'expérience maintes fois.

— Le concert-bénéfice de l'automne dernier a rapporté une bonne cagnotte, rappelle Mme Tessier. Est-ce que votre père pourrait en organiser un autre ? demande-t-elle à Irma.

— Ce n'est pas le goût qui lui manque, il me l'a offert en janvier dernier, mais je crains que son état de santé ne le lui permette plus.

— Peut-être aurait-il quelqu'un d'autre à nous conseiller, propose le Dr Dussault.

— Je vais lui en parler.

Bazars, parties de cartes et de bridge, concerts, vente de biscuits et de graines de semences, cette liste d'activités suggérées par Mme McKay fait le tour de la table et trouve preneurs. Mathilde, de plus en plus douée en art culinaire, offre d'occuper tous ses loisirs à cuire de petits gâteaux que Marcelle et Paul-Eugène iront vendre aux soirées de bazars et de cartes. Mme Tessier a surpris et gagné tous les administrateurs en proposant la vente des produits de l'érable dans différentes institutions et édifices publics de la ville. Le Dr Dussault, dont un oncle est propriétaire d'une grande érablière à Yamachiche, s'engage à obtenir sirop et sucre à un prix symbolique. Sans l'ombre d'un doute, Marcelle et Paul-Eugène se feront un plaisir d'ajouter ces produits aux petits gâteaux de Mathilde. John propose d'organiser des soirées de bingo au profit de l'hôpital des Enfants-Malades. Autour de la table, l'enthousiasme est palpable.

De retour à son bureau en compagnie des dames Tessier et McKay, Irma demeure songeuse.

— À moins d'un miracle, on ne peut amasser mille dollars en dix semaines, considère-t-elle.

— Peut-être pourrions-nous rembourser seulement la moitié du paiement exigé le 1er mai, et le reste au mois d'août, suggère sa trésorière. On n'aurait plus que trente-huit piastres à trouver.

— Si cette proposition est acceptée, je vous serai très reconnaissante de m'y avoir fait penser, madame McKay.

Pour donner du poids et de la crédibilité à sa requête auprès des administrateurs de la succession Shehyn, Irma demande et obtient que le Dr Dussault la cosigne.

Ayant bon espoir que ce compromis sera agréé, elle ne demeure pas moins lucide quant à l'urgence d'agir. Elle prévoit se rendre chez son père dès le lendemain, sitôt la visite de chacun de ses patients terminée.

Malgré l'ordre qui règne dans l'hôpital des Enfants-Malades depuis octobre 1923, chaque soir, avant de se mettre au lit, Irma en fait le tour. À l'étage des patients, elle s'assure que chacun a reçu les soins requis et elle voit à ce que la surveillante de nuit ne manque de rien. À l'approche de la cuisine, fait inusité à cette heure, un bandeau lumineux se faufile sous la porte fermée. Des chuchotements et des cliquetis de vaisselle glissent jusque dans le corridor. « Mais qu'est-ce qu'ils font ? Il est tout près de minuit », se demande Irma, reconnaissant les voix de Mathilde et de Paul-Eugène.

Le craquement de la porte les fait sursauter. Sur la table de service, un étalage de petits gâteaux que Mathilde s'applique à décorer sous le regard admirateur de Paul-Eugène.

— Une belle surprise, hein, tite sœur ! Personne ne va résister à de si beaux desserts ! On va les vendre dix pour vingt-cinq cents.

— Il nous manque du papier ciré puis de belles boîtes, dit la cuisinière que la fatigue ne semble pas avoir atteinte.

— Je vais charger Mademoiselle Bertrand de vous en trouver.

Après les avoir félicités chaleureusement, Irma leur recommande d'aller se reposer.

À peine ont-ils gravi l'escalier qui les conduit à l'étage que le téléphone sonne. Au bout du fil, des marmonnements à peine audibles parviennent à l'oreille d'Irma.

— Blessé ? Papa ! Est-ce bien vous ? J'arrive !

Sitôt prévenu, Paul-Eugène se précipite vers la sortie.

— Attends-moi ! crie Irma. Viens m'aider à préparer le nécessaire.

C'est l'obscurité totale dans la maison de Nazaire. La porte n'est pas verrouillée. À plat ventre dans le hall d'entrée, la main gauche sur le combiné téléphonique qu'il n'a pu raccrocher, Nazaire gémit. Une chute qu'il n'a pas la force d'expliquer lui cause une douleur intense à l'épaule et au pied droits. Irma craint plus d'une fracture sévère. Son père doit être transporté à l'hôpital par des ambulanciers.

— Le mieux que je puisse faire en attendant qu'ils arrivent, c'est de vous donner un calmant, papa.

Nazaire l'accepte, mais il souhaite surtout qu'on lui retire sa chaussure. Mission impossible pour Irma. Au moindre mouvement de sa jambe, Nazaire hurle. Paul-Eugène se précipite vers la cuisine et en revient avec une paire de ciseaux.

— Coupe les lacets !

L'idée vaut une tentative, mais l'outil n'est pas approprié. Il faut attendre.

Le ronronnement de l'ambulance devant la porte fait fuir Paul-Eugène. Enfermé dans sa chambre, il supplie sa sœur de ne pas dire aux ambulanciers qu'il est dans la maison. « Il est donc encore traumatisé par son séjour à l'hôpital ! Ça date de plus de vingt ans », constate sa sœur.

À la fin de cette nuit passée au chevet de son père, Irma apprend qu'il souffre d'une double fracture du côté droit : la cheville et la clavicule. Elle quitte l'Hôtel-Dieu de Québec non sans faire la promesse d'y revenir dans les prochains jours. Il lui incombe de trouver une solution pour le retour du malade à la maison. « Je le connais assez pour présumer qu'il voudra rentrer chez lui. Cette option requiert la présence d'une aide. Trouver une bénévole fiable serait souhaitable, mais encore faut-il y mettre du temps et de la vigilance. Tante Angèle en connaît peut-être », pense Irma qui s'arrête chez elle avant de rentrer au 55 de la Grande Allée.

L'accident de Nazaire interpelle la septuagénaire.

— Je pense avoir trouvé une solution. Je dois y réfléchir...

— Vous pouvez prendre votre temps ; papa est hospitalisé pour une bonne dizaine de jours.

— Il faudra le servir comme un enfant, j'imagine.

— À la différence que mon père risque d'avoir des exigences qu'un enfant n'aurait pas.

Angèle demeure dans ses pensées.

Au terme de deux semaines de soins pour Nazaire, de réflexions pour sa sœur, de visites fréquentes pour sa fille, des choix se présentent au malade sur le point de quitter l'hôpital.

— Tante Angèle offre de vous héberger, le temps nécessaire à votre guérison, lui apprend Irma.

— Je vous avais vu venir, dit Nazaire.

— C'est une bonne idée, n'est-ce pas ?

— Il n'en est pas question.

— Mais vous ne pouvez pas demeurer seul... pour quelques semaines encore.

— Pour le reste de ma vie... Il m'est arrivé suffisamment de problèmes ces derniers temps pour me décider à casser maison.

Estomaquée, Irma essaie d'en savoir davantage.

— Votre vision...

— Entre autres. J'en perds à chaque jour.

— Il faudrait...

— Non, Irma. Pas une autre opération. C'est déjà beau que je me sois rendu jusqu'à aujourd'hui. Il faut que je ménage le peu de santé qu'il me reste pour mener mes écrits à terme.

Un long silence prend place, le temps pour Irma de tourner une page de la vie de son père.

— Je te fais confiance pour vider la maison et la mettre en vente. L'argent te reviendra... Tu verras à payer ma pension.

— Mais Paul-Eugène ?

— Je ne m'inquiète pas pour lui maintenant qu'il habite chez toi. Je sais que tu vas en prendre soin le reste de sa vie.

Les décisions de Nazaire donnent le vertige à Irma. Pas une réplique de sa part. Qu'un regard ébahi.

— Tu ne me demandes pas où je m'en vais en sortant d'ici ? s'étonne-t-il.

Irma hausse les épaules, pince les lèvres et espère une révélation, la dernière, croit-elle, de cet entretien.

— Une infirmière a fait des appels pour moi. J'ai une place à la pension Sainte-Anne. C'est une des moins chères...

Les images déferlent dans l'esprit d'Irma. Que de personnes âgées négligées dans nombre de pensions à prix modiques. « Papa ne mérite pas ça. Un homme si fier. » Concentrée sur la recherche d'une autre résidence, elle est ramenée aux propos de son père :

— Pourvu que je sois à la chaleur, bien nourri, et que j'aie mes papiers personnels avec moi, je serai heureux.

— Même pas votre mobilier de chambre à coucher ?

— Surtout pas! Si Paul-Eugène le veut, qu'il le prenne. Ça lui fera du bien d'imaginer y retrouver sa mère...

L'évocation de ce passé si lointain trouble Irma. Les propos de son père, empreints de la gravité d'un testament, témoignent d'une profonde réflexion et suscitent la sienne.

⁘

L'hiver se traîne les pieds dans une ville qui aspire aux clémences du printemps. Irma ne s'en désole pas trop, plus d'un événement l'invite à la réjouissance : six mois d'harmonie et de dévouement à la gouverne de son hôpital, un nombre croissant de consultations et d'admissions à l'hôpital des Enfants-Malades, pas un décès, la guérison de tous ceux qui ont obtenu leur congé, le recrutement de nouvelles bénévoles. Ces réussites lui insufflent courage au quotidien et espoir en l'avenir.

Toutefois, avril s'annonce particulièrement exigeant pour les LeVasseur. Les vêtements et les manuscrits de Nazaire ont été transportés à la pension dès son entrée, mais ses papiers personnels, tout comme ceux de Paul-Eugène, n'ont pas encore été rapaillés. Qui plus est, d'éventuels acheteurs sont attendus à la maison de Nazaire. Un grand ménage des cinq pièces est de rigueur.

Tôt le premier lundi d'avril, Irma s'y attaque avec l'aide de Marcelle et de Paul-Eugène. La tâche fait grogner ce dernier, mais elle excite sa cousine.

— Si tu savais le nombre d'indulgences qu'on peut gagner quand on fait des sacrifices pour les âmes du purgatoire, clame-t-elle, les mains plongées dans l'eau savonneuse, appliquée à nettoyer la cuisine.

— Des indulgences! Des sacrifices! Le purgatoire! Mais d'où sors-tu, toi, avec tes histoires qui ne riment à rien! s'écrie Paul-Eugène, déstabilisé.

Irma s'amuse de leurs échanges. La culture religieuse de son frère équivaut à celle d'un néophyte. Ce que ses parents lui ont appris a été effacé par plus de vingt ans de vagabondage et de laxisme. Désigné pour vider les meubles de sa chambre, il ronchonne.

— Tu viens m'aider, tite sœur ? Je ne sais pas par où commencer.

Sur le point de l'admonester, Irma, pourtant débordée, se ravise. « J'oublie parfois que cet homme n'a pas la maturité de ses cinquante ans. »

Quand elle pénètre dans cette pièce sens dessus dessous, la posture de son frère assis sur le bord de son lit, la tête blottie entre les deux genoux, lui révèle que de quitter définitivement sa chambre le meurtrit profondément.

— Tu peux les apporter dans ton nouveau chez-toi, tes souvenirs.

Paul-Eugène hausse les épaules, sans plus.

Debout devant un tiroir entrouvert et bondé de vêtements usés, Irma suggère de tout jeter. Paul-Eugène, vissé sur son lit, se limite à un geste d'indifférence. En un rien de temps, le tout est enfoui dans un sac destiné aux ordures.

Au fond de l'avant-dernier tiroir, sous une pile de chandails qui datent de trente ans, une grande enveloppe... non cachetée. L'adresse du récipiendaire a été barbouillée avec l'intention évidente de la rendre illisible. Irma se tourne vers le lit, son frère est toujours replié sur sa boule d'émotions.

— Tu te souviens de ce qu'il y a là-dedans ?

Tiré de sa léthargie, Paul-Eugène lui arrache cette enveloppe si brusquement qu'elle se vide sur le plancher. Sa tentative de tout dérober au regard de sa sœur avorte. Paul-Eugène, à quatre pattes sur la moquette, ressemble à un jeune enfant pris en défaut.

— Je voulais pas... je l'aimais trop...

— Calme-toi. Je ne te ferai pas de reproches. Je te le promets.

Paul-Eugène étire un bras, attrape un papier rigide qu'il colle à sa poitrine, s'accroupit et ferme les yeux. Un long soupir balaie sa gorge. Ses lèvres marmonnent... des mots tendres. Son regard vient illuminer ce réel nébuleux : une grande photo. Une vingtaine de jeunes filles. Au centre, elle est là. Irma la reconnaît.

— Elle avait seize ans, balbutie Paul-Eugène. Regarde comme elle était belle.

Irma s'approche, serre l'une contre l'autre ses mains de glace, sans pouvoir dire un mot.

— C'est pour que personne nous la vole, notre maman, que je l'avais cachée là. On va l'emmener avec nous autres, hein, tite sœur ?

Irma le lui promet. Paul-Eugène se relève, invite sa sœur à s'asseoir sur le bord du lit, tout près de lui, pour mieux admirer cette jolie demoiselle.

— Regarde son collier à deux rangées.

— Puis le beau médaillon au centre.

— L'avais-tu vu ce bijou dans ses affaires, à New York ?

— Non. Elle ne devait plus le porter, sinon je m'en souviendrais.

Se retournant subitement vers sa sœur qu'il fixe avec candeur, Paul-Eugène s'exclame :

— Je n'avais jamais remarqué que vous aviez le même menton, maman et toi !

De ses longs bras, il enlace sa sœur et lui fredonne une berceuse en se balançant doucement.

— Je te demande pardon, marmonne-t-il. Elle était autant à toi qu'à moi, cette photo de maman.

Irma se dégage doucement et, debout devant son frère, elle lui demande avec autant de fermeté que de délicatesse :

— Paul-Eugène, y a-t-il d'autres choses là-dedans qui sont autant à moi qu'à toi ?

Il le lui confirme d'un geste de la tête.

Tous deux disposent sur le lit les papiers hétéroclites. La plupart sont manuscrits et de format légal. Deux font exception. Irma s'empare de celui dont la première ligne indique : *15 novembre 1890.*

— Mais c'est l'année où grand-père Venner est décédé ! s'écrie-t-elle. Où as-tu pris ça ?

Paul-Eugène boude, anticipant une réprimande.

— Dans la chambre de papa, avoue-t-il.

— Sais-tu au moins ce que c'est ?

— Oui, confirme-t-il, piteux.

— Tu l'as lu et tu as tout compris ?

— Tommy me l'a expliqué. Il était instruit, lui.

Irma voudrait balayer d'un regard furtif les trois feuilles qui font état du décès de William Venner, mais certains mots la tiennent captive. Le nom des quatre légataires résiduels : William (Guillaume-Hélie), exécuteur testamentaire, Alfred Venner et son frère Washington et Dame Phédora Venner. Huit terrains dont certains avec bâtiment à se partager leur ont été légués.

— Grand-père n'avait pas vraiment renié notre mère, puisqu'il lui a laissé des biens, murmure Irma, doutant des confidences de Lauretta.

— Qu'est-ce que tu dis, Irma ?

— Il y en a dans la famille qui prétendent que grand-père Venner était très fâché contre notre mère... tu sais pourquoi.

— Parce qu'elle nous a abandonnés, oui. Si je me souviens bien de ce que Tommy m'a appris, grand-père William aurait fait de beaux cadeaux à maman. Mais elle n'était plus avec nous...

Irma reprend sa lecture sans précipitation, cette fois.

— Ça représente beaucoup d'argent ? relance Paul-Eugène.

— C'est difficile à évaluer. Ça fait trente ans de ça.

— C'est long, trente ans. Les maisons s'abîment en trente ans. Il faudrait aller voir de quoi elles ont l'air.

— Maman a dû tout revendre... répond Irma, au fait de la maison, rue Sainte-Marguerite, qu'elle a possédée et revendue.

— Qui te dit qu'elle n'est pas venue en habiter une sans qu'on le sache ?

— Je ne crois pas, Paul-Eugène. C'est consolant quand même de penser qu'elle n'était pas pauvre, s'empresse-t-elle de lui faire remarquer.

Paul-Eugène se calme. L'élagage se poursuit, mais la lenteur avec laquelle il y participe impatiente Irma. Elle allait lui enjoindre de ne pas tant s'attarder à chaque souvenir quand son regard se pose sur une grande enveloppe provenant d'un notaire. Elle n'a qu'une pensée : la soustraire au plus vite à l'attention de son frère. Mais où la dissimuler ? Au même moment, Paul-Eugène la prie de venir regarder une photo d'eux, en bas âge.

— Tu devrais les placer toutes dans une même boîte, lui conseille-t-elle. J'en ai apporté de belles petites... Va t'en choisir une sur la table de la cuisine.

Avant de glisser l'enveloppe sous l'oreiller, Irma a le temps d'en lire la provenance. Le rabat décollé laisse voir la date d'émission : *10 novembre 1903*. « Mais où étais-je en novembre 1903 ? Je suis revenue de New York à la fin de juin... Je suis allée quelques fois à Montréal, mais j'ai passé plus de dix mois ici à faire des visites à domicile... »

Paul-Eugène revient trop vite. Impossible de lire tous les paragraphes. Juste le temps d'apercevoir dans le deuxième : *Dora Whaler* et les mots qui suivent : *Denver, Colorado*. Brouillard et stupéfaction. Gestes inutiles, confusion et fébrilité.

Irma veut en finir au plus vite avec cette pièce.

— Qu'est-ce que tu dirais, Paul-Eugène, si on emportait à la Grande Allée tout ce qui reste sur le lit ? Tu pourrais alors prendre ton temps pour classer tes souvenirs. Sinon, on en aura encore pour une éternité.

Le consentement obtenu, Irma aide son frère à débarrasser le lit, lui fait transporter la boîte dans le hall d'entrée et le prie d'aller prêter main-forte à Marcelle. Dans un grand sac de jute destiné à la lessive, elle glisse l'enveloppe précieuse parmi draps et taies d'oreiller, en attendant le moment propice...

꘎꘎

Le 13 avril 1924, grâce à la vente de la maison familiale, Irma LeVasseur a en main tout l'argent nécessaire au versement hypothécaire exigé pour le premier jour de mai. Soulagement apprécié mais de courte durée, considérant l'obligation de trouver la même somme pour novembre. Le conseil d'administration mise sur une autre source de financement : l'Assistance publique. Le président a obtenu une confirmation verbale de l'incorporation de l'hôpital des Enfants-Malades. « Une question de quelques semaines », lui a-t-on promis au téléphone.

À cette exigence s'ajoutent celles de répondre aux besoins de l'hôpital et de payer la pension de Nazaire. Les dons sollicités par Mmes Tessier et McKay entrent à petites doses. Les ventes de biscuits, de gâteaux et de confiseries à l'érable couvrent l'épicerie de chaque semaine grâce à Marcelle et à Paul-Eugène qui s'en targuent allègrement. Aussi, les encouragements leur sont distribués avec largesse.

Vers la fin de l'après-midi, la bonne marche de l'hôpital a permis à sa directrice de donner suite à la découverte de certains actes notariés concernant Phédora.

À son amie Maude, Irma confie :

J'ai eu la chance d'être reçue au bureau du notaire de maman, un homme des plus ouverts et généreux envers moi. Il m'a confirmé être le gestionnaire de ses biens depuis 1886. Il m'a aussi affirmé qu'elle n'avait pas vécu qu'à New York; pendant de nombreuses années, elle aurait habité à Denver, au Colorado, et elle portait alors le nom de Dora Wheeler, comme c'est indiqué sur l'acte notarié que j'ai trouvé dans la chambre de mon frère. Même exilée, elle aurait prêté pas mal d'argent à des gens de Québec. Quand elle a épousé mon père, elle possédait déjà des terrains et des propriétés mises à son nom par grand-père Venner. C'est pour ça qu'elle avait exigé un contrat de mariage en séparation de biens.

Je t'avoue que ces découvertes m'ont causé quelques insomnies. Je n'aurais pas soupçonné ce côté femme d'affaires chez ma mère. Un moment, j'ai regretté de ne l'avoir pas questionnée davantage. Mais, réflexion faite, je ne crois pas qu'elle m'aurait dévoilé plus qu'elle ne l'a fait, à plus forte raison si, comme je l'imagine, son passage au Colorado a été motivé par une liaison avec un monsieur dont elle aurait adopté le nom de famille. Quand je pense que papa savait tout ça et qu'il n'a jamais desserré les dents. J'ai obtenu de lui peu de révélations, malgré mon acharnement. Comme ça devait être lourd pour lui de garder tant de secrets qui le touchaient de si près! Je comprends qu'il se soit réfugié dans l'écriture pour trouver un peu d'allégement.

Irma dépose sa plume. Le goût d'aller revoir son père et de lui exprimer son empathie la pousse jusqu'à la pension Sainte-Anne.

Une porte de chambre verrouillée et une procession de pensionnaires déjà amorcée pour le souper guident les pas d'Irma vers la salle à manger. Nazaire n'y est pas. Elle s'informe.

— Monsieur LeVasseur est dans le petit salon au bout du corridor.

Assis dos à la porte, accoudé à une table circulaire couverte de papiers, Nazaire n'est pas seul. À sa droite, une religieuse... qui l'écoute. Irma hésite, puis s'annonce. Son père, d'abord ébahi, lui ouvre grand les bras, fier de lui présenter Sœur Marguerite,

— Un ange descendu du ciel, s'exclame-t-il. Sœur Marguerite est mes yeux et une copie de mon cerveau. Elle me saisit comme personne d'autre ne l'a jamais fait. C'est elle qui m'aide à terminer mes manuscrits.

— Comment l'avez-vous trouvée, cette perle rare? questionne Irma.

— Une de ses nièces travaille ici. Elle connaît les talents de Sœur Marguerite, pas rien qu'en écriture...

Intimidée, la religieuse explique s'être consacrée toute sa vie à l'enseignement du français.

— J'éprouve un bonheur profond à travailler avec un homme aussi cultivé et avenant que Monsieur LeVasseur, ajoute-t-elle.

— Je prenais justement quelques minutes pour venir lui dire à quel point je l'admire, dit Irma.

Un tel aveu bouleverse Nazaire. Les mots et les gestes de gratitude le fuient. Pour les avoir ressentis plus d'une fois, Irma connaît ces états d'âme qui requièrent le silence.

— Je me reprendrai, papa. Je vous laisse travailler. Moi aussi, j'ai du boulot qui m'attend.

— Tu es toujours la bienvenue, Irma.

— Merci, Sœur Marguerite, pour le bien que vous faites à mon père, dit-elle avant de quitter le petit salon.

— Ne partez pas, docteure LeVasseur! J'étais sur le point d'aller rejoindre mes consœurs.

— Tout est bien ainsi! lance Irma avant d'emprunter le long corridor de bois verni.

À quelques pas derrière elle, la religieuse en fait autant.

De retour chez elle, Irma ajoute un paragraphe d'éloges à l'égard de Paul-Eugène avant de poster sa lettre à Maude.

Il me surprend à chaque jour ! Serait-ce la confiance que lui témoignent mes collaborateurs qui fait apparaître en lui ce qu'il a de meilleur ? Ou plus encore cette grande complice qu'il a trouvée en la personne de Marcelle Petitclerc, une cousine qui lui ressemble sur certains points ? Tous deux ont gardé cette naïveté qui leur joue parfois de mauvais tours, mais qui toutefois leur rend le bonheur plus accessible et plus durable. Ce sont les émotions qui dictent leur conduite. Je me réjouis des progrès qu'il a réalisés, mais en toute lucidité, je m'attends à une rechute à tout moment.

À sa tante Rose-Lyn, elle adresse aussi un courrier. Après l'avoir informée de ses découvertes au sujet de Phédora, elle écrit :

Je pense traverser une des plus belles périodes de ma vie d'adulte. Mon hôpital progresse dans l'harmonie malgré ses exigences financières et tous ceux que j'aime vont bien. Que demander de mieux ? À vous, tante Rose-Lyn, j'avouerai : la présence de trois personnes de New York qui me sont très chères me manque beaucoup. Serait-ce trop exiger de la vie que de souhaiter votre retour à Québec ? Je crains que oui et je vous comprends. Charles ne m'écrit pas souvent mais c'est normal. Un garçon de seize ans a bien plus intéressant à faire que de correspondre avec sa marraine !
J'espère des nouvelles de Bob. Ai-je raison de m'inquiéter de son retard à répondre à mes lettres ? Il est toujours propriétaire de sa bijouterie ? Clara va bien ? Les jumelles ? Je n'arrive pas à croire qu'elles auront bientôt onze ans !
Je vous adore, tante Rose-Lyn.

Irma

Le lendemain, Mathilde, à bout de souffle, se précipite dans le bureau de la D^re LeVasseur.

— Juste devant la maison, j'ai cru voir un enfant qui se débat pour ne pas être descendu d'une voiture. Il crie et pleure à fendre l'âme.

Mathilde avait raison. Deux hommes ont été chargés de leur amener un garçonnet en détresse.

— Comme il est infirme, c'est sa grand-mère qui le gardait, puis elle vient de mourir, explique l'un d'eux.

— Il a peur de son ombre, dit l'autre, exaspéré.

— Y a de quoi ! riposte le premier. À force de passer ses journées dans un grenier...

— Reculez-vous. Laissez-moi l'approcher, leur ordonne Irma.

Le spectacle est déchirant. Comme un petit animal sauvage, recroquevillé sur lui-même, la tête enfouie entre les genoux, l'enfant tremble de tout son corps. À force de douceur et de patience, Irma parvient à voir son visage. Il ne présente aucune difformité, mais d'impressionnantes ecchymoses sur le front. Il a saigné du nez.

— Tu veux me dire ton nom ? Le mien, c'est Irma.

Le garçonnet noue ses bras sur sa poitrine. Elle approche son oreille du visage de l'enfant et saisit un balbutiement.

— Simon ? C'est bien ça ? Mais que c'est un beau nom ! Aimerais-tu venir manger du bon gâteau avec moi ?

Une lueur d'acquiescement dans le regard de l'enfant.

— J'ai une belle maison, juste là, avec tout plein de petits enfants gentils.

Un signe de la tête vient enfin.

— Donne-moi ta main, je vais t'aider à sortir.

Sous la couverture qui le protégeait du froid, l'enfant en pyjama cachait des jambes arquées et des pieds bots.

— Je vais te transporter. Passe ton bras autour de mon cou.

Sous le regard éberlué des deux hommes, Irma s'engage sur le trottoir avec l'enfant dans ses bras et gravit les marches de l'immeuble avec le sentiment de porter un trésor.

— Venez ! leur dit-elle.

Mme Charest, la secrétaire, est priée de les rejoindre tous et d'ouvrir le dossier du jeune patient. Ces hommes qui affirment être les oncles de l'enfant, à qui ils donnent six ans, le présentent comme un petit fou que le père, un dignitaire de la ville, ne voulait pas garder chez lui.

— Il va falloir lui trouver une autre place, mais il faut le faire soigner avant, dit l'un d'eux.

Irma apprend que Simon ne mange plus depuis ils ne savent combien de temps et qu'il est si faible qu'ils ont craint sa mort.

— D'où lui viennent ses bosses sur le front et la tête ?

— Il avait la manie de se cogner sur les murs pour faire débarrer la porte du grenier... répond le plus jeune.

Irma lui retourne un regard sceptique. À l'examen, Simon présente aussi des marques de coups sur le dos et sur les jambes. Ce constat requiert l'examen d'un médecin témoin, en l'occurrence le Dr Thibaudeau, responsable du dispensaire ce jour-là. De toute évidence, cet enfant a été négligé et maltraité. Sur le point de donner congé aux oncles de Simon, Irma les entraîne dans le hall d'entrée pour ne pas être entendue de l'enfant et leur interdit de répéter à qui que ce soit que Simon est un petit fou.

— Je veux vous revoir ici dans une semaine, les somme-t-elle.

Le cas du petit Simon Ouellet n'est pas unique et les deux médecins qui le traitent à l'hôpital des Enfants-Malades en sont très conscients. Combien d'enfants affectés de difformités physiques sont enfermés dans des chambres verrouillées, des greniers et des sous-sols !

— Tant que la façon de voir un enfant infirme sera perçue comme la punition infligée aux parents pour une faute grave, des petits êtres innocents seront privés de leurs droits les plus stricts, dit le Dr Thibaudeau, outré.

— J'ai constaté aux États-Unis, entre autres, comment les enfants privés de lumière, de contact physique et de liberté tardaient à manifester des signes d'intelligence, confirme Irma.

Mlle Laroche, la nouvelle infirmière chargée des visites à domicile, en a vu plus d'un cas.

— L'isolement et l'abandon auxquels on les condamne me semblent pires à supporter que leur infirmité, émet-elle, accablée.

— Je suis certaine qu'avec des soins et de l'affection, plusieurs d'entre eux se montreraient plus intelligents que leurs frères et sœurs. C'est scandaleux qu'on les prive d'instruction et de rapports avec la société, clame Irma.

— Je ne connais pas d'école qui les accepterait, croit le Dr Thibaudeau.

— Les communautés religieuses n'offrent pas ce service? demande Mme Charest.

Le Dr Thibaudeau, qui connaît bien sa ville et ses alentours, en nie l'existence.

— Il faudrait leur en ouvrir... juste pour eux; avec des équipements adaptés et du personnel compétent qui ne les traiterait pas comme des déchets de la société, dit Irma, le regard porteur d'un autre projet.

Autour d'elle, des haussements d'épaules et des soupirs d'impuissance.

Déterminée à rendre la santé à son nouveau patient et à prouver qu'il n'est pas dépourvu d'intelligence, Irma le prend sous sa protection. Aussi donne-t-elle des directives aux infirmières et aux bénévoles pour qu'une approche très délicate et chaleureuse soit réservée à cet enfant traumatisé.

Placé un peu en retrait des autres patients, il en sera progressivement rapproché, au rythme de son évolution.

Après deux semaines de traitements et de tentatives d'apprivoisement de la part de l'équipe médicale, Simon a retrouvé l'appétit, se déplace en se traînant sur les fesses et va de lui-même vers d'autres enfants à qui il parle en l'absence d'adultes dans l'entourage.

— Ses propos sont cohérents et très adaptés, confie Irma à sa tante Angèle venue lui rendre visite. Mais dès qu'il se sent observé par une grande personne, il paralyse... Voulez-vous venir le voir avec moi?

— Je ne l'effrayerai pas?

— Je ne pense pas. D'ailleurs, je doute de plus en plus de la version des pseudo-oncles qui me l'ont amené. Je les avais sommés de revenir la semaine suivant l'hospitalisation de Simon et je ne les ai plus jamais revus. Les numéros de téléphone qu'ils m'ont laissés sont aussi faux que leurs noms. J'en suis même à me demander si Ouellet est le vrai nom de famille de ce petit garçon.

Affligée, Angèle ne se fait pas tirer l'oreille. Elle s'attarde d'abord aux autres patients, lançant vers Simon des regards discrets et furtifs. Plus leur présence se prolonge, plus le garçonnet à la chevelure d'ébène, au teint livide, pelotonné sur lui-même, les garde dans sa mire. De temps à autre, il esquisse un sourire. Angèle ose lui en retourner un. L'accueil est gagné.

— Je pense qu'on pourrait s'approcher de lui, chuchote-t-elle.

— Que du regard, pour commencer, recommande Irma.

L'ouverture qui se dessine sur son visage ravit les deux femmes. Elles avancent de deux pas quand Simon se dirige vers elles en se poussant avec ses mains. Penché vers l'enfant, Irma lui demande :

— Tu veux dire à la madame comment je m'appelle ?

La voyant aussitôt exaucée, Angèle enchaîne :

— Et moi, je suis une grand-maman, mais on m'appelle souvent mamie, dit-elle sur un ton feutré.

Irma retient son souffle. Si cet enfant a vraiment été malmené par sa grand-mère, ces mots risquent de réveiller chez lui des souvenirs douloureux.

Simon, écrasé sur le plancher, promène son regard d'Irma à Angèle, sans ouvrir la bouche. Soudain, il balbutie son nom avant de tendre les bras vers les dames LeVasseur.

Irma voudrait cristalliser ce moment où elle et sa tante, accroupies sur le plancher, collées tout contre Simon, rendent à cet enfant une parcelle de l'affection et de l'admiration qui lui ont tant manqué.

Le garçonnet attrape la main d'Irma, puis celle d'Angèle, les porte sur sa poitrine et dit avec ferveur :

— À moi. À moi tout seul !

Jour mémorable que ce 1er mai 1924 où Simon s'est mis à parler presque normalement. «Ce petit miracle» a fouetté la détermination de la D^re LeVasseur, qui travaille depuis à sensibiliser le gouvernement à la nécessité d'instruire les enfants handicapés physiques. En attendant que les autorités provinciales passent à l'action, à l'instar de son père, elle a recruté une religieuse retraitée de l'enseignement pour enseigner à ses jeunes patients, hospitalisés pour une longue durée. Tel est le cas de Simon que le Dr Samson, consulté, accepte d'opérer pour redresser ses jambes et corriger ses pieds.

— La convalescence et la réadaptation risquent d'être longues, prévient-il. Mais j'ai confiance qu'il marchera un jour.

— Je m'y attends, docteur Samson. Mais comme ce petit bonhomme est intéressé à apprendre et à communiquer, ce sera moins pénible pour lui. Il a fait de tels progrès depuis qu'il est ici ! Vous auriez dû le voir à son arrivée...

— Il est chanceux de se retrouver entre vos mains, docteure LeVasseur. J'en connais d'autres dans son cas et on est obligés de les retourner à l'orphelinat ou à l'asile, faute de place pour accueillir nos convalescents.

— Vous logez toujours rue De Saint-Vallier ?

— Hélas, oui. Je n'ai jamais rien vu d'aussi inadéquat pour administrer des soins hospitaliers. La Corporation est toujours à la recherche d'un édifice plus adapté, dans un milieu moins malsain, mais sans succès. La seule amélioration en vue est une maison de campagne du quartier Petite-Rivière que nous pourrons louer l'été pour les jeunes patients qui requièrent le moins de soins.

Irma penche la tête. Cet aveu la plonge dans une profonde désolation. Les mots fuient sa bouche, plus inappropriés les uns que les autres.

— Je me demande quand notre gouvernement va considérer nos enfants à leur juste valeur, dit le Dr Samson.

— Comme la pierre angulaire de notre nation...

— C'est ça. Ce jour-là, on n'aura plus à quêter pour récolter des miettes. C'est lui qui nous offrira des hôpitaux pour les soigner et des écoles pour les instruire. Je crains de ne pas voir ça de mon vivant, laisse-t-il tomber, visiblement exténué.

— Aux luttes qu'on doit mener pour le bien de nos enfants, j'ai l'impression parfois d'être encore sur les champs de bataille de la Serbie, lui confie Irma.

— Excepté qu'en 1924, au Québec, on n'est pas en guerre et que tout espoir est permis, rétorque le Dr Samson pour reprendre courage.

⟶-⟵

« Qui aurait dit qu'après une année aussi magnifique, je me retrouverais dans une telle situation ? » Ce 3 octobre 1924, Irma jongle devant son livre de comptes. La situation financière est angoissante. Sinon, quel bilan positif ! L'équipe médicale et le groupe de bénévoles ont travaillé depuis un an dans une collaboration exemplaire ; les enfants hospitalisés ont tous échappé à la mort ; le petit Simon parvient à marcher et trouvera refuge chez Edith et John ; Nazaire est heureux comme sa fille l'a rarement vu et Paul-Eugène est presque sobre ; tante Angèle vieillit bien ; de New York, les nouvelles sont bonnes. D'ailleurs, Maude, maintenant première présidente du regroupement des Femmes médecins du Canada, a annoncé son retour définitif à Montréal : l'Université McGill lui offre un poste de professeur adjoint en recherches médicales. Lauretta vient de temps en temps porter des gâteries pour les enfants.

Une seul ombre au tableau, mais de taille.

À sa trésorière, Irma demande le compte rendu de la petite caisse.

— Il ne reste que cent vingt-cinq dollars, dit Mme McKay. Où allons-nous trouver les deux mille dollars dus le 1er novembre ?

— Je me le demande. Ils sont passés si vite, ces cinq derniers mois... L'Assistance publique couvre à peine les médicaments et la nourriture des enfants. Puis ce qui reste de la vente de la maison de papa, je dois le garder pour ses besoins. On ne peut demander plus à nos bénévoles...

— Ils amasseraient le double que ce ne serait pas suffisant.

— Je sais, madame McKay, je sais. Mais tout peut encore arriver. Je pourrais faire une démarche, peut-être deux, même...

annonce-t-elle, énigmatique. En soirée ou demain matin si je ne suis pas indispensable sur le plancher.

— Il est urgent d'y voir, docteure Irma. On peut vous libérer : le Docteur Giasson assume le dispensaire ces deux jours-ci, notre infirmière est à l'étage des alités avec ses quatre bénévoles chaque jour, Mathilde et Marcelle travaillent à la cuisine, votre frère assume les courses et l'entretien.

— Vous avez raison. Je vais en profiter pendant que tout se déroule normalement. Un contact ce soir et un autre demain, quand les bureaux seront ouverts, prévoit Irma.

« Une partie de l'héritage que je veux te laisser pourrait bien t'être remise maintenant, a dit tante Angèle le printemps dernier. Pourquoi pas le reste ? Pour une cause comme celle de la protection de nos enfants ? » Portée par l'espoir d'une réponse positive, Irma ne tarde pas à présenter ses souhaits à sa tante.

— Peu importe le montant, il servira d'acompte s'il ne peut tout couvrir, ajoute-t-elle.

Cette fois, la septuagénaire reçoit la revendication de sa nièce une clé sur le cœur. Son regard, réprobateur. Son silence, alarmant. Un bâillon sur la bouche d'Irma. Angèle attendait cette trêve pour prendre la parole.

— Oui, tu as encore des biens à ton nom sur mon testament. Mais je ne t'en cèderai pas l'administration.

La tête retombée sur sa poitrine, Irma a déposé les armes.

— Ce qui ne veut pas dire que je ne suis pas disposée à t'aider, précise la vieille dame. Mais ce sera à ma manière. C'est à prendre ou à laisser.

Du regard, Irma mendie une explication.

— Tu vas vendre ta maison et te chercher un loyer à un prix abordable que j'assumerai tant que tu n'auras pas l'argent de la vente, s'il en reste, une fois tes dettes payées.

Le glas dans le cœur d'Irma. Un dilemme déchirant entre sa raison qui approuve Angèle et ses tripes liées au 55 de la Grande Allée.

— Je vais y réfléchir, ma tante.

Sans plus prolonger sa visite, Irma rentre chez elle avec une idée en tête : demander conseil à Bob. Il faudra attendre au lendemain, pendant les heures d'ouverture de la bijouterie.

À sa grande surprise, Mme McKay n'a pas quitté l'hôpital.

— J'avais trop hâte de connaître le fruit de votre démarche, avoue-t-elle.

— Il y a de l'espoir à l'horizon, se limite-t-elle à répondre, déterminée à rassurer sa précieuse collaboratrice.

L'a-t-elle crue ? Avant de partir, Mme McKay promet d'être de retour tôt le lendemain matin. Portée à l'en dissuader, afin de téléphoner à Bob en toute discrétion, Irma se ressaisit. Pour rien au monde elle ne voudrait troubler davantage cette dame si fidèle et si dévouée.

Après une nuit agitée que seuls les progrès de ses petits malades viennent apaiser, Irma diffère son appel à Bob pour se rendre, dès neuf heures, au bureau du notaire de Phédora. Elle l'attrape comme un courant d'air :

— J'ai juste une petite question à vous poser...

— Je n'ai pas plus de deux minutes à vous consacrer; des clients m'attendent.

Derrière la porte close, Irma s'arme d'audace et demande :

— Si maman avait tant de biens et prêtait de l'argent à des gens de Québec, où est allé son argent ?

Le notaire reste bouche bée. Irma insiste :

— Mon frère et moi sommes ses héritiers légaux...

— Je n'ai pas le droit de vous révéler quoi que ce soit, Madame.

— Mais qui le pourra si ce n'est vous, son gestionnaire ?

— Je vous souhaite bonne chance, Madame.

Nazaire, à qui elle vient confier sa déroute et qu'elle trouve de nouveau au petit salon en compagnie de Sœur Marguerite, explique :

— Un notaire n'a le droit de divulguer les avoirs de son client qu'à ses héritiers nommés, seulement après la mort de celui-ci.

— Maman aurait pu léguer ses biens à d'autres qu'à ses enfants ?

— Comme chacun de nous peut le faire. C'est rare mais c'est un droit, répond-il brièvement pour ne pas abuser du temps de la religieuse.

Des séquences de conversations avec Phédora reviennent à la mémoire d'Irma. Dans aucune d'elles il n'a été question d'argent, d'avocat ou de testament. Dans son appartement, elle n'a trouvé aucun papier révélateur. «Peut-être étaient-ils tous dans le boîtier de métal verrouillé dont on n'a pas trouvé la clé. Qu'en avons-nous fait? Tante Rose-Lyn était avec moi...» New York! Deux appels téléphoniques à faire au moment opportun. L'un à Bob, l'autre à Rose-Lyn.

Tout à la rédaction de ses *Réminiscences d'antan,* Nazaire constate qu'il s'est limité à répondre aux questions de sa fille sans s'informer des raisons qui les motivaient. Elle a franchi la moitié du corridor lorsqu'il la supplie de revenir.

— Je vais aller faire un petit tour à la chapelle, dit la religieuse, se voulant discrète.

— Viens dans ma chambre. On va être plus tranquilles, dit Nazaire à sa fille.

Irma accepte. Après avoir verrouillé sa porte, le septuagénaire s'assoit sur le bord de son lit pour laisser le fauteuil à sa visiteuse.

— Tu as des problèmes avec un notaire, si j'ai bien compris?

— Pour dire vrai, je cherche du financement pour payer ma maison, déclare-t-elle sans détour.

— Les banques sont là pour ça. Es-tu allée les voir?

— Pas encore...

— Arrête de te faire du souci, puis va leur emprunter ce qu'il te faut.

Cette solution si vite expédiée démontre qu'à soixante-dix-sept ans, Nazaire n'est guère plus d'affaires qu'il l'a été par le passé.

— C'est ce que je vais faire, dit Irma pour ne pas l'importuner. Et vous, dans l'écriture?

— Très très bien! La biographie de mon ami Ferdinand est rendue chez l'imprimeur et on a rédigé la moitié des *Réminiscences d'antan.*

Je te réserve un exemplaire de la biographie dès qu'elle sortira de chez l'imprimeur. Avais-tu autre chose à me dire ?

Irma ne reconnaît plus son père. « Comme si un détachement s'opérait en lui depuis qu'il vit à la pension Sainte-Anne », se dit-elle. À voir avec quelle fébrilité cet homme annonce qu'il doit aller chercher Sœur Marguerite à la chapelle, sa fille comprend que d'autres liens affectifs le nourrissent maintenant.

— On a encore beaucoup de travail à faire, justifie-t-il.

Irma retourne chez elle, bredouille. À cinq minutes de sa maison, elle ralentit le pas et porte son regard sur le magnifique tableau qui s'offre à elle : le contour polygonal de la tourelle aux deux étages supérieurs, toile de fond du feuillage ocre et feu de l'érable qui s'élève fièrement vers le firmament azur. Elle aimerait sortir son chevalet et ses pinceaux pour le fixer sur une toile, la sienne. À elle seule, l'idée de vendre cette maison la cloue à un autre constat d'échec. Bob, qu'elle rejoint en fin d'après-midi, ne partage pas cette attitude.

— L'important, c'est que ton hôpital survive, Irma. Je ne peux qu'être d'accord avec ta tante Angèle. Aussi, n'attends pas que les Shehyn revendiquent les deux mille dollars. Fais-leur part de tes intentions et promets-leur de rembourser les seize mille restants aussitôt que la maison sera vendue, lui conseille-t-il sur un ton ferme et expéditif.

Quant à savoir où elle pourrait joindre Rose-Lyn, Bob avoue n'en avoir aucune idée.

Dépitée, Irma va chercher une compensation auprès de ses malades et du personnel qui les traite comme des petits princes.

Avant d'aviser son conseil d'administration, elle demande l'avis de sa vice-présidente. D'entrée de jeu, Mme Tessier approuve les recommandations de Bob et incite Irma à accepter les offres de Mme Angèle LeVasseur.

— J'ai un cousin qui veut louer un de ses cottages semi-détachés dans la rue de l'Artillerie, près du manège militaire. De mémoire, c'est plus petit qu'ici, mais on pourrait toujours s'arranger. Même que ma mère serait bien placée pour négocier un prix avantageux; elle lui a déjà rendu bien des services.

Quelques rayons de soleil percent le ciel assombri de la D^{re} LeVasseur.

— S'il faut partir d'ici, on n'attendra pas à l'hiver pour le faire, balbutie Irma, forcée d'envisager cette nouvelle perspective.

— Vous m'autorisez à faire les démarches pour la maison de la rue de l'Artillerie ?

— Si cette porte s'ouvre, ce sera le signe que je demande... Ça ne peut quand même pas être pire que l'immeuble Julien, considère-t-elle à mi-voix.

L'échange avec les Shehyn a été éprouvant. La ligne dure.

— Vous devrez verser les seize mille dollars que vous nous devez d'ici le 1er janvier, faute de quoi nous reprendrons la maison et nous ferons saisir vos biens, ont-ils décrété.

— J'ai l'intention de la vendre et de vous rembourser ma dette dès que j'aurai touché l'argent, a proposé Irma.

— Vous avez deux mois et demi pour tenter votre chance, lui ont-ils répondu, fermés à toute négociation sur le montant de la dette.

À l'encontre de l'opinion de la propriétaire, le conseil d'administration réuni dans la matinée du 17 octobre 1924 opte pour un prix de vente inférieur à celui du coût d'achat.

— Par contre, si on en obtenait trente mille, je pourrais rembourser les seize mille que je leur dois et il me resterait une bonne douzaine de mille pour acheter ailleurs.

Tout comme John, le Dr Savard, un de ses administrateurs, s'y oppose :

— Si on avait six mois pour vendre cette maison, on pourrait tenter ce prix, quitte à le modifier en cours de route, mais pas dans les délais qui nous sont imposés.

Les autres administrateurs partagent cet avis.

— S'il nous reste six mille nets de cette vente, on sera quand même à l'aise pour aménager un autre édifice et effectuer nos paiements mensuels, fait valoir Mme Tessier.

Le Dr Dussault, en sa qualité de président du conseil d'administration, doit trancher :

— Je propose que nous demandions vingt-quatre mille pour en obtenir vingt-deux.

Irma s'y soumet, reconnaissant du même coup avoir été exploitée par les vendeurs en décembre 1922. Comme l'heure ne se prête ni au dénigrement ni à l'apitoiement, dès la semaine suivante, le conseil d'administration opte pour une alternative de location, quoi qu'il arrive. Le 85 de l'Artillerie est déjà disponible.

— Il faudrait ajouter un autre étage et réparer les galeries arrière, juge Irma.

— En attendant d'avoir l'argent pour ajouter un troisième étage, on pourrait aménager le sous-sol pour le rendre plus habitable, suggère Mme Tessier.

Tous abondent en ce sens, sauf Irma, qui se voit difficilement logée dans un sous-sol humide aux fenêtres étroites.

— La proposition relève du gros bon sens, finit-elle par admettre.

— Vous n'y serez que pour dormir, remarque le Dr Savard.

— Nos petits malades méritent mieux qu'un sous-sol, réplique-t-elle, recentrée sur ses priorités.

Le propriétaire s'engage à faire les réparations réclamées et à rendre la maison dans une propreté impeccable dans un délai de deux semaines.

Mme Tessier y voit l'avantage d'emménager au cours du mois de novembre, avant l'arrivée des grands froids. On tergiverse autour de la table. Irma a du mal à se résigner à cette vente. Le Dr Savard croit le moment venu de vaincre ses dernières résistances et de l'amener à une évidence incontournable :

— De toute façon, on n'a plus le choix. Tôt ou tard, il faudra sortir de cette maison. Vaut mieux le faire le plus vite possible pour ne pas compromettre la guérison de nos enfants.

Irma se laisse choir dans son fauteuil. Elle a rendu les armes. Les trois hommes et les quatre femmes qui composent son conseil d'administration orchestrent le déménagement.

— Il ne nous reste plus qu'à souhaiter vendre d'ici janvier, conclut le Dr Dussault.

— Sinon, qu'est-ce qu'on va faire ? questionne Mlle Bertrand, demeurée très discrète au cours des échanges.

Six regards se croisent. Pas un mot. Qu'une probabilité alarmante que personne n'ose nommer. Irma la connaît. Accrochée à l'espoir de l'éviter, elle répond enfin :

— Une de mes tantes est prête à nous aider, mais à ses conditions...

Troisième partie

Chapitre VIII

Au 85 de la rue de l'Artillerie, dans des salles plus petites, le nouvel hôpital des Enfants-Malades a trouvé un *modus vivendi* en attendant l'argent nécessaire pour rehausser de deux étages cette maison semi-détachée. La loi de l'Assistance publique exigeant un nombre minimal de quarante lits pour accorder son aide financière, cet agrandissement s'impose. Le jumelage des services externes et internes de l'hôpital le réclame aussi. Plusieurs pièces devant se prêter à de multiples fonctions, l'encombrement devenait non moins prévisible que déplorable.

Toutefois, ce soir du 18 septembre 1929, la salle à manger a été réservée à la célébration du cinquante-quatrième anniversaire de naissance de Paul-Eugène. Les invités, John et sa famille, Mlles Bertrand et Petitclerc, ne sont pas surpris de le voir déballer ses cadeaux avec une frénésie à la limite de l'hystérie jusqu'au moment où il découvre le contenu de certains emballages. Et pour cause, un mot d'ordre a été donné par Irma, à savoir qu'il était souhaitable de profiter de cette occasion pour renouveler sa garde-robe.

— Je n'ai jamais porté de cravate ! Je ne sais même pas comment faire le nœud... avoue Paul-Eugène, embêté.

— Je pourrai te le montrer, offre Mathilde.

— Tu auras bientôt une occasion de la porter, le prévient Irma.

Paul-Eugène ne réagit pas à l'annonce de sa sœur tant il est obnubilé par le caractère exceptionnel de ce rassemblement, les cinq dernières années ne s'étant guère prêtées à des célébrations pour les LeVasseur. Deux échecs et trois deuils contre quelques bonheurs. La perte de la maison Shehyn, qui n'a pas trouvé preneur avant le 1er janvier 1925, vient en tête de cette liste d'épreuves. Le 7 du même mois, Irma LeVasseur a dû rendre sa maison de la Grande Allée à la succession Shehyn qui, de plus, a fait saisir cinquante de ses actions de *Bell Telephone Co.* Par la voix des journaux, Irma avait appris, outrée, que six semaines plus tard, cette résidence avait été revendue vingt-deux mille dollars.

Comme un malheur ne vient jamais seul, les deuils s'étaient succédé, à commencer par celui de Nazaire, décédé en novembre 1927 d'un accident vasculaire cérébral foudroyant. Cinq semaines plus tard, un incendie avait réduit en cendres l'hospice Saint-Charles et causé la mort de trente-cinq enfants, dont une petite cousine LeVasseur. L'année suivante, Rose-Lyn était décédée sans qu'Irma ait pu la revoir. Ce vide allait être amplifié par la perte de sa tante Angèle au début de l'été.

Moins écorché que sa sœur par ces deuils, Paul-Eugène n'en parlait guère.

Une peine abyssale pour Irma, certains jours. Les deux femmes qui lui avaient tenu lieu de mère pendant de nombreuses années et à qui elle avait confié joies et tourments n'étaient plus là pour l'écouter, la guider et la consoler. De son père, elle n'entendrait plus les éloges et les témoignages d'affection. La solitude risquait de faire une peau de chagrin de son réseau social.

Peu avant le décès de Nazaire, une cuisante déception lui était venue de l'hôpital pédiatrique qu'elle avait cofondé en 1923. Sous l'influence de la présidente de la Corporation, des généralistes et des non-pédiatriques, l'hôpital de l'Enfant-Jésus déviait du but unique de sa fondation en ouvrant ses portes aux adultes. Après trois ans de difficultés incalculables dans la rue De Saint-Vallier et un passage de moins d'un an dans la rue Gamelin, la Corporation avait trouvé l'édifice rêvé dans un ancien juvénat du chemin de la Canardière. Ce changement tant attendu allait permettre à la Corporation de rivaliser avec d'autres sommités médicales, quitte à se détourner de l'esprit qui avait animé les trois cofondateurs en 1923 : le soin des enfants malades, pauvres et infirmes. Pourtant, les rapports annuels révélaient que les listes d'attente en pédiatrie s'allongeaient d'année en année. Le Dr Fortier, avec qui Irma était demeurée en contact, ne lui avait pas caché son chagrin :

— D'autres mains et d'autres ambitions personnelles ont pris le gouvernail et on dirait que pour ces gens la mort prématurée de nombreux enfants est devenue moins dramatique. Quatre ans de fidélité, c'est ce que la nouvelle équipe a pu offrir de mieux à nos enfants malades. Je ne trouve pas les mots pour vous exprimer ma déception, chère Irma.

Le décès de ce pionnier de la pédiatrie, survenu en août 1929, a marqué la fin de la série d'afflictions traversées au cours des dernières années. Des consolations étaient venues aussi : Irma croyait que de là-haut, son père, dont la vente de la maison pourrait permettre l'achat du 85 de l'Artillerie, devait être heureux d'avoir terminé tous ses projets d'écriture avant de partir; Rose-Lyn n'avait pas souffert plus de deux jours avant d'être emportée par une déficience cardiaque; tante Angèle, morte dans son sommeil, avait légué tous ses biens aux enfants de Nazaire; la maison des LeVasseur avait été rachetée par un cousin, ce qui libérait Irma et son frère de tous soucis financiers.

Autour de la table, John, son épouse, leur fille Anne et le jeune Simon Ouellet, chez qui le seul handicap persistant se résume à une légère claudication, festoient. Mathilde et Mlle Bertrand se sont endimanchées pour la circonstance. Marcelle Petitclerc, son entrée au couvent ayant été maintes fois refusée en raison de doutes sur sa vocation, était retournée chez ses parents et consacrait trois jours de bénévolat chaque semaine à l'hôpital des Enfants-Malades. Mmes Girouard, McKay et Charest, ses trois fidèles administratrices, complètent la tablée à l'heure du dessert. Tous sont venus expressément pour Paul-Eugène LeVasseur et il en est ravi. Irma a gardé pour la fin une surprise de taille :

— Grâce à papa et à tante Angèle, nous pourrons acheter cette maison sans nous endetter. Elle sera la nôtre et celle des enfants à guérir. Et pour souligner tes six ans de dévouement, dorénavant, tu n'auras plus à faire les courses, l'hiver.

— Mais qui va les faire ? s'enquiert-il au lieu de se réjouir spontanément d'être dégagé de la corvée qui lui déplaisait tant.

Irma se tourne vers Mathilde, à qui elle donne la parole.

— Ce sera Léo Robichaud, mon fiancé... depuis dimanche dernier, annonce la jeune femme, du soleil plein la voix.

Paul-Eugène blêmit, scrute les regards des autres convives et comprend que Mathilde ne blague pas.

— T'as oublié, Mathilde, qu'on est parrain et marraine, nous deux... Tu peux pas...

— Tu seras toujours le parrain de la petite Anne, Paul-Eugène, et tu seras toujours mon ami, lui promet la jeune femme.

La volée d'applaudissements destinés à Mathilde le laisse pantois. Plus encore, l'apparition de Léo Robichaud, un costaud en uniforme de policier, juste avant qu'il ne reste plus de gâteau...

❧

— J'ai ce qu'il faut pour te rembourser tout ce que tu m'as prêté, Bob, lui annonce Irma au cours d'une conversation téléphonique des plus joviale.

— J'attendais ce moment pour te dire que je t'en faisais cadeau.

— Non, Bob ! C'est trop. Laisse-moi t'en rendre au moins la moitié.

— Je ne suis pas dans le besoin, Irma. Mes actions à la Bourse pourraient payer trois fois ma bijouterie. Écoute, j'aurais une proposition à te faire à la place.

Ébranlée, Irma bafouille :

— Un service ?

— Que je puisse compter sur toi s'il advenait quelque chose...

Une question reste coincée dans la gorge d'Irma.

— Bien sûr que oui, promet-elle sans savoir si l'aide réclamée se limite au domaine financier.

— Maintenant, j'aimerais avoir ton avis : Clara projette d'aller voir sa famille à Québec avant l'hiver. Aurais-tu un peu de temps à m'accorder si je l'accompagne ?

— Vous viendriez sans les jumelles ?

— Sans les jumelles. Oublies-tu qu'elles ont seize ans ?

En quête de nouvelles de Charles, Irma apprend qu'il prévoit se marier en juillet prochain, ses études en administration terminées.

— A-t-il l'intention de travailler à la bijouterie ?

— Non et c'est bien ainsi. Je souhaite qu'il travaille avec un autre patron que son père avant de prendre la relève, si jamais il le veut bien.

— As-tu des nouvelles de Harry ? Edith m'a appris qu'il avait passé quelques semaines à New York au cours de l'été.

— Il est bien tenté de revenir s'installer dans la région. Charles le souhaite tellement !

— Je comprends. Ces deux garçons semblent liés par une si belle amitié.

La conversation se termine sur un ton amusant.

Ni Bob ni Irma ne pouvaient prévoir qu'à la fin du mois suivant, une catastrophe financière priverait nombre d'investisseurs de leurs économies et plongerait les spéculateurs dans la misère. Il est trop tard, ce 24 octobre 1929, pour décrier le boom spéculatif amorcé dès 1926 et lié au fait qu'il était possible, à Wall Street, d'acheter des actions à crédit. La Bourse s'effondre et l'équilibre de l'économie américaine reposant sur ce système complexe de crédit est du coup rompu. La nouvelle fait la une des journaux et sème l'effroi même au Canada. Irma s'empresse de joindre Bob et de lui réitérer son offre de remboursement.

— Je ne te cacherai pas que le krach de Wall Street a englouti quatre-vingts pour cent de mes économies, mais ma maison est payée et mon commerce aussi. Je n'ai pas un cent de dettes. Ne t'inquiète pas, Irma.

— J'imagine que ton volume de vente baisse lui aussi...

— C'est normal ! Les bijoux font partie des luxes dont on peut se passer.

— Et Charles ?

— Charles n'est ni orphelin ni fils de pauvres. Tu auras besoin de tout l'argent dont tu disposes actuellement pour continuer de soigner tes petits malades.

— Tu crois que nous serons touchés par cette crise, ici au Québec ?

— Irma, le Canada et les États-Unis respirent avec le même poumon...

— Tu n'annules quand même pas ton voyage.

— Au contraire. Ceux qui sont en sécurité financière doivent faire rouler l'économie, sinon, on va couler à pic.

La visite de Bob est prévue pour la mi-novembre. De tous ceux qui ont connu cet homme ne restent autour d'Irma que Paul-Eugène, John et Edith, lesquels ne soupçonnent guère le passé amoureux d'Irma et du bijoutier. Angèle décédée, Irma n'a plus qu'une confidente, Maude Abbott, qui a frôlé la mort au cours de l'été. Heurtée par un motocycliste en traversant l'avenue des Pins en face de l'hôpital Royal Victoria, elle a subi d'importants dommages au cerveau. Repos et bons soins ne lui ont pas encore apporté la guérison complète. Dans sa lettre postée à la mi-octobre, elle confiait à Irma :

Le corps récupère moins vite à soixante ans qu'à vingt ans et les efforts pèsent davantage. Ma convalescence m'a tout de même permis de préparer mon History of Medicine in the Province of Quebec. *Je prévois la publier dans deux ans. Je me demande encore comment, à travers mes multiples tâches, j'arriverai à compléter celle qui me tient le plus à cœur. Je n'ai pas mis tout ce temps et cette énergie dans mes recherches sur les problèmes cardiaques des nouveau-nés pour que cette étude se retrouve en publication posthume... et signée par un monsieur... comme ça s'est déjà vu. On a tellement de misère, au Canada surtout, à être considérées à l'égal de l'homme. Tu as remarqué ? En février 1928, le projet de loi sur le suffrage féminin a été rejeté par l'Assemblée législative du Québec*

malgré la pression d'un grand nombre de regroupements; un
an plus tard, aucun progrès, même refus.

Du côté des universités, l'ouverture aux femmes se fait au
compte-gouttes et avec combien de restrictions discriminatoires.
Tu te souviens du cas de Marie Sirois ? À la première femme
diplômée de l'Université Laval, admise en 1904, on a livré son
Certificat d'études littéraires par la poste, l'ayant exclue de la
collation des grades de ses confrères.

Le Montréal francophone marque un point avec l'admission
d'une femme à sa faculté de médecine; au printemps prochain,
notre belle Marthe Pelland sera la première diplômée en
médecine de l'Université de Montréal. Faut-il croire que, contraire-
ment à ce que le vice-recteur de l'université craignait, Mlle Pelland
n'a pas trop « troublé le climat social dans la faculté » par sa
féminité ? Quels préjugés entretiennent ces grands penseurs à
notre endroit alors que souvent les filles sont des modèles d'appli-
cation et de sérieux dans leurs études !

Dans ta dernière lettre, tu faisais l'éloge de ton frère... C'est
probablement à cause de l'importance que tu lui donnes qu'il
a fait tant de progrès. Encadré par une femme aussi compré-
hensive et douée que toi, il se comporte en homme respectable,
maintenant. Hélas ! Je ne pourrais en dire autant de ma pauvre
sœur. Je suis encline à croire que le mode de fonctionnement
des institutions qui traitent ce genre de malades accentue leur
déclin. C'est horrible ce que je vais te dire, mais chaque fois
que j'y mets les pieds, j'ai l'impression de me retrouver sur
une autre planète avec des êtres qui ressemblent de moins en
moins à des humains. Je sors de chacune de mes visites avec un
poids sur l'estomac. La culpabilité me ronge. Je parviens à m'en
libérer à force de raisonnement et de lucidité. Je fais tout ce
que je peux pour la ramener à St. Andrew, mais je n'ai encore
trouvé personne qui accepterait d'en prendre soin. C'est si
exigeant à tous les points de vue ! J'en serais moi-même inca-
pable.

Je vois qu'un projet n'attend pas l'autre pour toi. Quelle garantie de santé mentale! Je ne suis pas surprise que tu pousses sur le gouvernement pour qu'il mette en place des moyens concrets d'instruire nos enfants intelligents affectés d'un handicap physique. C'est très audacieux de ta part. Je reconnais là l'instigatrice que tu as toujours été. Peut-être trouveras-tu un appui sérieux auprès d'un organisme dont je veux te parler : la Ligue de la jeunesse féminine, qui aura sa filiale à Québec d'ici quelques semaines, d'après ce que relatent les journaux. Cette association a été fondée vers 1926 par Mme Thérèse Casgrain, l'épouse de M. Pierre Casgrain, avocat et homme politique. Une grande militante suffragette. Elle s'est jointe à Lady Drummond et à Mme Henri Gérin-Lajoie pour travailler à la promotion des droits de la femme. La Ligue de la jeunesse féminine est inspirée d'un modèle américain voué à soulager la misère des moins fortunés. Elle me semble toute désignée pour se dévouer à tes causes.
Je t'admire, Irma.
Ta toute fidèle,

Maude

◆-◆

Les taxis manquent en fin de soirée par un temps pareil.

À la sortie de la gare, sous une pluie torrentielle, fusent les rires de Bob et d'Irma, soudés sous l'immense parapluie noir hérité de Nazaire.

— Un vrai parasol de plage, s'exclame Bob, heureux de se retrouver à Québec malgré deux heures de retard.

— Où est Clara?

— Elle est dans sa famille depuis une dizaine de jours. Je viens la chercher... Dimanche, nous irons chez John.

— Où? demande Irma qui a cru mal entendre.

— Chez Edith et John. Il ne te l'a pas dit?

— Non. Comme c'est bizarre ! Il est vrai que même s'il siège au conseil d'administration de mon hôpital, on ne s'est pas vus depuis plus de deux semaines...

L'heure avancée et le temps pluvieux ne permettent pas à Irma de lire les non-dits sur le visage de son cousin.

— Tu te donnes quelques jours avant de repartir, j'espère ?

— Jusqu'à mardi.

— Pas plus que ça ?

— Avec la crise économique qui affecte mon pays, je ne me sentirais pas à l'aise de m'éloigner longtemps de mes affaires.

Irma se résigne difficilement à une si courte visite de cet être cher.

— J'avais prévu deux soirées et un après-midi juste pour nous deux au cours de la semaine prochaine...

Bob grimace.

— Lundi... J'ai déjà prévenu Clara de mon intention de me réserver une balade en toute liberté pour la veille de notre départ.

— Et tu as pensé la faire où, ta balade ?

La question trahit le désir presque avoué d'Irma de l'accompagner.

— C'est à toi de décider. De toute façon, je voulais louer une voiture.

Promenant son index sur son menton, Irma cherche un site enchanteur pour ce jour exceptionnel. Un large sourire se dessine soudain sur ses lèvres.

— Es-tu déjà descendu au fond d'un cratère, Bob ?

— Tu blagues ! On est à Québec. Pas au Mexique ! Ni en Sibérie !

— Je suis sérieuse, Bob. Je l'ai fait il y a deux ans.

— Tu oublies qu'on n'a qu'une journée à notre disposition.

— Pas du tout ! C'est à deux heures d'ici, à peu près.

L'intérêt de son cousin est acquis, sa curiosité, insatiable, mais son scepticisme reste tenace.

— L'incrédule sera confondu s'il accepte de venir avec moi à Baie-Saint-Paul, lance-t-elle sur ce ton espiègle qui avait charmé Bob trente ans auparavant.

— J'ai très hâte de voir ça !

— Il aurait été préférable de faire cette randonnée en octobre au lieu de novembre... Les paysages d'automne sont fabuleux dans Charlevoix.

— Combien tu me gages qu'il fera soleil, lundi... ne serait-ce que pour nous deux?

Les mots s'estompent. Les cœurs battent plus fort. Les regards se font éloquents.

Dans la voiture taxi où ils ont pris place sur la banquette arrière, Bob et Irma se sont rapprochés. Épaule contre épaule, ils se tiennent la main avec de plus en plus de ferveur. Trop court ce trajet de la gare à l'hôpital des Enfants-Malades. Les passagers doivent se saluer... discrètement, Bob allant rejoindre son épouse à une trentaine de minutes de la rue de l'Artillerie.

— À lundi matin, vers huit heures trente, promet Bob, sorti de la voiture pour refermer la portière du côté d'Irma.

Son regard se cramponne au profil de cette femme exception-nelle jusqu'à ce qu'il se fonde dans l'obscurité.

L'heure tardive n'a pas empêché Paul-Eugène de demeurer cloué à la fenêtre du salon, impatient de voir rentrer sa sœur.

— Ça fait deux fois qu'une dame appelle, tout énervée. La première fois, c'est Mathilde qui a répondu. La dame lui a dit que ce n'était pas pour un enfant malade. Puis elle vient encore de téléphoner...

— Elle a laissé son nom?

— Il me semble que non. Elle a demandé à te parler... J'ai dit que tu arriverais d'une minute à l'autre. Après, elle a voulu savoir où tu étais allée.

— Et t'as répondu...

— ... que je le savais pas, moi.

— C'est bien, Paul-Eugène. C'est parfait. Je te remercie. Mainte-nant, va vite dormir si tu veux être en forme demain.

— Qu'est-ce qu'il y a demain?

— Il faut faire un bon ménage et préparer le dîner de dimanche pour nos bénévoles. Tu l'avais oublié?

— Bien oui. J'oublie tout quand je suis énervé.

— Mais tu n'avais pas à t'inquiéter pour moi. Je ne suis plus une enfant.

— Je le sais, mais on dirait que j'ai attrapé l'énervement de la dame...

Irma n'a jamais sous-estimé le flair de Paul-Eugène. N'eût été son entraînement à la maîtrise de soi, elle serait allée réveiller Mathilde... pour en avoir le cœur net.

La tête posée sur son oreiller, elle cherche un apaisement. « Qui me dit que c'est Clara qui a appelé ? Et si c'était elle, n'avait-elle pas toutes les raisons de s'inquiéter du retard de son mari ? Est-ce à dire qu'il ne l'en aurait pas prévenue à son arrivée à la gare ? Pourquoi ? » Du coup, cette possibilité met à nu le passé d'Irma, ses épisodes idylliques avec Bob, les désirs qu'elle croyait réduits en cendres mais qui s'avivent dès qu'elle l'aperçoit. À l'aube de ses soixante ans, Bob Smith n'a rien perdu de son élégance; sa chevelure poivre et sel ajoute à sa prestance. Son regard semble encore plus vif sous des paupières quelque peu relâchées. Sa voix, cette voix qu'on croirait modulée pour murmurer seulement des mots doux, la trouble encore. Irma voudrait croire que Bob ne lui porte plus qu'une grande amitié. Elle le souhaite... pour l'extirper de sa chair. D'un bond, elle sort de son lit, fait de la lumière et se place devant son miroir. « Tu vois, Irma, de quoi tu as l'air ? Ton visage a déjà commencé à s'affaisser. Tes paupières ont subi l'assaut de trop de larmes. Ton menton te donne une allure effrontée. Tu ne fais même pas cinq pieds alors que lui en fait six. Tu t'illusionnes en pensant que Bob pourrait encore ressentir plus que de l'amitié pour toi. Il est comblé cet homme avec sa jolie Clara au caractère si malléable. Tu verras. Il annulera sa sortie avec toi, lundi... »

Raisonnements et pulsions se livrent un combat jusqu'aux petites heures du matin. Une trêve se pointe dès que les pas de Mathilde se dirigeant vers la cuisine la sortent de son lit. Avant qu'elle ait eu le temps d'ouvrir la bouche, Mathilde lui annonce :

— Vous avez reçu un appel, hier soir, madame Irma. L'épouse de votre cousin Bob. Elle était très inquiète. J'ai dû lui dire que vous étiez sortie. Elle n'a pas voulu me croire quand je lui ai répondu que je ne savais pas où vous étiez allée.

— Tu m'impressionneras toujours, Mathilde. Tant de jugement et de tact !

— Mais, c'est normal de se montrer discrète quand on redoute quelque chose...

« Quand on redoute quelque chose ? Mais quoi ? Mathilde serait-elle aussi intuitive que mon frère ? À moins que ce soit lui qui lui ait raconté... » Irma demeure perplexe.

— Quelle heure était-il ?

— La première fois qu'elle a appelé, c'était... une demi-heure avant que vous reveniez.

Irma comprend qu'à son retour Mathilde ne dormait pas encore. Cette sollicitude lui semble excessive et l'agace. Elle veut bien considérer les bonnes intentions de cette jeune femme, mais elle ne se sent pas moins brimée dans sa liberté. Force lui est de reconnaître que plus l'équipe fondatrice de l'hôpital des Enfants-Malades se réduit, plus ses membres manifestent une solidarité qu'elle avait pourtant souhaitée. « Je devrais les considérer non pas comme des chiens de garde mais comme des anges gardiens », se dit-elle, troublée.

L'emménagement dans la rue de l'Artillerie a nécessité une diminution du personnel et du nombre d'enfants hospitalisés. En attendant d'agrandir cette maison, trois médecins assurent une présence au dispensaire et les soins d'une dizaine d'enfants hospitalisés.

Les cas spéciaux sont confiés à des spécialistes rattachés à d'autres équipes médicales. Les Drs Thibaudeau et Giasson ne viennent plus que sur appel. Les bénévoles sont passés de dix-huit à neuf, incluant Paul-Eugène et Mathilde. Les deux infirmières, Mlles Salter et Laroche, touchent un salaire décent. Mme Bessette, une dame dans la quarantaine, corpulente et des plus attentionnée, habitant non loin de l'hôpital, s'est récemment ajoutée au groupe de bénévoles. La D^{re} LeVasseur, entourée d'un conseil d'administration fidèle, savoure l'ambiance chaleureuse et pacifique de son hôpital. Une crainte surgit toutefois à la pensée d'en doubler la superficie pour compenser le retrait de l'hôpital de l'Enfant-Jésus en tant qu'hôpital pédiatrique. Les besoins de la population sont criants, mais les exigences administratives ont de quoi inquiéter Irma. Le souvenir des difficultés vécues en 1907 et en 1923 s'est incrusté dans sa mémoire. S'ajoute l'âge. Irma aura bientôt cinquante-trois ans. « Est-ce sensé de s'imposer plus de responsabilités à la mi-cinquantaine ? » se demande-t-elle avec l'intention d'en causer lundi avec Bob.

La présence de cet homme, à moins d'une heure de chez elle, la hante. Le travail ne suffit pas à l'en distraire.

Autour de la table, le dimanche midi, quatre personnes manquent au rendez-vous des amis et bénévoles : John, son épouse, Anne et le jeune Simon. Pour cause : Bob et Clara passent la journée avec eux. Le Dr Dussault, toujours président du conseil d'administration, fait un tour de table :

— J'aimerais tenir une réunion demain matin, pour préparer le Noël de nos jeunes patients. Serez-vous disponibles, Mesdames McKay et Charest ?

Irma souhaite qu'une d'elles ne le soit pas.

— Oui, oui, répondent-elles à l'unisson.

Personne ne soupçonne un problème chez la D^re LeVasseur ; elle quitte si rarement son hôpital.

— J'avais pris un engagement... je pourrais toujours tenter de l'annuler, avance-t-elle.

À la dérobée, son frère et Mathilde échangent des regards coquins. « Paul-Eugène aurait donc aperçu Bob, vendredi soir... Je ne serais pas surprise qu'il raconte tout à Mathilde », présume Irma, contrariée.

La réunion est reportée au jeudi. Mme McKay, qui brûle d'entendre le Dr Dussault annoncer la bonne nouvelle qu'il réservait pour lundi, le prie de le faire ce jour même. Les autres convives appuient sa requête.

— Que vous êtes curieux ! Surtout vous, Mesdames, lance-t-il, prenant plaisir à les faire languir.

— Allez, Docteur ! le prie Mme Charest, aussi friande de nouvelles qu'herculéenne malgré sa petite taille.

— Bon, d'accord ! L'hôpital des Enfants-Malades aura son conseiller juridique à compter de décembre. C'est le président même du jeune barreau de Québec. Un avocat exceptionnel. Madame McKay sait de qui je veux parler?

Tous avouent leur ignorance.

— Cet homme formé à l'Université Laval a parfait sa formation aux universités d'Oxford et de Grenoble. Que demander de mieux?

— Son nom? réclame Mlle Bertrand dont la légendaire patience est trop mise à l'épreuve.

— Maître Edgar Rochette. Vous auriez dû voir son enthousiasme. Il s'est vite pris de sympathie pour vos réalisations, docteure LeVasseur, et il se dit heureux de nous conseiller dans toutes nos démarches.

Les applaudissements ne tardent guère.

— Vous n'avez pas tout dit, fait remarquer Mme McKay.

— Je vous en laisse le plaisir, rétorque le Dr Dussault.

— Maître Rochette est député dans Charlevoix-Saguenay depuis 1927. Il est écrivain aussi, comme votre père, docteure LeVasseur.

— Qu'est-ce qu'il a publié? lui demande Irma.

— Des textes traitant du Labrador canadien et de la côte Nord du Saint-Laurent, m'a dit mon mari.

— Son bureau n'est pas trop éloigné? s'inquiète Mme Bessette.

— Tout près d'ici, rue Saint-Pierre.

— Pas trop vieux, ce monsieur? s'enquiert Mlle Delisle sur un ton espiègle.

— Dans la jeune trentaine et encore célibataire, si ça peut vous intéresser, lui retourne le Dr Dussault.

Le dîner se poursuit dans l'atmosphère joviale que l'hôtesse souhaitait.

Vers trois heures, ceux qui se trouvent encore au 85 rue de l'Artillerie sont occupés, ou à la cuisine, ou auprès des jeunes malades. Le téléphone se fait silencieux et Irma s'en réjouit. La soirée passe, aucun appel de Bob. Il est huit heures, le lendemain matin, quand, au bout du fil, la voix tant espérée vient confirmer le rendez-vous prévu.

— Je serai à l'angle des rues de l'Artillerie et Claire-Fontaine, dès huit heures trente, propose Irma.

— Tu ne veux pas que je te prenne à la porte ?

— Non ! Il fait si beau, ça me fera du bien de marcher un peu.

Paul-Eugène flâne au lit, et tant mieux pour sa sœur qui n'aura que Mathilde et le Dr Dussault, de garde ce jour-là, à prévenir de son retour tardif :

— Une vraie journée de congé, leur dit-elle avant de partir, plus coquette qu'à l'habitude.

Une excitation dont elle prend à peine conscience la propulse vers la rue Claire-Fontaine en moins de quinze minutes. Aucune voiture dans les environs. Bob dispose encore de dix minutes sans accuser de retard. Irma refait l'angle des deux rues une quinzaine de fois avant d'entendre le ronronnement d'un moteur puis le klaxon d'un taxi... qui s'arrête. Sur le siège arrière, Bob.

— Monte ! Je vais t'expliquer, dit-il avant d'ordonner au conducteur de les emmener à destination.

— On ne va pas se rendre à Baie-Saint-Paul en taxi ! Ça va nous coûter les yeux de la tête, s'écrie Irma.

— Ne t'inquiète pas, j'ai tout prévu.

Dans la voiture, le silence n'est violé que par le roulement des pneus sur la chaussée. Tout à coup, Irma s'écrie :

— On ne roule pas dans la bonne direction, Bob.

— On commence par se faire déposer rue Saint-Joseph...

Irma conclut que c'est de là qu'ils prendront la voiture louée. Or le taxi s'arrête devant le magasin de fourrures J.B. Laliberté. L'étonnement paralyse Irma. Bob sort de la voiture, paie le conducteur, ouvre la portière du côté de sa cousine, lui tend la main, un large sourire sur les lèvres.

— Tu connais un petit café dans le coin... en attendant l'ouverture des magasins ? demande-t-il.

— À deux pas d'ici.

« Le plus près sera le mieux », se dit Irma, pressée d'entendre les explications de Bob. Il commande un déjeuner, elle, un chocolat chaud.

— Clara souhaitait qu'on passe les deux derniers jours de notre voyage chez son fils, annonce le joaillier en guise de préambule.

L'embarras qu'il ne peut dissimuler trouble Irma.

— Elle sait qu'on s'est vus vendredi soir, déduit-elle.

— Elle l'a deviné. Inquiète de mon retard, elle a téléphoné à la gare et elle a su à quelle heure le train en provenance de New York était arrivé.

— On n'a pourtant pas passé tant de temps ensemble...

— Une heure, Irma.

Son assiette servie, Bob avale son déjeuner dans le silence le plus complet. Irma l'observe, hésitant à lui poser d'autres questions. « Le temps viendra de vérifier si j'ai autant d'intuition que mon frère », pense-t-elle.

— Aujourd'hui, je vais pouvoir te donner deux heures, lui apprend-il avant de vider sa tasse de café. J'ai dit à Clara que je partais acheter des cadeaux pour Charles et les jumelles et que je serais de retour pour le dîner.

— Ah, bon...

— Tu es fâchée ou tu as de la peine ?

— Pas fâchée, Bob. Bouleversée.

Du regard, il la prie de s'ouvrir.

— T'es-tu demandé pourquoi on joue à la cachette comme ça ?

Bob baisse la tête, incapable de la regarder dans les yeux.

— Dis-le-moi, si je m'illusionne. On...

— ... on s'aime encore, Irma, murmure-t-il, sans lever la tête. Mais que veux-tu qu'on y fasse ? Tu sais comment détruire l'amour entre deux personnes, toi ?

— J'espérais que tu me l'apprennes.

— Je peux seulement te dire comment j'arrive à vivre deux amours... avec une certaine sérénité.

— Admets que la distance qui nous sépare nous facilite la chose.

— Parfois, ça joue dans le sens contraire pour moi.

— Explique-moi, le supplie Irma.

— J'aurais tellement de prétextes... Venir seul à Québec pour mon commerce...

— Ce serait de la tricherie, Bob.

— Pas plus que notre rendez-vous de ce matin.

— Sortons d'ici, réclame-t-elle.

Tous deux prennent la direction du parc Victoria, non loin de là. Les sentiers, même dépouillés de leurs bordures de fleurs, sont attrayants et se prêtent bien aux conversations délicates.

— En imaginant que tu n'éprouvais plus que de l'amitié pour moi, dit Bob, j'avais cru que tu pourrais venir nous rejoindre chez John, au cours de l'après-midi.

D'un signe de tête, Irma décline l'invitation.

Un long silence couvre leurs pas.

Puis Irma décide de passer aux adieux :

— Il vaudrait mieux ne plus se revoir, ne s'écrire que pour traiter d'affaires. Par respect pour Clara...

— Non, Irma. Je ne peux pas et je ne veux pas étouffer les sentiments que j'éprouve pour toi, même si parfois ils me compliquent la vie. Si tu savais comme ils me sont précieux, certains jours. Ils me donnent des raisons de vivre quand la grisaille veut prendre le dessus.

Irma le quitte sur cet aveu qu'aucune autre parole n'est venue profaner. Sans se retourner, elle quitte le parc et se dirige vers le cimetière Saint-Charles. Sur la tombe de son père, puis sur celles de sa tante Angèle et de son grand-père Venner, elle ira se recueillir et implorer leur aide pour survivre à ce deuil. Les précédents étaient prévisibles, celui-là, plus cruel parce que choisi. « J'ai sous-estimé le réconfort que cet amour pouvait me procurer, malgré ses restrictions. Le vide qu'il creuse en moi m'anéantit. À vous, mes chers disparus, je viens confier ma guérison. Mes patients, mes amis, mon frère ne méritent pas de souffrir de mon mal d'amour. »

◆·◆

Accoudée à sa table de travail, peu avant minuit, ce 14 décembre 1932, Irma tergiverse. Il n'y a pas que ses obligations qui justifieraient son refus de participer au vingt-cinquième anniversaire de la fondation de l'hôpital Sainte-Justine. Ce qu'est devenu cet hôpital la réjouit quand elle pense aux milliers d'enfants qui y ont retrouvé la santé. Mais comment demeurer branchée sur cette perspective dans le contexte d'une célébration où le faste risque de donner le ton au jubilé? Comment occulter le souvenir de certains événements vécus dans la douleur et l'offense? Comment s'habiller le cœur d'allégresse en donnant la main à nombre d'ouvriers de la première heure qu'elle a dû quitter la tête basse? Sa présence à cette commémoration ne l'expose-t-elle pas au ressac des épreuves vécues au cours des vingt-cinq dernières années? Une plaie qui pourrait être difficile à cicatriser. L'idée de refuser est libératrice, mais elle exige de trouver les mots pour le justifier.

Dans la quiétude de la nuit, Irma amorce un brouillon de la lettre qu'elle destinera à Justine Lacoste-Beaubien. La plume glisse aisément sur la feuille. Des mots qui rendent sa pensée et ses sentiments s'y inscrivent avec courtoisie, juge-t-elle. N'eût été le bruit des touches de la machine à écrire, elle aurait dactylographié son texte avant d'aller dormir et l'aurait préparé pour la poste, de peur de passer la nuit à le ruminer.

Quelques heures de sommeil ont effacé de sa mémoire certains passages de sa lettre. La relecture les lui rappelle et la rassure quant au ton à maintenir dans ses propos. Sitôt la tournée de ses patients terminée, elle tape à la machine la réponse officielle attendue.

Québec, le 15 décembre 1932

Madame L. De G. Beaubien
Présidente du Conseil d'Administration
Hôpital Sainte-Justine
Montréal

Chère madame,

Je suis très sensible à votre aimable invitation d'assister à la célébration des fêtes du vingt-cinquième anniversaire de la fondation de l'Hôpital Sainte-Justine.
Mais j'ai le regret de ne pouvoir me rendre à votre désir; des circonstances incontrôlables ne me permettent pas de m'absenter de Québec en ce moment et de m'accorder ce plaisir.

Soyez assurée tout de même que ma pensée sera avec vous et avec toutes ces autres amies de l'enfance qui vous secondent.

Il y a bien des semaines que j'y songe, à cette date mémorable où vous pourrez avec orgueil contempler les progrès accomplis avec la réalisation de ce beau rêve d'hôpital d'enfants pouvant rivaliser avec les plus célèbres. Ce glorieux monument édifié avec enthousiasme, témoignage de courage et de persévérance, d'amour et de compréhension d'une grande cause, commande l'admiration et la reconnaissance de tous.

Vos succès, je souhaite qu'ils se succèdent toujours de plus en plus beaux, car je me plais à croire que nous sommes tous convaincus qu'il n'en sera jamais assez fait pour les enfants.

Veuillez agréer, chère Madame la Présidente ainsi que les membres du Conseil d'Administration, l'hommage réitéré de ma sincère gratitude et de ma très grande considération.

D^{re} Irma Le Vasseur

Moins de quinze jours plus tard, un deuxième courrier en provenance de l'hôpital Sainte-Justine est livré au 85, rue de l'Artillerie. Dans l'enveloppe, la destinataire trouve une feuille pliée en trois et signée : « *L'ADMINISTRATION DE L'HÔPITAL SAINTE-JUSTINE* ».

Irma s'attendait à une réponse personnalisée, signée de la main de Justine. Le cœur serré, elle entame la lecture du texte dans sa totalité, dans l'espoir d'y trouver un mot consolateur. Les premières lignes ajoutent l'indignation à sa peine. Une fois de plus, on occulte son titre de médecin et on ne respecte pas l'orthographe de son nom de famille :

Mademoiselle Irma Levasseur
85, rue de l'Artillerie
Québec

Chère Mademoiselle Levasseur,

Nous avons vivement regretté votre absence lors des fêtes du 25e anniversaire de la fondation de l'hôpital; vous auriez été *si intéressée à constater les progrès de cette œuvre, dont vous avez lancé l'idée première.*

« Un petit coup de chapeau quand même dans cette fin de paragraphe », reconnaît Irma.

Nous vous remercions des paroles aimables que vous avez eues à l'endroit du bien accompli par notre maison. Au déjeuner qui réunissait 150 personnes des débuts de Sainte-Justine et des comités actifs actuels, nous avons fait lecture de la lettre que vous nous adressiez à cette occasion et des applaudissements chaleureux ont témoigné de l'appréciation qui lui était donnée.

« De toute manière, la simple politesse commandait des applaudissements », considère-t-elle. Les lignes qui suivent la laissent perplexe et déçue.

Malheureusement, un correspondant à qui nous avions passé cette lettre pour publication dans son journal, l'a égarée. Comme nous tenons à la conserver avec nos archives, nous nous permettons de vous demander si vous n'en auriez pas la copie puisqu'elle a été calligraphiée et si vous auriez l'obligeance de nous en adresser un exemplaire.
Ce faisant vous nous obligerez grandement et d'avance nous vous remercions.

L'ADMINISTRATION DE L'HÔPITAL SAINTE-JUSTINE.
La secrétaire

Irma lance la feuille sur son bureau, se félicitant de ne pas s'être rendue à ce jubilé. « La copie réclamée, ils l'auront quand Madame Charest, MA secrétaire, aura eu le temps de la retaper », décide-t-elle, vivement contrariée par cette signature des plus impersonnelle.

Cette déception a failli jeter une ombre sur le Noël des patients et bénévoles de l'hôpital des Enfants-Malades. Irma la vit avec d'autant plus d'intensité qu'elle se double du souvenir des difficultés vécues, dix ans auparavant, lors de la fondation de l'hôpital de l'Enfant-Jésus. Impossible d'extirper de sa mémoire les vexations subies à Montréal, il y a vingt-cinq ans. Une période éprouvante où elle était passée de l'allégresse et des plus grands espoirs aux discordes et à la déconfiture.

⇥⇤

Au fil des décennies, le destin d'Irma semble emprunter une voie plus positive. À cinquante-six ans, le quotidien de la D^{re} LeVasseur au milieu de ses jeunes patients, du personnel hospitalier, de ses proches et des bénévoles lui procure de grandes satisfactions. Non pas qu'elle ait renoncé à tout projet, mais elle les dose mieux et s'entoure de conseillers sympathiques et judicieux. Ainsi, son désir d'accorder la priorité dans son hôpital aux enfants nés avec un handicap physique ayant traversé toutes les étapes de la mise en place, Irma se sent prête à en présenter le plan aux autorités gouvernementales et civiles. L'édifice a besoin de réparations et d'agrandissements. Me Edgar Rochette est mandaté pour défendre cette cause et suggérer des prises de position concrètes pour obtenir du financement. L'une d'elles va faire la une des journaux de la ville le 19 décembre 1933. Une délégation de dix femmes et de deux hommes, la D^{re} Irma LeVasseur en tête, se rend au bureau du maire de Québec pour se plaindre de son mutisme malgré de nombreuses lettres adressées à son nom, et pour réclamer ce que la Charte l'autorise à faire : une exemption de taxes pour cette institution au service des enfants pauvres et malades.

— Expliquez-moi, monsieur le Maire : pourquoi certains hôpitaux qui y ont moins droit que nous jouissent-ils de ce privilège ? Des hôpitaux où personne n'entre pour des prunes, monsieur le Maire.

— Nous nous faisons un devoir de soutenir les œuvres de bienfaisance, Madame !

— Si le titre d'œuvre de bienfaisance s'applique à une institution, c'est bien à la nôtre, riposte-t-elle. C'est un véritable département d'hygiène infantile et de bien-être familial que nous offrons à vos citoyens, monsieur le Maire, et cela gratuitement.

— Vous avez donc des revenus... de l'Assistance publique entre autres.

Me Rochette corrige :

— Monsieur le Maire, nous n'avons pas encore le nombre de lits requis pour bénéficier de cette aide. On manque d'espace et nos seules rentrées d'argent viennent de souscriptions, des recettes de séances, de parties de cartes, de quêtes et de ventes de biscuits ou autres.

Cette litanie inspire un sourire narquois chez M. le maire Lavigueur. Irma le note et en est vexée. La cause qui l'amène à la mairie l'emportant sur son orgueil, elle revient à la charge :

— En 1930, nous sommes devenus propriétaires de l'hôpital des Enfants-Malades et depuis nous avons demandé l'exemption de la taxe sans obtenir de réponse. Nous croyons pourtant y avoir droit. Pourquoi ne pas nous l'accorder tout de suite et vous attirer notre entière reconnaissance ?

Le maire donne des signes de compassion. Me Rochette saisit le moment pour enchaîner :

— Vous pourriez nous aider de diverses manières...

M. Lavigueur l'interrompt.

— Envoyez-moi par écrit des détails sur votre hôpital et sur son organisation. Je soumettrai votre lettre à mon Conseil et on jugera...

— À la prochaine séance ? demande Me Rochette. Je tiens à y assister.

— Je vous en aviserai.

— Merci de ne pas oublier l'urgence de notre requête, monsieur le Maire, ajoute Irma en déposant le libellé sur son bureau.

Sur ce, la délégation quitte la mairie sans trop d'espoir, sauf pour Me Rochette qui s'est attardé un peu avec le maire avant de joindre les rangs.

Quatre jours plus tard, Irma et ses complices comprennent la pertinence et l'efficacité de ce court tête-à-tête de leur avocat avec le maire : une lettre de la Ville de Québec recommande l'incorporation de l'hôpital des Enfants-Malades aux autorités compétentes. Le conseil d'administration ne croit même plus à la nécessité de décrire l'hôpital, sa mission et ses besoins.

— Notre maire a compris et il est disposé à nous aider, confirme Mᵉ Rochette.

Un autre événement lui donnera raison : le 23 janvier 1934, un certificat de conformité émis par le protonotaire de la ville leur est livré par messager. « Un cadeau qui arrive à point ! » s'écrie Irma qui vient de célébrer son cinquante-septième anniversaire de naissance. Une bouffée d'optimisme pour toute son équipe.

Or l'espoir d'obtenir l'aide financière de la Ville est quotidiennement déçu. Avec l'appui de son conseil, Irma rédige une lettre que les douze délégués de décembre signent et qu'elle fait porter au nouveau maire.

Québec, 28 avril 1934

À son Honneur M. J. E. Grégoire
Maire de Québec

Monsieur le Maire,

Lors de la deuxième délégation de l'Hôpital des Enfants-Malades, vous avez demandé des détails par écrit sur notre organisation. Voici donc quelques notes aussi brèves que possible :
La fondation de cet hôpital remonte à janvier 1923 dans la maison Shehyn, Grande Allée. Quelques temps après, il fut incorporé sous le nom de l'Hôpital de l'Enfant-Jésus. Et en octobre 1923, un groupe se sépara et s'installa à St-Malo, rue Saint-Vallier, sous le même vocable.
Nous continuâmes notre travail dans la maison Shehyn sous le nom de l'Hôpital des Enfants-Malades et obtînmes notre Incorporation provinciale le 21 mai 1924. N'ayant pu rencontrer les obligations de l'acte de vente de la maison Shehyn, quelques mois plus tard nous emménagions au 85 rue de l'Artillerie, maison que nous achetions en 1930. L'achat fut

fait au nom de la soussignée pour protéger l'Hôpital contre des créanciers qu'on ne pouvait satisfaire immédiatement. Mais plus tard cette transaction fut transportée et dûment enregistrée au nom de l'Hôpital des Enfants-Malades Inc., le réel propriétaire de notre local.

Sur les conseils de notre aviseur légal, Me Edgar Rochette, nous avons demandé en décembre dernier une nouvelle incorporation répondant mieux à nos besoins, sous l'empire de la loi concernant les sociétés nationales de bienfaisance. Le 18 décembre nous venions en délégation présenter notre requête signée par douze membres, à M. le maire Lavigueur, votre prédécesseur. Ce document est dans vos archives, et le 22 décembre, le Conseil de Ville donnait son assentiment à notre Incorporation.

La déclaration requise par la loi signée des membres fondateurs, ainsi que le certificat d'approbation du Conseil Municipal furent déposés au Bureau du Protonotaire du District de Québec en janvier et un double du certificat émis par le protonotaire fut enregistré le 23 janvier 1933. Et nous tenons l'accusé de réception du sous-secrétaire de la Province, M. Alex Desmeules, en date du 29 janvier, d'un double du certificat du protonotaire concernant l'Hôpital des Enfants-Malades Inc. qui a été déposé dans leurs archives.

Nous avons notre Bureau de Direction, nos règlements s'inspirent de ceux de l'Hôpital Sainte-Justine de Montréal et ils ont été approuvés par le Lieutenant-Gouverneur en conseil. Nous tenons des assemblées régulières mensuelles, et des rapports seront publiés aux époques convenues. Vous voyez que tout est bien complet et régulier, dirigés que nous sommes en tous points par nos aviseurs légaux, Mrs Rochette et Gosselin.

Maintenant quelques détails sur nos activités. Vous ne nous connaissez pas M. le Maire ? C'est que des gens à qui l'on crédite de l'intelligence se sont ligués contre nous et se servent de leur influence pour tâcher de nous éteindre, pour faire le vide autour de nous. Il y en a même parmi eux qui proclameront bien haut dans des discours enflammés, leur patriotisme surtout à l'époque de la St-Jean-Baptiste. Ils se liguent ces faux patriotes d'un jour,

contre des personnes qui sont prêtes à faire l'impossible pour
la sauvegarde et le bien-être de nos enfants dans une ville où
le taux de la mortalité infantile est une honte. Comme je l'expli-
quais lors de notre visite en décembre dernier, notre hôpital
offre gratuitement à la population un département d'hygiène
infantile et de bien-être familial, M. le Maire et cela sans l'aide
de L'Assistance publique, faute de n'avoir pas encore le nombre
de lits requis.

Les membres fondateurs à date sont entre autres : Mes-
dames Dᵣ Charest, F. Laroche, Col. De Mowbray Bell, O. Drouin,
E. De Laterrière Garneau, J. E. Valin, Frs. Delisle, Alfred
Savard, E. J. Childs, L. Mercier Fugère, le Dᵣ Émile Thibaudeau,
Mᵐᵉˢ R. Dorval, J. Petitclerc, F. Salter, le Dᵣ J. Dussault,
Mᵐᵉˢ E. Langlois, J. Varin, Dʳᵉ I. LeVasseur, Geo. Gingras,
Dᵣ Giasson, Mˡˡᵉˢ Delisle, M. Bertrand, M. Petitclerc. Plu-
sieurs de ces dames et leurs associées compétentes visitent les
pauvres, les taudis, pour se rendre compte des conditions de
vie, des besoins, principalement des mères et des enfants et de
voir à ce que les malades aient les soins voulus, soit à domicile
ou à notre dispensaire. Nous offrons même une automobile
pour faciliter le transport au dispensaire lorsqu'il y a inca-
pacité ou négligence. Ce service de consultations externes et
traitements gratuits, nous sommes à le réorganiser sur une
plus grande échelle avec des spécialistes réputés dans l'ortho-
pédie, les maladies des yeux, nez, gorge, oreilles, la peau, la
gynécologie et la clinique prénatale. Il est ouvert tous les jours
à notre premier étage au 85, rue de l'Artillerie, au centre de la
ville, facile d'accès à tous les quartiers. Un avantage surtout
pour les personnes qui ont connu de meilleurs jours et qui se
voient forcées par les conséquences de la crise, de fréquenter
les dispensaires gratuits. Sachez que nous n'avons pas
d'étudiants en médecine, un état de chose qui pourrait
détourner nombre de gens des soins que requiert leur état de
santé. Nous sommes en outre un complément de la Goutte
de Lait, car cette dernière s'occupe exclusivement des bébés
en santé. Nous sommes encore bien petits et souffrons de

marasme, dû aux conditions actuelles, mais le zèle et la persévérance sont grands et nous attendons des nouvelles de nos taxes et de votre encouragement M. le Maire, pour avancer nos travaux de réparations et de rénovations rondement. Les membres du Bureau d'Administration seront heureux, aussitôt la toilette de notre local terminée, de vous inviter à venir nous visiter. La plupart de nos grands hôpitaux ont eu eux aussi des débuts bien humbles, entre autres, l'Hôpital Ste-Justine pour les enfants de Montréal que nous avons fondé avec un zéro dans un loyer qu'on nous laissait pour $ 10 par mois. Et aujourd'hui, c'est l'orgueil de Montréal. Permettez-moi de rappeler ici, M. le Maire, que Garde Léda LaRue, notre première infirmière en chef dans ce petit local de la rue St-Denis et qui a beaucoup contribué à l'expansion de l'œuvre, est une tante de Mme Grégoire.

Notre hôpital de l'Enfant-Jésus a débuté aussi sans ressources, mais forcément, il a fallu nous établir dans un grand local pour pouvoir y loger les 40 lits requis par l'Assistance publique. Et aujourd'hui, l'Enfant-Jésus ne suffit plus à la tâche pour les enfants, surtout depuis qu'il a fait large part aux adultes et nombreux sont les enfants qui se recommandent à nous. Notre chirurgien orthopédiste à lui seul pourrait occuper tous les lits que nous pourrions mettre à sa disposition pour ses jeunes patients. Nous voulons hospitaliser principalement les cas qui ne peuvent être reçus ailleurs, tels que les infirmes, les incurables, les convalescents, les tout-petits, légitimes ou non qui sont privés des soins maternels.

Ce que nous vous demandons, M. le Maire, c'est tout simplement ce que la charte vous autorise de faire et qui est accordé à des hôpitaux qui y ont moins droit que nous. Si le titre d'œuvre de bienfaisance s'applique à quelqu'un, c'est bien à nous, car la seule aide que nous anticipons nous viendra de souscriptions, des recettes de séances, parties de cartes, quêtes, services volontaires et quelques revenus de patients privés et semi-privés. Nous demandons l'exemption de la taxe. Depuis quatre ans

*que nous sommes propriétaires et que nous la demandons, et
la réponse ne vient pas. Nous prétendons y avoir droit, la
mériter. Le 1er mai, date de prescription, approche. Il est urgent
pour nous d'arriver à une entente avant cette date. Si pour
quelque raison il vous est impossible d'accéder à notre demande,
peut-être pouvons-nous espérer être l'objet d'autant d'égards
que les autres citoyens. Nous pouvons être aidés de diverses
manières pour ces quatre années d'arrérages (la maison est
évaluée à $ 7,500 et les taxes sont d'environ $ 258 par année).
Ou que vous reconnaissiez nos droits et que les arrérages soient
effacés. Ou que, au moyen d'un octroi, les arrérages en entier
ou en partie soient cancellés. Ou encore, qu'on nous aide à payer
en nous envoyant à l'occasion un cas d'assistance maternelle,
de malade refusé ailleurs ou de bébés refusés à la Crèche. Ou
en fin de compte, vous pouvez nous accorder comme aux propriétaires non payés par leurs locataires, une indemnité; elle
nous est due pour compenser les séjours à notre hôpital d'enfants
dont les parents sont affectés par le chômage. Cette perte équivaut aujourd'hui à trois fois plus que ce que nous devons en
taxes.*

*Monsieur le Maire, veuillez nous excuser d'avoir écrit si longue-
ment, vous voyez, nous voulions nous faire connaître... Nous
nous en remettons à votre esprit de justice et vous assurons de
notre entier dévouement.*

D^{re} Irma LeVasseur
Pour les membres de l'Hôpital des Enfants-Malades

En allant lui-même porter cette lettre qu'il approuve dans sa
totalité, Me Rochette promet au maire de le talonner jusqu'à ce qu'il
obtienne une réponse positive de ses conseillers.

— Comptez sur moi pour les influencer en votre faveur, maître
Rochette, dit M. Grégoire.

Après un an de vaines attentes, déçue par les promesses oiseuses des autorités gouvernementales et l'absence de soutien financier de la Ville pour son hôpital, indomptable, Irma se tourne vers un organisme apolitique, voué aux œuvres charitables, pour concrétiser un autre de ses rêves : une école pour les enfants infirmes aptes aux études.

Le 15 avril 1935, au cours d'une réunion spéciale, la D^{re} LeVasseur présente son projet aux membres de la Ligue de la jeunesse féminine de Québec. Après cinq ans de dévouement au sein d'œuvres sociales, les femmes et les jeunes filles de la Ligue ont été témoins des conditions alarmantes dans lesquelles vivent les enfants handicapés. Les propos d'Irma qui, depuis plus de dix ans, consacre son savoir, ses énergies et tous ses avoirs au soin de ces enfants les touchent profondément. Leur accueil dépasse toute espérance.

En quelques semaines, la Ligue a déniché un local dans un édifice du Vieux Québec, occupé par l'œuvre de la Protection de la jeune fille, à l'angle des rues Sainte-Ursule, Sainte-Angèle et Dauphine. Le *Foyer* peut accueillir une vingtaine d'élèves. Un processus de recrutement est mis en place : en plus des visites à domicile et des enquêtes effectuées par les membres de la Ligue, des annonces en chaire sont faites le dimanche pour informer les parents de l'existence de cette école. L'efficacité de cet organisme impressionne Irma. Le sérieux avec lequel chaque demande d'admission est traitée gagne sa confiance et son respect. L'œuvre prend le nom de Comité de secours des enfants infirmes.

La question de l'approvisionnement se pose dès les premières heures, mais Irma et ses collaboratrices reçoivent une réponse favorable de plusieurs magasins de Québec. Vêtements d'enfant, literie, meubles, jouets, livres sont offerts à bon prix. La laiterie Laval fournit le lait. Les profits d'activités lucratives, telles des parties de cartes, répondent temporairement aux besoins de l'œuvre naissante. L'aide financière du gouvernement provincial est requise et, en septembre, Mme Marguerite Lessard, vice-présidente de la Ligue, adresse une demande d'assistance publique à l'honorable Athanase David, alors secrétaire de la province au sein du gouvernement de Louis-Alexandre Taschereau. Dans sa lettre, elle prend soin de préciser :

Nous avons recruté nos élèves parmi la classe absolument nécessiteuse et, par conséquent, incapable de nous rémunérer d'aucune façon.

Beaucoup de ces petits sont demeurés infirmes à la suite de la dernière épidémie de paralysie infantile et tous sont affectés d'une déviation quelconque qui les rend absolument inaptes à suivre les autres enfants.

Par ailleurs, et nous nous permettons d'insister sur ce point, ces enfants, s'ils étaient physiquement normaux, feraient inévitablement partie du contingent d'élèves qui suivent les classes dirigées par la Commission scolaire. Ces petits ont droit comme les autres et plus que les autres à une préparation au moins relative de leur avenir.

Mme Lessard lui cite en exemple la Commission scolaire de Québec qui leur a promis d'assumer les frais du local et le salaire d'une institutrice. Elle ne va pas terminer sa lettre sans évoquer l'apport précieux du gouvernement à la fondation de l'école Victor-Doré à Montréal, école née de l'initiative de l'hôpital Sainte-Justine qui, depuis 1927, offre l'instruction à une classe d'enfants atteints d'un handicap physique et jusqu'alors empêchés de fréquenter une maison d'enseignement.

En 1932, M. Victor Doré, alors président de la Commission des écoles catholiques de Montréal, avait sollicité l'appui du gouvernement du Québec et s'était rendu en France et aux États-Unis pour visiter des institutions spécialisées pour cette catégorie d'enfants. Ses démarches avaient été couronnées de succès.

Le geste généreux que vous avez eu envers les enfants infirmes de Montréal peut s'étendre jusqu'à Québec, n'est-ce pas?

Les mots de Mme Lessard ont ouvert la main et le cœur des autorités gouvernementales : quelques semaines plus tard, l'incorporation de l'œuvre des Enfants infirmes était obtenue et cette école était reconnue société internationale de bienfaisance. Le 23 octobre 1935, Irma n'est pas peu fière d'assister à l'inauguration officielle de l'école dont elle avait rêvé pour sa clientèle de prédilection. Une vingtaine d'enfants y sont admis et ils bénéficieront d'une instruction adaptée, de soins médicaux et d'une bonne alimentation préparée par un restaurateur de la ville. Toujours à la recherche d'un vocable plus prestigieux pour cette institution, la Ligue projette de lui faire porter celui d'école Rodrigue-Villeneuve, alléguant que « sous la bienveillante tutelle de son Éminence, les petits enfants se sentiront mieux protégés ». Son instigatrice ne sent pas la nécessité de s'impliquer dans cette démarche.

Du déjà vécu pour Irma, une mésentente administrative survient entre la direction de la Ligue de la jeunesse féminine et les Chevaliers de Colomb qui désiraient prendre et conserver l'administration de cette école. Le cardinal Villeneuve doit intervenir lui-même pour les en départir et la confier à la Ligue. Au fil des mois, Irma est témoin de l'évolution de cette école qui, en avril de l'année suivante, emménage dans un local plus spacieux de l'école Notre-Dame-de-Lourdes, dans le quartier Saint-Jean-Baptiste, sous le vocable d'école Cardinal-Villeneuve.

Une grande déception attend la D^{re} LeVasseur et ses collaboratrices : une reconnaissance de l'Ordre en Conseil émis en septembre 1936 à l'effet que l'école Cardinal-Villeneuve soit reconnue comme institution d'Assistance publique semble avoir été égarée, reportant cette reconnaissance à plus d'un an et demi après sa fondation.

Ces événements incitent Irma à se demander si l'implication des femmes dans la société ne gênerait pas encore les autorités gouvernementales et professionnelles. Tout récemment, à l'Université Laval, plusieurs ont boudé la nomination d'une femme au sein du personnel enseignant. Or cette femme, Agathe Lacourcière-Lacerte, avait obtenu un baccalauréat aux États-Unis, fait des études à la Sorbonne et détenait un doctorat en lettres de l'Université de Madrid ; des compétences dont peu de collègues masculins pouvaient se glorifier. Comment s'étonner que cette université n'ait ouvert sa faculté de médecine aux femmes qu'en 1935 ?

Le combat mené par Irma quarante ans plus tôt lui inspire de la sympathie envers Mlle Yvette Brissette, cette jeune Québécoise qui est la première Canadienne française admise en médecine à l'Université Laval. Il lui tarde de la féliciter personnellement.

⇥⇤

Après trois ans de satisfactions à la gouverne de son hôpital et de contentement devant les progrès de l'école Cardinal-Villeneuve Irma peut croire en un avenir désormais serein. Mais, depuis le 3 septembre 1939, les canons sont au service de la soif de pouvoir des nations. Au service de la mort. Un an plus tard, c'est le cœur d'Irma qui est transpercé. Maude n'est plus.

« Personne ne devrait mourir avant d'avoir réalisé ses rêves. Surtout pas une femme comme Maude ! » Irma est inconsolable. Sa meilleure amie a été emportée par les ravages d'un accident cardiovasculaire. « Pourquoi faut-il que ces femmes soient fauchées par la maladie à laquelle elles ont consacré tant d'années d'études ? » se demande-t-elle, au souvenir de Mary Putnam Jacobi à qui un semblable destin fut réservé. Après avoir entrepris des recherches sur les maladies céré-brales, Mary avait découvert en être elle-même atteinte et elle décéda des suites d'une tumeur au cerveau. « Est-ce à croire que je mourrai infirme et sénile ? »

Malgré ses soixante et onze ans, la D^{re} Abbott nourrissait encore de nombreux projets. Heureuse d'avoir publié en 1936 son ouvrage sur les problèmes cardiaques des nouveau-nés, elle demeurait pas-sionnée d'enseignement et de recherche. « Une indomptable, elle aussi », se dit Irma, dévastée, impuissante à combler le vide immense que lui cause ce décès. D'autre part, elle a, toute sa vie, réprouvé l'api-toiement. Cette fois, la lutte est de taille. Pour sortir de sa détresse, elle ne perçoit qu'une avenue : reconnaître qu'à soixante-trois ans, elle a derrière elle des moments savoureux et, devant elle, des rêves fascinants. Mais, aujourd'hui, aucun pont n'est érigé entre son passé et son avenir. Le deuil envahit chaque seconde qui passe. Le récon-fort qu'elle avait toujours trouvé auprès de ses patients arrachés à la mort a fui devant le spectre qui lui emboîte le pas partout dans la maison. Le combat n'est pas moins ardu qu'en Serbie, vingt-quatre ans auparavant. Les abris font défaut, les armes aussi. Les mains nues devant cet ennemi cruel, Irma cherche au-delà du déni la route de la foi en un autre monde. Un monde où l'immortalité triomphe de la temporalité. Apparaît-il qu'il est aussitôt effacé par le doute. Un acharnement de chaque seconde à le retrouver épuise la guérisseuse. S'abandonner au sommeil, c'est se livrer à l'emprise des cauchemars : Maude l'appelle à son secours. Maude gémit, emprisonnée dans son corps inerte. Maude ramasse le peu de forces qui lui restent pour lui chuchoter quelque chose... Elle ne parvient pas à entendre ses murmures.

Le regret de n'avoir pas été à son chevet au moment de l'ultime passage torture Irma. « Pourquoi ne pas m'avoir attendue, Maude ? Quelques heures de plus et j'étais près de toi. J'aurais pris ta main pour t'aider à faire le grand saut. J'aurais lu dans tes yeux les mots que tes lèvres refusaient de livrer. J'aurais pu te redire que tu avais été pour moi la grande sœur que je n'ai pas eue. Te rappeler ces moments intenses où nous avons ri et pleuré ensemble. À nous deux, nous aurions peut-être pu déjouer la mort et traverser dans la lumière sans peur ni douleur... Je n'étais pas prête à te suivre, crois-tu ? Des enfants ont encore besoin de moi pour faire un pied de nez à la maladie et à la mort ? pour la regarder en face ? Je la déteste tant cette faucheuse de vies ! Et si elle n'était qu'un leurre ? »

Les funérailles de la D^{re} Maude Abbott sont célébrées à l'église anglicane Christ Church, au cœur du village de Saint-André-d'Argenteuil. Au moment de l'homélie, le célébrant rappelle que cette église plus que centenaire avait été construite à la demande, entre autres, du célèbre révérend Joseph Abbott, l'oncle de Maude et le père de John Caldwell Abbott, maire de Montréal en 1887 et premier Premier ministre du Canada né en sol canadien.

Après la cérémonie religieuse, Irma retourne seule dans la maison de Maude pour glaner les moindres restes de sa présence au hasard d'un parfum sur sa commode, d'une photo suspendue au mur. Ensuite, elle se rend dans le jardin : elle n'a qu'à fermer les yeux pour entendre encore son amie lui confier son grand amour pour le Dr Osler. En retour, Maude l'écoutait lui révéler les moments pathétiques de sa relation avec Bob. Que de soucis leur étaient communs ! Que d'idéaux et de chagrins aussi ! Irma termine son pèlerinage au cimetière. Des hommes s'affairent à couvrir de terre rocailleuse la fosse où l'on vient de descendre le cercueil. Point de fleurs. Qu'une stèle, voisine de celle de sa grand-mère et de sa sœur Alice, où son nom sera gravé, non pour la postérité mais pour l'histoire.

Ce 2 septembre 1940, un livre vient de se refermer à tout jamais sur la descendance de Jeremiah Babin et d'Elizabeth Bayley Abbott. Irma présume qu'il en sera ainsi de celle de Nazaire LeVasseur et de Phédora Venner quand elle et son frère auront quitté ce monde. Pas d'enfants pour perpétuer leur mémoire. Un goût amer monte dans sa gorge. Mais le sentiment, plus encore, la conviction d'avoir fait le bon choix en renonçant à la maternité pour se consacrer à la guérison des enfants le dissipe une fois de plus.

❖—❖

Le monde est en guerre. Les forces du Canada ont été mobilisées le 10 septembre 1939 quand le roi Georges VI a signé la proclamation du Parlement du Canada qui déclarait la guerre à l'Allemagne ; fait exceptionnel pour une nation vieille d'à peine soixante-douze années de prendre l'initiative de déclarer la guerre à un autre pays.

Au nombre des recrues de l'Armée se trouvent de jeune femmes qui requièrent une sélection rigoureuse et une formation adéquate. Qui d'autre pourrait le mieux assumer cette responsabilité que celle qui a participé à la Première Guerre mondiale ? Irma est placée devant un choix difficile : refuser de servir son pays et se consacrer exclusivement au soin des enfants malades ou les confier à ses collaborateurs trois jours par semaine pour travailler au Manège militaire et en retirer un salaire appréciable. La collaboration accrue des Drs Dussault et Charest, la fidélité des infirmières et des bénévoles, une organisation des services bien rodée ont plaidé en faveur d'un oui. Quelle n'est pas sa joie de retrouver, pour la seconder dans son travail, nulle autre que la D^{re} Yvette Brissette-Larochelle, cette première Canadienne française diplômée de l'Université Laval.

Trois ans après la déclaration de cette guerre, Irma conjugue avec de plus en plus d'aisance son travail au service de l'armée et la direction de l'hôpital des Enfants-Malades pour lequel elle n'a toujours pas obtenu le soutien financier de l'Assistance publique. Bien qu'elle soit âgée de soixante-cinq ans, elle n'a rien perdu de sa passion pour le soin des enfants et de son ardeur au travail. Aussi, constate-t-elle que la natation quotidienne, reliée aux exercices physiques nécessités par son travail au service de l'armée, la garde en grande forme. Témoins de sa vitalité et de sa compétence, les autorités du Y.W.C.A. lui demandent d'assumer les responsabilités de *life-saving*. Ce qu'elle accepte de bon gré.

Au beau milieu de l'été 1942, attablée devant un volumineux courrier, Irma s'attarde quand même à feuilleter le *Bulletin médical de Québec*. Quel n'est pas son étonnement d'y lire un avis de décès qui la plonge dans les souvenirs de sa participation à la Première Guerre mondiale : le Dr Victor Bourgeault serait décédé le 15 février 1941 à Saskatoon. « Les effets de la guerre se répercutent jusque dans la diffusion des nouvelles », constate-t-elle, ébranlée par un imbroglio de sentiments dont une amitié encore vivante en dépit de l'éloignement et du temps passé sans nouvelles de lui. « Le destin n'a pas voulu qu'on se revoie », conclut-elle, aussitôt happée par une enveloppe toute particulière. Une lettre certifiée en provenance d'une firme d'avocats, adressée à Mlle Irma LeVasseur et à Paul-Eugène LeVasseur, doit être récupérée au bureau de poste. Une onde de choc dans le cœur d'Irma. Pour ménager son frère, sans l'en informer, elle est allée chercher l'enveloppe et l'a ouverte sur place : une convocation pour eux de se présenter au cabinet de Me Paradis. Sitôt rentrée chez elle, Irma s'est empressée de téléphoner à ce notaire pour s'enquérir des raisons de la convocation. Un refus de Me Paradis l'oblige à justifier sa requête :

— Mon frère est considéré comme ayant un problème de maturité affective et mentale. Je dois le préparer à ce rendez-vous. Je vous en prie, maître Paradis, dites-moi seulement s'il s'agit d'une affaire... déplorable.

— Je comprends, docteure LeVasseur. Je peux vous rassurer. S'il y a une mauvaise nouvelle, il y en a aussi de bonnes.

— Puis-je savoir si c'est en rapport avec quelqu'un qui...

— Votre mère, docteure LeVasseur.

Irma le fait répéter tant elle est abasourdie.

— Quel dommage que notre père ne soit plus là ! Il aurait peut-être pu nous préparer à ce rendez-vous, confie-t-elle à son frère en lui apprenant la nouvelle.

— Quand je te disais qu'il savait tout de maman. Ou presque tout.

— As-tu une idée de ce qu'on va apprendre de Maître Paradis ? demande Irma, s'appuyant sur l'intuition aiguisée de Paul-Eugène.

Sa réponse tarde.

— Aucune, Irma. C'est toi qui devrais en avoir une. Tu connais tant de choses, toi, tandis que moi...

Paul-Eugène blottit sa tête au creux de ses mains. Un long soupir s'échappe de sa gorge.

— Maman a dû t'en dire des choses le temps qu'elle était à New York avec toi... T'as sûrement pas oublié ça !

— Je ne sais pas où tu veux en venir, Paul-Eugène.

— Y a des choses que je comprends pas...

— Explique-toi, si tu veux que je t'aide.

— On va commencer par y aller, chez le notaire. On verra bien si je me trompe ou non, se contente-t-il d'ajouter.

Sourd aux supplications de sa sœur, Paul-Eugène refuse de livrer sa pensée.

Les trois jours précédant la rencontre avec le notaire ont été tumultueux. Le rappel de Phédora a ravivé chez son fils des chagrins qu'il était parvenu à occulter au fil des ans. Chez sa fille, la crainte que Paul-Eugène soit chamboulé par cette rencontre l'a hantée à lui en faire perdre le sommeil.

Ces journées ne méritaient cependant pas d'être minées par tant d'anxiété. À la sortie du cabinet de Me Paradis, Irma confie à son frère :

— Si je m'étais doutée que maman nous avait laissé un héritage ! Qu'avocats et notaires aient mis tant de temps à nous retrouver !

— Je lui en voulais depuis que j'avais découvert dans les cachettes de papa qu'elle avait de l'argent et qu'on n'en avait jamais vu la couleur, avoue Paul-Eugène.

Irma doit lui faire voir que le testament de leur mère aurait bien pu ne jamais revenir entre leurs mains.

— Penses-y bien, Paul-Eugène. Avant de revenir à New York à la fin de sa vie, notre mère a habité au Colorado sous le nom de Dora Wheeler. Comme nous a expliqué Maître Paradis, elle a fait son testament à Denver. Son avocat est décédé peu de temps après et tous ses dossiers ont été transmis à son successeur, qui semble n'avoir pas fait preuve de diligence. Notre mère ne semble pas s'en être préoccupée... Puis la guerre est arrivée.

— Maman aurait bien pu léguer tous ses avoirs aux Wheeler, reconnaît Paul-Eugène au grand soulagement de sa sœur.

Incapable de mesurer la compréhension de son frère, Irma ne constate pas moins que ses paroles lui ont apporté un apaisement.

— Si elle a pensé à nous, c'est qu'elle nous aimait encore, murmure-t-il, comme s'il voulait s'en mieux convaincre.

— Elle n'a jamais cessé de nous aimer, Paul-Eugène. Je me souviens qu'elle m'a dit, une fois : « Tu ne regretteras pas ce que tu fais pour moi. Tu seras récompensée, tu verras. »

Dans le regard lumineux d'Irma passe le souvenir d'instants magiques passés près de sa mère.

— Je croyais qu'elle faisait simplement allusion au retour du balancier, enchaîne-t-elle.

— Qu'est-ce que tu veux dire ?

— On nous a toujours appris qu'on est récompensé pour ses bonnes actions.

— C'est vrai, ça ?

— Je pense que oui, sauf qu'on ne peut savoir par qui et quand viendra la récompense, répond Irma, expérience à l'appui.

— On en a reçu une belle aujourd'hui, hein tite sœur ?

— Et quelle récompense ! Tu réalises, Paul-Eugène ? Pas loin de vingt-cinq mille dollars vont nous être remis quand toutes les quittances seront réglées.

— Tu vas pouvoir faire agrandir notre maison, riposte Paul-Eugène, heureux comme sa sœur ne l'a pas vu depuis des années.

— Mais il faudra attendre la fin de la guerre, nuance Irma. Des travaux de rénovation exigent une surveillance constante.

Dès le printemps 1946, Irma entreprend des démarches auprès des autorités municipales pour obtenir le permis d'agrandir son hôpital pour enfants de deux étages et de construire un escalier de secours et deux galeries donnant sur la cour arrière. Il lui faudra attendre au 28 novembre pour, papier en main, demander des soumissions à différents entrepreneurs. La guident les médecins qui la côtoient, les membres de son conseil d'administration et Me Rochette. Pour cet ajout fait de bois et de brique, le devis le plus favorable se chiffrant autour de cinq mille dollars, Irma investira une partie des sommes reçues de sa mère, l'autre partie du legs ayant été consentie par le notaire à des prêts pour des termes de cinq ans. Il va de soi que pendant des travaux de cette envergure, la D^re LeVasseur devra s'abstenir d'hospitaliser des enfants. Cependant, le dispensaire pourra demeurer ouvert. Un congé est prévu dès lors pour la presque totalité de son équipe.

S'ensuivra un remue-ménage qui mènera Irma au bord de l'épuisement. Vider un étage complet de la maison et tout rapailler au rez-de-chaussée et au sous-sol lui drainent une somme considérable d'énergie. Plus encore, le comportement de son frère la chagrine au plus haut point. L'absence de petits malades dans la maison semble avoir creusé en cet homme un vide qu'il ne peut combler qu'avec l'alcool. Au rythme de sa dérive, Paul-Eugène troque ses vêtements de ville pour de la bière et s'enveloppe de loques. Barbe longue, chevelure hirsute, démarche chancelante, tout pour humilier sa sœur et leur attirer les railleries de l'entourage. N'eût été de son âge avancé, Irma ne l'aurait pas retenu à la maison s'il avait souhaité rejoindre les clochards du Vieux Port. Mais, à l'aube de ses soixante et onze ans, Paul-Eugène n'a plus d'amis. Résultat de sa décadence, les amitiés qu'il avait entretenues à l'hôpital des Enfants-Malades se sont volatilisées. Marcelle Petitclerc ne manque pas une occasion de lui cracher sa déception et son mépris. Mathilde, mariée depuis dix-sept ans à Léo Robichaud, s'est installée avec son mari dans une grande maison qui leur a permis d'accueillir la demi-douzaine d'enfants dont ils rêvaient. Le réconfort dont Irma a besoin lui vient de Mlle Bertrand, sa fidèle collaboratrice, de la veuve Jeanne Bourget-Bruneau qui depuis dix ans voue temps et dons à l'hôpital des Enfants-Malades, et de Françoise Rivard, une cousine apparentée aux LeVasseur. Lauretta Venner, réputée dans toute la ville pour sa grande générosité, ne se présente plus dans la rue de l'Artillerie, préférant rencontrer sa cousine dans un endroit moins encombré. Irma, elle-même embarrassée par la situation, ne saurait lui en faire reproche.

Les travaux entrepris deux ans auparavant ne sont pas tout à fait terminés quand, au printemps 1950, une lettre du Cercle des femmes universitaires du Québec lui apprend qu'une fête se prépare au collège Jésus-Marie de Sillery, où elle a fait ses études secondaires, pour souligner ses cinquante ans de vie professionnelle. La nouvelle a l'effet sur Irma d'un pavé dans la mare. Devrait-elle se réjouir de revoir les pionnières des deux hôpitaux qui sont nés de son initiative ? Il n'en est rien. Les honneurs ne l'ont jamais séduite, encore moins à soixante-treize ans. Le contexte s'y prête mal et les souvenirs que de telles rencontres ravivent ne seraient pas sans lui faire un bleu au cœur.

Un mot de Mme Justine Lacoste-Beaubien lui est adressé une semaine plus tard pour la supplier de se prêter à cette reconnaissance publique. Me Jeanne-d'Arc Lemay, présidente de l'Association des femmes universitaires, la met au parfum des efforts déployés pour la réussite de cet événement et lui révèle le nom de quelques personnalités qui ont promis d'y assister. La présence assurée du ministre Albiny Paquette et l'implication des D^{res} Françoise Lessard et Marguerite Dion ont raison de ses réticences.

Ce mardi 20 juin 1950, dans les jardins du collège Jésus-Marie, de nombreux invités l'attendent, dont une vingtaine de personnalités connues. Non moins réservée que distinguée avec son chapeau noir à voilette, un veston de même couleur sur une robe fleurie blanc et noir, un collier de perles à trois rangs pour la circonstance, la D^{re} LeVasseur a pris place sur une chaise de choix, entourée de dames de Montréal, d'anciennes de l'hôpital de l'Enfant-Jésus et de quelques hommes.

Les discours d'accueil terminés, le Dr Paquette est appelé à prendre la parole. La seule évocation de son nom fait palpiter le cœur d'Irma. Plus de trente ans passés loin de lui n'ont en rien érodé sa mémoire. La voix de ce compagnon de guerre lui fait revivre des moments pathétiques. Elle ferme les yeux pour mieux recevoir le témoignage qu'il lui rend :

— J'ai connu Mademoiselle LeVasseur en mai 1915. Après une traversée périlleuse de l'Atlantique, elle partait comme nous pour les Balkans dans le but d'y accomplir son œuvre humanitaire. Je revois encore Irma LeVasseur s'installer à Kraguyevats et procéder à l'immunisation de la population au rythme de mille personnes par jour. Elle a pour l'aider quatre prisonniers de guerre autrichiens qui agissent comme infirmiers. Elle organise un hôpital de fortune dans la ville. Les malades privés de lits couchent par terre. Les médicaments sont rares, le bateau qui nous en apportait a été coulé dans la mer Égée. Elle est débordée par une situation intenable, travaillant sous un bombardement quotidien, et devant faire creuser de larges fosses où les morts sont empilés par centaines. C'était une femme d'action et d'une énergie extraordinaire. En 1918, tout le pays et la Macédoine où je peinais aux mêmes tâches, devint occupé par les Autrichiens et les Bulgares. Il fallut abandonner la partie et ce fut l'exode vers la mer, dans le plus affreux des désordres. Je n'ai pas revu Irma LeVasseur, et j'ignore comment elle a réussi à sortir des Balkans et à survivre à tant de privations et d'horreurs. Elle mérite les plus grands hommages et je suis heureux que son nom ne soit pas oublié grâce à votre initiative, Mesdames.

Les applaudissements font glisser quelques larmes sur le visage blafard d'Irma qui demeure tête droite, apparemment imperturbable. Elle n'est pas surprise d'entendre nommer la prochaine invitée à lui adresser la parole. Mme Justine Lacoste-Beaubien tient plusieurs feuilles dans ses mains. Elle en fait la lecture après avoir salué dignement la jubilaire :

— Les femmes universitaires du Québec ont à leur éloge d'avoir provoqué l'occasion de rendre aujourd'hui ce témoignage de juste appréciation envers un de ses membres qui a su le mériter. Votre association, Mesdames, a droit à toutes nos félicitations et nos remerciements pour nous donner cette occasion de présenter à la première femme médecin de notre province nos hommages et nos vœux et nous permettre aussi d'offrir à l'inspiratrice du premier hôpital d'enfants nos sentiments de bien sincère reconnaissance, pour l'initiative prise par elle dans un domaine alors si peu exploré, il y a cinquante ans : celui de la médecine infantile. Il me fait en plus un grand plaisir de féliciter les religieuses du collège de Sillery pour la personnalité qu'elles développent chez leurs élèves et les idées inspiratrices qu'elles savent leur inculquer, et d'ailleurs pour encore d'autres choses. Après l'action de grâces rendue à la Providence de m'avoir fait vous rencontrer, chère Mademoiselle LeVasseur, je vous exprime la plus vive reconnaissance, pour avoir été le premier anneau de la chaîne faite de sentiments si chrétiennement humanitaires, si profondément maternels, qui nous tiennent encore tous fortement enlacés autour de la cause des enfants malades. Nos raisons et nos cœurs ont compris que, derrière le voile que vous aviez soulevé, il y avait tout un horizon, vaste comme la valeur de la santé de nos enfants, comme la science médicale infantile, encore si peu exploitée à cette époque. Merci pour tout cela et l'expérience acquise depuis nous fait voir encore plus impérativement qu'il nous faut le lever complètement, ce rideau, et envisager tout ce qu'on doit réaliser pour rendre pleine justice à nos enfants et à tous ceux qui de près ou de loin en seront chargés, la famille, le père, la mère, l'infirmière, le médecin, les éducateurs et notre Canada tout entier; l'enfant n'est-il pas la base de la nation, le capital le plus précieux, le plus nécessaire, l'inestimable capital humain ?

De nouveau, Irma baisse les paupières, cherchant dans les replis de son être ces forces vives qui l'ont tenue invincible dans les moments les plus déchirants de sa vie. Écouter, le cœur blindé... jusqu'au bout. Des mots gratifiants viennent à ses oreilles.

— Merci, enchaîne Mme Lacoste-Beaubien, de nous avoir ainsi attachés à cette cause, laquelle non seulement est d'intérêt vital pour notre survivance mais qui, pour nous-mêmes, individuellement, nous a donné un but qui justifie si pleinement les sacrifices, le travail, qu'elle a pu réclamer de nous, les incessantes démarches, les multiples efforts faits pour convaincre qu'un pays dépend dans une très grande proportion de la santé de ses enfants. Et ces enfants, que pensent-ils par eux-mêmes? Cette cause, elle a été confiée par vous à des mains de femmes, à des âmes imbues de sentiments patriotiques et chrétiens, à des cœurs de mères qui voient un prolongement du foyer dans cette maison qui se nomme hôpital et où l'on est toujours prêt à répondre aux appels et qui doit être en tous points spécialement organisée pour combattre la maladie. Puissent toutes nos femmes bien comprendre leur responsabilité dans cette partie du travail social et hospitalier qui est connexe à celui de la maison familiale. Puissent aussi les autorités chargées de la distribution des fonds publics faire une juste part aux hôpitaux d'enfants qui, comme tous les autres hôpitaux, ont des frais de construction et de maintien sans pouvoir espérer y trouver les mêmes revenus; ce sont les jeunes ménages, les familles nombreuses, ceux dont les chefs ne sont pas en état de supporter les coûts de la maladie, les pauvres, qui sont spécialement aidés par l'hôpital; ceux-là sont nombreux, il faut les aider doublement en toute justice. Voilà ce que vous avez bien compris, chère Docteure. Les Docteurs Sévérin Lachapelle, Raoul Masson, Joseph Bourgoin avaient eux aussi répondu à votre suggestion, dans l'organisation d'un hôpital pour enfants, de même que les Docteurs J.E. Dubé, Séraphin Boucher et autres qui, tous ensemble, en collaboration avec l'esprit de foi et de confiance des pionnières de notre hôpital Sainte-Justine et partageant leur enthousiasme devant la nécessité de doter notre université d'un centre d'enseignement en pédiatrie, y consacrèrent leur temps, leur travail et leur science. Malgré la modestie de ces débuts, malgré le prodigieux développement opéré dans cette œuvre, malgré que vous ayez cru devoir diriger vos activités dans un autre milieu, vous aurez toujours été l'inspiratrice de cet hôpital d'enfants, qui n'a jamais dévié de son but et qui voit dans un avenir prochain une encore plus complète réalisation du programme que vous nous faisiez entrevoir en soulevant, il y a quarante-trois ans, le rideau qui cachait l'horizon de l'avenir de nos hôpitaux d'enfants. Voilà pourquoi, chère Docteure LeVasseur, votre nom a toujours été en tête de liste des fondatrices de l'hôpital Sainte-Justine. C'est avec une légitime fierté que nous pouvons dire que vous et nous avons doté la province de Québec par l'hôpital Sainte-Justine de Montréal, d'un centre d'enseignement en pédiatrie qui n'avait jamais été créé auparavant et d'une maison hospitalière spécialement aménagée pour les enfants malades, et cela a été fait dans des conditions économiques que le Divin Argentier seul pouvait diriger. Oui, vous avez eu cette première responsabilité de la naissance de Sainte-Justine. Laissez-moi vous en rendre le vibrant témoignage et permettez-moi d'associer à votre nom celui de Madame Alfred Thibaudeau qui a été la première à vous accueillir et à réunir chez elle les premiers apôtres de la cause des enfants malades. L'envergure de votre vision était si grande que seul l'avenir a pu en démontrer l'ampleur et, malgré tous les progrès réalisés à date, l'université, le public, nos médecins, nos familles réclament encore avec insistance et preuves évidentes à l'appui de leurs réclamations, l'urgence de l'agrandissement du centre d'enseignement en pédiatrie, qu'est l'hôpital Sainte-Justine pour Montréal et toute la province de Québec. Je ne suis pas venue ici uniquement en mon nom personnel et tout l'hôpital a voulu se joindre à moi dans les sentiments que je vous ai exprimés. En plus, nous avons tous voulu nous unir à vos si gracieuses amies de Québec et vous offrir un témoignage palpable de la reconnaissance de l'hôpital et de son Surintendant-Médical, qui a voulu reconnaître ce que vous avez fait pour son avancement et sa protection. Reconnaissance aussi de la part du comité médical, de vos premières collaboratrices Mesdames Alfred Thibaudeau, Théodule Bruneau, Arthur Berthiaume, Charles Prémont, ces dames qui, en 1907, faisaient partie de notre premier conseil d'administration. À leur grand regret, l'état de santé de Mesdames Bruneau et Berthiaume les a empêchées de se joindre à nous aujourd'hui. Je sais qu'en cette circonstance le souvenir de notre chère Mademoiselle Rolland doit se présenter à vous, elle qui avait répondu à votre premier appel et qui, après avoir accompli un si fructueux et incessant travail en faveur des enfants malades pendant vingt-cinq ans, nous a quittées pour le monde où le Dieu des petits enfants lui donne la récompense qu'Il a spécialement promise à ceux qui ont pris soin de ses petits. Vous savez, mesdames du Cercle des femmes universitaires, que nous avons fort apprécié la faveur que vous nous avez accordée de nous unir à vous dans votre beau geste. Vous n'avez peut-être pas ainsi accueilli des diplômées d'une université, mais sans trop de prétention sans doute, les graduées de la grande école de la charité sociale et chrétienne. Là aussi on apprend à relever le niveau de l'esprit en maintenant bien haut le sens de la justice par l'amour du prochain. Comme les premiers bébés que vous avez reçus, docteure LeVasseur, rue Saint-Denis, ont dû vieillir un peu depuis et que votre amour pour les enfants est toujours le même, j'ai cru toutefois qu'un petit carrosse, porteur de notre souvenir, serait peut-être aujourd'hui le meilleur emblème de votre œuvre grandie.

Ce discours longuement et chaleureusement applaudi est suivi de la remise à la jubilaire d'un landau et d'une gerbe de fleurs. Viennent ensuite la féliciter Mmes Charles Lacoste-Frémont et Alfred Thibaudeau et Sœur Saint-Antoine-de-Padoue, toutes trois de Montréal. Leur emboîtent le pas Mmes Joseph Gagné et Edmond Lemoine de l'hôpital de l'Enfant-Jésus. « Le cœur blindé jusqu'au bout », se répète Irma qui parvient à accueillir noblement les politesses et les sourires des unes et des autres. Attendaient derrière elles les Drs Jean Grégoire, Françoise Lessard et Albiny Paquette. Ce dernier reçoit une accolade sincère à laquelle il répond avec la même ardeur. S'enchaînent une litanie de félicitations et de serrements de main, reçus avec gratitude mais sans chamboulement.

De retour chez elle, Irma n'a pas assez de la nuit pour remonter le cours du temps et tenter de démystifier un peu la complexité de l'être humain.

Chapitre IX

À peine remise des émotions causées par les célébrations de son jubilé d'or professionnel, Irma, le cœur endeuillé, vient se réfugier sur les Plaines d'Abraham, là où elle et Bob ont déjà vécu des moments délectables. Assise sous cet érable qui déployait ses branches touffues au-dessus de leur tête, dans ce vallon qui leur servait d'alcôve, à l'été 1923, elle ferme les yeux pour en revivre le souvenir déchirant. Son chagrin n'a d'égal que l'amour qu'elle éprouvait pour Bob Smith.

— C'est ton nom que papa a prononcé le plus souvent avant de perdre conscience, lui a appris Charles Smith lors d'un appel téléphonique où il la priait de se présenter aux funérailles.

Protégé de la maladie toute sa vie durant, Bob a connu une mort tragique, atteint d'une balle dans le cou lors d'un vol à main armée dans sa bijouterie. Son fils, qui le secondait depuis quelques mois, s'était absenté pour une dizaine de minutes quand le drame est survenu. Il n'a donc pu intervenir à temps.

— Mon pauvre Charles, tu ne sembles pas réaliser que j'ai soixante-treize ans et que je ne peux laisser la responsabilité de la maison à mon frère, lui a-t-elle répondu, taisant que ce dernier lui cause de plus en plus de soucis.

L'âge avancé, la perte de toute estime de lui-même, résultat de quatre années de retour à l'alcool, les problèmes de santé qu'il tentait de cacher à sa sœur, le refuge qu'il s'était aménagé pour dormir sous l'escalier du premier étage, rien pour rendre agréable la présence de Paul-Eugène LeVasseur au 85 de l'Artillerie. La réfection nécessaire d'un mur de la maison, les pièces longeant ce mur vidées et leur contenu entassé dans les autres, tout cela causait un fouillis qui pesait lourdement sur les épaules de la septuagénaire. L'attente du nouveau permis de rénovation réclamé deux ans plus tôt s'éternisait. La maison, sans enfants à traiter, se vidait de son sens.

La nouvelle du décès de Bob est venue sonner le glas des bonheurs possibles en cette vie, croit Irma. Son cœur, un désert exposé à de plus en plus de stérilité. Ne restent plus pour le sustenter que les souvenirs heureux. Le passage du temps semble toutefois les avoir affadis. Il faut juguler cette flétrissure, fouetter le cerveau, narguer son éventuel déclin, reprendre la lecture fidèle des journaux, des revues médicales, des ouvrages de médecine, des projets de recherche demeurés en plan.

Accablée par le désordre de sa maison, incapable d'obtenir la moindre collaboration de son frère, Irma a espéré en vain l'aide de la parenté. Au cours de ses visites, Marcelle Petitclerc croit la réconforter de quelques *Ave Maria* auxquels elle s'efforce de répondre... par condescendance. Le Dr Lucien Petitclerc, frère de Marcelle, vient bien la saluer de temps à autre, mais il n'a ni le temps ni le goût de faire davantage.

— Il faudrait que tu commences par jeter tout ce qui ne t'est plus utile, lui a-t-il recommandé.

— Pas tous mes souvenirs, quand même ! Aussi, j'ai beaucoup de journaux et de revues que je n'ai pas eu le temps de lire...

— Quand tu auras fait ce tri et envoyé tout ça aux ordures, avertis-moi et j'essaierai de te trouver quelqu'un pour nettoyer ta maison.

Une voisine, Mme Lemoyne, lui a servi la même recommandation. Par ailleurs, Mme Bessette a promis de venir l'aider dès qu'elle sera remise de sa fracture au bras gauche.

Quelques heures d'élagage vident Irma de toutes ses énergies. Déplace-t-elle une pile de revues qu'elle s'arrête à chaque numéro pour en parcourir les chroniques intéressantes. Les espaces de rangement manquent, le déblayage n'avance guère. Irma a, de ce fait, renoncé à prendre ses repas du midi chez elle. Amoureuse de la marche, elle se rend manger dans la rue Saint-Jean. Face à Paul-Eugène, elle a baissé les bras. Au plus lui assure-t-elle la survie. Demeurent à sa disposition pain, fromage, biscuits, aliments en conserve livrés, soit par le Dr Petitclerc, soit par la parenté Venner. Et comme son frère sort le soir et dort le jour, Irma ne s'intéresse à lui que s'il se plaint d'un mal quelconque. C'est ainsi qu'un soir de mai, elle a fait la macabre découverte de son corps inanimé, là, dans son refuge, sous l'escalier conduisant aux chambres. Catastrophée, Irma a téléphoné à son cousin, le Dr Petitclerc :

— Il faudrait qu'il vienne chez moi dès qu'il aura une minute, a-t-elle confié à Mme Petitclerc.

— Vous savez quelle heure il est, Irma ? Je ne crois pas que mon mari se rende chez vous ce soir, a répondu Mme Petitclerc.

Comment et quand le message a-t-il été transmis à son destinataire ? Quelle importance ce dernier lui a-t-il accordé ? Des heures atroces pour Irma, seule dans la maison avec le cadavre de son frère. Plus le temps passe, plus il devient impensable de faire entrer quelqu'un d'autre chez elle. Or le docteur ne se présente que le lendemain matin, navré de l'embarras dans lequel il a involontairement plongé sa cousine. Tous deux discutent des dispositions à prendre, compte tenu des circonstances. L'embaumement est écarté ainsi que toute exposition dans un salon mortuaire. De la maison funéraire Lépine, elle a acheté un cercueil dans lequel le corps de Paul-Eugène est déposé et transporté à l'église Saint-Cœur-de-Marie pour des funérailles privées.

Cet événement attire sur Irma une avalanche de calomnies et de sarcasmes. La dérision se lit dans tous les regards qu'elle croise au hasard de ses sorties. « La vieille a caché le corps de son frère dans sa maison », susurre-t-on dans le faubourg Saint-Roch. Rarissimes sont les témoignages de compréhension et de sympathie adressés à Irma après l'enterrement de Paul-Eugène LeVasseur :

— Mon frère m'a raconté. Je connais la vérité, moi aussi, et je vais la crier à tous ceux qui vont oser te mépriser, a juré Marcelle Petitclerc.

Mme Bessette et Mlle Bertrand sont les seules à avoir fait parvenir une carte de sympathie à leur amie dans le deuil. Méprisé par la société bien pensante, Paul-Eugène est parti dans l'anonymat, emportant avec lui le mérite des quelques bonnes œuvres accomplies, dont le sauvetage de bébé Anne.

❧

Irma n'est plus que l'ombre d'elle-même.

Des murmures blessants viennent à ses oreilles dès qu'elle met le pied dehors. « C'est elle, la folle de la rue de l'Artillerie qui a caché le cadavre de son frère pendant deux jours ! » « Elle serait capable de mettre le feu... » « Il paraît que les gros cerveaux finissent tous comme ça : le génie est très proche de la folie... » Les adultes qu'elle croise la méprisent et la ridiculisent, mais les enfants à qui elle ne peut s'empêcher d'adresser quelques bons mots l'écoutent avec fascination. « S'il reste un peu de justice sur cette terre, ce sont eux qui me l'apportent », considère Irma, délibérément sourde aux parents qui cherchent à éloigner leurs bambins et bambines de cette petite vieille au parler pointu, à la longue chevelure blanche mais à la démarche étonnamment alerte.

La tolérance d'Irma est rudement mise à l'épreuve lorsque, l'obscurité venue, des garçons d'une quinzaine d'années viennent rôder autour de sa maison et poussent l'effronterie jusqu'à lancer des cailloux dans ses fenêtres. Pour les éloigner, elle double ses rideaux de tissus opaques ou de papier journal. Peine perdue. Elle hésite à porter plainte à la police mais, à bout de patience, elle réclame finalement son intervention. Démarche qu'elle regrette avant même que les deux agents aient quitté sa demeure. Leurs regards dédaigneux, leurs sourires railleurs à peine retenus et leur irrévérence l'outragent et l'inquiètent.

Moins de deux semaines après la visite des constables, des jeunes viennent encore rôder et, qui plus est, des inconnues frappent à sa porte, insistant pour entrer. L'une dit être travailleuse sociale, une autre déclare être envoyée par la Ville, et une troisième se présente comme une bonne voisine, mais Irma n'en reconnaît pas la voix. À toutes, elle refuse d'ouvrir. Depuis le décès de Paul-Eugène, la parenté et ses quelques amies respectent son désir de ne pas les recevoir avant que le ménage soit fait.

Le 15 novembre 1957, en fin d'après-midi, Irma s'est dévêtue pour faire sa toilette quand un vacarme à la porte la fait sursauter. Vite, elle ramasse une robe de chambre qui devait aller au lavage avec d'autres vêtements et se précipite vers l'entrée, soulève un coin du rideau et le rabat aussitôt sur le carreau de la porte. « Il n'est pas question qu'ils entrent ici », se dit-elle, suspicieuse. Mais les deux détectives accompagnés d'une dame menacent d'entrer de force si elle n'ouvre pas.

— Que me voulez-vous ?

— Il y a une fuite de gaz qui remonte de Saint-Roch, il faut sortir tout de suite, crie la dame.

— Mais ça ne sent pas le gaz du tout ici, riposte-t-elle de la porte entrebâillée.

— Faites vite ! C'est très dangereux pour votre santé, dit l'un des policiers.

Une paire de pantoufles aux pieds, un manteau sur sa robe de chambre malpropre, Irma tente de prendre quelques effets person-nels, mais elle est bousculée par les agents de sécurité qui la poussent à l'extérieur et, une fois dehors, la saisissent par les bras et descendent l'escalier sans même que ses pieds effleurent les marches.

— Mais où m'emmenez-vous ?

— Les enfants du quartier ont tous été transportés à l'hôpital, répond la dame qui se dit infirmière et travailleuse sociale.

— Quels enfants ?

— Tous ceux de votre rue, répond la dame à qui Irma croit avoir déjà parlé au téléphone.

— Mais moi ?

— Dans un endroit sécuritaire, finit-elle par répondre, les policiers ayant perdu la voix.

— Où ça ?

Plus un mot. Inutile de poser des questions, tous trois sont devenus muets.

Il pleut sur Québec, il pleut dans le cœur d'Irma. Le sentiment d'être prise dans un piège dont elle aurait dû se méfier la fait trembler de colère. « Je n'aurais jamais dû ouvrir. J'aurais dû exiger de savoir où ils avaient l'intention de m'emmener avant de les laisser entrer. Ça m'aurait permis de décider moi-même où je voulais aller. Ils ne m'ont même pas laissé le temps de réfléchir. Ils m'ont embarquée comme du bétail. Dans quel état je vais me présenter ? Pas lavée. Pas peignée, des savates aux pieds, une robe de chambre usée et souillée sur le dos. Quelle honte ! » Indignation et détresse se disputent l'espace dans le cœur de cette octogénaire traitée comme une criminelle. « Un peu plus, et on me mettait les menottes », se dit-elle, empruntant au ridicule le soulagement dont elle a tant besoin.

— C'est bien loin ! Je peux savoir où vous m'emmenez ?

— On est à la veille d'arriver, chuchote la dame pendant que les messieurs continuent de faire la sourde oreille.

Après avoir circulé dans la rue du Vallon, la voiture s'engage vers le boulevard de la Capitale pour sortir à l'avenue Bourg-Royal.

— Je rêve ou vous vous dirigez vers Beauport ?

— On est sur le bon chemin, marmonne un des policiers.

La panique s'empare d'Irma lorsque la voiture quitte la rue Alexandria pour filer sur l'avenue D'Estimauville, anciennement nommée route de l'Asile. Apparaît l'impressionnante clôture qui entoure l'hôpital Saint-Michel-Archange avec ses trois colonnes surmontées d'un toit conique. On bifurque légèrement vers la gauche pour immobiliser la voiture devant l'entrée principale de... « Vous avez quelqu'un à prendre ici ? » voudrait demander Irma, reconnaissant la clinique Roy-Rousseau et refusant de croire qu'on l'a arnaquée à ce point. Mais sa gorge est nouée, sa poitrine trop petite pour l'épouvante que lui inspirent ces murs.

Le moteur ne ronronne plus, les policiers ont amorcé leurs manœuvres pour sortir leur passagère de la voiture.

— Je ne suis pas folle. Vous n'avez pas le droit de m'enfermer là ! hurle-t-elle, recroquevillée sur le siège arrière, les bras croisés sur son ventre.

— On doit suivre les ordres, nous autres.

L'infirmière tente de la pousser vers l'extérieur... sans succès.

— Sortez, garde Dumont, commande un des agents. Je vais y aller, moi.

Cabrée, Irma assène de bons coups de pied à l'autre policier.

— Si vous continuez de vous débattre, on va vous attacher les mains et les pieds, la menacent-ils.

— Ça ne se passera pas de même, bande de croches ! Y a quelqu'un dans cette boîte qui va devoir répondre à mes questions et me retourner chez moi, rétorque-t-elle, ordonnant à ses escortes de s'éloigner et de la laisser entrer par elle-même à la clinique.

Garde Dumont la précède. Les policiers ferment la marche. À l'intérieur, un agent de sécurité la conduit dans un bureau à la porte vitrée où une secrétaire et une religieuse l'attendaient pour ouvrir son dossier. Au grand déplaisir d'Irma, garde Dumont lui emboîte le pas.

— Vous habitez bien au 85 de la rue de l'Artillerie, mademoiselle LeVasseur ? demande la secrétaire.

— Je ne répondrai à vos questions que lorsque j'aurai parlé au médecin qui prétend avoir le droit de m'enfermer ici.

— Il ira sûrement vous voir dans votre chambre dès qu'il sera libre, reprend la religieuse, toute condescendante.

— On n'arrive pas ici sans ordonnance médicale, voyons ! Qui l'a donnée ? J'ai le droit de savoir le nom de cet imposteur, insiste Irma.

— Nous ne sommes pas autorisées à vous le révéler, lui apprend la religieuse, sincèrement embarrassée.

— Puisque c'est comme ça, je ne répondrai à aucune de vos questions.

Devant ce refus, un ordre est donné à deux agents de sécurité de la conduire à la chambre qu'on lui a assignée et d'en verrouiller la porte. Irma se cramponne à sa chaise, déterminée à ne pas se laisser enfermer dans une chambre de malade. Une infirmière appelée à la réception menace alors de lui injecter une substance qui la rendra docile et lui permettra de se reposer.

— Personne ne va me toucher ! Vous pouvez garder votre seringue pour vos malades.

L'infirmière et un agent de la clinique accompagnent les policiers chargés de conduire Irma à la chambre 318.

— Je vais revenir dans quelques minutes, lui annonce l'agent avant de refermer la porte qu'il verrouille avec soin.

« Une cellule de prisonnier... ou de folle... » Anéantie, l'octogénaire s'affale sur le grabat, hurlant sa détresse dans un oreiller qui empeste la naphtaline. Désarmée, elle voudrait crier à l'aide. Mais qui viendrait la secourir ? « Qui pourrait me sortir d'ici ? Personne ! » Sa révolte a couvert le grincement de la porte qu'on vient de déverrouiller.

— Mademoiselle LeVasseur, suivez-moi, dit une femme d'une cinquantaine d'années. On va aller prendre un bon bain, lui annonce-t-elle, serviettes, nuisette, robe de chambre, pantoufles et sous-vêtements empilés sur son bras, à l'intention de la patiente de la chambre 318.

— Laissez ça là, sur le pied du lit, j'irai plus tard.

— Il faut venir avec moi et tout de suite, mademoiselle LeVasseur.

— J'ai dit : plus tard.

— Vous seriez mieux de venir de bon cœur, mademoiselle LeVasseur.

— Sinon ?

— Sinon, quelqu'un va venir vous chercher et vous y emmener de force.

Irma se relève, scrute le regard de la préposée aux traits d'acier et comprend qu'elle doit obtempérer aux ordres dictés dans cette clinique. La patiente du 318 laisse tomber son manteau sur la chaise droite qui fait partie des trois meubles de sa chambrette et emboîte le pas de la dictatrice jusqu'à la salle de bain. Une eau fumante l'attend déjà dans la baignoire. Une image à donner la chair de poule lui

traverse l'esprit, un frisson court dans son dos. Des études dénon-
çant les châtiments parfois infligés à certains patients rebelles dans
ce genre d'institution sont revenues à sa mémoire. Irma lance un
regard furtif vers la porte. La préposée y est adossée. Nulle chance
pour Irma de s'échapper. Son coude plongé dans la baignoire la
rassure, l'eau est tiède.

— Vous êtes prête ? demande la préposée qui n'a pas que cette
patiente à qui donner le bain.

— Vous pouvez sortir, je n'ai pas besoin d'aide.

— Je n'ai pas le droit de vous laisser seule. Je vais garder la figure
tournée vers le mur.

— Je vous ai demandé de sortir d'ici.

— Si vous refusez que je vous accompagne, c'est une autre préposée qui le fera, Madame, et elle risque de ne pas se montrer aussi
patiente que moi.

— C'est quoi ces histoires de me surveiller comme ça ? Je ne suis
ni folle ni suicidaire... on m'a emmenée ici sans raison.

— Ce sont les règlements, rétorque la préposée d'un ton dis-
suasif.

— J'aurai tout vu dans ma sainte vie, marmonne Irma, tenue à
la soumission.

Les vêtements qui lui sont destinés sont blancs comme neige ;
tous blancs.

— De quoi nous donner l'air de vrais malades... grogne la docteure
séquestrée.

— Vous dites ?

— Je ne vous parlais pas, je réfléchissais tout haut. Sentez-vous
pas obligée d'aller écrire dans mon dossier que je parle toute seule...
On en inventera bien assez sans ça !

Qu'un battement de cils de la part de la préposée.

Trois jours se passent dans une vacuité qu'Irma ne saurait décrire.
Pour seule présence significative bien que trop brève et irritante,
celle de garde Dumont qui a participé à son entrée à la clinique et qui
vient la prévenir de la visite d'un médecin au cours de la prochaine

semaine. Son unique réconfort, les repas chauds et bien apprêtés, portés à sa chambre. L'étroite fenêtre, grillagée, découpée dans le haut d'un mur, a le mérite de l'informer du temps qu'il fait. Le rapport de l'enquêteur Bucknill sur l'asile de Beauport à la fin du siècle précédent lui revient en la mémoire : *Je trouvai les salles des femmes surpeuplées. Les cellules de réclusion étaient nombreuses, elles avaient une odeur agressive qui témoignait du fait qu'on les utilisait régulièrement. Je trouvai les patientes agglomérées dans un ensemble de folie qu'il n'est pas facile de décrire.* « Au moins, je ne suis pas gardée ici dans des conditions semblables », se dit Irma pour mater sa révolte. Elle s'inquiète toutefois de sa maison et de son courrier. Elle voudrait prévenir Edith et John, rejoindre le Dr Petitclerc, Mlle Bertrand, Mathilde, Mme Bessette.

— Vous demanderez cette permission au médecin qui viendra vous examiner, lui répond l'infirmière d'allure un peu plus compréhensive que le 15 novembre.

— Depuis la minute où j'ai mis un pied ici que je l'attends, ce médecin.

— Vous n'êtes pas sa seule patiente.

— Je ne suis la patiente de personne. Je ne suis pas malade. Je devrais être chez moi.

De nouveau, le silence.

Dans cette chambre, rien à lire. Un cahier de papier jauni et un crayon à la mine de plomb lui ont été concédés. Pour exorciser la colère qui l'habite, Irma relate son expulsion de la maison et énumère les démarches à entreprendre pour retrouver sa liberté. Comment ne pas soupçonner l'intervention d'une connaissance derrière cet internement insidieux ? Les hypothèses ne sont pas nombreuses. « Les voisins Turcotte sont tellement gentils avec moi, ils ne m'auraient jamais fait un pareil coup. Ma parenté, je ne crois pas. John, Edith, Mademoiselle Bertrand et Madame Bessette, encore moins. » Deux noms reviennent constamment à son esprit : le père Eudiste qui la visitait de temps à autre depuis les funérailles célébrées pour Paul-Eugène, et Mme Lemoyne qui se montrait empressée, « trop empressée à jurer de son amitié, pour que je lui fasse pleinement confiance. La dernière fois qu'elle est venue me rendre visite, de ma porte entrebâillée, je l'ai limitée à quelques échanges, se souvient Irma. J'étais trop gênée du désordre de ma maison, ce qui a eu l'air de la froisser. »

Après cinq longs jours d'attente, un médecin se présente à la chambre 318. Debout près de la minuscule table où Irma travaille à construire sa stratégie de libération, il s'applique à brosser le tableau de sa carrière :

— Docteur Grondin. J'ai été reçu psychiatre en 1933, j'ai parfait des études à Boston en 1946 et à Paris en 1950. Je suis professeur agrégé à la Faculté de médecine...

Irma, le regard braqué sur ses mains canulées, attend patiemment qu'il ait terminé son cursus pour riposter de questions vitales sur les intentions du médecin à son égard.

— *Fellow* du Collège royal et membre des diverses associations psychiatriques de la province et du pays, si ça peut vous intéresser... enchaîne le Dr Grondin.

— Une seule chose m'intéresse pour le moment, Docteur. Retourner chez moi.

— Je suis chargé de voir si vous en êtes capable. Votre sécurité est importante...

— Et ma liberté, qu'est-ce que vous en faites, Docteur ?

Devenu sourd, le médecin se montre toutefois volubile. Il assaille Irma d'une litanie de questions qui l'épuisent avant de formuler différentes propositions :

— L'Hôpital général serait probablement disposé à vous recevoir.

— L'Hôpital général ? Je n'ai pas demandé à aller dans un hôpital, je ne suis pas malade.

— Il dispose d'une aile pour les vieux.

— Je n'ai pas d'affaire à vivre avec des vieux.

— Il y aurait aussi la Maison Saint-Dominique.

— J'ai une maison, Docteur, et c'est dans cette maison que je veux retourner vivre. J'ai des études à terminer.

— Des études sur quoi?

— Ça, ça me regarde, Docteur.

— Vous ne connaissez pas d'hospice qui vous plairait?

— Mais vous êtes sourd! Combien de fois devrai-je vous dire que c'est chez moi que je veux aller?

Le Dr Grondin hoche la tête et se penche sur une page qu'il noircit de notes.

— Qu'est-ce que vous écrivez?

— Secret professionnel, répond-il.

— Laissez-moi aller chez moi quelques semaines au moins, pour mettre de l'ordre dans mes affaires et...

— Il faudra en faire la demande à votre curateur public.

— Mon curateur? Mais...

— Vous êtes sous curatelle publique, mademoiselle LeVasseur.

Abasourdie, Irma se ressaisit juste à temps pour solliciter la permission de contacter ledit curateur avant que le médecin quitte sa chambre.

— Je vais voir avec mon supérieur... mâchonne-t-il, embarrassé.

— Mais je n'ai droit à rien ici!

Le médecin hausse les épaules et la quitte sans lui faire l'aumône de la moindre réaction.

Lorsqu'il revient, quelques jours plus tard, il a en main une lettre du bureau du curateur public adressée au surintendant médical de l'hôpital Saint-Michel-Archange au sujet de Mme Irma LeVasseur:

— Je veux la lire, réclame Irma.

Le médecin fait la sourde oreille.

— De quoi est-il question?

Devant son insistance, le Dr Grondin lui fait part d'un extrait de la lettre dont il escamote la lecture:

— Nous venons par la présente vous demander, monsieur le Surintendant, si vous pourriez en notre nom, rendre à la patiente un service rendu nécessaire pour l'administration de ses biens. Cette personne est présentement sous traitement à la clinique Roy-Rousseau de votre ville. Vous serait-il possible de la faire admettre dans votre institution, ce qui justifierait notre droit de prendre en mains l'administration de ses affaires.

Survoltée, Irma l'interrompt :

— De quel droit me retire-t-on l'administration de mes affaires ? Qui a l'autorité pour poser un tel geste ?

— C'est une question de procédures. On consentirait peut-être à vous donner un petit congé pour que vous alliez faire l'inventaire de vos biens avec la promesse de revenir ici. Mais...

— N'y comptez surtout pas !

— Nous le savons. C'est pourquoi nous avons exposé votre cas à un curateur public et il promet de prendre soin de vos effets personnels.

— Je vous répète que je n'ai besoin de personne pour gérer mes affaires. Plus que ça, j'ai un notaire qui s'en occupe depuis des années. Pour le reste, je vais continuer de m'organiser...

— C'est à prouver, mademoiselle LeVasseur. En attendant, nous avons ordre de vous protéger.

De cette visite, le Dr Grondin sort convaincu que cette patiente est à surveiller et qu'il est urgent de remplir les formulaires d'internement pour légaliser les mesures propres à l'empêcher de retourner chez elle. Tel est le rapport qu'il présente au surintendant de l'hôpital Saint-Michel-Archange.

Pendant qu'Irma se tourmente devant le silence des autorités médicales de l'hôpital, décembre a eu le temps de s'installer. Refusant de prendre plus d'un repas par jour tant qu'elle n'obtiendra pas sa libération, Irma a eu droit à la visite de garde Dumont.

— Ça fait trois semaines que ma maison est laissée à elle-même, pas de chauffage... Personne pour ramasser mon courrier. Quand est-ce que vous allez me laisser partir ?

— On ne vous a pas sortie de votre maison pour des banalités, mademoiselle LeVasseur.

— Avouez que vous l'avez fait sous de fausses représentations, en tout cas. Avouez ! Il n'y a jamais eu de fuite de gaz dans ma rue, crie-t-elle, indignée.

Garde Dumont bafouille puis rétorque :

— Je ne suis pas venue vous voir pour débattre de cette question mais de celle de vos repas. Il faut que vous mangiez, mademoiselle LeVasseur.

— Je mangerai quand je serai chez moi.

— J'aime mieux vous prévenir... Vous n'y retournerez pas de sitôt chez vous.

— Ah, non ? Et pourquoi ?

— À cause de votre dossier... répond l'infirmière, désignant le document qu'elle tient dans ses mains.

— Montrez-moi ce qui est écrit, réclame Irma en agrippant une feuille que garde Dumont échoue à lui reprendre... sans la déchirer. Debout, le dos tourné à l'infirmière, Irma lit :

Vivait à son domicile, publiquement désigné sous le nom d'hôpital des Enfants-Malades où elle n'a pas hospitalisé d'enfants depuis une dizaine d'années.

« C'est normal ! J'ai quatre-vingts ans passés, puis ma maison n'est toujours pas rénovée... », se dit Irma qui reprend sa lecture, l'air grognon.

Des amies ont réussi à y pénétrer pour trouver le local non chauffé et bouleversé au point qu'il était difficile d'y circuler. Le petit poêle électrique où elle faisait cuire ses aliments était installé sur une pile de journaux. Pour sa protection, on a averti l'Hôtel-de-Ville, et des policiers l'ont amenée ici dans un état de grande malpropreté. La malade n'a pas eu de crises de convulsion, n'a ni menacé ni frappé personne. Mais il est dangereux pour elle-même et pour autrui de la laisser seule dans cette maison. Elle est incapable de voir seule à l'organisation de sa maison et à sa protection.

Au bas de la page, une note précise que ces renseignements ont été fournis par le Service social et les agents municipaux. Le regard fiévreux de colère, Irma apostrophe sa visiteuse :

— Malgré tout le respect que je vous dois, Madame, laissez-moi vous dire que ça prend plus que des racontars pour interner quelqu'un dans un hôpital psychiatrique. Ça prend un diagnostic médical de maladie mentale, et moi, Irma LeVasseur, je n'en ai pas subi et je n'en ai pas besoin.

— Nous en avons un, mademoiselle LeVasseur.

— Ah, oui ? Signé par qui ?

— Par le médecin examinateur qui est venu vous visiter à la fin de novembre. Il a rédigé un rapport très clair sur ce point.

— Montrez-le-moi.

— Je ne l'ai pas avec moi. De toute façon, les patients ne sont pas autorisés à prendre connaissance de leur dossier, vous devez le savoir...

— Par contre, vous ne pouvez pas me refuser de parler au Surintendant.

— Je vais voir ce que je peux faire, répond l'infirmière pressée de quitter la chambre d'Irma.

Le soleil se couche sur un refus de rencontrer un autre médecin que celui qui lui a été assigné. Par contre, la permission d'écrire lui est accordée à la condition de confier ses lettres à la surveillance de la clinique qui se chargera de les poster ou de les lui faire reprendre. Insulte suprême pour Irma LeVasseur.

❧

« La vie, la mort, laquelle souhaiter ? La vie sans la liberté est pire que la mort. Et si mourir me rendait libre ? » se demande Irma, tourmentée.

Les sapins illuminés, les guirlandes rouges et vertes suspendues aux plafonds de la clinique, les cloches de papier accrochées aux quatre coins du hall d'entrée, tout ce décor nourrit sa révolte en ce 24 décembre 1957.

Tôt en matinée, une voix inconnue réclame la permission d'entrer dans la chambre 318. Une voix d'homme. Irma hésite et demande au visiteur de s'identifier.

— Je suis votre aumônier. Je viens vous présenter mes vœux...

— Merci! Vous pouvez filer, maintenant.

— J'ai autre chose à discuter avec vous, mademoiselle LeVasseur. Je peux vous prendre quelques minutes?

« Ça me surprendrait qu'il m'apporte une bonne nouvelle, celui-là. Mais tout d'un coup... »

— Entrez!

— On ne vous voit jamais à la chapelle. Serait-ce que les cérémonies liturgiques vous fatiguent trop?

Pour réponse, une moue d'indifférence.

— Vous avez la foi, Mademoiselle...

— Quelle question! Toute ma vie a été motivée par la foi puis l'espérance puis la charité, monsieur l'abbé. De toute évidence, vous ne savez rien de moi mais je m'en fous.

L'indignation sculpte les traits d'Irma et module sa voix.

— Noël est une grande fête pour la chrétienté. Ensemble, nous devons remercier Dieu de s'être fait homme pour racheter le genre humain. Pour que la paix et la justice règnent sur terre.

— Toute une réussite! Vous pensez qu'on a envie d'y croire à votre justice quand une femme comme moi est enfermée dans un asile comme si elle était folle?

— Le bon Dieu nous envoie des épreuves pour nous purifier...

— Monsieur l'aumônier, vous avez beaucoup mieux à faire que de perdre votre temps avec une fausse malade.

Le prêtre ne va pas partir avant de lancer une invitation à Irma :

— On a préparé une belle messe de minuit, cette année. Vous y serez?

— Vous verrez!

La main du pasteur, tendue vers Irma, reste vide.

Vide pour Irma comme les mots édifiants qu'il a prononcés.

Vide comme ce Noël 1957 entre quatre murs d'une chambre d'hôpital psychiatrique.

Cet univers cloîtré incarne le néant. Les personnes qui occupent les chambres le vivent au quotidien : dépouillées de tout droit juridique, considérées comme inaptes en tout, ostracisées par la société, elles ont pour rêver le mur de l'absence et pour ne pas dériver trop vite, un passé à jamais révolu. Un passé sans crédibilité pour qui, dans cette institution, en entend le récit.

La neige a dressé un rideau opaque sur la mince fenêtre de la chambre 318. L'obscurité semble vouloir régner en maître. Irma lui cède le trône, les ténèbres épousent mieux sa réalité que la lumière. Le silence aussi est bienvenu. Il amortit le choc des déceptions, des ignominies, des privations. « Un cocon où retrouver la chrysalide... mais pour toujours », pense Irma, désespérant de pouvoir passer à l'étape suivante. « De toute façon, un papillon aux ailes cassées serait trop malheureux », se dit-elle quand, de nouveau, une voix se fait entendre derrière la porte. Une voix étrangère, insistante mais rassurante. Celle d'une vieille dame, croit Irma.

— Je ne viens pas vous souhaiter un Joyeux Noël, docteure LeVasseur, la prévient la religieuse qui avance sur la pointe des pieds.

L'approche plaît à Irma qui l'invite à s'asseoir.

— Sœur Sainte-Dorothée, c'est mon nom de religieuse. Je souhaite entendre de votre bouche les circonstances qui vous ont conduite ici.

Irma fouille le regard de la religieuse et y trouve une sincérité qui l'incite à parler. À cette femme d'âge mûr, elle raconte tout ce qui lui est arrivé depuis le 15 novembre. L'émotion est palpable chez la septuagénaire qui, à aucun moment, n'a interrompu le récit. Toute écoute, toute compassion, elle a attendu le silence d'Irma pour faire entendre le cri de son cœur :

— Défendez-vous, docteure LeVasseur. Défendez-vous !

Pour la première fois depuis son internement dans cette clinique, quelqu'un lui attribue son titre de doctoresse et l'encourage à se battre.

— Vous avez survécu aux bombardements en Serbie, vous êtes capable de défendre vos droits...

— Mais vous me connaissez ? Vous saviez...

— Oui. Par ma sœur. Elle a aidé votre père à terminer ses publications. Elle m'a longuement parlé de votre famille. Monsieur Nazaire LeVasseur était de la trempe des intrépides, lui aussi.

Cet éloge fait à son père relance l'espoir et le courage d'Irma.

— Je vais trouver quelqu'un pour me défendre, promet-elle en lui donnant une accolade non moins chaleureuse que spontanée.

Le plafonnier est allumé. Penchée sur le pupitre d'écolier qu'à la demande de sœur Sainte-Dorothée on a enfin consenti à lui prêter, Irma rédige une stratégie qui donne des ailes au papillon né de cette rencontre. Réclusion et solitude sont devenues ses complices. À qui frappe à sa porte, elle ne dit oui que pour recevoir ses repas, d'où la décision de l'aumônier de lui envoyer un ambassadeur :

— On m'a demandé de vous accompagner à la messe de minuit, dit un préposé à la voix de baryton, qui l'attend dans le corridor.

— Non, merci ! Je n'y vais pas.

— Il y a aura un bon réveillon après.

— Non, merci ! Je ne mange pas la nuit.

— Puis une distribution de cadeaux.

— Allez-vous cesser de me déranger ? J'ai dit : Non !

— Comme vous voulez !

« Enfin, il va me laisser la paix ! » se dit Irma qui jonglera et écrira une partie de la nuit.

« Mon petit Jésus à moi, c'est la religieuse qui est venue me voir. Si elle ne s'attribue pas le mérite d'avoir " sauvé le genre humain ", elle devra reconnaître qu'elle m'a sortie du gouffre... Fini le désespoir ! Je me présenterai au front, comme en 1915 en Serbie. J'ai de bonnes armes pour me défendre », conclut-elle avant de prendre quelques heures de sommeil.

Le déjeuner est passé incognito pour la patiente de la chambre 318. Au menu du dîner de Noël : dinde, canneberges, julienne de légumes, petit gâteau enrobé de glaçage blanc et orné de feuilles de gui et, pour faire plus joli encore, une coupe de Jell-O trois couleurs. Irma avale tout. « J'aurai besoin de forces pour me battre. C'est presque un Goliath que je me prépare à terrasser. »

— On me demande de vous remettre ça, dit la préposée venue reprendre son plateau.

— Qu'est-ce que c'est?

— Votre cadeau. Vous n'étiez pas au réveillon.

Le papier d'emballage fleuri de poinsettias cède facilement sous les doigts d'Irma.

— Je garde les sucreries, rapportez les pantoufles. Je connais des pauvres qui en auraient bien besoin.

Désireuse de faire une petite sieste, Irma se replonge dans l'obscurité. De nouveau, des coups à sa porte la tirent de sa somnolence.

— Qui est-ce?

— Vous avez des visiteurs au parloir, répond une voix d'homme.

— Vous savez leur nom?

— Désolé, mais je peux vous dire que c'est un couple dans la jeune cinquantaine. Je vous y emmène?

— Donnez-moi cinq minutes.

Ce matin de Noël, Irma a revêtu une robe neuve pour la première fois, un cadeau de Mlle Bertrand qui, informée par Mme Lemoyne de sa nouvelle adresse, la lui a expédiée par la poste. Devant son miroir, l'internée brosse sa chevelure blanche qu'elle s'empresse de remonter en chignon. Sur le point de sortir, elle se ravise.

— Ça me prendrait des chaussures. Une pointure six ou six et demi, demande-t-elle au préposé.

— Je vais essayer de vous en trouver.

Lorsque, dix minutes plus tard, l'employé ouvre la porte pour lui remettre une paire de souliers noirs, usagés mais convenables, Irma s'empresse de les chausser et d'emboîter le pas au mastodonte vêtu d'un costume d'agent de sécurité.

— Je vais par là? lui demande-t-elle.

— Non. Je vous emmène au petit salon du fond.

— Je suis capable d'y aller toute seule.

— On m'a ordonné de vous accompagner...

— Pas tout le temps de la rencontre, j'espère!

— Tout le temps, mademoiselle LeVasseur.

— Une vraie prison, ici! mâchonne-t-elle.

— Vous dites ?

— Rien, répond-elle, de peur que ses paroles se retournent contre elle.

Des voix parviennent du salon. Des voix connues. « Mon Dieu ! Je ne sais si je dois me réjouir ou crouler sous le poids de la honte », se demande Irma. Point de temps pour réfléchir, l'agent l'a devancée et la presse d'entrer. Ce sont eux : Edith et John. La spontanéité de leurs élans affectifs est freinée par la présence du gardien.

— Vous pourriez m'attendre derrière la porte fermée, là tout près, lui suggère Irma. Vous savez bien que je n'irais pas loin en robe en plein hiver...

— Je dois respecter les règlements, Mademoiselle.

John et son épouse n'ont manifestement jamais mis les pieds dans pareille institution. Les mesures de sécurité déployées les frigorifient. Edith regarde sa bienfaitrice, consternée de la voir dans un hôpital psychiatrique.

— On était tellement inquiets pour vous, madame Irma. On n'osait pas s'informer à la police... pour ne pas vous causer plus d'ennuis que vous en aviez eu à la suite de votre plainte contre les gamins qui lançaient des cailloux sur vos fenêtres.

— On a téléphoné dans les hôpitaux de la ville, ajoute John, mais jamais l'idée ne nous serait venue de vous imaginer ici.

— Quand on a reçu votre lettre, on était soulagés, d'un côté, mais si malheureux d'apprendre ce qui vous est arrivé, dit Edith, impuissante à retenir ses pleurs.

John la console sous le regard ému d'Irma. Puis tous deux viennent glisser leur bras sur les frêles épaules de l'octogénaire, compatissant à sa blessure, à son humiliation et à sa détresse.

— On vous doit tant d'années de bonheur, reconnaît Edith. Sans vous, madame Irma, on ne se serait probablement jamais rencontrés, John et moi. On n'aurait pas eu les cinq petits-enfants qu'Anne et Simon nous ont donnés.

— On ne vous laissera pas croupir dans une place pareille, madame Irma. Je connais de bons avocats. J'en ai approché un qui défend une ou deux autres femmes dans votre situation. Il est prêt à venir vous rencontrer si vous le voulez, propose John.

— J'avais justement prévu m'en trouver un après les Fêtes, confie Irma, subjuguée par une telle coïncidence.

John lui tend une carte professionnelle ; le nom de cet avocat ne lui est pas inconnu.

— Quelqu'un m'en a déjà parlé... Mon père, si je me souviens bien.

Que de bonnes nouvelles lui sont apportées de Harry qui a regagné New York définitivement, de Mathilde, de son époux Léo et de leurs deux enfants. Promesse est faite de rassurer Mlle Bertrand et de la remercier pour la robe qu'elle étrenne en ce jour même.

— Qu'est-ce qu'on pourrait vous apporter à notre prochaine visite ? s'informe Edith.

— Quelques livres que je n'ai pas eu le temps de prendre quand ils m'ont embarquée. Mes revues médicales, aussi. Mon courrier, surtout.

— Je vais voir à tout ça, madame Irma.

Une fraction de seconde et Irma constate qu'elle n'a pas les clés de sa maison.

— Mais où sont-elles ? Qui les aurait prises ? s'inquiète-t-elle en se tournant vers l'agent de sécurité.

— On va arrêter s'informer à l'accueil avant de retourner à votre chambre, lui offre-t-il.

John et Edith les y accompagnent.

— On n'a pas ça ici, leur répond-on. Votre médecin ou votre travailleuse sociale devrait savoir où elles sont, Madame.

Irma est catastrophée. « Le curateur public devait protéger mes biens. »

— Tout ce que j'ai pu me faire voler depuis la mi-novembre ! C'est de leur faute ! clame-t-elle.

— De qui parlez-vous ? demande John.

— Des policiers... À moins que ce soit ma dénonciatrice... Je finirai bien par tout découvrir.

Et s'adressant à ses visiteurs, elle leur conseille d'aller demander à M. Turcotte, son voisin, de leur prêter la clé qu'elle laissait chez lui.

— Je vais garder un œil sur toute votre maison. Comptez sur moi, tout ce qui vous appartient va être en sécurité, répond John qui se doit de la rassurer.

D'un rictus, il obtient le silence de son épouse jusqu'à ce qu'ils soient sortis de la clinique.

— Cette pauvre femme souffre assez comme ça, confie-t-il à Edith, témoin troublé de ses pieux mensonges.

L'enquête d'Irma pour retrouver ses clés l'a mise face à une réalité touchant les malades internés : tous les biens de la personne jugée alors inapte sont remis au curateur public, qui a le droit de vendre les meubles et de disposer du reste à son bon jugement.

À la garde Dumont venue la visiter le lendemain de Noël, Irma se plaint d'un tel traitement à son égard.

— Pourtant, votre dossier médical le justifie, mademoiselle LeVasseur.

— Je vais engager des procédures...

— Quelles procédures ?

— Ça me regarde !

« C'est écrit dans le ciel, je ne passerai pas l'an 1958 ici », décrète Irma, ayant bon espoir de trouver un avocat qui pourra la comprendre et plaider sa cause.

Par l'intermédiaire de John, au cours des mois de janvier et février, trois experts en défense des internés se sont présentés à la chambre 318. Me Saint-Pierre manifeste envers Irma une empathie telle qu'elle n'hésite pas à lui confier sa cause. Sitôt choisi, il prépare une requête d'*Habeas Corpus* qui amènera Irma à se défendre en cour contre le Surintendant qui a prescrit son internement. Ce rapport de force n'est pas sans inquiéter la plaignante. Par contre, le respect avec lequel Me Saint-Pierre mène ses entrevues et les nombreuses heures qu'il consacre à la préparation de cette requête, malgré les tentatives du Surintendant de l'en empêcher, la confortent.

— D'ici la date de notre convocation au tribunal, il faudra vous reposer et vous alimenter convenablement, docteure LeVasseur. Ces moments-là sont épuisants.

— J'ai tout intérêt à suivre vos conseils, maître Saint-Pierre.

Moins d'une semaine plus tard, sur le point de remettre le libellé de la requête à la cour, l'avocat le présente à sa cliente :

IRMA LEVASSEUR, médecin, de la cité de Québec, présentement détenue à la clinique Roy-Rousseau,
Requérante
-vs-
L.Lavoie médecin, surintendant médical de l'Hôpital Saint-Michel-Archange, à Québec,
Intimé

À L'UN DES HONORABLES JUGES DE LA COUR SUPÉRIEURE, LA REQUÉRANTE EXPOSE RESPECTUEUSEMENT :

1.   Elle est actuellement détenue à la clinique Roy-Rousseau sur les ordres, les instructions et sous l'autorité et la garde de l'intimé, surintendant médical de l'hôpital Saint-Michel-Archange, Québec, pour aucun motif d'ordre criminel et sans ordonnance d'un juge ou tribunal civil compétent;

2.   Elle a été conduite là par la force et sans autorité légale;

3.   La détention dont la requérante est l'objet est irrégulière et illégale;

4.   L'intimé, sachant que la requérante avait requis les services professionnels de ses procureurs soussignés en vue de sa libération et leur ayant d'abord reconnu le droit de conférer avec elle à cette fin, la leur a arbitrairement refusé dans le but de priver la requérante de la possibilité de rechercher son élargissement;

5.   Sans le recours d'un bref d'Habeas Corpus ad subjiciendum, la requérante continuera d'être injustement séquestrée et privée de sa liberté;

PAR CES MOTIFS, VOUS PLAISE :
*Ordonner l'émission d'un bref d'*Habeas Corpus ad subji-
ciendum *adressé à l'intimé lui enjoignant d'amener la requé-*
rante, Irma LeVasseur, sans délai devant vous et de justifier
cette détention;
Faute de justification, libérer la requérante immédiatement;
Condamner l'intimé aux dépens;
Et réserver tous les recours de la requérante.

Après une deuxième lecture rigoureuse, Irma approuve la requête sans la moindre hésitation.

— J'ai préparé un autre papier qui reprend l'essentiel de ce que vous venez de lire. On appelle ça un affidavit. C'est un écrit dans lequel on déclare solennellement, devant une personne autorisée par la loi, que les faits relatés sont vrais.

— Je comprends. Qu'est-ce qu'il nous reste à faire maintenant, maître Saint-Pierre ? demande Irma, de l'espoir à revendre.

— Attendre la réponse de la cour.

— Ça peut être long ?

— Difficile à prévoir. Un bon deux mois, parfois.

— Oh, mon Dieu ! Tant que ça ?

— Préparez votre défense pendant ce temps-là. Vous verrez, le temps passera plus vite.

❋

Février et mars se sont effeuillés avec une lenteur inouïe. Irma n'a pris que quelques heures à préparer son plaidoyer, consciente d'avoir en tête tous les arguments nécessaires à sa défense. Le temps, qui lui faisait défaut depuis les débuts de sa pratique médicale, la harcèle de sa langueur et de sa vacuité. Les scènes de violence subies le 15 novembre l'assaillent sans merci. Le scénario qui aurait pu l'en exempter aussi, mais il n'est que porteur de regret et de nullité. Seule l'écriture peut l'en exorciser. Dans son carnet, défile une litanie de *J'aurais dû*. Une phrase qu'elle souhaite efficace clôt cette nomenclature : *Mon seul pouvoir sur le passé, l'énergie et l'intelligence que je mettrai à le réparer.*

Le 10 avril 1958, l'allure fière, Me Saint-Pierre se présente à la chambre 318.

— Lisez-moi ça, docteure LeVasseur.

JUGEMENT

Requête accordée quant à l'émission du bref et il est ordonné d'amener la requérante Irma LeVasseur lundi, le 14 avril 1958, à 10 heures de l'avant-midi, au palais de justice de Québec. Dans l'intervalle, il est permis aux procureurs de la requérante de la visiter là où elle se trouve.

Irma est partagée entre la jubilation et l'appréhension.

— J'enverrai mon chauffeur vous prendre ici vers neuf heures quinze, dit son avocat.

— J'imagine que je serai accompagnée d'un chien de garde de la clinique...

— Ce sont les règlements, docteure LeVasseur. Mais soyez patiente, vos mauvais jours achèvent.

— C'est à souhaiter.

À la date prévue, nerveuse mais déterminée, Irma LeVasseur se présente devant la Cour supérieure. L'y attendaient l'honorable juge Frigon, le Dr Lavoie et Me Gagnon, défenseur de l'intimé. Trois hommes si redoutables pour Irma qu'elle doit centrer son attention sur Me Saint-Pierre pour ne pas céder à la panique.

— Vous êtes la fille de Monsieur Nazaire LeVasseur ? demande le juge.

— Oui.

— J'ai bien connu Monsieur LeVasseur, dit-il, courtois.

Irma puise dans ce commentaire une seconde lénifiante.

— Vous aviez aussi un frère que j'ai connu...

Bien que bref, cet ajout de Me Frigon insécurise Irma bien au fait que Paul-Eugène LeVasseur n'a pas toujours mené une vie exemplaire.

— Il est décédé maintenant, s'empresse-t-elle de préciser.

Pour garder le contrôle de ses émotions et de sa nervosité, Irma se concentre sur les procédures de la cour.

Le Dr Lavoie, dûment assermenté sur les Saints Évangiles, doit répondre aux questions de Me Gagnon, défenseur de l'intimé. Irma ne veut pas manquer un seul mot de son plaidoyer.

— Voulez-vous me dire qui est assistant-surintendant? demande-t-il au Dr Lavoie.

— Le docteur Gaétan Deschênes.

— Avez-vous chez vous une malade du nom de Docteure Irma LeVasseur?

— Oui.

— Docteure LeVasseur est encore chez vous, n'est-ce pas?

— Oui. Elle est à la clinique Roy-Rousseau. Nous l'avons laissée là par considération.

— C'est un hôpital?

— C'est un hôpital qui est à côté de l'hôpital Saint-Michel-Archange.

— Avez-vous autorité à l'hôpital pour des malades comme la Docteure LeVasseur?

— J'ai autorité sur elle, exactement comme si elle était à l'hôpital Saint-Michel-Archange.

— C'est par considération pour elle-même que vous la gardez à la clinique au lieu de l'avoir hospitalisée à Saint-Michel-Archange?

— Exactement. Aussi, j'attire votre attention, Votre Seigneurie, sur le fait qu'il y a un *Habeas Corpus* présenté et dans lequel on n'allègue pas que la malade n'est pas malade. Tout ce qui est demandé dans la requête, c'est de justifier la détention ou l'internement et j'estime que les formulaires que nous avons déposés sont ceux que prévoit la loi. Je ne crois pas qu'il y ait lieu d'aller plus loin vu les allégués de la requête. Si on avait jugé que l'état de Mademoiselle LeVasseur ne justifiait pas l'internement, évidemment j'aurais amené d'autres témoins. Il va sans dire qu'on n'allègue pas ça. On allègue dans la requête que c'est sans justification légale et régulière.

Foudroyée, Irma lance un regard interrogateur à son avocat qui piaffe d'indignation et brûle de prendre la parole. Aussitôt le juge décrète :

— La requête se termine faute de justification de libérer la requérante immédiatement.

In extremis, Mᵉ Saint-Pierre réclame le droit d'interroger le Surintendant et il l'obtient, au grand réconfort de sa cliente.

— Docteur Lavoie, sur le formulaire numéro 1, il apparaît des observations personnelles écrites par le Docteur Grondin à savoir que ça aurait été signé le 6 décembre 1957.

— Oui.

— Pouvez-vous jurer que ces observations personnelles ont été rédigées et signées à cette date-là ?

— Ça a dû être signé à cette date-là. Le Docteur Grondin pourrait le confirmer. Par contre, je puis vous dire que les formulaires ont été remplis en bonne et due forme. Ce qui est arrivé, c'est que dans le présent cas – je tiens à parler des préliminaires qui sont extrêmement importants – Mademoiselle LeVasseur a été transportée d'urgence à la clinique Roy-Rousseau. Lorsqu'elle a été admise, elle n'était pas internée. La clinique Roy-Rousseau est un hôpital ouvert, ce n'est pas l'hôpital Saint-Michel-Archange. Alors, j'ai été informé du cas de Mademoiselle LeVasseur par la Sûreté municipale de Québec et une des amies de Mademoiselle LeVasseur qui tient à ce que son nom ne soit pas dévoilé actuellement devant le tribunal.

— Vous pouvez la nommer, c'est Madame Lemoyne.

« J'y ai bien pensé. L'hypocrite ! » se dit Irma, indignée.

— Vous vous permettez de la nommer… Elle m'avait demandé de ne pas le faire. Elle a signalé le cas de Mademoiselle LeVasseur à la Sûreté municipale qui a délégué deux détectives pour aller se rendre compte des conditions dans lesquelles se trouvait Mademoiselle LeVasseur. Considérant qu'on devait la sortir de sa maison par mesure de sécurité personnelle et par mesure de sécurité publique, et compte tenu du rapport des détectives de la Sûreté qui m'avait été adressé, je ne me suis pas contenté de ce rapport-là. J'ai envoyé mon infirmière sur les lieux et elle s'est rendu compte de la situation dans laquelle se trouvait Mademoiselle LeVasseur. Et puis j'ai demandé à la Sûreté municipale de prendre des photographies pour montrer...

— Excusez-moi, dit Me Saint-Pierre.

— J'explique les préliminaires, reprend le Dr Lavoie.

Me Saint-Pierre insiste pour intervenir à l'instant même.

— Je n'ai pas d'objection à ce que Votre Seigneurie regarde ces photographies-là, dit-il. Tout de même, j'aurais des représentations à faire sur la personnalité de Mademoiselle LeVasseur qui est une très grande dame de la province de Québec et je prouverai par son témoignage qu'elle a fondé l'hôpital Sainte-Justine, l'hôpital de l'Enfant-Jésus, qu'elle a été l'instigatrice de l'école Cardinal-Villeneuve. Depuis cinquante-huit ans, elle a rendu service aux pauvres et aux malades... Elle vivait seule. Je n'ai aucune objection à admettre qu'il y avait du désordre matériel dans sa maison; mais je trouve qu'il y a des limites à l'introduction dans les archives judiciaires de documents qui sont, en raison de l'âge, discréditant pour cette dame. Alors, je laisse à la cour de juger si le témoin doit produire ces photographies.

Le juge Frigon précise qu'elles ne sont qu'exhibées. Après quoi, le Dr Lavoie poursuit ses préliminaires sous le regard cinglant de la D^{re} LeVasseur qui vient d'apprendre qu'on a photographié son désordre. « Intrusion illégale, abus de pouvoir », considère-t-elle, mortifiée.

— J'ai demandé ces photographies pour être fixé d'une façon très précise sur les raisons de l'hospitalisation de cette dame. Je connaissais très bien son passé, j'étais au courant de tout ce qu'elle a fait. Par mesure de prudence, j'ai demandé à la Sûreté municipale de prendre des photographies des lieux parce qu'on me les avait décrits et que j'avais un peu de peine à y croire. Comme vous voyez, les photographies parlent par elles-mêmes. Cette dame est âgée, mais il y a des choses qui font défaut et qui ne sont pas attribuées à son âge. Il y avait un danger... elle cuisinait sur un poêle électrique placé sur des journaux !

« C'est complètement faux ! Pure calomnie pour se justifier de m'avoir enfermée illégalement », voudrait crier Irma, rugissant de colère. D'un regard attentionné, son avocat l'incite à la patience. Le Surintendant poursuit :

— C'est pourquoi j'ai demandé qu'elle soit transportée à la clinique Roy-Rousseau. Il y avait un danger d'incendie pour elle-même mais aussi pour les gens qui l'entouraient. Une fois qu'elle a été rendue à la clinique, je sais que des démarches ont été faites, à un moment donné, vu qu'elle avait été une des fondatrices de l'hôpital de l'Enfant-Jésus, pour essayer de la placer là. Seulement, elle voulait absolument retourner dans sa maison, se rendant plus ou moins compte de certaines de ses lacunes. C'est à cause de ça qu'on a été obligés de prendre des mesures légales d'internement pour continuer à la garder à la clinique Roy-Rousseau. Je considérais que c'était la seule institution capable de le faire. Elle voulait retourner dans sa maison et elle disait travailler encore à des projets de recherche en hygiène et en diététique, entre autres. Un tas de projets qui ne sont plus dans la mesure de ses capacités psychiques et physiques même si elle peut causer pas mal sur certains sujets. Elle n'est plus capable de prendre soin d'elle-même ; elle était incapable d'entretenir sa maison. Je ne suis pas allé la chercher d'emblée. Son cas m'a été signalé par la Sûreté municipale et j'ai cru de mon devoir de recommander les mesures appropriées. À la suite de son internement, par considération pour elle, j'ai demandé à la clinique Roy-Rousseau de la garder. J'aurais pu la faire transporter à l'hôpital Saint-Michel-Archange...

Me Gagnon l'interrompt :

— Considérez-vous, Docteur, avec ce que vous connaissez de son histoire... vous l'avez vue... considérez-vous que Mademoiselle LeVasseur serait sans danger pour elle-même ?

Me Saint-Pierre s'oppose à cette question qui incite à une réponse subjective. Me Gagnon rétorque :

— C'est tout de même un expert. Je lui demande si cette femme peut, sans danger pour elle-même, être remise en liberté.

— Non, elle ne peut pas l'être actuellement. Je considère que, dans l'intérêt du public et dans son intérêt propre, Mademoiselle LeVasseur a besoin d'une assistance et d'une surveillance hospitalière. Si elle avait la possibilité, comme elle le veut, de retourner dans sa maison, elle le ferait et les mêmes dangers recommenceraient à exister.

« M'enfermer avec des malades psychiatriques sous de tels prétextes, c'est odieux ! À ce compte-là, il faudrait bâtir dix autres hôpitaux du genre au Québec », se dit Irma, espérant que son procureur prononce un plaidoyer à la hauteur de ses attentes.

— Est-ce qu'on vous a demandé, avant de prendre un bref d'*Habeas Corpus*, si vous consentiez à la laisser sortir à certaines conditions ? demande Me Gagnon.

— J'ai discuté de ce problème avec certains membres de sa famille, par exemple avec le Docteur Petitclerc de Saint-Augustin, un de ses petits-cousins, qui a pris connaissance de son cas et qui m'a dit : « Je considère, moi, qu'elle a besoin de l'hôpital, qu'elle a besoin d'être surveillée, puis d'être assistée et je ne peux pas prendre la responsabilité de la sortir. » Il m'a dit encore tout dernièrement qu'il avait eu l'opportunité de discuter de son cas avec le Docteur Grondin. Comme Surintendant, j'ai été obligé de l'interner parce qu'elle voulait absolument retourner dans sa maison. Elle l'a dit au Docteur Grondin et à garde Dumont qui est ici. Elle ne réalise pas très bien sa situation actuellement, elle vit un peu dans le passé, dans certains projets, alors, c'est la raison pour laquelle j'ai dû faire prendre des mesures légales pour signer des formulaires d'internement. C'est ce que j'ai cru de mon devoir de faire.

Irma souffre de ne pouvoir contester ce que le Dr Lavoie rapporte au sujet du Dr Petitclerc. « C'est de la traîtrise, s'il a dit ça, et je suis sûr qu'il a toujours été honnête avec moi », croit-elle. Quel n'est pas son soulagement de voir Me Saint-Pierre se lever pour solliciter le privilège d'interroger le Dr Lavoie. Le juge le lui concède.

— Docteur, à quelle date effectivement avez-vous décidé de prendre la Docteure LeVasseur sous votre autorité.

— Exactement... vous donner la date exacte... j'ai pris connaissance de son cas, autour du 18 ou du 19 novembre, lorsque les détectives dont j'ai ici les noms sont venus me signaler la situation déplorable dans laquelle elle se trouvait. Cette situation avait été dénoncée comme vous l'avez dit tout à l'heure, par Madame Lemoyne, une personne de son âge et une de ses amies.

— Je vous demande à quelle date vous avez, comme Surintendant de l'hôpital Saint-Michel-Archange, décidé de la prendre sous votre autorité.

— Je l'ai prise sous mon autorité au moment où les formulaires ont été remplis par le Docteur Grondin et par garde Dumont. C'est venu après.

« Il va se faire prendre au piège », prévoit Irma, fière de son procureur.

— À quelle date ? demande-t-il.

— C'est autour... le 6 décembre, au moment où le Docteur Grondin a signé son certificat médical et où garde Dumont a signé le formulaire numéro 2.

— Ce formulaire, êtes-vous sûr qu'il a été signé le 6 décembre ?

— Je n'en suis pas absolument certain. Garde Dumont pourra vous le dire.

— Ce n'est pas certain, certain ?

— Ce n'est pas moi qui l'ai signé, alors, je ne peux pas vous le dire.

— Est-ce que vous avez eu des communications avec le curateur public à ce sujet-là ?

— Oui. Du moment qu'elle a été internée. Comme le veut la loi.

— Avez-vous eu des communications écrites avec le curateur public ?

— Attendez un petit peu... Oui, j'ai de la correspondance. Nécessairement, j'ai eu plusieurs correspondances avec le curateur public.

— La date de la première lettre concernant ma cliente ?

— Tous les malades qui sont internés tombent automatiquement sous la tutelle du curateur public qui peut demander certains renseignements complémentaires sur l'état de leurs biens.

« Je vous en supplie, maître Saint-Pierre, ne le laissez pas se faufiler ainsi », pense Irma.

— À quelle date remonte ce premier échange avec le curateur public ? demande-t-il au Surintendant.

— Le 5 décembre. L'autre est du 19 décembre, je dois dire...

— Il y a d'autres lettres du curateur public ?

— Je crois avoir ensuite communiqué par téléphone avec lui pour expliquer qu'il n'y avait personne pour s'occuper de la maison de Madame LeVasseur. C'était la période de la saison froide. Il y avait un danger réel que les radiateurs gèlent. J'ai donc demandé à la Sûreté municipale d'avoir l'œil sur la maison pour que personne ne puisse y pénétrer. Quelques jours après, j'ai reçu un rapport de la police comme quoi certains jeunes gens ou certaines personnes avaient cassé des vitres. C'est la raison de la lettre du curateur public qui me demandait de l'interner et de la transférer à l'hôpital Saint-Michel-Archange, parce qu'il était déjà au courant qu'il n'y avait personne pour s'occuper de la maison de Madame LeVasseur.

« Il ment, pourrait jurer Irma. Il sait que j'ai un notaire qui s'occupe de mes biens. »

— À ce moment-là, enchaîne le Surintendant, je ne savais pas qu'elle avait des cousins, comme le Docteur Petitclerc. J'ai su ça longtemps après et c'est la raison pour laquelle je me suis vu dans l'obligation raisonnable de prendre certaines mesures d'urgence concernant la propriété de Madame LeVasseur. Par la suite, on a été obligé de régulariser son cas parce qu'elle voulait retourner dans sa maison, et pas ailleurs. Ensuite, il fallait permettre au curateur public de protéger ses biens. C'est ce qu'on a fait, tout simplement... tout en continuant de la garder par considération dans une situation un peu différente de celle des autres malades de la clinique Roy-Rousseau.

L'occasion ne pouvait mieux se présenter pour M\e Saint-Pierre d'en venir à la question cruciale. L'allure altière et le ton d'acier, il demande :

— Docteur Lavoie, l'avez-vous examinée vous-même sur le plan pathologique ?

— Non, c'est le Docteur Grondin qui l'a examinée. C'est un médecin très compétent qui a tous ses certificats et qui connaît très bien son affaire, c'est un homme sérieux à qui je peux me fier s'il me donne des renseignements.

— Maintenant, vous, personnellement, avez-vous vu Madame LeVasseur?

— Oui, je l'ai vue, il n'y a pas très très longtemps.

— Quand?

— Il y a à peu près cinq ou six jours.

— Après que la requête d'*Habeas Corpus* a été prise?

— Oui, seulement, j'étais déjà parfaitement au courant de son cas.

«Comment peut-il prétendre ça alors qu'il ne m'avait jamais rencontrée, encore moins examinée? Allez, maître Saint-Pierre, réprouvez-le», souhaite Irma.

— C'était la première fois que vous la voyiez, il y a cinq ou six jours?

— Oui, c'était la première fois. Seulement, je le répète, j'étais bien au courant de son cas parce que je l'avais laissée sous la responsabilité des médecins de la clinique Roy-Rousseau qui l'ont sous leurs soins. Ce sont des médecins qualifiés et responsables, et il était parfaitement raisonnable que je me fie à eux.

— Docteur, est-ce que la Docteure LeVasseur est dangereuse pour son entourage? Dangereuse au sens de la loi?

— Ah certainement qu'elle l'est. Elle l'est parce qu'elle est malade. Elle l'est pour elle-même, parce que si elle mettait le feu à sa maison, elle pourrait y brûler. Ensuite, elle l'est pour son entourage parce qu'elle pourrait faire brûler un certain nombre de bâtisses alentour. Alors, à cause de sa maladie, elle constitue un danger pour elle-même et pour les autres.

— Le seul danger, d'après votre témoignage, c'est le danger d'incendie.

— C'est un danger extrêmement important.

— C'est le seul danger que vous considérez. Vous ne la croyez pas portée à maltraiter les autres.

— Évidemment, non. Je ne pense pas qu'une personne de son âge, et surtout une dame, puisse constituer un danger pour les autres.

Mais il y a différentes sortes de danger, n'est-ce pas? J'admets qu'elle ne semble pas agressive au point de vouloir frapper les autres. Par contre, elle vivait toute seule dans sa maison, et selon les renseignements qu'on m'a donnés, elle n'ouvrait pas sa porte aux gens qui voulaient la voir. Elle était devenue méfiante même envers ses amies. Alors elles se sont dit, avec raison, il peut lui arriver un accident et elle peut aussi être la cause d'un accident. C'est pourquoi on a signalé son cas à la Sûreté municipale.

— Savez-vous si certains soins lui ont été donnés? Est-ce qu'on lui administre des médicaments?

— Bien, c'est-à-dire... On a commencé par lui donner des soins d'hygiène parce qu'elle est arrivée à l'hôpital dans un état de malpropreté alarmant. Je pense que ça faisait longtemps qu'elle ne s'était pas préoccupée des soins de sa personne. On a commencé par ça.

— Depuis ce temps-là...

— À l'heure actuelle, il n'y a pas de soins médicaux particuliers qui lui sont donnés.

— N'est-elle pas en parfaite santé physique?

— Son état physique est satisfaisant, c'est son état psychique qui ne l'est pas.

— Vous prétendez que son état psychique serait défectueux alors qu'il n'y a pas de traitements particuliers qui lui sont donnés pour la guérir, si elle est vraiment malade mentalement.

— Voici... À l'heure actuelle, vous savez pertinemment comme moi que la médecine psychique peut guérir des gens; mais elle a par ailleurs certaines limites, elle ne peut pas tout guérir. Dans son cas, c'est un problème d'âge. Si on pouvait régler ce problème-là...

— Elle n'a reçu aucun remède?

— Actuellement, non, mais il est possible que ça devienne nécessaire.

— Il ne lui en a pas été administré.

— Non.

— Aucun traitement psychologique ne lui est administré non plus?

— Qu'est-ce que vous entendez par traitement psychologique?

— Des traitements médicaux, des «temporizer», des procédés médicaux qui s'imposent, soit des électrochocs...

— Tous ces différents traitements-là sont mis en œuvre quand ils sont indiqués. Ils ne le sont pas ici. La Docteure LeVasseur a été hospitalisée chez nous pour son propre intérêt et par mesure de sécurité publique.

«Pour mon intérêt! C'est dégoûtant de prétendre une telle chose», considère Irma, lasse d'entendre le Surintendant répéter les mêmes arguments alors que Mᵉ Saint-Pierre les a réfutés.

— Aucun traitement ne lui est administré d'aucune façon? relance-t-il.

— Non.

— Elle est simplement en chambre, elle se trouve pratiquement en pension à la clinique Roy-Rousseau?

— Évidemment, elle a besoin de surveillance hospitalière. Elle a besoin de personnes qualifiées pour avoir soin d'elle. Elle a besoin de soins d'hygiène, elle est incapable de s'en donner elle-même. Elle était dans un état déplorable lorsqu'elle a été admise à la clinique Roy-Rousseau.

— La clinique Roy-Rousseau n'existe pas pour recevoir les personnes qui manquent d'hygiène, me semble-t-il.

— Non, mais c'est un symptôme... ça va avec tout le reste. Cette personne-là qui autrefois se préoccupait du soin de sa propre personne, parce qu'elle est malade aujourd'hui, elle ne s'en préoccupe plus. Elle oublie de prendre soin d'elle-même. Ensuite de ça, elle oublie de prendre certaines précautions parce qu'elle est malade. Malheureusement, c'est sa maladie qui a transformé sa maison en taudis. Il s'agit de maladie. J'en ai pris connaissance heureusement avant qu'un accident se produise et les autorités municipales se sont dépêchées d'agir et de venir me parler. Ils ont dit : on ne peut rien faire, ça vous regarde. C'est la raison pour laquelle j'ai agi.

— La clinique Roy-Rousseau est un hôpital, un hôpital un peu spécial...

— Un hôpital ouvert.

— Qu'est-ce que ça veut dire?

— C'est un hôpital régi par la loi d'Assistance publique, mais différent de l'hôpital Saint-Michel-Archange, un hôpital fermé et régi par la Loi des hôpitaux psychiatriques de la province. Or la clinique Roy-Rousseau est quand même un hôpital pour maladie nerveuse et mentale. C'est un hôpital où l'on garde des cas analogues à celui de Mademoiselle LeVasseur. J'aurais pu très facilement la faire transporter à l'hôpital Saint-Michel-Archange, mais par considération pour elle, j'ai jugé à propos de la laisser à la clinique Roy-Rousseau. Ses parents... sa famille était très satisfaite de ça. Ses amis préféraient la voir à la clinique Roy-Rousseau plutôt qu'à l'hôpital Saint-Michel-Archange.

Irma ne peut croire à ce qu'elle vient d'entendre. Douter de la sincérité des quelques personnes avec qui elle était demeurée en relation lui crève le cœur. Des larmes se faufilent sous ses paupières ; elle refoule les sanglots qui montent dans sa gorge.

— Dans cette clinique Roy-Rousseau, les malades ne sont-ils pas derrière des portes fermées à clé ? relance Me Saint-Pierre.

— Bien... Nécessairement. Il y a certaines mesures de sécurité à prendre... parce qu'on a affaire quand même, vous savez... rétorque le Surintendant dont les non-dits sont teintés d'un mépris à peine voilé.

— Vos patients sont captifs.

— On a des malades mentaux, des malades qui sont un peu mêlés et pour la vie desquels il faut tout de même prendre certaines précautions. Ils ne peuvent pas avoir tout à fait la liberté de circuler comme ils le veulent parce que si on ne prenait pas ces mesures et s'il arrivait un accident, l'hôpital pourrait être blâmé pour la mort d'un malade qui leur était confié. Ça me paraît élémentaire.

— Tout est sous clé ?

— Je vous le dis : elle est sous clé et je vous en ai donné l'explication.

— Maintenant, docteur Lavoie, le notaire Paradis n'est-il pas intervenu pour obtenir la libération de la Docteure LeVasseur ?

— Le notaire Paradis est venu à mon bureau, oui.

— C'est un de ses amis.

— Il est venu en me disant que cette personne-là n'était pas malade. J'ai dit : « Je le regrette beaucoup, notaire, mais si vous aviez été voir dans quel état se trouvait sa maison... Elle a été hospitalisée à la clinique Roy-Rousseau par les autorités municipales de la Ville de Québec qui sont venues m'informer de son cas et me dire que cette personne était malade, et vous, vous venez à mon bureau pour prétendre qu'elle ne l'est pas ? Je ne vous comprends pas. » C'est ce que j'ai dit au notaire Paradis.

— Le Docteur Petitclerc aussi prétend qu'elle n'est pas malade.

— Ce n'est pas ce qu'il m'a dit.

— Je le regrette, Votre Seigneurie, le Docteur Petitclerc était censé être ici cet après-midi pour témoigner.

Cette nouvelle afflige Irma. « Il serait venu dire quoi ? Que ma maison était en désordre ? En aurait-il expliqué les raisons ? » Le Surintendant annonce :

— Il a appelé pour dire qu'il était retenu par un accouchement, il m'a téléphoné cet après-midi.

— Une chose est certaine, le Docteur Petitclerc a fait des démarches pour sortir ma cliente de la clinique.

Irma se lèverait pour lui donner raison. Le Dr Lavoie hoche la tête et dit, embarrassé :

— Le Docteur Petitclerc... Je lui ai dit dans le temps : « Si tu veux prendre la responsabilité de la recevoir, de la garder et d'en prendre soin, moi, ça dégagera la mienne. » Il a ensuite vu le Docteur Grondin. Je lui ai encore parlé au téléphone il y a trois ou quatre jours et le Docteur Petitclerc m'a dit alors : « Je considère maintenant que sa place est dans cette clinique. On ne peut pas la placer ailleurs, pas chez nous en tout cas, parce que ça pourrait entraîner des complications avec le reste de ma famille. »

— Est-ce que vous n'avez pas tenté, justement, d'imposer au Docteur Petitclerc de la recevoir chez lui ?

— Non.

— C'est ce que vous avez laissé entendre tantôt ?

— Le Docteur Petitclerc est un de ses parents et, avec une de ses sœurs, il est venu la voir ; ils en sont arrivés à la conclusion qu'il

lui fallait nécessairement une surveillance et une assistance hospitalière. Alors, s'il veut malgré tout agir autrement, ça le regarde.

— Il existe d'autres hôpitaux que des hôpitaux où les malades
sont captifs comme à la clinique Roy-Rousseau et l'hôpital Saint-
Michel Archange.

— Je l'ai dit tantôt, il a été question à un moment donné de
l'hôpital de l'Enfant-Jésus. Mais cet hôpital n'aurait pas été capable
de la garder parce qu'elle veut à tout prix retourner dans sa maison.
Dans un hôpital ordinaire, on n'est pas capable de garder quelqu'un
contre son gré. C'est la raison pour laquelle nous avons dû l'admettre
à la clinique Roy-Rousseau, un hôpital approprié à son cas à l'heure
actuelle, à mon point de vue. Je suis dans l'impossibilité actuellement,
avec les idées qu'elle a et la surveillance qu'elle réclame, de recommander qu'elle soit placée ailleurs.

— Vous parlez de surveillance quant à son hygiène. Physiquement, elle n'est pas malade. Elle n'est pas traitée, elle n'est pas dangereuse pour les autres.

— Elle peut s'échapper.

— C'est seulement parce qu'elle peut s'échapper ?

— Elle veut retourner dans un endroit où elle est incapable de
vivre seule, c'est bien clair.

— Est-ce qu'il relève du Surintendant de l'hôpital Saint-Michel-
Archange de délimiter les allées et venues d'une personne qui est
propriétaire d'une maison ?

— C'est une question de droit ! C'est le statut qui dit que le Surintendant a juridiction sur les personnes légalement internées.

Le juge fait remarquer que ce n'est pas au Dr Lavoie de répondre
à cette question. Me Saint-Pierre explique :

— Des affirmations d'état pathologique ont été faites unilatérale-
ment et pour pouvoir les contredire, j'ai deux moyens. Premièrement,
je devrais faire entendre aujourd'hui même la Docteure LeVasseur
pour qu'elle soit interrogée par vous et par moi.

La cour dit ne pas être disponible.

Irma et son procureur échangent un regard qui en dit long sur leur déception. « Je ne peux pas croire que je vais devoir revenir ici une autre fois ! » déplore-t-elle.

— Dans ce cas-là, réplique Mᵉ Saint-Pierre, je suis obligé de demander la permission de contester par écrit le retour du bref en vertu de l'article 1122 du Code de procédures. Est-ce que je peux demander à part ça une ordonnance à Votre Seigneurie ? Que la Docteure LeVasseur soit autorisée à consulter un psychiatre de son choix.

La cour y consent.

— Alors, vous m'autorisez à plaider par écrit ?

— Oui.

— D'ici dix jours, j'aurai déposé mon plaidoyer à la cour, promet le procureur d'Irma.

Mᵉ Saint-Pierre et sa cliente sortent du tribunal en talonnant le parquet de leur détermination à aller plus loin et à gagner ce procès. L'un doit préparer son plaidoyer, l'autre doit accepter d'être vue par un psychiatre affilié ni à la clinique Roy-Rousseau, ni à l'hôpital Saint-Michel-Archange. Cet examen angoisse Irma.

— C'est facile de trouver des problèmes à une vieille de mon âge…

— Ne vous inquiétez pas, Irma. J'ai déjà confié un client à un brillant psychiatre de Montréal et nous avons gagné notre cause.

— Peut-être que son nom me dirait quelque chose…

— C'est le Docteur Larivière. Il est neuropsychiatre. Il a étudié à Paris et il a dirigé l'hôpital Saint-Jean-de-Dieu pendant une vingtaine d'années.

— D'accord, maître Saint-Pierre. Vous faites les démarches pour moi ?

— Bien sûr.

Sur la première marche qui mène à l'entrée de la clinique, Irma s'arrête.

— Vous n'avez pas idée de ce que je serais prête à faire pour ne pas remettre les pieds dans cette prison, confie-t-elle à son avocat, au su du gardien de sécurité qui les accompagne.

— Je pense que ça ne vous avancerait à rien de fuguer ; on aurait vite fait de vous ramener et vous perdriez des chances de gagner votre procès.

Irma fait la moue.

— Venez, dit Mᵉ Saint-Pierre en lui tendant le bras. Vous avez besoin de vous reposer. Vous devez être exténuée après une audience pareille.

— Je ne sais pas si c'est la colère qui fait ça, mais je ne me sens pas fatiguée du tout.

Avant que son avocat quitte sa chambre, Irma lui demande une faveur :

— Mon courrier. S'il vous plaît, faites-moi porter mon courrier. Ça fait cinq mois qu'il traîne je ne sais où.

La promesse de Mᵉ Saint-Pierre de le lui porter se concrétise une semaine plus tard. À la chambre d'Irma LeVasseur, il dépose un sac dix fois plus petit que celui qu'elle attendait. Elle s'en indigne.

— On a dû faire un tri, présume son avocat.

— Personne n'a le droit de fouiller mon courrier et d'en disposer à sa guise !

— Je le sais. Mais tant qu'on n'aura pas fait la preuve que vous n'êtes pas une vraie malade mentale, le curateur public a toute autorité sur vous et sur vos biens.

Irma semble sur le coup dévastée.

— Ça ne devrait pas tarder ; vous allez sortir d'ici et retrouver votre liberté et votre dignité.

Des paroles sincères mais qui ne semblent pas remonter le moral de l'octogénaire.

➽-➼

Des jours de grisaille et des nuits de cauchemars se sont écoulés depuis la première audience au palais de justice. De sombres scénarios traversent l'esprit d'Irma. Comment n'accuser que la fatigue et l'inquiétude de nuire à sa concentration et à sa mémoire ? La crainte que cet affaiblissement de ses capacités mentales soit permanent la ronge.

— Je suis fatiguée de penser, confie-t-elle à son avocat venu lui présenter ce qu'il a préparé pour sa défense.

— Il ne faut pas tenter de faire le travail à ma place, ma petite dame. Vous vous fatiguez inutilement. C'est ma responsabilité de travailler à gagner ce procès. Regardez ce papier. Si vous en êtes satisfaite, je le dépose à la cour demain, dit M\ Saint-Pierre, une semaine après la première audience.

— Je ne suis pas très outillée pour apprécier votre travail à sa juste valeur, rétorque Irma.

— Au contraire ! Votre jugement est encore très éclairé. Il ne faut pas en douter.

Irma tait les doutes qui l'assaillent depuis une semaine et, dans l'espoir de puiser le réconfort souhaité dans les paroles de son avocat, elle lui cède la parole.

— Voici les arguments que j'ai préparés et que je vais défendre devant le juge. Contrairement à ce qui est déclaré dans le formulaire numéro 1, vous n'avez pas été amenée à l'hôpital, où vous êtes détenue sur les ordres du Surintendant, à la suite d'un simple avertissement mais bien à la suite d'une demande d'émission d'une ordonnance signée par le Docteur Lavoie lui-même, et ce, le 15 novembre 1957, donc après votre arrivée ici. Or cette ordonnance ne devait être signée de sa main qu'après qu'il vous eut examinée. Conformément à la loi, ce formulaire comporte en en-tête la mention suivante : *Doit être signée par le médecin qui, ayant examiné le malade, a rempli et signé le certificat médical suivant le formulaire n° 1.* Comme vous le savez, ce ne fut pas le cas.

— Vous avez bien raison et je n'hésiterai pas à en témoigner, clame Irma, plus confiante.

— Il devient évident que la condition essentielle prescrite par la loi, à savoir l'examen médical, n'a pas été remplie. La demande d'émission d'ordonnance était donc illégale et il n'était pas justifié de vous interner ici.

— Vous détenez la preuve qu'on ne pouvait pas me faire ça. Le juge ne pourra pas la rejeter, présume Irma.

— Pour mettre le comble à ces irrégularités, les policiers qui ont exécuté le même jour l'ordonnance vous ont délibérément trompée en vous faisant croire qu'une fuite de gaz nécessitait l'évacuation de votre maison, au lieu de vous faire connaître la nature de l'ordonnance émise par le juge de la Cour municipale. Vous savez comme moi que, contrairement à ce qui a été affirmé dans la demande d'émission d'ordonnance, il n'existait aucun fait rendant nécessaire d'effectuer d'urgence votre transport à l'hôpital Saint-Michel-Archange pour des motifs de protection personnelle, de sécurité ou de tranquillité publique.

— Depuis mon arrivée ici, vous le savez, je n'ai cessé de protester contre ma séquestration et malgré mes protestations, on m'a tenue non seulement privée de liberté mais également privée de ma correspondance et de l'usage de mes biens, se plaint Irma.

— J'ajouterai que, malgré vos protestations et votre qualité de membre du Collège des médecins et chirurgiens de la province de Québec et en dépit de votre refus formel de toute tentative d'intervention médicale à votre égard, les médecins de la clinique Roy-Rousseau ont prétendu se constituer médecins traitants.

— Ce qui voudrait dire que les circonstances de mon internement n'autorisaient pas les médecins de l'hôpital et notamment le Dr Grondin à signer le certificat médical sur lequel le Docteur Lavoie s'appuie pour me détenir ici.

— Pire encore, ce certificat a été rempli et signé plus de trois semaines après votre transport à l'hôpital. Ce qui démontre que le Surintendant n'a pas constaté par lui-même les faits pour lesquels il a ordonné votre internement.

— S'il fallait qu'on taxe de maladie mentale tous ceux qui vivent dans un domicile en désordre, les asiles déborderaient, reprend Irma, un tantinet ironique.

— Je suis de votre avis, Irma. Vous vous souvenez du plaidoyer du Docteur Lavoie? Il prétend que vous êtes incapable de voir seule à l'organisation de votre maison et à votre propre protection.

Ce rappel inquiète l'octogénaire.

— Même si ces allégations étaient fondées, elles n'auraient pu justifier votre internement comme aliénée dangereuse, dit son avocat.

« Aliénée dangereuse ! » Ces mots, dans la bouche de Me Saint-Pierre, blessent Irma et l'humilient profondément. Les larmes qui s'échappent de ses paupières alertent l'avocat.

— En supposant qu'il aurait existé à votre domicile des dangers d'incendie et du désordre, ces faits pouvaient tout au plus donner lieu, légalement, à une mise en demeure d'y remédier. Advenant que vous auriez négligé de le faire, vous auriez pu écoper d'une amende mais jamais d'une sentence d'emprisonnement à perpétuité dans un hôpital psychiatrique, reprend-il, repentant.

— Honnêtement, comment me percevez-vous ? lui demande Irma.

— Comme une dame en mesure de vivre en liberté dans des conditions satisfaisantes.

— Qu'entendez-vous par là ?

— Je suggère que vous ayez quelqu'un avec vous...

— Justement ! Je me suis assurée d'une place à la maison Sainte-Marguerite, pas très loin de la rue de l'Artillerie. Les propriétaires sont disposées à me recevoir dès que je serai libérée. J'en ai reçu la confirmation écrite. C'est assez dispendieux, mais j'ai amplement d'économies pour me payer cette pension.

— Je vois que vous avez beaucoup réfléchi. Je vous en félicite. Ça prouve que le prochain argument que j'avais préparé est bienvenu.

— Lequel ?

— Que vous ne souffrez d'aucune maladie mentale et que votre internement sous prétexte de psychose sénile est entièrement injustifié.

— Vous allez exiger que le diagnostic médical produit par les deux médecins de cet hôpital soit annulé ?

— Tout à fait ! En plus, je vais demander qu'une compensation monétaire vous soit accordée pour les préjudices que ce diagnostic erroné vous a causés. Qu'est-ce qui vous ferait du bien en attendant de retourner à la cour ?

— La visite de John et Edith.

— Je me charge de leur faire le message. Donnez-moi leurs coordonnées.

Me Saint-Pierre n'a pas refermé la porte derrière lui qu'Irma vide le sac de courrier sur son lit. Des revues médicales et quelques lettres officielles s'y trouvent, mais aucune correspondance privée. « Impossible que personne ne m'ait envoyé une carte de Noël. Charles, Harry, Mathilde, Mademoiselle Bertrand, Marcelle Petitclerc, Madame Bessette, ma cousine Lauretta, Madame McKay, mes amis du conseil d'administration... »

La visite du couple Miller confirme ses doutes. Dès la première semaine de décembre, malgré la mystérieuse disparition de sa protectrice, Edith a bel et bien adressé une carte de vœux au 85 rue de l'Artillerie.

— Depuis mon passage à la cour, lui confie Irma à l'occasion de sa visite, j'ai l'impression de vivre dans un monde truffé de pseudo bonnes consciences, pour ne pas dire de mensonges. « Par considération », a répété le Dr Lavoie pour justifier ma détention dans cette clinique au lieu d'une hospitalisation à l'hôpital Saint-Michel-Archange. C'est une de ses paroles, mais pas la seule, qui m'est restée prise dans la gorge. « Pour sa protection », en voilà une autre qu'il utilise pour se donner raison de m'avoir privée de ma liberté. Du monde à protéger, il y en a par centaines dans notre ville. Il n'aurait qu'à se promener un peu aux abords du Vieux Port ou dans certains faubourgs de Québec pour trouver de quoi remplir sa clinique et son hôpital.

— Vous ne méritez tellement pas de vivre des événements éprouvants comme ça à votre âge, dit Edith, au bord des larmes. Quand on pense à tout le bien que vous avez fait dans votre vie... Il n'y a pas de justice sur terre !

— Si jamais le tribunal rejetait la requête d'*Habeas Corpus*, d'autres procédures sont envisageables, renchérit John.

Irma relève la tête, impatiente de l'entendre...

— On peut toujours aller en appel quand on est débouté en Cour supérieure.

Un long silence devance la question d'Irma :

— S'il fallait qu'on perde... Qui paierait ? Je ne sais même pas si mes trente mille dollars d'économies suffiraient.

— On est là, nous, madame Irma, lui rappelle John.

— On est capables de vous aider, appuie son épouse. Je vous dois toutes les belles choses qui m'arrivent dans ma vie...

— Et moi, sans Edith, pas de bonheur possible, ajoute John.

— Anne et Simon vous considèrent toujours comme leur grand-maman. Une championne ! C'est ainsi qu'ils parlent de vous, témoigne Edith.

— Ils savent que je suis ici ?

— Non. On leur a dit que vous étiez dans une résidence de repos, déclare John.

— C'est bien, John. Je les reverrai à ma sortie.

Chapitre X

« Comment croire au printemps à travers une fenêtre grillagée ?
Les amas de neige noircie ont eu le temps de s'enfouir dans le
sol, les bourgeons d'éclore, les tulipes de colorer les plates-bandes
que je suis encore prisonnière de cette chambre dont je ne peux plus
voir les murs sans que la révolte m'assiège. Madame Bessette, venue
me rendre visite à trois reprises, n'a pu m'accorder plus de dix minutes chaque fois, tant elle était affligée par ma situation. Ses paroles
compatissantes, les jérémiades de ma cousine, Marcelle Petitclerc,
les excuses de Mademoiselle Bertrand avouant son incapacité à
mettre les pieds dans cette clinique, n'ont fait qu'alourdir mon
fardeau. Fuite bénéfique, des souvenirs remontant à plus de cinquante ans m'apportent un soulagement, mais hélas trop bref. Par
contre, me revoir dans les bras de Bob me fait pleurer de bonheur. Le
rappel de mon amitié avec Hélène, une onde de fraîcheur sur ma
peau flétrie. L'affection partagée avec Rose-Lyn, un baume sur mon
cœur meurtri. Les défis relevés pendant la Première Guerre, mon
engagement auprès des recrues pendant la Deuxième, ma réussite à
prouver que nos enfants handicapés peuvent être instruits, autant de
victoires dont je suis très fière. Quel stimulant pour les jours péni-
bles qui s'annoncent que la vitalité dont j'ai fait preuve ces dernières
années comme *life-saving* au Y.W.C.A. ! Les milliers d'enfants

rendus à la santé, consolés et cajolés demeureront mon ultime raison de vivre et de continuer de me battre. »

À la mi-juin, la Cour supérieure est enfin disposée à entendre la cause d'Irma LeVasseur. L'événement, bien que très attendu, n'est pas sans tourmenter l'octogénaire. Elle redoute tout autant l'interrogatoire de Me Côté, le nouveau procureur du Dr Lavoie, que le témoignage du Dr Larivière, le psychiatre qui l'a examinée. Et pour cause, elle n'avait presque pas dormi la nuit précédant sa visite ; par conséquent, sa mémoire était moins fidèle qu'à l'habitude.

— Vous aurez l'occasion de vous reprendre aujourd'hui, lui dit son avocat à qui elle confie son anxiété en descendant de la voiture qui l'a conduite au tribunal. Elle est excellente, votre mémoire, Irma.

— Connaissez-vous le déroulement de l'audience ?

— Je devrais être le premier à vous interroger. Il n'y a rien à craindre. Tout ira bien. Vous les connaissez déjà mes questions et vous y avez parfaitement répondu lors de notre dernier entretien.

— J'aimerais en être aussi sûre que vous, maître Saint-Pierre.

— J'ai quelque chose à vous proposer, docteure Irma. Quand vous sentirez que la nervosité veut vous gagner, vous n'aurez qu'à me regarder en vous disant que je suis là pour vous défendre. Vous retrouverez votre calme, vous verrez.

Irma lui retourne un sourire de gratitude, ses doutes s'étant quelque peu estompés.

Toute menue devant l'impressionnant palais de justice de Québec, Irma consent à s'accrocher au bras de Me Saint-Pierre pour gravir les marches qui conduisent au hall d'entrée, puis jusque dans la salle d'audience où un siège lui est désigné.

Ses yeux se posent sur le personnage le plus redouté de la cour. « C'est le même qu'en avril », reconnaît-elle, à nouveau intimidée par l'austérité du juge Frigon. « Vous n'aurez qu'à me regarder en vous disant que je suis là pour vous défendre. Vous retrouverez votre calme, vous verrez », se souvient-elle.

Appelée à prêter serment, elle se tourne vers son avocat ; un élan de confiance et de détermination affermit sa démarche et tonifie sa voix.

Le moment est venu pour son avocat de l'interroger :

— Quel âge avez-vous, docteure LeVasseur ?

— Quatre-vingt-un ans.

— Le juge vous offre de vous asseoir si vous le désirez, la prévient-il.

— Ah ! Ce n'est pas nécessaire.

— Cela ne vous fatigue pas de rester debout ?

— Non.

— Vous aimez mieux rester debout ?

— Oui.

— La marche ne vous fatigue pas ?

— Non, je peux descendre au marché Saint-Roch et remonter à pied sans m'en apercevoir.

— À l'hôpital, faites-vous de la marche ?

— Oui, mais ça devient monotone.

— À la clinique, vous ne prenez jamais l'ascenseur ?

— Non.

— Circulez-vous à pied dans les escaliers ?

— Bien sûr ! Je n'ai besoin de personne.

— Votre chambre est au troisième étage...

— Oui, au troisième.

Le juge et le procureur de l'intimé échangent un regard empreint d'étonnement.

— Vous faites partie du Collège des médecins de la province de Québec ?

— Oui. Depuis 1900.

— Vous avez été admise à la pratique de la médecine en 1900 ?

— Oui. À Saint-Paul, Minneapolis.

— Dans l'État du Minnesota ?

— Oui.

— En 1900 ?

— Oui.

Le Dr Lavoie et son procureur échangent souvent des mimiques trahissant le peu de respect qu'ils portent à la requérante. Irma n'en est pas surprise. Leur mépris à peine voilé fouette son audace.

— Avez-vous commencé à exercer tout de suite votre profession dans la province de Québec? demande Me Côté.

— Non, pas tout de suite. Le Collège des médecins a refusé de m'accorder mon permis. Je suis retournée pratiquer à New York en attendant que soit voté le bill privé que j'avais réclamé du gouvernement.

— Vous êtes allée à New York entre 1900 et 1903 pour exercer votre profession?

— Oui.

— Que faisiez-vous là-bas?

— Différents stages. Aussi, j'assistais une femme-médecin, Madame Putnam Jacobi.

— Plus tard, est-ce que vous avez pu pratiquer dans la province de Québec?

— Oui. À partir de 1903. Mais il a fallu que j'obtienne un bill privé...

— Pardon?

— Je ne parle pas assez fort?

— Si vous pouviez parler un peu plus fort.

— Ah!

« Il est déjà dur d'oreille! Qu'est-ce que ce sera quand il aura mon âge? » se demande Irma, un sourire moqueur sur les lèvres.

— Vous avez commencé à exercer votre profession dans la province de Québec en 1903?

— Oui. Je vous l'ai dit, il y a moins d'une minute.

— Où avez-vous exercé votre profession de 1903 à 1905?

— J'ai un blanc tout d'un coup... Oh! Ça me revient. À Montréal.

— En 1905, qu'est-ce que vous avez fait?

— En 1905, j'étais en Europe.

— Dans quelle ville?

— À Paris.

— Étiez-vous attachée à un hôpital?

— Oui. À celui des Enfants-Malades. Ma spécialité était la pédiatrie.

— Êtes-vous allée seulement en France?

— Non. Je suis allée en Allemagne aussi, répond la requérante avec une fierté évidente.

— Pour les mêmes fins ?

— Oui, pour les mêmes fins.

— À votre retour d'Europe, qu'est-ce que vous avez fait ?

— J'ai fondé des hôpitaux.

— Quels hôpitaux ?

— J'ai fondé Sainte-Justine.

— L'hôpital Sainte-Justine ?

— Oui. En 1907, j'ai fondé Sainte-Justine ; c'est moi qui en ai eu l'idée. J'ai recruté des médecins et des dames patronnesses, entre autres, Madame Justine Lacoste-Beaubien, qui s'en est longtemps occupée.

— Ensuite, qu'avez-vous fait ?

— Je suis retournée à New York où j'ai travaillé au Bureau de la santé de la ville et au Laboratoire de recherches.

— Vous êtes restée longtemps à New York ?

— Jusqu'à la Première Guerre.

— Ensuite, qu'est-ce que vous avez fait ?

— Je suis revenue à Québec ; mon père n'était pas bien...

Suit une série de questions au sujet de Nazaire LeVasseur. Des questions qu'Irma juge superflues. « À moins, se dit-elle, qu'il veuille laisser croire que j'ai perdu la mémoire. »

Partageant cette crainte, Mc Saint-Pierre demande la parole.

— En quelle année votre père est-il décédé ?

— En 1927.

— Revenons au début de la guerre. Vous dites que vous êtes allée en Europe durant la guerre ?

— Oui. En France et en Serbie.

— Pourquoi ?

— Pour soigner les blessés de guerre et les malades atteints de typhus. Quand les Bulgares et les Allemands ont envahi la Serbie, j'ai fait du service médical pour ce pays. Ensuite, je suis allée en faire en France, avec la Croix-Rouge.

— Y avait-il d'autres médecins du Canada avec vous ?

— Oui, il y avait le Docteur Albiny Paquette.

— Le ministre de la Santé à l'heure actuelle ?

— Oui. Le Docteur Watters, aussi.

— Après ce service en Serbie, qu'avez-vous fait ?

— Je suis revenue en France. J'ai passé une couple d'années à soigner et à opérer les blessés qui y avaient été envoyés.

— Vous deviez opérer des blessés de guerre ?

— Oui. Je suis chirurgienne, riposte-t-elle sur un ton à déjouer toute incrédulité.

— Et après la guerre ?

— Après la guerre, je suis retournée reprendre mon travail au Bureau de la santé de New York.

— Avez-vous continué de travailler avec la Croix-Rouge ?

— Oui. Quand il y avait des calamités et chaque fois qu'on manquait de médecins.

— Ensuite, qu'avez-vous fait ?

— Je suis revenue à Québec en 1922 et peu après j'ai fondé l'hôpital des Enfants-Malades, qui a pris le nom d'hôpital de l'Enfant-Jésus.

— Avez-vous d'autres faits saillants de votre vie médicale à Québec dont vous désirez nous instruire ?

— Non, je crois que ça suffit.

— N'avez-vous pas mis sur pied une école...

— Ah, oui ! L'école Cardinal-Villeneuve... pour les enfants infirmes mais capables de s'instruire. Ça me tenait beaucoup à cœur. J'ai entrepris les démarches en avril 1935 et l'école a ouvert ses portes en septembre de la même année rue Saint-Eustache. Les dames de la Ligue de la jeunesse féminine à qui j'avais confié l'œuvre avaient peur que je me l'approprie, ajoute-t-elle d'un ton moqueur.

Son avocat, ravi de la voir sourire pour la première fois depuis le début de cet interrogatoire, saisit le sens de son allusion. « S'il en est une qui n'a jamais travaillé pour la reconnaissance et les honneurs, c'est bien elle », reconnaît-il.

L'avocat de l'intimé s'estime en droit de poursuivre avec la requérante. Sous des sourcils grisonnants et en broussaille, le juge Frigon cache de tout petits yeux sévères et sa voix porte sans effort jusqu'au fond de la salle.

— À votre tour maître Côté.

— Ensuite, qu'est-ce que vous avez fait à Québec ? Où habitiez-vous ? demande le procureur de l'intimé.

— À la même place que maintenant, rue de l'Artillerie.

— Il y a longtemps que vous habitez là ?

— Depuis 1925.

— Étiez-vous à loyer ?

— À loyer pour commencer et, cinq ans plus tard, j'ai acheté la maison.

— Vous êtes propriétaire de la maison ?

— C'est ce que je viens de vous dire, répond-elle, agacée de se faire poser la même question à plus d'une reprise.

— Depuis 1925 ?

« Ma foi, il est sourd ou il se moque de moi », se dit Irma, prenant soin d'articuler sa réponse avec une précision dérisoire :

— Non ! Je vous l'ai dit, je l'ai achetée cinq ans après.

— Vous êtes devenue propriétaire en 1930 ?

— Oui, c'est exact.

« Enfin ! Il sait compter... »

— Dans cette maison de la rue de l'Artillerie, avez-vous continué de faire partie du Collège des médecins ?

— Oui, je suis en règle jusqu'au mois de juillet prochain.

— Vous avez le droit d'exercer ?

— Oui, comme n'importe quel médecin du Québec.

— Avez-vous effectivement exercé votre profession au cours des dix dernières années ?

— Je n'ai hospitalisé personne, mais j'ai rendu quelques services médicaux.

— Vous avez exercé comme médecin, du moins en tenant compte des capacités de votre âge, jusqu'à l'automne dernier, c'est ça ? demande son procureur importuné par les répétitions de son adversaire.

Irma, mieux disposée, dit :

— Oui, jusqu'à ce qu'on m'enferme à la clinique Roy-Rousseau.

— Voulez-vous raconter à la cour dans quelles circonstances vous êtes allée à la clinique Roy-Rousseau ?

Relativement détendue jusque-là, elle serre les poings et, ne perdant pas de vue son procureur, elle relate non sans émoi :

— Je ne connaissais aucune raison de me mettre à la clinique. Un bon jour, je me suis déshabillée pour envoyer mon linge au lavage. À un moment donné, j'ai entendu un remous à la porte. Je me suis demandé qui pouvait bien venir chez moi à cette heure-là. J'ai mis tout ce que je pouvais trouver par terre pour me protéger du froid et je suis allée ouvrir. C'étaient deux détectives et une dame Dumont, garde-malade et travailleuse sociale. Ils ont dit qu'il y avait une fuite de gaz qui montait de Saint-Roch et qu'il fallait partir tout de suite. On ne m'a même pas laissé le temps de réfléchir. On m'a même poussée entre les deux portes puis dans les marches de l'escalier. Mes pieds n'ont pas touché aux marches. Les détectives me soutenaient, ils m'ont sortie et ils m'ont dit qu'ils avaient transporté les enfants du quartier à l'hôpital. J'ai dit : « Ça ne sent pas le gaz du tout ! » On est partis quand même et ils m'ont amenée à la clinique Roy-Rousseau. Depuis le 15 novembre 1957, je suis enfermée là. Chaque fois que j'entrevois la possibilité de sortir, il arrive toujours quelque chose...

— Quelle vie quotidienne menez-vous là-bas ?

— Je dors, je mange, je lis.

— Qu'est-ce que vous lisez ?

— Des revues, des journaux, *L'Action catholique*, le *Match*.

— Recevez-vous votre courrier ?

— Non, rien. Absolument rien jusqu'à ce que vous, maître Saint-Pierre, m'en apportiez une partie, à la mi-avril.

— Depuis le 15 novembre, on ne vous a pas livré votre courrier à la clinique ?

— Non.

— Et pourtant, il y avait...

— J'en recevais presque tous les jours avant d'entrer à la clinique. J'en recevais pour l'hôpital et j'en recevais pour moi-même.

— Qu'est-ce que vous receviez ?

— Des annonces de médicaments, des ci, des ça.

— Vous receviez des revues médicales, des fois ?

— Oui. Régulièrement.

— Est-ce que vous les lisiez ?

— Oui. Aussitôt que j'en avais le temps.

— Et ces revues-là ne vous sont pas parvenues depuis novembre.

— Non. Je ne sais pas qui les a ramassées.

— Avez-vous d'autres distractions à la clinique ?

— Il y a la télévision, mais on ne peut pas la faire jouer fort, pour ne pas déranger les malades. Et comme je suis sourde un peu, je suis obligée de deviner ce qui se passe.

— Qu'est-ce que vous avez apporté avec vous à la clinique ?

— Absolument rien.

— Vous n'avez rien apporté ?

— Non ! Comme je vous l'ai dit, on m'a sortie de la maison sans me laisser une minute pour prendre mes effets personnels.

— Qu'aviez-vous sur le dos ?

— Une robe de chambre que je m'apprêtais à mettre dans mon sac de lessive. J'ai pensé que c'était le facteur qui sonnait, mais c'étaient les détectives et ils m'ont sortie de force, avec ça sur le dos.

— L'avez-vous portée longtemps, cette robe de chambre-là ?

— Chez moi, oui, mais pas à la clinique. Quand je n'ai pas de visite, je porte la robe de chambre qu'on m'a passée.

— Vous êtes restée en robe de chambre depuis le mois de novembre ?

— Oui. Et quand j'ai de la visite, je porte la robe qu'une amie m'a envoyée.

— Et celle que vous portez aujourd'hui...

— C'est la première fois que je la mets.

— Depuis quand l'avez-vous ?

— On me l'a donnée hier. Garde Dumont m'a fait traverser le tunnel qui relie les deux bâtisses et m'a amenée au magasin de l'hôpital Saint-Michel-Archange.

— Est-ce vous qui avez choisi cette robe ?

— Non, elle avait été choisie d'avance.

— Avez-vous acheté des chaussures ?

— On m'en a donné.

— Est-ce qu'on vous les a fait essayer ?

— Oui.

— Ce sont celles que vous avez aux pieds ?

— Oui.

— Quelles sortes de chaussures aviez-vous jusqu'à hier ?

— Des pantoufles, quand je n'ai pas de visite.

— Depuis le mois de novembre, vous étiez en pantoufles ?

— Oui, quand je suis seule dans ma chambre.

— Tout à l'heure, je vous ai demandé comment vous passiez votre temps. Êtes-vous en permanence dans votre chambre ?

— Je ne sors jamais de ma chambre.

— Est-ce qu'on vous a offert d'en sortir ?

— Tout est fermé à clé. Je suis comme en prison. Une prison dorée, si vous voulez, mais c'est une prison.

— Dans votre chambre, il y a des fenêtres ?

— Oui.

— Est-ce que ces fenêtres-là s'ouvrent ?

— Oui, mais... Il y a un grillage. Impossible de les ouvrir ni de se sauver. J'aurais bien voulu le faire parce que je sais que je suis enfermée là injustement.

— Alors, vous n'êtes pas sortie depuis le 15 novembre ?

— Pas du tout, affirme-t-elle, jetant un regard furtif vers le Surintendant.

— Est-ce qu'on vous a offert de faire des promenades dans les parterres ?

— Non.

— Aucune promenade en ville non plus ?

— Non.

— Ni seule ni accompagnée ?

— Rien de tout ça.

— Est-ce qu'on vous a administré des traitements à la clinique Roy-Rousseau ?

Ce sujet ravive une colère qu'Irma a du mal à maîtriser. Ses mains et sa voix tremblent.

— Non, aucun. Ils n'avaient d'ailleurs aucune raison de m'en donner, déclare-t-elle, espérant que l'interrogatoire tire à sa fin.

— Vous n'avez pris aucun remède pour votre bien-être physique?

— Aucun.

— Avez-vous, vous-même, consulté un médecin?

— Pourquoi je l'aurais fait? Je ne suis pas malade.

— Vous n'avez pas eu besoin de médicaments?

— Non, mais le premier soir, quand ils m'ont entrée à la clinique, ils ont voulu me donner une piqûre; je ne sais pas de quoi, mais je n'en ai pas voulu. Je les ai même menacés de poursuite s'ils me la faisaient. Étant médecin, je suis ma propre cliente, et ils n'avaient pas le droit d'intervenir auprès de *mes* clients. Ils n'en a plus jamais été question, d'ailleurs.

— Dois-je comprendre que vous avez interdit qu'on vous traite?

— C'est ça. Pas de piqûres, ni d'autres traitements.

— Docteure LeVasseur, voulez-vous prendre connaissance de ce portrait que je vous montre et dire à la cour si cette photographie représente votre visage?

— Oui, c'est supposé.

— Docteur, vous avez été admise à la pratique de la médecine en 1900. Est-ce qu'il s'est produit quelque chose en rapport avec votre profession de médecin, il y a quelques années?

— On m'a organisé une fête pour mon cinquantenaire.

— En 1950?

— Oui.

— Vous rappelez-vous qui était présent à cette célébration-là?

— Le ministre de la Santé, l'honorable Albiny Paquette, et le Docteur Jean Grégoire.

— Le sous-ministre?

— Oui. Madame Justine Lacoste-Beaubien y assistait aussi, précise-t-elle non sans émotion.

— Qui est-elle, Madame Lacoste-Beaubien?

— Celle qui a continué de travailler à l'hôpital Sainte-Justine avec Madame Alfred Thibaudeau et bien d'autres dames que j'avais recrutées. Il y avait Madame Jos Gagné, aussi.

— L'épouse du notaire Gagné ?

— Oui.

— Elle s'occupe de quoi, elle ?

— De l'hôpital de l'Enfant-Jésus.

— Voulez-vous prendre connaissance de cette photographie et dire à la Cour si vous vous rappelez que cette photographie a été prise ?

— Oui.

— Vous êtes présente dans le groupe ?

— Oui, je suis dans le milieu.

— Et il y a une religieuse à vos côtés, la reconnaissez-vous ?

— Oui, c'est la supérieure, Sœur Saint-Antoine-de-Padoue.

— Ça se passait à quel endroit ?

— Au collège Jésus-Marie, de Sillery.

— Vous êtes une ancienne de Sillery ?

— Oui. J'ai complété mes études à ce collège avant d'aller à l'université.

— À votre domicile de la rue de l'Artillerie, est-ce qu'il vous est arrivé de recevoir des clients au cours des dix dernières années ?

— Je ne peux pas me rappeler ça exactement. J'étais tellement dans le barda avec les réparations qui n'en finissaient plus, répond-elle, inquiète de ne pouvoir faire honneur à son avocat.

Témoin de son embarras, il reprend en prononçant chaque parole avec lenteur :

— Est-ce qu'il y a des clients qui sont allés vous voir pour des consultations ?

— Pour des consultations, oui.

— Pas pour des traitements ?

— Il y a eu quelques cas d'eczéma chez des enfants. Je me souviens de celui qui se grattait toute la nuit ; je l'ai pris pour un soir ou deux et je lui ai donné des rayons ultraviolets pour le soulager.

— Chauffiez-vous votre maison pendant cette période ?

— Oui.

— À quelle température ?

— Soixante, soixante-neuf. Une fois, j'ai reçu la visite d'une amie avec une dame...

— Quand vous avez reçu la visite de cette amie, est-ce que la fournaise avait fonctionné ?

— Non, parce que je devais faire poser des brûleurs neufs. J'attendais le réparateur cette journée-là.

— Vous faisiez faire des réparations à la fournaise, ce jour-là ?

— Oui. Une dame avait téléphoné pour savoir si elle pouvait venir me voir avec une de ses amies. Je lui ai demandé d'attendre la semaine suivante. Mais c'est une dame qui perd la mémoire. Elle oublie plein de choses. Elle est venue quand même avec l'autre dame, dans l'après-midi. J'ai dû arranger un coin pour les recevoir ; les réparateurs travaillaient à poser les brûleurs... c'est sûr qu'il ne faisait pas chaud.

— Aviez-vous un poêle électrique ?

— J'en avais un petit qui ne marchait plus et un gros qui n'était pas encore installé.

— Y avait-il des journaux sur votre petit poêle électrique ?

— Il y en avait en dessous, mais comme il était brûlé, ça ne présentait aucun risque... Laissez-moi vous dire que cette histoire de poêle et de journaux a joué un grand rôle dans mon internement. On a rapporté que je faisais ma cuisine dessus. Ça n'avait pas d'allure, n'empêche que le Surintendant l'a cru et c'est pour ça qu'il m'a hospitalisée, explique Irma, outrée.

— Avez-vous objection maintenant à nous parler de votre caractère ?

— Non, pas du tout.

— Parlez-nous-en donc. Avez-vous un caractère difficile ?

— Je ne le pense pas. Un peu têtue, peut-être.

— Vous êtes têtue ?

— Un peu.

— C'est le défaut que vous vous reconnaissez ? Vous êtes tenace ?

— Tenace mais pas méfiante.

— Receviez-vous de la visite chez vous ?

— Pas pendant que la maison était toute en réparation. Je n'invitais personne.

— Est-ce que vos parents allaient vous rendre visite ?

— Il y a plusieurs années que je ne les ai pas vus. Madame Bessette venait chez moi de temps en temps. Elle connaissait ma situation. On montait s'asseoir dans la chambre.

— C'est une de vos amies ?

— Oui.

— Est-elle allée vous voir à l'hôpital ?

— Oui, deux ou trois fois.

— Elle s'est montrée fidèle ?

— Oui. Avant de découvrir où j'étais, elle continuait de m'envoyer des journaux, différentes choses. Voyant que je ne répondais ni à ses appels ni à ses lettres, elle s'est informée de moi auprès de Monsieur Lafrance, de l'impôt sur le revenu. Il lui a dit où j'étais. C'est comme ça que les choses ont été découvertes.

— Vous n'avez pas toujours été seule dans votre maison ?

— Non, mon frère habitait avec moi.

— Quand est-il mort ?

— Il est mort en mai 1956. Cela fera deux ans au mois de mai prochain.

Son procureur lui demande de répéter.

— Vous dites qu'il est mort en mai 1956 ?

— Oui. Ça a fait deux ans en 1958. On a passé le mois de mai, j'oubliais.

— C'est facile de perdre la notion du temps dans un hôpital, l'excuse son avocat.

— Je suis obligée de regarder les journaux pour savoir la date, confirme Irma, réconfortée.

— Est-ce que la mort de votre frère a été connue ?

— Non, ç'a été privé ; pas secret, mais privé.

— Pourquoi ?

— Parce que j'avais peur. J'étais dorénavant seule dans la maison, et je craignais que, sachant ça, des jeunes viennent casser des vitres. L'entrepreneur Lépine m'avait rassurée en me disant : « Ça va prendre du temps avant que cela soit connu. » On s'est arrangés avec le curé de Saint-Cœur-de-Marie pour avoir un petit service.

— Votre maison était encombrée de journaux ?

— Oui, j'en accumulais beaucoup, faute de temps pour tout lire. Je devais en donner à Monsieur Turcotte, mon voisin, mais je voulais voir avant s'il y avait des gens que je connaissais qui étaient décédés.

— Est-ce qu'il y avait de la vermine dans la maison ?

La question glace Irma.

— Peut-être des rats, admet-elle. Quand je suis arrivée dans la maison, les rats se chamaillaient entre les deux planchers.

— Est-ce la seule maison à Québec où il y a des rats ?

— Ce sont de vieilles fondations, tout autour. Il n'y avait pas de vermine dans la dépense, mais il y en avait chez les voisins, partout. Même à la clinique Roy-Rousseau il y en a ; au temps des Fêtes, les souris venaient manger nos bonbons.

— Vous avez vu des rats à la clinique ?

— Des souris ou des rats... Je les ai entendus. J'ai entendu les chuchotements des malades qui riaient parce qu'ils entendaient du bruit dans leurs sacs de fruits ou de gâteaux.

— Les rats n'ont pas peur des grilles, eux autres ? réplique son procureur pour la détendre.

— Non. Je ne les comprends pas, riposte Irma, amusée.

— Pour revenir aux choses sérieuses, est-ce qu'il y avait lieu de craindre pour le feu chez vous, avec tous ces papiers ?

— Tant qu'on met pas d'allumettes dedans, il n'y a pas de danger.

— Est-ce qu'il y a déjà eu un incendie chez vous ?

— Jamais !

— Depuis 1925, il n'y a pas eu de feu ni d'alertes à votre domicile ?

— Non. Il n'y avait pas de danger que mon frère mette le feu, il éteignait ses allumettes avec ses doigts pour être certain que le feu ne prenne pas.

La précision fait sourire l'avocat de l'intimé. L'air badin, le juge griffonne. « Il doit noter qu'il n'y avait pas de risque d'incendie chez moi et qu'il y en a encore moins depuis que plus personne ne fume dans ma maison », croit Irma. Son avocat poursuit :

— Avez-vous fait des recherches médicales ?

— Oui, mais c'est secret. J'en ai fait sur la rage à New York.

— Il y en avait à New York ?

— Oui. Au laboratoire, on préparait des traitements.

— Est-ce que vous n'êtes pas un peu soupçonneuse ?

— Je ne peux pas dire. Qu'est-ce que vous voulez insinuer ?

— Avez-vous des secrets médicaux que vous ne voulez pas dévoiler ?

— Il y a beaucoup de secrets médicaux qu'on ne dévoile pas. C'est supposé être secret.

Des sourires narquois sont échangés entre le Dr Lavoie et Me Côté qui, dès lors, est autorisé à contre-interroger Irma. Leur attitude offense Me Saint-Pierre et sa cliente qui fixe le bout de ses pieds. Pendant plus de vingt minutes, elle doit subir une litanie de questions identiques aux précédentes. « Je le croyais sourd et amnésique, mais voilà qu'il devient rabâcheur », se dit-elle pour alléger son déplaisir.

— Les travaux, ça date de quand ?

« Il ne faut pas que je me trompe », pense Irma, déstabilisée par cette question. Son regard va puiser dans celui de son avocat la sérénité qui allait la déserter.

— Ça s'est fait en deux étapes. En 1946, j'ai entrepris de faire ajouter deux étages, et après cela, en 1952, je devais faire des réparations.

— Au lieu d'avoir une résidence privée, vous demeuriez à l'hôpital des Enfants-Malades ? demande l'avocat, le ton railleur.

— Oui. Je ne vois pas où est le problème.

— L'hôpital était organisé de façon à recevoir des patients ?

— Bien oui. Vous oubliez que je n'en étais pas à mon premier, rétorque la requérante, rivalisant d'arrogance.

— En quoi consistait votre laboratoire ?

« Ce qu'il m'exaspère, cet avocat ! J'ai envie de l'envoyer paître », se dit-elle à bout de patience.

— J'avais des éprouvettes, des réceptacles...

— Puis des produits chimiques ?

— Évidemment qu'il y en avait. Je ne peux pas me souvenir de tout, mais j'avais de l'iodure, du chlorure, de l'iodure de potasse, du bichlorure, de l'eau de Javel.

— Vous semblez avoir une bonne mémoire, j'ai remarqué cela tout à l'heure. Aviez-vous d'autres produits chimiques ? insiste le procureur du Surintendant.

Irma lui lance un regard foudroyant. Elle voudrait que son avocat fasse cesser cet interrogatoire, mais des rictus lui recommandent plutôt de répondre poliment, sans se montrer exaspérée.

— Il y en avait pas mal, dit-elle, même si ce n'étaient pas des recherches sur une grande échelle.

— En achetiez-vous fréquemment, des produits chimiques ?

— Non, et je les achetais une livre à la fois.

— Cela coûte combien ?

— Je ne peux pas dire, marmonne-t-elle, excédée.

— Vous ne vous en souvenez pas ? rétorque le procureur fort sceptique.

Irma devine qu'il cherche à l'étriver et décide de lui faire un pied de nez. Avec un calme déconcertant, elle répond :

— Pas exactement, mais je sais que ça ne coûtait pas cher.

— Aviez-vous des recherches en marche ?

— Je ne peux pas dire qu'il y en avait une en marche.

— Vous avez dit que vous vous occupiez de vos travaux jusqu'à ce qu'on aille vous chercher ?

— Oui, mais pas tous les jours et pas au moment où on est venu me sortir de ma maison.

— Sans nous révéler vos secrets médicaux, les recherches que vous aviez en cours avaient trait à quoi ?

— À la diététique et au rachitisme.

— Au rachitisme ? rétorque le procureur, à la limite de l'insolence.

Irma, les lèvres cousues, le dévisage.

— Est-ce que vous avez continué vos recherches depuis que vous êtes à la clinique ?

— Comment voulez-vous que je fasse des recherches dans une chambre aussi déserte que celle de la clinique? s'écrie Irma, se sentant ridiculisée.

— Comptez-vous les reprendre, ces recherches-là?

— Oui, je compte les reprendre, affirme-t-elle d'un ton glacial.

— En avez-vous d'autres?

— Il peut en venir d'autres.

— Avant votre internement, avec qui habitiez-vous?

« Bon il a décidé de changer de rails », constate Irma alors qu'elle souhaitait la fin de cette audience, du moins un peu de répit.

— Avec mon frère qui est mort il y a deux ans.

Irma le voit venir.

— N'est-ce pas que tout était pêle-mêle dans la maison et qu'il y avait des piles de journaux partout?

— Elles sont parties, les piles de journaux.

— Il y avait des bouteilles vides aussi...

— Dans le sous-sol. Les ouvriers les ont laissées là.

— Ils ont décidé de suspendre les travaux à un moment donné?

C'est moi qui les ai suspendus. Je manquais de liquidités et je ne pouvais plus sortir d'argent de mes placements.

— Depuis ce temps-là, vous avez continué à travailler dans votre hôpital?

— Oui. Je vivais là.

— Qui s'occupait de préparer vos repas?

— Assez souvent, je mangeais à l'extérieur.

— À quel endroit mangiez-vous?

— Des fois au Kresge.

— Dans la rue Saint-Jean?

— Oui.

— Combien de fois par jour sortiez-vous?

— Je ne sortais pas trois fois par jour pour ça. Si j'avais pris un repas en dehors, je m'organisais à la maison pour les autres.

— Que mangiez-vous?

— Du fromage, des *frankfurters*, du saucisson, du bœuf haché.

— Depuis que vous n'êtes plus dans la rue de l'Artillerie, avec quelles personnes avez-vous été en contact ? Quels médecins ou gardes avez-vous connus ?

— J'ai connu garde Genest. Les infirmières changent souvent. Pour médecins, j'ai eu le Docteur Grondin, le Docteur Sylvio Caron et le Docteur Lavoie.

— Connaissez-vous garde Dumont ?

— Évidemment.

— L'avez-vous vue quelques fois ?

— Assez souvent, admet Irma sur un ton lourd de déplaisir.

— Est-ce que c'est arrivé à Mademoiselle Dumont ou au Docteur Lavoie de vous offrir de vous en aller ?

— Non. Jamais.

— Personne ne vous a offert de vous en aller ? Même pas dans un hospice ?

— Dans un hospice, oui.

— Ça ne faisait pas votre affaire ?

— Je voulais aller chez moi.

— Pourquoi ?

— Parce que toutes mes affaires sont là, et ma bibliothèque prend toute une chambre.

— Vous seriez bien plus à l'aise dans un hospice, non ?

— Je m'ennuierais entre les quatre murs d'une chambre.

— Vous auriez la visite de vos parents.

— Moi ? Non !

— Vous tenez à rester chez vous ?

— Oui.

— Pour y vivre seule ?

— Seule ou avec une bonne, répond-elle, taisant qu'elle est déjà admise à la maison Sainte-Marguerite.

« Mon avocat m'a bien recommandé de ne pas tout dire », se souvient-elle.

— Vous ne vous ennuyiez pas seule ?

— Non, parce que je travaillais.

— Vous travailliez à quoi ?

— À mes recherches. Je vous l'ai dit tout à l'heure.

— Vous travailliez à quoi encore ?

— Je ne peux pas vous le dire.

— Ce sont des secrets ?

— Non, mais ça ne me vient pas à l'idée, répond Irma, de nouveau ébranlée.

Son avocat ne l'a pas quittée du regard. « Je ne lui ferai pas honte ici », se dit-elle alors que Me Côté revient à la charge :

— Vous ne vous en souvenez pas ?

— Pas vraiment. Rien que le matin, mon courrier et celui de l'hôpital, ça me prenait deux heures, deux heures et demie, même à la course, trouve-t-elle à dire dans l'espoir de clore le sujet.

— En quoi ça consistait, ce courrier-là ?

— J'avais des annonces de médicaments, des revues médicales...

— Et votre courrier à vous, c'était quoi ?

— Ça ne regarde que moi.

— Écriviez-vous à des gens ? relance le procureur de l'intimé pour obtenir une réponse satisfaisante.

— Oui, j'avais de la correspondance.

— À qui écriviez-vous, comme ça ?

— Je ne m'en rappelle pas, déclare Irma, manifestement excédée par une telle insistance.

— Pourtant, votre mémoire était très bonne tantôt ? Vous avez parlé de toutes sortes de choses et vous vous en souveniez bien.

Irma sourit, tourne la tête vers son avocat et riposte :

— Ce sont des secrets, ça ; je peux avoir des cavaliers là-dedans.

— Je n'en doute pas, réplique Me Côté, déconfit.

Un tantinet désinvolte, Irma renchérit :

— Ce sont des secrets, ceux à qui j'écris. Pourquoi je conterais ça ?

— Parce que vous êtes sous serment, et si vous collaborez bien, ça pourrait aider votre cause.

— J'ai des amis à Montréal, reprend-elle pour le satisfaire.

— Ces gens-là vous écrivaient-ils fréquemment ?

— Pas trop fréquemment... Surtout dans le temps des Fêtes.

— Vous dites que ça vous prenait de deux heures à deux heures et demie pour dépouiller votre courrier. Vous aviez des revues ?

— Oui.

— Quelles revues ?

— *L'Action médicale, Modern Hospital...*

— Vous êtes bilingue ?

— Oui.

— En avez-vous d'autres revues ?

— Il y a le *Bulletin médical* aussi. On me l'envoie régulièrement.

— Parce que vous êtes membre du Collège des médecins ?

— Ça va de soi.

— Receviez-vous d'autres revues médicales ?

— Oui, mais les noms, ça ne me vient pas à l'idée. Certaines sont publiées seulement à deux feuilles et il y en a pas mal de ce genre-là, évoque-t-elle, irritée par ce questionnaire au sujet de son courrier ; une perte de temps, considère-t-elle.

— En quoi consistait votre clientèle jusqu'à ces derniers temps ?

— Je donnais des consultations aux femmes et aux enfants, répond-elle, soulagée d'en finir avec ces histoires de revues.

— Avez-vous reçu plusieurs femmes et plusieurs enfants ?

— Pas beaucoup, mais je recevais aussi des demandes par lettre et par téléphone.

— Vous donniez des consultations au téléphone ?

— Oui.

— Envoyiez-vous des comptes ?

— Non. C'était une clientèle plutôt pauvre.

— Receviez-vous souvent la visite des amis, des parents ?

— Non, pas souvent. Surtout les dix dernières années. Je ne faisais plus d'invitation, ma maison n'était pas présentable.

— Comment consentiez-vous à demeurer là ?

— J'étais avec toutes mes affaires.

— Est-ce qu'il y a un bain chez vous ?

— Oui, il y a un bain.

« Je sais où il veut en venir avec cette histoire de bain, grogne Irma en son for intérieur. Mon Dieu ! Que je suis fatiguée de me faire

examiner à la loupe par des gens mal intentionnés ! Je voudrais disparaître pour ne pas être humiliée une autre fois. » Ployant sous le
poids de tant d'opprobre, Irma n'a plus la force de lever la tête.

— Est-ce qu'il était en état de servir, votre bain ?

— Non, il faut poser les tuiles du plancher avant de l'installer.

— Il n'est pas utilisable dans le moment ?

— C'est évident, il me semble.

— Ça fait combien de temps qu'il n'est pas utilisable ?

— Trois ans.

— Ça fait trois ans que le bain ne fonctionne pas ?

Irma ressent la dérision s'abattre sur elle. D'une voix oppressée,
elle précise :

— Ce bain-là ne fonctionne pas, mais j'en ai un autre en tôle.

— Quelle grandeur ?

— C'est un grand bain, de quatre pieds à peu près.

— Depuis combien de temps utilisiez-vous ce bain-là ?

— Depuis que je ne vais plus me baigner au Y.W.C.A.

— Vous étiez une nageuse ?

— Oui.

— Avant de partir pour la clinique Roy-Rousseau, ça faisait
combien de mois que vous n'étiez pas allée là ?

— Ça faisait quelque temps.

— À peu près combien de mois ?

— Je ne peux pas vous dire. Je faisais passer des examens pour
le sauvetage, trouve-t-elle à répondre pour créer une diversion.

— Le « life-saving » ?

— Oui.

— Est-ce que ça fait longtemps que vous vous occupiez de cela ?

— Depuis la Deuxième Guerre. Quand la Croix-Rouge me le
demandait.

— Êtes-vous retournée au Y.W.C.A. ?

— Pas depuis deux ans.

— Ça fait deux ans que vous n'êtes pas allée là vous baigner et
nager ?

« Un peu plus il me soupçonnerait de ne pas m'être lavée depuis deux ans », se dit-elle, témoin des manifestations de dégoût sur le visage du juge, du Surintendant et de son procureur.

— Je m'arrange avec ce que j'ai chez moi, répond-elle sèchement, se demandant jusqu'où cet avocat allait pousser l'indécence.

Son tortionnaire feint de ne pas l'avoir entendue et se met à fouiller dans une pile de papiers.

— Vous avez reconnu cette photographie-là, et vous l'avez produite comme R-3 ?

Irma reprend courage et confirme reconnaître sa photo.

— Quand a-t-elle été prise ?

— En 1950, quand on m'a fêtée.

— Au mois de juin, quand on vous a fêtée à l'occasion de vos cinquante ans de vie médicale ?

— Oui.

— Vous avez dit que cela avait eu lieu à quel endroit ?

— Au collège de Lévis.

Irma pince les lèvres, consciente de l'erreur qu'elle vient de commettre. Avant qu'elle ait eu le temps de la corriger, une autre question lui est posée :

— N'est-il pas vrai qu'il y avait beaucoup de monde ?

— Oui.

— Combien à peu près ?

— Je ne peux pas dire.

— Est-ce que toutes les personnes présentes ont été photographiées ?

— Pas toutes.

— Est-ce qu'il y en a une sur la photographie qui est très intime avec vous ?

— Les principales, celles qui étaient là, comme Mesdames Beaubien et Gagné, je les connais bien.

— Connaissez-vous les autres personnes qui apparaissent sur la photographie ?

— Je les connais toutes. Mais ça faisait longtemps que je ne les avais pas vues ; aussi, les chapeaux ça change un visage.

— Vous dites qu'hier on vous a vendu une robe pour venir ici ?

— Je n'ai pas dit qu'on me l'avait vendue ; on me l'a passée.

— Vous avez dit que vous l'aviez achetée...

— Non, j'ai dit qu'on me l'avait passée. Je la porte pour la première fois.

— Elle vous a été prêtée hier ?

— Oui.

— Vous ne l'avez pas achetée ?

« Mais combien de fois va-t-il me poser cette question pourtant si banale ? Qu'a-t-il derrière la tête sinon l'intention de m'amener à me contredire ? Je le déteste, cet homme, avec son air suffisant, sa moustache mal taillée, son crâne tout dégarni... »

— Je ne peux rien acheter. Ce n'est pas moi qui ai mon argent. J'ai des chèques à Montréal, j'en ai chez le notaire Paradis, mais je ne reçois rien depuis le 15 novembre, lui rappelle-t-elle, pressée de clore cet interrogatoire sur sa robe.

Peine perdue, Me Côté y va d'une autre question :

— En aviez-vous des robes, chez vous ?

— J'en avais, voyons donc ! marmonne-t-elle en réponse à cette interrogation non moins insensée que blessante.

— Lorsque vous avez été fêtée en 1950, est-ce qu'il n'y avait pas une raison spéciale à part votre cinquantième anniversaire de vie médicale ?

— Je ne me rappelle pas.

— Est-ce que ce n'était pas une raison pour souligner vos découvertes et vos recherches ?

Me Saint-Pierre fronce les sourcils, inquiet pour sa cliente qui aurait raison d'être fort contrariée par un retour sur ce sujet. Irma tarde à répondre. Lorsqu'elle relève la tête, c'est pour lancer avec audace :

— Non. De toute façon, mes recherches n'intéressaient personne à Québec.

— Qui est-ce que cela intéresse ?

— Moi, mais les autres...

— Est-ce qu'il y a d'autres personnes qui s'y étaient intéressées ?

— Je ne crois pas. Pas à Québec.

— Personne ne sait que vous faites des recherches ?

— Personne.

— Comment savez-vous que personne ne le sait et que ça ne pourrait intéresser personne ?

— La plupart des médecins, ce sont des hommes ; il n'y a pas de camaraderie avec nous, les femmes médecins, comme en auraient entre eux des compagnons de classe ; ils n'aiment pas les femmes médecins.

Un courant glacial passe dans la salle d'audience. Mᵉ Saint-Pierre retient avec peine un fou rire de satisfaction. En revanche, son adversaire continue de picorer dans le même terreau.

— Vous avez toujours fait vos recherches d'une façon secrète ?

— Ce n'est pas un secret ; seulement, c'est fait privément.

— Vous avez de l'eau de Javel et du chloral ?

— Je n'aurais pas dû dire cela. Ce n'est pas assez...

— Ce n'est pas assez scientifique ?

« Il me tend un autre piège ; je le vois à son air sarcastique et à sa manie de revenir sur le sujet. Au diable ! Je ne lui réponds pas », décide Irma. Le silence dure. D'un geste de la main, Mᵉ Côté questionne le juge qui attend, hésite et fait signe au procureur de poursuivre.

— Vous dites que votre frère est mort l'année dernière, au mois de mai...

Mᵉ Saint-Pierre s'interpose :

— Elle vous l'a dit qu'il était mort il y a deux ans. Je considère que ce n'est pas bien délicat de ramener cette dame sur les circonstances de la mort de son frère. Je me demande aussi si ce n'est pas s'éloigner du sujet.

Le juge Frigon hoche la tête mais décrète enfin que c'est conforme aux procédures. Mᵉ Saint-Pierre rétorque :

— Peut-être, mais je trouve cela plutôt cruel.

Mᵉ Côté fait la sourde oreille.

— Vous dites que votre frère a eu des obsèques plutôt privées ? enchaîne-t-il.

— Oui. Parce que j'avais peur que des gamins viennent casser les vitres, sachant que j'étais seule.

— Vous avez préféré qu'il ne se fasse pas de publicité pour les obsèques de votre frère, pour éviter que les vitres soient cassées ?

— Je ne voulais pas qu'on sache que j'étais seule dans la maison.

— Vous aviez peur que les gamins cassent les vitres ?

« Mais il fait exprès pour m'étriver ! Ou bien il est sourd, ou bien il perd la mémoire », se dit Irma, harassée.

— J'avais peur qu'ils me fassent des ennuis quelconques, parce que, à la maison du coin, ils sont obligés de mettre des *beaver-boards* sur les châssis, parvient-elle à expliquer.

— Maintenant, vous dites que vous avez eu l'occasion de traiter un enfant ou des enfants qui souffraient d'eczéma, avec des rayons ultraviolets ?

— Pas rien qu'un enfant, plusieurs.

— C'est une de vos découvertes, ça ? demande-t-il, ironique.

— Non, c'est une constatation.

— Est-ce que cela se fait couramment de soigner l'eczéma avec des rayons ultraviolets ?

— Peut-être pas.

— Aviez-vous déjà vu cela dans les revues médicales ?

— Non, mais j'avais fait des recherches...

— À un moment donné, vous avez découvert que les rayons ultra-violets guérissaient l'eczéma, rétorque le procureur, on ne peut plus sarcastique.

— Je ne dis pas que ça guérissait définitivement.

— Aviez-vous l'équipement nécessaire à la maison ?

— Je l'ai, l'appareil, répond Irma, aux aguets.

— Dans quelle pièce de la maison est-il ?

— Dans le salon.

— Il ne s'agissait donc pas d'une pièce de l'hôpital, mais d'une pièce de la maison privée ?

— Le salon, c'était pour l'hôpital.

— En quoi consistait l'appareil que vous utilisiez ?

— C'est un brûleur au quartz.

— Est-ce que c'est électrique ça ?

— Oui.

— Vous avez parlé tout à l'heure de vos secrets médicaux.

« Encore ça ! » crierait Irma, fulminante.

— Je n'ai pas de secrets médicaux, je vous l'ai dit combien de fois ! Mais vous savez bien que les dossiers de nos malades sont confidentiels.

— Vous n'avez donc aucun secret médical.

Sous le poids de la fatigue, Irma manque de cohérence dans ses réponses et elle s'en rend compte. Sa lassitude est telle qu'elle décide de s'en tenir à de vagues propos.

— Je ne vois pas où vous voulez en venir...

— Dans la période où vous avez fait des recherches à New York, il y avait le Rockefeller Institute et le Bureau de la santé... Vos études ont-elles été publiées ?

— Personne ne donne ses découvertes. De toute façon, faire des recherches ne veut pas dire faire des découvertes. Puis il y en a beaucoup qui restent dans la tête, qui ne vont pas plus loin.

— Vous n'avez pas fait de découvertes ayant trait à des maladies particulières ?

— Non. Je vous l'ai dit combien de fois ?

Me Côté grimace, visiblement résigné à se satisfaire de ces réponses. Mais, avec la même insistance, il oblige Irma à revenir sur les circonstances de son internement. Me Saint-Pierre ne peut laisser passer l'occasion de relever l'irrégularité de cette arrestation :

— Est-ce qu'ils vous ont montré un document quelconque ? demande-t-il à sa cliente.

— Absolument rien.

Me Côté, offusqué de cette intervention, dirige vers son adversaire un regard courroucé et reprend :

— Vous dites, mademoiselle LeVasseur, que vous avez entendu du bruit à la porte ?

— J'ai déjà raconté tout ça, gémit Irma avant de se rappeler qu'elle est au palais de justice, et non pas à celui des compassions.

Que de questions humiliantes ! Agacé, Me Saint-Pierre réclame le droit d'intervenir. Cette fois, le juge l'ignore.

— Ils vous ont emmenée dans une prison dorée, avez-vous dit précédemment ?

— Oui, parce qu'il y a du confort à la clinique. Tout y est bien tenu, mais c'est une prison, pareil.

— Vous n'êtes pas maltraitée ?

— Non.

— Vous avez votre chambre ?

— Oui.

— Vous êtes bien nourrie ?

— Trop nourrie. J'engraisse.

— Vous vous considérez encore en santé ?

— Je le suis et c'est pour ça que je veux retourner chez nous.

— Vous n'aimez pas que quelqu'un vous apporte vos repas ?

— Ce n'est pas nécessaire. J'aime mieux manger quand cela me le dit, et manger ce que j'ai le goût de manger.

— Le fait qu'ils vous donnent trois repas par jour, vous n'aimez pas cela ?

— Non, j'en ai trop.

— Vous n'êtes pas obligée de tout manger ?

— Non, mais je suis gourmande.

Horripilé par ce qu'il juge une perte de temps inacceptable pour une octogénaire, Me Saint-Pierre demande et obtient enfin la permission de reprendre l'interrogatoire. Irma s'en réjouit. Le temps est venu pour son avocat de rappeler à la Cour que cette femme a un notaire qui gère ses biens depuis une dizaine d'années.

— Son père était le notaire de mon grand-père, précise Irma.

— Est-ce que vous n'avez pas reçu une offre d'hospitalité ? Voulez-vous prendre connaissance de cette lettre-là et dire à la cour si c'est vous qui avez reçu cela ? Êtes-vous capable de lire ?

— Le 24 avril...

— Vous lisez sans lunettes ?

— Oui.

Irma fait une lecture silencieuse de la lettre provenant de la maison Sainte-Marguerite, au bas de laquelle elle avait signé, à la mine, une acceptation de l'hospitalité offerte.

Mᵉ Côté lui demande à son tour :

— Vous vous souvenez d'avoir signé cela de votre main, au plomb ?

— Oui, je reconnais mon écriture.

— Qui vous a demandé de signer cela ?

— Ça doit être les religieuses, dit-elle, hésitante. Attendez que je réfléchisse... Non, c'est mon avocat.

« La fatigue endort ma mémoire... Aussi, j'ai oublié de prendre une grande respiration pour chasser ma nervosité », constate-t-elle, déterminée à se reprendre.

Mᵉ Saint-Pierre intervient. Elle ne saurait comment l'en remercier.

— Est-ce que les sœurs sont allées vous voir à la clinique ? lui demande-t-il, sur un ton l'incitant au calme.

— Oui, c'est là que je les ai vues. Je ne suis pas allée chez elles, je m'en souviens bien, maintenant.

— Elles étaient accompagnées de qui ?

— De vous.

— Elles vous ont offert l'hospitalité, et vous avez signé cette acceptation-là ?

— Oui. Je le reconnais.

Le juge et les avocats échangent entre eux à voix basse le temps que le Dʳ Larivière prenne place à la barre des témoins. Déposition déterminante que celle-là ! Irma tremble de fatigue et d'appréhension. Lui porte secours la permission donnée à Mᵉ Saint-Pierre d'interroger le psychiatre.

— Comme médecin, avez-vous une spécialité ?

— En urologie et en psychiatrie.

— Quand êtes-vous devenu spécialiste ?

— Après mes études médicales, j'ai étudié à Paris, de 1928 à 1932. J'ai pratiqué depuis en spécialité médicale, en pratique privée et j'ai été reconnu comme spécialiste en urologie et en psychiatrie, par le Collège royal des médecins et chirurgiens du Canada, et ensuite par le Collège des médecins et chirurgiens de la province de Québec. J'ai été professeur de psychiatrie et professeur agrégé à l'Université de Montréal. Je suis un ancien chef de clinique et ancien chef de service à l'hôpital Saint-Jean-de-Dieu où j'ai été médecin de service pendant une vingtaine d'années. Je suis médecin légiste de l'Université de Paris, Fellow de la Royal College of Psychiatry Association et j'exerce dans ma spécialité à l'hôpital, en pratique privée et en expertise.

— Avez-vous eu l'occasion de rencontrer la Docteure LeVasseur, ici présente?

— Oui, j'ai examiné la Docteure Irma LeVasseur, ici, à Québec, à sa demande.

— À quelle date?

— Le 31 mai dernier.

— Aujourd'hui, vous avez assisté à son témoignage devant le Tribunal?

— Oui, sauf deux minutes.

— Voulez-vous, en votre qualité de neuro-psychiatre, en votre qualité d'expert en neuro-psychiatrie, exposer à la cour vos observations et conclusions sur l'existence ou la non-existence d'un état pathologique en la personne de la Docteure LeVasseur?

— À la suite des renseignements fournis par son avocat et par le Docteur Grondin, j'ai examiné la patiente hospitalisée à la clinique Roy-Rousseau. Aucune maladie mentale réelle en évolution n'a été dépistée. En particulier, comme il s'agissait d'une femme âgée de quatre-vingt-un ans, j'ai essayé de voir s'il y avait du trouble pouvant faire penser à la démence sénile; mais le certificat d'internement ne mentionnait pas cela. Sa mémoire était bien conservée. Une mémoire bien vive. Son caractère a toujours été un peu original, peut-être excentrique aussi. Très souvent, elle prend ses rêves pour des réalités, comme cela arrive à bien des gens qui vivent, jusqu'à un certain point, dans un monde d'illusions. Mais à mon avis, tout cela reste dans les limites du normal. Il n'y a aucun signe de maladie mentale, dans le présent cas.

Le visage d'Irma s'illumine. L'interrogatoire se poursuit.

— Quelles ont été vos conclusions?

— Je l'ai trouvée en quelque sorte responsable d'administrer ses biens et de se comporter dans les limites du normal, avec ses excentricités plus ou moins grandes.

« Passionnée, oui, mais pas excentrique », aurait-elle le goût de répliquer.

— Avez-vous pu observer dans son comportement ou lors des dialogues si elle présentait un désordre mental quelconque ?

— Je n'ai pas noté un désordre mental assez grave pour aliéner ses responsabilités et la rendre incapable d'administrer ses affaires et de raisonner sur les choses courantes. Elle a des bizarreries, des excentricités, c'est possible, mais tout cela ne comporte pas une preuve de maladie mentale proprement dite.

— Bien qu'il n'ait pas été prouvé qu'aucun incident n'ait eu lieu dans sa maison au cours des trente-trois années qu'elle l'a habitée, mais eu égard à la description qui est faite dans le rapport produit par le Docteur Grondin, qu'est-ce que vous auriez à dire ? Quelle est votre interprétation de l'état mental de la Docteure LeVasseur, compte tenu que dans sa maison il y avait du désordre et qu'il pouvait y avoir un danger d'incendie ?

— Je n'en conclus rien au point de vue mental. J'en conclus qu'il pourrait y avoir négligence ou même négligence criminelle, mais d'autre part, toute négligence proprement dite n'indique pas une maladie mentale en évolution. Quelqu'un qui conduit une automobile trop vite sur la route, ce n'est pas de la maladie mentale, c'est de la négligence criminelle peut-être, mais ce n'est pas nécessairement quelqu'un qui souffre de maladie mentale. Quelqu'un qui est souillon, désordonné, qui amasse toute sorte de choses, c'est de la négligence, mais pas nécessairement de la maladie mentale.

Irma esquisse un geste d'applaudissement que stoppe le regard de son avocat.

— Auriez-vous pu constater des phénomènes d'expressions, de pensées ou de comportement qui pourraient relever d'un trouble psychiatrique ?

— Personnellement, non. Je n'ai pas constaté cela, et je ne crois pas qu'il y ait chez elle de trouble du type « schizoïde ». En tout cas, à l'heure actuelle, je n'en trouve pas et je ne trouve aucun trouble mental important permettant de poser une étiquette de maladie mentale sur cette dame.

— Qu'entendez-vous par comportement schizoïde?

— Chaque psychose provoque des aberrations, une tendance à l'isolement. Ces gens vivent dans une espèce de rêve intérieur qui peut aller d'une rêverie et d'une sorte d'introspection jusqu'à des idées délirantes. Personnellement, je n'en trouve pas chez la Docteure LeVasseur. Même si on en trouvait, ce n'est pas suffisant pour dire que cette dame souffre d'une psychose paranoïde. Ici, il n'y a pas de maladie mentale grave.

Me Côté manifeste un mécontentement qui incite le juge à lui céder la parole.

— Vous venez de dire que dans le cas présent, il n'y a pas de maladie mentale grave?

— Non, il n'y a pas de maladie mentale grave, dans le cas présent.

— Devons-nous conclure qu'il y a, à l'état latent, une maladie mentale quelconque?

— Non. Il y a des bizarreries de comportement dans le passé et au présent, j'en conviens. Mais on retrouve cela chez bien du monde, et contrairement à ce qu'on pense, les psychiatres ne cherchent pas à trouver des troubles mentaux partout. Il faut nous en montrer beaucoup...

— C'est ce que j'allais dire en écoutant votre témoignage, rétorque Me Côté, d'un ton outrecuidant.

Pour le médecin et le procureur, la remarque est cinglante. Leur cliente est à ce point chamboulée qu'elle perd le fil des altercations verbales échangées entre le Dr Larivière et Me Côté. Elle revient à la discussion au moment où le psychiatre répète:

— Mon opinion, dans le cas présent, est que malgré ce que j'ai vu et ai entendu du témoignage, je ne trouve pas qu'il y a de la maladie mentale grave chez cette dame.

— Il n'y a rien pour faire dire que la Docteure LeVasseur, étant donné l'état de son esprit, est une personne qui soit dangereuse pour son entourage ou pour elle-même?

— Elle peut le devenir, tout le monde peut le devenir, mais on n'a jamais trouvé qu'elle était dangereuse.

— Les troubles que vous notez sont-ils susceptibles de s'aggraver ?

— Oui, bien sûr, mais ils ne semblent pas s'être aggravés depuis de nombreuses années.

— Ce sont tout de même des troubles.

— Oui, mais si on examine qui que ce soit, on en trouvera des troubles de caractère et de comportement.

— Cela démontre des troubles de caractère et de comportement.

— Oui, mais cela ne démontre pas qu'il y a un trouble mental.

— Mais son état peut se dégrader.

— Peut-être, mais on ne dit pas qu'une personne est aliénée parce qu'un trouble actuel risque de s'aggraver plus tard.

— Vous admettez que c'est une chose possible ?

— Tout est possible pour tout le monde.

— Ne fera-t-elle pas de la démence sénile dans dix ans ?

— Je ne le sais pas, répond le psychiatre non moins insulté que sa patiente par cette impertinence.

— Vous avez une telle facilité de spéculer sur le passé et l'avenir... cela me dépasse, dit le procureur de l'intimé, on ne peut plus ironique.

— Peut-être, mais je ne conclus pas qu'elle souffre de maladie mentale à l'heure actuelle parce qu'elle pourrait en souffrir un jour, rétorque le Dr Larivière avec un aplomb déconcertant.

Me Côté reste bouche bée. Il pose son regard hautain sur la plaignante avant de se tourner vers le Dr Larivière.

— Croyez-vous au succès de la prévention et des traitements en matière de maladie mentale ? demande-t-il, manifestement fier de le relancer sur une piste songée.

— Oui, bien sûr, tout dépend des traitements et de la prophylaxie utilisée.

— Ne croyez-vous pas qu'il vaut mieux prévenir que guérir ?

— Je suis parfaitement d'accord avec vous.

— Est-ce que le fait de vivre dans le rêve et dans l'illusion n'est pas une manifestation d'un comportement schizoïde ?

— Jusqu'à un certain point. Mais je ne trouve pas chez cette dame de tendance tellement importante que cela démontre une maladie mentale en évolution.

— Est-ce votre avis qu'une personne qui vit dans le rêve et dans l'illusion peut être dangereuse un jour ?

— La Docteure LeVasseur vit dans le rêve et dans l'illusion, mais pas à longueur de jour. Quand elle parle d'hospitaliser les gens, de faire des recherches, là elle vit dans le rêve et dans l'illusion, comme un joueur de golf qui s'imagine qu'un jour il pourra remporter des championnats.

— Lorsqu'elle manifeste le désir bien catégorique de retourner chez elle, n'est-ce pas tomber dans le rêve et dans l'illusion ?

— Je sais que dans son état actuel, sa maison est un endroit inadéquat pour une dame de son âge...

— Est-ce que vous toléreriez qu'un de vos parents vive dans une maison comme celle qu'habitait Madame LeVasseur ?

— Je n'aurais pas d'autorité pour les empêcher de faire quoi que ce soit si ça leur plaît.

— Vous trouveriez cela normal ?

— La question de normal et d'anormal est bien difficile à trancher en psychiatrie.

— Je comprends que vous n'ayez pas d'opinion dans le cas actuel.

— J'ai une opinion. Je dis que c'est dans les limites du possible. En psychiatrie, personne ne peut préciser, il faut rester dans le flou, dans le vague.

Me Saint-Pierre trépigne d'impatience devant la récurrence des questions. Il lui tarde d'interroger le Dr Larivière sur des points qui lui semblent probants.

— Est-ce que la Docteure LeVasseur est une personne dangereuse ? demande-t-il enfin au médecin.

— Je n'ai rien trouvé de dangereux chez elle.

Me Saint-Pierre avait vu juste. L'interrogatoire est clos et l'avocat du Dr Lavoie demande que la cour ajourne pour dix minutes.

— Allons prendre l'air un peu, Irma, suggère son avocat qui, de nouveau, lui tend le bras.

Le sourire qu'elle lui accorde témoigne de sa satisfaction quant aux promesses qu'il lui avait faites et aux arguments qu'il a présentés pour sa défense.

— Un homme des plus honnête que ce Docteur Larivière, dit-elle.

— On ne pouvait trouver mieux.

— J'ai hâte d'entendre les réponses du Docteur Lavoie.

— Ça pourrait être éprouvant pour vous à certains moments... Mais je vous conseille de l'écouter comme s'il parlait de quelqu'un d'autre que vous. C'est moi qui suis chargé de vous défendre, ne l'oubliez pas.

D'un geste de la tête, Irma le lui promet.

Les dix minutes enfuies, le moment est venu de retourner dans la salle d'audience pour assister à l'interrogatoire de Me Côté adressé à son client, le Dr Lavoie. Ce dernier ne croise pas le procureur de la requérante sans l'affubler d'un regard fielleux.

Les questions d'usage concernant le parcours professionnel du Surintendant terminées, Me Côté retourne à la case départ au grand dam de la plaignante et de son procureur. En réponses, le Dr Lavoie expose les mêmes raisons qu'en avril dernier pour justifier l'ordre donné d'interner Irma LeVasseur. Pendant plus d'une heure, elle devra se blinder pour ne pas sentir sa dignité réduite en poussière.

Ces moments d'évasion ont toutefois ravivé ses réserves de courage.

— Qu'est-ce qui vous a forcé à signer le formulaire R-1? demande Me Côté.

« Forcé? Je ne le croirai jamais! J'ai bien hâte d'entendre ce qu'il va répondre », pense Irma chez qui l'intérêt pour ces palabres se rallume.

— Je considérais qu'on se trouvait en présence d'un état d'urgence. Ce sont des choses qui arrivent très fréquemment et qui m'obligent à prendre certaines responsabilités pour prévenir des tragédies, pour les éviter. C'est notre rôle de tâcher de prévenir. On aurait pu me reprocher de ne pas avoir agi.

« C'est justement ce qu'on fait, Monsieur », voudrait rétorquer la requérante, espérant que sa gestuelle parle pour elle.

Le Dr Lavoie semble prendre un malin plaisir à rappeler l'état dans lequel elle est arrivée à la clinique et les procédures entreprises pour l'interner. Malgré les corrections apportées précédemment par Me Saint-Pierre, il continue d'affirmer que sa patiente n'avait personne pour s'occuper de sa maison et de ses biens et qu'il avait fait le nécessaire pour qu'on ne se mette pas à la piller. Et comme s'il n'avait rien entendu des explications données quant aux prétendus dangers d'incendie causés par son petit poêle électrique, il table sur cette allégation pour justifier sa conduite. Irma est déconfite en l'entendant révéler :

— Il a été question de la placer à la maison Sainte-Marguerite. J'ai donc fait porter le formulaire de congé d'essai par garde Dumont aux religieuses, mais elles ont refusé de la signer. J'avais fait valoir que cette dame était une malade internée qui voulait retourner chez elle et qu'il faudrait la surveiller comme on la surveille à la clinique.

Irma saisit qu'elle ne serait plus admise dans cette résidence. Elle souhaite que son avocat demande la parole... mais il demeure muet.

— J'ai revu Mademoiselle LeVasseur hier, dit le Dr Lavoie. Je considère qu'elle est un peu affaiblie intellectuellement et qu'il est absolument normal et logique qu'on prenne soin d'une personne comme elle qui vivait seule.

— Est-ce que quelqu'un vous a demandé de mettre Mademoiselle LeVasseur en congé d'essai tout en promettant d'en prendre soin et de la ramener sur votre réquisition à titre de Surintendant ? demande son procureur.

— Personne.

— Avez-vous eu l'occasion, depuis que la Docteure LeVasseur est sous les soins de votre hôpital, de la visiter, de l'examiner ?

— Elle est suivie surtout par le Docteur Grondin. Seulement j'ai causé avec elle hier, et elle m'a dit, en présence de garde Dumont, qu'elle voulait retourner dans sa maison pour y poursuivre ses travaux de recherche, parce que sa maison, selon elle, est encore un hôpital.

« Mais qu'est-ce qu'il a retenu ? se demande le procureur de la plaignante. Elle a bien dit qu'elle n'hospitalisait plus personne depuis une dizaine d'années. » Irma n'est pas moins offusquée par l'entêtement de Mᵉ Côté à occulter ses précédents témoignages.

— Vous avez eu l'occasion d'entendre parler des conditions dans lesquelles Mademoiselle LeVasseur vivait. Avez-vous une opinion sur son comportement mental ? demande-t-il au Surintendant.

— C'est une personne de quatre-vingt-un ans dont la mémoire sur les faits anciens est parfaitement bien conservée, et qui a eu de très belles activités. Mais sa mémoire sur les faits récents, à certains moments, semble faire défaut ; son sens pratique aussi.

— Vous avez eu l'occasion, au cours de vos nombreuses années de pratique, d'apprécier la valeur et la classification théoriques des maladies mentales. Pouvez-vous dire si, d'après vous, la Docteure LeVasseur souffre de maladie mentale ?

— Elle a commencé à présenter un petit état d'affaiblissement dû à sa sénilité. Il y a de nombreux cas, dont j'ai pris connaissance personnellement, de gens âgés qui avaient commencé à être malades et dont on ne s'est pas occupé parce qu'on n'était pas suffisamment averti. Certains ont brûlé, d'autres ont été trouvés noyés. Je pourrais mettre des noms là-dessus. En présence de faits comme ceux-là et avec l'expérience que j'en ai, je considère que c'est une mesure de prudence raisonnable et raisonnée que j'ai prise en la sortant de chez elle et en l'amenant dans une institution comme la clinique Roy-Rousseau.

Le Surintendant commence à exposer les photos prises dans la maison d'Irma.

« Ah non ! Ils ne vont pas encore exhiber ça ! » gémit la plaignante, harassée de les entendre pavoiser sur son incapacité à gérer sa maison, sur son manque de soins personnels et sur son déclin intellectuel.

— On ne l'a pas emmenée dans une prison, on l'a emmenée dans une institution ; on lui a rendu des services. Depuis qu'elle est là, elle a engraissé d'une douzaine de livres. Elle a tout ce qu'il lui faut, clame le Surintendant avec arrogance.

Son allure altière le fuit quand, interrogé sur certaines parties de l'interrogatoire et des réponses de sa patiente, il doit avouer ne pas s'en souvenir.

Toutes les allégations du Surintendant exaspèrent Irma. « Il a été prouvé plus d'une fois qu'il n'y avait pas de danger d'incendie dans ma maison, que Madame Lemoyne était une hypocrite, qu'on n'avait aucune raison de m'interner avec des malades mentaux. Comment ai-je fait pour me retrouver en procès, à mon âge ? » se plaint-elle silencieusement.

Elle voudrait hurler en entendant le Dr Lavoie prétendre qu'il lui avait offert d'aller demeurer dans un hospice, qu'il ne se souvenait pas des circonstances, mais que si elle avait promis d'y rester, il n'aurait pas procédé à des mesures d'internement. Heureusement pour elle, Me Saint-Pierre reprend l'interrogatoire.

— La Docteure LeVasseur a-t-elle demandé sa libération ?

— Elle n'a pas demandé spécifiquement d'être libérée, elle a demandé à retourner dans sa maison.

— Vous ne considérez pas ça comme une demande de libération ?

— Elle n'a pas employé le mot « libération ».

— Est-ce que, d'après vous, elle voulait être libre en demandant ça ?

— Elle voulait être libre de retourner dans sa maison.

— Elle voulait cesser d'être sous votre autorité.

— Nécessairement, si je l'avais laissée retourner dans sa maison, elle aurait cessé d'être sous mon autorité, c'est clair, rétorque le Surintendant, offusqué.

« De vrais enfants qui se chamaillent sans raison pendant que je croupis dans cet asile et que je suis en train de m'épuiser à les entendre », ronchonne Irma.

— Vous avez eu connaissance que la Docteure LeVasseur a demandé les services d'un avocat ?

— J'ai eu connaissance que plusieurs avocats se sont occupés du cas de Mademoiselle LeVasseur.

— Combien ?

— Deux, sinon trois, et ils s'en sont désintéressés après qu'on leur a donné des explications.

— Vous semblez oublier qu'à un moment donné, ce sont les services de celui qui vous interroge qui ont été requis...

— Je ne sais pas dans quelles circonstances vos services ont été requis.

— Mais vous savez qu'ils l'ont été.

— Je sais que vous êtes venu me voir.

— Et je vous ai dit que mes services étaient requis par Mademoiselle LeVasseur.

— C'est différent.

— Vous n'avez pas objecté?

— Je ne me rappelle pas les circonstances.

— C'est vers janvier, février.

— Je ne me rappelle pas la date, confesse le Dr Lavoie pour la énième fois.

— Vous rappelez-vous vers quelle date je vous ai rendu visite pour vous informer que Mademoiselle LeVasseur désirait que je m'occupe d'elle?

— Je ne m'en souviens pas.

« Une vraie honte ! Et c'est de ma mémoire qu'il s'inquiète », maugrée Irma, à bout de patience dans cette atmosphère où la tension monte entre son avocat et l'intimé.

— Il est à votre connaissance que je lui ai rendu visite à plusieurs reprises à la clinique?

— Non, ce n'est pas à ma connaissance.

— Vous prétendez ne pas en avoir été informé?

— On a voulu m'en informer, mais je n'étais pas là.

— Au mois d'avril, quelles instructions avez-vous données au personnel de la clinique, à mon égard?

— À votre égard, concernant le cas de Mademoiselle LeVasseur?

— Concernant mes visites.

— J'ai donné des instructions pour que vous fassiez vos visites à des heures qui correspondaient aux heures de travail du personnel.

— À qui avez-vous donné ces instructions-là?

— Je pense que c'est à l'hospitalière.

— Est-il à votre connaissance que l'hospitalière m'a refusé les parloirs ?

— Il est possible qu'elle vous ait refusé un parloir à huit heures du soir.

— Vous m'aviez averti d'y aller aux heures normales et c'est aux heures normales que je me présentais. Pourquoi m'avoir interdit de rencontrer la Docteure LeVasseur ?

S'enchaînent des altercations éreintantes entre le défenseur d'Irma et le Surintendant qui s'embourbe dans son cafouillis.

— Vous êtes complètement mêlé, Docteur Lavoie, lance Me Saint-Pierre, vainqueur du débat.

Irma croyait la fin de la comparution arrivée, mais le juge annonce que le temps est venu d'interroger garde Dumont. Cette dernière raconte que le 8 novembre dernier, le Dr Lavoie lui avait demandé de se rendre chez Irma LeVasseur, qu'elle n'a pas eu de réponse et qu'elle s'y est présentée une seconde fois, toujours sans succès. Puis elle ajoute :

— J'ai communiqué avec elle par téléphone ; elle m'a très bien répondu. Elle avait la mémoire aussi vive qu'actuellement, seulement elle ne semblait pas comprendre la présence des détectives à mes côtés lors d'une visite récente. J'ai fait rapport qu'elle ne m'avait pas ouvert la porte.

« Elle sait pourquoi je ne l'ai pas laissée entrer. Pourquoi ne le dit-elle pas ? » cherche à comprendre Irma, résolue à braquer les yeux sur garde Dumont, sans relâche. Quelle n'est pas sa surprise de l'entendre avouer qu'elle était l'auteure du prétexte inventé pour la sortir de sa maison ! Son aversion pour cette infirmière s'en trouve quintuplée. Plus encore quand elle l'entend répéter que le petit poêle électrique représentait un grave danger d'incendie.

— J'ai tout de suite fait un rapport au Docteur Lavoie et je lui ai dit qu'il ne fallait pas laisser cette dame dans cette maison une minute de plus. Il m'a dit de l'hospitaliser sans tarder à la clinique Roy-Rousseau. J'ai communiqué avec le notaire Paradis, croyant qu'il était son curateur. Il m'a dit : « Est-ce que ça presse tant que ça ? Vous ne pourriez pas attendre à demain, au moins ?» J'ai répondu que je ne pouvais pas prendre cette responsabilité.

Malgré son indignation, malgré les détails que l'infirmière donne à la cour sur l'état de sa personne et de sa maison, sur les soins hygiéniques qu'on lui a donnés, Irma, profondément humiliée, parvient toutefois à ne pas la quitter du regard. Comme il lui tarde, ce 19 juin 1958, de quitter cette salle d'audience pour oublier quelques instants tous les propos outrageants tenus à son sujet.

Les minutes s'éternisent. Enfin, exténuée, la démarche chancelante, l'octogénaire quitte le palais de justice, une nausée dans la poitrine. Aux questions de son avocat, elle limite ses réponses à des hochements de tête ou à des rictus peu éloquents.

— Une bête de cirque, voilà comment je me suis sentie, expliquera-t-elle à Marcelle Petitclerc et à son frère médecin venus lui rendre visite le dimanche suivant.

— Ce fut une dure épreuve, mais j'ai confiance que mes prières soient exaucées et que la Vierge Marie vous sorte d'ici le plus vite possible, dit Marcelle, les mains croisées sur la poitrine.

— Votre avocat est confiant ? demande le Dr Petitclerc.

— S'il ne l'est pas, il le cache bien...

— Et vous, Irma ?

— Le témoignage du Docteur Larivière me donne espoir.

— Je vais faire une neuvaine à saint Jude, promet Marcelle. C'est le patron des causes désespérées...

S'adressant à son cousin, Irma, visiblement embarrassée, dit :

— Je ne vous cacherai pas, Lucien, que j'ai été très surprise d'entendre le Docteur Lavoie déclarer que vous étiez d'accord pour que je reste enfermée à la clinique...

— J'ai dit qu'il ne fallait plus que vous restiez seule dans une maison aussi encombrée que la vôtre. C'est normal, Irma, qu'à votre âge, vous ayez besoin d'aide.

— Avant qu'on m'emmène ici de force, je n'ai demandé l'aide de personne, à ce que je sache, rétorque-t-elle, offensée.

— Ç'a été là votre erreur. Vous auriez dû engager quelqu'un pour débarrasser tout ce qui n'était plus utile dans votre maison. Je vous avais fortement conseillé de le faire, pourtant. Si vous m'aviez écouté, vous ne seriez peut-être pas ici aujourd'hui.

Irma laisse tomber sa tête sur sa poitrine, promène son pouce droit au creux de sa main gauche, luttant pour ne pas pleurer. Marcelle tente de la consoler.

— Si maman et ma belle-sœur voulaient, on pourrait vous emmener chez nous, mais elles disent que ce n'est pas possible...

Indigné, son frère riposte :

— Elles ont raison ! Tu n'es pas réaliste, Marcelle. Tu ne l'as jamais été, d'ailleurs. Mon épouse en a déjà assez de s'occuper de notre mère et de te surveiller, sans faire entrer une autre personne âgée dans la maison.

Comme une fillette semoncée, Marcelle fait la moue et marmonne des paroles inaudibles.

— Ne te fais pas de peine avec ça, Marcelle, la prie Irma. Je te comprends...

Et, se tournant vers son cousin, elle déclare avec une fierté retrouvée :

— Je ne sortirai pas d'ici pour aller encombrer qui que ce soit. J'ai une maison, je la ferai nettoyer et j'y resterai jusqu'à ma mort... quitte à avoir une dame de compagnie avec moi.

— C'est une bien bonne idée, réplique Lucien.

— Pourquoi lui caches-tu la vérité ? s'écrie Marcelle. On n'a pas le droit de mentir. C'est péché...

— De quoi veut-elle parler ? s'inquiète Irma.

— Il ne faut pas tenir compte de ce qu'elle dit, elle invente des histoires.

— Ne fais pas semblant de ne pas le savoir, Lucien, crie Marcelle, insultée.

Furieux, le Dr Petitclerc se lève, enjoint à sa sœur de le suivre et prie Irma de les excuser.

— Marcelle n'est pas dans son meilleur état aujourd'hui. On fait mieux de sortir d'ici... si on ne veut pas qu'elle y soit enfermée à son tour, ajoute-t-il.

« La colère le fait dérailler », juge Irma.

— Je repasserai, lui promet-il en filant à grands pas vers la sortie...

« Mais que peut-il bien me cacher ? se demande-t-elle, revenue à sa chambre. Je n'aurais pas dû les laisser partir avec leur secret. Ce qui est arrivé depuis novembre dernier me fait douter de tout. Me sera-t-il possible de retrouver la paix et la liberté ? Vivre, privée de liberté, n'a pas de sens. Si je perds ce procès... »

Chapitre XI

Après huit mois d'internement et trois mois parsemés de démarches juridiques, Irma n'est toujours pas autorisée à rentrer chez elle. Aucun jugement n'a encore été rendu. De plus en plus persuadée que les Petitclerc et les Miller lui cachent quelque chose d'important, elle a tenté sans succès de percer l'énigme auprès de son avocat. Il jure de son ignorance.

Lorsqu'il frappe à sa chambre en cette matinée de juillet, elle ne saurait anticiper le but de sa visite. Sans ambages, Me Saint-Pierre y va d'une présomption irréfutable :

— Vous n'êtes pas du genre à baisser les bras au premier obstacle, docteure Irma.

L'appréhension la cloue au silence.

— Vous souhaitez toujours qu'on prenne tous les moyens pour vous faire sortir d'ici, n'est-ce pas ?

— Bien sûr !

De sa mallette, l'avocat tire une enveloppe et en dégage le contenu avec une lenteur qui présage d'une mauvaise nouvelle.

— La Cour supérieure s'est prononcée ? flaire Irma.

— Oui. J'ai préféré vous représenter à cette audience... de peur que nous soyons déboutés.

— Parlez, maître Saint-Pierre, le prie-t-elle, couverte de sueurs froides.

— Le tribunal a accordé la crédibilité...

— Aux Docteurs Lavoie et Grondin ? Je n'en suis pas surprise.

— Le juge estime que le Docteur Larivière, ne vous ayant examiné qu'une fois, le personnel de la clinique et le Surintendant de l'hôpital Saint-Michel-Archange vous connaissent mieux, vous ayant eu sous leur observation pendant tout ce temps.

Irma n'est plus qu'une feuille ballottée au bout d'une branche par un frisquet vent d'automne. Son avocat avait craint cet anéantissement. Aussi s'empresse-t-il d'ajouter :

— Le juge reconnaît que votre mémoire et votre compréhension sont bonnes, mais il estime que vous n'êtes plus capable de prendre soin de votre personne et de votre maison.

Cet énoncé lui donne la nausée tant il fut repris lors des audiences.

— On ne les entendra plus, ces mots. Je prendrai quelqu'un avec moi dans ma maison ou j'irai habiter ailleurs... chez des amis.

— Ça, vous ne l'avez pas dit à la cour. C'est pour ça que dans son jugement, Maître Frigon dit : « Ma difficulté, c'est que la malade demande une libération absolue alors qu'elle n'a apparemment aucune famille ou parents. On n'a personne à qui la confier. Le Surintendant estime être de sa responsabilité de la garder à la clinique Roy-Rousseau et je lui donne raison. »

Les paupières closes, Irma n'entend plus qu'une phrase : « On n'a personne à qui la confier. » « C'est le sort qui m'était réservé pour avoir pris soin des autres toute ma vie. Personne, dans ma parenté. Ces parents à qui j'ai rendu leur enfant guéri, mes employés, mon cousin, mes cousines, aucun... Personne. Le destin est fidèle. Il m'avait tracé un chemin de combat dans la solitude. Je ne crois pas pouvoir le déjouer. »

— J'aimerais voir ces papiers-là, réclame-t-elle, disposée à la résignation.

— J'en étais à ce paragraphe-ci, précise Me Saint-Pierre.

Irma lit à voix basse.

Considérant que la détention de la requérante sous la garde et Juridiction de l'intimé est régulière et légale, et que le requérant est mal fondé par sa présente procédure à demander libération absolue;
CASSE ET ANNULE le bref d'Habeas Corpus et, REJETTE la demande de la requérante;
AVEC DEPENS.

(SIGNE) G.F. FRIGON

De longs moments de silence, dans la chambre. Les soupirs plaintifs de l'octogénaire, un spectacle déchirant pour son avocat.

— Je suis très déçu, Irma.

Des froissements de papier entre les doigts de Me Saint-Pierre meublent la vacuité des minutes qui suivent.

— Qu'est-ce que vous envisagez de faire? trouve-t-elle la force d'articuler.

— On devrait aller en appel.

— Qu'est-ce qui nous permet de croire qu'on puisse gagner, cette fois?

— Nous allons mieux étoffer nos preuves en incluant vos nouvelles dispositions.

— Vous voulez dire...

— Le fait que vous acceptez de ne plus vivre seule.

— Je vais commencer à me chercher une dame de compagnie. Ce ne devrait pas être trop difficile. Madame Bessette, peut-être, propose Irma.

— Si vous voulez qu'on gagne à la Cour du banc de la Reine, il ne faut pas exiger de retourner dans votre maison.

— Mais si je ne retourne pas dans ma maison, on va me placer dans un hospice et je ne veux pas aller là.

Me Saint-Pierre se frotte les yeux, tourne son visage vers la fenêtre grillagée, en quête de paroles idoines.

— Irma, il faut que vous sachiez... Une nouvelle qui va vous déplaire, vous faire de la peine, sûrement.

— Ma maison?

Le regard de cet homme chagriné est éloquent.

— On ne peut pas l'avoir saisie, elle est toute payée, réfute Irma.

— Ce n'est pas aussi grave que ça, mais...

— Elle est passée au feu ?

Mᵉ Saint-Pierre aimerait lui donner raison. Ce serait plus simple.

— Non, non ! Elle est toujours là.

— Mais quoi, alors ?

— Elle a été vidée.

— Vidée ! Qui a pu faire un geste aussi crapuleux ?

— Des ordres de la Ville... avec la permission du curateur public. Le Bureau d'hygiène aurait jugé votre maison inhabitable et exposée aux incendies...

— C'est ce qu'on dit, mais vous savez bien que c'est un coup monté pour m'empêcher d'y retourner.

Irma éclate en sanglots. Dans ses gémissements, défilent des mots d'une détresse déchirante : mes petits patients, mes recherches, mes souvenirs, mes livres...

« On ne pouvait aller plus loin... On m'aura tout enlevé. Ma liberté, mon passé, mon toit. Une épave. Je ne suis plus qu'une épave qui ne sait sur quel rivage s'échouer. »

À la réouverture de son hôpital dans la rue de l'Artillerie, Irma s'était considérée comme définitivement à l'abri de tout autre abandon. Cette épreuve vient anéantir sa légendaire combativité. « Vivre sans liberté, c'est vivoter jusqu'à l'usure totale. »

Mᵉ Saint-Pierre tente de la consoler en lui apprenant que ses biens personnels ont été confiés à une parente. Engouffrée dans sa peine, Irma reste sourde à ses propos. Il attend une accalmie pour les réitérer :

— Madame Lauretta Marois, c'est une parente à vous ? C'est chez elle que vous pourriez retrouver certains de vos effets personnels.

Le silence se prolonge.

— Vous m'avez entendu ?

Dans un ultime effort, Irma se ressaisit.

— Oui. Lauretta Marois, c'est une Venner, comme ma mère, répond-elle dans un filet de voix.

— Une amie, aussi ?

— On peut dire...

— C'est chez elle qu'on a apporté certains meubles, entre autres.

Aucune réaction.

— Qu'est-ce qui est important pour vous, maintenant, Irma ?

La réponse se fait attendre puis jaillit d'un soupir plaintif :

— Sortir d'ici. Je ne veux pas mourir ici.

Médusé, Me Saint-Pierre cherche un mot, un geste qui puissent la réconforter. Jamais encore il n'a eu à défendre une femme de l'âge et de la condition d'Irma LeVasseur. Son désarroi surmonté, il se réinvestit de son rôle d'avocat et propose :

— Si vous acceptez de suivre fidèlement mes directives, Irma, je vous jure que vous allez sortir d'ici, clame-t-il en regrettant aussitôt d'avoir promis une victoire certaine.

Faisant fi du scepticisme qui imprègne les traits de la pauvre femme, il livre ses recommandations :

— D'abord, il ne faut pas tout dire au cours d'un procès, Irma. Il faut avoir ce qu'on appelle une stratégie pour obtenir ce qu'on veut. Il faut user de beaucoup de diplomatie...Vous me suivez ?

Irma exprime sa compréhension d'un hochement de tête.

— Je vais aller préparer votre défense le temps que vous vous reposiez, annonce l'avocat, une main sur la poignée de la porte.

Irma le regarde quitter sa chambre, sans un mot, sans un geste.

On ne peut plus accablée, elle s'affale sur son lit, suppliant le sommeil de venir l'anesthésier. L'épuisement se porte complice, mais les cauchemars viennent le troubler : des bandits s'emparent de ses biens et mettent le feu à sa maison; des avocats ont trouvé son argent et se le partagent en faisant la fête; elle s'éreinte à empêcher des policiers d'entrer chez elle.

Un claquement de porte la tire brutalement de son sommeil. Une employée revient voir si elle a pris son dîner. Le plateau est demeuré intact.

— Voulez-vous quelques biscuits et du thé à la place ?

— Je n'ai pas faim. Merci. Quelle heure est-il ?

— Tout près de trois heures.

— Je verrai plus tard si j'ai envie de manger...

— Voulez-vous qu'on vous envoie votre médecin ?

— Je n'ai surtout pas besoin de médecin. Allez ! Laissez-moi tranquille.

Irma se lève et, attablée à son petit pupitre, elle griffonne la liste des choses personnelles qu'elle veut récupérer à sa sortie. S'ajoute le nom des personnes qu'elle veut joindre : son notaire, pour connaître l'état de ses finances ; Lauretta, pour vérifier si ses biens se trouvent vraiment chez elle ; le couple Miller, pour l'informer de l'échec du procès et recevoir ses conseils. Le nom des Petitclerc... finalement rayé. « Lucien m'a donné l'impression d'en avoir assez de moi, juge-t-elle. Quant à la neuvaine de Marcelle, son saint Jude n'a pas dû prendre ma cause au sérieux... ou bien il l'a classée vraiment déses-pérée. De toute manière, je n'y crois pas. »

❖

Me Saint-Pierre n'a pas tardé à déposer la cause d'Irma LeVasseur en appel. La première comparution à la Cour du banc de la Reine avait eu lieu le 13 août. L'audition de l'appelante, le 10 octobre. Par contre, celle du Dr Lavoie était reportée au 15 octobre, ce dernier devant pour la troisième fois se trouver un autre avocat. Me Côté, nommé juge, ne pouvait demeurer procureur du Surintendant de l'hôpital Saint-Michel-Archange.

Au fil des semaines et des mois, l'espoir d'Irma s'était effrité malgré le support de ses rares amies et les encouragements du couple Miller. Lauretta, informée en avril de l'internement de sa cousine, en avait été fort attristée et elle avait entrepris une série d'appels télé-phoniques auprès des pensions de Québec les mieux réputées. D'où la tergiversation d'Irma, advenant sa libération, entre l'offre d'Edith et de son mari d'aller vivre avec eux, et la perspective de loger dans une pension où tous les égards lui étaient promis.

Ce procès en appel, fixé au 10 octobre, enfin venu, Irma l'affronte avec une lucidité indubitable. « Si les arguments de mon avocat m'obtiennent ma libération, j'aurai suffisamment d'argent pour les jours qu'il me reste à vivre. Si je suis déboutée, je serai du même coup ruinée et condamnée à finir ma vie dans une chambre de malade mentale. Ma vie sera abrégée, j'en suis sûre. D'ailleurs, pourquoi m'accrocherais-je à une existence aussi lugubre ? »

Pour l'occasion, Edith lui a acheté des chaussures et des vêtements chauds et elle a obtenu la permission de les lui apporter tôt en matinée.

— Vous allez être élégante pour fêter votre libération, lui dit-elle, réitérant ainsi sa confiance en cette nouvelle requête.

Un sourire de gratitude sur le visage d'Irma.

— Je vais assister à l'audience. John va venir m'y rejoindre, lui aussi. On veut être à vos côtés en ce grand jour.

Bien que touchée par cette délicate attention, Irma ne sait si elle doit s'en réjouir. Des propos tenus en cour pourraient les scandaliser, les chagriner, pour le moins.

Comme il a été convenu, à dix heures, sous un soleil flamboyant, Irma LeVasseur et son procureur, ainsi que le Dr Lavoie et son nouvel avocat comparaissent à la Cour du banc de la Reine. Il n'est pas prévu que l'appelante soit interrogée cette fois.

L'audience s'ouvre sur un rappel par Me Saint-Pierre des faits répréhensibles justifiant ce recours juridique : l'illégalité de l'hospitalisation de sa cliente, les irrégularités du dossier médical afférent, l'arbitraire du verdict d'internement à perpétuité. À son plaidoyer, l'avocat ajoute une nouveauté qui va désarmer le magistrat :

— La Docteure LeVasseur, en pleine possession de ses moyens, a reçu une offre d'hébergement de la part d'amis et elle s'est aussi assurée d'une place dans une maison pour personnes âgées.

Irma jette un regard furtif vers Edith et John, juste le temps de lire l'étonnement sur leur visage. Et pour cause, ils ignoraient qu'Irma avait pensé aller vivre ailleurs qu'à leur domicile.

Me Saint-Pierre prend soin de rappeler à la cour que sa cliente est médecin et âgée de quatre-vingt-un ans, qu'elle a eu une carrière bien remplie, ayant fondé l'hôpital Sainte-Justine à Montréal, l'hôpital de l'Enfant-Jésus et l'école Cardinal-Villeneuve à Québec. La table est ainsi mise pour servir au Surintendant un ultime reproche : avoir signé le formulaire d'internement sans avoir vu la requérante et sans qu'aucun examen médical ait eu lieu. Quelle n'est pas la surprise d'Irma d'entendre le Dr Lavoie admettre formellement cette erreur.

Fort de cette victoire, Me Saint-Pierre y va d'une autre attaque :

— Le Docteur Lavoie a affirmé avoir hospitalisé ma cliente à la clinique Roy-Rousseau où elle n'était pas internée. Cette affirmation est en contradiction avec les faits admis par lui. On a tenu cette dame sous clé, ainsi que vous avez fini par l'admettre. De plus, elle n'a reçu aucun traitement dans ce que vous appelez un hôpital.

« Enfin, un exposé bref et clair des illégalités de mon internement », considère Irma chez qui les doutes commencent à s'estomper devant la performance de son avocat.

Le Dr Lavoie tente de se justifier en alléguant avoir été obligé de régulariser son cas, de signer des formulaires parce qu'elle voulait retourner dans sa maison, refusant d'aller ailleurs, mais aussi pour permettre au curateur public de protéger ses biens.

Me Saint-Pierre rétorque :

— Il y aurait eu d'autres moyens de protéger ses possessions et de lui apporter de l'aide. Or, en condamnant cette brave dame à la détention perpétuelle, on l'a totalement dépouillée de l'usage de ses biens, ne lui permettant même pas de recevoir son courrier. Comment justifie-t-on cette sentence ?

— Elle a commencé à présenter un petit état d'affaiblissement dû à sa sénilité, répond l'avocat du Dr Lavoie.

— Monsieur le Surintendant a si bien compris que l'état mental de la requérante ne justifiait pas un internement qu'il affirme lui avoir offert d'aller demeurer dans un hospice. Quand on analyse sa déposition, on constate que la seule raison pour laquelle on a refusé de laisser Madame LeVasseur aller résider à la maison Sainte-Marguerite, c'est qu'on ne voulait pas l'y laisser aller sans avoir la certitude qu'elle y resterait; ce n'est pas parce que l'on considérait qu'elle souffrait d'une maladie mentale. En voulant s'arroger les droits de curateur auprès de cette dame qui n'est pas interdite, le Surintendant prend sur cette dame une autorité qu'il ne pourrait légitimement exercer que si elle était dangereuse, c'est-à-dire susceptible de se porter à des actes de violence.

N'oublions pas que le Dr Larivière a conclu, après avoir examiné ma cliente, qu'elle ne souffrait d'aucune maladie mentale, qu'elle était capable d'administrer ses biens et de se comporter dans les limites du normal, avec ses excentricités plus ou moins grandes. Au sujet de l'état de sa maison, il a conclu qu'il y avait négligence mais non indication d'une maladie mentale en évolution.

Je reviens sur la détention de la D^{re} LeVasseur : d'après la loi des institutions pour malades mentaux, il faut, pour obtenir une ordonnance de transport d'un malade mental à un hôpital, qu'un médecin s'adresse à un juge compétent en exposant l'avis que la chose est nécessaire pour la protection de la vie d'un malade mental ou pour la sécurité, la décence ou la tranquillité publique. Il est évident qu'un médecin ne doit exprimer cet avis qu'après avoir examiné la personne qu'il s'agit de priver de liberté. Ce qui n'a pas été fait. Le Dr Lavoie a admis avoir signé le formulaire sans avoir jamais vu Mme LeVasseur. Il est manifeste qu'il y a eu là abus d'autorité, d'autant plus que la loi prévoit que le médecin qui signe le formulaire en question doit nécessairement être un médecin autre que le Surintendant à qui il doit remettre le certificat médical. Le Surintendant est chargé de juger l'état du malade une fois qu'il l'a reçu à l'hôpital. Par conséquent, la fonction de Surintendant et celle de médecin signataire du formulaire d'internement sont nécessairement incompatibles.

Les aveux du Surintendant, les propos limpides de Me Saint-Pierre, son assurance, injectent une dose d'espoir dans le cœur d'Irma.

— Autre point de loi : en ce qui touche la liberté des citoyens, les conditions prescrites par cette loi n'ont pas été rigoureusement observées, démontre Me Saint-Pierre, exposant Irma à revivre pour la énième fois le scénario de son internement.

« Si c'est le prix à payer pour reprendre une vie normale, je vais m'y prêter », se dit-elle pour mieux s'en convaincre.

— Le Surintendant fait état des dangers d'incendie, il mentionne le fait que certaines personnes ont brûlé par suite de négligence. Ne sont-ils pas légion, ceux qui commettent l'imprudence de fumer

au lit ? Le Docteur Lavoie va-t-il les interner tous sous prétexte
d'éviter le danger d'incendie que leur habitude imprudente fait
naître ?

Les anomalies relatives à la maison de ma cliente sont des choses
que la réglementation municipale s'est occupée de réprimer. La
Cour municipale peut imposer des peines aux contrevenants. Ces
peines ne vont pas plus loin qu'une amende ou un emprisonnement
de courte durée. Ici, sous prétexte de protéger cette respectable dame,
on la condamne à l'emprisonnement à perpétuité. Peu importe les
mots dont on se sert. Il est évident que l'on ne prétend pas la traiter
et que tout ce que l'on veut faire, c'est l'emprisonner jusqu'à la fin de
ses jours en la dépouillant totalement de l'usage de ses biens.

La compassion de cet avocat est telle qu'Irma serre les paupières
sur des larmes qui fuient sur ses joues et qu'elle éponge du revers de
la main.

— Je tiens aussi à vous faire remarquer, messieurs les Juges, que
le formulaire de demande de congé d'essai n'est un formulaire prescrit
que pour la mise en congé d'un *malade traité dans l'hôpital.* Or, il a
été prouvé que ma cliente n'a reçu aucun traitement et qu'à l'aveu
du Docteur Lavoie lui-même, Madame LeVasseur est dans un état qui
lui permet de vivre dans un hospice. Le Surintendant semble complètement oublier que la liberté est le plus grand des biens et que la
détention perpétuelle est, après la peine de mort, le plus lourd châ-
timent que l'on puisse infliger.

À cette évocation, Irma a courbé le dos, repliée sur une douleur
brûlante.

— Si ma cliente, dont les vives réparties ont démontré l'intelligence, préfère la liberté dans des conditions médiocres au confort
dans une prison dorée, n'est-ce pas son privilège de citoyenne libre
tant qu'elle ne sera pas interdite ?

Pour les raisons ci-dessus exprimées, la D^{re} Irma LeVasseur
demande que le jugement rendu par la Cour supérieure le 14 juillet
1958 soit infirmé et que cette cour, procédant à rendre le jugement que
la Cour supérieure aurait dû rendre, déclare nul le rapport fait par
le Dr Lavoie sur le bref d'*Habeas Corpus* de même que le certificat

médical et l'ordre d'admission en cure fermée. De ce fait, que cette dame soit libérée, le tout avec dépens des deux cours contre l'intimé.

Après quelques balbutiements de justification, l'avocat du Dr Lavoie déclare n'avoir plus rien à dire. La séance est levée. Avis est donné par les juges Saint-Jacques et Choquette, des plus laconiques lors de cette comparution, que la date du jugement sera annoncée aux procureurs dans les plus brefs délais.

À la sortie du tribunal, le couple Miller, disposé à anticiper une victoire, félicite Me Saint-Pierre avec une générosité exemplaire.

— Vos arguments étaient de béton, s'écrie John.

— Pas un juge n'y résisterait, ajoute Edith. N'est-ce pas, madame Irma ?

Cette dernière lui sourit, sans plus.

— D'après votre expérience, dans combien de temps le jugement sera-t-il rendu ? demande John en s'adressant à Me Saint-Pierre.

— Je vais faire pression pour que ce soit le plus vite possible, leur promet-il avant de retourner auprès des collègues de la Cour d'appel.

Edith s'approche d'Irma et lui chuchote à l'oreille :

— Vous seriez tellement mieux dans la chambre qu'on vous a préparée...

— J'irais bien passer quelque temps avec vous si je sors vivante de cette prison...

Les gardiens de sécurité de la clinique annoncent qu'une voiture est en route pour venir les prendre. Irma déplore de ne pas revoir Me Saint-Pierre avant de regagner sa prison dorée.

❧

À la Cour du banc de la Reine, le 12 décembre 1958, sont présents Irma LeVasseur et le Dr Lavoie, ainsi que leur procureur respectif, pour entendre le jugement final des juges Saint-Jacques et Choquette. Dehors, le froid est mordant et dans la salle d'audience, l'atmosphère le reflète. Irma, enveloppée dans un manteau de tweed noir, le menton perdu dans son col de fourrure, les épaules soumises, grelotte... de fatigue et d'appréhension. Dans la petite salle d'audience, quatre personnes assises en rang d'oignons retiennent leur souffle. De nouveau, John a pris congé pour accompagner son épouse; Marcelle Petitclerc et Mme Bessette sont venues prier pour que les juges se montrent humains et cléments.

La routine protocolaire terminée, le juge Choquette énonce, d'une voix tonitruante :

— La Cour, après avoir entendu les parties, par leurs procureurs respectifs, sur le mérite de l'appel, et sur le tout, a délibéré :

Attendu que la requérante appelle d'un jugement de la Cour supérieure rendu à Québec, le 14 juillet 1958, cassant et annulant un bref d'*Habeas Corpus ad subjiciendum* et rejetant sa requête aux fins d'être libérée d'une hospitalisation forcée;

Attendu que, au soutien de son appel, l'appelante dit que les procédures adoptées pour la faire hospitaliser ne sont pas conformes à la loi et que de toute façon son cas ne tombe pas sous le coup de l'article huit de la Loi Georges VI, chapitre trente et un;

Attendu que, au terme de l'audition du présent appel, les procureurs des parties ont informé le tribunal qu'une personne responsable s'était chargée de prendre soin de l'appelante et que l'intimé, sur signature d'un engagement à cet effet, avait consenti à remettre l'appelante en liberté provisoire sous l'autorité de l'article quinze de la loi précitée; que, vu ce développement, il ne reste qu'à adjuger sur la demande de l'appelante aux fins de rendre définitive cette libération provisoire;

Considérant que le danger réel qui a donné lieu à l'hospitalisation de l'appelante a maintenant cessé d'exister, du fait qu'une personne responsable a pris l'engagement par écrit de prendre soin de l'appelante et qu'elle a commencé à exécuter cet engagement; que, dans ces conditions, il y a lieu d'accorder à l'appelante la liberté définitive que prévoit l'article seize;

Considérant, cependant, que les faits motivant cette conclusion sont postérieurs à l'émission du bref et au jugement dont appel, et que les irrégularités alléguées n'auraient pas justifié l'intimé de renvoyer l'appelante dans son logis ou de l'abandonner à son propre sort ; que, partant, il n'y a lieu d'accorder aucuns frais, ni en appel ni en première instance ;

Par ces motifs donne acte, aux parties, des faits nouveaux dont elles ont saisi le tribunal et ordonne que l'appelante soit remise en liberté définitive, sans frais d'appel ni de première instance.

Les mains jointes sur ses genoux, Irma a fermé les yeux. Sur son visage blafard, des larmes de bonheur coulent, insoumises. Le cauchemar vécu pendant ces treize longs mois de captivité entre les murs d'une institution pour malades mentaux est terminé. « Qu'un ressac renvoie loin derrière moi les affres de cet internement. Je suis à l'aube d'une étape de ma vie où la liberté sera reine. Elle m'est enfin revenue, cette liberté, pour ne plus me quitter », se dit-elle, sourde au brouhaha qui l'entoure. Me Saint-Pierre avance vers elle, pose ses mains sur les siennes et lui murmure :

— Vous venez, docteure LeVasseur ?

Un cortège, modeste, mais un cortège accompagne la gagnante à la sortie du palais de justice de Québec pour l'emmener prendre un copieux dîner dans un restaurant de la rue Saint-Jean. Le soleil est de la fête et l'appétit est au rendez-vous.

L'élue du jour est la première à terminer son repas, pressée d'aller à la clinique Roy-Rousseau récupérer ses minces effets personnels, signer le formulaire de départ et filer dans les magasins avec Edith pour acheter sa nouvelle garde-robe.

Une légèreté dans la démarche, un sourire vainqueur sur le visage, Irma ramasse les deux sacs de papier qui l'attendaient près de la porte de la chambre 318, passe par la réception pour apposer sa signature au bas d'une page dont elle n'a pas à relire le contenu, après quoi, elle affuble garde Dumont d'une salutation inattendue :

— Toujours fière de ce que vous avez fait, Garde ? Adieu !

Edith a retenu un éclat de rire approbateur.

Le chauffeur de taxi qui les attendait à la porte pour les conduire aux magasins Paquet, souscrit au désir de sa passagère octogénaire et fait un détour par la rue de l'Artillerie. Devant le 85, il s'arrête… le temps qu'Irma descende de la voiture. La démarche solennelle sous les flocons de neige qui caressent son visage, la D^{re} LeVasseur se rend jusqu'à la porte d'entrée pour récupérer son affiche *HÔPITAL DES ENFANTS-MALADES*. Inutile de continuer à la chercher dans la neige qui couvre les marches... de cette maison vide. Dépouillée de tous les repères de sa vie, endeuillée, Irma LeVasseur retourne vers la voiture où Edith l'attend, navrée.

— Il me reste au moins la possibilité de mourir dans la dignité, lui confie-t-elle.

Épilogue

Les sources varient et demeurent incertaines quant à l'endroit où Irma LeVasseur serait allée vivre après sa libération de la clinique Roy-Rousseau.

Par contre, les archives de la ville de Québec mentionnent clairement qu'un permis de démolition des maisons de la rue de l'Artillerie comprises entre les numéros 659 et 695 a été accordé en juillet 1963 et qu'une compensation d'environ cinq cent soixante-quinze dollars a été accordée à chaque propriétaire dont Mlle Irma LeVasseur. À noter que le numéro civique de sa résidence (85) avait été remplacé par le numéro 681.

Notre première Canadienne française à exercer la médecine serait décédée le 19 janvier 1964, la veille de ses quatre-vingt-sept ans, dans un petit hôpital qu'on nommait alors hôpital Ville-Marie mais dont on ne peut retrouver les traces.

Sa dépouille mortelle a été exposée une journée au salon Germain Lépine, chemin Sainte-Foy. Les chroniques des différents journaux de la ville mentionnent que personne, à part quatre cousines et cousins éloignés, ne serait allé lui faire ses adieux. Ses funérailles ont été célébrées à l'église Saint-Cœur-de-Marie le 21 janvier. Y assistaient, moins de dix personnes dont le Dr Lucien Petitclerc, sa sœur Marcelle, Lauretta Marois, et deux cousines maternelles : Mmes Henri Lépine et Edgar

Shee. Le corps d'Irma LeVasseur a été enterré au cimetière Saint-Charles, dans le lot de son grand-père Zéphirin LeVasseur. Son nom n'a été gravé sur la pierre tombale qu'en 2004 grâce à l'initiative du regroupement des familles LeVasseur.

Ses poursuites lui ayant coûté tout près de dix mille dollars, Irma n'a laissé qu'un maigre héritage à ceux qu'elle voulait remercier. Dans son testament, homologué par Me Pierre-Paul Côté le 16 novembre 1960, elle nomme sa cousine Lauretta exécutrice testamentaire et lui lègue ses assurances. Six autres héritiers sont mentionnés :

Dr Lucien Petitclerc	5 000 $
Lizéa Petitclerc, mère de Lucien et Marcelle	300 $
Marcelle Petitclerc	300 $
Françoise Rivard (Petitclerc)	300 $
Jeanne Bourget-Bruno, cousine paternelle	300 $
Thérèse Bertrand, amie	300 $

Son existence et ses œuvres sont tombées dans l'amnésie collective jusqu'au début des années 2000 : depuis à Québec, une rue, un mont, une salle du cégep François-Xavier-Garneau, un auditorium de l'hôpital de l'Enfant-Jésus et une bourse à l'Université Laval portent son nom.

Bibliographie

Certains extraits du tome 2, faisant état de faits historiques, sont tirés ou inspirés de l'ouvrage de Michel Litalien, *Dans la tourmente - Deux hôpitaux militaires canadiens-français dans la France en guerre (1915-1919)* publié chez Athéna éditions en 2003, avec leur aimable autorisation.

ABBOTT, Elizabeth, *All Heart : Notes on the Life of Dr. Maude Elizabeth Seymour Abbott, M.D., Pioneer Woman Doctor and Cardiologist*, Sainte-Anne-de-Bellevue, Québec, 1997.

BELLU, Serge, *Histoire mondiale de l'automobile*, France, Flammarion, 1998.

BLANCHET, Danielle, *Saint-Roch : un quartier en constante mutation, Les Quartiers de Québec*, Québec, Publications du Québec, 1987.

BOSSÉ, Éveline, *Les grandes heures du Capitol*, Québec, Éditions Éveline Bossé, 1991.

BOUDREAU, Françoise, *De l'asile à la santé mentale*, Québec, Éditions Saint-Martin, 2003.

BRABANT-HAMELIN, Louise, *L'enfance et la transformation des modèles professionnels médicaux*, thèse, département de sociologie, Faculté des sciences sociales, Université Laval, décembre 2000.

BUNDOCK, François, *Un survol historique de Saint-Roch. La société d'histoire de Québec*, vol. 5, n° 1, Québec, 1984.

CAP-AUX-DIAMANTS, La revue d'histoire du Québec, n° 28, hiver 1992.

CHAZAL, Gérard, *Les femmes et la science*, France, Ellipses, 2006.

CLOUTIER, Céline, *De la stratification archéologique à la stratification sociale : hygiène urbaine et conditions de vie de six familles ouvrières du faubourg Saint-Roch à Québec, au XIXe siècle*, thèse présentée à la Faculté des

Études supérieures de l'Université Laval, département d'histoire, avril 2002.

Desjardins, Rita, *L'institutionnalisation de la pédiatrie en milieu franco-montréalais 1880-1980,* thèse de doctorat, Université de Montréal, 1998.

Dumont, Micheline, *Histoire des femmes au Québec depuis quatre siècles,* [Avec le Collectif Clio], Montréal, Éditions du Jour, 1992. [Deuxième édition revue et augmentée d'un ouvrage paru en 1982.]

Dumont, Micheline, *Le féminisme québécois raconté à Camille,* Montréal, Éditions du remue-ménage, 2008.

Émond, Viviane, *Musique et musiciens à Québec : souvenirs d'un amateur de Nazaire LeVasseur (1848-1927),* étude critique, mémoire, Université Laval, 1986.

Encyclopædia Britannica, 11ᵉ édition, Thomas Townsend Bucknill.

Fleury, Marie-Josée, et Grenier, Guy, « Historique et enjeux du système de santé mentale québécois », *Ruptures,* revue transdisciplinaire en santé, vol. 10, n° 1, 2004, p 6-26.

Fleury-Potvin, Virginie, *Une double réponse au problème moral et social de l'illégitimité : la réforme des mœurs et la promotion de l'adoption par « la sauvegarde de l'enfance » de Québec, 1943-1964,* Maître ès arts, Université Laval.

Fortier, Jones, *World War, 1914-1918 – Campaigns Serbia; World War, 1914-1918 – Refugees*; Serbia, New York : The Century co.

Fortier de la Broquerie, « L'hôpital de l'Enfant-Jésus de Québec », *Laval medical,* vol. 36, n°ˢ 1, 2 et 3.

Fortier de la Broquerie, « Les débuts de la pédiatrie à Québec 1892-1929 », *L'union médicale du Canada,* vol. 112, n° 7, juillet 1983, p. 656-663.

Fortier de la Broquerie, « Histoire de la pédiatrie au Québec », *La Vie médicale au Canada français,* vol. I, III et V, Hôpital de l'Enfant-Jésus de Québec.

Fortier de la Broquerie, « Histoire de la médecine », *Laval médical,* vol. 36, mars 1965.

Gamache, J.-Charles, *Histoire de Saint-Roch de Québec et de ses institutions, 1829-1929,* Québec, Imp. Charrier et Duval, Ltée, 1929.

GARNEAU, Robert, « Sur tous les claviers... Louis-Nazaire LeVasseur », *Cap-aux-Diamants*, été 1989.

GERMA, Pierre, *Depuis quand ?* Paris, Éditions France-Loisirs, 1992.

GILLETT, Margaret, *We Walked Very Warily : A History of Women at McGill*, Montréal, Eden Press Women's Publications, 1981.

GRENIER, Guy, *Cent ans de médecine francophone*, Association des médecins de langue française du Canada, Éditions MultiMondes, 2002.

HACKERS, Carlotta, *The Indomitable Lady Doctor*, Toronto/Vancouver, Clark & Irwin Company Ltd., 1974.

HAMELIN, Jean et BEAULIEU, André, *La Presse québécoise des origines à nos jours IV, 1896-1 910*, Québec, Université Laval, 1979.

HAMELIN, Jean, *Histoire du Québec*, Montréal, Éditions France-Amérique, 1976.

JOYAL, Renée, *L'évolution de la protection de l'enfance, des origines à nos jours*, Sainte-Foy, Les Presses de l'Université du Québec, 2000.

LABRÈCHE-LAROUCHE, Michelle, *Emma Albani La Diva, La Vedette Mondiale*, Montréal, XYZ éditeur, 1997.

LACOURSIÈRE, Jacques, *Histoire populaire du Québec*, Tomes I, II, III, IV, Sillery, Septentrion, 1996, 1997, 1998.

LASALLE, Rose LÉTOURNEAU, *Mme Louis de Gaspé Beaubien, sa vie, son œuvre*, Montréal, Brochure, Archives de l'hôpital Sainte-Justine, 1966.

LA VIGNE, Marie et Pinard, Yolande, *Les femmes dans la société québécoise*, Montréal, Boréal Express, 1977.

LA VIGNE, Marie et PINARD, Yolande, *Travailleuses et féministes. Les femmes dans la société québécoise*, Montréal, les Éditions du Boréal Express, 1983.

LEBEL, Jean-Marie, *Le Vieux Québec, Guide du promeneur*, Sillery, Les éditions Septentrion, 1997.

LÉONARD, Jacques, *La médecine entre les pouvoirs et les savoirs*, Paris, Aubier-Montaigne, 1981.

LESSARD, Michel, *Montréal métropole du Québec*, Montréal, Éditions de l'Homme, 1992.

LeVasseur, Nazaire, *Ferdinand-Philéas Canac-Marquis, médecin-chirurgien* : *esquisse biographique,* Québec, Imprimerie de Charrier & Dugal ltée, 1925.

LeVasseur, Nazaire, *Le Canada et les Basques* : trois écrits de M. Faucher de Saint-Maurice, M. Marmette et M. Le Vasseur ; avant-propos du comte de Premio-Real, Québec, Imprimerie A. Côté et cie, 1879.

LeVasseur, Nazaire, « La Chronique musicale : entre le réel et l'imaginaire », *Cahiers de l'ARMUQ,* 8 mai 1987.

LeVasseur Nazaire, *Honorable Ph.-Aug. Choquette, Ancien sénateur, juge de la Cour des Sessions de la Paix,* Québec.

LeVasseur, Nazaire, *Têtes et Figures,* Québec, La Cie de publication Le Soleil, limitée, 1920.

LeVasseur, Nazaire, *Réminiscences d'Antan : Québec il y a soixante-dix ans,* Québec, s.n. 32617 doc.

Linteau, Paul-André, *Histoire de Montréal depuis la Confédération,* Montréal, Boréal, 1992.

Linteau, P.-A., R. Durocher et J.-C. Robert, *Histoire du Québec contemporain. De la Confédération à la crise,* Tome 1, Montréal, Boréal Express, 1979.

Linteau, P.-A., R. Durocher, J.-C. Robert et F. Ricard, *Histoire du Québec contemporain. Le Québec depuis 1930,* Tome II, Montréal, Boréal Compact, 1989.

Litalien, Michel, *Dans la tourmente : Deux hôpitaux militaires canadiens-français dans la France en guerre (1915-1919),* Montréal, Athéna, 2003.

MacDermot, H. E., *Maude Abbott : A Memoir,* Toronto, Macmillan, 1941.

Michaud, Francine, « Irma leVasseur, femme d'action et fondatrice méconnue », revue *Cap-aux-Diamants,* vol. 1, n° 2, 1985.

Morel, Marguerite, *Étude de dix cas d'enfants infirmes fréquentant l'École Cardinal-Villeneuve en 1945,* thèse de baccalauréat, École de Service social, Université Laval, 1949.

Paquette, Albiny, M.D., *Allocution, 40ᵉ anniversaire de la fondation de l'hôpital de l'Enfant-Jésus,* Québec, Archives de l'hôpital de l'Enfant-Jésus, 1963.

Paradis, André M., *L'asile québécois et les obstacles à la médicalisation de la folie (1845-1890),* CBMH/BCHM/Volume 11, Trois-Rivières, 1994.

PELLETIER-BAILLARGEON, Hélène, *Marie Gérin-Lajoie, De mère en fille, la cause des femmes,* Montréal, Boréal Express, 1985.

PRÉVOST, Antoine, *De Saint-Denys Garneau. L'enfant piégé,* Montréal, Boréal, 1994.

PROULX, Daniel, *Les Bas-Fonds de Montréal,* Montréal, VLB éditeur, 1998.

RATTÉ, Jeanne-Mance, « Un travail médico-scolaire ou le rôle de la travailleuse sociale à l'École Cardinal-Villeneuve », thèse de maîtrise, École de Service social, Université Laval, 1961.

RHEAULT, Marcel J. et AUBIN, Georges, *Médecins et patriotes, 1837-1838,* Montréal, Septentrion, 2006.

ROBERT, Jean-Claude, *Atlas historique de Montréal,* Montréal, Art Global/ Libre Expression, 1994.

RUMILLY, Robert, *Histoire de Montréal,* tome IV, Montréal, Fides, 1974.

RUMILLY, Robert, *Histoire d'Outremont (1875-1975),* Montréal, Leméac, 1978.

RUMILLY, Robert, *Historique de l'Hôpital Sainte-Justine,* non publié. Archives de MC Justine Lacoste.

SANDES, Flora, *An English Woman-Sergeant in the Serbian Army,* Londres, New York, Toronto, Éditions Hodder and Stoughton, 1916.

SICOTTE, Anne-Marie, *Quartiers ouvriers d'autrefois, 1850-1950,* Québec, Les Publications du Québec, 2004.

SMART, Patricia, *Écrire dans la maison du père,* Montréal, Éditions XYZ, 2003.

SMITH, Kathleen, « Dr Augusta Stowe Cullen, A Pioneer of Social Conscience », *C. M. A. Journal,* 1982.

WEBB, Michael, *Maude Abbott : les bébés bleus,* [Traduction, Lise Malo], Montréal, De la Chenelière, 1993.

ARCHIVES

Archives de la Bishop's University, Lennoxville, Québec.

Archives de l'hôpital Sainte-Justine (AHSJ) : rapports annuels de l'hôpital Sainte-Justine, 1907.

ANQ, Fonds du ministère de la Santé et des Services sociaux.

Archives de la Fondation Cardinal-Villeneuve.

Archives du monastère des Ursulines, Québec.

Archives hospitalières de la région de Québec 1639-1970, Bibliothèque et Archives nationales, Québec.

Archives de la Ville de Québec, Service du greffe et des archives du palais de justice de Québec.

Archives du Centre hospitalier affilié universitaire de Québec, 1998. *Soixante-quinze ans de compétence et de dévouement au service des malades.*

Archives des Sœurs Dominicaines de l'hôpital de l'Enfant-Jésus, *Album-souvenir 1923-1963.*

INTERNET

Archivage Ressources pour les enseignants – Première Guerre mondiale.

linternaute.com/savoir/encyclopédie/auto.

Ressources pour la santé au 19ᵉ siècle à Montréal. musee-mccord.qc.ca.

Inventaire des lieux de mémoire de la Nouvelle-France. inventairenf.cieq. ulaval/inventaire.

VASSIGH, Denis Darya, « Cent ans de répressions des violences à enfants, Les experts judiciaires face à la parole de l'enfant maltraité. Le cas des médecins légistes de la fin du XIXᵉ siècle ». *Revue d'histoire de l'enfance irrégulière*, numéro 2, 1999, L'Internaute Magazine.

Cahier photos

Phédora Venner, élève des Ursulines de Québec, vers l'âge de quinze ans.
Source : Archives du monastère des Ursulines de Québec, 1 / P,3,12,00431

Recueil de partitions de Phédora, élève de musique des Ursulines. Sultana Waltzes d'Albert, pièce interprétée par Phédora Venner.

Source : Archives de Cécile Paradis, fille adoptive de Attala Venner (cousine de Phédora), transmise par Monique Dussault Caron

La Grande Allée au début des années 1920.
Source : Musée McCord, VIEW-5688

Sur la Grande Allée Est, l'édifice arborant un drapeau logera l'hôpital fondé par la D^{re} LeVasseur.

Source : BAnQ – Centre d'Archives de Québec / P546,D3,P1 / Fred C. Würtele, vers 1880

Un jeune patient est conduit à l'hôpital de l'Enfant-Jésus, Grande Allée, 1923.

Source : Collection personnelle de l'auteure

Le pont de Québec lors de son premier effondrement, 1907.
Source : Musée McCord, MP-0000.1154.9

Le pont de Québec lors de son deuxième effondrement, 1916.
Source : Musée McCord, MP-0000.1727.5

Docteure Irma

L'hôtel de ville de Québec, vers 1900-1925.

Source : Albertype Company, Bibliothèque et Archives Canada, PA-0320775

Québec · 1940

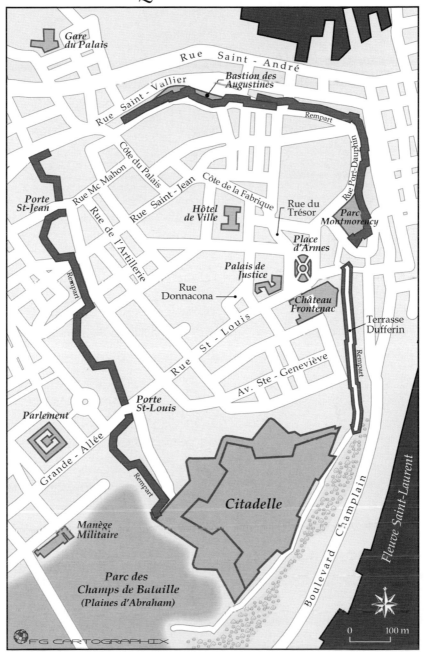

Carte de la ville, en 1940.
Source : Réalisée par François Goulet

Irma LeVasseur, en 1950.
Source : Archives de l'hôpital de l'Enfant-Jésus

Célébration des cinquante ans de carrière de D^{re} Irma, au couvent des Sœurs Jésus-Marie à Sillery, 1950. Le Dr Albiny Paquet se trouve au centre de la photo. À sa droite, dans la première rangée, Irma LeVasseur (vêtue de noir, les jambes croisées) et Justine Lacoste-Beaubien (portant une robe fleurie) sont assises côte à côte.
Source : Archives personnelles de Sœur Huguette Michaud

La maison de Maude Abbott à St. Andrews East.
Source : P111 Maude Abbott Collection, Osler Library of the History of Medicine, Université McGill, Montréal

Lauretta Venner, cousine et bienfaitrice d'Irma LeVasseur.
Source : Archives de l'hôpital de l'Enfant-Jésus, Archives de la famille Shee

Docteure Irma

La clinique Roy-Rousseau, où Irma LeVasseur a séjourné de novembre 1957 à décembre 1958.
Source : BAnQ – Centre d'Archives de Québec / E6,S7,SS1,P78595 / Paul Carpentier, 1950

L'hôpital Saint-Michel-Archange, connexe à la clinique Rcy-Rousseau.
Source : BAnQ – Centre d'Archives de Québec / E6,S7,SS1,P78597 / Paul Carpentier, 1950

Docteure Irma

Le palais de justice de Québec, où Irma LeVasseur a été entendue à deux reprises.
Source : Jules-Ernest Livernois, Bibliothèque et Archives Canada, PA-023332

L'église de Saint-Cœur-de-Marie à Québec, où furent célébrées les funérailles de Irma LeVasseur.

Source : BAnQ – Centre d'Archives de Québec / E6,S7,SS1,P11157 / Paul Carpentier, 1943

Table